APRÈS LE CARNAGE

DU MÊME AUTEUR

WATER MUSIC, 1988, *roman*, traduit par Robert Pépin, Phébus.
LA BELLE AFFAIRE, 1991, *roman*, traduit par Gérard Piloquet, Phébus, Seuil, 1993.
AU BOUT DU MONDE, 1991, *roman*, traduit par Jef Tombeur, Grasset.
SI LE FLEUVE ÉTAIT WHISKY, 1992, *nouvelles*, traduit par Robert Pépin, Grasset.
L'ORIENT, C'EST L'ORIENT, 1993, *roman*, traduit par Robert Pépin, Grasset.
AUX BONS SOINS DU DOCTEUR KELLOGG, 1994, *roman*, traduit par Robert Pépin, Grasset.
HISTOIRES SANS HÉROS, 1996, *nouvelles*, traduit par Robert Pépin, Grasset.
AMÉRICA, 1997, *roman*, traduit par Robert Pépin, Grasset.
RIVEN ROCK, 1998, *roman*, traduit par Robert Pépin, Grasset.
25 HISTOIRES D'AMOUR, 2000, *nouvelles*, traduit par Robert Pépin et Jef Tombeur, Grasset.
25 HISTOIRES DE MORT, 2002, *nouvelles*, traduit par Robert Pépin et Bernard Leprêtre, Grasset.
UN AMI DE LA TERRE, 2002, *roman*, traduit par Robert Pépin, Grasset.
D'AMOUR ET D'EAU FRAÎCHE, 2003, *roman*, traduit par Bernard Turle, Grasset.
LE CERCLE DES INITIÉS, 2005, *roman*, traduit par Bernard Turle, Grasset.
25 HISTOIRES BIZARRES, 2006, *nouvelles*, traduit par Robert Pépin, Jef Tombeur, André Zavriew, Grasset.
TALK TALK, 2007, *roman*, traduit par Bernard Turle, Grasset.
HISTOIRES CRUELLES, 2008, *nouvelles*, traduit par André Zavriew, Grasset.
LES FEMMES, 2010, *roman*, traduit par Bernard Turle, Grasset.
L'ENFANT SAUVAGE, 2011, *nouvelle*, traduit par Pierre Demarty, Grasset.
HISTOIRES SANS ISSUE, 2012, *nouvelles*, traduit par Bernard Turle, Grasset.

T.C. BOYLE

APRÈS LE CARNAGE

roman

Traduit de l'anglais (États-Unis)
par
BERNARD TURLE

BERNARD GRASSET
PARIS

L'édition originale de cet ouvrage a été publiée en 2011
par Viking Press, a member of Penguin Group (USA) Inc., sous le titre :

WHEN THE KILLING'S DONE

ISBN 978-2-246-78582-8

Pour Kerrie,
qui a couru les crêtes et affronté les fantômes

Dieu les bénit et leur dit : « Soyez féconds, multipliez-vous, peuplez la terre et soumettez-la ; dominez les poissons de la mer, les oiseaux du ciel et tous les animaux qui rampent sur la terre. »

Genèse, I, 28

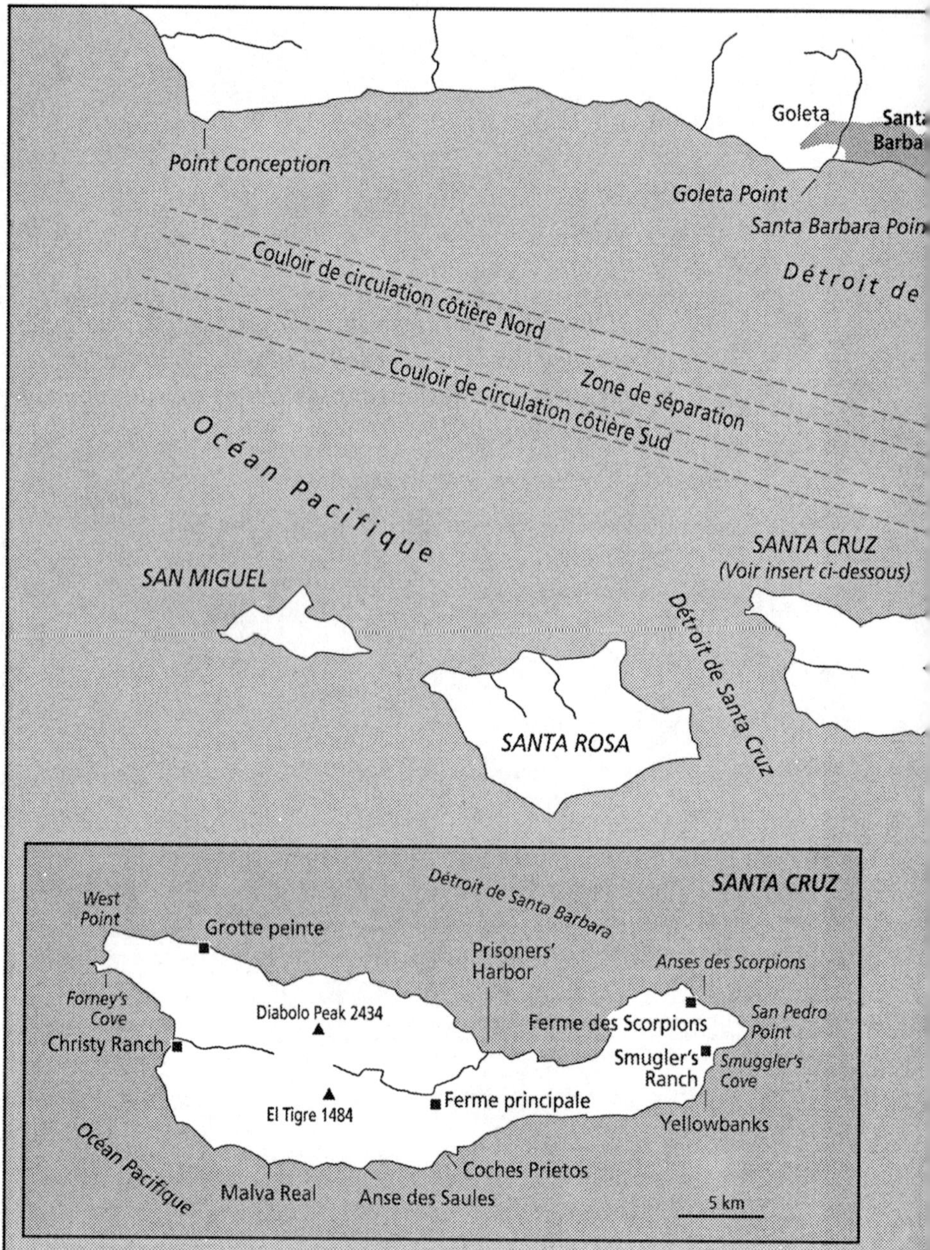

Point Conception
Goleta
Santa
Barba
Goleta Point
Santa Barbara Poin
Détroit de
Couloir de circulation côtière Nord
Zone de séparation
Couloir de circulation côtière Sud
Océan Pacifique
SAN MIGUEL
SANTA CRUZ
(Voir insert ci-dessous)
Détroit de Santa Cruz
SANTA ROSA
SANTA CRUZ
Détroit de Santa Barbara
West Point
Grotte peinte
Prisoners' Harbor
Anses des Scorpions
Forney's Cove
Diabolo Peak 2434
Ferme des Scorpions
San Pedro Point
Christy Ranch
Smugler's Ranch
Smuggler's Cove
El Tigre 1484
Ferme principale
Yellowbanks
Océan Pacifique
Coches Prietos
Malva Real
Anse des Saules
5 km

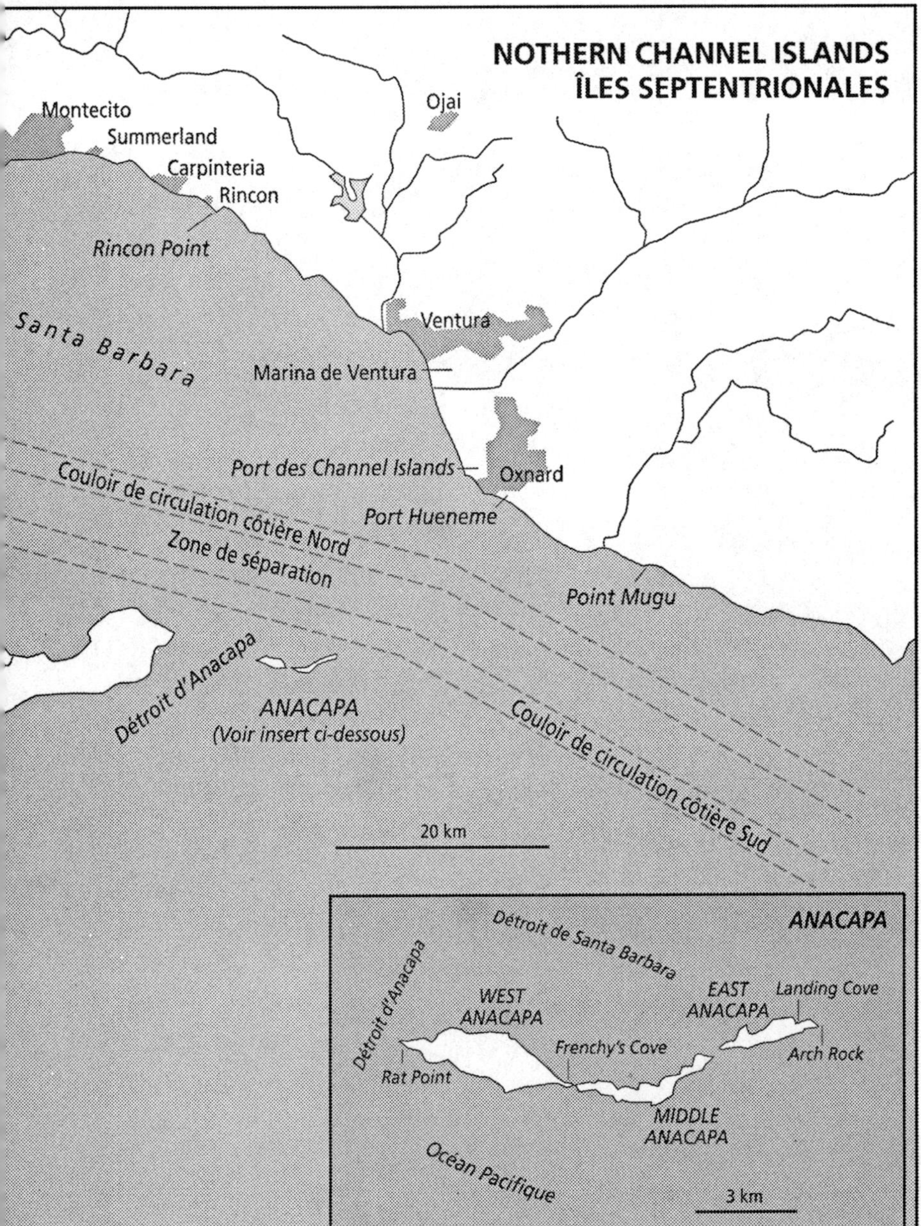
NOTHERN CHANNEL ISLANDS
ÎLES SEPTENTRIONALES
Montecito
Summerland
Carpinteria
Rincon
Rincon Point
Ojai
Ventura
Santa Barbara
Marina de Ventura
Port des Channel Islands
Oxnard
Port Hueneme
Couloir de circulation côtière Nord
Zone de séparation
Point Mugu
Détroit d'Anacapa
ANACAPA
(Voir insert ci-dessous)
Couloir de circulation côtière Sud
20 km
ANACAPA
Détroit de Santa Barbara
Détroit d'Anacapa
WEST ANACAPA
EAST ANACAPA
Landing Cove
Frenchy's Cove
Arch Rock
Rat Point
MIDDLE ANACAPA
Océan Pacifique
3 km

PREMIÈRE PARTIE

ANACAPA

Le naufrage du « Beverly B. »

IMAGINEZ-LA DANS LA CUISINE EXIGUË où l'on avait du mal à se lever sans se cogner la tête, main droite encore à vif car elle s'est brûlée en renversant le café qu'elle avait consciencieusement et bêtement voulu préparer pour leur donner du tonus, bonne fille, toujours bonne fille, alors que, moins d'une demi-heure avant, elle s'était réveillée en vomissant sur sa couchette. Elle portait un chandail à torsades trois tailles trop grand, pioché dans le casier de son mari parce qu'elle était frigorifiée dans la cabine ; la laine lui irritait la peau comme si on l'avait écorchée pendant son sommeil. Elle ne s'était pas coiffée. Pas lavé les dents. Peinant à garder l'équilibre, elle se demandait si la mer était toujours aussi agitée dans le détroit mais elle avait peur de questionner Till ou Warren. Comme les deux hommes se faisaient une joie de le lui rappeler à la moindre occasion, elle ignorait tout de la façon dont on manœuvrait un bateau, naviguait sur une mer démontée ou même lisait une carte. Till lui avait conseillé de se mettre à l'aise et d'apprécier la traversée. Mais sa place, vraiment, c'était à la cuisine. Disons : la cuisinette. Elle allait nettoyer et faire griller le poisson et quand le soleil se lèverait (s'il se levait), elle étendrait une serviette de bain sur le toit de la cabine, appliquerait sur ses jambes un mélange de crème pour bébé et de teinture d'iode, s'allongerait, fermerait les yeux et se ferait dorer jusqu'à obtenir un brun uniforme.

C'est à ce moment-là que, ballottée par le roulis, la main cuisante de douleur, elle s'aperçut qu'elle avait les pieds mouillés, chaussettes humides, collées à la peau, tennis neuves d'un gris saturé d'humidité et qu'il y avait de l'eau sur le plancher de la cuisinette. Pas du café (elle l'avait essuyé du mieux possible avec une serpillière) : non, de l'eau. De l'eau salée. Une flaque ondulait, s'enflait en approchant d'elle puis refluait avec des spasmes quand le bateau piquait dans une nouvelle vague. Elle dut s'asseoir et peser de tout son poids sur la banquette, qui, de son côté, venait cogner ses fesses. Agrippée à la table des deux mains, elle se sentait aussi désemparée que si elle avait été attachée sur l'un de ces manèges de fête foraine qui vous secouait dans tous les sens, dont Till raffolait mais qui lui donnaient, pour sa part, l'impression que son estomac s'était avalé lui-même, comme dans le dessin animé du serpent qui avale sa queue.

Le bas de ses jeans était trempé car, lorsque le bateau remontait sur une vague, l'eau refluait d'un coup vers elle, toujours plus d'eau, un choc froid qui remontait ses chevilles. Elle voulait appeler les hommes mais aucun son ne sortit de sa gorge serrée. La nappe d'eau ne dévalait jusqu'à l'autre extrémité de la cabine que pour revenir plus haute et plus froide encore. Fais quelque chose ! se disait-elle, lève-toi, bouge-toi ! Combattant sa nausée, croisant les mains pour avancer, elle contourna la table et alla jeter un coup d'œil au sommet des trois marches, là où Till était assis à la barre, bras blessé raide comme un bâton, alors que Warren, son frère Warren, ex-Marine, autoritaire, monsieur-je-sais-tout, semblait s'énerver et vouloir reprendre la barre. Si seulement elle avait pu les prévenir, leur dire qu'il y avait de l'eau dans la cuisine, pour qu'ils s'en occupent, pour qu'ils arrêtent la fuite, réparer ce qu'il y avait à réparer, résoudre le problème, mais Warren hurlait, veines du cou saillantes, embruns explosant à la poupe dans son dos telle la queue fouettante d'une comète sous-marine. « Bon sang, va au diable ! Maintiens le cap face à ces putains de vagues ! » Le bateau fit une embardée et frémit de tout son long. « Tu veux que ce tas de merde sombre corps et âme… ? »

Oui. Ça s'était passé ainsi. C'était ça l'histoire. De ce qui était arrivé à sa grand-mère dans les eaux froides, furieuses et démontées du détroit de Santa Barbara il y avait si longtemps qu'elle devait fermer les yeux pour se représenter la scène. Alma avait beau redérouler le scénario plus clairement, avec plus de précision que sa mère (car cette dernière n'avait pas plus qu'elle assisté à la scène – à l'état conscient, en tout cas), elle abaissait toujours la voix jusqu'à un murmure lorsqu'elle arrivait à la conclusion, au dénouement, à la chute : « Nana était enceinte de deux mois lorsque leur bateau a coulé. »

Elle faisait une pause et ne manquait pas de lever les yeux, qu'elle ait, installée à la table de la salle à manger, raconté l'histoire à l'un de ses ex-petits copains de la fac ou à un total inconnu à côté duquel elle se trouvait assise en avion. « Enceinte de deux mois et elle ne le savait même pas. » Elle marquait une nouvelle pause pour bien laisser son auditoire saisir toutes les implications. Sa mère serait morte *in utero*, son cadavre aurait été rejeté sur le rivage, il aurait nourri les crabes, elle-même n'existerait pas, elle n'aurait pas été assise là, cheveux mouillés après la douche ou ramenés en une queue de cheval passée à travers le trou à l'arrière de sa casquette de baseball, elle n'aurait pas taquiné les nuances et implications existentielles de l'histoire qui avait été celle du monde avant sa naissance, sans la robustesse (de corps, d'âme et d'esprit) de cette grand-mère dont ses seuls souvenirs remontaient à l'époque où c'était déjà une vieille dame toute frêle et décrépite.

Bien sûr, elle en saisissait aussi la froideur, le jeu du charivari aléatoire qui avalait les inaptes et les malchanceux alors que les autres se multipliaient. S'il y avait mille générations de naufrages dans une famille, les descendants finiraient-ils par avoir des nageoires et des pieds palmés ou apprendraient-ils à se contenter de la terre ferme, ignorant les îles libres et alléchantes qui scintillaient à l'horizon ? Elle palpitait au sein de la création, au même titre que tout ce qui étincelait au moment même où elle racontait son histoire. Un jour, à son tour, elle aurait des enfants, elle ajouterait un maillon à la chaîne, monterait l'A.D.N. d'un barreau sur l'échelle. Le père de sa mère avait péri dans le naufrage, et son oncle de même. La mère de sa mère aurait également dû mourir. Mais tout était dans cet « aurait dû », justement, n'est-ce pas ?

Mois : mars. Année : 1946. Le grand-père d'Alma, Tilden Matthew Boyd, était revenu six mois avant de la guerre dans le Pacifique, avec un bras atrophié, privé de sa chair au-dessus du coude : une cicatrice comme une omelette brûlée enroulée autour de l'os. Sa grand-mère, jeune, la vie devant elle, crinière aussi brune et épaisse que celle de sa petite-fille, brisa une bouteille contre la proue du *Beverly B.* Till, qui lui avait été rendu du tourbillon de la guerre en un don miraculeux plus réel et tangible que toutes les cathédrales du monde, était à la barre, les mouettes dansaient au gré des courants et les nuages chevauchaient une brise nord-ouest, pourchassant le soleil au-dessus de l'océan. Beverly était contente parce que Till était content. Ils mangèrent leurs sandwiches et burent leur champagne bon marché dans des verres en carton, à l'intérieur de la cabine car le vent soufflait fort et la houle hivernale était coiffée de moutons. Warren était là aussi, dès le premier jour, le jour du lancement, dictaphone ambulant de conseils non requis, de clichés retentissants et de critiques bavardes. Mais il but le champagne et revint deux week-ends d'affilée pour aider Till à bricoler le moteur, installer les casiers en teck et les garde-fou que Till avait confectionnés dans le garage de la maison qu'ils louaient, qui de son côté aurait eu besoin d'un bon coup de peinture, de moustiquaires et de gouttières pour empêcher les pluies d'hiver de cascader sur la toiture et de saucer quiconque se tenait à la porte d'entrée une clef à la main, une cargaison de victuailles dans ses bras enkylosés. Till n'avait aucune envie de faire des réparations dans la maison, qui, de toute manière, ne leur appartenait pas. Le *Beverly B.*, c'était une autre affaire.

Un yacht élégant de neuf mètres, belle structure, cloisons en noyer cendré et finitions en teck de part en part, une merveille, mais mis en cale sèche et négligé pendant la guerre, d'où son propriétaire, un gars de la Marine, n'était pas revenu. Till l'avait remarqué donnant de la bande dans les mauvaises herbes au fond du port de plaisance ; il avait retrouvé les parents du marin, qui portaient discrètement le deuil de leur garçon (il avait flambé dans une nappe de pétrole après qu'un kamikaze s'était écrasé sur le *Saint-Lo* pendant la bataille du golfe de Leyte). Dans leur salle de séjour, Till, chapeau calé sur un genou, les regarda triturer des photos de leur fils et ses médailles, dernières reliques qu'il leur restât de lui. Au bout de deux bonnes heures passées avec eux, à siroter un thé tiède avec une tranche de citron acide qui tournait lentement à la surface, il avait enfin eu le courage d'aborder la question du bateau. Ils le dévisagèrent comme s'il s'était extrait de l'album de famille pour aller se percher sur les coussins en velours du canapé en bois d'érable dans la salle de séjour obscure et mystérieuse qu'ils hantaient depuis Dieu sait quand. La mère (la cinquantaine, corpulente mais des poignets, des chevilles de jeune fille, et un visage perclus de douleur et d'indignation en égale mesure) renversa la tête et manqua iodler : « Quoi, cette épave ? » Elle regarda son mari et baissa la voix pour ajouter : « Je suppose que maintenant Roger n'en aura plus jamais besoin, n'est-ce pas ? »

Till avait passé tout l'automne et l'hiver à réparer le raffiot, hantant le chantier naval et le magasin d'accastillage, toujours à bricoler les moteurs. Il était tellement maculé de cambouis que Beverly racontait à qui voulait l'entendre que la moitié du temps il avait l'air d'être en *blackface* et prêt à jouer dans un bon vieux *minstrel show*. Beverly avait ce genre d'humour : Till en *blackface* ! Elle le raconta à Mme Viola au marché, à Warren et à sa petite amie, Sandra, celle qui avait la bouche en cul de poule et des chandails si moulants qu'on distinguait les différentes parties de son soutien-gorge, bretelles, coques et tout le saint frusquin. Attentionné, Till était attentionné. Aux petits soins, précis, infaillible. Il ne disait jamais rien, ne se plaignait jamais mais il avait donné son bras droit pour les Etats-Unis d'Amérique et était résolu à garder le gauche pour lui. Et elle. Pour elle, surtout.

Il dut apprendre à son bras gauche à faire le boulot de l'autre, de sa main et de son poignet droits. Quand il poinçonnait les billets sur la ligne de Santa Monica Boulevard, sous les regards impatients des passagers qui, mus par une espèce de reconnaissance récalcitrante, s'efforçaient de rester polis, il serrait la souche de billets dans sa main morte et les poinçonnait avec sa nouvelle main dominante. Il dut apprendre à utiliser celle-ci pour plier en deux son chèque de paye et le tendre à Beverly comme il tendait les billets aux passagers, mais ce billet-là était destiné à une fête mobile dont elle était la seule invitée. Tard le soir, après le dîner et la radio, cette même main jouait sur la nudité de sa femme comme si elle n'avait connu aucune entrave, tout allait bien et ça ne pourrait jamais aller mieux car désormais il était gaucher et il le resterait à jamais, jusqu'à la fin de ses jours. Quand ils mirent à l'eau le *Beverly B.*, il fut aussi attentionné et méticuleux avec son bateau qu'il l'était avec elle au lit, bras droit se lançant dans un geste raide lorsque la barre tournait sous la pression du gauche. Les premières fois, ils ne s'éloignèrent guère du port. Till déclara vouloir se faire la main, il souhaitait dompter l'engin, écouter ce que les moteurs Chrysler avaient à proposer lorsqu'il poussait l'accélérateur à fond et voyait le compte-tours monter à 2 800 tours par minute.

Puis arriva ce fameux vendredi soir de la fin mars, le soir où, avec Warren, ils sortirent du port en direction des îles septentrionales, Anacapa et la grande île plus loin, Santa Cruz, car c'est là que frayait le poisson, des lottes longues comme le bras, et on ramassait sur les rochers plus d'ormeaux qu'il n'y avait de rochers, et les homards étaient si compréhensifs qu'ils escaladaient la chaîne de l'ancre et plongeaient dans la marmite sans se faire prier. Un collègue de boulot l'avait assuré à Till. N'importe qui pouvait aller à Catalina, merde, et les gens ne s'en privaient pas, les excursionnistes d'un jour, les marins d'eau douce et les autres, mais si ce qu'on recherchait, c'était un territoire quasiment vierge, les îles septentrionales, au large d'Oxnard et de Santa Barbara, c'était vraiment là qu'il fallait aller. Ils avaient emporté deux glacières du plus gros modèle que Beverly avait pu trouver chez Sears, Roebuck & Co, à l'intérieur hérissé des cols effilés et sombres des cannettes de bière dont

Warren avait affirmé qu'elles seraient toutes bues quand on en serait à glisser filets de poisson et homards bouillis entre les pains de glace en vue de leur bon gros sommeil pendant le retour vers la terre ferme.

« Nous aurons du poisson pour une semaine, une semaine au moins, n'arrêtait pas de répéter son mari. Et quand il n'y en aura plus, il suffira de repartir au large, et puis encore et encore. » Assis à la barre, il lui avait adressé un regard complice. Le temps était au beau fixe ; d'une teinte opalescente, la brume du soir s'accrochait à la surface de l'eau vers l'avant et, à l'arrière, le port disparaissait dans leur sillage. C'est à peine si la cannette de bière qu'il avait à la main gênait Till, perché là-haut comme un loup de mer sorti d'une histoire de Jack London. « Et ça, précisa-t-il, sachant qu'elle avait très mal supporté qu'il engloutisse autant d'argent dans le bateau, ça devrait réduire de moitié notre facture chez l'épicier, oh oui, au moins de moitié. »

Elle avait préparé des sandwiches maison, pâté de foie, moutarde et mayo à gogo avec le pain blanc, jambon, salade de thon avec le pain de seigle ; quand ils s'étaient installés dans la cabine pour les dévorer et les accompagner de bières si fraîches qu'elles cascadaient dans leurs gorges comme l'eau d'un torrent de montagne, ils eurent l'impression de sauter du bord du monde. Après, elle était longtemps restée assise sur le pont arrière, savourant l'air pur et doux. Pas un bruit, hormis le bourdonnement monotone des moteurs qui faisait penser aux battements réguliers d'un cœur sain, le cœur au cœur du *Beverly B.*, sûr, indéfectible. Ils virent des dauphins, des colonies entières, argentés et rosés, qui fendaient les flots et faisaient la course avec le bateau pour ressentir l'électricité de la coque. On aurait dit qu'ils lui souriaient, l'accueillaient en leur sein, aussi heureux dans leur élément qu'elle l'était dans le sien. Quelle était donc l'histoire qu'elle avait lue (dans le journal ou dans *Reader's Digest* ?) d'un jeune surfeur emporté vers le large par les courants, encerclé par les requins jusqu'à ce que les dauphins arrivent tout sourires et les chassent parce que les dauphins, mammifères à sang chaud dans la mer froide, méprisent les requins, froids suppôts de la Faucheuse.

Avaient-ils poussé du museau la planche du garçon sur le courant jusqu'au rivage, l'avaient-ils guidé tout du long, véritables anges gardiens ? Oui, peut-être. C'est ça, oui. Et s'ils l'avaient vraiment fait ?

Les derniers rayons du soleil disparurent dans la brume à l'horizon, ouest géographique car *A l'ouest se couche le soleil, ô beau spectacle sans pareil* : les paroles d'une comptine enfantine firent une farandole dans sa mémoire. Elle posa les pieds sur la rambarde vernie et, examinant ses orteils, s'aperçut que le vernis s'était estompé par endroits : elle le raviverait quand elle en aurait l'occasion, quand, le matin venu, les hommes pêcheraient et que, allongée sur le pont, elle prendrait le soleil sans un souci au monde. Les moteurs ronronnaient. Un escadron de volatiles foncés creva l'onde et, décrivant une ellipse, y retourna comme s'il avait été attaché à une courroie, et pas un seul n'avait émis le moindre son. Vent dans les cheveux, elle alluma une cigarette et observa son mari à travers les hublots lavés de frais, tandis qu'il tenait la barre d'une main légère et que son frère, assis sur le banc rembourré à côté de lui, parlait, un véritable moulin à paroles, mais comme dans une pantomime car la porte de la cabine était fermée et elle n'entendait pas un mot de ce qu'il disait.

Elle termina sa cigarette et laissa le mégot fuser dans le vent, suivi par une queue de serpentins rougeoyants. La température fraîchissait, le ciel s'assombrissait, se resserrait sur eux comme un couvercle sur une marmite infinie. Dans un instant, juste un instant, elle rentrerait, elle irait écouter ce que les frères se racontaient, leurs histoires d'hommes, de château en Espagne, d'eaux poissonneuses, de carburateurs, de moulinets, de tours, de vernis, d'outils, de pinceaux, des calibrateurs qui faisaient d'eux des hommes, et elle décapsulerait encore une cannette de bière, une dernière pour célébrer ça et célébrer les trois (ou était-ce quatre ?) qu'elle avait déjà bues pour célébrer ça. C'est à ce moment-là, juste au moment où elle allait se lever, que la mer se creva sans crier gare comme une gueule noire, vomissante, qui, justement, vomit sur elle un missile ombreux pointé sur son visage, si bien qu'elle détourna d'un coup la tête et que, dans une gifle étourdissante, résonnante et mouillée, la chose s'écrasa sur la vitre de la porte de la cabine et que les deux frères se retournèrent au même moment pour voir ce qui se passait.

Elle poussa un cri. Elle ne put s'en empêcher. Cette chose était vivante, elle claqua des ailes à ses pieds comme une chauve-souris marine et se releva d'un coup tel un diablotin, avant de retomber et d'aller claquer des ailes plus loin, sur le trépied composé par ses ailes et sa queue. Des ailes ? C'était... c'était un poisson, pourtant, non ? Mais voilà que Till sortait de la cabine, Warren pelotonné derrière lui, l'expression empruntant la voie moyenne entre inquiétude et amusement : il tapa sur la chose avec le pied, l'écrasa à coups de talon, avant de se pencher pour se saisir de cette matière mouillée et gluante, de la tenir comme une offrande avec sa bonne main. « Bon Dieu, Bev, tu m'as foutu les jetons... quand tu as crié, j'ai cru que tu étais passée par-dessus bord. »

Warren riait à l'abri de son regard éméché. Le bateau se stabilisa et poursuivit sa course en droite ligne. « Un toast ! cria Warren, levant la cannette de bière qui semblait faire partie intégrante de son anatomie. A Bev et à sa première prise ! »

Beverly se remit vite de sa frayeur. Quoique, en fin de compte, ça n'en ait pas été une : elle n'était pas comme les héroïnes de cinéma, dépendantes et larmoyantes. Elle avait été surprise, voilà tout. Qui ne l'aurait pas été face à cette chose verdâtre comme du bronze à canon sur le dessus, argentée comme un tas de pièces de monnaie en dessous, qui avait foncé sur elle sans prévenir, telle une torpille ? « Doux Jésus ! C'était quoi ? »

Till lui tendit la bestiole et elle sourit, près de rire d'elle-même, à l'instar des hommes, mais elle se contenta de s'appuyer à la rambarde sous le ciel qui se refermait sur eux tandis que le sillage du bateau continuait de se dérouler dans son dos. « Dis donc, tu n'avais jamais vu de poisson volant ? s'exclama Till, ponctuant sa question avec un claquement de langue. Où étais-tu cachée pendant tout ce temps, bonne femme ? fit-il, moqueur. Ici tu n'es plus dans une cuisine, une salle de séjour ou un salon surchauffé, attention, tu es sortie dans le vaste monde !

— Un toast ! lança Warren gaîment. A Bev! As de la pêche ! » Il approchait le goulot de ses lèvres lorsque, cheveux fouettés par la brise, elle lui saisit l'avant-bras. « Alors, dans ce cas, dit-elle, je crois que tu vas devoir sortir une autre bière. »

Au réveil, elle avait la bouche sèche et une drôle de vapeur semblait flotter au fond de ses yeux comme si on lui avait gonflé la tête à l'hélium pendant son sommeil. Sur la couchette d'en face, douillettement calé sous la proue qui bondissait, restait en suspens un instant puis frappait doucement le coussin des flots, Till dormait, visage tourné vers le mur qui n'était pas vraiment un mur mais le vaigrage, le côté intérieur de la coque du bateau qui les maintenait suspendus au-dessus du noir abîme de l'océan. Sous elle, tout au fond de l'eau, nageaient des créatures énormes ou infimes, des baleines, des copépodes, des requins, des sardines, des tas de crabes : au fond de l'océan, des légions de crabes chitineux et hérissés déchiquetaient la chair de choses noyées, passaient les débris à la moulinette des déchiqueteuses miniatures de leurs gueules. Tout cela lui vint au moment du réveil, sans confusion ou dislocation. Elle n'était pas allongée sur le grand lit deux places dont ils payaient encore les traites ou sur l'étroit matelas de la chambre d'amis chez ses parents où elle avait passé mille nuits creuses, parcourues d'échos, à attendre que Till revienne la chercher, reprendre son dû : non, elle était en mer. Désormais, elle connaissait le balancement du bateau aussi intimement que si elle n'avait jamais rien connu d'autre, elle ressentait le ronronnement des moteurs tout au fond d'elle-même, dans les battements de son cœur et dans son pouls. En mer. Elle était en mer.

Elle s'assit sur sa couchette. Dans son dos, un rai de lune tranchait la cabine en deux. Au-delà, c'était un puits d'ombre obscure et, derrière l'ombre, les marches vers le pont et la lueur verdâtre du tableau de bord devant lequel Warren, muscles pelotonnés et bouche comme gravée sur son visage, les pilotait dans la nuit. Elle avait besoin, urgemment, d'aller aux toilettes. Et de boire un verre d'eau : elle avait besoin d'un verre d'eau du robinet des toilettes, le robinet du réservoir de deux cents litres dans la cale à propos duquel Till avait fait toute une histoire parce qu'on ne pouvait pas se permettre de gaspiller l'eau, pas en mer, car on ne savait jamais quand on pourrait se réapprovisionner. Elle avait presque peur d'ouvrir le robinet, de crainte de perdre une seule goutte. Quel était donc ce poème qu'elle avait appris au lycée ? « De l'eau, de l'eau partout alentour /et nulle part une goutte à boire. »

Le vieux marin. C'était ça, le *Dit du vieux marin*, de Coleridge. Il ne pouvait faire autrement que tuer le gros oiseau, n'est-ce pas ? L'albatros. C'était quoi, un albatros, de toute manière ? Une grosse bestiole blanche, à en juger par une illustration du livre qu'elle avait emprunté à la bibliothèque. Comme un dinosaure, peut-être, mais pas de la même taille. Une espèce sans doute éteinte. Mais si les albatros n'avaient pas disparu, si l'un d'entre eux tombait du ciel tout à coup sur le bateau en agitant ses ailes, et allait se percher sur la proue à l'instant même, elle ne songerait pas à l'abattre. Voyons, voyons. Non, très peu pour elle. D'abord, elle n'avait pas de fusil mais, même si elle en avait eu un, elle n'aurait pas su s'en servir. D'ailleurs, était-ce le problème ? Si elle avait retenu quelque chose du poème (elle se remémora alors, remontant des abîmes de sa conscience, le geignement haut perché et pontifiant de son prof de littérature en terminale, M. Parminter), c'était bien l'invincibilité de la nature, sa force, son énormité. Il ne fallait pas tenter la chance. Risquer le déséquilibre. Laissons vivre l'albatros. Laisssons vivre toutes les créatures vivantes… sauf, peut-être, les homards. Elle sourit dans l'obscurité en se rappelant M. Parminter et ce temps-là lui parut très ancien : cette époque où toute sa vie tournait autour de poèmes, de romans, de théorèmes et d'équations. Elle avait peine à croire qu'elle n'avait passé ses examens de fin d'études que quatre ans auparavant.

Elle sortit de sa couchette. Le pont était massif, frais, recouvert d'une pellicule d'humidité. Elle portait une robe de chambre en flannelle qui lui tombait quasiment jusqu'aux orteils, alors qu'elle aurait préféré porter une tenue un peu plus légère pour faire plaisir à Till – mais, pour ça, il faudrait attendre d'avoir retrouvé l'intimité de leur chambre à coucher sur la terre ferme. Elle était pudique et convenable, pas comme les autres filles qui à la première occasion avaient trompé leurs petits amis partis à la guerre, et elle ne sentait pas à l'aise, à s'exposer ainsi devant Warren, même si c'était le frère de Till. Elle avait bien vu son air lorsqu'il la regardait parfois, le même air qu'elle devait supporter depuis qu'elle avait pris des formes en classe de quatrième : regards libidineux, sifflets et tout le reste… Elle ne lui jetait pas la pierre. C'était un homme. Il ne pouvait s'en empêcher. Et elle était fière de ses formes : elles représentaient son meilleur atout car elle n'était pas jolie, du moins pas dans le sens convenu du terme. Elle ne voulait tout simplement pas lui donner ou à quiconque d'ailleurs, une idée fausse d'elle-même. Elle était la femme d'un seul homme et l'affaire en resterait toujours là. A la différence de Sandra qui donnait l'impression d'avoir roulé sa bosse et s'était exhibée en costume de bain deux-pièces lorsqu'ils avaient suivi la côte jusqu'à San Pedro la semaine précédente, au fil d'une brise qui l'avait couverte de chair de poule de la tête aux pieds, au point qu'elle avait dû s'emmitoufler dans la veste de Warren avant le retour au port. Rendons grâce au Seigneur pour les menues miséricordes qu'il nous accorde ! Sandra n'avait pu venir avec eux cette fois-ci. Elle avait un rendez-vous à North Hollywood. Quelle que fût la nature de ce rendez-vous – qu'importe, ça ne regardait que Warren !

Beverly se glissa dans les toilettes et but un verre d'eau, puis un autre. Elle avait la nausée. La faute à la dernière bière. Se passant la main dans les cheveux, elle sentit qu'ils avaient perdu toute leur souplesse alors qu'elle se les était lavés et coiffés le matin même. Hier matin, désormais. Mais elle était en mer et il faudrait bien s'en accommoder, et Till aussi, lui qui la voulait maquillée et pimponnée, qui voulait qu'elle se montre toujours sous son meilleur angle comme les stars de cinéma dans les magazines. Elle actionna la pompe de la chasse, se rinça les mains (l'eau est rare et précieuse…), poussa la porte et la referma derrière elle.

En se rallongeant sur sa couchette, elle songea qu'elle pourrait mettre un foulard du moins jusqu'à ce qu'ils arrivent sur le lieu de pêche, et elle pourrait se baigner si l'eau, bien sûr, n'était pas trop froide. Elle se remémora encore le *Dit du vieux marin* et M. Parminter, qui, en cours, portait toujours un nœud papillon et savait par cœur l'*Ode sur une urne grecque* de Keats. Et puis elle s'endormit.

A son réveil, il faisait jour et la couchette de Till était vide. Elle essaya de concentrer son attention sur le pont mais le pont ne jouait pas le jeu. On aurait dit qu'un énorme poing frappait la proue, un coup, une explosion à répétition qui, commotionnant le matelas fin et la planche en dessous, remontait à travers tout son corps jusqu'au creux de sa poitrine, dans sa tête, jusque dans ses dents. Sans compter que tout, la moindre chose, le moindre boulon, rivet, morceau de métal sur toute la longueur du bateau cliquetait et geignait avec un bourdonnement insistant et excité, comme si toute une ruche de guêpes avait été enfermée dans la coque. Et quelle était donc cette odeur... ? Moisissure, pourriture cachée, odeur nauséabonde, de lait caillé, de son propre corps non lavé. Sans voir rien venir, elle vomit dans le seau qu'elle avait placé tout près à cet effet : les derniers restes, aigres comme du vinaigre, sortirent accompagnés d'un long fil gluant de salive. Elle secoua la tête pour s'en débarrasser et s'essuya la bouche avec le dos de la main. Ensuite, elle se leva, chercha à tâtons son blue jeans et un chandail, celui de Till : rêche comme de la toile à sac mais c'était le vêtement le plus chaud à portée de main. Pourquoi faisait-il si froid tout à coup ?

Au bout d'un moment passé à rester assise là, à se représenter la terre ferme, une plage sur l'île, un rocher au large, n'importe quoi d'immobile, elle réussit enfin à se lever et à se diriger vers la cuisine. Elle emplit d'eau la cafetière à pression, versa le café directement de la boîte dans la passoire sans prendre la peine de mesurer : elle arrivait tout juste à tenir debout, alors se préoccuper de détails ! Et puis, les garçons le voulaient fort. Ensuite, elle posa sur le réchaud la cafetière qui, cependant, n'arrêta pas de pencher et de glisser sur la tablette. Il lui vint à l'esprit de la caler avec la grosse marmite en fonte dans laquelle elle voulait préparer une soupe lorsqu'ils auraient atteint leur destination. S'ils y arrivaient jamais. Que s'était-il donc passé ? Le temps s'était-il complètement détraqué d'un seul coup ? Etait-ce un typhon ? Un ouragan ?

Elle avait une de ces mines ! Il fallait vraiment qu'elle s'arrange les cheveux, mais elle monta tant bien que mal l'escalier ; dans la cabine, elle se jeta sur le canapé ou plutôt le banc, qu'elle avait converti en canapé en cousant ensemble de vieux coussins à carreaux retrouvés dans le garage de ses parents. La pièce, embuée, sentait le renfermé, la sueur masculine et la vase du fond des mers. Till était là, juste en face d'elle, assis sur son banc, aux contrôles, si près qu'elle aurait pu tendre le bras et le toucher. La barre n'arrêtait pas de sauter, Till s'acharnait dessus avec sa main gauche alors que, de l'autre, raide et maladroite, il maniait l'accélérateur, une fois vers l'avant, une fois vers l'arrière. Traits tendus, Warren était penché sur l'épaule de son frère. Ni l'un ni l'autre ne sembla remarquer son arrivée.

Alors seulement elle se rendit compte de la hauteur vertigineuse des vagues qui déferlaient sur eux, les noirs volcans aqueux qui retiraient tout ce qui se trouvait sous la coque et le remettaient aussitôt, explosant contre les hublots comme si cent camions de pompier avaient tous à la fois dirigé leurs tuyaux vers eux. Tel était le rythme, montée, descente, montée, descente et à chaque répétition les paquets d'eau de mer contre les fenêtres. « Où sommes-nous ? » s'entendit-elle demander.

Till ne leva même pas la tête. Il était comme figé, seuls ses bras et ses épaules bougeaient. « Sais pas... répondit Warren, se retournant à peine. A mi-chemin entre Anacapa et Santa Cruz mais, avec la violence de cette tempête, comment savoir ? Merde !

— Ce qu'il faut, renchérit Till d'une voix diminuée et hésitante, comme s'il avait répugné à formuler ses pensées à haute voix, c'est trouver un endroit où jeter l'ancre, à l'abri du vent.

— Alors, d'après la carte, il faut rejoindre Scorpion Bay mais c'est... » Retentit alors un craquement comme si le bateau avait percuté un camion et Warren, avec ses quatre-vingt-dix kilos de barbaque sculptés par son entraînement chez les marines, fut projeté contre le hublot comme une vulgaire outre emplie d'air. Il s'arc-bouta contre la vitre. Tenta de sourire – un sourire jaune. « Droit devant, en plein dans la tempête.

— A quelle distance ? »

Warren hocha la tête et s'agrippa à la rambarde. « Deux milles. Cinq ? Je n'y vois rien, Et toi ?

— Moi non plus mais en tout cas nous ne devrions pas avoir de problème de profondeur. Il y a beaucoup d'eau en dessous. Beaucoup. »

Beverly regarda droit devant dans la direction où la proue plongeait sans cesse vers le choc à venir face à chaque nouvel assaut, et elle ne vit que la houle, les vagues qui se succédaient chacune sur le dos de la précédente, déferlant sans fin, impatientes, déferlant, déferlant, déferlant encore. Elle eut un haut-le-cœur. Elle crut qu'elle allait encore vomir mais il ne lui restait plus rien à rendre. « Qu'est-ce que c'est, ce temps ? » demanda-t-elle, levant la voix pour se faire entendre dans la tourmente, mais ce n'était pas vraiment une question, c'était plus une observation, elle souhaitait seulement être rassurée. Elle aurait voulu dire aux hommes qu'elle était convaincue qu'ils sauraient faire face, ce n'était qu'un coup de vent qui faiblirait avant longtemps, puis le soleil reparaîtrait, illuminerait à nouveau le monde, le calme et la sérénité reviendraient, comme la veille lorsque les vagues se contentaient de lécher paisiblement la coque, quand ils avaient mangé leurs sandwiches, bu leur bière et goûté au pur plaisir de l'instant. Elle n'obtint pas de réponse. Elle n'avait pas peur, pas encore, parce que tout cela était neuf pour elle, parce qu'elle faisait confiance à Till. Till savait ce qu'il faisait. Till savait toujours ce qu'il faisait. « J'ai mis du café sur le feu », dit-elle alors que, rien qu'à penser au fumet, au goût, à la façon dont le breuvage visqueux attrapait au fond de la tasse en une nappe graisseuse et décolorée, elle eut à nouveau un haut-le-cœur. « Hé, les garçons (elle dut prendre sur elle pour prononcer les mots), ça vous dirait, du café ? »

En redescendant dans la cuisine, projetée d'un angle à l'autre, elle se cogna les coudes et les genoux. Lorsqu'elle tendit le bras vers la cafetière, celle-ci sauta du réchaud et lui brûla la main. Avant que Beverly eût le temps d'identifier la douleur, la cafetière tomba, partie supérieure dévissée, sur le plancher qui fumait, six bonnes tasses de café noir renversées sur toute la longueur de l'antre. Sa première pensée alla au bois (le café le tacherait, traverserait le vernis comme de l'acide) : avant de vérifier sa main, elle se retrouva donc à quatre pattes, valsant d'un angle à l'autre de la cuisine telle la bille argentée d'un flipper, épongeant le café à l'aide d'une serpillière qui fut instantanément et impitoyablement brûlante, de sorte que Beverly se brûla encore. Lorsqu'elle eut réussi à nettoyer de son mieux, elle se laissa choir sur le banc, en colère, honnissant le bateau, la mer, les hommes qui l'avaient entraînée dans ce cachot merdique et cliquetant qui empestait la mer, et elle se jura de ne plus jamais faire de sortie en mer, jamais, quelque promesse qu'ils puissent lui faire. « Il n'y aura pas de café, annonça-t-elle aux marches à l'arrière de la cabine. Désolée. Vous m'entendez ? cria-t-elle, projetant sa voix dans l'escalier. Pas de café aujourd'hui, pas de petit déjeuner, rien. Je jette mon tablier ! »

C'est alors que la douleur de la brûlure l'atteignit de plein fouet, l'assaillant avec d'incidieux élancements et picotements, cloques se formant déjà et éclatant dans la foulée. Elle se dit qu'elle allait se frotter du beurre sur la peau rougie du dos de la main et entre ses doigts ébouillantés, mais elle resta clouée sur place. Brusquement, elle eut l'impression de peser une tonne, elle se sentit plus lourde que le bateau, plus lourde que l'océan, lourde au point d'être inamovible. Elle resterait assise. Voilà ce qu'elle ferait. Là. Elle laisserait passer ce mauvais moment.

Mais voici que l'eau se mit à filtrer par l'écoutille avant. Elle eut les pieds mouillés et commença à s'inquiéter. Elle songea aux gilets de sauvetage rangés sous les sièges de la poupe assaillie par les empilements de vagues : alors elle se força à se glisser le long de la table pour aller vérifier ce qui se passait au poste de pilotage, où elle vit son mari et son beau-frère se disputer le gouvernail, au moment même où elle entendait les moteurs hoqueter, s'enrayer et finalement rendre l'âme. Elle retint son souffle. Quelque chose d'essentiel s'était évanoui, de façon anormale, vraiment très anormale, en contradiction totale avec tout ce qu'elle avait connu et cru depuis qu'ils avaient quitté le port. Les moteurs s'étaient arrêtés.

Elle monta au poste de pilotage, tenta de faire comprendre à Till et à Warren la situation en bas : la cabine était envahie par une eau qui n'avait pas à y être, une eau qui entrait par une brèche dans l'écoutille avant, inondée avant de se libérer du poids des vagues et de replonger. Or Till ne l'écouta pas. Till, son rocher, l'homme qui avait survécu à l'arrachement de son bras, à un éclat d'obus encore logé dans ses jambes et caché sous la constellation de cicatrices sur le vaste firmament de son dos, Till était avachi sur le tableau de bord, traits tirés, égaré, tapant désespérément sur le démarreur alors que Warren, en ciré jaune et jurant à chaque inspiration, tentait d'atteindre tant bien que mal la porte côté poupe tandis que la tempête hurlait, dans un monde visible privé de toute substantialité.

Incrédule, outré, Till secoua le gouvernail mais celui-ci ne réagit pas. Le bateau se traîna, chancela, les vagues surgissaient de nulle part, les heurtaient par le travers, enfonçaient la coque et chaque fois Beverly pensait qu'ils allaient chavirer. Elle avait envie de hurler. Elle aurait volontiers crié même en vain, souffle rauque, haletant. Tout ce qu'elle pouvait faire, c'était se cramponner, mâchoires serrées, embruns volant par-dessus la cabine tandis que Warren ouvrait l'écoutille de la pièce des machines, une espèce d'outil dans une main, Warren, Warren dehors sur le pont pour leur sauver la mise mais qu'espérait-il donc ? Comment quiconque aurait-il pu faire quoi que ce soit au milieu de ce chaos ?

Warren réduit à une tache jaune dans un univers dépourvu de couleur, un instant là le suivant ailleurs, une grosse vague destructrice le repoussant contre la porte et déversant une moitié d'océan dans le rictus de la fosse du moteur. Alors, Till lui décocha un coup d'œil, l'air épuisé et désespéré. Warren, sa silhouette, gesticulant, bouche béante, tapait sur le hublot, sorti impossiblement de l'écume, ciré retourné par le vent sur ses épaules (inadapté, ridicule, veste d'enfant, de poupon) puis l'instant d'après il redescendit, trempé. Alors, Till se leva d'un bond, quitta les commandes, barre tournant à toute vitesse, lumières clignotant sur la console, dalots inondés, pompe étouffée par sa propre infirmité. Il saisit le poignet de Beverly, l'arracha à son siège, la propulsa dehors, où ils se trouvèrent confrontés à l'entière furie des éléments : la bourrasque lui arracha le souffle de la poitrine, la vague suivante se dressa, la renversa, la mit à genoux avec une claque cuisante et glacée, et tout à coup elle n'eut plus la nausée, elle ne fut plus ni fatiguée ni impatiente ni morose. Ils allaient se noyer, tous les trois, elle le comprit. Se noyer, mourir, fournis en pâture aux crabes.

« Tu fais quoi, là ? » s'exclama Warren, chancelant, les cheveux comme peints sur le visage. Il tenta de prendre les bras de Till comme s'il avait voulu danser avec lui, mais son frère le repoussa d'un mouvement d'épaule et se pencha pour détacher le canot.

« C'est notre seule chance ! » hurla Till dans la tourmente, jambes emmêlées, roulant comme celles d'un ivrogne, plus synchronisées. Il tapa à l'aveuglette la coque du canot, secoua furieusement les cordages.

« T'es cinglé ! cria Warren. Complètement cinglé! » Titubant, il s'efforça de ne pas perdre l'équilibre, et Beverly aussi, anéantie sous l'assaut des vagues. Le bateau se soulevait et s'abaissait, mort sous leurs pieds. « Nous ne durerons pas cinq minutes en canot dans cette tempête ! »

Mais le canot fut bientôt à l'eau, libéré de son entrave, flottant, et ils grimpèrent dedans. Warren se précipita sur les rames, sans penser un instant aux gilets de sauvetage parce que ceux-ci, malgré leur nouveauté, leur viabilité et leurs promesses de faire flotter hommes, femmes et enfants indéfiniment même dans les eaux les plus agitées, étaient fourrés sous le banc dans l'étrave du *Beverly B.*, or le *Beverly B.* était submergé. Il avait calé. Il coulait.

Lourdement, tel un poteau gorgé d'eau dans une rivière en crue, le bateau dériva. Till avait peint la coque en blanc pour obtenir un bel effet de contraste avec le bois naturel de la cabine (d'un blanc pur, immaculé et glacé, le blanc des draps et des œillets) : cette blancheur brilla alors comme l'image en négatif d'une photo qui ne serait jamais développée. Toutes-puissantes, les vagues continuèrent de s'écraser sur les hublots, puis les vitres éclatèrent et le *Beverly B.* glissa péniblement, s'enfonça puis remonta. Ses entrailles se retrouvèrent sous l'eau, seul le plafond de la cabine se détacha, tache pâle, sur fond de lueurs matinales et d'embruns qui chevauchaient le vent comme un linceul.

Beverly fut témoin de tout cela, recroquevillée, trempée, frissonnant à la poupe de l'esquif, Till à côté d'elle, mais elle ne s'agrippait pas à lui, elle ne s'agrippait à rien car elle était paralysée par sa volonté de s'extraire de cette situation, de fuir, de regagner la terre ferme. Sans regrets. Que l'océan engloutisse le bateau, tout l'argent et le temps qu'ils avaient investis, tant qu'ils les épargnaient, eux, tant que l'île demeurait là dans les ténèbres, se présentait vite à eux comme une vision d'écume et de rochers noirs. Ils franchirent deux vagues, trois et furent entraînés dans une course folle, plus violente que tout ce qu'un manège à la fête foraine aurait osé proposer ; tout à coup, ils se retrouvèrent happés par un gouffre profond tapissé de murs de verre bleu-vert, tout demeura suspendu pendant un bref instant chatoyant avant que les parois ne s'effondrent sur eux. Beverly sentit le plongeon, sa brutalité, et brusquement voilà qu'elle nageait et que le froid la clouait sur place ; son instinct la força à s'éloigner du canot et à reprendre la direction du bateau, de quelque chose à quoi elle pourrait se raccrocher : là, juste là, il montait, descendait, et elle aussi. Le vent lui lacéra les yeux. Le sel lui écorcha la gorge.

Elle ne vit pas Warren, elle ne vit pas où il était mais, à vrai dire, la chute l'avait fait pivoter sur elle-même, alors il pouvait être n'importe où. Et Till ? Il s'était à plusieurs reprises rapproché d'elle, son bras valide tranchant l'écran noir de l'eau, mais, à un moment donné, il ne s'était plus rapproché. Où était-il passé ? Il l'appelait, elle en était persuadée, elle entendait l'écho lointain de sa voix cassée, envolée, emportée par le vent et puis plus rien. « Où es-tu ? cria-t-elle. Till ? Till ? »

La houle lui ravit son souffle. Elle avait mal aux os. Elle claquait des dents. Il s'écoula longtemps – elle n'aurait su dire combien de temps – sans que rien change. Elle s'agrippa au cadavre hoquetant du *Beverly B.* car le *Beverly B.* était tout ce qu'il y avait dans les environs. Parce qu'ils l'embarrassaient, elle plongea la tête sous l'eau afin de s'arracher ses tennis et de les confier aux profondeurs abyssales. Après quoi, elle défit son blue jeans, revers lourds comme des poids en plomb.

Lorsque, en fin de compte, le *Beverly B.* se hissa sur une lame haute comme un continent avant de sombrer définitivement, elle se débattit pour s'éloigner du tourbillon qu'il brassa alors et elle chevaucha les flots. La houle la soulevait, la relâchait, la soulevait et la relâchait. Elle était seule. Abandonnée. Bateau disparu. Till disparu et Warren aussi. Elle sentit quelque chose battre en elle comme une paire d'ailes : sa panique, la panique qui, tel un coup de fouet, lui fit soudain se lancer dans des mouvements de brasse, avant de retomber aussitôt, après quoi elle nagea sur place pendant une portion d'éternité, jusqu'à ce qu'il ne lui reste plus la moindre force dans les bras. Le chandail de Till l'encombrait. Il était trop, trop lourd, or il ne lui procurait rien, ni chaleur ni confort ni Till ni la moindre sensation de sa présence. A l'aide de quelques mouvements d'épaule elle s'en débarrassa, inspira fort et le laissa dériver, couler loin d'elle comme l'exosquelette d'une créature nouvelle, née de l'eau, du sel et du froid pénétrant.

Elle tenta de faire la planche mais, comme le vent poussait l'eau dans ses narines et sa bouche, toussant et crachant, elle se remit à nager. Avait-elle dérivé ? Etait-elle en train de se noyer ? De lâcher prise ? Elle combattit sa peur galopante en agitant ses bras épuisés et ses jambes fourbues. Au bout d'un moment, perdant toute sensation dans ses membres, elle coula mais l'air en elle la fit remonter, et cela plusieurs fois. Elle battit l'eau en quête d'une prise, n'importe quoi, de la substance, hélas il n'y avait rien de solide dans cet océan de matière éphémère où les dauphins souriaient, où les poissons volants volaient, où les requins allaient et venaient à leur guise.

Et Till ? Où était Till ? Il pouvait bien être tout près, à quelques brasses d'elle : comment savoir ? Elle ferma les yeux, prit une profonde inspiration, se laissa couler puis remonter. Elle répéta l'opération. Etait-elle capable de faire ça encore une fois ? Elle n'avait jamais connu le désespoir or il l'étreignait maintenant, plus glacé que l'eau, engourdissant ses pieds, puis, en remontant, ses chevilles, ses jambes, son torse, il la submergea, eut peu à peu raison d'elle. De l'eau, de l'eau partout. Au moment où elle allait abandonner, s'ouvrir, s'ouvrir tout large, laisser le courant impitoyable, insistant et dur la traverser, la tirer vers une retraite où la houle ne pourrait plus jamais l'atteindre, l'océan lui rendit quelque chose : un coffre, une glacière, flottant, quoique lourde, alourdie par son contenu. Un objet argenté, comme le ventre d'un poisson. Sears, Roebuck & C°. Garantie à vie. Elle se l'appropria. Même si elle ne pouvait pas grimper dessus, du moins cet objet était-il là, il la soutint, dans la tourmente et le soleil qui émergeait des ténèbres pour venir dessécher ses lèvres et brûler le masque blanc et tendu de son visage tourné vers le ciel.

« *Rattus rattus* »

ELLE N'AVAIT JAMAIS EU AUSSI SOIF DE SA VIE. N'avait jamais su ce que c'était, n'avait pas vraiment compris en lisant dans les magazines que les Bédouins tombaient parfois de leur chameau, que leur chameau mourait parfois sous eux ou que, lorsque les G.I.s pourchassaient la rumeur des Panzer de Rommel dans les dunes d'Afrique du Nord, l'eau n'était jamais qu'un mirage. Elle avait toujours vécu dans une maison avec un robinet, dans un endroit où l'herbe était verte, où la rosée tapissait l'herbe le matin, où on pouvait prendre un Coca dans n'importe quel snack-bar ou à un distributeur au garage du coin. Quand elle avait soif, elle buvait. C'était simple comme bonjour.

Maintenant, elle savait. Maintenant, elle savait ce que ça signifiait de ne rien avoir à boire, de sentir vos talons vous saisir à la gorge, la langue chargée, gonflée dans la tombe de la bouche, d'être quasiment incapable de déglutir, de respirer. La glacière était pleine de glace et de bières, des bières fraîches, les cannettes cliquetaient et pépiaient au rythme des vagues, mais Beverly n'osait pas ne fût-ce qu'entrouvrir le couvercle, ne fût-ce qu'un instant. Car c'était l'air à l'intérieur de la glacière qui la maintenait en vie : si elle ouvrait le couvercle, il échapperait et qu'adviendrait-il alors ? Les bouteilles continuèrent de cliqueter. Sa gorge d'enfler. Le soleil lui labourait le visage. Cette torture avait été spécialement conçue pour elle, pire que tout ce qui avait été imaginé par les commandants japonais les plus sadiques pendant la guerre. Elle se demanda ce qu'elle avait bien pu faire pour mériter ça : la glace juste là, la bière, le liquide ambré pétillant frais sucré dans les cannettes luisant de condensation à quelques centimètres de ses lèvres, alors qu'elle mourait de soif.

L'idée seule la fit déglutir, intérieur de la gorge à vif, autant que lorsque, jeune fille, quand elle avait eu l'amygdalite, elle se tordait de douleur derrière les stores baissés, dans des draps rêches qui lui entaillaient la peau, jusqu'à ce que sa mère, cet ange de miséricorde, lui apporte du ginger ale dans un grand verre glacé, des sorbets, de la jelly, des glaçons de jus de raisin, pour qu'elle les suce, les roule avec la langue, les morde, jusqu'à en assimiler toute l'humidité. Sa mère avançait la main, elle la vit : elle la vit là, sur fond de houle, le visage de sa mère et le verre ruisselant sur sa main. C'était insupportable. Cédant, elle s'humecta les lèvres avec l'eau de mer, alors qu'elle savait pertinemment qu'il ne fallait pas, que cela ne ferait qu'empirer les choses. Mais elle ne put s'en empêcher, langue furetant, lapant comme si elle n'avait pas été attachée à sa glotte. Le soulagement, instantané, l'envahit comme une drogue : de l'eau, il y avait désormais de l'eau en elle. Mais, presque instantanément, sa gorge enfla tant qu'elle se bloqua et ses lèvres gercées se mirent à saigner.

Saigner. Voilà l'autre problème : le sang. Sans compter ses coudes égratignés, à vif, elle avait une coupure irrégulière et profonde sur le dos de la main gauche, celle qu'avait laissée indemne le café brûlant. Elle n'aurait su dire comment elle se l'était faite et elle avait si froid qu'elle ne ressentait aucune piqûre alors qu'elle aurait manifestement besoin de points de suture et qu'elle en garderait même une cicatrice ; depuis un bon moment, elle examinait la peau abîmée, se disant qu'il lui faudrait aller chez le médecin quand ils rentreraient à la maison, elle élaborait même un petit speech à son intention, elle voulait le meilleur médecin de la ville car elle ne supporterait pas d'avoir une cicatrice, pas à son âge. Mais elle saignait ici et maintenant : chaque vague lavait la plaie et en extrayait la pâle teinture d'un liquide rosâtre qui se dissolvait instantanément. Ce liquide, c'était du sang. Le sang attirait les requins.

A nouveau, l'affolement, la panique. Ses jambes traînaient derrière elle comme des appâts, un hameçon, telle une provocation, elle ne les voyait pas, ne les sentait plus. Si les requins arrivaient, *lorsqu'ils* arriveraient, elle serait à leur merci. Elle était prisonnière d'un cauchemar enfantin, un cauchemar simpliste d'avant l'ère de la formation de la terre ferme, quand toutes les créatures nageaient au milieu de flotilles de mâchoires luisantes prêtes à les avaler. Elle tenta de garder la main hors de l'eau. Tenta de ne pas penser à tout ce qui se trouvait en dessous d'elle, derrière elle, monté des profondeurs indolentes tel un ballon qui aurait glissé sur fond de ciel crépusculaire. Mais elle devait, au contraire, penser. S'épouvanter pour rester en vie.

Depuis que la glacière était venue à elle, elle la manœuvrait tant bien que mal, la chevauchait comme une écuyère, la montait en la coinçant entre ses cuisses, l'enfonçait sous l'eau avec ses pieds et se perchait timidement sur cette fragile et vacillante bouée, elle faisait la planche, couvercle calé entre son ventre et ses seins, dos arrondi, écartant les jambes pour garder l'équilibre. Elle tenta ensuite de se recroqueviller dessus, de s'agenouiller sous le poids de ses membres et de sa poitrine comme si elle avait prié (et, de fait, elle priait, certes, elle priait) ; elle s'évertua à garder sa main balafrée hors de l'eau et à se tenir en équilibre comme un acrobate immobile sur son fil, mais la mer ne la laissa pas faire. Elle glissait sans cesse, la glaciaire rebondissait et s'éloignait, de sorte qu'elle devait la lâcher et nager un instant pour la rattraper, d'un seul élan fulgurant mû par une terreur chauffée à blanc, focalisée sur la probabilité qu'une forme surgisse des profondeurs dans l'unique but de se saisir d'elle à l'aide de son attirail de dents acérées.

Elle n'avait vu qu'un seul requin dans sa vie. Sur le quai de Santa Monica, juste après le retour de Till. Bras dessus bras dessous, ils avaient marché pendant des heures sur la plage puis jusqu'au bout de la jetée ; les planches décolorées ployaient légèrement sous leurs pas, l'air marin les caressait et les rafraîchissait délicieusement. A cet instant-là, elle était si présente à la vie, tellement en phase avec Till et à sa mutation, du souvenir qu'elle en avait gardé à la réalité de sa présence, en chair et en os, à sa main autour de sa taille et à sa voix murmurante à son oreille, que les choses les plus infimes la ravissaient par leur nouveauté, comme si personne n'en avait jamais fait l'expérience auparavant. Un cône en papier de barbe à papa, d'un rose si intense qu'il en paraissait surnaturel, lui avait paru aussi bizarre que s'il avait été apporté par des Martiens. De même l'homme tatoué qui s'exhibait en maillot de bain dans l'espoir de récolter quelques sous ou la vieille reine de beauté de quatre-vingts printemps en costume de bain deux-pièces : même le hamburger avec des tranches d'oignon arrosées de ketchup qu'ils dégustèrent sous la banne accablée de soleil du kiosque au pied de la jetée, avait été meilleur que tous les hamburgers qu'elle avait jamais mangés. Elle était sur un petit nuage, littéralement. Ils étaient là en chair et en os, tous les deux, Till et elle, ils se promenaient comme n'importe quel couple qui pouvait rentrer se coucher à leur guise, de nuit comme de jour, prendre du bon temps, aller écouter le juke-box installé dans un coin, dans n'importe quel routier plongé dans la pénombre, conduire le long d'Ocean Boulevard lentement, paisiblement, vitres baissées, cheveux au vent. Son rêve était devenu réalité. Et c'est là, en plein rêve, qu'était apparu le requin.

Un groupe de promeneurs s'était réuni au bout du môle, vers lequel ils s'étaient eux aussi dirigés d'un pas nonchalant, par pure curiosité ; les gens affluaient d'ici et là, des gamins se faufilaient jusqu'aux premières loges pour ne pas en manquer une miette. C'est alors qu'ils l'avaient aperçu : encore une nouveauté, le premier requin qu'elle eût jamais vu ailleurs qu'en photo dans un livre. Suspendu par la queue, dégouttant au bout de la robuste tresse d'un câble, juste au-dessus des planches de la cale décolorées par les intempéries. Le pêcheur, un Noir (ça aussi, c'était une nouveauté, un pêcheur noir sur la jetée de Santa Monica) se tenait juste à sa gauche alors que son collègue, noir de même, le prenait en photo avec son vieux Brownie. « Arrête de bouger, lança le photographe. Souris. Alors, tu souris, oui ? »

Près de Beverly, une femme émit un son guttural, mi-dégoût mi-fascination. « Qu'est-ce que c'est, demanda-t-elle. Un espadon ? »

Le pêcheur arbora un large sourire et l'on entendit le clic de l'obturateur. « Vous voyez un rostre, vous ? s'enquit-il d'un ton rhétorique. Moi, je n'en vois pas.

— C'est un dauphin, affirma quelqu'un.

— Mais non, répliqua le pêcheur, s'amusant éperdument. Et c'est pas un thon non plus. » Il se pencha sur la bête, sur la demi-lune de la branchie et sur l'œil fixe. Enveloppant avec la main le museau sans résistance, il le tira vers le haut : « Vous voyez ces dents ? »

Dents révélées soudain, tout un paysage d'entassement de dents crénelées, s'enfonçant loin jusque dans la *terra incognita* du gosier ombreux. C'est alors que Beverly avait compris que c'était un requin, le fléau de la mer, l'unique qui s'attaquait à tous les autres, qui surgissait sans crier gare d'un tapis d'écume et déchiquetait un phoque ou mutilait un surfeur, mettant chaque fois le feu aux poudres d'une manchette incendiaire à La Jolla ou à Redondo Beach, que tout le monde s'empressait ensuite d'oublier.

« Ce que c'est, ce que vous avez sous les yeux ? C'est un grand requin blanc, deux mètres vingt-cinq de long. Y a pas pire espèce. Et celui-ci n'est guère plus qu'un bébé. Mince, ils mesurent déjà un mètre cinquante quand ils sortent du ventre de leur mère… »

La foule resserra les rangs autour du monstre. Les yeux de Till brillaient : c'était le genre de chose qu'il aimait, une affaire d'hommes, il y avait pas pire espèce. Il ne restait qu'une question à poser, question qu'elle s'entendit poser elle-même avec sa petite voix toute tremblante : « Et où l'avez-vous pêché ? »

Un silence. Un sourire. Un autre clic de l'obturateur. « Ah, juste là, juste de l'autre côté de la cale. »

L'image lui était restée longtemps. Elle avait interrogé Till : comment était-ce possible, ce que l'homme avait dit, là, juste de l'autre côté de la cale, là, à l'endroit où elle se baignait depuis qu'elle était gamine, et il avait tenté de la rassurer. « Je suppose qu'ils vont partout mais, ici, c'est rare. Très rare. » Il l'avait enlacée, l'avait attirée à lui. « Où on les trouve en quantité, avait-il précisé en désignant avec l'index la bande de brume qui barrait l'horizon, c'est là-bas. Au large des îles. »

Les gens mouraient d'une simple morsure de requin. Ils mouraient de soif. D'hypothermie. Elle portait en tout et pour tout un soutien-gorge et une culotte, elle était nue dans l'eau et, à chaque minute qui passait, l'eau la vidait un peu plus de sa chaleur. Arrimée à la glacière, elle frissonna et sentit en elle la volonté d'abandonner. Que les requins viennent, songea-t-elle, somnolant. Le froid la berçait. Elle se trouva dans la position du personnage de Jack London qui s'allongeait et se laissait mourir parce qu'il ne savait pas allumer un feu. Eh bien, elle non plus ne pouvait allumer un feu, puisque l'eau ne brûlait pas et qu'il n'y avait rien autour d'elle que de l'eau.

Elle sortit de sa rêvasserie postillonnante, se réveilla en étouffant, un poing froid planté dans la gorge. Elle toussa, rua, haleta, eut des renvois d'une violence telle qu'elle en recouvra ses esprits. Le soleil, la mer, le vent, la houle. Le soleil. La mer. Le vent. La houle. La glacière était ballottée et elle était ballottée de même. Et puis voilà que, soudain, il y eut quelque chose d'autre avec elle, quelque chose de nouveau, une chose vivante qui fendit la surface dans une soudaineté féroce et bouillante qui l'annihila : le requin, le requin venu enfin tirer le linceul avec ses dents. Elle ferma les yeux, se détourna de lui. Elle ne remonta pas les jambes parce que c'était inutile désormais, car le temps de la chute était venu, le premier choc déchirant des mâchoires, la tristesse se répandit en elle, comme une tache dans l'eau, tristesse pour Till, pour ses parents, pour ce qui aurait pu être… mais l'instant suivant passa et elle demeura entière, ballotée en compagnie de la glacière, ballottée.

Le prochain plouf dont elle fut consciente fut encore plus proche. Elle se força à ouvrir les yeux, tenta de percer du regard les tentures tombantes de ses paupières gonflées. Les pupilles lui brûlaient. Le sang tambourinait dans ses tympans. Il lui fallut un moment pour comprendre que ce n'était pas un requin, pas un poisson : les poissons n'avaient pas des têtes de chien, des moustaches et des yeux ronds qui luisaient comme ceux des humains. Eberluée, elle contempla ces yeux jusqu'à ce que l'animal plonge dans les remous et que son propre regard se pose, au-delà du tourbillon d'écume, sur une paroi rocheuse récurée par le soleil, trouant la brume au-dessus d'elle.

Anacapa est la plus petite des quatre îles qui forment l'archipel des îles septentrionales des Channel Islands ou îles du Détroit, la plus proche de la côte, à peine onze milles depuis sa pointe ouest jusqu'au port d'Oxnard. Avec son orientation est-ouest, elle est parallèle à la côte, d'Arch Rock à l'est jusqu'à Rat Rock à l'extrémité ouest ; du point de vue géologique, c'est une extension maritime des montagnes de Santa Monica. En réalité, Anacapa est formé de trois îlots distincts, reliés uniquement lors de marées extrêmement basses ; d'origine volcanique, l'île est composée principalement de basalte remontant au Miocène. Les trois îlots sont à peu près inaccessibles, puisque bordés de falaises vertigineuses et de rubans de plage qui, au pied des falaises, reluisent sombrement de débris rognés à la roche victime de l'érosion marine. D'avion, les îlots forment une bande étroite et sinueuse qui ressemble à la colonne vertébrale d'un serpent de mer, crêtes articulées comme des vertèbres, toutes griffes dehors, gueule ouverte, queue fustigeant la poigne du courant. Des oiseaux de mer nichent au sommet des falaises et sur le plateau (entre autres : guillemot de Xantus, pélican brun et cormoran de Brandt). Les pinnipèdes font du raffut sur le rivage. Les précipitations annuelles ne dépassent pas les trente-cinq centimètres. Il n'existe aucune source permanente.

Beverly ne savait rien de tout ça. Elle ignorait que la terre qui la surplombait était Anacapa et qu'elle avait dérivé de plus de six milles. Elle n'avait qu'une chose en tête : un rocher, contrairement à l'eau, c'était tangible et ferme, et elle nagea donc vers l'île avec l'énergie du désespoir. Par deux fois elle manqua couler et refit surface, à bout de souffle ; elle eut le plus grand mal à rester accrochée à la glacière dans les déferlantes. Soudain, elle se retrouva dans les brisants, qui lui arrachèrent la glacière des bras, disparue tout à coup, et elle n'eut plus le choix : elle dut fermer les yeux, tendre les bras et chevaucher une vague jusqu'à ce que celle-ci la rejette violemment, comme autant de goémon, au pied de la falaise. Des galets roulèrent et s'entrechoquèrent sous ses genoux et sous ses gestes frénétiques d'appropriation, elle fut emportée sur le côté, eut le souffle coupé, mais agrippa quelque chose, une matière différente, du sable, une plage creusée dans la roche. Ce n'était rien de plus qu'une fosse semi-circulaire, barattant comme une machine à laver, mais du moins était-ce palpable et cela lui permit de se maintenir en équilibre : enfin, elle avait pris pied sur la terre ferme. Elle aurait été en droit de pousser un soupir de soulagement mais elle n'en eut pas le loisir. Parce qu'elle grelottait. Elle était trempée. Abasourdie. Et la prochaine vague se précipitait déjà sur elle.

L'écume fusait, moussait jusqu'à ses genoux, la repoussait contre la paroi noire et sévère. A chaque nouvel assaut, elle tombait vers la gauche, puis le prochain brisant arrivait en tonnant et elle se mettait à quatre pattes sur la roche grêlée, acérée et lisse à la fois : de cette manière elle réussit à sortir de l'eau, grimpa sur l'étroit perchoir pas plus large que sa couchette sur le *Beverly B.* Frissonnant, elle plaqua les genoux contre sa poitine, serra ses épaules avec ses mains. Ses cheveux lui tombaient, raides, sur les yeux. Les vagues s'écrasaient, se dissolvaient en poussière d'eau et tout empestait le pourri et l'excès protoplasmique des galaxies de choses tournoyantes, mordantes, déficientes qui n'avaient pas survécu à la nuit. L'esprit tendu vers le vide, Beverly ne pensa ni à Till ni au bateau ni à Warren. Elle contempla simplement, engourdie, le ressac qui faisait systématiquement disparaître la grève avant de la lui rendre, lamelles déchirées de varech exécutant la danse de Saint-Guy… un amas de bois flotté… le tumulte de l'aspiration et des grondements. Sur quoi, elle s'endormit.

A son réveil, elle fut confrontée à un soleil et à une grève qui avaient grossi tous deux, une coquille de sable à l'éclat sombre émergeait du reflux de la marée, dents des rochers exposées, gencives mouillées accrochées dessous. De tout ce temps, Beverly était restée à l'ombre, recroquevillée sur son perchoir, à l'abri du ressac, de la marée et du soleil mais ce dernier brillait maintenant sur le détroit et c'est sa chaleur qui en la touchant l'avait réveillée. Elle resta longtemps assise là, absorbant cette chaleur, et si elle attrapait un coup de soleil, tant pis car elle préférait ça à mourir de froid, oui tous les coups de soleil qu'on voudrait, se faire brûler et rôtir à en peler, n'importe quoi plutôt qu'un froid qui se serait insinué dans son corps, l'engourdissement pénétrant en elle au point qu'elle n'aurait guère valu mieux qu'un cadavre. Elle contempla l'océan avec une sorte de haine inédite, elle abhorra sa monotonie, son indifférence, son froid à vous sucer la moëlle. Et puis, soudain, elle ressentit la soif. Elle avait encore soif. Plus soif encore qu'avant, dans l'eau, alors qu'elle avait déjà eu plus soif là-bas que jamais avant dans sa vie.

A cet instant-là, son regard se porta sur un reflet métallique à l'extrémité de l'anse la plus proche. La glacière. Là, échouée, fichée, droite, sur le sable, couvercle encore fermé. Elle sauta de son rocher. Visqueuse, crasseuse, membres meurtris, langue parcheminée, elle courut jusqu'à la glacière, ouvrit le couvercle : la glace avait fondu et les cannettes étaient toutes cassées, sauf une, précieuse rescapée, brun sombre, couverte de billes de sueur, étiquette décollée, grains de sable passés sous la capsule. Présentant la cannette au soleil, elle vérifia qu'elle était intacte, bulles infusées de lumière s'élevant en une lente danse hypnotique. Une bière. Une bière fraîche. Mais elle n'avait ni ouvre-bouteille ni ouvre-boîte ni couteau ni tournevis, aucun outil d'aucune sorte. Où était donc Till ? Où était-il quand elle avait besoin de lui ?

Elle se rappela la désinvolture avec laquelle il cognait le goulot de sa cannette sur le bord du comptoir ou de l'établi dans le garage, et la façon qu'avait la capsule de sauter d'un coup ; ensuite, il appliquait le goulet frais sur ses lèvres, le tout en un seul mouvement d'une belle fluidité, comme si ouvrir et vider une cannette faisait partie du même processus physique ininterrompu. Au-dessus d'elle, une mouette qui la jaugeait, médita sur sa chair déchirée, égratignée puis s'envola. Beverly regarda frénétiquement alentour, à la recherche de quelque chose, n'importe quoi qui lui servirait d'outil mais il n'y avait rien, rien que du sable, du bois flotté et des rochers.

Des rochers. Un rocher ferait l'affaire. Bien sûr. Elle passa la main sur la base du surplomb, en quête d'une pierre irrégulière, d'un rebord, n'importe quelle saillie. Là, voilà ! Sa main brûlée s'abattit sur la capsule présentée selon un certain angle, de tout son poids, une fois, deux fois… Rien. Elle insista, désespérée, en colère, furieuse, mais elle ne réussit qu'à aplatir les stries de la capsule, qui se retrouva encore plus hermétiquement collée au goulot. Elle n'en put plus, elle ne supporterait pas cela une seconde de plus : d'un seul coup elle brisa le col, soudain béant, et vida tout le contenu en trois gorgées sans reprendre son souffle, et s'il y avait du verre cassé dans le liquide et s'il l'ouvrait de l'œsophage aux viscères, eh bien elle s'en moquait éperdument parce qu'elle avait bu, enfin, rien d'autre ne comptait.

Hélas, la cannette bue, elle continua d'avoir soif, la soif qui crépitait dans ses entrailles comme un champ de cannes courbées par le vent du désert. Rien d'étonnant, aussi, à ce qu'elle ait eu la tête qui tournait ? Elle supportait bien l'alcool, elle était fière de pouvoir boire autant que Till, mais elle avait pris cette bière pour ainsi dire de plein fouet et, sans guère s'en apercevoir, elle s'affaissa sur le sable, croisa les jambes pour adopter sans le savoir une pose de bouddha comme si cela avait été son intention depuis le début. Dans l'entremise, il lui sembla que le soleil avait légèrement changé de position, s'était rapproché de la surface grise et arasante de l'océan où la brume pouvait s'en emparer et le moucher comme le mégot de la cigarette dont Beverly eut subitement autant envie qu'elle avait soif. Elle se leva tant bien que mal et se dirigea vers la glacière. Celle-ci se trouvait encore là où elle l'avait laissée moins de dix minutes avant (à moins que… combien de temps s'était écoulé depuis ? Avait-elle somnolé ?). La marée montante allait la lui reprendre. La saisissant par un angle, elle la tira sur le sable jusqu'à la déclivité sous la falaise, puis s'évertua à la hisser sur son perchoir près de deux mètres au-dessus de la plage. A l'intérieur, au milieu du fouillis de verre cassé et de rubans de sable et d'algues, stagnait un liquide, sans doute un mélange de bière et de glace fondue, qui aurait pu être potable, qui aurait peut-être étanché sa soif si, lorsqu'elle plongea son index dedans et le suça, son seul goût n'avait pas été celui du sel.

La nuit tomba, assistée, encouragée par la brume, qui enferma la plage en même temps que la marée l'envahissait. L'eau lui montant au-dessus des genoux, Beverly palpa en tâtonnant les saillies festonnées aux deux extrémités de l'anse, à la recherche d'une issue. Elle se plaqua contre la roche, un pied en l'air, puis l'autre, s'étirant de tout son long pour arriver à trouver une prise. Patiente, visage collé à la roche, elle parvint à se hisser à cinq ou six mètres au moins au-dessus du niveau de l'eau mais, après être tombée à trois reprises dans les galets et l'eau glaciale, elle abandonna. Tout effort était inutile. Elle était piégée. Elle céda, brièvement, à la panique mais la réprima aussitôt. Elle n'avait pas peur, non, elle n'avait plus peur, la peur, c'était du passé. Elle ne ressentait que de la frustration. De la colère. Pourquoi avoir été épargnée si c'était pour finir là, mourir de faim, de soif, de froid ? Et Dieu dans tout ça ? Que mijotait-il ? En fin de compte, dans la nuit noire, lorsque la brume se fut épaissie autour d'elle au point de gommer jusqu'aux étoiles, sans parler des lumières d'éventuels bateaux qui seraient venus à leur rescousse dans le détroit, à la recherche de survivants (elle imagina Till et Warren emmitouflés dans une couverture, à l'abri dans une cabine soumise à un doux balancement, lustre du bois vernis, lanternes tanguant, bord d'une tasse de café calé contre les lèvres), elle serra la glacière contre elle et se força à dormir.

Aux premières lueurs du jour, le raffut des mouettes la fit penser à une porte aux gonds rouillés qu'on n'arrête pas d'ouvrir et de fermer mais il n'y avait ici ni porte ni lit ni chambre à coucher ni vêtements ni chaleur, et le brouillard masquait les volatiles. Elle frissonna dans la lumière, se tapa les cuisses et les épaules, se recroquevilla puis, tout à coup, la soif lui revint. La soif finit de la réveiller. Elle se leva, en équilibre instable car la marée était descendue puis remontée et remontée encore, réduisant son univers à son rocher et à la paroi au-dessus. Elle avait envie d'un broc d'eau, rien de plus, elle se le représentait, le broc d'eau de la maison, en porcelaine blanche, celui qui lui venait de sa mère et qu'elle ne sortait que pour les grandes occasions. Après un long moment, elle finit par s'apercevoir que des gouttes froides et pressantes tombaient sur son épaule et que, depuis un bon moment, elle essayait de les éviter. Levant la tête, elle se rendit compte que la paroi était humide : la brume chuchotait au-dessus d'elle, sur la roche, se condensait là, puis coulait au goutte à goutte.

Ce qu'elle ignorait, c'est que, quarante ans plus tôt, un homme du nom de H. Bay Webster avait pris l'île en fermage auprès du gouvernement fédéral dans le but d'y démarrer un élevage de moutons, mais l'entreprise avait échoué à cause du surpâturage et du manque d'eau. En fin de compte, pour survivre, les pauvres moutons en avaient été réduits à se lécher les uns les autres, la rosée déposée sur leurs toisons. Mais quelle importance ? Tout ce qui comptait, c'étaient ces gouttes-là. Beverly tira la langue et lécha la roche comme elle aurait dégusté un cornet glacé que lui aurait tendu la vendeuse d'une buvette à la fête foraine. Lorsqu'un petit crabe verdâtre se présenta, tout près, tout plat, elle l'écrasa sous le talon et ne fit qu'une bouchée des fragments froids, salés et mouillés.

Il lui fallut ensuite une éternité pour s'armer de courage et passer à l'acte, car elle savait désormais ce qu'elle devait faire même si tout son être y répugnait. Elle pria constamment qu'on vienne la sauver, que la proue d'un navire émerge doucement de la brume, qu'un cordage dévale d'une grande hauteur : n'importe quoi pour lui éviter de retourner dans l'eau assassine. L'ironie de l'affaire, c'était qu'elle avait toujours aimé nager : elle avait fait partie de l'équipe de natation de son école et s'entraînait si inexorablement que, la dernière année, ses cheveux semblaient ne jamais avoir le temps de sécher. Au moment de descendre de son rocher, d'attraper la glacière et de plonger dans les déferlantes, elle détesta l'eau plus que tout au monde. Elle fut instantanément glacée jusqu'aux os. Mais elle dépassa bon gré mal gré les brisants et nagea vers le large.

Le cauchemar recommença, avec une différence néanmoins car cette fois elle était sauvée, elle s'était sauvée : elle resta près de l'île, frissonnant, certes, épuisée, assoiffée, mais sans panique. Les requins ne viendraient pas aussi près du rivage, pas avec ces cohortes de phoques, des cohortes qui aboyaient depuis les rochers, dont émanait une sulfureuse odeur d'urine, de matières fécales, bref, une puanteur de phoques. La mer était plus calme, beaucoup plus calme, presque plate, et de temps à autre Beverly essayait de faire la planche, menton sur la poitrine, coudes pliés dans le dos, mais invariablement elle roulait sur le côté et devait revenir à l'horizontale autant que possible pour échapper au froid. La brume s'accrochait à elle. D'immenses plaques de varech, tiges brunes et feuilles jaunies, dérivèrent par là. De minuscules poissons asticotèrent l'eau autour d'elle avant de passer leur chemin.

Au fil des heures, le monde se mit à se dilater, d'innombrables oiseaux prirent leur envol dans la brume et revinrent en planant tels des spectres dans l'éther, les falaises décapitées au-dessus de leurs jupes de guano étaient brodées de buissons (voire de fleurs) si hauts qu'on les aurait cru plantés dans l'air. Beverly se laissa porter par le courant, s'obligeant périodiquement à déplier les jambes et à pédaler pour garder le cap, se disant à tout moment qu'elle allait tomber sur un bateau qui aurait jeté l'ancre ou sur une plage où déboucherait un vallon qu'elle pourrait remonter pour s'éloigner de la mer. A quelle distance avait-elle dérivé, depuis quand nageait-elle : comment savoir ? Le froid la minait, la berçait, brisait sa volonté, chaque rocher recouvert de phoques, chaque falaise noire étaient tellement semblables aux autres qu'elle se demanda si elle n'avait pas déjà fait deux fois le tour de l'île. Mais elle tint bon, comme elle l'avait fait lorsque, la veille, le *Beverly B.* avait sombré. Qu'y avait-il d'autre à faire ?

On devait être en fin de matinée, le soleil était perdu quelque part tout là-haut dans la brume, lorsque, enfin, elle trouva ce qu'elle cherchait. Plus exactement, elle ignorait ce qu'elle cherchait jusqu'à ce que ça se soit matérialisé, fendant la brume dans une anse qui n'était pas différente de toutes les autres. Une échelle rouillée parut glisser jusqu'à elle, tellement oxydée qu'elle avait désormais la couleur des étoiles de mer collées aux rochers en contrebas. Quand elle agrippa un barreau, elle lâcha la glacière, se hissa hors de l'eau, un barreau après l'autre, comme d'un fourreau qui aurait cédé doucement.

L'univers s'arrêta d'osciller. L'océan reflua. Beverly gravit un sentier escarpé qui montait vers une hauteur où le brouillard se mit à s'effilocher, à se saigner jusqu'à disparaître entièrement. Au-dessus d'elle, débouchant sur le soleil et un chaparral moucheté de floraisons jaunes qui grimpaient comme une barbe le long de la pente, se trouvaient un abri, deux abris, trois, quatre, alignés au sommet de la falaise, comme surgis de la roche. Les vitres du plus proche (toit plat, planches grisées par les intempéries) accrochaient tant le flamboiement du soleil qu'il resplendissait comme une cathédrale. Tout contre, là où la gouttière se détachait de la toiture, était installé un tonneau, une citerne manifestement pour recueillir l'eau de pluie.

A ce moment-là, Beverly fut réduite au rang des bêtes, rien de plus, sa concentration fut celle d'un animal, l'esprit vidé de tout hormis le tonneau et son contenu espéré : elle ne sentit absolument pas les cailloux acérés de la sente qui y menait et qui lui pénétrèrent dans la plante des pieds, pas plus que le poids du soleil sur ses épaules. Elle ne songea absolument pas qu'on aurait pu la voir dans toute sa nudité, à ce que cela aurait pu signifier, jusqu'à ce qu'elle atteignît le tonneau et plongeât la tête dans ses profondeurs, où elle sentit revenir le fil de soie fraiche. Alors seulement elle regarda autour d'elle. Il régnait un calme parfait et, elle avait beau grelotter, il faisait extrêmement chaud. Sa première pensée fut d'appeler, bien que ce fût absurde : « Il y a quelqu'un ? » Et pourquoi pas « Ho hé ! » ? *Ho hé* eût été ridicule, n'importe quoi, d'ailleurs, l'aurait été. Elle était dans la tenue d'Eve, elle n'avait plus son blue jeans, avait enlevé le chandail de Till, ses sous-vêtements lui avaient été arrachés au cours de son combat contre le courant, par les flots et le mouvement de succion des galets. Lorsque, palpant son corps, elle porta les mains à ses seins afin de couvrir sa nudité, elle tâta deux choses mortes, deux poissons à plat sur une planche. Elle tomba à genoux par terre, se recroquevilla sur elle-même et, grelottant encore, scruta les environs avec le regard éteint d'un animal.

L'instant d'après, elle se releva et fit le tour de l'abri pour trouver la porte, dans l'espoir de découvrir de quoi s'habiller à l'intérieur : il devait bien y avoir là-dedans des guenilles, un drap, une vieille serviette ou un chandail de marin. Mais… s'il y avait des gens à l'intérieur ? Un homme ? Aucun homme sur terre ne l'avait jamais vue nue à l'exception de Till et du médecin qui l'avait accouchée. Que dirait-elle à Till si un inconnu la découvrait dans cette tenue ? Elle hésita. Longtemps, elle regarda la porte inanimée, obstinée, simple assemblage de planches clouées à une traverse, balafrée par les intempéries, muette. A côté : une fenêtre dont les quatre carreaux étaient si sales qu'elle en était opaque. Beverly s'en approcha pour, les mains en visière, regarder à travers, avec l'étrange impression qu'on l'épiait.

A l'intérieur, elle discerna un comptoir de cuisine avec dessus un plat et un assortiment de ce qui ressemblait à des bouteilles vides. Et, plus loin, un lit de camp défoncé sur lequel était jetée une vieille couverture de l'U.S. Army. Une autre fenêtre, du côté nord, attirait la réverbération de l'océan. Beverly tapota la vitre afin de prévenir quiconque serait à l'intérieur. Elle finit par demander tout bas : « Bonjour ? Il y a quelqu'un ? »

Pas de réponse. Elle souleva le loquet, ouvrit la porte et déclencha un froufrou de mouvements à l'intérieur : des formes obscures hantaient les angles. Elle nota un livre ouvert par terre, les étagères, les boîtes de conserve et, accroché à une patère, un caban devant lequelle elle resta interdite car elle crut un instant que quelqu'un se tenait là sans bouger. Au bout d'un moment, ses yeux finirent par s'ajuster. Les formes aux angles se manifestèrent alors toutes à la fois : couvertes de fourrure, lestes, queues remuant avec indolence, multitude d'yeux brillants se rivant sur elle sans hâte ni crainte – car elle était l'intruse, une mendiante, et elle était nue, elle avait été rejetée par la mer comme autant de déchets : elle lâcha un petit cri. Des rats. Elle avait toujours détesté les rats, depuis la maternelle, à l'époque où sa mère l'avertissait de ne pas traîner près des poubelles à l'arrière de leur immeuble : « Ils mordent les bébés, lui dit-elle un jour, et les grandes filles aussi. Ils mordillent leurs orteils, leur sautent dans les cheveux. Tu connais Janey, en haut au 7B ? Ils ont grimpé dans son berceau quand elle était bébé. Oui, ici même, dans cet immeuble. » Son père confirma la chose : la prenant par la main, du bout du soulier il sonda les coins ombreux du garage pour qu'elle puisse voir les bestioles de ses propres yeux, les cadavres de celles qu'il avait attrapées à l'aide de pièges, alléchées par du beurre de cacahuètes. En secret, dans le noir, les rats léchaient et donnaient des coups de patte à cet appât, au beurre de cacahuètes qu'elle-même mangeait sur des tranches de pain blanc dont elle ôtait la croûte : et puis la guillotine tombait et le sang coulait de leurs têtes écrasées, de leurs mâchoires disloquées. Les rats. Ils transmettaient des maladies, gaspillaient la nourriture, mordaient les bébés. Mais que faisaient-ils sur un îlot sauvage au milieu de l'océan ? Y étaient-ils arrivés à la nage ? Avaient-ils des ailes ?

La pensée repartit aussi vite qu'elle lui était venue. Beverly agita violemment les bras. « Sortez ! » hurla-t-elle, fondant sur eux, tourbillonnant, frappant des mains. « Sor… » Ils battirent des paupières dans sa direction (il devait y en avoir une douzaine au moins) et puis, très lentement, comme une obligation, comme s'ils avaient obéi seulement parce que, à cet instant-là, son besoin excédait le leur, ils disparurent dans leurs trous. Muée en furie, saisissant la couverture sur le lit de camp sans une pensée pour les crottes sèches qui firent un bruit de ferraille en tombant par terre comme de la mitraille, elle s'en enveloppa tout en fouillant dans les ustensiles jetés pêle-mêle dans un plat en émail ébréché sur le comptoir et les boîtes de conserve sur l'étagère : pêches au sirop, haricots de Boston, crème de maïs.

Elle mangea debout. D'abord les pêches – elle n'avait jamais rien goûté d'aussi délicieux que le sirop épais et suave : du sirop à lécher sur la cuiller puis au bout de ses doigts, chacun son tour.

Puis la crème de maïs, dont elle piocha la douceur essentielle à la cuiller. Et enfin une boîte de thon pour le plaisir de sentir les miettes entre ses dents. Ce n'est qu'une fois rassasiée qu'elle prit la peine de regarder autour d'elle. A ses pieds : les boîtes de conserve vides, témoins de ses crimes (vol avec effraction). Elle se laissa choir sur le lit de camp et, remontant autour de sa gorge la couverture aux poils rêches, s'aperçut, avec une sorte d'intérêt circonspect, que les murs étaient tapissés de pages arrachées à des magazines, *Life*, *Look* et *Sunday Rotogravure*. Des pin-ups lui rendirent son regard, des soldats perchés sur des tanks, Barbara Stanwyck à cheval. C'était un homme qui vivait là, pas de doute, un homme seul. Un ermite. Un pêcheur. Qui avait peur des femmes. Il avait certainement des moustaches comme dans les vieilles photos de l'époque de son grand-père.

Beverly trouva des vêtements dans une malle coincée dans un angle de la pièce. Deux chemises blanches, pour un homme de petite taille, un chandail en laine bleu avec un passepoil rouge, et un pantalon de gabardine taché et rapiécé. Sans y réfléchir à deux fois (elle lui rembourserait dix fois le prix lorsqu'on viendrait la sauver), elle enfila le pantalon et la chemise la moins moche des deux avant de ressortir voir si elle pourrait le trouver – le ou les, car d'autres hommes devaient vivre dans les autres cabanes et, s'il y avait quatre cabanes, il devait y avoir quatre hommes. Au moins. Devant la porte, tournée vers la cabane la plus proche, à une trentaine de mètres, elle cria : « Ho hé ! »

Aucune réponse. Les seuls bruits étaient ceux auxquels elle s'était désormais habituée : le tamis du vent, les claques et les roulades des brisants, les cris tendus et ronflants des oiseaux. Elle vérifia chaque cabane. Malgré des signes d'habitation récente : un casier à pommes de terre dont les pommes de terre étaient rongées par les rats, une bougie fondue dans une soucoupe, d'autres boîtes de conserve, des crackers rassis dans une boîte en fer-blanc, du matériel de pêche, des pièges à homards, deux pichets de vin rouge et ce qui avait sans doute été du xérès, qui avait viré au noir sous une couche de pourriture dans une bouteille sans étiquette. Elle ne trouva personne. Elle eut l'impression d'appartenir au groupe d'orphelins dans le conte de fées où ils parviennent dans un royaume magique dont tous les habitants, sous le coup d'un sort, ont été métamorphosés en arbres, en animaux, en rats noirs qui ne craignent pas du tout les humains. En fin de compte, après avoir vérifié les quatre cabanes et appelé encore, maintes fois, dans le néant de la futilité, elle retourna à la première, ouvrit une autre boîte de pêches au sirop, les dégusta lentement, une tranche à la fois, laissant le sirop lui couler sur la joue, puis elle s'allongea sur le lit de camp, s'enveloppa dans la couverture et s'endormit.

Il y avait tant de choses qu'elle ignorait. Comment aurait-elle pu savoir ? Elle était échouée sur une île déserte, elle avait vu son mari emporté par une vague en pleine mer (elle ne se l'avouait pas à elle-même, refusait pour l'heure de lâcher l'écheveau de l'espoir qui se dévidait lentement), c'était la première fois qu'elle voyait cette île, ignorait totalement où elle se trouvait et à quoi s'attendre. La cabane qu'elle avait adoptée n'aurait pas été différente à ses yeux si elle était tombée du ciel. Une cabane, elle à l'intérieur : rien de plus, et cette cabane lui procurerait un abri jusqu'à son sauvetage. Qu'avait-elle besoin de savoir de plus ?

Naturellement, la cabane sur laquelle elle avait jeté son dévolu n'était pas tombée du ciel, même s'il y avait un je-ne-sais-quoi de sacré dans le fait qu'elle fût apparue au moment où elle en avait le plus besoin. En réalité, elle était le fruit du travail d'hommes qui avaient eux aussi eu des besoins, des aspirations et des visées financières très précises, comme Alma le savait fort bien. Parce que l'histoire de sa grand-mère était sa référence première. Elle avait lu les coupures de journaux la concernant, fouillé les archives, rédigé des dissertations sur le sujet au lycée et à la fac ; elle pouvait affirmer avec certitude que Beverly s'était échouée sur l'anse de Frenchy, sur West Anacapa, le plus vaste des trois îlots, le plus à l'ouest. Ces cabanes, ces « baraquements », comme on les appelait à l'origine, avaient été construits en 1925 par des investisseurs de Ventura, dans l'espoir d'établir sur place un camp de pêche sportive. Ces baraquements étaient fabriqués en planches et en lattes du plus simple effet, conçus pour correspondre aux personnages rudes susceptibles de venir pêcher sur l'îlot mais peu enclins à passer la nuit dans une cabine exiguë ou dans un bateau ballotté par la houle.

Malheureusement pour les investisseurs, de ces types rudes, ils n'en virent jamais l'ombre. Le projet capota et les cabanes demeurèrent vides jusqu'à ce qu'un squatter du nom de Raymond « Frenchy » LaDreau y emménage et en prenne possession trois ans plus tard. Il y mena une existence d'ermite, vécut de la mer, accueillit de temps à autre de rares visiteurs et réclama de l'eau à chaque bateau qui jetait l'ancre dans l'anse, bateau de pêche de Santa Barbara ou d'Oxnard, ou bateau de plaisance ayant traversé le détroit pour le week-end. Quelles étaient ses pensées, ses aspirations, souffrait-il de la solitude, était-il en paix ? Nul ne sait mais il resta là jusqu'en 1956, où, à l'âge de quatre-vingts ans, ses jambes lâchèrent suite à une chute dans les gravillons du sentier qui monte de la grève : il dut retourner s'installer définitivement sur le continent. C'était à lui qu'appartenaient la chemise et le pantalon que Beverly avait revêtus et les boîtes de conserve qu'elle avait ouvertes : il aurait dû être là et il aurait d'ailleurs été heureux de les offrir lui-même s'il n'était parti pour l'une de ses fréquentes virées sur la côte, ne se doutant guère qu'on aurait besoin de lui. A son retour, il ne ressentit qu'indignation devant la violation de son espace et de ses biens mais il n'y avait là rien de nouveau : c'était déjà arrivé et cela arriverait encore car les cabanes trônaient au sommet de la falaise, trop tentantes pour ceux qui croyaient que le monde leur appartenait. Il devrait se racheter des boîtes de pêches, voilà tout, des fayots et de la crème de maïs, et, peut-être, s'il se le rappelait dans le tohu-bohu de la quincaillerie à Oxnard, un cadenas.

Le premier jour, Beverly se réveilla à la lumière déclinante du soleil dans la fraîcheur insidieuse du début de soirée. Elle se redressa d'un coup sur le lit de camp, hésitant quant à la marche à suivre, sans compter les rats qui, rassemblés autour d'elle, la dévisageaient. Ils étaient tranquilles, satisfaits, ils en prenaient à leur aise, grimpés sur la chaise près du comptoir, nichés dans les déchets par terre ou, les pattes affairées, courbés sur les choses qu'ils avaient volées, en train de se goinfrer. Tout à coup furieuse, Beverly sauta du lit, chercha un objet avec lequel fondre sur eux, les chasser, leur faire payer leur audace : l'objet se manifesta sous la forme d'une pelle dans un coin. Les rats reculèrent lorsqu'elle s'en saisit et la brandit, lourde tranche de la pelle tombant, creusant, ricochant sur les murs. En quelques secondes, les rats avaient disparu et elle se retrouva, essoufflée, au milieu de la pièce, contrainte par la chemise, pantalon la serrant aux hanches et l'océan, par la fenêtre, dur comme la pierre.

Elle sortit, fulminant, marmonnant, lâchant un chapelet d'injures que, jusque-là, elle n'était pas consciente de connaître. Elle se mit à piocher dans le tas de bois flotté entassé derrière l'abri. Instinctivement, sans respect pour ses mains non protégées ou les sanglots qui lui montaient à la gorge, elle jeta bûche après bûche par-dessus son épaule dans l'espace entre les baraques. Lorsque le tas atteignit une hauteur impressionnante, que la sueur lui piqua les yeux et que ses cheveux filasses furent entièrement collés sur son crâne, elle descendit, toujours pieds nus, le sentier jusqu'à la grève, où elle ramassa tout ce qui serait susceptible de brûler, et le remonta. Les rats avaient déchiré des journaux dans une boîte en carton à côté de la porte de la deuxième cabane. Elle trouva les allumettes dans un bocal au-dessus du fourneau.

Elle attendit qu'il fasse nuit noire et, encore vêtue de la chemise au tour de poitrine trop étriqué et du chandail bleu au passepoil rouge imprégné d'une drôle d'odeur de transpiration masculine, mangea du porc et des haricots directement dans la boîte de conserve, savourant jusqu'au plus infime morceau. Puis elle alluma son feu, son signal. Lorsqu'il prit et qu'elle commença à l'alimenter sans jamais le laisser s'éteindre, les flammes, qui s'élevèrent à plus de dix mètres de haut, furent visibles jusqu'au continent, qu'elle distinguait tout juste à travers le voile de brume, réduit à une succession de lumières irrégulières comme à la dérive, comme si elles étaient tombées à la mer. Le feu se déchaîna, jeta des étincelles, éventra la nuit. Quelqu'un le verrait bien, se dit-elle, oui, forcément, quelqu'un le verrait. Ce premier soir, elle cria même, régulièrement, émit un son à la fois aigu et guttural, censé percer la brume, franchir l'étendue de mer et frapper la coque de tout bateau qui passerait par là, verrait son feu et entendrait son cri de détresse. La deuxième nuit, elle ne gaspilla pas sa salive. La troisième, ayant déjà presque brûlé tout le bois qu'elle avait pu récupérer dans la journée, elle imagina mettre le feu aux cabanes ou au chaparral. A la fin de la première semaine, elle était résignée. Elle chassait les rats, mangeait dans les boîtes de conserve, buvait à même la citerne. Quand elle ne ramassait pas du bois, elle restait allongée sur le lit de camp, somnolait, fouillait dans les journaux jaunis pour jauger les nouvelles de plusieurs années auparavant, la politique, l'économie, les récits de guerre : les Alliés parviendraient-ils à prendre Monte Cassino et à ouvrir la route de Rome, les Marines débarqueraient-ils à Guadalcanal ? Tojo triompherait-il ou retournerait-il son sabre sur son propre ventre ?

Les rats insistèrent, continuèrent de ronger, chiper, entrer et sortir de leurs fissures, donner des coups en pleine nuit mais elle insista aussi : ses feux, la nécessité aidant, se firent plus discrets, mais n'en demeurèrent pas moins des balises, appels de détresse, brasiers urgents. Qu'on vienne enfin la libérer ! Elle distingua des bateaux suspendus au loin, dont les voiles minuscules tremblottaient et elle agita les bras comme une pom-pom girl ; à l'aide de bâtons et des lambeaux d'une vieille serviette décolorée par l'usage et devenue rosâtre, elle confectionna des drapeaux et les agita mais jamais les bateaux ne grossirent, ils ne glissèrent pas non plus hors du tableau, ils restèrent là, statiques, silhouettes dans une toile punaisée sur le mur opposé de la plus énorme salle du monde. Personne ne vint. Personne n'accosta. Il n'existait personne. Et Till ? Où était-il donc ? Il serait déjà venu la chercher s'il avait été vivant mais comment aurait-il pu périr aux Etats-Unis sur son propre bateau au large des Channel Islands célèbres pour leurs homards, alors que les Japs n'avaient pas réussi à le couler dans toute la vaste et aveuglante étendue du Pacifique ?

Comme la réponse était trop difficile à affronter, elle la laissa filer. D'ailleurs, désormais, elle laissait tout filer. Même les rats.

Et puis, le premier jour de ce qui aurait été la troisième semaine de son emprisonnement dans un endroit qu'elle était venue à haïr à cause de sa placidité immuable, constante, continue et infinie, son indifférence et son endurance idiote, un canot des garde-côtes, libre comme le vent, contourna la pointe et vint accoster dans l'anse.

Que découvrit le garde-côte ? Une femme à la peau hâlée, cheveux filandreux, aplatis sur le crâne, le regard rivé sur le néant. Elle avait oublié jusqu'au son de sa propre voix. L'épouse d'un noyé, une veuve, rien de plus. Elle grimpa sur le canot, la mer remua sous elle et continua de le faire jusqu'à ce que le bateau, la vedette qui la recueillit ensuite, fende les eaux du détroit sous un déluge de soleil, jusqu'à ce que la terre ferme avec ses habitations aux arêtes bien dessinées, ses palmiers qui se balançaient doucement et ses automobiles luisantes, ne l'accueille en son sein et ne la tienne aussi fermement et en sécurité qu'elle pourrait jamais plus espérer l'être par un homme.

Le naufrage du « Winfield Scott »

MÊME SI ALMA FAIT DE SON MIEUX pour ne pas l'entendre, le bruit de l'autoroute l'agace. Elle n'arrive pas à se rappeler qu'elle doit couper en tranches les tomates cerise et en cubes les carottes miniatures, elle ne parvient pas à y voir clair, elle entend à peine Micah Stroud chevaucher le flux de ses émotions dans les baffles du salon. D'ordinaire, hormis une sirène de temps en temps et le fracas nocturne, métallique, des semi-remorques qui combattent l'ennui de la longue route du bord de mer, le bruit est ininterrompu : un son blanc, un phénomène aussi naturel que le vent dans les eucalyptus ou les bruits sourds et réguliers des déferlantes à Butterfly Beach, un son en rien différent d'eux, un son qu'elle a appris à ignorer. Ou du moins a-t-elle appris à vivre avec. Mais, à l'heure de pointe, quand le moindre bruit est magnifié, quand les automobilistes n'accélèrent au petit bonheur la chance que pour freiner l'instant d'après, klaxonnant plus souvent qu'à n'importe quel autre moment de la journée, les statistiques avancent le chiffre d'une augmentation de quatre-vingt-sept pour cent, statistique qu'elle a dénichée dans le journal du matin et fait circuler au travail pour étayer sa conviction que la société mécanisée conduit ses derniers 4 × 4 comme on danse au bord du précipice – d'ailleurs, tout le monde, au bureau, en était déjà convaincu. Son appartement (loyer trop élevé et insonorisation défaillante) occupe la zone tampon entre l'autoroute à l'avant et la voie ferrée à l'arrière, une situation qu'elle ne tolère que parce que l'accès à la mer y est aisé, l'air relativement pur et qu'elle a le choix, presque en toute saison, même par temps de pluie, de dormir la fenêtre ouverte, même si elle doit parfois s'envelopper dans une couverture.

Mais aujourd'hui, ce soir, elle est sur les nerfs et se refuse le réconfort d'un verre de vin. Ou d'un sake on the rocks, qu'elle préférerait nettement – sake dont elle a une bouteille au réfrigérateur, à verser sur des glaçons crépitants dans un verre à cocktail, l'un des six qui restent de sa série de huit qu'elle a héritée de sa grand-mère, pied en cristal clair, calice en cristal givré dans lequel est gravé un B en capitale. La pensée la fait déglutir à son insu et elle songe : juste un demi-verre… un quart. Les carottes (lisses, pelées, mouillées, poisseuses dans le sachet en cellophane) s'animent sous ses doigts tandis qu'elle tente de les stabiliser à l'encontre de leur tendance naturelle à rouler d'en dessous la lame du couteau. Le robinet grince, les tomates font la culbute sous le jet dans les profondeurs perforées de la passoire. Un klaxon retentit sur l'autoroute, un bourdonnement d'irritation et de réprimande, brusque et acéré, et puis un autre, un autre et ainsi de suite. Alma se représente les automobilistes enfermés volontairement dans leur cage, une main agrippée au volant, l'autre au téléphone portable. Ils veulent quelque chose. Tous. Des objets, de l'espace, des ressources, une réponse à leurs besoins immédiats or ils n'en obtiennent pas ou pas assez. Jamais assez.

Naturellement, elle est comme eux même si ses besoins sont plus modérés ou, du moins, c'est ce qu'elle se plaît à croire. Le sake n'est pas une tentation irrésistible : elle peut s'en passer. Elle doit s'en passer. Car s'il y a un trait qui la définit, c'est bien « la maîtrise de soi ». Sans compter son énergie. Son intelligence. On voit volontiers en elle une scientifique coincée, bornée (les gens qui veulent sa peau, en tout cas), or ce n'est pas du tout le cas. Elle est simplement concentrée. Chaque chose à sa place en temps voulu. Or le temps du sake, dans le verre de sa grand-mère avec le B gravé dans le cristal, viendra… après la conférence, qu'on pourrait aussi appeler « une réunion d'information ». Une crucifixion. Ou quelque nom que ces abrutis voudront lui donner.

La colère démarre à la hauteur des épaules, irradie dans ses bras jusqu'aux doigts, au couteau, aux légumes muets et inflexibles. Tout à coup furieuse, elle jette le couteau sur le plan de travail et va au salon pour, hors d'elle, contempler par la fenêtre la bretelle de sortie et la colonne rigide d'essences invasives plantées par le Département des Transports de Californie pour qu'elle ne voie pas l'autoroute – et que l'autoroute ne la voie pas. Quoiqu'elle subodore que les fonctionnaires de Sacramento n'aient pas vraiment pensé à son bien-être lorsqu'ils ont demandé aux journaliers de planter le long des bas-côtés des lauriers-roses par bandes alternées rouge, blanc et saumon. Si, hormis homo sapiens, il y a là-bas d'autres créatures tels qu'oiseaux et lézards, elle ne les voit pas. Tout ce qu'elle distingue, à travers les interstices entre les buissons, ce sont les éclats discontinus de pare-chocs scintillants, d'enjoliveurs chromés et de cadres de fenêtres profilés d'une file ininterrompue de véhicules vomisseurs de CO_2 avançant au pas, et elle pense : *Sept millards en 2013 et ça continuera. Où allons-nous tous les caser ?*

Tandis que Micah Stroud vogue haut, de son ton nasillard typique d'un gars de la Louisiane, sur un système de basse pression de pianotages furieux et de basse disloquée, une voiture se détache du flot (ou de l'absence de –) et fuse sur la bretelle de sortie juste sous le nez d'Alma. C'est une Prius blanche, bossue, laide, anodine mais pour l'heure salvatrice car, à la différence de toutes les autres Prius blanches sur le goudron, celle-ci abrite son compagnon, son petit ami, Tim Sickafoose, qui lui lance un regard de loin, un regard de familiarité surprise, et lui adresse un signe avant de disparaître quand il oblique dans l'allée de l'immeuble.

Quand il passe la porte, elle est de retour dans la cuisine, où elle a donc décidé de faire simple : réchauffer la pita, couper les carottes en dés, les tomates en tranches et remuer la salade. Houmous dans une barquette du traiteur, feta sous la forme d'une tranche épaisse et blanche si parfaite qu'on pourrait la croire sortie directement rectangulaire de la chèvre. A la ferme. Au milieu de toutes les autres chèvres. Bêêêêêê.

Ils – Tim et elle – ne sont pas le genre d'amants qui se bécotent chaque fois qu'ils se retrouvent ou qui se pendent l'un à l'autre en public comme des sacs à provisions. Ils veillent à s'accorder chacun leur espace, ils se donnent le temps de s'ajuster. Avant qu'elle ait pu lui lancer son « Salut » coutumier, Tim a déjà mis les pieds sous la table, s'ouvre une bière, laisse traîner par terre à côté de lui son sac à dos ouvert.

De la fenêtre de la cuisine on voit des raphias qui se détachent sur un mur blanc couvert de bougainvilliers, à la base duquel un parterre lourdement paillé de clivias et de gingkos retombe sur une pelouse trop arrosée de cynodon si uniformément et résolument verte qu'elle affadit tout le reste. Derrière le mur, un bosquet d'eucalpysus relâche une odeur mentholée effroyablement âcre à la saison des pluies, de sorte que tous les alentours sentent les bonbons pour la gorge fermentés tandis que, au-delà de la tranchée réservée aux voies de chemin de fer, on distingue la toiture naguère rouge mais virée au rose de l'hôtel avec vue sur l'océan : l'océan qu'elle-même ne voit pas de la cuisine et qu'elle distingue à peine de la fenêtre de la chambre à coucher à l'étage. Cette vue l'irrite. Une vue si incongrue, et pas seulement à cause de tout le gaspillage qu'elle implique, étant encombrée et composée entièrement d'essences étrangères, mais parce qu'elle contrecarre le projet même de voir l'océan de sa fenêtre.

« Le volume est très fort », fait remarquer Tim.

Alma se retourne, mains en suspens dans leur tranchage des tomates. « J'ai oublié mon iPod au boulot. »

Il reste coi mais elle sait qu'il déteste Micah Stroud, Carmela Sexton-Jones et tous les autres chanteurs tendance folk new wave qu'elle écoute la plupart du temps au bureau. Lorsqu'ils se sont rencontrés, leur première semaine ensemble, elle a mis un C.D. dont elle pensait qu'il pourrait lui plaire ; il avait attendu d'avoir quasiment terminé une cannette de bière de cinquante centilitres pour donner son avis. « Je ne sais pas comment dire ça sans être trop abrupt ou je ne sais quoi…, commença-t-il, lui lançant un regard très doux pour lui faire bien comprendre qu'il essayait seulement d'être sincère, mais comment arrives-tu à écouter ce genre de… je ne sais même pas comment appeler ça. Je veux dire… Du rock, les White Stripes, les Strokes, les Queens of the Stone Age, d'accord, mais ça ! » Il la défiait, testait le terrain et elle ne lui en voulut pas, en fait, elle trouva ça bien de sa part, parce qu'il n'était pas nécessaire d'être un écho l'un de l'autre pour qu'une relation fonctionne, mais elle ne s'en était pas moins raidie. « Au moins, ils sont engagés, dit-elle, au moins ils parlent d'autres choses que le sexe et la drogue. — Quel mal y a-t-il à chanter des chansons sur le sexe ? » rétorqua-t-il, trop vivement, l'ombre infime d'un sourire déformant ses lèvres, et elle comprit qu'elle s'était laissée piéger. Il laissa passer un temps et son sourire s'épanouit : « Ou, d'ailleurs, sur la drogue ? »

« J'ai acheté le journal, dit-il maintenant, levant la voix à cause du volume de la musique. Je veux vérifier qu'il y a bien une annonce pour ta conférence ce soir. »

Malgré elle, malgré sa nervosité, il lui vient à l'esprit le nom du comportement qu'il vient d'avoir : « l'effet Lombard », qui s'applique à la façon dont les gens haussent inconsciemment le ton pour combattre le bruit ambiant, la clameur d'un restaurant étant le meilleur exemple. Elle s'éloigne du comptoir, traverse la cuisine et pénètre dans le salon pour étouffer le volume de la stéréo. Instantanément, les voitures, les camions et les klaxons réinvestissent sa vie comme s'il n'y avait jamais rien eu d'autre. Et pourquoi ne pouvait-on enterrer les autoroutes, très profondément, et transformer en parc l'espace récupéré en surface ? Ou en sentier piétonnier ? En jardin où on nourrirait les nécessiteux ? Des arbres, de l'herbe, n'importe quoi… Si elle avait l'argent (dans les cinq cents milliards), elle achèterait toute la ville, raserait les bâtiments, détruirait les routes et réintroduirait le grizzli.

« Tiens, là, elle est là… », lance Tim.

La notule, un tout petit paragraphe dans la colonne des manifestations prévues, est coincée entre l'annonce d'un récital d'extraits de *La Sylphide* à Goleta, par la classe de danse de premier niveau, et une conférence d'ethnobotanique chumash au Musée maritime :

Conférence et discussion publique. Alma Boyd Takesue, coordinatrice des Projets et directrice des Services d'information du Parc national des Channel Islands, évoquera la proposition d'élimination par voie aérienne de la population de rats noirs sur l'île d'Anacapa. 19h00, muséum d'Histoire naturelle, 2559 Puesta del Sol, Santa Barbara.

Alma se penche sur la table à côté de Tim. Les caractères enflent et désenflent car elle a laissé ses lunettes sur le comptoir, cette jolie jeune femme de trente-trois ans, aux yeux gris délavé qu'elle tient de sa mère et de sa grand-mère, les jambes musclées très légèrement arquées, les cheveux noirs de jais de son père – qu'elle porte longs, jusqu'à la taille, et qui à l'instant, glissant de derrière ses oreilles où elle les avait coincés, tombent sur l'avant-bras de son compagnon qui redresse le journal pour qu'elle puisse le lire en même temps que lui.

« Rien que les faits bruts, déclare-t-il. Mais on ne pouvait guère espérer plus, n'est-ce pas ? »

Cela la surprend un peu, de découvrir écrit noir sur blanc ce avec quoi elle a bataillé toute la semaine, de le voir ainsi officialisé, enregistré dans les annales, dans le caractère familier et guindé qu'elle voit chaque matin en parcourant les nouvelles du jour. Les faits sont révélés : elle apparaîtra aux temps et lieu indiqués afin de défendre la position du Parc national, celle qui à ses yeux est la plus raisonnable, évidente même, compte tenu des conséquences de l'inaction. Si l'action requiert l'éradication d'une espèce envahissante et pernicieuse – la supprimer, supprimer d'innocents animaux, quelque regrettable que ce soit –, eh bien, elle démontrera qu'il n'existe pas d'autre solution car la santé et le bien-être, la survie même des oiseaux qui nichent sur le sol de l'île, en dépendent. Toute la zone de reproduction du guillemot de Xantus se trouve entre Baja et la pointe de Conception. Il reste moins de deux mille couples reproducteurs. Les rats, de leur côté, sont omniprésents. Or les rats dévorent les œufs des guillemots.

« Pas vraiment aguicheur, hein ?

— Pas vraiment, non. » Elle se redresse et s'étire comme si elle venait tout juste de se lever. Peut-être devrait-elle prendre une tasse de thé vert, en guise de petit supplément de caféine. Elle reste immobile un instant, à regarder Tim de toute sa hauteur : elle observe sa nuque, les lobes curieusement charnus de ses oreilles, la façon dont ses cheveux, mi-longs, brun vison virant au roux vers les pointes, rebiquent sur le col de son T-shirt et les perles de céramique qu'il a autour du cou enfilées sur un fil de pêche trente kilos. (« Pourquoi trente kilos ? avait-elle demandé un jour. — Pour qu'il ne rompe pas par gros temps, avait-il répondu, d'un ton pragmatique, comme si ça avait coulé de source. — Ils ne glissent jamais de la canne ? — Jamais. ») Elle pose une main sur son épaule, un toucher ô combien léger, mais un contact néanmoins. « Cela dit, compte tenu de ce qui est arrivé la semaine dernière à Ventura… » Elle le regarde droit dans les yeux puis détourne le regard, lèvres pincées sur le souvenir, blessures encore fraîches et suintantes. « Peut-être est-il préférable de ne pas attirer les foules. Disons… oh, voyons, une trentaine de personnes informées.

— Trente écolos. »

Elle esquisse un sourire reconnaissant : Tim a l'art de détendre l'atmosphère. « Ouais. Ça devrait aller. »

Il sourit à son tour, suspendu au-dessus de la perspective de la table, simple silhouette dans la nature morte qu'elle compose derrière ses paupières : la pita sur le comptoir, le soleil tardif qui filtre en biais par la fenêtre et enflamme sa barbe de trois jours. L'autoroute se désagrège en même temps que le pessimisme qu'elle a apporté avec elle dans le salon. Tout va pour le mieux. Tout va vraiment pour le mieux. « Mais je voulais te proposer…, dit-il, brisant le charme. Veux-tu que je fasse office de videur à l'entrée ? » Il ménage un silence et, prenant sa main, lui passe son pouce sur la paume, la caresse, la fait revenir à elle. « Et je refuse l'entrée aux fanas des rats ? D'accord ? On est d'accord ? »

Le 2 décembre 1853, le capitaine du *S.S. Winfield Scott*, un bateau à aubes qui avait quitté San Francisco la veille pour sa traversée de deux semaines jusqu'au Panama, fit une erreur de jugement. Cette erreur, qu'elle résultât d'une prétention démesurée, d'un excès de zèle ou d'une simple erreur de longue division, causa sa perte et, au fil des ans, celle, aussi, de générations d'oiseaux marins. Le *S.S. Winfield Scott* n'avait été mis à l'eau que trois ans auparavant à New York afin d'assurer la liaison de cette ville à La Nouvelle-Orléans mais, en 1851, il avait été vendu et affecté au transport des passagers sur la côte Ouest, où la demande avait explosé au moment de la Ruée vers l'or en Californie du Nord. Construit pour affronter la haute mer, ce trois-mâts imposant avec ses quatre ponts, ses soixante-quinze mètres de long et ses quarante-trois mètres cinquante par le travers, tenait son nom du célèbre général de division Winfield Scott, héros de la guerre du Mexique, dont un buste doré trônant sur le pont avant promenait sur ce dernier son regard tutélaire et fixe. Lors de sa dernière traversée, le *Winfield Scott* transportait quatre cent soixante-cinq passagers et 801 871 dollars d'or et de poussière d'or, ainsi que plusieurs tonnes de courrier et un équipage au grand complet. Où les rats avaient-ils embarqué ? A New York, à La Nouvelle-Orléans ou sur les quais de San Francisco ? Qui saurait le dire ? Mais ils étaient bien là, comme dans tous les bateaux de gros tonnage, à cette époque comme aujourd'hui, et ils durent apprécier le *Winfield Scott*, dont la salle à manger accueillait aisément cent convives par service, ses cuisines et garde-manger, ses bidons de détritus qui attendaient d'être vidés par-dessus bord, tous les coins et recoins humides et suintants du pont inférieur et, en haut, le gaillard, où ils pouvaient vivre dans leur propre monde, à l'écart des espèces commensales qui leur procuraient quantité de succulentes et délicates denrées comestibles. Il devait y en avoir des centaines sur un navire de cette taille ou bien des milliers, plus, peut-être – comment savoir. Ceux qui étaient pris dans les pièges installés par les stewards demeuraient muets sur le sujet.

Homme d'expérience, le capitaine Simon F. Blunt était capable de prendre des décisions. Il connaissait bien la côte californienne, ayant été un membre clé de l'équipe qui en avait établi le relevé deux ans plus tôt, peu après que le territoire avait rejoint l'Union. La veille, en quittant San Francisco, il avait été confronté à une mer agitée et à un sévère vent debout, qui avait retardé sa progression et convaincu la plupart des passagers à ne pas quitter leur cabine et à ne pas se rendre au salon ou à la salle à manger. Afin de rattraper le retard, Blunt choisit de pénétrer dans le détroit de Santa Barbara et d'emprunter le passage d'Anacapa entre Santa Cruz et Anacapa, plutôt que de filer à l'ouest des îles, ce qui aurait considérablement rallongé son parcours. En temps normal, c'eût été un choix admirable et expéditif. Hélas, ce soir-là, à l'heure du dîner, le brouillard se leva, ce qui arrive souvent dans les parages, à cause de la rencontre du courant de Californie, nord-sud, et des eaux plus chaudes du contre-courant de Californie du Sud, contexte qui explique que ce passage soit à la fois aussi poissonneux mais aussi dangereux. Le capitaine Blunt en fut réduit à se fier à ses estimations : dans ce cas, la distance est calculée suivant la vitesse à des intervalles réguliers plutôt qu'en se fiant à l'observation. Il n'en garda pas moins confiance : simple routine, rien qu'il ne pût maîtriser, il l'avait fait plus d'une douzaine de fois. Vers dix heures trente, il était certain d'avoir dépassé les îles et donna l'ordre qu'on prenne la direction du sud-est, parallèlement à la côte.

Une demi-heure plus tard, filant à sa vitesse maximum de dix nœuds, au large de la côte septentrionale de Middle Anacapa, le *Winfield Scott* heurta un affleurement de rochers qui fit un trou dans sa coque et sema aussitôt la panique chez les passagers. La secousse les fit tomber de leur couchette, les bagages cascadèrent sur les ponts, les lanternes tremblèrent, se brisèrent, plongeant le navire dans les insondables ténèbres de la nuit et du brouillard. Personne n'y vit plus goutte mais tout le monde entendit et sentit parfaitement ce qui arrivait : quelque part, l'eau se précipitait à l'intérieur du navire, qui, l'accueillant, expirait avec une série de longs gémissements métalliques. Les passagers se levèrent, rejoignirent les couloirs encombrés, terrifiés à l'idée d'être rejoints eux-mêmes par les eaux et pris au piège dans les ponts inférieurs ; ils pataugèrent dans l'eau, empoignés et agrippés par des mains d'inconnus en trébuchant sur des jambes et des bottines invisibles, ils se frayèrent un chemin au milieu des bagages, titubèrent, tombèrent, se relevèrent, sans cesse éperonnés par le sinistre vrombissement hydraulique : un énorme et profond grincement, des secousses prolongées tandis que la coque se calait contre les rochers. Echos de cris et jurons dans les ténèbres. Un enfant hurla, réclamant sa mère. Un chien aboya.

Livide comme une ampoule blême suspendue là, l'officier de garde déclencha l'alarme et le capitaine ébranlé ordonna qu'on fasse machine arrière dans l'espoir d'éviter d'aggraver les dégâts. Les moteurs furent mis à rude épreuve, une méchante fumée goudronneuse se répandit sur le pont, tout le monde étouffa, les roues à aube barattèrent la vase, comme si elles avaient voulu vider l'océan à grands coups de seaux. Tout resta en suspens. Le capitaine paralysé, les officiers articulant des prières silencieuses, la foule des passagers grondant en dessous. Jusqu'à ce que le navire finisse par se briser avec un long soupir violent de bois qui se fend : il se libérait. Parcouru par un frémissement gigantesque, il tangua vers l'arrière mais, libéré, resta à flot. Passagers et équipage durent être soulagés mais le répit fut de courte durée car, l'instant d'après, la poupe heurta les rochers, cisaillant le gouvernail et abandonnant le navire à son triste sort. Presque immédiatement, il se pencha sur le côté, tout ce qui n'était pas attaché dévala la pente vers les rochers invisibles, et le blanc crémeux et terni des brisants quatre ponts plus bas.

Le capitaine Blunt, se battant contre lui-même (vies en jeu, carrière fichue, mains tremblantes et gorge sèche), donna l'ordre d'évacuer le navire. A la lueur de rares lanternes, il rassembla ses officiers et son équipage afin qu'ils veillent au bon déroulement de l'évacuation mais celle-ci fut compliquée par des bandes d'hommes désespérés, des prospecteurs qui avaient affronté des mois et dans certains cas des années de soif, de faim, d'épuisement, d'absence de compagnie féminine et des conforts de la civilisation pour accumuler leurs provisions sur le dos de mules puant la sueur : tous envahirent le pont supérieur, traînant leurs grosses sacoches élimées et ventrues, en venant aux mains pour monter dans les canots de sauvetage, obnubilés par l'idée de mettre leur or en sécurité sur la terre ferme. Le capitaine dut brandir son pistolet pour faire respecter l'ordre alors que la poupe plongeait sous les flots et qu'un nombre croissant de passagers émergeaient des ponts inférieurs dans une folle bousculade, silhouettes fendant l'obscurité, propulsées, eût-on dit, par leurs bouches hurlantes et leurs mains agrippeuses. Il tira un coup en l'air. « Gardez votre calme ! hurla-t-il maintes fois jusqu'à s'égosiller. Les femmes et les enfants d'abord ! Il y a de la place pour tous. Pas de panique ! »

Quand on abaissa les canots sur le pont, les passagers virent, fût-ce vaguement, qu'ils étaient hors de danger, du moins dans l'immédiat, et ils se calmèrent plus ou moins. Il suffisait qu'on les transporte jusqu'au sombre sommet rocheux que le navire avait percuté dans le noir, simple question de patience, rien de plus. Personne n'allait se noyer. Personne n'allait perdre quoi que ce soit. Du calme. Du calme. Attendez votre tour. Et c'est ainsi que se déroula l'opération, les canots s'éloignant puis revenant pendant les deux heures qui suivirent jusqu'à ce qu'il ne reste à bord que l'équipage, qui fut évacué ensuite, et le capitaine, le capitaine aussi. Ce dont personne ne s'était aperçu au cours de cette nuit très humide et très froide, entouré par la marée montante et le brouillard qui, s'épaisissant, gommait toutes les proportions, c'est que le rocher sur lequel ils avaient débarqué se trouvait à environ deux cents mètres de l'île principale et que, le matin venu, il faudrait à nouveau affronter les brisants pour y transférer tout le monde.

Ils durent attendre une semaine entière qu'on vînt les secourir. On récupéra des provisions sur le navire avant qu'il ne sombre mais il n'y en eut pas assez, et de loin, pour tout le monde. Des bagarres s'ensuivirent, quant à la répartition des rations et même à propos de l'or, de sorte que le capitaine Blunt, devant tous les passagers réunis, fut contraint de maîtriser deux malfaiteurs, des voleurs d'or, sur les sombres galets acérés et leur donner le fouet pour la plus grande satisfaction de tous, suscitant même quelques applaudissements. Des hommes prirent l'initiative de pêcher depuis les rochers dans l'espoir de faire un repas plus copieux. D'autres ramassèrent des moules et des ormeaux. Un individu tua un phoque et le fit rôtir. Lorsque, la nouvelle du naufrage ayant fini par parvenir à San Francisco, trois bateaux, le *Goliath*, le *Republic* et le *California* descendirent la côte pour évacuer les passagers, personne ne regretta de voir les falaises noires de Anacapa refluer dans la brume. Le navire fut perdu. Les passagers avaient affronté une nuit de terreur, une semaine d'ennui, une diète forcée et l'inconfort, entre autres, de coups de soleil. Mais il n'y avait aucune victimes et l'or ou, du moins, la plus grande partie du magot, avait été sauvé.

Quant aux rats, ce sont de bons nageurs, ils sont endurants et animés par un formidable instinct grégaire. Des expériences ont montré qu'un rat moyen était capable de nager pendant quarante-huit heures avant de succomber ; il peut grimper à la verticale de câbles, de cordages et d'arbres à tronc lisse avec l'aisance d'un écureuil ; il peut comprimer son corps de façon à entrer dans un trou pas plus large que la circonférence d'une pièce de 25 cents. En outre, les rats ont un merveilleux sens de l'équilibre et la plupart du temps parviennent au rivage avec les débris, morceaux de bois, bouteilles de whisky, coussins, valises ou autres épaves flottantes et radeaux de végétation emportés par les torrents dans les gorges lors de fortes pluies sur le continent. Certes, des rats du *Winfield Scott* furent sans doute pris au piège dans les cales lorsque les bagages se renversèrent, puis noyés avant de pouvoir monter jusqu'au pont, mais il est probable que la majorité rejoignit le rivage. D'ailleurs, il eût suffit d'un couple. Voire d'une femelle grosse.

Quoi qu'il en soit, comme Alma est prête à en informer son auditoire, au fil des générations, les rats noirs (nom scientifique : *Rattus rattus*) qui survécurent au naufrage du *Winfield Scott* finirent par passer de ce rocher glabre à la principale île d'Anacapa et de là à l'îlot Est, et, en fin de compte, migrant sur un bout de bois ou propulsés par leurs pattes industrieuses, à l'îlot Ouest. Seule la chance et la largeur (six milles) du profond passage d'Anacapa avec ses écumes bouillonnantes et ses courants infernaux les ont empêchés d'envahir Santa Cruz. Personne, pas même les amateurs les plus invétérés de rongeurs, ne voudrait que cela arrive.

La Prius luit de la douce lueur ambrée du tableau de bord tandis qu'elle glisse en silence sur l'autoroute où la circulation est fluide. Tim, à l'aise au volant, débite un commentaire suivi sur les nouvelles qui filtrent de l'autoradio, sa façon de la calmer, de prétendre qu'il n'y a rien que de très ordinaire dans cette petite virée au musée. Comme s'ils allaient simplement admirer les expos bras dessus bras dessous, examiner pour la vingtième fois le *tomol* chumash et le squelette du mammouth pygmée de l'île de Santa Rosa, baissant la voix pour rire, plaisanter, se sentir chez eux dans l'odeur sèche et étouffée de la conservation. Alma aurait volontiers conduit si elle ne préférait pas avoir l'esprit libre avant de prendre la parole en public et l'expérience lui a appris que la concentration nécessaire quand on conduit (même sur une courte distance et sur un trajet qu'on connaît par cœur) la distrait. On dirait qu'il survient toujours un problème sur la route, un accident, une diminution momentanée du nombre de voies en raison de la réfection de l'asphalte, des bas-côtés ou des travaux exécutés la nuit sur les autoroutes, et il arrive que ce soit la pagaille, la pagaille, tout simplement, les mauvaises manières, les conducteurs qui utilisent leur mobile au volant et ceux qui conduisent en regardant derrière. Les retards nuisent à son équilibre intérieur. Quand on voit des feux de stop devant, on ne sait jamais si on va être arrêté pendant cinq minutes ou une heure. Ou pour la vie. Le reste de votre vie.

Et comme par hasard… A six, sept cents mètres de la sortie qu'ils doivent emprunter, ils tombent sur une mer de feux de stop et, l'instant d'après, se retrouvent bloqués derrière un camion monté sur un échafaudage miroitant de suspensions à amortisseurs pressurisés, plus haut que le mammouth pygmée aurait jamais pu espérer monter. « Merde », lâche-t-elle entre les dents, se mordant les lèvres, une mauvaise habitude, certes, mais elle ne peut s'en empêcher. « Je savais que nous aurions dû faire demi-tour. »

Tim hausse les épaules, avance la main pour changer de radio, et les intonations apaisantes et intimes du journaliste qu'ils écoutaient se dissolvent dans de grands coups et des cliquetis de timbales, de congas, de sonailles et la voix fervente, quasi humaine d'une guitare qui s'élève du déluge de percussions. « Ce n'est probablement rien, dit-il. Nous avons encore vingt minutes devant nous. Mission, c'est la prochaine sortie. Tu vois là-bas ? Juste sous le cul de ce crétin ? »

Elle ne réagit pas. Se contente de tourner la tête et de regarder par la fenêtre le vendeur de voitures d'occasion à quelque distance – encore plus de voitures ; elle laisse l'air sortir de sa poitrine en un long soupir méprisant. Ce n'est pas la faute de Tim et elle n'a pas envie de tout lui mettre sur le dos. Il fait de son mieux et le trajet le plus rapide, aucun doute là-dessus, c'est l'autoroute. Comment aurait-il pu savoir qu'il y aurait ce soir un embouteillage monstre ? (Cela dit, elle avait suggéré qu'ils passent par les rues de derrière au moment même où il avait mis son clignotant avant de s'engager sur la bretelle de l'autoroute. *Tu ne crois pas que c'est encore l'heure de pointe ?* avait-elle demandé. *La toute fin ? Non*, avait-il répliqué, sûr de lui. *Plus à cette heure-ci.*) C'était donc son choix, à lui. Et elle avait suivi. Et ils se retrouvaient coincés là. Au point mort.

Après un moment, elle lâche : « Il a dû y avoir un accident. »

Elle a mis du noir, pantalon en coton au pli bien marqué, chemisier col en V, relevé d'un collier et d'un bracelet modestes en argent, chaussures à talons en cuir de marque, rien de voyant, rien qu'on puisse lui reprocher. Elle a glissé ses notes dans la pochette en kraft posée sur son portable en équilibre sur ses genoux. Il lui a fallu longtemps dans l'après-midi pour décider que mettre, pour tenter de parvenir à un équilibre entre la tenue habillée et la tenue décontractée, elle l'écologiste naguère de terrain, vêtue avec juste ce qu'il faut de chic pour paraître convaincante et sympathique plutôt qu'intimidante, et elle a passé près d'une heure à se coiffer et à se maquiller. Trop d'eye-liner et elle aurait fait pute. Trop peu et le public n'aurait pas distingué le contour de ses yeux, la façon dont la lumière les accrochait au point que les gens s'arrêtaient pour la regarder dans la rue : la présentation, le look ou, du moins, le style, avoir un air intéressant, cela faisait partie de la feuille de route. Qui avait envie de rester assis là le cul sur une chaise inconfortable à écouter une bonne femme terne, type Services des Forêts, débitant des statistiques sur le déclin de telle ou telle espèce ? Les gens la regarderaient autant qu'ils l'écouteraient, et ça ne la gênait pas le moins du monde. Si elle avait la possibilité de mettre sa beauté au service de la bonne cause, eh bien qu'à cela ne tienne !

Mais qu'il soient damnés, damnés ceux qui lui rendaient la vie si ardue. Elle n'aurait jamais dû boire de thé : à cause de la théine, elle avait des palpitations aux tympans et les nerfs à vif comme si elle se les était tailladés et s'était mise à les éplucher avec un économe. « Je préférerais être sur les îles à ramasser des invertébrés, à baguer des oiseaux, n'importe quoi, j'en ai marre de cette merde. »

Tim regarde droit devant, traits du visage soulignés par les reflets des feux de stop du camion. « Tu es la porte-parole, tout de même.

— Directrice des Services d'information.

— Même chose. Mais ce que je veux dire… c'est que c'est à la porte-parole de parler. C'est ton job, c'est ce que tu sais faire. » Il marque une pause, tapote sur le volant tout en se lançant dans des variations : « Pourquoi dit-on "porte-parole", pourquoi "porte" ? Et pas "prend-parole" ? Ou "divulgue-parole" ? Mesdames et messieurs, les divulgue-parole du président sont prêts à répondre à vos questions… » Il se tourne vers Alma, sérieux tout à coup. « Ils seraient perdus sans toi et tu le sais.

— Dave LaJoy, dit-elle en articulant bien. Anise Reed. »

D'un revers de la main, il semble balayer les intéressés. « D'accord, d'accord... il y a des cinglés partout. Surtout quand on...

— Quand on quoi ?

— Je ne sais pas, moi... quand on traîte de sujets controversés. Plutôt... quand on défend un point de vue controversé. Quand on explique les choses. Quand on donne des explications, on prête toujours le flanc aux attaques, comme si on s'excusait après les faits. Ou avant, plus exactement... »

Elle sent une flambée de colère monter en elle. « Je ne m'excuse de rien. Nous n'avons à nous excuser de rien. Nous sommes des scientifiques, Nous effectuons des études. Pas comme ces cinglés de l'A.P.T.E.A. qui veulent nous faire taire parce qu'ils n'ont rien de mieux à faire : ils sont ignares, ce sont des idiots de base, voilà tout. Ils ne connaissent rien à rien. Ils n'ont pas la moindre idée de ce qu'ils racontent. Si seulement ils...

— Eduque-les. »

Elle lui renvoie alors sa réplique à la figure, d'un ton aigre, aigre et sandalisé : « Les éduquer ? Bonne chance ! Ces individus ne sont pas intéressés par les faits, ils ne veulent rien savoir de la biogéographie de l'île, de l'impact des espèces invasives, de l'effondrement de l'écosystème ou de quoi que ce soit d'autre. Tout ce qu'ils veulent, c'est foutre leur nez dans nos affaires. Et vociférer. Ils adorent ça : vociférer.

— Je le sais. Je le sais. » La file de voitures démarre enfin, le chapelet de feux de stop se distend devant eux, les pneus adhèrent au goudron, avancent, la sortie approche à toute vitesse. « Je suis de ton côté, d'accord ? Garde ton sang-froid, c'est tout. Sois agréable. Mais ferme. Tu es une pro. Non ? Une pro... »

L'autoroute les lâche dans les rues de la ville, automobiles garées le long des trottoirs, vitrines renvoyant les éclats éblouissants des phares, arbres projetant leur ombre. Les gens sortent des restaurants, pointent leur télécommande vers leur voiture, s'attroupent sur le trottoir pour des raisons qu'on ignore, vont à des réunions. Un autobus fait une embardée devant eux et rejoint sa voie, frémissant comme un bateau en pleine mer. Un magasin devant lequel ils passent propose des leçons de kung fu : brièvement, Alma se représente des judogis, des visages tendus, des gestes synchronisés. Il est sept heures moins le quart. Ils seront dans les temps s'il n'y a pas d'autres embûches. Ils auront même cinq minutes d'avance, ce qui, d'une certaine façon, vaut mieux qu'une demi-heure parce que, alors, on doit attendre dans les coulisses devant le grizzly empaillé de trois mètres de haut, s'impatienter, faire les cent pas l'œil rivé à l'aiguille des secondes. D'un geste, Alma repousse ses cheveux en arrière puis repose ses mains sur les documents posés sur ses genoux. La pluie, qui menace depuis le début de l'après-midi, choisit ce moment-là pour cribler le pare-brise et grésiller sur la langue rougeâtre de trottoir devant eux. « Ouais, lâche-t-elle finalement quand ça n'a plus d'importance. Ouais, je suis une pro. »

Elle est surprise par le nombre de voitures garées sur le parking. Toutes les places semblent être prises, du moins les plus proches de l'entrée, et des automobilistes font le tour sur le mode prédateur ; la pluie, qui redouble désormais, crible l'asphalte et répercute la brillance des phares en une lueur cireuse et lustrée. « On dirait que tu as attiré la foule, dit Tim, penché en avant, les coudes sur le volant, sondant la nuit, attendant que la voiture devant eux, une B.M. noire, qui, clignotant arrière gauche palpitant frénétiquement, fait une manœuvre, pour se décider : droite, gauche ou tout droit ? L'attente est insupportable. Le genre de chose qui la fait sortir de ses gonds, l'indécision, l'inattention, la paresse des gens qui ne vont pas jusqu'au fond du parking de crainte d'avoir à marcher vingt mètres de plus et qui, affalés sur un transat, un paquet de chips à la main, un Cherry Coke dans l'autre, se demandent pourquoi toute l'Amérique devient obèse. Elle va jusqu'à se pencher sur le tableau de bord, à avancer la main vers le klaxon (*Qu'est-ce qu'ils ont, ceux-là ?*), avant de la retirer vivement. Elle ne peut pas se permettre d'être malpolie. Pas ici. Pas ce soir. Il serait catastrophique que l'intervenante, l'invitée d'honneur, soit impliquée dans une prise de bec sur le parking.

« Il doit y avoir une autre conférence en même temps, lâche-t-elle.

— Uh uh. Je n'ai rien vu dans le journal. » La voiture devant eux avance tout doucement, l'œil frénétique du clignotant se meurt sur la gauche pour se réanimer tout à coup à droite. Puis les feux de stop rougeoient et la voiture s'immobilise. Une fois de plus. Plus loin, Alma distingue les silhouettes éclairées de gens qui courent sur la chaussée, courbés sous le poids de leur parapluie : alors, elle s'aperçoit qu'elle a oublié le sien.

« Tim, est-ce que tu as apporté un parapluie ? »

Il lui lance un de ces regards ahuris dont il a le secret, yeux écarquillés, sourcils broussailleux s'animant tout à coup, lèvres cherchant désespérément à imitier une expression, à la fois hommage et parodie, de son présentateur télé préféré de la nuit. Parfois, il est très amusant, Tim, rien n'est sacré pour lui, aucune occasion n'est trop solennelle, il tourne tout à la plaisanterie. Mais ce n'est vraiment pas le moment. Ni le lieu.

« Ça signifie que non ? »

Il fait non de la tête, cabotinant encore, comme si c'était une bonne blague, comme s'il croyait pouvoir la calmer avec ce jeu-là à ce moment-là. « Non. Désolé. Uh uh. Tu veux que je fende les eaux jusqu'à la porte ? Ou je te porte, si tu veux. Tu veux que je te porte ?

— Non », réplique-t-elle d'un ton sec. Elle va être complètement décoiffée et son maquillage va couler. Au micro, elle va avoir l'air d'être tombée d'un bateau la seconde d'avant. « Non, je ne veux pas que tu me portes. Tu ne t'es pas aperçu qu'il allait pleuvoir ? Tu ne penses vraiment à rien. »

Ils étaient ensemble depuis un mois quand elle l'avait emmené à Scottsdale pour le présenter à sa mère. Auparavant, elle lui avait décrit en détail le caractère de celle-ci, ses habitudes, ses prédilections et, si, dans l'ensemble, ça avait été un portrait aimant, il n'en avait pas moins été impitoyable. Sa mère était une coureuse invétérée de centres commerciaux. Une fana de shopping. Elle collectionnait tout, des perles de cheveux en céramique aux turquoises Zuni en passant par les assiettes Fiesta, les poupées en porcelaine, les anciennes pelles à poussière et le mobilier victorien, si compact et sombre qu'il évinçait toute lumière des pièces de la maison. Compte tenu que la planète est exsangue et que toutes ses ressources sont épuisées, c'eût été difficile à supporter pour n'importe quel enfant mais pour une écologiste qui passait sa vie d'adulte à éduquer le public, c'était paralysant et intolérable. Et vexant, profondément vexant. Alma en était chagrinée de multiples manières, elle osait à peine en parler, comme si elle avait trahi sa mère et l'amour que celle-ci lui portait. Or qu'avait dit Tim dès qu'il avait mis les pieds chez elle ? « Je comprends l'envie d'accumuler, avait-il lâché en s'enfonçant dans le canapé du salon avec le Gimlet qu'elle venait de lui servir, que ça soit écologiquement correct ou pas. Ma mère… vous la rencontrerez, elle vit dans le nord de l'État de New York mais elle vient me rendre visite à peu près deux fois par an… ma mère était comme ça avant. Un beau jour, je lui ai dit : “Ecoute, pour les femmes, courir les antiquités c'est comme la pêche pour les hommes, je comprends ça. Mais à une époque où on doit préserver les ressources, la plupart d'entre nous pratiquons l'art du prendre et relâcher. On jouit du fait de traquer la truite, de lancer la mouche, de sortir de l'eau cette merveilleuse bestiole, une parmi un million, aussi précieuse que l'or, mais ensuite on la relâche.” Désormais, ma mère applique cette formule à son lèche-vitrines. Elle est totalement réformée : elle entre dans un magasin, elle déniche un trésor, n'importe lequel, marchande comme une forcenée, comme si elle allait mourir si elle devait payer un sou de plus, et puis elle compte son argent, regarde le vendeur emballer l'objet, et elle le lui rend séance tenante. Vous comprenez ce que je veux dire ? Prendre et relâcher. »

Tim ne réagit pas. Mais il s'est penché encore plus en avant, a fait des appels de phares pour signaler au conducteur de la B.M. qu'il serait bien de changer de comportement. « Pourquoi ne se garent-ils pas carrément au milieu de la rue ? Bon sang, marmonne-t-il, avancez, allez… » Qui que ce soit (silhouettes ombreuses émergeant soudain en reliefs acérés, la nuque de l'homme, le profil de la femme à côté de lui, cheveux dénoués sur les épaules comme un turban qu'on aurait déroulé), ils comprennent enfin : un mouvement brusque et rapide des épaules de l'homme, le volant braqué à droite, et la voiture dégage le chemin à contrecœur.

C'est alors qu'Alma est submergée par une sensation… mais laquelle précisément ? Effroi, mortification, haine ? Elle ne veut pas savoir, ne veut pas regarder, yeux portés droit devant comme si elle était pétrifiée alors que Tim avance jusqu'à la hauteur de la voiture incriminée, juste là, là dans la lumière éblouissante et très « opéra » des phares de la prochaine voiture dans la file. Alma devine le regard sévère que Tim porte sur les passagers de la voiture, le moteur de la Prius gargouille doucement, les essuie-glace jouent au métronome et elle entend l'infime murmure d'une voix filtrant de la radio tandis qu'il avance mais elle-même ne tourne pas la tête. Elle les élimine, les nie, joue à cache-cache, mais pas avant qu'un autocollant collé sur leur vitre latérale ne lui saute aux yeux, lettres vermillon sur fond jaune électrique surimposé au contour de la tête d'un rongeur de dessin animé anthropomorphisé. Sous le sigle *A.P.P.A.*, en caractères qui paraissent suinter comme des gouttes de sang : *Association Pour la Protection des Animaux.*

Alma sent alors l'accélération de la Prius, qui fend la tenture de la pluie, ou du moins sa partie visible, et descend la longue double rangée de véhicules garés pour aller remonter de l'autre côté. Avant qu'elle ait le temps de protester, Tim se gare en plein devant l'entrée sur la large bande de macadam réservée aux *Piétons seulement*, il immobilise la voiture en dérapant à quelques centimètres des porteurs de parapluies qui font la queue sous les trombes pour acheter leurs billets, et il se penche déjà, tendant le bras devant elle pour ouvrir sa portière. « Vas-y », dit-il, ceinture de sécurité tirant sur son épaule, son odeur (après-rasage, shampooing, odeur brûlante et fongique des poils de ses aisselles et de son entrecuisse, l'odeur de son amant, de son mec) lui parvenant, primitive, réconfortante et déroutante tout à la fois.

L'espace d'un éclair, elle ne sait que faire. « Je vais aller me garer là-bas au fond, dit-il, indiquant d'un geste vague la vaste arène de ténèbres dans leur dos. Je te rejoindrai après. » La portière s'ouvre. Elle décroche sa ceinture de sécurité, glisse ses documents et son portable sous le bras, et émerge dans la brise et la pluie charriée par celle-ci, dont elle sent le goût sur ses lèvres, doux et fétide. Il l'observe, il sourit. « Merde », souffle-t-il.

Avant qu'elle ait pu répondre (que pourrait-elle dire, de toute façon : *Je ferai de mon mieux* ?), voilà qu'arrive Frieda Kleinschmidt, directrice du musée, s'approchant à grandes enjambées avec une ombrelle rose vif, auréoles des lampadaires le long de l'allée brouillées dans la brume. Des gens surgissent des ombres, se recroquevillent à l'aplomb du mur, ferment leurs parapluies, tapent des pieds, soufflent et époussettent la pluie de leurs manches, de leurs épaules, de leurs chapeaux. Frieda : élancée, épaules étroites, visage crispé autour du brillant des montures de ses lunettes en métal, inquiétude de son regard décuplée : raide, scrutant la Prius en travers du trottoir, là où aucune voiture n'avait jamais osé stationner, elle lance dans la direction de Tim un regard inquiet. *Non*, ce n'est pas un terroriste, voudrait dire Alma, *c'est simplement mon petit ami*. Mais c'est Frieda qui parle : « Vous avez bien choisi votre jour. Qui aurait pensé ? » Et de lever son parapluie bien haut avant de l'abaisser à nouveau à la hauteur d'Alma. « Je veux dire… qu'il y a une heure, il n'y avait pas un nuage. N'est-ce pas ? C'est ce qu'il m'a semblé, en tout cas. La dernière fois que j'ai regardé. »

Alma répond tout bas, et puis elles traversent la cour à grandes enjambées, dépassent l'entrée de la salle de conférence, se dirigent vers la porte derrière laquelle l'infortuné grizzly (*Ursus arctos californicus*, déclaré disparu en 1924) monte la garde. « Toutes ces voitures… Elles ne sont pas là pour moi, n'est-ce pas ?

— Pour qui d'autre ? » lance Frieda en se retournant, penchée sur un trousseau de clefs avant d'ouvrir la porte et de précéder son invitée dans une pièce froide à l'éclairage trop vif. Frieda s'anime, avance les bras comme pour étreindre Alma puis fait volte-face sur les semelles spongieuses de ses baskets comme si elle avait eu l'intention d'aller courir dans la nuit. Elle est inquiète, Alma s'en rend parfaitement compte, inquiète en raison de la taille de l'auditoire, du sujet de la conférence et de ce qui s'est passé à Ventura la semaine passée. « Mais vous avez tout ce qu'il vous faut, n'est-ce pas ? Il y a de l'eau sur l'estrade… Nous démarrerons avec un peu de retard. Environ dix minutes, pour laisser à tout le monde le temps de s'installer, avec cette pluie…

— Certainement, répond Alma tout bas. Aucun problème. Je dois simplement relier mon portable au projecteur. Et le micro…

— J'ai vérifié la sono moi-même. Répondrez-vous à des questions après votre exposé ? »

Naguère montré au public mais relégué depuis longtemps dans la réserve pour des crimes non spécifiés, le grizzli les menace de toute sa hauteur avec ses yeux en verre et ses dents figées, grognant en silence depuis des lustres. Il y a d'autres pièces aussi, un immense et rigide fanon de baleine appuyé contre un mur dans un coin, des ossements de mammouth laissés pour compte soigneusement alignés sur un bureau en chêne (c'est troublant : on dirait les déchets d'un seau Kentucky Fried Chicken d'une taille improbable), des pointes de flèches et des tessons de poteries chumash dans une vitrine poussiéreuse oubliée, en biais, à quelque distance du mur du fond, fatras de musée attendant les dollars de généreux donateurs pour être sauvé d'un éternel remisage. « Bien sûr. C'est pour ça qu'ils viennent… la plupart d'entre eux. »

Frieda lui lance un regard de côté. « S'il y en a qui deviennent… comment dire… agressifs, ne craignez pas de leur couper la parole. Bill Braithwaite est à la porte, juste en cas… »

C'est alors qu'elle devrait répliquer : *Ne vous inquiétez pas, j'ai l'habitude, je l'ai fait mille fois.* Mais elle se tait.

Bien droite, lunettes brillantes, yeux teinte pigeon enfoncés dans leurs orbites, Frieda claque dans les mains et fait à nouveau volte-face, avec un vague couinement de caoutchouc, de plastique ou de quelque matière qu'on utilise désormais pour fabriquer les semelles des chaussures de sport. « Bien, je ferais mieux de vous laisser vous concentrer. Je viendrai vous chercher. » Levant le poignet pour, plissant les yeux, vérifier l'heure à sa montre plate en or assortie d'un bracelet pas plus large qu'un lacet, elle ajoute : « Disons… dans sept minutes trente ? »

Dans la salle, il fait chaud, très chaud, tous ces gens (les derniers arrivés ne trouvent pas de place assise, ce qui signifie qu'il est venu au moins trois cents personnes), serrés les uns contre les autres, digérant diversement leur dîner, assimilant protéines, amidon et sucres, chacun générant de la chaleur. Sans compter l'humidité de l'air ; la pluie frappe sans arrêt la toiture et file dans les gouttières avec des clapotis et des glouglous péristaltiques. Comme de bien entendu, puisqu'on est en novembre, la climatisation a été coupée depuis longtemps. Assise au milieu de la première rangée en attendant que Frieda lise une liste d'annonces (événements à venir, récolte de fonds, possibilité de s'inscrire à des sorties sponsorisées par le musée, des films et des projections de diapositives), Alma sent la sueur lui monter aux pores, perler à la base de sa nuque sous la couverture thermale de ses cheveux, couler le long de sa colonne vertébrale jusqu'à l'endroit où son chemisier colle déjà à la peau, au creux des reins. Quand elle s'est glissée à gauche de la scène pour aller s'asseoir, elle a évalué brièvement l'auditoire, une fois de plus surprise par l'affluence, surtout qu'il pleut ce soir, mais elle n'a pas eu le temps de détailler les présents ou même de voir Tim, qui devrait faire partie du contingent, en majorité masculin, occupé à faire les cent pas au fond de la salle sans aucune chance de trouver un siège. Si, un instant auparavant, elle était sur les dents, là-bas dans les coulisses avec Frieda et le grizzly, elle a vaincu son trac. En fait, elle n'a en tête que l'introduction de Frieda, dont elle espère qu'elle sera ciblée et pas trop longue, afin qu'elle puisse bientôt monter sur la scène et en terminer au plus vite.

Hélas, l'introduction de Frieda n'est ni brève ni ciblée. Après un début uncertain, elle prend sa vitesse de croisière, s'appliquant à la tâche entêtante qui consiste à insinuer une voix à travers les fils d'un micro recouvert de mousse et les lointains haut-parleurs qu'ils alimentent dans le but de capter l'attention de trois cents personnes sans faire de lapsus et de bourdes ou se rendre ridicule. Alma Boyd Takesue, diplômée en biologie de l'Université de Hawaï, maîtrise et doctorat en études environnementales à l'Université de Californie, Berkeley, trois années sur le terrain à Guam consacrées à l'étude de *Boiga irregularis*, et tout le reste jusqu'à la litanie des titres de ses articles parus dans des revues scientifiques, tous, toutes les revues et tous les titres… : l'introduction réussit à être à la fois banale et interminable. Quand Frieda finit par appeler l'intervenante sur scène en se reculant pour protéger ses yeux de l'assaut des projecteurs et tendre une main aveugle en bienvenue, l'auditoire est déjà surexcité. Les applaudissements crépitent consciencieusement au moment où Alma se lève, pour s'interrompre d'un coup avant même qu'elle arrive sur la scène dans la pleine lumière des spots et s'évertue à ajuster le micro dont la présentatrice bien plus grande qu'elle n'a pas réduit la hauteur.

« Bonjour », entend-elle sa voix résonner dans la salle, le système d'amplification la propulsant dans le vide avant de la répercuter pour que son vibrato lancinant et nerveux aille débusquer la moindre fissure. « Je tiens à tous vous remercier d'être venus ce soir, particulièrement par ce temps… (elle marque une pause, cherchant le mot adéquat, celui qui allègera l'atmosphère, l'illuminera, mais, quoi qu'il en soit, quel genre de temps est-ce vraiment ?) par ce temps exécrable. » Oui, exécrable. S'ensuit un frisson collectif comme si l'ensemble de son auditoire tentait de garder l'équilibre sur une feuille de papier tendue. Alma se penche sur son ordinateur. La première image, d'Anacapa au crépuscule, Arch Rock rougeoyant genre carte postale, l'océan si calme, aux facettes si multiples qu'on le dirait peint à l'huile, la première image donc infuse l'imposant écran dans son dos. « Voici Anacapa, déclare-t-elle inutilement, l'une des îles du Parc national des Channel Islands, qu'on appelle fréquemment "les Galapagos d'Amérique du Nord". »

Les Galapagos d'Amérique du Nord. La formule est éculée mais elle la glisse consciencieusement dans tous ses communiqués et conférences, officiels ou pas, car elle ne manque jamais de produire son effet, les gens embarquant alors sur une fugue de souvenirs de hors-séries de *National Geographic*, de fous à pattes bleues, de frégates, de pinsons de Darwin et d'iguanes marins présentés en gros plans affectueux sur fond de vagues azur déferlant sur des rivages aux roches plissées. Alma la glisse donc, son allusion, pour amener le public à faire la comparaison voulue : ces îles, ces îles appartenant aux Etats-Unis d'Amérique sont tout aussi exceptionnelles que les Galapagos. Et tout aussi dignes d'être préservées. Pas seulement préservées mais restaurées à leur état originel.

Alma lève la tête pour observer le public, d'un regard panoramique balayant la salle de gauche à droite comme si elle avait parlé à chacun de ses membres alors qu'à cause des spots, et parce qu'elle a posé ses lunettes sur l'estrade et que les lumières de la salle sont baissées, elle ne distingue les visages que des deux premiers rangs. « Anacapa, dit-elle, traînant sur chacune de ses syllabes aspirées, est, comme je suis sûre que vous le savez tous et toutes, un écosystème unique et irremplaçable, qui accueille des espèces endémiques de plantes et d'animaux qu'on ne trouve nulle part ailleurs sur cette planète, de *Erysimum insulare* au *Malacothrix* autochtone du genre chicorée, jusqu'à la punaise à front bronzé en passant par la souris sylvestre *Peromyscus maniculatus anacapae*, tout comme les autres îles abritent leurs propres espèces uniques d'oiseaux ou la moufette marbrée. » Un clic de la souris mécanique introduit la diapo suivante, qui ne manque jamais de susciter un murmure d'approbation accompagné de claquements de langue appréciatifs : le renard insulaire. « Depuis seize mille ans que l'archipel est séparé de la terre ferme, c'est devenu une sous-espèce caractérisée par le nanisme commun à de nombreuses populations insulaires. » Alma regarde l'écran derrière elle. Oreilles dressées, pattes joliment alignées, le renard rôde dans le noir, regardant le public avec la férocité d'un animal empaillé. « En moyenne, ces petites bestioles pèsent de deux à trois kilos, ont la taille d'un chat domestique… du moins de ceux qui ne restent pas assis toute la journée sur un fauteuil. » Cette remarque, destinée à rompre la glace, suscite toujours les premiers rires de la soirée ou des gloussements contrits, tandis que les propriétaires de chats songent aux géants nourris aux croquettes, suralimentés et lovés sur un coussin du canapé chez eux.

Elle les tient enfin à sa merci et peu importe que, personnellement, elle préférerait que tous les chats errants soient exterminés de fait et de par la loi, car elle prend peu à peu sa vitesse de croisière, les nomenclatures latines sortent de ses lèvres comme de celles d'un séminariste, elle maîtrise faits et chiffres, aucun besoin de jeter des coups d'œil à ses notes qu'elle a imprimées en corps 22 pour pouvoir se passer de ses lunettes, de sorte à faire profiter son auditoire de toute la beauté de son regard. Au fur et à mesure que les diapos défilent en claquant dans son dos, elle présente un rapide résumé de la biogéographie de l'île, de la façon dont les espèces isolées évoluent pour emplir des niches particulières de l'écosystème et de la manière dont cet équilibre, spécifique pour chaque île sur la planète, est susceptible d'être bouleversé par l'introduction d'espèces continentales. Elle évoque le dronte, sans doute l'animal le plus symbolique de l'extinction des espèces insulaires, qui, à l'origine, ressemblait au pigeon et qui, ayant trouvé refuge sur une île de l'océan Indien, avait évolué, en l'absence de prédateurs, pour devenir le volatile dandinant au gros fessier mais sans ailes, tristement célèbre en raison de sa fatale vulnérabilité.

« Le dronte était naïf, dit-elle, adressant à son public un regard dur, direct, parce que telle est la réalité, voilà de quoi il retourne, la perte irrémédiable d'espèces irremplaçables, et il n'y a rien d'amusant ou de lointainement ironique là-dedans. Ayant perdu toute crainte, tout soupçon, il s'approcha du premier marin qui s'est présenté sur l'île Maurice. Le marin le pluma et le fit rôtir, avant d'introduire des porcs et des rats, qui se nourrirent goulûment d'œufs de tous les animaux qui nichent au sol. Voler, c'est onéreux au regard de la dépense de ressources caloriques et il en va de même pour les oiseaux qui nichent dans les arbres. Pourquoi voler, pourquoi nicher dans un arbre, quand on évolue dans un environnement sans prédateurs ? La réponse pour le dronte… la conséquence, veux-je dire, comme tout écolier le sait, a été l'extinction. »

Le public est maintenant entré dans le sujet, les froufous, les bruits des gens qui, au départ, se mouchaient ou toussotaient à l'abri de leur poing serré, se sont estompés dans ce qu'Alma préfère imaginer être un silence actif plutôt qu'une hébétude collective. Bien sûr qu'ils sont actifs ! Elle les devine à l'affût, aux aguets, conscients de l'empoignade à venir (mots clefs : rats et poisons), les échanges de coups de la séance de Questions Réponses qui suivra. Parfait. C'est le moment de se lancer. Elle clique sur la souris et dans son dos la diapo suivante qui envahit l'écran montre les rats qu'elle vient d'évoquer, yeux luisant d'un éclat démoniaque dans la brusque illumination du flash du photographe, tandis qu'ils fouillent dans les nids de mouettes et de guillemots, pattes et museaux humides tachés de jaune, d'albumine et de chalaze.

« Les rats, annonce-t-elle, laissant résonner le "a" jusqu'à ce qu'il lui revienne aux oreilles par le biais des haut-parleurs, les rats sont responsables de soixante pour cent des extinctions dans les îles partout sur la surface du globe aujourd'hui. » Alma ménage une pause théâtrale. « Les rats tuent les oiseaux qui nichent au sol dans l'île d'Anacapa. » Nouvelle pause, cette fois accompagnée par le plissement d'yeux, le regard d'acier le plus féroce qu'elle puisse lancer, étant donné qu'elle ne distingue pas le public. « C'est la raison pour laquelle je m'adresse à vous ce soir, pour vous dire que nous devons agir sans tarder si nous voulons éviter à ces créatures endémiques le sort du dronte, du solitaire de Rodrigues, du xénique de Stephens, des anolis géants de Culebra et de dizaines, que dis-je, de centaines, de milliers d'autres. »

S'ensuivent les habituels bruissements et craquements de sièges, les murmures, l'excitation parcourant la foule telle une décharge électrique : ils sont venus pour cela… Et elle aussi : le moment de vérité. Elle se redresse, carre les épaules. Elle les a en son pouvoir, c'est le moment de se pencher sur le micro, de les agripper avec son regard perçant et de déclarer : « C'est pourquoi, après de longues délibérations et avec l'entier soutien des biologistes du Parc national, du Département de la Pêche et de la Chasse de l'Etat de Californie autant que de la communauté scientifique dans son ensemble, nous avons décidé de répandre par voie aérienne la substance phytosanitaire raticide brodifacoum afin de supprimer la population invasive de rongeurs, qui, incidemment, menace la souris sylvestre indigène en plus du guillemot, du goélan d'Audubon et du cormoran à aigrettes. » Elle clique sur la souris pour faire apparaître en gros plan un minuscule guillemot de Xantus, tête et masque noirs au-dessus de sa gorge, bas-ventre blanc et la mine contrite face à la forme onduleuse d'un rat rongeant l'œuf qu'il couve. « Permettez-moi de vous assurer que cette substance est rapide et sans cruauté aucune. Si nous avions pu agir autrement, nous l'aurions fait mais, compte tenu de l'urgence et en raison de la confiance que nous avons dans cette méthode de contrôle de la population, nous avons, nous avons… »

Le public s'est tu. Il s'est aperçu de la présence qu'elle vient tout juste de remarquer elle-même à la périphérie de sa vision, la silhouette d'un homme qui s'est levé de son siège à l'extrémité de la première rangée, dreadlocks rouille, muscles tendus, mâchoires serrées. Alma le connaît. Forcément, elle le connaît. Forcément, il est venu ce soir, forcément, il l'interrompt et se comporte comme une chemise brune, comme un… un.

« Tout ça, c'est de la merde », hurle-t-il, et sa voix est renvoyée en échos d'un bout à l'autre de la salle. Se retournant vers le public, soudain il écarte les bras tel un prophète. « Est-ce qu'on est venu entendre réciter la ligne du parti par un tas de raseurs dans une dictature communiste ? Je croyais que c'était un débat public ! On peut avoir des réponses à nos questions ? Est-ce que notre point de vue peut être représenté ? Ou est-ce un spectacle pour muets ? »

Lame de fond d'applaudissements, clapotis de voix masculines et féminines lançant des encouragements, des voix qui entonnent une psalmodie, comme une rumeur de vent au loin, amplifiée à chaque répétition : « Les Questions / Réponses ! Les Questions / Réponses ! »

Alma présente les paumes de ses mains à l'auditoire, elle demande le silence, un peu de patience, un minimum de courtoisie, et un grondement de voix vient à son soutien. « Assis, crie quelqu'un dans le noir. Fermez-la.

— D'accord », s'entend-t-elle dire. Voix amplifiée atteignant la salle comme la voix de Dieu, voix de stentor, toute-puissante : c'est elle qui a le micro, pas eux. « Nous répondrons à vos inquiétudes et écouterons vos commentaires dans un instant. Quant à vous, Monsieur LaJoy (il est resté debout, bras croisés, il la défie), votre oppositionà nos visées est bien connue et vous aurez la possibilité de faire vos commentaires mais je vais devoir vous demander de vous asseoir et d'attendre votre tour. » Sur quoi elle ajoute, de façon tout à fait superflue : « Chaque chose en son temps. »

De toute évidence, les applaudissements lui sont favorables, du côté de la civilité et de la retenue, et ils se poursuivent jusqu'à ce que Dave LaJoy se laisse choir sur son siège et qu'Alma ait l'occasion de boire une gorgée du verre que Frieda a posé à son intention sur l'étagère sous le pupitre. Sa main tremble-t-elle quand elle l'approche de ses lèvres ? Non. Non, absolument pas. Déterminée à ne pas se laisser déstabiliser, elle repose le verre d'un geste ferme et reprend là où elle a interrompu sa description des effets du raticide (en le minimalisant, certes, doit-elle avouer en son for intérieur), et, une fois encore, elle revient, en termes retentissants, sur le point qu'il n'existe absolument aucune autre alternative à l'intervention proposée, tandis que la dernière diapo, d'un guillemot veillant sur ses oisillons devant un flou artistique de plantes grimpantes et de roche volcanique, envahit l'écran dans son dos. Elle accueille avec grâce les applaudissements, incline la tête et attend que Frieda, remontée sur la scène avec ses longues enjambées déhanchées et ses épaules basses, se propulse dans la lumière des sunlights. « Maintenant, projette Frieda dans le micro, au milieu d'une explosion de grésillements admonitoires, maintenant le docteur Takesue va répondre à vos questions. Chacun à son tour. L'un après l'autre, s'il vous plaît. » Elle attend un instant, met les mains en visière pour se protéger de l'éclat des projecteurs et appelle dans le vide : « Peux-tu monter les lumières dans la salle, Guillermo, s'il te plaît ? Nous voulons voir à qui nous nous adressons. »

Dave LaJoy se lève tout de suite, main dressée avec férocité. A côté de lui, Alma distingue alors Anise Reed, chevelure cyclonique, regard brûlant, mains jointes sur ses genoux. Lunettes fermement serrées sur l'arête du nez, Alma les ignore et fait signe à une femme dix rangées derrière. Visage rubicond, couronne de cheveux blanc de lait. Ses lunettes rectangulaires à monture métallique auraient pu venir de la même boutique que celles de Frieda. Elle déroule son corps, se lève et, d'une voix douce, aqueuse, demande : « Et les souris ? Le poison ne va-t-il pas leur être nocif ? » Avant de se rasseoir et de rentrer dans l'anonymat de la foule comme si rester un instant de plus sous le feu croisé des regards aurait pu l'anéantir.

« Bonne question, ronronne Alma, félicitant son interlocutrice, soulagée de répondre à la question d'une personne venue s'informer, apprendre quelque chose plutôt que décidée à détourner l'attention comme un parasite, ce qu'est, précisément Dave LaJoy, un parasite sur le dos du Parc national, du musée, de Frieda et de tous ceux qui s'évertuent à améliorer les choses plutôt qu'à les détruire. Alma répond d'une voix qui s'est faite plus suave, mielleuse ; le plaisir de l'échange gomme la tension qu'elle avait ressentie au ventre et qui s'était propagée jusqu'à ses phalangettes, lesquelles s'étaient mises à la picoter comme si elles avaient été gelées : « Nos biologistes sur le terrain ont pris en compte les souris et nous en avons même capturé pour assurer leur reproduction en captivité et les relâcher après la disparition des rats… Elles reconstitueront leur population très rapidement en l'absence des rats.

— Et les oiseaux ? Et les oiseaux ! N'est-il pas vrai que les pertes seront phénoménales ? » Un homme jusque-là inaperçu (un complice de LaJoy ?) sort de nulle part, vers la gauche. Alma distingue une barbichette, un miroitement doré à l'oreille, les yeux bleus étincelants au regard impénétrable d'un fanatique ; l'espace d'un éclair, elle penche pour l'ignorer mais cède tout de suite : si elle ne répond pas à sa question, elle donnera l'impression de l'éluder.

« L'appât est bleu vif, une teinte qui n'appartient pas à la gamme que l'avifaune pourrait être susceptible de consommer. Et, bien sûr, nous allons intervenir sous peu, en hiver, lorsque le nombre d'oiseaux est au plus bas. » Elle ne lève une main apaisante que pour la laisser retomber l'instant d'après. « Nous pensons qu'il y aura peu de dommages collatéraux.

— Peu ? » LaJoy s'est levé d'un bond. « La perte d'un seul animal, d'un seul rat, est intolérable, inhumaine et tout simplement amorale. Pourquoi ne décrivez-vous pas, Dr Takesue, l'effet de ce poison sur tout animal qui a la malchance d'en ingérer, un rat ou l'un de vos précieux petits oiseaux ? Hein ? Pourquoi ne le décrivez-vous pas ? »

Elle perçoit un mouvement de Frieda sur son siège de la première rangée. Frieda la chienne de garde, cou tendu en avant, lunettes d'une brillance militante. Où se trouve donc Bill Braithwaite… n'était-il pas censé jouer de ses muscles ? Et Tim ? Où est Tim ?

« Le raticide est rapide, la technique humaine.

— Encore votre double langage. » LaJoy se retourne vers l'auditoire pour l'inciter à se révolter, il gesticule et flagelle sa nuque avec ses dreadlocks. « Le fait est que le poison… pourquoi ne pas appeler un chat un chat, pourquoi refusez-vous de le faire… ? Ce poison cause la mort en infligeant des saignements internes sur une période qui peut aller de trois à dix jours. Dix jours ! Vous trouvez ça humain ? »

Le public semble lâcher un soupir collectif, massif. Des sièges craquent. Un murmure de voix adverses s'élève dans la salle : Alma est en train de les perdre.

« Ecoutez, Monsieur LaJoy », réplique-t-elle, ton aussi acéré que les flèches de la réserve du musée, elle n'aimerait rien tant que bander l'arc, viser et tirer, « je ne vais pas débattre avec vous ici…

— Quand allez-vous le faire, alors ? Où voulez-vous le faire ? Dites-moi. Je serai là. Alors seulement les gens pourront connaître la vérité. A savoir que vous et vos supposés scientifiques…

— Franchement, nulle part. Nous avons eu droit à votre opinion. Merci. Maintenant, si vous laissiez parler le monsieur au fond, à la chemise à carreaux… »

LaJoy ne veut pas lâcher prise, exactement comme la semaine passée à Ventura, où il a fallu l'expulser de la salle *manu militari*, pendant qu'il proférait menaces et insultes. « Vous êtes des bourreaux, hurle-t-il, couvrant la voix de l'homme à la chemise à carreaux. Des nazis ! Vous tuez tout. C'est ça, votre solution : Tuer, tuer, tuer ! »

Soudain, Frieda se retrouve à côté d'Alma, micro hissé à la hauteur de sa bouche déformée par la colère. « Ça suffit… Si vous êtes incapable de demeurer courtois… »

Il réplique du tac au tac : « C'est vous qui parlez de courtoisie alors que vous torturez des animaux innocents ? C'est ça, votre courtoisie ? Je serai courtois après le carnage. Pas un instant avant. Ces rats… »

Alma a conscience de perdre espoir. Face à Frieda, elle se sent impuissante et sans défense, elle s'efforce de ne pas se voûter, le sceptre du micro lui est retiré en même temps qu'au public. Frieda scrute le fond de la salle et lance un ordre : « Bill, Guillermo. Veuillez faire sortir ce monsieur. »

Et les voici qui descendent l'allée de droite : Bill Braithwaite, cent vingt-cinq kilos, ventre en avant, et le technicien, Guillermo Diaz, tête baissée et cinquante kilos de moins ; tous deux ont des mines patibulaires. « Ces rats sont là depuis cent cinquante ans ! crie LaJoy, remontant l'allée de son côté. Quel est votre durée de référence ? Cent ans ? Mille ? Dix mille ? Merde ! » Il s'adresse au public. « Pourquoi ne pas cloner votre mammouth pygmée et le planter là comme dans *Jurassic Park* ? »

D'un air suppliant, Frieda souffle un long soupir d'exaspération qui bêle à travers les haut-parleurs comme l'ultime prière d'une martyre : « Bill ! »

Et voilà que toute la salle semble se lever, des voix se répercutent sur les poutres du plafond. Impossible de regagner son public maintenant, encore une soirée de perdue… ou du moins la partie la plus instructive. Pourquoi les gens bien informés n'ont-ils donc pas pris la parole ? Ou les écoliers qui veulent tout apprendre des habitudes comportementales du renard ou alimentaires de la moufette marbrée et savoir comment il se fait qu'elle soit devenue si minuscule ? Pourquoi cette controverse ? Pourquoi tant de colère ? Pourquoi tant de haine ? *Jurassic Park.* Quel coup bas, un truc de démogague décidé à brouiller les cartes. Alma voudrait récupérer le micro et tout déballer mais c'est impossible parce qu'elle est pro, parce qu'elle respecte les règles, parce qu'elle est du côté du bon goût, des bonnes manières et de la vérité, or s'engager dans une joute verbale avec un sociopathe n'est pas un moyen de faire avancer la bonne cause.

Alma scrute l'auditoire. LaJoy est déjà à la sortie, une bonne moitié de la salle entre lui, d'un côté, et, de l'autre, Bill Braithwaite et Guillermo, si bien qu'elle n'aura même pas la satisfaction de le voir jeté dehors. Il prend son temps, joue des hanches et des épaules, dodeline effrontément de la tête, adopte l'attitude du boxeur pénétrant dans l'arène. Il y est presque, la foule à la porte se scinde en deux pour le laisser passer comme elle le ferait devant un gêneur, un paria mais, au dernier moment, il se retourne d'un coup pour lancer un regard meurtrier au pupitre où elle se tient à côté de Frieda sur la scène et il assène son dernier coup, assez fort pour se faire entendre de tous : « Et qui c'est qui vous a nommée à la place de Dieu, ma petite dame ? »

Par la suite, autour du verre de vin blanc tiède et de la tortilla rassie offerte par le musée, plusieurs personnes viennent lui dire que sa conférence était très stimulante, qu'elle leur a appris plein de choses, qu'ils la soutiennent à fond dans son combat pour les îles et qu'ils déplorent l'ignorance et le comportement de certains malotrus au cours de la soirée. Elle sait que cela part d'un bon sentiment mais elle n'en est pas moins incapable de leur adresser mieux qu'un sourire pensif et un affable « merci ». Une fois que LaJoy a été mis dehors (accompagné par Anise Reed), Frieda a réussi à faire retomber la tension et la séance de Questions Réponses s'est déroulée comme prévu, les gens étaient vraiment intéressés et Alma a profité de l'occasion pour mettre en pratique ses dons pédagogiques avec toute la grâce et l'aisance qu'elle a pu simuler. Or elle a dû beaucoup simuler, compte tenu notamment de la tension dans l'air, qui est restée palpable. Mais, étrangement, les débordements de certains ont encore davantage rallié le public à sa cause et l'ont rendu encore plus réceptif. Tout compte fait, elle s'est bien sortie de cette soirée et, plus important, elle a pu dire ce qu'elle avait à dire, montrer aux gens la lumière avec calme et raison, ce qui a beaucoup contribué à décrédibiliser la tendance A.P.T.E.A., A.P.P.A. et toutes les autres associations du même acabit. Ouais. Sûr. Alors pourquoi se tient-elle là à essayer de garder en équilibre un gobelet en plastique sur la paume de sa main, plein d'un vin tiède, imbuvable, tout en octroyant à la ronde le genre de regards qu'affectent d'ordinaire les guillerettes petites gymnastes qui ont perdu l'équilibre sur le cheval d'arson aux éliminatoires des jeux Olympiques ?

Elle s'entretient avec une septuagénaire étique, vêtue d'un chemisier en soie rose ample comme un maillot de foot : elles discutent de la faisabilité de la préservation des spécimens botaniques insulaires dans des jardins du continent, lorsque Tim surgit de nulle part et lui saisit le coude. « Pardon, articule-t-il à l'intention de la vieille dame. Une urgence ! » Il entraîne Alma jusqu'à la sortie. « Je viens d'appeler Hana Sushi et ils ne servent que jusqu'à dix heures. Tu as drôlement besoin d'un sake, ton sake *on the rocks*, qui pique le palais, un très léger nez de brises de forêt de Hokkaïdo, pointes sous-jacentes de vanille et de grenade ?

— Je dois prendre congé de Frieda…

— Pointes sous-jacentes d'ananas et… quoi d'autre… de schnauzer mouillé ?

— Mais Frieda…

— Appelle-la de la voiture.

— Non, ce serait incorrect. » Ils n'en sont pas moins déjà sortis dans la nuit. Le parking est presque désert et les nuages bas se reposent sur une bruine vivifiante. Alma songe : *je lui enverrai un petit mot*. Elle songe qu'elle en a fait assez pour aujourd'hui ; elle songe au sushi bar enveloppé dans les sons tamisés du jazz qui filtre sans agressivité des haut-parleurs ; à Shuhei et Hiro qui, tout en plaisantant, en bavardant, lui concocteront un plat tout spécialement pour elle ; elle songe au flétan, à la limande à queue jaune, au thon des abîmes, au sake dans un verre perlé de givre, *on the rocks*.

Elle se trouve à une quinzaine de mètres de la voiture, châssis teinte papillon de nuit luisant faiblement sur fond de ténèbres plus profondes, lorsqu'elle s'aperçoit qu'il y a un problème. Tout paraît brouillé, alors qu'elle porte ses lunettes. Tous deux pressent le pas, Tim a vu cela lui aussi mais, même lorsqu'ils sont tout près de la voiture, elle ne voit pas de quelles marques il s'agit… On dirait des bandes noires… des graffitis ?

Ombre à côté d'elle, facette d'une plus grande complexité, Tim lâche un juron, voix tendue par la surprise et l'indignation. « Non, merde ! Merde ! Ils ont tagué la voiture ! »

Les grosses lettres arrondies deviennent plus nettes maintenant que ses yeux s'ajustent progressivement. *Crève*, lit Alma. *Face de citron*, lit-elle. Et, finalement : *Salope*.

Le « Paladin »

S'IL Y A UNE CHOSE QU'IL DÉTESTE, c'est bien un jaune d'œuf liquide. Et des tartines de pain grillé tellement sèches qu'elles se brisent comme des crackers avant qu'on puisse étaler le beurre dessus. Et la pluie. Il déteste aussi la pluie. Il pleut sans discontinuer depuis trois jours, la pluie qui transforme les rues en pétaudière et vide les magasins (fréquentation lamentable, absolument lamentable, dans ses quatre succursales, alors qu'on approche de Noël), elle déprime les gens, elle bave comme de l'eau de cale le long de la vitrine en verre poli du Cactus Café, où il prend son petit déjeuner cinq jours par semaine, et dire qu'ils n'ont toujours pas compris, merde, ce que signifie « *cuit putain de merde des deux côtés* » ! Son toast sec est froid. Le café a le goût de l'aluminium et il est tout aussi froid que le toast ou tiède, au mieux. Le journal ne consacre qu'un minable entrefilet à ce qui s'est passé au musée hier soir, relégué au compte rendu des animations du mardi 20 novembre 2001 : la date est en gras, plus gras que le titre, comme pour indiquer que tout ce qui est inclus dessous sera aussi abrutissant et négligeable que ça l'était la veille et l'avant-veille. Sous le titre « Protestation à la Conférence du Musée », deux maigres paragraphes n'abordent même pas le vrai problème et, pire, ne citent même pas l'A.P.P.A. nommément – alors, leur demander de préciser les contre-arguments qu'il a balancés à la figure de cette petite salope condescendante du Parc national qui ne trompait personne avec ses yeux gris bridés et sa tenue uniformément noire comme si elle allait à un enterrement ou à une soirée gothique et puis quoi, et toutes ses diapos truquées de jolies petites bestioles qu'il faut absolument sauver des attaques de grosses méchantes bêtes rendues plus méchantes encore par les manipulations d'un con qui joue avec Photoshop comme si ces oiseaux ne survivraient pas une semaine de plus alors que depuis cent cinquante ans régnaient une harmonie et un équilibre parfaits entre tous les oiseaux, les plantes et les rats aussi, mais ça, le *docteur* Alma Boyd Takesue n'en a rien dit.

Brusquement, il tourne la tête : voici Marta, la grosse Marta avec ses lolos de deux tonnes et son bide de bonne femme en cloque alors qu'elle n'est même pas enceinte, seulement énorme, elle se penche sur la table d'un autre client près de l'entrée, elle flirte avec lui, pour l'amour de Dieu ! Avant de savoir ce qu'il fait, il l'appelle – et il est lui-même surpris par la violence de son intonation. Tout le monde se retourne, une bonne trentaine de personnes, la moitié qu'il reconnaît et l'autre pas, tous le regardent comme un seul homme, comme s'ils s'appelaient tous Marta. Et qu'est-ce qu'il en pense ? Il en pense : *Allez vous faire foutre collectivement*. Il en pense qu'il ferait peut-être bien de se trouver une autre cantine où ils font la différence entre…

La voilà, visage ratatiné autour de sa bouche réduite à la taille d'un trou de serrure sous les joues flasques, elle arrive aussi vite que ses petits petons peuvent la porter, elle essaie de faire comme si elle se souciait de lui. « Tout va bien ? » s'enquit-elle, encore loin de lui, pour que tout le monde l'entende bien faire son boulot, même Ricardo, le cuisto, qui, depuis le grill, cigarette dans une main, spatule dans l'autre, lance à LaJoy un de ces regards sous ses paupières tombantes… !

« Non », rétorque ce dernier, encore trop fort, et tout le monde tourne encore le regard vers lui, tous, parce que c'est un tas de voyeurs minables, tarés qui n'ont rien de mieux à faire, qu'ils aillent tous se faire foutre. Oui, qu'ils aillent se faire foutre. « Non, tout ne va pas bien. Je viens tous les jours, non ? Et vous ne savez pas encore ce que c'est des œufs cuits des deux côtés ? Merde, si je voulais de simples œufs au plat, si je voulais un jaune liquide, c'est ce que je commanderais, non ? »

La grosse Marta avance déjà le bras pour reprendre l'assiette, excuse toute prête aux lèvres, « Désolé, monsieur, je vais demander au cuisiner… » et toutes ces sornettes pseudo-lénifiantes dont elle se fend toute la journée parce que le cuisto est un abruti ; quant à elle, la traiter d'incompétente serait encore lui faire un compliment, LaJoy ne peut donc s'empêcher de rétorquer, hargneux (*mais pourquoi prend-il ce ton-là ?*) « Remportez-moi ça et qu'il me les fasse cuire des deux côtés ou qu'il ne les fasse pas cuire du tout ! » Puis, lancé à la face des deux monticules de l'arrière-train de la grosse Marta : « Et vos toasts, on dirait ce qu'on donne aux marmots, des quoi déjà… des biscottes. Je ne veux pas des biscottes, je veux des toasts. » La grosse Berta pousse un battant de la porte de la cuisine, jette ostensiblement le contenu de son assiette dans la poubelle, tandis que Francesco se rétrécit dans la nullité aztèque de son visage et que tous les autres convives font mine de reprendre leurs conversations. LaJoy ne peut s'empêcher d'ajouter une fois de plus, moins fort, maintenant qu'il a donné libre cours à sa rage même s'il est encore excédé : « Et des toasts tout simples sans chichi, si ce n'est pas trop demander. »

Après le petit déjeuner, il sort, affronte la pluie, se représente son parapluie resté chez lui, appuyé contre le chambranle de la porte, mais ce n'est pas un problème car l'humidité fait gonfler ses dreadlocks, leur donne du corps, les frise, surtout sur le sommet du crâne, aux racines, où il a remarqué récemment dans la glace qu'il se déplumait un peu trop à son goût, sans compter que, de toute manière, c'est plus de la bruine que de la pluie. Il s'arrête un instant devant le snack pour glisser son journal sous le bras et remonter le col de sa veste en nylon noir, gêné tout à coup, comme si remonter son col était une affectation surgie d'un passé lointain et brumeux, notamment un concert des Clash au Bowl. Ce qui, se dit-il, est sans doute le cas. Levant les yeux, il surprend un guignol au front dégarni qui lui lance un regard furtif par la vitrine sur laquelle griffonnent les gouttes de pluie, mais le spectacle est terminé et il ne va pas se laisser emporter à cause de jaunes d'œuf trop liquides, de ce crétin-là ou de quoi que ce soit : il a pris son comprimé pour la tension mais non, il n'a pas pris et n'ingurgitera jamais le Xanax que le Dr Reiser l'a persuadé de prendre comme seul antidote à la rage qu'il sent souvent monter en lui à l'improviste telle une vague traîtresse sur une mer calme : moins de la colère que de l'impatience face aux humains et aux innombrables manières qu'ils ont sans cesse et à la moindre occasion de faire foirer à peu près n'importe quoi.

Sa voiture est garée à deux cents mètres dans une rue légèrement en pente ponctuée de parcmètres, de Volvo et de Toyota mal garées, un quartier mixte, appartements et bureaux pêle-mêle, une pelouse par-ci par-là, un alignement d'arbres et puis il faut tourner au carrefour, il est garé là, dans la transversale en contrebas. Avec sa démarche habituelle genre « le magasin reste ouvert pendant les travaux », à quarante-deux ans, en aussi bonne santé qu'il peut l'être avec l'aide de la salle de muscu, du Bénazépril et des fluidifiants sanguins du Dr Reiser, il marche en ignorant les voitures bloquées au feu rouge avec leurs essuie-glace en action et les nuages de fumée qui sortent de leurs pots d'échappement dans l'ultime souffle pétrochimique de la saloperie noire pompée sous des couches de gaz de schiste en Arabie Saoudite, au Nigeria ou au Vénézuéla, la mort de la planète, la mort de tout, dans les odeurs d'asticots écrasés, de feuilles pourries et celle, mouillée et acide, des journaux collés au trottoir là où les livreurs mexicains les ont jetés n'importe comment, manquant les vérandas des maisons particulières et le seuil des boutiques à l'heure sinistre et désespérée d'avant l'aube. Il marche et il se dit qu'il ne va pas prendre la peine de s'arrêter dans l'un de ses magasins aujourd'hui – Centres de Multimédias LaJoy, succursales à Santa Barbara, Goleta, Ventura et Camarillo, car quoi qui puisse arriver ou ne pas arriver un jour comme ça n'est plus de son ressort mais le problème et la *responsabilité* de chacun des gérants et de Harley Meachum, qu'il paye plus cher que ne vaut la seule tâche qui lui incombe : stresser à sa place.

En pré-retraite. Voilà son statut et il l'a bien gagné parce qu'il y a mis ce qu'il fallait, il a gagné un paquet de fric et s'est construit une baraque à Montecito, il a deux bagnoles et un bateau et Anise aussi, il a du temps libre maintenant, exactement comme il le voulait : exactement comme le clodo qu'il découvre là près de la Breemer lorsqu'il oblique dans la rue où elle est garée, un clodo aux cheveux blancs, l'air intello, planté là comme s'il voulait lui faire une offre pour la bagnole.

Chez lui, c'est un automatisme : il appelle un clodo un clodo, il n'emploie pas l'une de ces périphrases genre « sans abri », « démuni », « nécessiteux », « personne en grande difficulté », « sans domicile fixe », S.D.F. ou quelle que ce soit l'expression en vigueur à l'heure actuelle. Anise le corrige sans cesse parce qu'il défend les animaux sans défense : les cochons qui subissent des électrochocs avant de glisser dans les toboggans de la mort, les poulets démembrés à la chaîne, encore à moitié vivants et conscients, lapins, ânes et moutons que le Parc national a massacrés sans ciller sur les îles de Santa Barbara, de San Miguel et de Santa Cruz. Il n'a pas envie de défendre un primate chenu et debout qui jouit de tous les avantages qu'on a quand on vit aux U.S. et pas dans un pays du Tiers-Monde, un clodo qui veut seulement se planter sur l'herbe et sucer un goulot toute la journée pour sacrifier à sa régression infantile. Est-ce une incohérence fondamentale : être pro-animal et anti-humain ? Qu'importe ! Parce que ce n'est pas pire que le point de vue des éco-flics : avec ce qu'ils dépensent en brodifacoum et en hélicoptères pour le larguer sur l'île, ils pourraient loger tous les clodos de la ville à l'Holiday Inn pendant un mois.

Son clodo préféré, non qu'il lui ait jamais refilé la moindre pièce, et même si ça ne le dérangerait pas qu'il soit remis dans le bus d'Echo Park, de San Jose ou de n'importe quel trou dont il s'est tiré, c'est un gars qui doit peser cent cinquante kilos, toujours en short, en godillots et en T-shirt blanc sale de la taille de la voile d'un Hobie Cat. Des piliers de béton en guise de jambes et un bide qui déborde de la chemise comme une entité près de sortir pour aller mener sa propre vie. Son *modus operandi*, c'est se planter devant le restaurant de son choix suivant l'humeur du jour, pour quêter des *doggy bags* de touristes ventrus, rassasiés et à moitié ivres. Et n'allez pas lui tendre des sushis s'il a envie de pizza ce jour-là. Très peu pour lui, merci ! Il sait ce qu'il veut. Il a du discernement. C'est un gourmet.

Mais ce clodo, ce philosophe, vient de prendre conscience de la présence de LaJoy comme s'il s'éveillait d'un rêve, yeux l'empoignant comme des doigts à l'affût d'une aspérité dans le noir et, tout en contournant la voiture pour rejoindre le côté du conducteur, d'une voix pleine de carbone et de mucosités, il demande : « T'as pas un dollar ? »

Clef enclenchée, dreadlocks mouillés par la pluie, col relevé, aucune colère car il a à faire, un rendez-vous à honorer, et ce n'est pas un clodo qui ne vaut pas le temps qu'on prend pour s'attarder sur lui, regard de demeuré, poignets de travers, chemise récupérée dans une poubelle, en flannelle à carreaux rouge et noir, trempée, qui lui tombe sur les épaules comme une peau décortiquée, ce n'est pas un clodo, non, qui va lui soutirer la moindre pièce et encore moins le faire assez chier (« T'as pas un dollar ? ») pour lui dire ce qu'il pense vraiment de la valeur morale de cet intermède. Se contentant de faire un signe de la main comme pour arrêter l'élan d'un interlocuteur, LaJoy s'enfonce dans le siège et se laisse envelopper par le cuir ambiant, la lueur du tableau de bord et le doux air calibré à l'allemande du moteur qui, par son chant, renvoie le clodo à l'oubli, comme les journaux pourrissants, les vers morts et tout le reste.

La circulation est bloquée sur la *State Highway* mais cela n'empêche pas LaJoy de s'y engager tout de même, parce qu'il n'est pas pressé, il veut avoir le temps de contempler les boutiques avec leurs vitrines de Noël tout juste installées : rien, se dit-il, que pour savourer l'atmosphère des fêtes de fin d'année, pas du tout pour exercer son regard averti sur les hordes d'acheteurs et calculer qui fait quel genre de business. Ses magasins, boutiques spécialisées pour gens friqués qui veulent se faire installer dans leur salon vidéo une télé murale Sony écran plat cinquante-deux pouces et tout l'appareillage électronique Linn dernier cri et haut de gamme importé du Royaume-Uni, cinq mini-baffles et subwoofer géant, installés à domicile de sorte qu'ils n'aient plus qu'à tapoter sur la télécommande pour se retrouver instantanément transportés dans une expérience véritablement théâtrale, ses magasins, donc, n'attirent pas les foules, en quelque saison que ce soit. Il en a toujours été ainsi, même quand il est passé des audiophiles des années quatre-vingt aux amateurs de télés grand écran et du son multicanal des années quatre-vingt-dix puis du nouveau millénaire. Il vend seulement du haut de gamme, satisfait un besoin plus qu'une envie : la société se renfermant de plus en plus sur elle-même, les gens investissent dans un salon vidéo parce qu'ils rechignent de plus en plus à sortir ne fût-ce que dans leur jardin, alors pensez… aller au cinéma ou ailleurs ! Sa clientèle est toute faite, elle vient quasiment à lui sans qu'il ait à se démener, il s'est toujours payé le luxe de ne pas avoir recours à la moindre publicité, d'installer ses succursales dans les lieux de vente les plus modestes, à l'écart des rues principales, dans des quartiers où les loyers sont moins élevés et où l'on n'a pas besoin de fanfreluches.

N'empêche (il passe devant Macy's : les femmes paradent quand elles entrent ou sortent du grand magasin, sacs de grandes marques pendus aux deux bras, elles arpentent le trottoir, leur satisfaction émanant de leur jeu de hanches, du clapotis franc et direct de leurs talons), il doit reconnaître tout de même que les illuminations ont de la gueule, toutes ces couleurs, ce luxe, cette *über*-perfection lisse du commerce de détail qui invite les acheteurs à atteindre la *über*-perfection de leur côté, de la manière la plus facile possible, en dépensant de l'argent. Transformez-moi. Améliorez-moi. Agrandissez mes yeux, aplatissez mon ventre, durcissez mes mollets et gonflez mes cheveux. Donnez-moi la beauté, le succès et, par-dessus tout, que je sois désirée, admirée, aimée. Sûr, et pourquoi pas un salon vidéo pendant qu't'y es ?

Il est à peine plus de dix heures mais les lumières multicolores qui gainent les palmiers, déjà allumées, scintillent discrètement sur la longue toile de fond de la rue à la perspective brouillée par la pluie, qui s'enfonce dans le cœur du quartier des magasins puis au milieu d'un labyrinthe de boutiques de surf et de restaurants jusqu'au front de mer, à l'intersection avec Cabrillo, l'« Ocean Boulevard » de Santa Barbara, attrape-touristes, paradis terrestre du clodo péripapéticien, large, spacieux, bordé de palmiers, le long de l'océan depuis les falaises d'East Beach jusqu'à la marina à son extrémité ouest, là où il se rend. A l'intersection, LaJoy s'arrête au feu rouge ; par intermittence, ses essuie-glace éliminent le voile de pluie. Directement en face de lui se trouve la fontaine à l'entrée de la jetée : pendant un moment, il a l'esprit ailleurs, il pense au clodo d'une vingtaine d'années en haut-de-forme et veste rouge (qu'ont-ils donc dans la tête, les clodos, de nos jours ?) qui opérait là avec un chien générique à la Walt Disney, affublé d'un tutu à crinoline et auquel il avait appris à danser sur ses pattes de derrière, sur fond de jets d'eau qui bondissaient et s'évasaient. C'était le roi des clodos, ce gars, les touristes s'amassaient autour de lui pour vider leurs poches. Bien sûr, il n'est plus là, il pousse sans doute un Caddie dans une ruelle Dieu sait où, haut-de-forme cabossé, chien depuis longtemps enterré, le reste de sa vie réduite à une longue route menant nulle part.

Et puis il songe au gars qui aurait pu passer pour un membre du comité de direction de A.T.&T. si on lui avait mis un costume et lui avait coupé les cheveux, le genre industrieux qui opérait jadis sur le sable juste en dessous de la rambarde où la plage et la jetée se rejoignent, façonnant des bateaux à partir de carton mis au rebut et les tendant aux touristes qui se promenaient par là, Coréens, Allemands, Suédois ou New-Yorkais. Maintenant, les clodos se contentent d'étendre une couverture sur le sable, un gobelet en plastique au centre, et s'assoient à l'ombre des piliers, partageant une pinte de bière ou quelque autre breuvage jusqu'à ce que les touristes enfouissent gobelet et couverture sous une marée montante de pièces de vingt-cinq, de dix et de cinq cents. Ah, c'est comme aller à la pêche ! Comme un sport.

Un klaxon furibond derrière lui. Le feu est passé au vert. Il vérifie dans le rétroviseur : un connard casquette devant derrière, assorti de sa copine et d'un clebs jaune haletant collés contre lui sur la banquette avant d'un 4 × 4. LaJoy met donc les gaz, déviant d'un côté avant de rétablir sa trajectoire puis de foncer dans la rue comme une fusée, pas même furieux, non, simplement expéditif. Il reste deux feux rouges sur le chemin de la marina, tous deux en sa faveur, mais il ralentit légèrement avant le premier pour lui permettre de griller le rouge juste au moment où il passe dessous, afin que le connard pressé reste coincé derrière, alors qu'il essayait de le rattraper, de le provoquer – *Salut, mec, prends-toi ça dans les gencives.* Quelques instants plus tard, il descend de la voiture et gambade sur la promenade en béton le long du front de mer, sortant déjà sa carte clé magnétique. Approchant du portail grillagé à l'entrée du ponton, installé spécifiquement pour empêcher les personnes non autorisées (= clodos, mais c'était quoi cette histoire, il y a deux ans, quand un clodo des mers était monté sur un yacht et l'avait emmené jusqu'à Ventura, où il l'avait fait échouer sur les rochers ?), il s'aperçoit que Wilson l'attend déjà.

Wilson Gutierrez, vingt-sept ans, est un charpetier hors pair dont la mère est arrivée de Copenhague dans les années soixante et n'est jamais repartie, et dont le père, à en croire la rubrique Cocher la (ou les) case(s) correspondante(s) du formulaire de recensement, est un hispano blanc des quartiers Ouest de Santa Barbara via Culiacan ; Wilson prononce son prénom *Weel-soan*, et il y tient, il est même chatouilleux sur ce point. Il a les yeux bleus, arbore une barbichette soyeuse noir corbeau et l'épingle en or qui perce le lobe de son oreille gauche lui donne l'air d'avoir été eu par un tireur à la sarbacane ; il prend des coups de soleil comme tout le monde et ondoie comme une algue en bougeant mais il a les épaules carrées, et les biceps et encore plus les avant-bras « comme Popeye, aime-t-il se vanter, sauf que c'est pas parce que je bouffe des épinards, mec, c'est parce que je manie le marteau toute la sainte journée, et que je suis ambidextre et tu ferais mieux de me croire ». C'est avec LaJoy et Anise l'un des trois membres fondateurs de l'A.P.P.A, l'association qu'ils ont créée il y a six mois en réaction directe à ce qui se passait sur les îles. A ses pieds : trois sacs poubelle noirs, ostensiblement ventrus. « Quoi de neuf, Dave ? » s'enquit-il, se tournant vers ce dernier avec un sourire qui lui fend le visage et l'illumine comme un écran à cristaux liquides dans la vitrine d'un magasin après la fermeture.

« Pas grand-chose. T'as dégoté la came ? » Et puis, incapable de s'en empêcher, il éclate de rire : « Merde, fait-il, se penchant pour glisser sa clé magnétique dans le lecteur, on dirait qu'on deale… »

Wilson, souriant encore (non, il fait plus que sourire, avec son sourire qui va d'une oreille à l'autre), répond : « C'est exactement ça.

— Pour ainsi dire.

— Ouais, pour ainsi dire. »

La grille s'ouvre en grand. LaJoy soulève les sacs, Wilson en prend deux et lui-même en prend un (car, à ce moment-là, ce sont les sacs de Wilson et il est aux commandes) ; ensuite, ils descendent la passerelle jusqu'à l'endroit où les coques des bateaux se balancent sur les résidus de houle que la tempête a fait pénétrer dans le port. Les sacs en plastique noir ondoient, accrochent la lumière métallique, dessinent des plis et des croissants, rien qui sorte de l'ordinaire, rien qui pourrait faire tiquer qui que ce soit, pas même Mme Janov, qui remonte la passerelle dans leur direction : elle vient du *Bitsy*, un bateau qu'il déteste pas seulement à cause de son nom mais aussi à cause de ses propriétaires, le genre à ne jamais quitter le port, à venir s'asseoir sur un transat, un verre à la main et des jumelles dans l'autre, épiant une chose ou l'autre, toujours à scruter, surveiller… mais quoi ? D'ordinaire, il l'ignore, il ne lui adresse jamais un signe, quelque inanité qu'elle puisse lui balancer à la figure, sur le temps, les mouettes, les crottes de mouettes, pour faire la conversation, et quel type de bourre vous avez dans le cul, non ? Sauf que, aujourd'hui, il se sent exalté, en phase avec lui-même, mais sans doute un tantinet furtif, il adresse à l'air buté de Mme Janov un hochement de tête laconique, le ponton branle sous eux et les tongs de la virago tapent sur les planches comme des marteaux-piqueurs siamois.

L'instant d'après, sur le bateau, ils se glissent dans la cabine tels des phoques dans une mer d'huile ; tout se tait, à l'exception de l'infime murmure de la bruine sur le toit et sur les hublots mouchetés de salinité. Wilson se laisse choir ou, plutôt, se jette sur la banquette en poussant un soupir, proclamant : « Dix mille doses, comme tu l'avais demandé. Tu crois que ça suffira ? »

Le bateau sent ce que tous les bateaux sentent quand ils sont restés au mouillage sous la pluie et dans le froid, les chiottes se rappellent à votre présence ; la cire, le vernis et le détartrant le disputent à la moisissure et à l'odeur marine humide, boisée, granuleuse que le froid condense, fait fermenter et maintient là jusqu'à ce que le soleil ou le chauffage électrique vienne les chasser. LaJoy se penche sans tarder pour allumer le chauffage, fait le tour de la table, s'adapte à l'espace restreint où il a toujours l'impression que tout ce qu'il a jamais voulu s'y trouve à portée de main : larguer les amarres, faire cap vers le large et oublier tout le reste… « Tu veux un café ? demande-t-il, posant la cafetière sur le gaz. Je vais en faire pour moi de toute manière, mec, cette merde qu'on m'a servi au Cactus, on aurait dit du solvant !

— Je prends du lait et du sucre », répond Wilson, feuilletant un *National Geographic* vieux de six mois. Il met les pieds sur la table. Il a les paupières lourdes. C'est le genre, du moins quand il ne travaille pas, et c'est sûr qu'il ne travaille pas en ce moment, à s'endormir n'importe quand n'importe où, à dix heures trente le matin, sur un yacht agréablement ballotté par la mer dans la marina de Santa Barbara, comme à cinq heures de l'après-midi devant une friture de calamars sur la terrasse de Brophy Brothers.

« Je n'en sais trop rien, dit LaJoy, prenant deux mugs pendus à des crochets. C'est que des conjectures, bien sûr. Ils estiment à environ trois mille la population de rats là-bas…

— C'est tout ? »

LaJoy hausse les épaules et du coup les deux mugs montent à la hauteur de son torse avant qu'il ne les repose sur le comptoir.

« Ça me semble sous-estimé aussi. Mais l'environnement est limité, pas comme ici où il y a tant de gens. Et tous ces détritus. Mais ces comprimés fonctionnent comment ? Ils sont solubles dans le gras, c'est ça ?

— Ouais, c'est ça. Soluble dans le gras. Les complexes de vitamine B et de vitamine C sont solubles dans l'eau, ce qui signifie qu'on les élimine en pissant. C'est pourquoi on attrape le scorbut. Les marins, en tout cas, autrefois. Mais ce produit-là est stocké dans le gras ou dans le foie.

— Une seule prise devrait donc suffire ? S'ils avalent ça, ils seront protégés ?

— J'en sais rien. Tout ce que je sais, c'est ce que j'ai trouvé sur Internet. Vitamine K, cent microgrammes par cachet, cent pour cent naturelle. Ils présentent "une forme biologiquement active extraite d'un aliment japonais fermenté appelé *natto*". Tu as déjà entendu parler du *natto* ?

— Non, ce nom ne me dit rien. » Au moment où il pose les mugs sur le comptoir, LaJoy s'aperçoit qu'à l'intérieur de l'un d'eux, il y a une auréole noire, à un tiers de la hauteur : il préfère l'ignorer. « Ça semble aller, non ? Je veux dire… ça peut pas être si compliqué que ça… c'est juste une vitamine, tu ne crois pas ? » Il ressent la première bouffée de chaleur dispensée par le chauffage. La bouilloire est près de siffler. Dehors, la pluie redouble de violence, percute le pont, et il se retrouve soudain transporté trente ans en arrière dans la cabine du bateau de son père ancré au large de l'île de Santa Cruz, par un temps comme aujourd'hui ; sa mère, au fourneau, fait griller des sandwiches au fromage (suisse sur du pain de seigle, avec de la moutarde et de la choucroute, sa spécialité), dont le fumet se répand, dense et doucâtre ; il a dans les mains un gobelet de chocolat chaud et une pile de revues de bandes dessinées : c'est douillet… douillet… un hâvre, un cocon. Comme maintenant. Exactement comme ici et maintenant. « Combien tu les as payés, au fait ? »

Reposant la revue pour s'en faire un oreiller, Wilson allonge les jambes, s'étire, muscles des épaules se ramassant. « Normalement, c'est treize dollars les cent mais ce tarif-là, c'est pour les mongols. J'ai trouvé un site où, pour les commandes en quantité, ils les font au bas mot trois dollars de moins. Alors, en tout, ça a fait mille tout rond.

— Tu as payé avec ta carte bleue ?

— Non. Celle d'une amie. Livré chez elle, à Goleta. »

Cela paraît préférable, en effet, non que quiconque irait s'amuser à remonter la filière et, d'ailleurs, même si quelqu'un le faisait, même si l'affaire leur pétait à la gueule, ça passerait dans les journaux et, du coup, ça permettrait peut-être de sauver les rats tout de même, parce que le vrai but, c'est ça, et même s'il se disperse, il ne doit pas l'oublier : sauver les bestioles. Il renverse le bec de la cafetière au-dessus du papier brun du filtre, prend la crème dans le réfrigérateur. La bouilloire retourne sur le feu, il tend son mug à Wilson et s'installe dans le siège face à lui tandis que le bateau se balance et clapote, faisant sous eux ses infimes ajustements. A cet instant-là, il est aussi calme qu'il l'était avant cette maudite conférence, la conférence d'*Alma*, et il ne l'a pas oubliée ni elle ni ce qui s'est passé entre eux même si elle fait comme si, ce Dr Alma, avec tous ses tics et ses airs. Il comprend tout le bien que ça lui fait, de simplement être sur ce bateau. C'est un autre monde ici, à l'abri des bagarres incessantes, des tracas, de la façon dont les gens te tombent dessus dès que tu t'arrêtes un instant pour respirer. « Je vais te faire un chèque, dit-il.

— Si tu veux », répond Wilson, haussant les épaules et étouffant un bâillement.

Et puis voilà : à son tour LaJoy s'étire et se cale contre le dossier et, sirotant son café, du vrai, il songe au jour où il a acheté le bateau dix mois plus tôt… Oubliez le cliché ! Parce que c'était un heureux jour alors et il en va de même aujourd'hui aussi. Il a fait une affaire parce que les vendeurs voulaient s'en débarrasser à tout prix : ce gars était une sorte de cadre chez PacifiCare, livide comme un maccabée, il l'avait sorti en mer en tout et pour tout trois fois en trois ans, et avait manqué s'échouer chaque fois ou, du moins, c'est ce qu'on racontait ; la femme qui avait peut-être été belle mais ne l'était plus retroussait ses lèvres quasi transparentes en entendant les détails de la transaction. Des gens stupides. Des idiots. Ils avaient baptisé le bateau, quoi de plus cliché… *La Vie facile.* Mais quand, ce jour-là, LaJoy s'était retrouvé à l'intérieur de cette même cabine à entendre la cinglée évoquer d'un ton qui se voulait ironique les capacités – les incapacités, plutôt – nautiques de son époux, il lui vint à l'esprit le nom qu'il donnerait à son acquisition dès qu'il aurait signé le chèque et que les documents auraient été transférés, et il pensait déjà alors à aujourd'hui car comment, sinon, aurait-il fait connaître ses intentions, comment aurait-il sinon frappé un grand coup en faveur des animaux alors que ceux-ci étaient là-bas de l'autre côté du détroit où personne ne pouvait les voir. Anise… qui avait beau être allée à la fac, parfois il s'étonnait de ses lacunes, ses gouffres béants d'ignorance… lui avait demandé : « Le *Paladin* ? Qu'est-ce que c'est, un "Paladin" ? »

Le lendemain matin s'éveille avec clarté au-dessus de l'eau, la brume est confinée à une colerette blanche posée sur les épaules de l'île, la mer est calme, les vents sont faibles bien que les services météo annoncent qu'une nouvelle perturbation approchera par le nord dans la journée. Une tempête qui les affectera ou pas, suivant le temps qu'il leur faudra pour faire ce qu'ils ont à faire. Ou que quelqu'un essaie de les en empêcher. Anise dort dans la couchette avant, le rythme de sa respiration est ponctué par un léger gargarisme râpeux au fond de la gorge : un ronflement qui s'élève périodiquement au-dessus des vibrations du moteur avant de se calmer. Wilson, l'homme qui peut dormir partout et n'importe quand, est allongé à plat ventre sur le canapé, une couverture remontée sur la tête. Il y a du bon café pour quand ils en voudront et dans la glacière des sandwiches préparés par Anise. Sur la table, les trois sacs poubelle en plastique noir et les trois sacs à dos dans lesquels les comprimés seront transportés. LaJoy n'a pas allumé la radio : il préfère le silence. Il sirote son café, observe l'océan. Le bateau tient le cap, à peine une ride sur la surface de l'eau.

L'amie de Wilson s'appelle Alicia Penner ; cinq jours par semaine elle descend la côte de Goleta à Ventura : elle est secrétaire au Parc national sur Harbour Way dans la marina, où le soleil se couche sur les rebords des fenêtres et où, toute la sainte journée, les blablateurs du Parc trifouillent dans des documents en se demandant ce qu'ils vont pouvoir tuer. Dans son humble rôle d'amie des bêtes, elle a réussi à connaître le jour du lâcher. La date n'est pas connue de tout le monde. Conférences et sessions de Questions/Réponses ou pas, ces gens n'ont pas envie d'entendre l'opinion du public : ils ne veulent pas qu'on se mêle de leurs affaires, ni au musée ni sur le parking ni, à plus forte raison, sur le champ de bataille, là-bas de l'autre côté du ventre des vagues grises clapotantes.

C'est la veille de Thanksgiving, chacun ne pense qu'à la dinde, à la purée de chataîgnes, au champagne, au traditionnel match de foot, et les îles, si on se rappelle leur existence, se réduisent à une image floue enveloppée de brume au loin. Le plan du Parc national, c'est de commencer avec East Anacapa, à l'heure où les gens font la queue chez Vons, chez Ralphs et au marché de Lazy Acres, quittent leur boulot pour aller trinquer dans les bars du centre-ville, aller chercher mémé et tatie Leona à l'aéroport, arroser dindes, oies et canards, et puis, quinze jours plus tard, quand exactement les mêmes s'affaireront à organiser leur soirée de Noël et la fête de fin d'année au bureau, ils bombarderont l'île principale et West Anacapa. Dans le plus grand secret. En catamini. Loin des yeux, loin du cœur. Mais ce que les fonctionnaires dans leur fauteuil pivotant n'ont pas pris en compte, c'est qu'il existe des gens qui ne mangent ni dinde ni oie ni canard, qui ne mangent jamais de viande d'aucune sorte, car manger de la viande c'est tuer alors que tout organisme vivant a une âme et a autant le droit de vivre sa vie que les humains qui la leur retirent, qui les massacrent, les engloutissent dans leurs mâchoires béantes et jettent les os à la poubelle comme si les créatures à qui ils ont appartenu n'avaient jamais existé. Or ces gens-là les surveillent. De très près.

Lorsque l'île commence à surgir de la brume de chaleur et à s'étendre à l'horizon vers le sud, à quinze minutes de distance à la minute près, il stoppe le moteur et plonge dans la cabine pour réveiller Anise d'un coup de coude. Elle dort toujours profondément, elle s'étend dans tous les sens, comateuse comme si on lui avait flanqué un coup sur la tête avec un marteau à panne bombée. Il se tient donc délicatement au-dessus d'elle, dégage ses cheveux de son visage et se penche en avant pour déposer un baiser sur la commissure de ses lèvres. Ses lèvres sont légèrement entrouvertes, ses paupières closes sur une discrète ligne de crayon à paupières. Au cours de cette fraction de seconde, il est tout à la chaleur de son corps, aura croissante et rayonnante de chair et de fluides, sa respiration si douce, humide, riche de sommeil. « Hé, dit-il tout bas, hé, Ankhesenamen, réveille-toi. C'est Imhotep. »

Anise prend un moment à revenir de là où elle était, très loin, et puis ses yeux s'ouvrent sans un iota de surprise, comme si elle avait su qu'il était là depuis toujours. Ses lèvres sont chaudes, gonflées, sans rouge à lèvres. Elle porte un T-shirt deux fois trop ample, bleu layette assorti à ses yeux, son nom brodé devant en mains libres, avec, détaillés dans le dos, les dates et lieux (Lompoc, Santa Maria, Nipomo, Buellton, Santa Ynez) de sa dernière tournée modeste et autofinancée pour promouvoir son dernier C.D. tout aussi modeste et autofinancé. « Je veux ma maman », lâche-t-elle, avançant la main vers lui : un numéro qui remonte à leur premier rendez-vous, une excursion à Paseo Nuevo pour voir le remake du vieux film de Boris Karloff.

Il fait durer l'étreinte juste ce qu'il faut, embrassade du matin, rien de plus, avant de s'extraire de ses bras. Il sent déjà l'effet de la caféine, le bateau se balance comme un berceau, l'air marin filtre d'en dessus. Il se rappelle la première fois où il l'a vue, un dimanche après-midi de février ou peut-être était-ce en mars : elle se produisait à la Cold Spring Tavern tout là-haut au col de San Marcos, en première partie d'un groupe de blues à fond la caisse. Elle avait grimpé sur la petite scène de cinquante centimètres carrés tête baissée, guitare sous le bras. Il était au bar avec un pote (Wilson, qui sait, ou peut-être pas). Le folk, ce n'était pas vraiment son truc mais elle, c'était le grand schlem, une beauté au large visage, une peau jamais touchée par le soleil, des cheveux couleur miel durci dans son pot qui lui tombaient jusqu'aux genoux, et (ça, ça l'avait vraiment achevé, comme si le reste ne suffisait pas !) elle était pieds nus. Ses pieds l'avaient fasciné, parfaits, fins, sans chichi, orteils agiles et voûte plantaire cambrée, rythme ancré dans son corps. Ses pieds agrippaient la scène et la relâchaient, ses paupières se fermaient en papillotant et elle renversait la tête jusqu'à ce que sa langue trouve les mots pour chevaucher le rythme. C'était une espèce de princesse hippie ressuscitée d'un autre temps, pas de son époque, pas dans le rythme, à côté de la plaque, complètement à côté de la plaque mais les épaules larges, confiante et lumineuse néanmoins. Il se mit à l'écouter, à refouler le bavardage de Wilson ou de qui que ce fût, à entendre ce qu'elle projetait, une poignée de tubes et un écheveau de chansons à elle qui allaient au-delà des histoires de cœurs infidèles et d'amours ratées pour affronter les vrais problèmes, la façon dont ces ordures bétonnaient la planète, imposaient aux animaux l'élevage intensif, inséraient leurs gènes toxiques dans tout ce qu'ils buvaient et mangeaient au point que personne n'y échappait plus. Les chansons n'étaient pas si mauvaises que ça mais, lorsqu'elle descendit de scène et disparut dans les coulisses, il prit un cocktail puis un autre et il l'aurait oubliée, perdu dans la conversation et les vapeurs des glaçons mêlés à l'Absolut, si les membres du groupe de blues n'étaient pas montés sur scène et si, au milieu de leur premier set, elle n'était pas revenue comme une revenante parmi eux pour chanter *Stormy Monday* d'une façon qui lui avait donné la chair de poule.

« Après, lui dit-il maintenant, plus froid que le serait une *maman*, avant de se radoucir. Plus tard, au retour. Je t'emmènerai dîner. Pour fêter ça. Mais, pour l'instant, nous avons quelque chose à faire, tu te rappelles ? »

Elle s'étire, jambes nues tombant du sac de couchage. LaJoy sent son odeur chaude et charnelle : « Sommes-nous presque arrivés ? »

Il fait oui de la tête, déjà en action. « Ouais, et le café est du jour et tout chaud dans la cuisine. Je vais réveiller Wilson, d'accord ? »

Au petit déjeuner, il y a des bagels, du beurre de cacahuète et une salade de fruits qu'Anise a préparée la veille. Ils mangent au gouvernail. Elle s'est perchée à côté de lui sur le siège, jambes nues repliées sous ses fesses ; tandis qu'elle déguste un yaourt, il met les gaz et le bateau survole les vagues. Wilson, qui, à entendre le raffut qu'il fait, s'active en bas, chante un air qu'ils ne reconnaissent pas, d'une voix claire et monocorde. Le soleil plane un instant dans le ciel, disparaît. Des oiseaux ne s'éloignent d'eux sur des trajectoires obliques que pour retomber bientôt dans leur sillage. A toute vitesse, un peu de tangage maintenant ; les bagels, on dirait du caoutchouc, trop d'humidité dans l'air, le café leur met le feu au ventre, chaque tranche de fruit chute dans sa gorge comme une pierre lancée de la falaise (va-t-il avoir le mal de mer ?) et puis voilà que l'île surgit droit devant, vaste comme un continent.

Le mouillage se trouve sur la face Nord, près de la pointe orientale. Ils pénètrent dans l'anse : rochers plongeant dans la mer, falaises si enveloppantes qu'on a l'impression de foncer dans une grotte dont on aurait ôté le plafond. Et que découvrent-ils alors ? La vedette du Parc national amarrée à l'une des bouées réservées au personnel du Parc et aux garde-côtes, alors que le quai plus loin est réservé au concessionnaire qui transporte les excursionnistes. Tous les autres doivent jeter l'ancre au large et accoster en bateau pneumatique. Très bien. Pas de problème. Il n'a rien à redire à ça, à moins que… Ces fils de pute se comportent comme si l'endroit était leur réserve privée alors que c'est un lieu public – mais tout ça, c'est de la controverse, ce qui compte, ce qui lui donne du cœur à l'ouvrage quand il jette l'ancre et scrute l'anse, c'est qu'il n'y a personne en vue. Pas de plaisanciers, pas d'employés du Parc, pas de chercheurs ou d'observateurs des oiseaux. Uniquement les falaises noires et muettes, et une pellicule de végétation brune et desséchée. Sans compter la jetée avec ses marches et ses rambardes en ferraille qui grimpent jusqu'au plateau plus haut.

Anise devra garder le bateau. Elle ne sera pas contente mais la brise se lève et, après avoir lancé à l'eau la deuxième ancre, LaJoy comprend que quelqu'un va devoir rester à bord au cas où il y aurait une urgence : le mouillage n'est pas aussi protégé qu'il le souhaiterait et la dernière chose qu'il veut, c'est de revenir et de découvrir que le bateau a été projeté contre les rochers. Il a besoin de Wilson pour répandre la camelote, car Wilson a l'état d'esprit et l'énergie nécessaires pour s'exécuter aussi vite et avec le maximum d'efficacité possible (avant que quelqu'un n'arrive et ne leur demande à quoi ils s'amusent). Malgré tout son dévouement à la cause, de son côté, Anise a tendance à traînasser, elle s'attarde sur telle ou telle plante, s'arrête pour admirer le paysage, un papillon ou l'envol puis le plongeon d'un faucon dont elle admire les ailes de feu au-dessus des falaises, en profitant pour commencer à écrire une chanson sur place. En outre, elle est très reconnaissable, en raison surtout de ses cheveux et de ses longues jambes blanches qu'aucun homme ne pourrait ignorer à moins d'être aveugle or, d'après l'expérience qu'il en a, en général, les gardes-forestiers n'ont pas leurs yeux dans leur poche. Tout cela lui passe par la tête alors que, sur le pont, il scrute le rivage avec son Leica. Il entend les aboiements des phoques au loin. Les vagues claquent sur la coque. Si la mer était calme, ce ne serait pas pareil.

A l'intérieur, dans la cabine, Anise et Wilson ouvrent des flacons en plastique et versent leur contenu dans les profondeurs des sacs à dos, y mêlant une mesure judicieuse de croquettes pour chats ; granulés et croquettes se mélangent comme des grains pour volailles, non que LaJoy ait jamais vu des grains pour volailles, mais c'est le principe, le principe du mélange qui compte. Prendre une poignée, la jeter, voilà ce qui l'intéresse. La vitamine K se trouve être l'antidote au brodifacoum et aux autres appâts anticoagulants. Si les rats consomment les boulettes de poison, ils avaleront aussi les vitamines, ils les voudront, ils en auront besoin et, une fois qu'ils les auront ingérées, les vitamines neutraliseront les propriétés de l'appât censé éclaircir le sang. Tel est son espoir, en tout cas, car il a été témoin des effets du poison, et ils sont plus cruels que tout ce qu'on peut imaginer, odieux, nauséabonds, ce qui n'empêche pas que les gens restent indifférents, que ça se passe sur les îles ou dans leur propre jardin.

Il n'a jamais pris l'un de ses voisins la main dans le sac mais ils sèment tous certainement du dératisant aussi aisément que des graines, à en croire tous les animaux malades ou mourants qu'il a trouvés dans les rues, des oiseaux notamment : des geais, des corbeaux, des moineaux et même un faucon. Combien de fois, en descendant à la poste, à la plage ou en allant prendre un verre dans un bar de Coast Village Road, n'a-t-il pas vu des rats sur le bas-côté, yeux rouges, une goutte de sang carmin luisant dans chaque narine, grelottant, en proie aux pires souffrances, inconscients de sa présence ou de quoi que ce soit, d'ailleurs ; et quel sort attend le raton laveur, l'opossum ou le chien, parfois, qui vient se repaître de l'animal à l'agonie, voire de son cadavre ? On appelle ça « empoisonnement collatéral » et il est peu probable que ce soit un joli spectacle.

« Bien, dit-il, s'appuyant contre la table, car le bateau continue de tanguer sur la houle. Je ne vois pas d'hélicoptère, pas encore en tout cas. Les jours de lâcher, ils boucleront l'île et, si nous ne nous bousculons pas, qui sait combien de temps il reste avant qu'un gros bras du Parc arrive pour nous interdire d'accoster. » Il soulève un sac à dos pour vérifier son poids. « Au fait… nous allons devoir tout mettre dans deux sacs seulement. » Il jette un coup d'œil à Anise avant de baisser les yeux. « Le vent s'est levé, bébé. Tu vas devoir rester à bord. Comme on l'a dit.

— Ha, non, pas question !

— Désolé.

— Merde ! » Soudain, elle explose, jette son sac sur la table comme si c'était une créature animée, devenue indésirable tout à coup, avant de le reprendre et de le jeter par terre, cette fois. « Je ne veux pas rester enfermée ici alors que vous serez là-bas en train de… de faire ce qu'il y a faire. Je veux faire ma part, moi aussi. Pourquoi tu crois que je suis venue ? »

Ce genre de rhétorique lui passe par-dessus la tête car il n'est pas question de discuter sa décision, pas ici, et il ne prend donc même pas la peine de répondre. Il glisse son sac entre la table et le banc, ouvre le rabat pour en montrer le contenu : le sac est un peu plus qu'à moitié plein. Sans lever les yeux et sans prononcer un mot, il se penche, saisit le sac d'Anise et en vide le contenu dans le sien. On entend le cliquetis des comprimés qui s'entrechoquent contre l'intérieur en nylon. Wilson s'avance pour proposer son sac et équilibrer la charge. Après avoir terminé le transfert, après avoir ajusté leurs sacs sur leur dos et mis des casquettes de baseball identiques, noires (une idée d'Anise, comme les jeans et les sweats à capuche noirs, façon de brouiller la donne au cas où quelqu'un les verrait sur la piste), il pioche un tube de crème solaire et le tend à Anise. « Ce n'est pas juste », marmonne-t-elle, faisant gicler un peu de produit dans la paume de sa main en s'avançant pour lui en enduire le visage et la nuque avec un mouvement circulaire ferme, mains froides, doigts de bois, ne cachant pas son déplaisir.

Que peut-il dire ? Qu'il est désolé, qu'il se rattrapera plus tard, qu'il faut un responsable ? Que la vie est imparfaite ? Qu'elle n'est plus à la maternelle et lui non plus ? Il se lève alors qu'elle applique encore la crème, impatient, inquiet, il risque de perdre les pédales, et il ne peut répondre que : « Si l'ancre lâche, démarre et maintiens le bateau loin des rochers jusqu'à notre retour. D'accord ? Tu as compris ? »

Ensuite, les voici dans le canot pneumatique, la houle les secoue par coups de bélier successifs alors qu'ils sont pourtant encore abrités par le bateau ; Anise leur tend les sacs à dos, LaJoy tire le cordon du starter du modeste Mercury de vingt chevaux et songe *Je t'en prie, mon Dieu, qu'ils ne prennent pas l'eau, pas maintenant.* Pas après tous ces préparatifs. Il se représente le canot versant, cauchemar très présent : le choc de l'eau, les vagues paralysantes, Wilson et lui se démenant, s'agitant, le bateau s'éloignant, pour mille dollars de vitamine K2 répandus au fond de la baie, et tous les rats de l'île saignant de la bouche, des oreilles, de l'anus. Le vent a le goût de l'échec, de la défaite, de l'humiliation. C'est foutu, songe-t-il, foutu avant qu'on ait commencé. Mais Wilson sait y faire, Anise est experte et le moteur démarre dès la seconde tentative. LaJoy passe la vitesse et le canot avance dans une bouffée de gaz d'échappement, il pousse alors sur l'accélérateur et dirige le canot vers le rivage.

A cause des falaises, le seul endroit où l'on puisse accoster, c'est la jetée, où ils seront visibles de tous, mais elle est déserte et le ciel est de plus en plus bas, et il se demande si les gars du Parc national prendront le risque de faire voler leurs hélicoptères par ce sale temps. Sans doute pas. Wilson et lui pourront couper l'herbe sous le pied des empoisonneurs, donner aux rats une longueur d'avance. Les sauver. Les libérer. Prendre fait et cause pour eux. Personne d'autre ne le fera, c'est sûr, personne sauf Wilson, Anise et lui, A.P.P.A., l'Association Pour la Protection des Animaux : tous les animaux, grosses bêtes, petites bêtes. Sans exception. Ils ont le vent de face, le vent qui fait battre la capuche de son sweatshirt autour de son cou, et la jetée se rapproche vite : de l'action ! Il passe à l'action alors que tous les autres se contentent de se lamenter et de blablater. Il sent le vertige monter en lui, l'ivresse du goût du pouvoir et du triomphe qui monte de nulle part pour remplacer la perplexité, la rage, la dépression que le Dr Reiser et ses médicaments ne parviennent pas à vaincre. Voilà qui il est.

Il faut grimper environ cent cinquante marches du pied de la falaise au plateau et les heures qu'il a passées sur son Stairmaster lui sont utiles, Wilson et lui montent à la même allure, jetant en chemin des poignées entières de croquettes et de vitamines pour rats, prenant soin d'en mettre dans les recoins les plus inaccessibles, et qu'importe que les médocs aient tendance à dégouliner le long de la paroi rocheuse ! Aucun recoin n'est inaccessible pour les rats. Lorsque Wilson et lui atteignent le sommet, glabre et bossu, il n'y a rien en vue que le phare, et un ou deux bâtiments blanchis à la chaux : une plaque sur l'un d'eux indique qu'il s'agit de la Maison du Ranger. Ils décident de se séparer : Wilson empruntera la piste qui s'éloigne en obliquant vers la droite et lui-même celle de gauche. « Bon », dit-il, soumis aux assauts du vent, sang fusant dans ses veines jusqu'à ce qu'il ait l'impression de pouvoir s'envoler et voguer tout là-haut avec les mouettes. « Rappelle-toi de saupoudrer les falaises sur tout le parcours, pas seulement le chemin… »

Wilson, qui le regarde d'en dessous la visière rabattue de sa casquette, prend l'air de qui vient d'entendre une bonne blague. Ou d'en raconter une. « Ouais, tu l'as déjà dit. Cent fois.

— Nous nous rejoindrons à mi-parcours (le sentier est facile, tout plat, même pas trois kilomètres) et nous reviendrons à travers champs en diagonale pour couvrir le plus de terrain possible. »

Sans se départir de son sourire, Wilson avance le poing pour cogner ses articulations sur celles du poing de LaJoy, puis ils se séparent. Le soleil bat en retraite à l'approche de nuages entrelacés comme de vieux cordages à l'horizon vers le nord, le vent arrive par rafales assez violentes pour lui arracher les granulés de la main et, bientôt, il finit par les lancer le plus loin possible pour laisser le vent faire la besogne à sa place. C'est exaltant. Comme quand on est gamin et qu'on joue. Les granulés de vitamine sont jaune pâle, les croquettes teinte rouille, couleur sang – il ne veut pas en connaître les ingrédients, il n'a pas envie de penser aux abats, aux os, aux rebuts des abattoirs : il suffit d'observer le mélange s'envoler de sa main, partir en vrillant comme des confetti.

Tête baissée, il remonte le sentier. Et s'il se mettait à pleuvoir ? Le Parc repoussera-t-il le lâcher ? Les vitamines se dissoudront-elles, les croquettes pourriront-elles, pueront-elles ? Il ne connaît pas assez les propriétés de l'un et l'autre ingrédient pour savoir ; d'ailleurs, il est trop tard pour faire machine arrière. Et même si le mélange se scinde, le scénario le plus probable serait que les rats mangeraient le tout de toute façon : ce sont des rats, n'est-ce pas, nés pour ravager, engranger, manger à se faire le ventre comme un ballon, et les produits resteront dans leur corps, solubles dans la graisse, enfouis dans leurs tissus. Qui sait, peut-être aimeront-ils tant ça qu'ils dédaigneront les granulés bleus que les types du Parc national ont l'intention de répandre. Voilà donc ce que LaJoy pense tout en longeant la crête, faisant un détour le cas échéant pour aller lancer le mélange jusqu'au rebord de la falaise, perdu dans le rythme du geste (attraper, lever, lâcher) ; il commence à se sentir mieux, commence à croire que ça va marcher, après tout.

Il adhère à l'instant, respire profondément, marche, le parfum de l'artémise de Californie lui parvient aux narines, les oiseaux pendent en équilibre dans le ciel, des lézards, dardant leur langue, le précèdent. Il s'aperçoit bientôt qu'il prend plaisir à l'exercice, vingt millions d'humains entassés le long de la côte en face, alors que l'île est aussi déserte qu'au jour où elle a jailli des eaux. À l'exception de Wilson, bien sûr. Et des types du Parc national qui sont venus avec le bateau. Sans parler (ne l'oublions pas) du ranger en résidence, sans nul doute assis dans sa maisonnette blanche face à un panorama époustouflant, à lire des romans policiers, à se faire bouillir des spaghetti, à se pinter au gin.

Il s'éloigne du sentier (attraper, lever, lâcher). Il songe à l'incroyable cruauté qu'il faut aux scientifiques des labos d'entreprises comme Monsanto, Dow ou Amvac pour inventer des composés aussi mortels que le brodifacoum, pour découvrir le bon mélange d'ingrédients pour le rendre irrésistible, une sorte de bonbon pour rats, de cocaïne pour raticide. Et puis, soudain, il trébuche dans les broussailles et l'air se fige. Tout se passe si vite qu'il ne maîtrise rien, la terre gercée et veinée disparaît sous la poussée de ses coudes tandis qu'il tombe en avant, poussière dans les yeux, cailloux projetés au loin, cailloux volants, pierres qui dévalant, râclent la paroi de l'abîme ouvert sous ses yeux comme un film tout à coup projeté sur écran panoramique. *Attention : Falaises instables. Ne pas s'écarter des chemins.* Et voilà que ce qu'il a sous lui, sous le torse, sous ses jambes qui battent, se dérobe à son tour, tombe et l'entraîne dans sa chute. S'ensuit un bref moment de légèreté et de panique qui le saisit telle une décharge électrique ; ensuite, une saillie, trois mètres plus bas, lui donne un sacré coup.

Il atterrit sur le côté droit, sur sa cage thoracique, le choc lui coupe le souffle, le sac à dos est poussé de côté. D'abord, il n'est conscient de rien, et puis de quoi prend-il conscience ? Qu'il est tombé de la falaise, de la falaise instable, friable, faite de rochers compacts mais guère solides, qu'il n'a pas fait le grand plongeon (tel est le mot qui lui vient à l'esprit, un mot qu'il n'utiliserait pas dans un autre contexte). Sur les rochers en contrebas. Où l'océan, déferlant sur une houle de tempête, écume, écrase, pulvérise. Pendant un long moment, il est incapable de faire le moindre mouvement. Et puis, tel un chat au réveil, il étire chacun de ses muscles tout à tour, se réhabituant à leur mode de fonctionnement, songeant qu'*Anise ne va pas le croire*, songeant : *Et s'il faut qu'on vienne me secourir ? Et si l'hélicoptère, l'hélicoptère du Parc national, l'hélicoptère des empoisonneurs... ?*

Le balcon de roche volcanique armé des piquants des plantes xérophytiques qu'il a cassées dans sa chute et qui l'ont sauvé n'est qu'une saillie parmi un bataillon d'autres, un système de défense dont les falaises sont hérissées dans le but de repousser un envahisseur invisible. LaJoy voit tout cela, devine tout un chemin de ronde qui n'en est pas un, en haut, en bas de la paroi rocheuse de part et d'autre, tandis, qu'avec moult précautions, il change d'appui. Il lui faut longtemps, à quarante-deux ans, avec sa tension trop élevée, une douleur cinglante aux côtes droites, avant de réussir à se servir de ses jambes et à se lever, pour avancer, chancelant, centimètre par centimètre, embrassant la roche. Lorsqu'il parvient à se mettre complètement debout, voyant au-dessus de lui l'endroit où le sol s'est dérobé sous ses pieds, il observe le tapis de plantes tout proche, des dusleyas pour la plupart, des succulents qui se briseraient en deux, s'arracheraient et l'enverraient valdinguer dans le vide s'il tentait de s'accrocher à eux, mais il distingue tout à coup une tige de bois, ceanothus ou chêne nain peut-être, juste là, à portée de main. Il s'en saisit. Teste. Et puis, en se collant si près de la roche qu'il trouvera plus tard des cailloux, du sable, des morceaux de feuilles et de brindilles passés sous sa ceinture et dans les revers de ses sous-vêtements, il se hisse, agrippe la prochaine prise alors que la pointe de ses godillots creuse, en quête de traction. Vingt secondes plus tard, il se retrouve au sommet, sang hurlant aux oreilles, jambes barattant la terre meuble, bretelles du sac à dos lui étreignant les côtes, et puis le voilà sauvé, escaladant quinze mètres dans les broussailles avant de s'effondrer.

De ce qui se passe ensuite, ce dont il se souvient, c'est qu'il vérifie l'heure à sa montre. Et l'étonnant, c'est qu'il ne s'est écoulé que cinq minutes. Pas une heure mais cinq petites minutes, trois cents secondes, pendant ce qui a semblé être le parcours d'une mort certaine à la résurrection. Malgré la froideur du vent, il sue à grosses gouttes, son T-shirt sous son sweat à capuche est complètement trempé. Il a un gros bleu sur le dos de la main droite. Il a mal aux côtes. Mais il se relève, plonge la main dans son sac pour prendre sa gourde en plastique et avaler une longue giclée sifflante d'eau filtrée de l'osmoseur qu'il a installé dans sa cuisine, *aqua vita*, avant de la ranger et de reprendre le sentier, répandant mécaniquement des granulés. Il a déjà pris sa décision : il ne parlera à personne, pas plus à Anise qu'à Wilson ou au Dr Reiser, de ce qui vient de se passer ou de ce qui aurait pu se passer. A quoi bon ? Il se sent assez idiot comme ça et, tandis qu'il reprend le rythme (attraper, lever, relâcher), il ne peut s'empêcher de se dire qu'il se serait senti encore plus idiot s'il avait fallu qu'on vienne le secourir. Ou pire : un idiot posthume, écrasé sur les rochers, le crâne défoncé et les hanches retournées, totem perpétuel du Parc national à l'instar du mammouth pygmée. *Vous vous rappelez ce clown ? Comment s'appelait-il, déjà ? Celui qui s'est fracassé sur les rochers en essayant de répandre de la vitamine K ?*

Malgré son sweat, il grelotte encore quand il aperçoit Wilson arrivant en sens inverse sur le sentier. Le ciel est uniformément noir, le vent, qui redouble de force, s'est encore refroidi, les broussailles le fouettent, des morceaux de paille et de graines l'effleurent, charriés par des bourrasques qui semblent venir de tous les côtés à la fois. Il n'arrête pas de lancer en l'air des poignées du mélange, même s'il a compris qu'il n'y aurait pas de lâcher pour l'instant, pas d'hélicoptères au-dessus de leur tête, pas d'assassinat de rats, aucune autorité à esquiver ou à confronter. Il se dit qu'il aurait dû vérifier la météo, il aurait dû être plus flexible, mais c'est le genre d'homme à s'en tenir à ses plans, raison de son succès dans le commerce, d'ailleurs, car il ne baisse jamais sa garde, il ne baisse jamais les bras, jamais et, par-dessus tout, il n'admet jamais qu'il a eu tort. Poursuivant son avancée, Wilson, bras droit propulsé en rythme pour jeter une poignée après l'autre du mélange par-dessus son épaule, lui adresse un sourire en approchant. « Comment ça va ? demande-t-il alors qu'ils sont encore séparés par une dizaine de mètres. Tu en as encore ? Moi, je n'en ai presque plus. »

Ils restent là pendant un instant, dos au vent. Wilson sort un paquet de cigarettes de sa poche intérieure. « Il gèle, hein ? On dit que le temps change constamment ici, dit Wilson. Mais, ce coup-ci, ça a été brutal. » Il plante une cigarette à la commissure de ses lèvres, la protège d'une main et en approche le briquet. « Tu savais qu'il allait faire ce temps-là ? Je veux dire... Est-ce que tu te serais même imaginé que c'était possible ? »

Il ne se plaint pas, il compatit seulement, en bon compagnon d'armes. « Ouais, il caille » : LaJoy ne réussit à dire rien d'autre alors qu'il apprécie le ton de son partenaire. Le choc de la chute s'estompe. Pourtant, il n'en parlera pas, non, ni maintenant ni jamais. Comme quand il jouait au foot au lycée : un joueur te tacle, tu te relèves et tu repars, voilà tout. Il revoit alors le visage de leur entraîneur, un visage morne genre trou sans fond surmené imbu de lui-même et toujours sur les dents, au-dessus d'un sweatshirt gris et d'un sifflet brillant pendu à un cordon rouge. *Repars tout de suite.* Voilà ce que disait l'entraîneur même si on s'était démis l'épaule ou disloqué un genou.

Wilson regarde le ciel d'en dessous le bord relevé de sa casquette de baseball. « Je ne sais pas, mec... on dirait qu'il va pleuvoir.

— Ouais, moi aussi, j'ai l'impression. Au moins ces salauds ne vont pas venir aujourd'hui.

— Je me demandais... » Wilson tape la terre avec le bout de son godillot, la fumée de sa cigarette lui est arrachée des doigts, il plisse les yeux face à la bourrasque. « S'il pleut, tu vois... qu'est-ce que ça va faire à notre mélange ? S'il pleut vraiment ? Je veux dire... à torrents, comme pendant la mousson, c'est l'époque de l'année, non ? On n'a pas perdu notre temps, tu crois ? Ça ne va pas tout simplement être emporté ? »

Si c'est le cas, il n'est pas près de l'admettre. « Nooon, je ne pense pas. Et puis, ils ne vont pas faire le largage aujourd'hui, ça c'est bien. Ça donne aux rats le temps de faire des provisions et, même si le mélange est mouillé, ils s'en moqueront. Tu ne crois pas que les rats sont regardants, non ? »

Haussant les épaules, Wilson observe l'océan, l'endroit où l'horizon se dissout en un chaudron de nuages. « Merde, je n'en sais rien : le spécialiste, c'est toi. C'est toi le boss, que tu dis. » Il tire sur sa cigarette, l'extrémité rougeoie. « C'est toi qui as voulu venir ici, non ?

— Exactement.

— Eh bien, on est là. Alors, arrêtons de papoter comme deux vieilles dans leurs rocking-chairs et finissons-en, qu'on puisse retourner au bateau, mettre ce chauffage que tu as acheté et sabrer le champagne. Vive les rats, pas vrai ? »

Il leur faut encore une demi-heure pour terminer leur besogne sur le plateau. Ils virent à un angle de quarante-cinq degrés et le vent semble encore empirer. Quand LaJoy a lancé sa dernière poignée, quand son sac est vide, quand ses doigts sont engourdis et qu'il ressent des élancements dans le dos comme si on le rouait de coups à chaque pas, il retourne au départ du sentier où Wilson l'attend déjà, s'accroupit sur les marches, un livre de poche dans une main, une cigarette dans l'autre. « On se casse maintenant ? demande Wilson en levant les yeux vers lui. — Exact », répond-il, et tous deux descendent l'escalier en sautillant ; l'anse apparaît en contrebas, le bateau du Parc national est encore amarré là, attaché à la bouée, et le *Paladin* (non qu'il eût la moindre inquiétude) est encore à l'ancre, proue au vent, vagues ruisselant autour de lui comme les plis d'un drap froissé.

C'est seulement à la moitié de la descente qu'ils aperçoivent la silhouette sur le ponton d'un homme en chemise turquoise, qui, dos tourné, fait des allers-retours sur l'échelle pour caser son barda dans un Zodiac pneumatique blanc à côté de leur canot. Comme un seul autre bateau est amarré dans l'anse et que seul un évadé d'un asile psychiatrique traverserait le détroit avec ce raffiot par ce temps-là, LaJoy ne peut qu'en conclure que ce type est un employé du Parc national. « Ne le regarde pas, dit Wilson mais LaJoy le fait taire instantanément. — Pas d'inquiétude à avoir », précise-t-il, s'engageant sur la jetée à grands pas comme si l'homme n'était pas là.

De près (le type se retourne vers eux comme s'il avait deviné leur présence ou, plus probablement, ressenti les vibrations de leurs pas sur les planches) ; LaJoy est surpris car il est presque certain de l'avoir déjà vu quelque part. Le type grimpe sur la jetée, pas un sourire, et il est grand, pas loin d'un mètre quatre-vingt-dix, il leur adresse un regard interrogateur, comme s'il les attendait.

S'il n'en tenait qu'à lui, LaJoy passerait devant lui sans un mot, ni *Qu'est-ce qui se passe ?* ni *On dirait bien qu'il va pleuvoir* ni *Va te faire foutre*, mais Wilson prend l'initiative de s'élire ambassadeur de la bonne volonté. « Belle journée », dit-il, jouant des épaules, arborant son grand sourire tout en lèvres sans desserrer les dents, comme si l'éclat de son émail immaculé allait aveugler son interlocuteur.

Toujours pas de réaction du type à la chemise turquoise. Qui reste planté là, bras croisés, comme s'il attendait quelque chose, attendait encore. Epaules étroites, légèrement voûté. Dans les trente-cinq ans, le genre étudiant intello à la peau lisse, la bouche à peine esquissée, comme dans une B.D., sous le nez exagéré qui dévie oh, à peine, vers la gauche, comme si on s'y était repris à deux fois. Yeux verts. Dans la bourrasque, les cheveux couleur lavasse fouettent le crâne. Une chose encore : un badge en plastique, comme les flics, sur le devant de sa chemise turquoise. Sickafoose : il s'appelle Sickafoose.

Il fait donc un vent du diable, le canot saute sur son amarre, les vagues claquent sur les poteaux du ponton, l'odeur de la pluie, le *Paladin* là, au large, et ce crétin qui les empêche de passer. « L'île est fermée au public, finit-il par lâcher. Pendant trois semaines. Vous n'avez pas vu le panneau ?

— Non », réplique LaJoy, et il se jure qu'il ne va pas s'énerver. Non. « Non, on n'a pas vu de panneau. »

Sickafoose déroule un long doigt aux articulations épaisses pour leur indiquer un panneau en émail blanc de la taille d'un panneau de réglementation, message menaçant inscrit en rouge du type *Ici on ne fait pas de quartier.* Comment avait-il pu manquer de le voir ? Bien sûr, ça n'aurait fait aucune différence… L'île appartient à tout le monde, elle est réservée au public, elle est la propriété du public.

« Alors, vous êtes qui ? demande LaJoy. Une espèce de flic ?

— Je suis biologiste.

— Félicitations. »

Sickafoose l'ignore. Il a quelque chose à la main, dans la paume de sa main, qui s'ouvre en une sorte de striptease phalangeaire sur un éclaboussement de croquettes pour chat rouille et de granulés de vitamine jaune clair. A ce moment-là, tirant sur la visière de sa casquette, Wilson lance : « Bon, il faut qu'on y aille, à la revoyure, mec. » Et de se diriger vers l'échelle.

« Un instant, dit Sickafoose en avançant la main. Vous savez ce que c'est, ça ? »

LaJoy la sent monter en lui, parallèlement à l'accélération de son pouls, la rage que seuls les médocs sont capables d'enrayer ; c'est tout juste s'il parvient à se retenir de cracher aux pieds du gars. « Bah, jamais vu ça de ma vie ! » La voix bataillant dans sa gorge.

Un temps. Wilson a posé une main sur un barreau de l'échelle, prêt à se laisser glisser dans le canot, battant retraite, et c'est d'ailleurs ce que lui-même, LaJoy, devrait faire : foutre le camp et oublier l'incident. « Vous savez qu'il est illégal de nourrir les animaux dans les Parcs nationaux ? Si c'est ce que vous faisiez. C'est de la nourriture, n'est-ce pas ? »

Un autre silence. Plus long. Beaucoup plus long. LaJoy songe au rat qu'il a vu dans la rue par un matin triste, recroquevillé dans la toge serrée et contraignante de son agonie, créature parfaite, parfaitement exécutée, le moindre détail imprimé dans sa mémoire, doigts et orteils clairs exquisement formés, moustaches ramenées en arrière comme si elles avaient été toilettées, élasticité des narines, leurs trous noirs terminés par une goutte de sang, puits des yeux douloureux, et rien de cela n'a de sens, c'est mal. Non, non ! Tout ce qu'il dit, c'est : « Vous allez vous ôter de notre chemin, oui ou non ? »

Après quoi, ils se retrouvent dans le canot. Puis sur le bateau. Puis la pluie crève la ciel, crible la surface de l'océan d'une série de balayages qui font bouillonner les flots : oublié le champagne, oubliée cette aventure, parce que le moteur choisit ce moment-là précisément, de toutes les myriades de sorties qu'il a faites depuis que le bateau est à lui, depuis qu'il l'entretient et le pilote le long de la côte vers les îles et vice versa, cap au nord ou au sud, par tous les types de temps et par les mers les plus agitées, le moteur, donc, choisit ce moment-là pour rendre l'âme.

« *Boiga irregularis* »

Au milieu des années 1950, lorsque le nombre des oiseaux indigènes de Guam commença à diminuer, avant de disparaître entièrement dans les années 1960 et 1970, personne n'en découvrit la cause. Les chercheurs suspectèrent très sérieusement le D.D.T., les herbicides, la perte d'habitats et les maladies, mais il fallut attendre le début des années 1980 que Julie Savidge, une étudiante diplômée qui effectuait un travail de terrain pour sa thèse de doctorat, se concentre sur un reptile jusque-là passé plus ou moins inaperçu et qui avait fait son apparition sur Guam juste après la Seconde Guerre mondiale. Les spécialistes supposaient que *Boiga irregularis*, originaire d'Australie, de Malaisie et de Nouvelle-Guinée, était arrivé comme passager clandestin dans une caisse de munitions, dans le moteur d'un véhicule militaire ou, qui sait, dans la nacelle du train d'atterrissage d'un avion de transport de la Marine. Son apparition avait été dûment enregistrée mais rares étaient ceux qui l'avaient croisé. Néanmoins, après avoir éliminé toutes les autres possibilités, Julie Savage avait décidé de suivre l'expansion du serpent du port d'Apra aux franges méridionales, occidentales et septentrionales de l'île : elle avait ainsi établi la corrélation entre son expansion et le déclin topographique progressif de l'avifaune insulaire. Elle avait percé le mystère. Mais le problème demeura.

En fait, lorsque *Boiga irregularis* avait atteint l'île, il avait découvert un paradis phidien. La seule autre espèce de serpents sur Guam, une bestiole inoffensive de la taille d'un ver de terre, n'était pas de taille à lui résister et il n'avait aucun prédateur à redouter. Son vivier, une réserve de dix-huit espèces d'oiseaux qu'on ne trouvait nulle part ailleurs sur terre, était riche et abondant, et les oiseaux partageaient avec les autres espèces insulaires le genre de naïveté face aux prédateurs qui a condamné le dronte et ses semblables. Le boiga vit en harmonie avec les autres espèces dans son environnement naturel et, dans la catégorie Reptiles, n'est pas spécialement impressionnant ou dangereux. D'abord, son venin, distribué sur des crocs à l'arrière de la gorge, est relativement bénin et ne représente qu'une menace marginale pour les humains. D'autre part, c'est un animal nocturne qu'on voit rarement, et il est si fin (large comme un index humain jusqu'à ce qu'il atteigne une longueur d'un mètre) qu'il pâlit en comparaison d'autres reptiles des Tropiques, tels que le cobra, le *Boomslang*, le mamba et le mocassin d'eau, qui se glissent volontiers dans les cauchemars des herpétophobes.

N'empêche, c'est l'un des envahisseurs les plus insidieux et les plus efficaces des annales et il réduisit à lui seul de dix-huit à onze le nombre d'espèces d'oiseaux uniques, dont deux (le râle de Guam et le martin-pêcheur micronésien) ne sont connues qu'en captivité, alors que six sont jugées rares et trois autres très rares. La densité de ce serpent-là (jusqu'à quatre mille deux cents par kilomètre carré) figure parmi les plus élevées dans le monde ; il s'est révélé éminemment adaptable et, en l'absence d'oiseaux, s'est joyeusement nourri de grenouilles et de lézards autochtones ; il gobe également les geckos, les scinques et les crapauds géants qui eux ont été introduits, et à peu près tout ce dans quoi il peut planter ses crocs. Il atteint fréquemment une longueur de trois mètres. Il surgit dans les toilettes, les bacs à douche, les berceaux des nourrissons. Depuis 1978, on lui attribue douze mille pannes d'électricité car il grimpe aux poteaux électriques et sectionne les câbles – à son insu, cela va de soi, mais il n'en arrête pas moins lumières, ordinateurs et réfrigérateurs. Par-dessus tout, c'est un grimpeur. Un grimpeur imperturbable et de plus en plus vorace, qui a adapté son régime en y ajoutant les nourritures pour animaux domestiques, ces derniers eux-mêmes, dont, le fait est documenté, un golden retriever et tout ce qui, vivant ou mort, a un goût de viande. Ou de sang.

C'est un fascicule qui rappelle ces faits à Alma : « L'emploi du paracétamol dans le contrôle de *Boiga irregularis* au sein de la population insulaire. » Le fascicule est ouvert à côté de son ordinateur portable sur l'une des tables en Formica qui oscillent doucement dans la cabine de l'*Islander*, lequel fait voile vers Anacapa. Les yeux rivés sur l'écran de son ordinateur, Alma sirote son café dans un gobelet en carton : les lignes de texte joliment mises en page jouent hypnotiquement au yoyo en même temps que le plateau de la table, le pont et la coque. Alma n'a pas encore conscience qu'un mal de tête lui vient mais environ une fois par minute, pensive, elle détourne le regard de l'écran pour contempler l'océan, afin de recentrer sa vision. Ensuite, elle revient à l'écran, appuie sur la touche Retour et insère un nouveau paragraphe ou allonge une phrase, lèvres formant silencieusement les mots. Elle fronce les sourcils à son insu.

Le nombre de passagers autorisés à bord, à la fois dans la cabine et sur les ponts, est d'environ cent cinquante mais, aujourd'hui, quatre-vingt-cinq pour cent des sièges sont réservés aux employés du Parc national et aux différents biologistes, dont Tim, qui font partie du Programme de restauration d'Anacapa, ainsi qu'un groupe de journalistes d'*Associated Press*, du *Los Angeles Times* et du *Santa Barbara Press Citizen*, une douzaine d'hommes politiques, de faiseurs d'opinion des environs et une équipe de télé affiliée à la *N.B.C.* Dans la cale se trouvent trois volumineuses glacières pleines de poulet mariné, de saucisses de dinde, de burgers au tofu pour le barbecue, de salades variées, de pains à la farine complète, une marmite de riz aux piments et une quatrième glacière pleine de bouteilles d'eau plate, de boissons gazeuses et de desserts ; une cinquième est exclusivement réservée au champagne. Deux caisses. Sur un lit de glaçons. Du champagne californien de qualité moyenne, adapté au budget du

Parc national, mais du champagne néanmoins ou, plus exactement, du mousseux.

La mer est calme, la brume se lève déjà. Le capitaine vient de ralentir en raison de la présence d'un groupe de dauphins et la plupart des passagers (des employés du Parc national, des touristes, des jeunes à sacs à dos, un groupe d'élèves de première gonflés au sucre et aux hormones, sous le contrôle vite débordé de deux profs en détresse) sont sortis sur le pont afin d'observer les luisants cétacés fendre les flots comme des spectres venus à la vie. Levant les yeux, Alma voit Tim parmi eux, gobelet de café dans une main, jumelles dans l'autre.

C'est début juin, dix heures du matin, un peu plus de dix-huit mois après le premier largage de brodifacoum, et le but de cette balade est purement célébratoire : alors que les journalistes tapoteront sur leurs claviers, que les photographes manipuleront leurs appareils photo digitaux et que l'équipe de télé approchera, elle lèvera un verre de champagne, parfaitement synchrone avec Freeman Lorber, le directeur du Parc national, et déclarera que les trois îlots qui constituent Anacapa ont été entièrement dératisés. Pour l'instant, elle peaufine son communiqué de presse, alors que l'article, par Robert Ford Smith, l'herpétologue sous la direction duquel elle a travaillé sur Guam, doit attendre qu'elle ait un moment à elle. Il lui est parvenu par courriel avant qu'elle ne quitte son bureau ce matin à sept heures trente, envoyé du camp de recherche de Ritidian Point à l'extrémité septentrionale de l'île, où les plages sont d'un blanc de poudre de lavage et la végétation torturée et hantée par les serpents, et il lui tarde de s'y consacrer comme un enfant à son nouveau jeu vidéo mais le devoir l'appelle, il l'appelle toujours, et il passe systématiquement en premier.

Le communiqué de presse, qu'elle retouche depuis quarante-huit heures, informera les journalistes présents et, par leur biais, le public, que le projet de dératisation a été un succès complet. On n'a signalé aucune présence de rats sur Anacapa depuis le lâcher du brodifacoum, pas plus dans les nids que sur les sentiers où l'on n'a trouvé aucune crotte ni aucune marque de prédation, et les œufs factices que l'ornithologue-conseil a glissés dans les nids de différents oiseaux n'ont pas été dérangés, alors que, d'ordinaire, ils auraient été criblés de marques de dents. Une surveillance attentive pendant toute cette période l'autorise à déclarer que les animaux cibles ont été éliminés. Les effets ont été rapides et spectaculaires. Les oiseaux marins ont repris du poil de la bête, sans parler de la salamandre des Channel Islands, du lézard à flancs maculés (dont le nombre a doublé), tout comme de la souris de chasse autochtone, dont la population est désormais estimée à huit mille individus, un record. En outre, Tim Sickafoose, l'ornithologue-conseil, humoriste en résidence et véritable perle, a découvert le premier couple de macareux de Cassin jamais répertorié, sur Rat Rock : l'endroit devra d'ailleurs, imagine-t-elle, bientôt être rebaptisé – ce qui lui donnera l'occasion de glisser une petite plaisanterie secrète et jubilatoire dans un texte par ailleurs parfaitement conforme. « Le rocher des macareux » ? Y a-t-il preneur ? Ou pointe Sickafoose ? Est-ce que ça irait ?

Plaisanteries mises de côté, elle ne peut s'empêcher de s'inquiéter des menus détails : ponctuation, paragraphes, expressions tambourinantes qui lui paraissent de plus en plus futiles à chaque relecture. Pas seulement futiles mais sottes. A commencer par, juste là dans le premier paragraphe… : elle traite Lorber de « monument de la préservation », ce qui certes correspond à la réalité mais est-ce que ça ne le fossilise pas comme les têtes de présidents des Etats-Unis du mont Rushmore ou une lame émoussée tant elle a servi ? Ou pire : on dirait qu'il est mort. En guise d'épitaphe, on ne fait pas mieux : Mari aimant, père attentionné, monument de la préservation.

« Hé ! » souffle Tim en s'installant sur le siège voisin. Le bateau a repris de la vitesse et les passagers refluent dans la cabine, sauf les élèves de première, qui, accoudés à la rambarde, bientôt trempés jusqu'aux os et grelottant, resteront dehors jusqu'à ce qu'ils aient un besoin fou et urgent des chocolats chauds, des pop corn et des burritos réchauffés que dispense le snack. « Pas encore fini ? » demande Tim, voix suintant l'insinuation. Alma lui décoche un regard de biais. Il est tout près d'elle, envahit son espace privé (prérogative d'un amant, doit-elle sans cesse se répéter), fait durer son sourire bancal. « Parce qu'il arrive un point où, à trop peaufiner un discours, on finit par lui enlever toute spontanéité, non ? Je croyais que c'était pour faire la fête, cette balade en mer ? Je me trompe ? »

Elle est à deux doigts de monter sur ses grands chevaux mais se rattrape à temps. Pendant un long moment, elle le fixe droit dans les yeux, l'écume vole le long du hublot, les rires perçants et les hurlements des élèves de première les entourent comme des candidats à l'extase. « Non, tu ne te trompes pas », finit-elle par répondre, capable enfin de sourire, de se décontracter, parce qu'il a raison : le pire est derrière elle et, un jour comme celui-là, il faut regarder de l'avant pas en arrière. « Tu as raison. »

Et ça marche. Soudain, l'atmosphère est plus légère. Son mal de tête (celui, naissant, dont elle vient juste de prendre conscience qu'il menaçait) détend ses tentacules et commence déjà à refluer. Elle déplace la souris, ferme son portable et plonge en avant pour atteindre son sac, dont elle sort un sachet de fruits secs, juste pour maintenir son énergie à flot. Fête ou pas, elle n'en devra pas moins faire un discours après avoir distribué le communiqué de presse, surveiller son assistant, Wade, responsable de la nourriture, et resplendir d'un intérêt lumineux lorsque Freeman fera son speech, truffé de pauses gênées, de féroces pincements de lèvres et de plaisanteries qui tombent toujours à plat. Mais ça n'en reste pas moins une fête, en effet, ou du moins les prémices d'une fête, et elle glisse son portable dans sa sacoche avec un haussement d'épaules catégorique, sans compter un frottement très pro des deux poings l'un contre l'autre visant à déchirer le sachet Ziploc d'assortiment de fruits secs. Elle en fait glisser une poignée dans sa bouche et se met à mastiquer des graines de tournesol, des dates, des raisins secs et des M&M, et la montée de sucre est quasi instantanée. Sur quoi, elle en propose à Tim, qui se sert d'un air absent. Il lui adresse un regard dubitatif, comme s'il pensait à tout à fait autre chose, comme s'il anticipait

Dieu sait quoi, comme s'il s'inquiétait pour elle. « Espérons que l'imprimante là-bas fonctionnera… »

Le sourire d'Alma s'épanouit, se propage jusqu'aux commissures de ses lèvres, au point qu'elle ressent la pression des muscles… qu'on appelle comment, déjà ? *Zygomaticus major*. Ou *minor*. Ou les deux. Oui, ce doit être ça mais il y a des lustres qu'elle ne s'est plus plongée dans l'anatomie et si sa mémoire ne lui fait pas défaut, un franc sourire requiert la contribution de quelque chose comme dix-sept muscles. Mais qu'importe. Ce qui compte, c'est qu'elle sourit, parce que Tim lui sourit et parce qu'ils profitent pour une fois de passer une journée ensemble – si l'on peut dire.

« Y me connaît encore pas b'en, hein ? dit-elle en tapotant son sac à ses pieds. J'ai apporté la mienne. Au cas où. » Avant qu'il ait le temps de répondre, elle lève une main pour l'en empêcher. « Oui, oui, je sais… Et le papier aussi. »

Elle est allée à Guam il y a sept ans car l'occasion s'était présentée, parce que Julie Savidge était l'une de ses héroïnes de toujours et qu'elle venait tout juste de rompre avec Rayfield Armstrong, qui jouait de la guitare dans les bars et les cafés de Berkeley lorsqu'il ne travaillait pas sur sa thèse dans laquelle il évaluait l'impact d'une espèce de crabe introduite (le crabe enragé ou crabe vert) sur les invertébrés spécifiques de la baie de San Francisco, Rayfield, dont le torse, les épaules et le dos étaient si finement et multiplement musclés suite à toutes les heures qu'il passait dans l'eau qu'on aurait dit une mosaïque vivante. Elle avait emménagé chez lui, ce qui était un engagement de sa part, le premier véritable engagement de sa jeune existence, mais, au fil des mois, il avait épuisé sa patience, ses espérances et même sa meilleure volonté. Il n'était jamais chez lui, il faisait toujours de la plongée, quand il ne grattait pas sur sa guitare sous un projecteur dans un bar ou un café, ou bien il était sur la route, dans un autocar pour aller jouer dans un trou dont elle n'avait jamais entendu parler et, quand il la retrouvait, il était tellement plongé dans ses pensées (crabes, guitare, guitare, crabes) qu'il ne semblait jamais avoir de temps à lui consacrer. Elle avait donc déménagé. Elle était partie sur le terrain. A Guam.

Elle s'attendait à trouver là-bas le genre d'environnement qu'elle avait connu à Hawaï, mais moins développé, plus primitif, extrême ; il est un fait qu'elle n'avait pas été déçue. Les routes, taillées dans la brousse, étaient encombrées et mortelles, l'architecture tendait vers le béton armé (par nécessité, pour survivre aux typhons dans ce coin du monde que les météorologues surnommaient *Typhoon Alley*) et tout, même à l'intérieur d'une bouteille en plastique d'eau de Javel qu'elle conservait sous l'évier dans son bunker-studio, empestait la vie microbienne explosive et suppurante des Tropiques. La jungle était luxuriante mais nombre d'arbres autochtones, détruits pendant la guerre, avaient été remplacés par une espèce originaire d'Amérique du Sud, le tangantangan, et, à cause de l'absence d'oiseaux, il régnait un étrange silence ; les insectes, de ce fait, avaient également été rayés du patrimoine avec pour conséquence, entre autres, que la population d'araignées (de la taille de la paume de la main, à rayures jaunes irisées sur un corps noir luisant) avait connu une croissance exponentielle, festonnant à la fois sous-bois et canopée avec les immenses tentes frissonnantes de leurs toiles, de sorte qu'il était impossible de se frayer un chemin dans la jungle sans être recouvert de leur soie comme d'une seconde peau. Sans parler de l'araignée proprement dite, sans doute déçue d'être transférée de sa toile à votre manche, vos cheveux ou votre visage.

Le regard que les locaux, Chamarros et Philippins pour la majorité, lui adressaient, témoignaient au plus d'une vague curiosité. Ils ne voyaient en elle qu'une Asiatique, une variation en tout cas sur ce thème, si bien que, malgré ses shorts Big Dogs et ses T-shirts vantant les mérites de Micah Stroud et de Carmela Sexton-Jones, elle leur semblait être une moindre anomalie que des gens comme Robert Ford Smith et sa femme, Veronica, tout deux originaires du Lancashire, avec leurs longs nez d'Anglais et leur peau pâle et terne comme la purée de pommes de terre. Alma se sentait à l'aise sur Guam, tout comme à Hawaï ou à Berkeley ; sans doute n'aurait-ce pas été le cas si elle était allée dans des endroits blancs comme neige du type Wisconsin pour étudier les effets des prédations des chats sur les oiseaux de la forêt ou à Salt Lake City pour surveiller la population de grèbes sur le Grand Lac Salé. Mais ce n'est pas dans ces endroits qu'elle était allée. Robert (ni Bob ni Rob ni Roobie, Robert tout simplement) avait la cinquantaine bien sonnée ; il tentait de circonscrire *Boiga irregularis* depuis que Julie Savidge était partie. Le Département américain de l'Agriculture subventionnait son travail dans le cadre du Programme de recherche sur *Boiga irregularis* et son objectif premier était de concevoir des barrières pour interdire aux serpents l'accès des conteneurs et des avions à l'aérodrome, la crainte étant qu'ils fassent du stop jusqu'à une île voisine ou, pire, à Hawaï. C'était un premier pas (limiter la propagation) mais le second, plus ambitieux, était de trouver un agent biologique, une bactérie, un virus ou un parasite, qui contrôlerait son nombre, afin que puissent être réintroduits des oiseaux autochtones élevés en captivité. A cette fin, il attrapait des serpents et les soumettait à des expériences. Quant à Alma, de jour comme de nuit, munie d'une lampe frontale et d'un bâton pour écarter les toiles d'araignée, elle inspectait les pièges et retournait au labo avec une couvée de serpents (il y en avait toujours en quantité) afin de les disséquer et de déterminer ce qu'ils avaient mangé. C'était une tâche solitaire, « flippante », comme disait Tim, qui n'appréciait guère les serpents, mais du moins ainsi profitait-elle du bon air, raison pour laquelle, d'ailleurs, on choisissait d'ordinaire de travailler sur la faune sauvage.

L'année comportait trois cent soixante-cinq jours, certes, voilà qui était irréfutable mais, au cours des trois années qu'Alma avait passées sur Guam, le temps avait paru élastique, il lui avait semblé s'allonger comme un tendeur à la graduation subtile, au point qu'un jour pouvait en valoir deux ou trois. Elle avait appris à se passer de culture (de culture américaine, en tout cas) et, si elle s'était fait des amis du cru, si elle avait assisté à des réunions familiales et à des fiestas, si elle en était venue à apprécier le kelaguen au poulpe et le fruit de l'arbre à pain bouilli dans le lait de noix de coco, elle n'avait jamais joué au retour à la vie sauvage comme tant d'autres au campement. La plupart du temps, elle était seule et arpentait la brousse comme les autochtones : plutôt petite, pilosité abondante, fort pouvoir d'observation et bons réflexes lorsqu'il s'agissait d'éviter les branches festonnées de toiles d'araignée. Elle capturait les serpents dans un panier en fil de fer contenant un autre panier plus petit qui contenait à son tour une souris et sa ration de pommes de terre en cubes ; elle fourrait le tout dans un sac pour le rapporter au camp, où elle retirait les serpents, les euthanasiait et les disséquait quand elle ne leur mettait pas des colliers radar pour les relâcher et étudier leur comportement.

Les serpents étaient de véritables fouets tout en muscles, assez puissants pour hisser les trois quarts de leur longueur au-dessus du sol et rester ainsi en équilibre pendant plusieurs minutes d'affilée, mais ses muscles à elle, ses muscles de primate étaient plus puissants encore. Elle avait tué des milliers de serpents. Une demi-douzaine l'avaient piquée. Elle s'était habituée à l'odeur spéciale des intestins du boiga, l'odeur des conserves sèches. Elle découvrit que, contrairement à l'opinion largement répandue chez les collectionneurs de serpents, une sorte de loi première, ceux-là n'avaient pas besoin de proies vivantes et même pas de proies du tout. Leur adaptabilité était effrayante. Quand les oiseaux avaient disparu, ils se rabattaient sur les rats et les lézards. Quand ils ne dénichaient plus de rats et de lézards, ils venaient dans la cour et se jetaient sur n'importe quoi, animé ou pas. En deux occasions, en ouvrant le ventre d'un serpent, elle avait découvert des morceaux du plastique gras dans lequel sont emballés les hamburgers crus. Un jour, et ça avait été digne de Buñuel, elle avait même découvert le tube maculé d'une serviette hygiénique gorgée de sang. Encore aujourd'hui, quand elle ferme les yeux la nuit, elle voit les serpents dans le crépuscule de sa conscience, dressés et remuant la tête, en quête d'une proie sur laquelle sauter.

Tim bavarde. Le bateau semble hydroplaner. Le ventre d'Alma s'agite autour des fragments de fruits secs et du café dont elle les a accompagnés mais elle n'a pas le mal de mer, jamais. C'est une question de victoire de l'esprit sur la matière ou, plutôt, de l'esprit sur le péristaltisme. Et le renvoi. Certains le contrôlent, d'autres pas. Tim, par exemple. Tim est un roc. Il est capable de passer d'un festin à une journée entière de grand huit à Magic Mountain sans que ça affecte sa digestion en quoi que ce soit. En fait, sans la force centrifuge, il pourrait sans doute nouer sa serviette autour du cou et continuer à manger sur le grand huit. Certains passagers ont l'estomac plus fragile, dont au moins une journaliste que cette petite balade est censée rallier à la bonne cause, et Alma ne peut s'empêcher de ressentir un pincement d'inquiétude. Toni Walsh, du journal de Santa Barbara, qui jusque-là s'est montrée moins enthousiaste sur la question des rats que sur celle, pourtant liée, du contrôle de la population porcine de Santa Cruz, est montée à bord l'air d'avoir passé une nuit difficile et, dès qu'ils ont quitté le port, s'est installée à une table près de la fenêtre, a posé la tête dessus et a prétendu dormir. Ils n'avaient pas parcouru un mille qu'elle s'est levée d'un coup et, titubant, a couru jusqu'au pont avant, où le vent pourrait emporter son petit déjeuner. Guère prometteur. Et, bien sûr, pour le simple plaisir de titiller Alma, Tim, levant un sourcil, lui avait dit : « Ça, c'est un mauvais article qui se prépare. »

Quand le bateau ralentit pour accoster à la jetée, le soleil perce ce qui reste de brume en longs rais rectilignes. Falaises en fond, cris rauques des oiseaux : tout le monde semble s'animer. Les gens qui n'ont pas desserré les dents de toute la traversée se mettent subitement à babiller de leurs voix aiguës et surexcitées, les élèves de première sont incontrôlables (Que retirent-ils donc de ce genre d'excursion, se demande Alma, hormis une grosse absorption de sucre et des coups de soleil ?), et ses collègues de bureau, voilà qui est exceptionnel, ont l'expression de soulagement qu'elle lit sur leurs visages le vendredi soir. Elle est partout à la fois, aide les uns à négocier l'échelle, fait la conversation avec d'autres, badine, arrache même un sourire à Alicia, la pâle et timide secrétaire refermée sur elle-même comme un coffret qui a perdu sa clef, elle serre la main de Fausto Carrillo, le maire d'Oxnard tout sourires, et guide une Toni Walsh chancelante vers les barreaux mobiles de l'échelle.

Bref conciliabule avec Wade, puis on extrait les glacières de la cale et les pousse sur les planches du ponton accablées de soleil, dans un crissement de plastique moulé ; tous les détails sont réglés, on va bientôt installer le pique-nique et il ne restera plus ensuite qu'à aborder ce dont elle espère que ce sera le point culminant de la journée : la promenade sur l'île. Wade et d'autres partent en éclaireurs pour aller allumer le charbon de bois et installer les tables de pique-nique portables dans la cour du Centre d'accueil (un site choisi pour émouvoir avec ses panoramas jusqu'aux sceptiques les plus blanchounets, les plus secs, les plus rivés à leur écran) ; comme prévu, Tim et elle commencent à escalader la falaise, guidant le groupe de marcheurs vers le sentier tout en lacets. Elle se rappelle qu'il faut avancer lentement, surtout pendant l'escalade, au cours de laquelle elle marque donc une pause à chaque palier, désigne une plante par-ci par-là et permet aux moins en forme de reprendre leur souffle. Une fois qu'ils seront parvenus au sommet, où la progression sera plus facile, elle aura quantité d'occasions de marquer des points en faveur du principe et de la justification de la restauration de l'île, en leur montrant par exemple les nids des goélands d'Audubon et d'autre oiseaux dont la population recommence à s'accroître, tout en expliquant de façon subtile mais infaillible que tout ceci n'est possible que grâce à la dératisation, qui, au fait, ayant été financée par un jugement du tribunal à l'encontre de l'un des plus grands pollueurs de l'écosystème, Montrose Chemical Corporation, responsable d'avoir déversé dans la baie de Santa Monica entre 1947 et 1982 plus de cent tonnes de déchets contaminés par le D.D.T., n'a quasiment rien coûté au contribuable.

Avec son amour du détail, par le biais de moult courriels, elle a plusieurs fois rappelé à chaque invité de se vêtir correctement pour ce qui serait une randonnée de trois kilomètres de niveau facile, dans des conditions climatiques variables ; la plupart a compris. Elle est donc entourée de chaussures de marche, de K-ways, de sacs à dos et autres bouteilles d'eau, mais Toni Walsh, dernière de la file, en espadrilles rouge sang, pantalon mi-mollet en crêpe imprimé jungle et chemisier en spandex (pas de pull, pas de veste) s'agrippe déjà les épaules et a l'air d'avoir bigrement besoin d'une cigarette. Ou plutôt non, se corrige Alma mentalement : je suis cruelle et juge sans savoir... elle ne sait même pas si cette bonne femme fume. Mais tous les plumitifs fument, non ? Et boivent ? Et ils restent assis devant leur ordinateur à s'en boucher les artères et s'atrophier les muscles, non ? Tim tient son auditoire, il explique à ceux qui sont assemblés autour de lui les techniques de nidification des mouettes, la façon dont elles se mettent en couple pour la vie et bon an mal an défendent le même carré de territoire, attaquent et tuent parfois les oisillons des nids voisins qui s'égareraient sur leur terrain. Alma lui adresse donc un signe discret de la main avant de redescendre le sentier, avec l'intention d'offrir à Toni Walsh le K-way de rechange qu'elle a apporté pour, précisément, ce genre d'imprévu.

Le sentier est recouvert d'un bon centimètre d'une poussière qui fait penser à la poudre pour faire les gaufres. Le soleil a brûlé la brume mais le vent du nord qui s'est levé abaisse le facteur de refroissement dû au vent, estime-t-elle, aux environs de dix degrés. Rebroussant chemin, et donc croisant les marcheurs (« Que se passe-t-il, Alma ? plaisante le maire, visage rond et joues rouges, yeux exophtalmiques, langue sortie en quête d'air. Vous abandonnez déjà ? »), le K-way en boule à la main, elle va rejoindre Toni Walsh, qui semble avoir du mal à mettre un pied devant l'autre. Alors que son intention est évidente, la journaliste (quarante, quarante-cinq ans ?), la regarde d'un air ahuri. « Vous allez bien ? s'enquiert Alma.

— Moi ? » Toni Walsh n'a pas pris la peine de se maquiller, pas même de mettre du rouge à lèvres. Ses souliers sont pleins de poussière. Ses cheveux, teints d'un rouge fort peu naturel, tombent sans ressort sur ses épaules, passés trop souvent entre les mains du coiffeur et aussi secs que l'herbe sous leurs pieds.

« Oh, ouais, je vais bien. Je ne suis pas habituée à prendre le bateau, c'est tout. Si tôt le matin, en tout cas.

— Vous avez l'air d'avoir froid, répond Alma en lui tendant le K-way. J'ai ça si vous voulez. Il est en trop, alors... »

Un je-ne-sais-quoi dans l'expression de la journaliste l'avertit de ne pas insister et soudain elle se sent gênée, comme si inconsciemment elle avait cherché à la soudoyer ou du moins à se faire bien voir d'elle, ce qui n'est pas le cas. Elle est seulement conciliante, voilà tout, parce que tout le monde ici est pour ainsi dire son invité, son hôte... A moins que ce soit une simple question de politesse élémentaire.

« Non, non, merci », dit Toni Wash en plongeant la main dans son sac pour prendre, oui, c'est ça, une cigarette. Qu'elle porte aux lèvres et allume au milieu d'une bouffée de fumée aussitôt emportée par le vent. Elle a la chair de poule. Ses yeux sont veinés de rouge. Les extrémités de ses cheveux, cassés et fatigués, fouettent sa gorge.

Alma baisse le bras d'un geste gauche et le vêtement dédaigné attrape le vent comme une taie d'oreiller pendue à la corde à linge. « Si vous préférez, vous pouvez retourner au Centre d'accueil des visiteurs et prendre une tasse de café. Wade aura allumé le feu. Ou si vous préférez du vin... un verre de vin. Nous n'en avons pas pour longtemps. »

Toni Walsh se retourne vers le monolithe blanc du phare dressé au milieu des broussailles avec, en fond, le vaste panoramique lumineux de l'océan, lumière éclatante, cuivrée et, à l'horizon, la fine voile d'un yacht telle une étoffe agitée par la brise. Le reste du groupe s'est mis en marche, Tim, épaules basses, marche devant, à grandes enjambées, intarissable. « Ouais, finit par lâcher Toni Walsh, lèvres plissées, rejetant un nuage de fumée et observant la brise qui s'en empare. C'est tentant. Oui, c'est ce que je vais faire. »

Après avoir rejoint le groupe pour ajouter ses commentaires et exhortations au monologue sans fin de Tim, lorsque les marcheurs ont eu l'occasion de se faire une idée de la beauté de l'île et de son exceptionnelle sérénité, Alma, commençant à oublier ses préoccupations, tente de voir l'endroit à travers leurs yeux, comme si elle le découvrait avec eux. Du point de vue géologique, le paysage n'est pas très différent de ce qu'on voit au bord de l'océan sur le continent, là où l'Autoroute n° 1 s'éloigne de Port Hueneme et où les falaises dentelées s'éloignent des brisants sous un manteau de coréopsis et de *Baccharis pilularis*, sauf qu'ici il n'y a pas d'autoroute, même pas de routes, aucun bâtiment, aucune pollution. Et l'endroit est tranquille, aussi tranquille que le monde devait l'être avant l'invention du moteur à combustion interne ; l'océan et le vent procurent la toile de fond aux aboiements des phoques et aux criaillements des oiseaux. Parfois, lorsqu'elle est seule sur l'île, elle sent le pouls d'une entité plus vaste, comme si toutes les choses animées battaient à l'unisson, gloire et communion qui l'extrait d'elle-même, de sa conscience, de sorte que plus rien n'a de nom, ni en latin ni en anglais ni dans quelque langue que ce soit.

Bien sûr, aujourd'hui, elle est trop tendue pour atteindre cet état ou s'en approcher. Pourtant tout paraît à la fois neuf et éternel, fleurs sauvages en pleine floraison, panoramas vierges, mouettes complices, lézards dardant sous les talons comme pour souligner le fait que les rats ont bel et bien disparu et que tout va pour le mieux. Les marcheurs prennent du bon temps, Alma en est consciente : une excursion sur place vaut mille communiqués de presse. N'est-ce pas, d'ailleurs, la principale raison pour laquelle elle a accepté ce job : pour familiariser le public avec le caractère exceptionnel de ces îles et, par extension, toutes les retraites idylliques sur cette planète, de moins en moins nombreuses et dont la rareté justement les rend d'autant plus précieuses ? Afin de leur ouvrir les yeux ? De les métamorphoser en défenseurs de la bonne cause ? De les embrigader dans le combat contre les accapareurs, les promoteurs et les gens comme Dave LaJoy, qui, quoique peut-être bien intentionnés ou croyant l'être, n'agissent que par ignorance et esprit de vengeance ?

Le vent saisit ses cheveux défaits, les plaque sur son visage et, lorsqu'elle remue la tête pour les remettre en place, toute pensée concernant Dave LaJoy et le reste des sauveurs autoproclamés de la création s'est envolée. Elle ferme les yeux, présente son visage au soleil. Quelle perfection. Une journée parfaite. Elle a l'impression d'être une conquérante, une reine, la première femme chumash qui a accosté ici il y a dix mille ans. Elle s'élève. Plane très haut en un clin d'œil. Ce sentiment la soutient pendant trente secondes très exactement : jusqu'à ce qu'elle se rappelle de jeter un coup d'œil à sa montre. Comment le temps a-t-il pu passer si vite ? Ils ont dix minutes de retard sur le planning, dix minutes au bas mot.

Ressentant une gêne familière, elle fait volte-face, se faufile jusqu'à la tête du groupe et rejoint Tim. Lequel a transformé en estrade une roche de la taille d'un canapé et s'est juché dessus, bras croisés, lunettes de soleil à la main. La casquette de baseball qu'il a accrochée au montant du lit hier soir pour ne pas l'oublier ce matin, enserre son front alors que la moitié inférieure de son visage est exposée au soleil incandescent. Il fait un résumé des mœurs et prédilections de la chouette des terriers, et les marcheurs se sont réunis autour de lui pour disserter sur l'habitat évidé de l'intéressée, qui se trouve être absente. Alma s'éclaircit la gorge pour attirer leur attention. « Qui a faim ? demande-t-elle à la galerie. Moi, je meurs de faim ! »

Eh bien, oui, ils ont faim. Naturellement, ils ont faim. La contrepartie est tacite. Quand elle organise une marche pour les besoins des relations publiques, les gens ont l'habitude qu'on leur serve un déjeuner gratuit et abondant, arrosé d'un vin bien frais. L'une des marcheuses paraît plus que prête : une femme corpulente avec un chapeau de paille mal venu dans la mesure où sous l'effet du vent, il lui fouette le visage et la fait ressembler à l'un de chiens que les vétérinaires affublent d'espèces d'entonnoirs. Cette femme est-elle l'épouse ou l'« amie » du maire ? Alma lui adresse tout particulièrement le sourire qu'elle arbore. « Parfait. Alors, suivez-moi. »

Elle les entraîne sur le sentier jusqu'à l'endroit où Wade et ses acolytes, dont Alicia, ont installé viandes, salades et autres victuailles sur une longue table recouverte d'une nappe blanche amidonnée, sur laquelle a été posé un vase de fleurs sauvages.

En fond, le phare, lustré et accueillant en plein soleil, surplombe l'océan qui se déploie dans un chatoiement éblouissant de couleurs : tout est attirant, alléchant. Comme pour une fête. Exactement comme pour une fête. En approchant du lieu du pique-nique, les marcheurs rompent les rangs, ce qui était une file indienne se désagrège ; ils parlent à voix basse, vident goulûment leurs gourdes, plaisantent, bref, il règne l'esprit de camaraderie que le contact avec la nature semble toujours susciter. Alma contemple la scène d'un œil critique, sans vraiment compter les points mais elle note tout de même qui reste en retrait, elle tente de vite décoder les humeurs et les postures. (*Semblent-ils avoir faim, paraissent-ils s'ennuyer, être contents ?*) Ce genre de chose. C'est, chez elle, presque un réflexe.

Elle avise Toni Walsh qui, debout de l'autre côté du feu, un verre de vin dans une main, une cigarette dans l'autre, s'entretient avec Alicia. Alicia ! Bah, après tout, elle ne peut pas tout contrôler. Et puis, quoi qu'Alicia (la vingtaine, yeux noirs, sophistiquée mais muette comme une tombe) puisse raconter à la journaliste, ce ne sera pas grand-chose, ça ne pourra en aucun cas desservir la bonne cause. Alicia est secrétaire, c'est tout, elle est imperturbable et efficace, quoique insipide, mais elle n'a aucune formation en restauration écologique hormis ce qu'elle a appris par osmose, et Alma ne doute pas un instant que cela lui serait totalement égal de travailler dans l'industrie, le tertiaire ou même pour les pollueurs.

En fait, elle se rappelle une occasion où Alicia et elle se trouvaient seules au bureau, elles travaillaient tard sur un document que le directeur du Parc allait lire lors d'une réunion présidée par le ministre de l'Intérieur. Alma lisait les épreuves à voix haute et Alicia vérifiait le texte sur sa propre sortie papier. Comme le texte était assez rébarbatif, car Freeman n'avait pas la plume de Rachel Carson, à un moment donné, elles avaient fait une pause et étaient sorties sur la terrasse pour observer le brouillard qui s'accrochait aux buissons. Alma parlait, de choses anodines pour la plupart, aucun rapport avec le travail ; eh bien, Alma comprenait très bien qu'Alicia ne souhaite pas s'ouvrir même à ce moment-là, alors que l'atmosphère était plus détendue que pendant les heures de bureau mais où les rapports hiérarchiques pouvaient tout de même l'inhiber. Mais réussir à faire sortir à cette fille plus de trois mots, sur son petit copain, ses parents, un film qu'elle avait vu, même le temps qu'il faisait, c'était mission impossible. Une conversation avec elle se bornait à « oui », « non » ou « euh » ; si elle avait des opinions personnelles, elle les gardait pour elle. Néanmoins, cette fois-là, cette unique fois, elle avait dit quelque chose, à propos de rien. Ou, plus exactement, comme Alma l'avait compris plus tard, sur un point mineur abordé par Freeman quant au contrôle biologique dans les écosystèmes clos.

« Je ne sais pas pourquoi nous ne pouvons pas nous empêcher de tout tuer », avait-elle déclaré en examinant ses ongles, qu'elle avait passés avec des vernis de deux couleurs, bleu-vert et framboise ; elle avait parlé si doucement qu'Alma avait eu du mal à l'entendre. Elle n'avait pas croisé le regard de son interlocutrice. Le faire, c'eût été entrer dans la confrontation, s'affirmer or Alicia était le contraire de l'affirmation de soi, un récipient plutôt que la susbtance qui l'emplit. « Pourquoi ne pouvons-nous pas laisser le monde tel qu'il était avant nous, comme Dieu l'a créé. Ça ne serait pas plus facile ? »

Alma en était restée bouche bée. Cette fille, cette jeune femme, cette personnalité renfermée travaillait, respirait, pensait en leur sein depuis qu'elle avait quitté son I.U.T., et elle n'avait rien compris ? Rien ? *Nada* ? Sans doute Alma aurait-elle dû ressentir plus de compassion, comme une directrice d'études, comme aurait dû le faire, en réalité, l'éducatrice qu'elle était mais la conversation s'était arrêtée là, comme la tentative par Alicia de communiquer et d'affronter le problème car Alma, d'une voix devenue neutre tout à coup, avait répliqué : « Mais tu te trompes complètement, tu ne le vois pas ? C'est nous justement, les humains, qui avons importé ces animaux ici, les moutons, les bœufs, les cochons sur Santa Cruz et Santa Rosa, les rats sur Anacapa, les chats et les lapins sur Santa Barbara, et il est de notre obligation, c'est notre devoir… » Elle s'était mise à pontifier, elle n'avait pu s'en empêcher et jamais Alicia n'avait levé les yeux du nid de ses mains, elle n'avait plus émis d'autres sons que oui, non ou euh…

Quoi qu'il en fût, elle se rappelle une fois de plus qu'aujourd'hui, il s'agit d'une occasion festive et qu'elle devrait vraiment lâcher prise, au moins aujourd'hui. Elle esquisse un sourire et un petit signe de la main en direction d'Alicia et de Toni Walsh, serre la main d'une demi-douzaine d'invités et jette un coup d'œil rapide à la table. Comme d'habitude, Wade, avec l'aide d'Alicia, a bien travaillé : tout est prêt. Très bien présenté. A merveille. Et si un détail lui a échappé, une broutille qui la tracasse inconsciemment, quelque chose qu'elle est sûre d'avoir oublié comme si, aux petites heures du jour, elle était embourbée dans un cauchemar où elle est en retard pour l'école ou pour prendre un avion, où elle ne trouve pas son chemisier, son soutien-gorge ou son jean, cela demeurera secret. Déterminée, elle prend un verre vide et se fraye un chemin à travers la foule, papillonne de groupe en groupe pour encourager les uns et les autres à se diriger vers le buffet. Les fumets de la viande qui rôtit changent de direction au gré du vent, promesse des délices à venir, or il n'est rien de plus primitif, de plus incantatoire : la bête prélevée à la brousse et donnée en offrande à la tribu. Les invités forment une ligne irrégulière, prennent assiettes, couverts et gobelets en carton qu'Alma a réclamés à la place des gobelets en plastique parce que le plastique est le polymère du diable mais ça, c'est un autre problème et elle en chasse de son esprit ne fût-ce que l'idée dès qu'elle s'y forme.

Elle attend, observe, de plus en plus excitée tandis que les gens avancent dans la file, emplissent leur assiette, s'interrompent pour bavarder par groupes de trois ou quatre, ou plaisanter avec Wade et d'autres convives qui se servent. Dès que le dernier couple a rejoint la file (le maire et sa femme, oui, au fond, ça ne peut être que son épouse légitime – comment s'appelle-t-elle, déjà… Yolanda ?), Alma arrache au bac à glace une bouteille embuée de Piper Sonoma comme si c'était un être vivant, la brandit bien haut et, d'un geste brusque et péremptoire, tape une cuiller contre le verre. « Ecoutez-moi, mes amis, crie-t-elle, tournant sur elle-même pour attirer l'attention de tous. Le moment est venu de nous réunir autour d'un verre de champagne. » Elle garde son sourire, observe leurs expressions. « C'est le moment des toasts.»

Wade se retrouve à son côté, il défait à la chaîne et à toute vitesse le fil de fer du bouchon des bouteilles, les bouchons sautent les uns après les autres, et les invités se pressent, munis de leur gobelet en carton tendu vers les bouteilles qui passent parmi eux. Des rires. Des traits d'esprit, des plaisanteries. Assiette dans une main, verre dans l'autre, Freeman s'approche d'Alma. La caméra de la télé, luisante, insectoïde, le suit. Sourires à gogo. Lorsque tout le monde a été servi, pleine d'un sentiment de triomphe et de justification de son action plus satisfaisant que tout ce qu'elle a connu jusque-là, Alma lève son verre et Freeman l'imite. Elle le brandit ainsi pendant une longue seconde cruciale ; ensuite, arborant un sourire si éclatant qu'elle a du mal à articuler, elle entonne : « A Anacapa, cent pour cent libérée des rats ! »

Sur Guam, il n'y avait pas eu de champagne, parce que Guam n'avait pas été totalement libérée des serpents et ne le serait jamais. Trop de végétation, trop d'espèces impliquées (dont les invasives), et un nuisible trop parfait. Une demi-douzaine de fois Robert s'était plu à penser qu'il avait trouvé la solution, la dernière ayant été un virus censé survivre uniquement chez les créatures à sang froid : il avait libéré les serpents dans la nature après leur avoir inoculé le pathogène mais celui-ci n'avait eu aucun effet et on n'avait remarqué aucune diminution significative dans la population reptilienne. Il plaisantait souvent, prétendant que le seul moyen de l'éliminer était de bombarder l'île et, même, certains serpents résisteraient, dissimulés dans la fissure d'un mur ou lovés dans une canalisation en plomb. Un jour, quand elle travaillait aux champs avec lui, ils avaient découvert une longueur de tube en P.V.C. d'une épaisseur qui ne dépassait pas trois, quatre centimètres, dans lequel s'étaient pourtant glissés six serpents alignés comme des fils électriques. D'après l'article qu'il venait de lui envoyer, il nourrissait un nouvel espoir : le paracétamol. Simple, bon marché, principe actif du tylenol. Comme le brodifacoum, il éclaircit le sang mais est beaucoup plus sélectif quant à ses victimes.

Les premières expériences étaient prometteuses. Deux comprimés de trois cents milligrammes placés dans la carcasse d'une souris morte suffiraient à tuer un boiga en trois heures par hémorragie interne. Certes. Mais comment s'y prendre ? Robert et ses collègues avaient largué mille cadavres de souris matinés de paracétamol au-dessus d'une portion de forêt bouclée avec précaution mais la plupart étaient restés accrochés aux branches des arbres et avaient pourri avant que les serpents ne les découvrent ; en outre, demeurait la question de savoir ce que l'appât ferait aux animaux non ciblés. En outre, combien de souris l'opération nécessiterait-elle ? Combien de largages ? On estimait à plus de deux millions le nombre de serpents sur l'île et, même si le financement époustouflant pour ce genre d'opération pouvait encore être augmenté et, même si l'agent se révélait non réactif sur les autres animaux, les chances que tous les serpents soient éliminés s'élevaient approximativement (ou plutôt non : très exactement) à zéro. On n'arriverait pas à déloger les serpents. De sorte que le nombre d'arbres locaux continuerait de décroître car il n'y aurait jamais assez d'oiseaux pour répandre les graines, les araignées et les insectes se multiplieraient et, dans cent ans, peut-être même cinquante, Guam ne serait plus Guam.

Comme elle a le soleil dans les yeux, elle les ferme fort et renverse la tête afin de laisser la fraîche confirmation du champagne couler lentement dans sa gorge. Elle fera son petit discours, distribuera son communiqué de presse, s'allongera sur une couverture avec Tim et observera les oiseaux glisser sur un ciel qui recule jusqu'à l'infini. Ce sera sa récompense, sa paix, sa joie. Elle a été l'instrument du bien, elle a frappé les envahisseurs qui, des années plus tôt, ont harcelé sa grand-mère dans sa détresse et qui depuis provoquaient des dégâts sur les œufs et les poussins sans plumes des oiseaux dont l'évolution les a amenés à nicher et à se reproduire dans un monde dépourvu de rats. Eh bien voilà, elle leur a rendu ce monde-là. Elle leur a donné leur chance. Et maintenant, ainsi qu'elle s'apprête à l'avouer publiquement en portant le prochain toast, elle s'apprête à passer, imperturbable, avec l'aide et les conseils de Freeman Lorber et de tous les autres gens incomparables employés par le Parc national des Channel Islands, au défi infiniment supérieur qui les attend à Santa Cruz.

« Santa Cruz ! » criera-t-elle, trochée guerrier s'élevant de ses entrailles tel un cri de guerre alors que tous lèveront leur verre à l'unisson en signe de soutien et d'encouragement, en signe aussi de leur engagement pour la cause, des citoyens aux idées saines, des citoyens cultivés, emportés par l'ivresse de l'instant dans cet endroit qu'elle a appris à aimer plus que tout autre sur la terre, plus que Hawaï, plus que Berkeley Hills, plus, même, que Guam. « A Santa Cruz ! »

Et puis voilà que c'est le lendemain matin, un dimanche, jus d'orange fraîchement pressé, bagel et fromage blanc, le journal. Tim a l'habitude de faire la grasse matinée dès qu'il en a l'occasion et aujourd'hui il ne déroge pas à la règle. Quand elle s'est levée à son heure habituelle (six heures trente), il était recroquevillé sous les couvertures, la respiration légère, l'air d'être prêt à dormir jusqu'à midi, et elle n'a vu aucune raison pour le réveiller. Qu'il dorme. La vie d'Alma n'est pas comme un de ces films tout en flous artistiques où les couples se font les yeux doux devant une assiette d'œufs pochés et un gobelet en carton de la taille d'un saladier plein de café fumant avant d'aller se promener main dans la main sur la plage : non, elle entretient une relation réelle avec un homme de chair et d'os qui aime dormir plus tard qu'elle. Et alors ? Grand bien lui fasse. Tim a sa vie, elle a la sienne. Quand elles se croisent, ce n'en est que mieux.

Le brouillard se lève déjà, le soleil émerge, présence pâle entre les troncs d'arbres, jusqu'à ce que soudain, en une explosion brutale, il tranche la fenêtre, illumine la cuisine, accroche les boutons en alumimium du four et la vitre de l'horloge sur le mur. Le jardin s'éveille à la vie. Les bégonias lancent des flammes. Matin à Montecito. Elle a jeté un coup d'œil aux manchettes des journaux (Bush et sa guerre), elle a rangé les assiettes dans le lave-vaisselle. La plage sera déserte si tôt le matin à l'exception des joggeurs et des gens qui promènent leur chien ou, du moins, est-ce ce qu'elle espère : elle enfile ses baskets, ouvre la porte d'entrée et sort dans l'air frais du matin.

Elle descend la rue, dépasse l'hôtel et ses pelouses luxueuses, les voitures grimpent sur la bretelle. Elle traverse l'asphalte en diagonale, prend droit vers l'escalier qui descend à la plage. Comme elle ne suit pas les horaires des marées (pas le temps et, de toute manière, elle préfère les surprises), elle ressent un petit coup de fouet en voyant la vaste étendue de sable mouillé qui s'étend jusqu'aux laisses ponctuées de tertres sombres et gluants, rochers lissés par les mouvements contradictoires des vagues. Marée basse. A marée haute, les vagues frappent la digue et elle doit se contenter d'emprunter la promenade en surplomb. Directement face à la longue tache brune de Santa Cruz à l'horizon, la plage ne reçoit pas les grosses vagues, qui tendent à descendre le long du détroit, et elle n'est pas particulièrement intéressante en tant que plage. Nul doute qu'elle est jolie mais elle offre peu de cuvettes de marée et relativement peu de laisses naturelles. Mais beaucoup de débris humains. Et les merdes de chien enveloppées dans de jolis petits sachets en plastique. Est-ce que ça la met hors d'elle ? Absolument. Que les gens prennent quelque chose de naturel, des déchets, des matières fécales, l'aboutissement d'un processus animal, et l'enferment dans du plastique que dans mille ans les archéologues déterrereront dans les lieux d'enfouissement, c'est carrément insensé. Quel monde ! Un monde qui marche sur la tête, un monde condamné.

Or la voici, sur la plage, soupesant les options – gauche ou droite ? – avant de pencher pour la droite, vers les falaises qui entourent Santa Barbara proprement dit, la jetée plus loin et la folie de la civilisation qui l'accompagne ; elle songe qu'il y a peut-être des choses intéressantes dans les blocs plats de rochers qui, au fil des ans, se sont successivement détachés de la falaise et se sont écrasés dans le ressac. Lorsque la marée est exceptionnellement basse, comme elle semble l'être aujourd'hui, on découvre un récif et des cuvettes éparpillées qui abritent les habituels suspects – moules, bernacles, oursins, bigorneaux, anémones de mer et bernard-l'hermite, en plus de l'inévitable surprise : lumineux nudibranche bleu et blanc ou pieuvre échouée. Un jour de printemps, elle avait vu là la carcasse d'une petite baleine grise portant les blessures infligées par un grand requin blanc et, deux étés plus tôt, pendant la floraison des dinoflagellés, elle était tombée sur un groupe de badauds entourant un bébé phoque, tentant de le faire retourner à l'océan alors qu'il était manifestement venu sur la grève pour se réchauffer.

De toute évidence, l'animal souffrait de malnutrition : sans doute une intoxication à l'acide domoïque, causée par les toxines concentrées dans le plancton qui, remontant la chaîne alimentaire, est transmis par le lait de la mère. Quand Alma avait rejoint le groupe, un jeune Latino, crâne rasé, en marcel, essayait de le tirer sur les rochers pour le ramener à la mer. Sur l'impulsion du moment, furibonde, elle l'avait saisi par le bras et, malgré le poids du garçon, avait tenté de l'empêcher de poursuivre. Dans sa tête retentissait un cri (encore un ami des bêtes qui, croyant bien faire, faisait exactement le contraire de ce qu'il fallait faire, le geste fatal), et elle sentit le sang fuser à son visage. « Lâchez-le ! » aboya-t-elle, raide de colère, rivée là, main accrochée aux bras du garçon, comme une chose mécanique faite d'écrous, de boulons et de tuyauterie en titane. Il finit par céder. Quand le bébé phoque échappa au garçon, qui lança à Alma un regard tellement perdu qu'elle le prit presque en pitié, elle ajouta, d'une voix d'acier : « Reculez, tous ! »

Elle s'était glissée entre le garçon et le phoque, qui, pris de panique, clapotait sur les rochers : trop faible pour faire plus, il se dressait sur ses nageoires et retombait ; c'est alors qu'en un quart de seconde, le jeune se manifesta à nouveau, vint se planter à deux doigts d'elle. « Qui vous êtes, merde ? » s'exclama-t-il. A l'intérieur de son poignet gauche, il avait un tatouage fin, aux teintes passées, un dauphin en plein saut, et son haleine sentait la mandarine, comme s'il venait de traverser une plantation d'agrumes.

La question était intéressante : qui était-elle ? C'était une question d'autorité : qu'est-ce qui lui donnait le droit d'interrompre le jeune Latino dans son élan alors qu'il était arrivé le premier sur les lieux et ne faisait que ce qui semblait logique, jouer des mécaniques et faire montre de sa volonté pour impressionner sa petite amie, peut-être ses potes et, qui sait, les gens autour aussi, bon Samaritain motivé non par l'amour de soi mais par l'amour de toute chose ? Elle se rappelle encore, si longtemps après, avec un pincement de gêne, la réponse qu'elle lui avait faite : « Je suis une scientifique. »

D'accord. Du moins avait-elle sauvé la bête ; elle avait tapoté sur son portable le numéro du Centre des mammifères marins alors que les badauds reculaient et que le phoque semblait peu à peu réinvestir sa peau et ses os saillants. Aujourd'hui, en se dirigeant vers les falaises, le souvenir de l'incident lui revient puis s'estompe, car elle vient d'apercevoir un groupe de dauphins de Risso (cinq ou six) à deux cents mètres de la côte, qu'ils longent. Les dauphins de Risso, parmi les plus gros de l'espèce, mesurent dans les trois à quatre mètres de long et peuvent dépasser le quintal ; habitués des hauts-fonds, ce matin, ils viennent se nourrir très près de la côte et Alma apprécie à sa juste valeur le plaisir, rare, de les voir. Elle marche d'un pas rapide, tente de ne pas perdre de vue les dauphins, qui approchent de la falaise, lorsqu'elle voit une silhouette loin devant, un homme qui vient en sens inverse, promenant deux chiens. Ceux-ci (permanentés, la peau peinte sur les os, ils avancent avec un déhanchement) sont des lévriers : et elle songe *Bien joué, ce gars les a sauvés des champs de courses de Floride*. C'est alors qu'elle l'observe mieux, ce gars, et voit son erreur. La mâchoire, les épaules carrées, le cou démesurément long, un je-ne-sais-quoi dans la démarche… tout ça oui mais ce n'est pas ça qui le trahit. Quantité de gens, d'hommes, sont bâtis ainsi, des mecs qui lancent la jambe en avant comme s'ils écrasaient quelque chose ou quelqu'un à chaque pas qu'ils font. Non, ce sont les dreadlocks. Des dreadlocks couleur sable qui se déploient autour de son crâne comme s'il avançait dans une soufflerie.

Elle ressent un pincement de panique. Il l'a vue, elle en est sûre. Avait-elle besoin de ce genre de confrontation si tôt le matin alors que tout ce qu'elle voulait, c'était se promener sur la plage, une occasion de goûter l'instant présent ? Elle a envie de détourner le regard, de faire volte-face, de revenir sur ses pas (elle peut aller examiner les récifs à n'importe quel autre moment) mais il l'appelle. « Hé, Alma ! » Et elle se fige. Les chiens, jouant aux intercepteurs, se déploient autour des jambes nues de LaJoy. « Alma Boyd ! Alma Boyd Takesue ! »

Ce qu'elle n'a jamais avoué à Tim (il ne lui a jamais rien demandé et il ne la croirait pas), c'est qu'un soir, lors d'une soirée désastreusement raccourcie, elle était sortie avec Dave LaJoy. Ou du moins avait-elle dîné avec lui. Ou tenté de dîner avec lui. Elle était tombée sur lui dans un bar à musique du centre-ville qui accueillait de jeunes compositeurs interprètes. Elle y était allée seule (elle avait emménagé depuis peu, elle n'avait son nouveau job que depuis quelques semaines, elle ne rencontrerait Tim que six mois plus tard) et voilà qu'à la table d'à côté se trouve ce beau mec, la trentaine, avec un copain. Il portait un T-shirt avec au dos un portrait de Micah Stroud, guitare à la main : un bon point, instantanément, pour elle, car, à cette époque, Micah Stroud n'était connu que des happy few. Elle avait aimé le sourire de l'inconnu, sa façon de se tenir, ses cheveux : parce qu'ils annonçaient la couleur. Peu de mecs de son âge portaient encore des dreadlocks. Sans doute était-il musicien lui-même ou bien peintre, ou alors écrivain, photographe, quelqu'un d'indépendant, en tout cas. « Vous avez l'air de vous ennuyer toute seule. Voulez-vous vous joindre à nous ? »

C'est ce qu'elle avait fait. Elle avait passé une bonne soirée. Le week-end venu, il l'avait appelée pour l'inviter à dîner, lui avait laissé le choix du restaurant, où elle voudrait. Elle ne cherchait pas vraiment à s'impliquer avec quiconque, pas après Rayfield et ses trois années passées sur Guam, où elle avait pris l'habitude de vivre seule et, comme elle ne connaissait de Dave que ce qu'il lui avait raconté (il était propriétaire de plusieurs magasins de matériel électronique, aimait la vie au grand air, n'avait personne à ce moment-là), elle avait choisi un restaurant qu'elle connaissait dans le *lower village*. Cher mais qu'est-ce qui ne l'était pas, de nos jours ? Nouvelle cuisine italienne ; elle y était allée assez souvent, soit seule soit avec l'une des filles du bureau, pour pouvoir se considérer comme une habituée. En tout cas, assez souvent pour s'attendre à un traitement de faveur de la part de Giancarlo, le propriétaire et chef de rang, et s'y sentir à l'aise, sous les auspices de ce dernier, en compagnie d'un inconnu. Qui pourrait se révéler être le grand amour de sa vie ou un échec lamentable.

Les choses démarrèrent plutôt bien. Il arriva chez elle à pied, avec un bouquet de lis achetés à la marchande de fleurs au coin de la rue ; il fit la conversation tandis qu'elle les arrangeait dans un vase, prenait son châle en dentelle noire et l'accompagnait jusqu'à la porte. Ils descendirent la rue, traversèrent le pont au-dessus de la voie rapide, descendirent encore jusqu'au bas du *village* et, tout du long, ils badinèrent, firent connaissance tout en douceur : il avait une maison tout près, à moins d'un kilomètre sur les hauteurs, passait sans cesse devant chez elle. Depuis combien de temps était-elle installée là ? Trois mois ? Comment avait-il pu ne jamais la croiser ? Incroyable. Sans doute parce qu'elle n'avait pas de chien car, si elle en avait eu un, il l'aurait forcément vue se promener au sommet de la falaise, dans les rues ou à la plage. Non, en effet, comme il avait dû s'en apercevoir, elle n'avait pas de chien, alors qu'elle raffolait des chiens, mais il est vrai qu'elle venait tout juste d'emménager et, à cause de son travail, elle devait souvent aller sur les îles or les chiens n'y étaient pas admis de crainte qu'ils contaminent les renards et les moufettes. *Les îles ?* fit-il. *J'adore les îles.*

Giancarlo les accueillit en personne à la porte d'entrée et leur attribua une table à la fenêtre, puis le serveur (Fredo, un grand Chilien plutôt froid qui prenait des airs et l'accent napolitains pour faire couleur locale) leur présenta la liste des vins. « Qu'est-ce que vous préférez ? demanda LaJoy. Rouge ou blanc ? »

Haussant les épaules, elle répondit : « J'aime le rouge.

— Génial. Moi aussi. Mais, bien sûr, ça dépend du plat, et de l'occasion.

— En fait, je ne m'y connais pas vraiment. Trois ans passés sur Guam… » Elle lâcha un rire d'autodérision. « Sur Guam on boit ce qu'on peut. Le plus souvent, du sake. Du whisky ou, comme disent les îliens, du wh*ee*sky. Un wh*ee*sky-soda, s'il vous plaît… Et du gin, ça va de soi. Du bon vieux gin and tonic. »

Il n'eut donc pas son mot à dire sur le sujet. Il scruta la liste des vins, et ses dreadlocks tombant sur le front révélèrent des croisillons rosés de peau à leurs racines. Après avoir suivi les colonnes avec l'index, il finit par appeler Fredo. « Vous pouvez faire venir le sommelier ? »

Fredo, stylé comme un employé des pompes funèbres, les domina de toute sa hauteur, mains jointes dans le dos. « Monsieur, déclara-t-il, fournissant de gros efforts pour corriger son accent, nous n'en avons pas vraiment.

— Vous n'en avez pas *vraiment* ? » LaJoy – Dave – lui adressa un regard où se mêlaient incrédulité et colère. « Qu'est-ce que ça veut dire ? Vous en avez un ou pas ? Ou alors tous les vins de votre liste sont commandés, mis en cave et servis par la petite souris ?

— C'est moi… ou Giancarlo…

— Faites-le venir. »

Fredo fit une révérence succincte et s'éclipsa. Grignotant un gressin comme s'il avait été en bois, LaJoy leva les yeux vers sa compagne. « Quelle bande d'amateurs ! Je déteste les amateurs. »

Alors, elle l'appela par son nom pour la première fois, lentement, sur un ton de reproche. « Je suis sûre qu'ils feront de leur mieux, Dave. Ce restaurant… je ne sais pas si vous êtes déjà venu ici… est vraiment sensas. Le meilleur du quartier. » Elle marqua une pause avant de demander : « Qu'est-ce que vous recherchez, exactement ? »

Il ignora sa question. Il avait le regard rivé sur Giancarlo, qui traversait alors la salle comble, les clients lui adressaient des signes, lui tendaient la main, l'abreuvaient de leurs sourires, se félicitaient de connaître le propriétaire. Lequel jouait son rôle à merveille, cinquante-deux ans, originaire de Turin où il avait passé son enfance, grand, avenant, costume en soie italienne gris ardoise, cheveux tirés en arrière à la mafioso. Il souriait quand il arriva à leur table. « Alma, Alma, dit-il, deux fois, avant de se pencher pour lui saisir la main et y déposer un baiser. Que puis-je pour vous et votre ami ?

— Vous êtes le sommelier ? » LaJoy le fusilla du regard. « Je veux une bouteille de Brunello di Montalcino Riserva, 1988, le Castello Ruggiero, celui-là », déclara-t-il en désignant le bas de la page de la liste de vins à reliure en cuir. Il leva un index accusateur. « Mais seulement si vous en avez plus d'une bouteille. Il n'y a rien de plus décevant que de commander un vin haut de gamme, de vider la bouteille et de s'entendre dire ensuite par le serveur qu'il n'en reste pas d'autre à la réserve mais qu'il vous conseille…

— Oui, répondit Giancarlo aux deux questions à la fois. C'est l'un de nos meilleurs vins et l'un des plus rares. Nous en avons plusieurs bouteilles. » Il tenta alors de faire de l'esprit mais, avec LaJoy, c'était peine perdue. « Si vous voulez les boire toutes, je serai plus que ravi, je serai aux anges, je retournerai même chez moi en chercher d'autres dans ma réserve personnelle. »

Alma ne s'était pas départie de son sourire mais elle commençait à considérer LaJoy – Dave – sous un jour nouveau. Elle voyait bien qu'il était nerveux mais pourquoi donc ? Une sorte de jeu de pouvoir. Cherchait-il à abaisser Fredo et maintenant Giancarlo en personne, comme s'il avait pu ainsi impressionner sa conquête ? Giancarlo était allé chercher la bouteille (une bouteille qui, lut-elle sur la liste qu'elle prit sur la table, coûtait trois cent cinquante dollars !). Elle laissa passer l'instant. « Il devrait être bon… » risqua-t-elle, s'évertuant à arborer un sourire d'un type nouveau, deux doigts de réconfort, gêne pour le reste.

LaJoy se contenta de répliquer : « A ce prix-là, j'espère. »

Giancarlo revint, affrontant la bête lui-même, présentant la bouteille sur une serviette immaculée. Il la montra à LaJoy pour qu'il l'approuve, la déboucha et glissa discrètement le bouchon sur la nappe, à côté de l'assiette de LaJoy. Lequel la saisit d'un geste brusque et la renifla d'un air revêche avant de la reposer. S'ensuivit le rituel coutumier, Giancarlo versant, LaJoy portant le verre à ses narines, puis à la lumière et faisant tourner le verre pour aérer le vin : sombre et visqueux comme le sang sur une barquette de steak au supermarché (une vision dont elle n'était plus famlière depuis son adolescence car c'était contre ses principes). Enfin, LaJoy goûta le vin.

Elle observa son expression d'un air intéressé. Giancarlo aussi, attentionné, plus smart que smart, attendant qu'on lui demande d'emplir les verres. Or LaJoy prit un air affligé. Il avala une seconde gorgée, se rinça la bouche et la recracha dans le verre. « Un vrai tord-boyaux », déclara-t-il.

Giancarlo resta de marbre. Il demeura là, drapé dans son quant à soi ; la perspective du restaurant (son sang, sa fierté, l'essence de son être) ouverte dans son dos, dans le brouhaha des tables luxueuses où les convives bavardaient, tableaux éclairés sur les murs ocre foncé, palmiers et fougères en pots.

Alma ne savait que faire. Elle ne pouvait guère exiger de goûter le vin, pas même le demander l'air de rien. LaJoy était l'expert en la matière. Il payait, c'était un rendez-vous amoureux, un dîner à deux, elle devait s'en remettre à lui. Mais il était malpoli, nul doute là-dessus, inutilement, même grossier. Absolument : grossier. Il n'avait pas dit un mot pour s'excuser, ni *Pardon* ni *Je suis navré* ni *Je sais que c'est rare mais je vous assure*... ni même *Il a dû tourner dans la bouteille*. Il se contenta de faire un geste du poignet comme pour éloigner un insecte et consulta à nouveau la liste des vins.

Cette fois, il commanda un vin français (le deuxième plus cher) ; cette fois, c'est Fredo qui présenta la bouteille et exécuta, de sa manière rigidement bienséante, le rituel : débouchage, examen du bouchon, versage de l'échantillon. Cette fois, sans même regarder le serveur, LaJoy, lèvre retroussée et soutenant le regard de sa compagne, lâcha : « C'est du vinaigre. » Quand il finit par lever les yeux vers le serveur, regard brûlant du genre de haine frénétique propre au regard des révolutionnaires, il articula les mots avec précaution, s'efforçant de se retenir : « Apportez-moi la liste des vins. »

C'est alors qu'Alma prit ses affaires, son sac à main, son châle, ses lunettes, qu'elle avait chaussées brièvement pour vérifier le prix de la bouteille sur la liste que LaJoy ne lui avait pas proposé de consulter comme si son opinion, l'opinion d'une buveuse de sake, premier rendez-vous ou pas, comptait pour des prunes. Elle repoussa sa chaise avant même que Giancarlo ait pu traverser la salle, l'air grave, pour les informer, l'informer, elle autant que ce type irritable, m'as-tu-vu, suffisant, indélicat, au sourire crispé, avec qui elle se trouvait assise inexplicablement, qu'il était désolé mais qu'il ne pouvait pas se permettre de continuer à n'ouvrir des bouteilles, de ses meilleurs vins en plus, que pour devoir les renvoyer aux cuisines l'instant d'après.

Epaules basses, visage en feu, elle se dirigea vers la porte avant que LaJoy (plus Dave, seulement LaJoy, son patronyme avec lequel elle le désignerait désormais et à jamais) se récrie : « Eh bien, allez vous faire foutre, alors, nous irons manger ailleurs. Dans un restaurant digne de ce nom. Vous me comprenez ? » Elle l'imagina encore attablé, gesticulant, serviette tombée de ses genoux ou traînant à sa suite s'il s'était levé et s'avançait. « Un restaurant… avec de la classe. Où on sait ce qu'est le vin. » Elle poussa la porte et sortit dans la nuit, tourna à droite, dans la direction opposée à son appartement, à celle d'où ils étaient venus, marchant vite, recherchant les ombres, maudissant LaJoy et espérant qu'il ne chercherait pas à la recontacter.

Or voilà qu'elle l'avise aujourd'hui sur la plage, sa plage, venant vers elle, arborant le même regard qu'au restaurant, et elle n'a pas la moindre envie de le laisser gâcher sa matinée : elle va l'ignorer, voilà ce qu'elle va faire, elle le dépassera sans lui accorder un regard. Il est à quinze mètres, dix, et puis voilà que les chiens, lassos de peau tendue, viennent la renifler, inspectant de leurs truffes trop bien nourries les longs tubes de ses jambes prises dans les plis de son blue jeans. « Bon article dans le journal aujourd'hui, dit-il, en se plantant là, à deux doigts d'Alma, jubilant, oh comme il jubile. Ne me dites pas que vous ne l'avez pas lu ? Sur votre petite fête d'hier ? Non ? Hé, ne partez pas, je vous parle. »

Elle l'a dépassé, son cœur s'est emballé (un article ? quel article ?), elle se concentre sur les falaises au loin, elle s'efforce de marcher lentement car elle n'a pas l'intention de céder, de lui donner la satisfaction de la voir courir ou ne fût-ce qu'accélérer le pas.

« Hé ! hurle-t-il, pivotant sur lui-même pour lui lancer ses récriminations dans le dos. Hé, Alma Boyd Takesue, Docteur Alma ! Vous ne voulez pas entendre ce que j'ai à dire ? Vous niez ou quoi ? Regardez donc la section B, il y a un bon article de Toni Walsh. Hé, pas mal le titre, aussi : "Les véritables prédateurs d'Anacapa." Accrocheur, vous ne trouvez pas ? »

Désormais, une trentaine de mètres les sépare. Sous les pieds d'Alma, le sable est mouillé. Vagues repoussées à l'horizon, océan calme comme l'eau du bain. Des oiseaux marins tout près. Un autre lève-tôt qui promène son chien se matérialise au loin. Alma sait que sa matinée est gâchée. Elle n'a plus qu'une envie, rentrer chez elle, dénicher ce foutu article, ce clou dans le cercueil de ses efforts pour courtiser le *Press Citizen*. Ainsi qu'elle le découvrira bientôt, les véritables prédateurs d'Anacapa, *dixit* Toni Walsh, ce sont les membres du Parc national en général et le Dr Takesue en particulier, les gens qui pensent pouvoir manipuler la nature et transformer les îles en parc à thème – et Sickafoose, Tim Sickafoose, ornithologue-conseil, dont on aurait pu espérer qu'il ait plus de discernement, qui passe une main gantée autour d'un petit macareux sur une photo bâclée.

« Je vais vous enfoncer », hurle LaJoy, et le cliché aurait fait rire Alma sauf qu'il n'a rien de comique, cet homme malsain et haineux, avec son programme secret – sans parler de la bataille à venir. « Vous n'y arriverez jamais, à Santa Cruz ! Nous vous ferons un procès, attendez de voir ! »

C'est alors qu'elle fait volte-face. Il est là-bas, gonflé à bloc dans son T-shirt, furax, écarlate, il la nargue comme un bizuteur, une petite brute dans une cour d'école. Les lévriers, qui se sont éloignés de lui, reniflent un rocher découvert à la lisière des vagues, s'apprêtant à marquer leur territoire. Deux joggeuses (lunettes de soleil assorties aux shorts blancs, membres brouillés, visages annulés par la réverbération) s'approchent de lui par-derrière alors que leur chien, un golden retriever hirsute, aux moustaches blanches, se précipite pour aller affronter les lévriers. Elle ne devrait pas se laisser entraîner dans cette confrontation, elle le sait mais elle ne peut s'en empêcher. C'est le fait qu'il parle d'un procès, voilà ce qui la fait réagir. Un procès. Il a l'intention de leur intenter un procès, tout comme il l'a fait sur la question de la dératisation d'Anacapa mais c'est une menace infondée car la justice sait qui a raison, qui sert les intérêts du public, et qui est l'illuminé.

Néanmoins, il est un fait qu'elle le verra au tribunal, dans deux semaines. Et ce n'est pas elle qui sera mal à l'aise : elle sera spectatrice, elle observera Tim témoigner contre LaJoy et elle observera la façon dont justice sera rendue. Car, en fin de compte, après toutes les motions et les tactiques pour retarder la chose que l'avocat de LaJoy a pu remonter des profondeurs des ouvrages de droit, après qu'on lui a refusé tous ses recours et qu'il a dû admettre d'affronter les conséquences de ses actions, il comparaîtra devant le magistrat fédéral pour les deux accusations d'acte délictueux portées contre lui et devra expliquer en détail ce qu'il faisait sur l'île d'Anacapa par cette journée grise et venteuse lorsque Tim l'avait intercepté et que le ranger, avec l'appui du garde-côte, était venu l'arrêter.

« Exactement ! crie-t-elle en retour, ignorant les regards étonnés des joggeuses et la façon dont les chiens, les trois chiens lèvent brusquement la tête en entendant la véhémence de son intonation. On se voit au tribunal ! »

Coches Prietos

SUR L'AUTRE CÔTÉ DE L'ÎLE DE SANTA CRUZ, face à l'océan, il ne manque pas de mouillages douillets, Yellowbanks, Les Saules, Horqueta, Alamos, Pozo, Malva real, mais celui qu'il préfère, surtout en semaine quand il n'y a guère de chances que se pointe un gêneur, c'est une anse en fer à cheval dotée d'une plage de sable teinte chamois du nom de Coches Prietos. C'est vers là qu'il fait cap ; Anise, à la cuisine, presse des citrons pour des margaritas (qu'il ne goûtera pas avant d'avoir passé les couloirs de navigation – il ne compte plus les fois où, la tête ailleurs, il n'a relevé tout à coup la tête que pour se retrouver nez à nez avec un implacable porte-conteneurs de sept étages fonçant sur lui comme une montagne flottante), la houle est modérée et le soleil blanc de tant briller. Deux journées de farniente. Il s'est arrangé pour sortir le bateau au moins une fois par mois, parce qu'à quoi ça sert sinon d'avoir un bateau, pour le garder dans une cale comme les Janov et tous les autres chauffards des cales qui apprécient davantage l'idée d'être propriétaire d'un bateau que de le faire naviguer. N'empêche, pendant de longues périodes, le *Paladin* reste au port. Le moteur a été complètement revu, il a déjà fait mettre le bateau en cale deux fois pour gratter la coque, réviser l'étanchéité et le repeindre, il a fait installer un nouveau réfrigérateur avec une machine à glaçons et fait changer la vidéo-stéréo (par son meilleur installateur du magasin de Goleta). Mais le *Paladin* se manœuvre comme un chef, *como un sueño*, dit Wilson. Alors oui, il fait l'effort de chausser ses jambes de marin et de voguer vers les îles dès qu'il a un moment.

Ce n'est d'ailleurs pas facile. Il y a toujours des travaux en instance chez lui ; il semble qu'il soit toujours réclamé dans l'un de ses magasins alors qu'il paye Harley Meachum pour stresser à sa place ; et l'A.P.P.A. lui prend un temps incroyable : collecte de fonds, campagnes de courriels, envois en nombre et mise à jour du site. Sans compter les rendez-vous incessants avec ses avocats, à cause de ses divers procès en cours mais surtout parce qu'on en arrive aux dernières et ultimes tracasseries dans le cadre des comparutions à venir, au cours desquelles il devra répondre aux accusations quant au fiasco d'il y a deux ans lorsque le moteur avait cédé : ils avaient dû rester à l'ancre, le garde-côte était monté à bord avec Tim Sickafoose, observateur d'oiseaux et balance de première, suivi par le ranger Rick Melman du Parc national. Quelle poisse. Ils n'étaient pas plutôt retournés au bateau qu'il s'était mis à tomber des cordes, l'océan s'était démonté en un rien de temps et il n'avait eu d'autre choix que d'appeler les secours. Il avait bien obtenu de l'aide, ça oui, le garde-côte les avait remorqués jusqu'au port mais pas avant de les avoir arrêtés, Wilson et lui, et pour quelle raison ? Parce qu'ils avaient nourri des animaux sauvages et s'étaient opposés à une agence fédérale.

Wilson voulait se battre. Il avait été contre l'idée de lancer un S.O.S. aux garde-côtes (« Pourquoi on aurait besoin de ces fils de pute, tu sais qu'ils voudront tout fouiller : et combien de vestes de sauvetage vous avez, et où est l'extincteur et qu'est-ce que c'est, ces sacs de croquettes pour chats dans la cale alors que vous n'avez pas de chat à bord et je t'en passe… ») Mais ni l'un ni l'autre n'était capable de réparer le moteur et, même s'ils attendaient une nuit puis un jour puis une nuit encore que le temps s'éclaircisse, que pourraient-ils faire ? Ramer jusqu'à Santa Barbara ? Le champagne était au frais, pas débouché, et Wilson fulminait. Mais il finit par céder. D'ailleurs Anise avait aussi ajouté son grain de sel : elle avait un concert le lendemain soir au Night Owl et elle ne voulait le manquer sous aucun prétexte. Lorsque, le canot des garde-côtes venant se positionner contre le *Paladin*, Wilson reconnut Sickafoose et le ranger Rick, il prit un air sévère : « Les laisse pas monter à bord. Jette ces fils de pute par-dessus bord. »

Mais, en fin de compte, quand tout le monde se retrouva serré comme des sardines sur le pont et que les intrus se mirent à fourrer leur nez dans la cabine, à son tour, Anise perdit son sang-froid. Le ranger Rick arborait un gros ceinturon en cuir noir comme les policiers et tout leur attirail aussi : matraque, menottes pendant aux hanches et arme à feu. Elle exigea de savoir de quel droit les services du Parc national se permettaient de monter à bord d'un bateau privé dans des eaux publiques au large d'une île qui était la propriété de tous les citoyens américains, pas seulement ceux qui portaient une chemise turquoise avec leur nom écrit dessus. Ce à quoi il lui avait été répondu, sur le ton tout en retenue et menace implicite de tous les flics du monde entier, que si elle ne fermait pas sa gueule, il allait devoir réfléchir à une façon dont il pourrait lui concocter une accusation spéciale de conspiration en plus des chefs d'accusation d'acte délictueux déjà établis à l'encontre de son petit ami et de son complice.

LaJoy avait failli exploser. Tous ces efforts et ces dépenses pour finir par se faire arrêter sur son propre bateau dans une baie à onze milles du reporter le plus proche alors que la vitamine K était en train de se dissoudre sous la pluie et qu'il se retrouvait totalement impuissant ! Pour une fois, il prit sur lui. Il devait absolument empêcher que les choses s'enveniment. Ils étaient dans de sales draps mais il calculait déjà la façon dont il pourrait se servir de ça auprès des médias, de l'absurdité de ces faux chefs d'accusation : était-il donc illégal de nourrir des animaux et parfaitement légal de les empoisonner ? Son discours était simple : « Nous sommes prisonniers d'un bateau à la dérive et une tempête se profile. Le reste, je ne connais pas. C'est dingue. Nous sommes sortis en mer, rien de plus. Il y a une loi contre ? »

Mais aujourd'hui, c'est différent. Du temps a passé depuis l'incident, assez de temps pour que tout le monde ait oublié (à part le tribunal, les services du Parc national, Alma Boyd Takesue et tous ces fils de pute qui n'ont que la vengeance à la bouche) ; grâce à une série de motions, son avocat a repoussé le procès le plus longtemps possible. Le procès (ou cette parodie de procès, comme le dit son avocat) se tiendra lundi et, après tout le temps qui s'est écoulé, ce sera une simple formalité. Du moins est-il sûr à quatre-vingt-dix pour cent que c'est une formalité. Ou le sera. Ayant déjà reconnu les faits, Wilson a écopé d'une simple condamnation avec sursis et d'une amende de deux cents dollars ; et, comme il était ridicule qu'ils tombent tous les deux, il a déclaré qu'il était seul responsable et que LaJoy ignorait tout de ce qu'il avait fait pour sauver des bêtes innocentes et protéger la planète d'individus qui préfèrent les tuer que les préserver : son ami n'était là que pour une sortie en mer. Il ne savait pas comment ils avaient pu ne pas voir le panneau au départ du sentier. Mais il y avait du vent, ils avaient de la poussière plein les yeux et ils avaient remonté leurs capuches, alors... et puis il s'était mis à pleuvoir.

On en était là. Pas la peine de se faire des cheveux blancs. Ou du moins est-ce ce qu'il se dit, car il risque tout de même six mois de tôle et une amende de cinq mille dollars pour chaque chef d'accusation, et aujourd'hui, il n'a pas envie d'y penser. Il est en mer, par cet après-midi coupé sur mesure, faisant ce qu'il devrait faire plus souvent – pour l'heure, il va appuyer sur le bouton Pause, se laisser aller et apprécier le monde dans toute sa splendeur.

Le passage d'Anacapa est un peu plus ardu qu'il ne l'aurait voulu mais il n'a rien dans l'estomac qui pourrait lui causer des noises, compte tenu qu'il n'a ingurgité qu'une tranche de pain grillé sec et deux Dramamine. La houle se calme une fois qu'il passe la pointe de San Pedro et que les hautes falaises rabattent le vent. Longeant la côte dans six à dix mètres d'eau, il file vers le sud. Il double la pointe vers Albert's Anchorage et met l'ancre dans l'anse de Coches. Qui, note-t-il avec satisfaction, est entièrement déserte. Il lui est arrivé, de temps à autre, surtout le week-end, de ne faire tout ce chemin que pour découvrir qu'on l'avait précédé, parfois deux ou trois bateaux, mais aujourd'hui, un lundi du début du mois de juin, ce n'est pas encore les vacances et l'esclave de base qui ne peut rêver qu'à ses deux semaines de congés au mois d'août a le nez fourré dans son boulot. L'anse est donc déserte et aussi immaculée que s'il était le premier à la découvrir, Juan Rodriguez Cabrillo en personne débarquant d'un galion espagnol quatre cent cinquante ans plus tôt. Il songe au paradis que cet endroit devait être à cette époque quand personne ne le connaissait, quand le monde représentait encore un mystère, que les cartes regorgeaient de monstres marins et de vastes étendues de *terra incognita* : tout était possible, un miracle, une catastrophe, toute nouvelle île était encore plus bizarre que la précédente, festival de flore et de faune imaginaires, concrétisées à l'instant même où elles s'imprégnaient sur la rétine. En même temps, LaJoy coupe les gaz et avance dans son propre sillage. L'instant d'après, plus ou moins au milieu de l'anse, il fait pivoter le bateau pour jeter l'ancre arrière face au rivage, afin qu'ils puissent s'asseoir sur le pont et contempler la plage et les falaises qui l'enserrent.

Il jette l'ancre. Le bateau glisse tranquillement jusqu'au bout du cordage, qui se tend. Satisfait, il s'installe sur le transat, et Anise grimpe, pieds nus, de la cuisine pour lui servir une première margarita, la margarita de la contemplation, si fraîche qu'une épaisseur de givre recouvre le verre. Anise a mis son bikini, deux petites bandes d'étoffe noire qui ne ressemblent à rien tant qu'à une interruption de son long corps blanc. Cheveux remontés sur le crâne, elle porte un chapeau à large bord ; elle a chaussé des lunettes de soleil rétro qui lui donnent l'air de sortir d'un film en noir et blanc. « Super », dit-elle en se laissant choir dans l'autre transat.

Elle a utilisé la recette la plus simple, la meilleure, jus de citron vert, *Herradura reposado*, triple sec, agité puis versé dans un verre au bord enduit de sel : c'est la margarita la plus succulente qu'il a jamais bue. Elle fait effet instantanément sur un estomac vide et, quand il lève son verre pour adresser un toast à sa compagne, il se sent tellement à l'aise qu'il croit dormir. « Ouais, super. »

Le temps se condense. Pas un bruit humain, rien, pas une horloge qui égrène les minutes, pas un bruit de radio, pas de bips, pas de murmures et de crachottements d'appareils ménagers. Il entend l'eau goutter le long de la coque, le craquement cartilagineux des ailes d'une mouette qui passe tout près. La plage luit comme si elle était éclairée par en dessous. Les falaises calfeutrent tout.

« Tu en veux une autre ? demande Anise. Avec un sandwich ? J'ai de ce gruyère que tu aimes… Sur un sandwich à la *ciabatta*. Qu'est-ce que tu en dis ? »

Il a déroulé le dais afin de protéger le pont du soleil car Anise craint ses effets néfastes sur sa peau laiteuse, blanche comme celle des vaches qu'on prive de lumière et de fer afin de faire passer leur viande pour du veau aux yeux de tous les bouchers et les carnivores ; lorsqu'elle remonte de la cuisine, avec deux sandwiches et le shaker de margaritas (ça a été le premier son mécanique qu'il ait entendu ici, l'infime petit bruit sec des glaçons tombant de la machine dans les profondeurs du bateau), elle a retiré le haut de son deux-pièces – et pourquoi pas ? Ils n'ont invité personne à déjeuner !

De la voir (cette peau incandescente, le poids si légèrement asymétrique des seins), ça l'excite, ce n'est pas un crime. Il lui faudrait être comateux pour ne pas réagir à cette vision, au spectacle d'Anise quasi nue. N'est-ce pas formidable ? Toute la journée, et puis encore une nuit entière, tout le lendemain et la nuit du lendemain aussi. Aucune hâte. « Super », répète-t-il (c'est l'adjectif du jour) lorsqu'elle lui tend son assiette et se penche vers lui pour emplir son verre : ça le fait penser aux magazines féminins qu'elle laisse traîner, mannequin gréage au vent sur la couverture, et les accroches variées en lettres au néon irradiant d'elle comme de la déesse Kali aux bras surnuméraires. *Secrets amoureux des stars*, *Comment satisfaire son homme (Testé par des mecs !)*, *63 façons d'exciter son partenaire*. Comme si c'était compliqué ! Il suffit que tu te déshabilles, bébé, et s'il n'est pas mort, il t'agitera les os, tu verras.

Il ressent donc un frisson bien agréable tout en dégustant son sandwich avec la trique, sirote sa seconde margarita, contemple les vagues et se laisse envelopper par le doux ronronnement de la voix d'Anise, comme si elle chantait, et qui sait d'ailleurs si elle ne chante pas… Bientôt, lorsque l'humeur le prendra, il se lèvera et lui baissera la culotte du bikini le long des cuisses, lui prendra les chevilles, lui soulèvera les jambes et la lui ôtera complètement. Mais il a tout le temps, il savoure l'instant. Comme toutes les femmes, Anise est capable de faire la gueule pendant des jours d'affilée à cause d'un affront imaginaire ou d'une babiole si insignifiante (quelqu'un lui a dit quelque chose au boulot ; la couleur de la robe dont elle savait bien, pourtant, qu'elle n'aurait pas dû l'acheter) qu'il en arrive parfois à douter de sa santé mentale, mais il ne l'a jamais vue d'aussi bonne humeur qu'aujourd'hui, si heureuse d'être là où elle est, sur le pont d'un bateau qui mouille près de son île à elle, à midi et demi quand la plèbe est au bureau, aux trois quarts nue et goûtant l'instant autant que lui. Il ne l'a pas encore touchée mais elle mouille, il le sait, et ce ne serait pas une mauvaise idée de le faire là, sur le pont…

« Tu sais ce que tout ça me rappelle ? demande-t-elle, étirant ses jambes jusqu'à la rambarde et elle se met à remuer les orteils, pied du verre à cocktail en équilibre sur le sternum, entre les seins. Je veux dire… tout seuls ici comme ça et rien que l'océan immense entre ici et… quoi ? Los Angeles ? Le Mexique ?

— Quoi ? Ça te rappelle quoi ?

— *L'île aux dauphins bleus*. Tu l'as lu ?

— Je ne sais pas. Le titre me dit quelque chose.

— C'est un livre pour enfants ou ce qu'ils appellent maintenant "jeunes adultes". Ma mère me le lisait quand j'étais gamine, elle me le lisait tout le temps. Pendant un an au moins, ça a été mon livre de chevet.

— Quel âge avais-tu ?

— Je ne sais pas. Dans les douze, treize ans. »

Il réfléchit pendant un moment, tente de se la représenter à cet âge, Anise ado, mèches couleur de miel, membres ronds, petits seins pointant tout juste comme s'ils germaient, ce qui, d'une certaine façon, avait été le cas : tout était programmé dans ses gènes, son sourire, sa voix, les ondulations douces, gracieuces, irrésistibles de ses membres, ses cheveux, ses lèvres et ses yeux qui le fascinent à l'instant même sur ce pont de bateau, du côté pile de cette île volcanique et rocheuse bordée d'une jupe d'écume blanche et de falaises liquéfiées par le soleil comme si elles étaient encore en fusion. Natalie, son premier amour, avait quatorze ans lorsque, comme par magie, elle était apparue au pupitre de l'autre côté de la rangée dans la classe d'histoire de M. During, le troisième cours de l'après-midi, à Santa Barbara Junior High, fraîchement émoulue de Plainfield, dans le New Jersey, où elle avait fréquenté une école catholique et appris à fumer des Larks et un joint ou deux pendant que les bonnes sœurs faisaient ce que les bonnes sœurs aiment faire. Elle n'avait pas la beauté d'Anise – trop petite même pour une toute jeune adulte de dix-huit ans, l'âge auquel il l'avait épousée ; elle avait hérité du teint sicilien de sa mère, un teint qui, en toute saison, lui donnait perpétuellement l'air de sortir du salon de bronzage. Aux yeux du jeune LaJoy, elle était éminemment exotique, avec sa crinière noire, ses yeux couleur de cuivre et la façon dont elle prononçait certains mots (« Si on dit *dawg* au lieu de *dog*, s'exclamait-il, pourquoi on ne dit pas aussi *lawg*, *fawg* et *bawg* ? »). Mais l'exotisme a ses limites et, quand on se marie si jeune (lui-même n'avait que dix-neuf ans), il vire vite au désastre. Ce que ce mariage se révéla être. Il dura deux ans, pendant lesquels il travailla à mi-temps et obtint son diplôme à l'I.U.T., avant de se lancer dans les affaires avec l'aide de son père alors que sa jeune épouse disparaissait de sa vie. « Je jurerais que tu étais déjà sexy à cet âge-là, dit-il.

— Si c'était le cas, je n'en savais rien.

— A d'autres !

— Non, sans rire. » Main en équilibre sur le renflement de sa poitrine, elle fait pivoter le pied de son verre, qui laisse un rond rose de condensation comme un baiser sur sa peau. « J'étais trop seule. Beaucoup trop seule. »

Que répondre à cela ? S'abstenant donc, il se laisse envahir par la lente glissade de la tequila en lui, se laisse emporter ailleurs : il va bientôt se lever, caresser la jambe d'Anise.

« Quoi qu'il en soit, c'est un roman mais tiré d'une histoire vraie. Sur la dernière femme qui ait vécu sur San Nicolas. La dernière femme indienne, bien sûr. Une Chumash. Dans les années 1830 ou 40, les pères espagnols ont embarqué tout le monde. C'était la seule à avoir été oubliée. C'est une histoire formidable, vraiment super, comme *Robinson Crusoé*. L'histoire de sa survie.

— Qu'est-ce qu'elle a fait ? Elle s'est cachée quand ils sont venus les chercher ? » LaJoy lève son verre, l'examine un instant à la lumière, puis darde le bout de sa langue pour lécher les cristaux de sel qui forment une croûte sur le bord du verre à l'intérieur. « C'est ce que j'aurais fait, moi.

— Non, elle ne s'est pas cachée. Elle voulait partir.

— Alors c'est comme dans une de ces fables où un personnage désobéit à ses parents, va fumer en cachette ou je ne sais quoi... ? Elle jouait dans son coin ? C'était sans doute *verboten*, non ? A moins que les Indiens aient encouragé ce genre de chose ?

— Rien de la sorte. C'était à cause de son petit frère. Ils étaient tous réunis sur le bateau, on larguait les amarres lorsqu'elle découvrit qu'il n'était pas là. Il avait seulement dans les trois, quatre ans et, au milieu de tout ce remue-ménage, il s'était perdu. Ou il s'était caché. Je ne me souviens plus. Je ne crois pas que l'histoire le précise. Quoi qu'il en soit, quand elle se rend compte qu'il n'est pas là, elle saute par-dessus bord et nage jusqu'au rivage pour le sauver. Mais comme le vent s'est levé entretemps, le bateau ne peut pas revenir la chercher. » Anise marque une pause, prend une gorgée de tequila, croise le regard de LaJoy. « C'est une histoire triste parce qu'il meurt à peine un mois plus tard. Dévoré par les chiens sauvages.

— Des chiens sauvages ? Sur San Miguel ?

— Des chiens sauvages, abandonnés pas les Indiens des années auparavant. Aujourd'hui, il n'y en a plus, bien sûr...

— Ouais, sûr. Probablement éliminés un à un par Alma Boyd Takesue.

— Bref, elle en apprivoise deux et elle a même un couple de corbeaux. Et ça a été toute sa compagnie jusqu'à ce qu'elle soit rescapée dix-huit ans plus tard : on l'a emmenée à Santa Barbara, où elle est tombée malade et est morte en six semaines parce qu'elle n'avait aucune défense immunitaire, cela va de soi, puisqu'elle était restée si longtemps à l'écart de toute population. Tu ne te rappelles pas avoir appris ça en cours ? »

Lui, haussant les épaules : « C'est possible. Ouais. Je suppose.

— Je me rappelle son costume », dit Anise tout bas, regard perdu au-dessus du bord givré du verre. LaJoy observe sa glotte quand elle déglutit, il se délecte de sa poitrine. « Comme il était fait de plumes de cormorans, il scintillait à la lumière.

— Ah ouais ? Des plumes ? »

Elle fait oui de la tête. « C'est le pape qui l'a maintenant. Au Vatican. Ils l'ont apporté au Vatican…

— Ah bon ?

— Bizarre, non ? » Anise continue de le fixer du regard. Sur ses lèvres joue un sourire sans ambiguité aucune.

« Je me demande, répond-il en se levant de l'emprise de son transat, je me demande comment elle se débrouillait côté sexe… »

Deux journées, deux nuits et puis retour au continent, à la vie réelle et à tous ses tracas, au chiffre d'affaires merdique pour le mois de mai dans le magasin de Camarillo pour des raisons que personne ne saurait expliquer, et moins que tout autre Harley Meachum, sans parler du procès auquel il a droit comme citoyen des Etats-Unis d'Amérique arrêté sur une propriété fédérale et accusé de faits qu'aucun agent sensé n'aurait jamais invoqués. Il avait espéré que ce serait un procès avec jury, devant lequel il aurait eu l'occasion d'évoquer les questions implicites, de maximiser la couverture médiatique, de s'expliquer, de regarder les gens en face, de leur dire qui étaient les véritables criminels, aucun doute là-dessus, mais son avocat, Steve Sterling, l'a convaincu d'y renoncer. Il a engagé Sterling sur les recommandations du très compétent Phil Schwartz, responsable des questions légales en relation avec les Centres Multimédias LaJoy : contrats, baux, voire procès que, régulièrement, un abruti procédurier intente à leur propriétaire. Il n'y aura donc pas de jury. Aucune convocation de ses concitoyens issus de toutes les couches sociales, fourre-tout de niveaux d'éducation dans le but d'évaluer les preuves puis de délibérer, car les chefs d'accusation qui lui sont reprochés ne sont pas assez importants pour le justifier : il faudrait qu'il ait commis un crime. Comme sauver un animal, sans doute. Ramasser un rat, l'épousseter et le remettre sur ses pieds.

Ce sera donc un procès devant le juge. A savoir qu'un magistrat fédéral itinérant viendra prendre ses quartiers au tribunal de Santa Barbara pendant une semaine pour se familiariser avec son affaire et tout ce qu'il y a dans le registre. D'après Sterling, c'est une chance inouïe car, sinon, ils auraient dû faire le déplacement jusqu'à Los Angeles : c'est donc ce que LaJoy raconte à qui veut l'entendre. Une aubaine. Une véritable aubaine. Tout ce qu'il a fait, c'est aller se promener sur une île qui est la propriété de tous les citoyens américains, or il faudrait qu'il chante les louanges du Seigneur et embrasse les Cieux pour la belle aubaine qu'on lui offre ! Il n'est pas forcé de se rendre à Los Angeles, la belle affaire ! « Vous ne trouvez pas ça incroyable ? » demande-t-il à Martha, qui lui glisse deux œufs sous le nez, et à Justin, le barman du Grill de Coast Village. Et, vidant une vodka canneberge par anticipation, il s'exclame : « Quelle veine, ah, quelle veine ! »

Commentaires sardoniques ou pas, il est de bonne humeur quand il monte les marches du tribunal à sept heures quarante-cinq, accompagné par Anise d'un côté et Sterling de l'autre. Il s'est levé deux heures avant que le réveil sonne, estomac noué, crâne caverneux, parcouru de bourrasques. Il n'a pas pris de petit déjeuner (il était trop tendu pour avaler quoi que ce soi), s'est contenté de boire en vitesse deux gorgées d'un café sulfureux en courant jusqu'à la voiture (il a jeté le gobelet en carton dans les buissons au passage), avant de s'y installer avec Anise parce qu'il avait dû l'attendre un quart d'heure devant son appartement et klaxonner plusieurs fois avant que, enfin, elle daigne sortir, cette gourde ! Lorsqu'elle a fini par ce faire, sans se presser, sans s'excuser, sans un souci au monde, elle s'est arrêtée pour encadrer son visage dans la fenêtre côté passager et lui adresser un regard qui ne traduisait pas une once de contrition ou même de considération. L'espace d'un éclair, il crut même qu'elle allait tourner les talons.

« Désolée, dit-elle en se laissant choir sur le siège du passager, une boîte en carton U.P.S. sous le bras, la bandouillière d'un sac à main de la taille d'une valise passée au-dessus de l'autre. J'ai dû m'occuper des flyers.

— Je m'en branle de ce que tu as dû faire ! » Il criait déjà, il criait d'entrée de jeu, passant la vitesse d'un geste hargneux avant de se lancer dans le flot de la circulation. « Et pourquoi bordel de merde tu ne t'en es pas occupée hier soir comme je te l'avais demandé ? Hein ? Tu peux m'expliquer ça ? »

Que répondre ? Les flyers, c'est lui qui en avait eu l'idée. Il avait choisi un papier Heavy Stock à fort grammage, teinte écorce de citrouille pour plus de visiblité (on ne froisse pas un papier comme ça, on ne le jette pas sur la voie publique, du moins pas avant d'en avoir absorbé le message, ce qui était le but recherché) ; il avait téléchargé le gros plan d'un verrat blanc dont il aurait juré qu'il souriait, peau aussi lisse et souple qu'un humain, oreilles dressées, à l'affût, regard fixant l'objectif ; ensuite, il l'avait inséré dans un cercle rouge barré par un trait transversal prohibitif, et inscrit la légende *Arrêtez le massacre* en haut de la page. Les rats avaient disparu : les rats, c'était de l'histoire ancienne ; au tour des cochons maintenant.

« C'est moi qui risque de faire de la tôle, pas toi. J'espère, au fait, que tu as bien dormi, parce que moi, je n'ai pas fermé l'œil de la nuit. Merde. Et si tu pensais à moi, de temps à autre ? Ne serait-ce que pour un bref instant, merde ? Surtout quand les choses vont mal… je pourrais faire de la tôle, tu le sais, ça ? »

Anise se tenait toute droite sur le siège du passager, maintien impeccable, yeux dissimulés par d'énormes lunettes de soleil teinte citron vert. Diction très pointue, elle répondit : « Tu ne vas pas faire de prison. »

Sur quoi, conscient qu'il se rendait ridicule au moment même où il se tournait vers elle, il hurla, absurde : « Putain, bien sûr que non ! »

Estomac en chute libre, il avance en tapant du talon dans la spacieuse entrée carrelée du tribunal (suffisamment large pour qu'un camion y passe) et gravit l'escalier chantourné, avec ses carreaux tunisiens peints à la main, comme si on avait pu l'impressionner avec ce genre de choses, puis il oblique à droite, là où le hall surplombe une pelouse et, finalement il pénètre dans un autre couloir clos vers l'aile n° 2. La porte monumentale cirée – un imposant rectangle sombre – installée quand on a construit le bâtiment en 1929, donne sur une salle d'audience d'une autre époque, plafond cintré, lambris, bancs à haut dossier disposés comme des bancs d'église : l'église de la loi. Il note la présence de la greffière perchée à son bureau sur un côté de la salle, de l'estrade au centre, où, suppose-t-il, le juge apparaîtra quand il lui siéra, de l'huissier, avec son gros ventre, son arrogance, son air de totale indifférence : personne n'est innocent, personne.

« Par là », lui indique Sterling tout bas, le guidant par le bras, Anise à la traîne. Il rejette les épaules en arrière, descend à grandes enjambées l'allée centrale jusqu'à l'avant de la salle comme s'il descendait le tapis rouge lors de la première d'un film dont il serait la vedette : il leur montre, à tous, qu'il se moque éperdument de tout ça. La première personne qu'il voit, c'est Alma, Alma Boyd Takesue, là, au milieu de la deuxième rangée, avec son air de bourreau. Elle lève la tête pour lui lancer un regard noir avant de se tourner vers Sickafoose, rigide à côté d'elle comme un bonhomme en bâtonnets : ah, qu'il aimerait lui casser la gueule à celui-là, juste une fois, il n'aurait besoin que de soixante secondes derrière une porte close ou même ici dans l'allée, bon Dieu, que ça lui plairait… mais Sterling l'entraîne jusqu'au banc de devant, où il tournera le dos au public : il se soustrait un instant à la poigne de son avocat mais se ressaisit vite et, résigné, glisse son cul sur le bois ciré du banc. Anise ploie le dos de sa robe pour se glisser à côté de lui : elle, au moins, a fière allure, maquillée, une légère touche de rouge à lèvres (pas trop – car elle n'a pas besoin de ça), toute de blanc vêtue, blanc la couleur de l'innocence, du bon droit et du respect, robe tombant jusqu'aux bottines en vinyle rouge cerise, crinière en bataille, telle une jungle venue à la vie. Il éprouve une bouffée de fierté. Anise Reed. Superbe femme, amie des bêtes, chanteuse : elle est à lui et pas à eux : ni au greffier boursouflé de dédain ni à Tim Sickafoose ni au ranger Rick ni au juge qui surgit de la porte du fond avec ses airs de dictateur du Tiers-Monde dont personne n'aurait jamais entendu parler. De quelle origine est-il ? Mexicain ? Arménien ?

N'oublions pas les préliminaires, cela va de soi, comme lors d'un match de boxe. D'autres procès, d'autres accusés. Un coup en haut un coup en bas, oui et non. Quand on annonce : Les Etats-Unis contre David Francis LaJoy, celui-ci, à son corps défendant, sent son cœur s'emballer. Pourtant, il le sait bien : ne jamais montrer le moindre signe de faiblesse ; l'un après l'autre, il reprend le contrôle de ses muscles ; s'évertue à garder un regard perçant, une expression figée. Un sourire de dédain, fin comme un fouet, le procureur, le type vieil étudiant avec la coupe de cheveux adéquate, costume à carreaux trop petit d'une demi-taille, quasiment le jumeau de Tim Sickafoose : il appelle à la barre le ranger Rick, que la cour doit entendre rabâcher un compte rendu très détaillé de la façon dont il a été alerté par l'ornithologue-conseil, et dont en fin de compte il est monté sur le bateau du suspect et l'a arrêté. Puis c'est au tour de Sterling, qui se lève et descend en flèche le ranger Rick, revenant sur le même point cent fois, semble-t-il, jusquà ce que le type rentre dans sa coquille et admette qu'il était incapable de certifier quel genre de chaussures le suspect portait le jour de l'incident supposé, ou de les distinguer des chaussures portées par Wilson Robert Gutierrez. Puis, c'est au tour de Tim Sickafoose de dégainer. Et ainsi de suite.

LaJoy a tout le temps de réfléchir. Il ne s'était jamais aperçu à quel point Sterling était ennuyeux, avec sa voix de présentateur télé d'une émission qui, très très tard dans la nuit, fait la pub de fabricants de pop corn et des couteaux Ginsu : traits lourds comme le sommeil, mauvaise posture comme si ses os fondaient, costume terne, cravate… Cela n'est peut-être après tout qu'une facette de son génie, sans doute cherche-t-il à faire mourir le juge d'ennui : comment un juge comateux pourrait-il faire autre chose que le déclarer innocent ? La séance s'éternise. De temps à autre, Anise lui serre la main, ce pour quoi il devrait lui être redevable, or il n'a envie de rien tant que de l'égorger parce qu'il n'a pas besoin de sa pitié, de sa sympathie, de son affection ou de quoi que ce soit. La sympathie, c'est pour les faibles, pour les coupables. Bientôt, avant même que Sickafoose ait pu parler ou que Sterling, ennuyeux à mourir, tente de saper son témoignage, il commence à se plaindre mentalement. A s'inquiéter. Il étudie l'expression du juge comme si c'était un panneau d'horaires de trains, complexe, opaque, partant dans mille directions à la fois, vers mille destinations différentes. Il va plonger, il en est certain désormais.

Et pourquoi ? Parce qu'il croit au principe moral le plus simple, le plus net : tu ne tueras point. A une époque, il était comme tout le monde, il se goinfrait de hamburgers, de hot-dogs, de rosbif, de bœuf fumé, de côtelettes, de steaks, d'ailes de poulet que son père faisait griller sur le barbecue et que sa mère servait accompagnés de salade, de maïs et de petits pains frais, et pas plus que les autres il ne se souciait des implications de ses actes. Tout au long de sa scolarité, il avait mangé des spaghetti à la sauce à la viande, des burritos, des tacos et des *carne asada* que les dames de la cafétéria servaient dans de jolies petites barquettes en aluminium. Sur le campus universitaire, installé au milieu de ses livres, il sirotait ses Coca, mâchait ses sandwiches avocat-jambon : si ce dernier, coupé, fumé, tranché, avait naguère été la matière vivante d'une créature sensible, il l'ignorait et s'en moquait. Le week-end, il poussait son chariot au supermarché avec tous ses congénères, chantonnant les jingles des mélodies revisitées des Beatles déversées par les haut-parleurs, la viande aseptisée dans ses emballages en plastique lui semblait aussi inoffensive que si elle était tombée des arbres et les homards dans leur aquarium à l'eau trouble et aux vitres en sueur n'étaient pas l'objet de plus de préoccupation ou de curiosité que s'ils avaient été en bois. Quelqu'un, quelque part, élevait une vache, quelqu'un d'autre, ailleurs, la tuait et lui faisait subir un certain traitement alors qu'une troisième personne dans un troisième lieu vérifiait ses pièges à homards, ces crustacés lourdauds entassés là. Les emportait au marché. Et les versait dans l'aquarium. Où ils demeuraient, pinces attachées, sort scellé, jusqu'à ce qu'une nième personne paie le prix, les emporte chez elle et les fasse bouillir vifs. Il en allait ainsi. Et il n'avait rien à y redire.

Sa prise de conscience remontait à près de vingt ans, moins épiphanie que lever de voile, infusion de lumière et de clarté, et elle l'avait métamorphosé. Il avait vingt-six ans, travaillait seize heures par jour dans son premier magasin, son magasin phare dans le centre-ville de Santa Barbara, alors situé dans un no man's land à deux cents mètres de l'autoroute, bâtiment anonyme en parpaings, qui aurait pu abriter n'importe quoi, d'un atelier de réparation automobile à un cabinet dentaire. A deux cents mètres se trouvait un quartier animé (touristes, bars, restaurants, boutiques), mais plus près il n'y avait qu'un restaurant de *tacos*, un jardin public de la taille d'un timbre poste exclusivement fréquenté par des clodos et un occasionnel ado camé en compagnie de sa copine blême. Le trottoir était vérolé de taches sombres, des bouteilles vides jonchaient les buissons malades le long de la rue, il y avait des auréoles d'urine et pire encore dans le cagibi sur lequel donnait la porte d'entrée, les gribouillis fournis et noirs de grafitti défiguraient les murs en stuc blafard.

Il en était affligé, ça le rendait fou. Il n'avait qu'une chose en tête : ses affaires. Il ne songeait qu'aux manières d'attirer le client, d'améliorer sa ligne de produits et, naturellement, du point de vue du client, tout était une question de perception : qui, se demandait-il, même les plus fervents passionnés d'audio, aurait vraiment souhaité dépenser son blé durement gagné dans une boutique de pièces détachées, même branchée, située en face de clodoland ? Cela le turlupinait, il se lançait dans des joutes verbales avec des camés et des personnages louches, envoyait des lettres au maire, au conseil municipal, au journal (Pouvons-nous nettoyer cette ville ?) : tout en vain. Néanmoins, il eut plus de chance que la plupart, travailla dur, proposa des produits haut de gamme à un prix accessible. Et comme il savait ce qu'il faisait parce qu'il était lui-même fan d'électronique, ce que ses clients appréciaient (donc, ils revenaient se servir chez lui), les affaires furent bientôt florissantes. Mais il ne s'intéressait toujours pas aux grandes questions sociétales. Il était trop absorbé par ses affaires. Trop occupé.

Or, un après-midi, une fille qu'il avait engagée pour tenir la caisse quand il devait installer des appareils, lui tendit un prospectus avec une couverture d'un vert nourricier frappée d'un symbole bio et du signe hippie de la paix. Il venait de rentrer par la porte de derrière après s'être occupé d'une plainte déposée par une bonne femme entre deux âges, à la peau sérieusement endommagée par le soleil, qui l'avait admonesté parce que le commande n'allumait pas les amplis dans la nouvelle stéréo qu'il lui avait installée la semaine précédente (après avoir passé trois quarts d'heure à vérifier tous les défauts auxquels il avait pu penser, il découvrit qu'elle s'en servait dans le mauvais sens). Il jeta un coup d'œil dégoûté au prospectus. « Qu'est-ce que c'est, ça ? demanda-t-il à la fille, le tournant dans sa main et lui adressant un regard acéré. J'espère que vous ne distribuez pas cette merde dans le magasin, parce que, si c'est le cas…

— Ce n'est pas de la merde, répondit-elle d'une voix si douce qu'elle chuchotait presque. Et je ne les distribue pas aux clients, ne vous inquiétez pas. » Elle s'appelait Melody Appelbaum : cela lui revient d'un coup tandis qu'il se trouve enfermé dans ce monde des ténèbres qu'est le tribunal. Sterling blablate et le juge semble sur le point de tourner de l'œil. Cette fille était étudiante à l'université de Californie. Elle haussa les épaules. « J'ai pensé que vous pourriez trouver ça intéressant, voilà tout. »

Intéressant. Il pourrait trouver ça intéressant. Pas utile, révélateur ou révolutionnaire, simplement intéressant. Sans réfléchir, il fourra le prospectus dans la poche arrière de son blue jeans et ce n'est qu'au moment de se coucher ce soir-là qu'il l'y découvrit. Pour passer le temps, il le déplia. En haut de la couverture apparaissait le titre *Les droits des animaux* en lettres légèrement baveuses comme dans toutes les reprographies bon marché. En dessous : une citation de Schopenhauer : « L'opinion commune selon laquelle les animaux n'ont aucun droit et l'illusion que les traitements que nous leur infligeons n'ont aucune implication morale est un exemple parfaitement scandaleux de la brutalité et de la barbarie occidentales. La compassion universelle est seule garante de moralité. » Aucun auteur n'était listé et, hormis un logo en bas de page, il n'était donné aucun renseignement sur la provenance du prospectus.

Tournant la feuille, il découvrit un collage de photos qui irradiaient du centre comme les pétales d'une fleur en noir et blanc. Il mit un certain temps à comprendre ce qu'elles représentaient. Lorsqu'il vit et comprit, il éprouva le genre de révulsion et de fascination morbide qu'il avait ressenti lorsque, au collège, il était tombé sur les photos des victimes des camps d'extermination nazis dans un box minuscule tout au fond de la bibliothèque. Sur ces photos, les victimes n'avaient rien d'humain : elles avaient l'expression vide du bétail, de verrats, de veaux, de poulets ailes battant vainement contre l'implacable tapis roulant et la lame qui va les décapiter. Il y regarda de plus près. Un animal, un cochon à l'abattoir pendu par les pattes avec quantité d'autres lui renvoya son regard, pleinement conscient de son sort sur le chemin de l'éviscérateur au premier plan.

Sur la page suivante, idem : dindes, agneaux, chiens dans un enclos au refuge pour animaux attendant la brûlure de la piqûre. Le texte, qui indiquait les chiffres du massacre : rien qu'aux Etats-Unis, huit milliards de poulets massacrés tous les ans, cent millions de cochons, quarante millions de vaches dont vingt-cinq pour cent assommés avec la plus grande négligence, insuffisamment, et donc, de ce fait, dépecés vivants : voyez leurs contorsions quand on leur arrache la peau de la tête ! La chaîne ne ralentit jamais, pas même lorsque les cochons se réveillent, se détachent pour aller tanguer, paniqués, dans la fosse en contrebas, ou lorsque les cris de ceux qui sont amassés derrière les paralysent sur le toboggan jusqu'à ce que, pour les faire avancer, on les batte et les électrocute. LaJoy découvrit ainsi les conditions d'exploitation des fermes industrielles, des cochons élevés dans des enclos si exigus qu'ils ne peuvent se retourner, pas une seule fois dans leur vie, de poulets à qui on arrache le bec, enfermés dans des cages, dans des entrepôts avec des centaines de milliers d'autres, qui ne connaissent jamais rien que le béton, les fils de fer barbelé et la puanteur de la mort. Sans parler des expériences faites sur les animaux : des chatons dont on coud les paupières pour étudier l'effet de l'absence de vision sur leur développement ; des lapins soumis au test de Draize, qui consiste à verser un irritant chimique dans les yeux afin de tester les produits de l'industrie cosmétique ; des chiens auxquels on injecte du plutonium ; des singes maltraités de toutes les façons imaginables, torturés, mutilés ; des innombrables rats qu'on n'élève que pour les faire souffrir et mourir, des rats transgéniques, des rats oncogéniques, des rats par milliers.

LaJoy lut le prospectus deux fois ce soir-là ; le lendemain matin, il l'emporta au magasin et sans rien dire le posa sur le comptoir juste à côté de la caisse enregistreuse. Melody Appelbaum, dix-neuf ans, bonnes joues, une moue permanente, s'attendant à du grabuge, y jeta un coup d'œil avant de détourner le regard. « Où vous êtes-vous procuré ça ? » demanda son patron.

Elle haussa les épaules comme pour dire que c'était sans importance, guère plus qu'un prospectus publicitaire, qu'elle n'avait pas pensé à mal, qu'elle le reprendrait et n'en reparlerait plus jamais. « Au lycée, finit-elle par répondre. C'est quelqu'un de l'A.P.T.E.A. qui me l'a donné. Ou plutôt… qui l'a donné à mon copain. »

LaJoy était tellement déconnecté qu'il dut demander ce qu'était l'A.P.T.E.A.

« C'est une association, vous savez… militante. Elle milite Pour un Traitement Ethique des Animaux. »

Il réfléchit pendant un moment, observa les yeux de la fille, des yeux d'animal, comme les yeux des chiens ou des cochons, même des poissons et des insectes, organes de vision et d'appréhension, fenêtres de l'âme. « Pouvez-vous vous en procurer d'autres ? »

Nouveau haussement d'épaules. « Sans doute.

— Cent ? Cinq cents ?

— Sans doute.

— Bien. On les mettra ici, contre la caisse. Vous les distribuerez à tous ceux qui pénétreront dans le magasin. »

Le jour même, il renonça à la viande. *Poule mouillée* : d'où venaient certaines expressions ? Bien sûr, il avait besoin de protéines, d'autant plus qu'il faisait des haltères à la salle de muscu, or là-bas il fallait des résultats, donc il ne supprima pas œufs et fromages de son régime même s'il savait tout sur les poules pondeuses élevées en batteries, y compris qu'on leur donne à manger les rebuts des poulets mâles, qui sont, autrement, inutilisables pour l'industrie, qu'on les soumet à une mue forcée (on les met à la diète pendant six jours et parfois jusqu'à dix, de sorte à précipiter l'ovulation). Au bout d'un an, elles sont foutues et envoyées à l'abattoir. Anise n'arrête pas de lui en parler – et son cardiologue aussi – mais les œufs, c'est son unique concession au système, à la cruauté. Il a bien l'intention de s'amender un jour. Oui, il changera. Anise est végétalienne et il se dirige vers ça aussi, mais c'est dur car, pendant tout le temps où il a été célibataire, depuis son divorce, il a tenu grâce aux œufs. Les omelettes, surtout. En fait, la première fois qu'il a invité Anise à dîner, il avait préparé une salade verte et une omelette aux légumes (sa spécialité), pensant que ça conviendrait parfaitement. Elle avait pris une gorgée de vin, picoré la salade, lui avait lancé un regard glacial et déclaré : « La viande, c'est du meurtre. Les œufs aussi. »

Aujourd'hui, assis à côté d'elle quatre ans plus tard au tribunal, il s'extrait de sa rêverie pour entendre Sterling passer un savon à Sickafoose : la voix monotone, éteinte, sèche comme la poussière, s'est brusquement animée : « Vous êtes donc incapable de dire lequel des deux hommes vous avez vu… à une distance de… disons neuf cents mètres… ? faire des gestes comme quelqu'un qui lance quelque chose ? »

Remuant sur son siège, croisant et décroisant ses jambes cagneuses, comme rapetissé, Sickafoose finit, oui, il finit par répondre, dans un murmure : « Non.

— Je suis désolé mais je ne vous ai pas entendu.

— Non, je ne peux pas en être certain. »

Anise se tourne alors vers lui, immense, onduleuse, visage flottant près du sien comme un ballon à la dérive, le baiser, sa main qui serre son poignet… Ça y est ? Ont-ils finalement concédé, ces ordures, ces tueurs, ces… Or voilà que, subitement, inexplicablement, il se retrouve sur le bateau, l'île paradisiaque émerge de l'océan à l'horizon. « Sais-tu pourquoi on l'appelle Coches Prietos ? lui demande-t-elle, margarita post-coïtale oscillant doucement sur la rambarde.

— Ça doit avoir un rapport avec les voitures, non ? *Coches* ? Je ne sais pas… Des voitures noires ?

— A l'époque, il n'y avait pas de voitures. » Elle arbore un sourire taquin. Un sourire supérieur. C'est son île, après tout. « Et il n'y en a toujours pas, d'ailleurs.

— Aucune idée, alors. Je donne ma langue au chat.

— *Coches*, c'est “cochons” en argot ici. Tu comprends ? La gorge des cochons noirs. *La canada de los Coches Prietos*. Les sombres, ceux qui sont devenus sauvages au XIXe siècle. Gros, agressifs et rapides. Bref, les cochons sauvages.

— Ah. C'est pour ça qu'ils doivent les tuer, tous.

— Ouais. » Anise tend la main vers son verre givré. Elle n'a pas pris la peine de se rhabiller et lui non plus. « Mais nous n'allons pas les laisser faire, hein ? »

La semaine suivante, il se retrouve au tribunal, une fois encore l'estomac noué, furibond mais il s'est dispensé de la veste de costume et de la cravate. Il a passé un T-shirt noir orné devant du nouveau logo de l'A.P.P.A., un cochon sauvage dans un rond orange, légendé *Arrêtez le massacre* et, dans la même couleur explosive, en caractères *biker* dans le dos. Et pourquoi pas, au fond ? Il est venu encaisser le verdict du juge et qu'il plonge ou qu'il sorte blanc comme neige, il le fera à sa manière.

Ce qui s'est passé entretemps est vraiment un coup de bol et bien mieux que ce qu'il avait craint : la presse a suivi son procès, son histoire de son point de vue, car les journaux trouvent ce genre d'histoires irrésistible. « Le militant des rats au tribunal », « L'ami des rats déclare avoir agi pour le bien des rongeurs », « Un citoyen défie le Parc national », « LaJoy : Arrêtez le massacre ». Pas seulement la presse locale, d'ailleurs : l'intérêt pour son procès s'est propagé et inclut désormais de nombreux quotidiens de grandes villes américaines, *Associated Press*, même *USA Today*. Il aimerait croire que le public est de son côté, qu'il reconnaît la valeur de chaque vie, si infime soit-elle, mais, comme Anise le lui a rappelé pendant toute cette semaine, il ne faut pas négliger le facteur « hurluberlu ». L'ami des rats. Presque un oxymore – pour la plupart des gens en tout cas. Il a appris que deux disc jockeys de la station de musique rétro plaisantent à son sujet tous les matins. N'empêche : l'information circule plus qu'il n'aurait jamais osé l'espérer. Or information = argent. Depuis le début du procès, les dons ont décuplé : du moins en ont-ils reçu à hauteur de près de trois mille dollars cette seule semaine.

Chauve, la cinquantaine, sempiternel sourire glacial et miettes de beignet sur son revers, Sterling plastronne à côté de LaJoy lorsque, au moment où le juge pénètre dans la salle d'audience, l'assistance se lève comme un seul homme. L'instant d'après, tout le monde se rasseoit, les bancs craquent, les gens toussent dans leur poing, se mouchent, raclent leurs semelles sur le parquet. Tous doivent patienter un bon quart d'heure que le juge trie ses paperasses, joue avec ses lunettes et s'entretienne en aparté avec tel ou tel avocat, leurs messes basses formant comme un bruit de fond, bourdonnement d'insectes ou chuchotement de ventilateur. Alors que le juge, Karagouzian, arménien forcément et tout le toutim, accent, moustache et maison à Glendale, est engagé dans ses diverses occupations, Sterling se tourne vers LaJoy et lui assène *sotto voce* un discours qui, censé le rassurer, finit par l'effrayer plus que tout jusqu'à présent.

« Le juge ne peut pas vous condamner. » Sterling balance la tête d'avant en arrière comme un métronome. « Ce Sickafoose s'est trop compromis à la barre…

— Bon. Formidable. Mais vous aviez dit que ça ne faisait pas l'ombre d'un doute de toute manière, non ? Avec les fausses accusations, l'absence de preuves, et tout le reste ?

— Certes mais comprenez que Karagouzian ne jure que par le respect de la loi. Il a la réputation de toujours juger en faveur des autorités.

— Mais pas dans mon cas, on est bien d'accord ? »

Alors, la panique s'installe, le frappe de plein fouet, comme toujours au ventre, au niveau de la muqueuse gastrique où les sucs digestifs, enflammés par la caféine, attaquent les parois de son estomac lorsque Sterling, remuant la tête encore plus vite, dit : « J'en suis sûr à quatre-vingt-dix-neuf pour cent mais Karagouzian déteste toute sorte de manifestation ou quand la presse s'en mêle, ce dont vous n'êtes pas responsable, Dieu le sait, et c'est légitime, absolument légitime, mais il me semble bon de vous prévenir au cas où… eh bien, comme je vous dis, je suis certain à quatre-vingt-dix-neuf pour cent. »

LaJoy lance un coup d'œil à Anise. Cette fois, elle a choisi de s'asseoir à sa gauche afin que Sterling et lui n'aient pas à se glisser devant elle quand le juge annoncera le verdict. Elle a fière allure, une vraie présence, vraiment superbe, avec son gros visage blond, ses épaules carrées, cheveux bouclés cascadant partout autour d'elle, sur son sac, ses genoux, le dossier du banc, et même sur lui, sur sa gauche, son épaule, sa hanche comme pour le retenir dans ses rets tout près d'elle. Mais elle ne l'exaspère pas moins car elle s'est habillée tout en noir – de sa jupe dont le revers frôle le plancher, au justaucorps avec en dessus un boléro brodé, noir sur noir. « Pourquoi ce noir ? » lui a-t-il demandé, stupéfié, lorsqu'elle a descendu les marches de son immeuble et s'est installée sur le siège passager de la Beemer. Elle a ôté ses lunettes pour le regarder droit dans les yeux. « Je veux être prête face à toute éventualité », a-t-elle expliqué. Il a tenté de se contenir mais sa voix n'en fut pas moins aigre comme le marc dans sa tasse de café lorsqu'il lui a demandé : « Qu'est-ce que tu veux dire, merde ? »

Elle lui a adressé un sourire pincé. « Je te ferai des biscuits, dit-elle tout bas.

— Très drôle. »

Il entend un bruissement dans son dos, à droite et, quand il regarde par-delà Sterling, il avise Alma et Sickafoose coincés à l'autre extrémité du banc. Aucun des deux ne croise son regard ; ils arborent un air satisfait comme si, quelle que soit l'issue du procès, ils lui avaient imposé la position qu'ils lui destinaient, ici dans un tribunal fédéral, un juge juché sur son perchoir tout là-haut, qui louche sur ses dossiers avant de se déclarer en faveur de la loi qui protège les coupables et détruit les innocents. Mais quelle conne, cette gonzesse, le fameux soir au restaurant, la façon dont elle l'avait planté là, comme si elle avait été meilleure que lui, comme s'il n'y avait rien connu en œnologie : n'avait-elle pas juré sous serment de protéger les ressources du Parc national au lieu de tuer au petit bonheur la chance ? Bon Dieu. Sans compter qu'elle fait asiatique, vraiment asiatique, avec sa tignasse noire, la forme de sa mâchoire et sa façon de se tenir comme une geisha, comme si le contact du bois risquait de la paralyser…

Mais attention, le greffier l'appelle. Sterling se lève. L'imitant, il sent s'activer les muscles de ses jambes, il gonfle le torse, se dirige vers la barre alors que les reporters saisissent leurs carnets, leurs crayons et leurs ordinateurs portables (est-ce la journaliste du *Press Citizen*, là-bas, Toni ?). S'ensuit un lourd silence. La lumière du jour éclaire les hautes fenêtres. Au loin, le bruit de la circulation.

Le juge le dévisage au-dessus de ses lunettes (en voici une autre, de ces têtes de nœud qu'il aimerait bien avoir l'occasion de coincer seul pendant cinq minutes). Il fait quelque chose avec ses lèvres, une sorte de léchage ou de flexion préliminaire, sur quoi, jetant un coup d'œil au document devant lui, il lit la déclaration suivante : « Bien qu'il y ait de fortes présomptions que l'accusé ait commis les crimes qui lui sont reprochés, les preuves soumises et reconnues ne suffisent pas à éliminer les doutes qui subsistent. En outre, le projet d'éradication du Parc national a pu être mené à bien sans encombres. Le présent débat se révèle donc inutile. »

Que se passe-t-il ? Il sent l'humeur de la salle changer, elle semble revenir à la vie comme si elle avait poussé un long souffle collectif. La juge regarde Sterling, qui lui-même fixe le juge du regard, faisant de son mieux poux maîtriser son expression bien que les premiers indices de triomphe compressent les pattes d'oies qu'il a autour des yeux et irradient jusqu'aux commissures de ses lèvres. Tous les regards sont braqués sur lui. Tout le monde le voit. Son T-shirt. Son message. Ce qu'il veut dire. Il ressent un élan de joie, dur et brûlant monter en lui, aussi intense qu'un orgasme : libre, il est libre !

« En conséquence de quoi, annonce le juge au milieu des cahots rétrogrades, immuables de son accent (LaJoy doit se retenir de se lever et d'aller l'embrasser, là, maintenant !), je déclare l'accusé non coupable. »

Au cours de ce qui suit, dans le couloir avec Toni Walsh et la journaliste de la télé locale, doigts de sa main droite entremêlés avec ceux d'Anise, la caméra rivée sur eux, il fait un petit discours qu'il répète mentalement depuis une semaine. « Il est regrettable que notre gouvernement fédéral considère que nourrir les bêtes sauvages soit un crime, alors que, d'un autre côté, déverser du poison sans discrimination, c'est O.K... c'est légitime, je veux dire. » Oh, comme il apprécie le fait de pouvoir projeter sa voix sur toute la longueur du hall aux carrelages luisants à l'instant même où Alma Boyd Takesue et Tim Sickafoose émergent de la salle d'audience, voûtés, l'air tragique : il aperçoit la première regarder dans sa direction puis se détourner vivement alors qu'il invente sur place un petit morceau de rhétorique inspirée : « Et si ces gens croient qu'ils pourront massacrer cinq mille cochons sauvages indigènes de l'île de Santa Cruz, il faudra qu'ils y réfléchissent à deux fois. »

Il fait un pas en arrière, lâche la main d'Anise, lève la sienne, index et majeur écartés en signe de victoire. « Ah ah ! lance-t-il, remuant la tête pour faire danser ses dreadlocks qui se dressent en une affirmation hérissée. Pas tant que l'A.P.P.A. veillera au grain. »

DEUXIÈME PARTIE

SANTA CRUZ

La ferme de Scorpion

RITA ÉTAIT SÉPARÉE DEPUIS PEU D'UN HOMME qui l'avait blessée de tant de façons qu'elle avait oublié pourquoi elle était sortie avec lui en premier lieu, sa voiture était au garage, atteinte par une défaillance systématique qu'elle n'arrivait même pas à comprendre et dont la réparation était au-dessus de ses moyens, son job ne correspondait pas à sa formation et à ses espérances, et elle avait une petite fille à nourrir, vêtir et élever. On était en mai 1979 et tous les bons sentiments (les vibrations, le groove) de l'époque lumineuse et scintillante qui l'avait soutenue à travers tous ses échecs et déceptions s'étaient estompés, envolés, évanouis au point qu'elle était désormais constamment en colère, en colère contre Toby qui l'avait quittée, en colère contre sa fille, en colère contre son patron et contre son propriétaire qui réclamait deux cent cinquante dollars par mois pour un logement sinistre genre cage à poules sans ascenseur au-dessus d'une boîte de pizzas à emporter, sur la Route 1 dans le centre-ville d'Oxnard, où le brouillard traînait comme la mort et où les camions ne s'arrêtaient pas de déverser des émanations de diesel à sa fenêtre, qu'on aurait pu tout aussi bien barricader définitivement. Bref, lorsque Valerie Bruns, sa collègue et meilleure amie, lui dit qu'elle avait peut-être une proposition à lui faire, une occasion de partir, de s'échapper, de changer de décor comme dans l'acte II d'une des pièces qu'elle avait vues au lycée, elle revint à la vie. Instantanément.

« Dans une île, précisa Valerie.

— Une île ? Qu'est-ce que tu veux dire ?

— A Santa Cruz. »

Elle avait appelé Valerie parce que c'était vendredi soir : elles pourraient se retrouver pour prendre un verre, écouter de la musique, glander, non ? Mais Valerie devait aller dîner chez sa mère et n'était pas sûre de pouvoir sortir ensuite. Elles se mirent à parler boulot. Elles étaient toutes deux auxiliaires au collège de Point Hueneme. Quelle salope constipée, cette sous-directrice ! Et Mme Paris, éducatrice spécialisée, idem. Toutes les deux elles auraient aimé démissionner. C'est alors que Valerie l'informa du boulot sur Santa Cruz.

« Je croyais que Santa Cruz était une ville... Je crois même qu'on y a donné un concert, un jour. Ce n'est pas là-bas qu'il y a une fac ?

— Je te parle de *l'île* de Santa Cruz.

— C'est où, ça ? »

Un long soupir d'exaspération. « Tu connais Henderson's, dans la marina ? On y a pris des margaritas un soir...

— Oui, je m'en souviens vaguement. Pourquoi ?

— Tu te rappelles qu'on était installées à la terrasse et qu'on distinguait l'île d'Anacapa ? Tu te rappelles, je te l'ai montrée, tu en as même fait tout un flan...

— Peut-être. » Depuis quelque temps, elle buvait trop, de rage, de regret, d'ennui, et elle ne se rappellait pas grand-chose, hormis qu'elles se trouvaient au bord de l'océan.

« Eh bien, l'île d'à côté, la grande, quatre fois Manhattan, c'est Santa Cruz. La plupart du temps, tout ce qu'on en voit, c'est une grosse tache marron. Tu l'as vue. Ici, tout le monde la voit. Tu ne l'as simplement pas remarquée, c'est tout. »

Elle sirotait une vodka, sans glace (elle gardait le verre dans le congélateur à côté de la bouteille, une Absolut, sa seule concession au luxe – sa bouteille de vodka et ses cigarettes). La vodka brûlait ses lèvres et caressait sa langue. « C'est quoi, ce boulot ?

— Baxter Russell, cet ami à moi, tu t'en souviens ? Il a besoin d'une cuisinière. Il a pris en gérance un endroit qui s'appelle la ferme de Scorpion… Des moutons, il élève des moutons. Et il a besoin de quelqu'un qui fasse la cuisine, pour lui et je crois six ou sept autres types. Des sortes de vachers… (Valerie lâcha un rire). Comment on dit pour des moutons : des bergers ? J'imagine. »

Même si sa réaction immédiate fut « Je ne suis pas cuisinière, je suis musicienne », l'idée (une île pleine de cowboys, perdue au milieu de l'océan, pas moins) évoquait pour elle certaines images mentales, tout un montage, un ranch festonné de glycines, l'odeur piquante des chevaux au retour du pâturage, et *Vous les voulez comment, vos steaks, les gars ?* Leurs épaules, leurs yeux, leurs bandanas, leurs chapeaux à large bord, des types grands, nerveux, solitaires. *Comme il vous plaira de les préparer, ma'am.*

« J'aimerais lui parler, dit Rita, précipitant sa réponse de crainte que Valerie ne change de sujet, n'interrompe la conversation téléphonique avec un *A la prochaine* pour aller manger un pain de viande chez sa mère et boire des margaritas fraise avec son beau-père. Absolument. Dis-lui que je veux absolument lui parler. »

Valerie donna le numéro de Russell à Rita, qui aima la voix au bout du fil (rauque, hâchée, baryton genre prédicateur ou chanteur de country). Elle accepta de le voir le lendemain pour prendre un sandwich sur West Fourth Street, qui n'était qu'à un kilomètre ; elle put donc y aller à pied, ce qui n'était pas plus mal parce que sa voiture était aussi morte que le minerai de fer qu'on avait extrait du sous-sol pour lui donner forme. Le temps était nuageux : le brouillard émanait de l'océan comme les vapeurs s'élevant d'une théière, d'un million de théières, de cent millions de théières – pourquoi ne pleuvait-il donc jamais ici ? Pourquoi ne tonnait-il pas non plus ? Elle aurait préféré un bon vieil orage de la côte Est, n'importe quoi pour briser la monotonie. Elle observa son image se brouiller, disparaître puis réapparaître sur les vitrines, les camions passaient tels des murs sur roues, les pigeons et les étournaux fouillaient dans les restes d'un

Happy Meal de chez McDo répandu sur le trottoir mouillé, la triste effigie en plastique de Ronald avec son sourire peint mise au rebut comme le reste. Avant de savoir qu'elle allait se plier en deux pour récupérer le jouet et le glisser dans sa poche, elle s'était arrêtée pour chasser les volatiles d'un geste de la main et regarder autour d'elle afin de vérifier si personne ne la voyait, songeant à sa fille et à la baby-sitter qu'elle avait prise pour une heure… combien de temps ce genre de déjeuner pouvait-il durer ?

Il l'attendait dans un box près d'une fenêtre, un journal ouvert sur la table. D'abord, elle ne devina pas quel client c'était. *Je serai le seul barbu*, avait-il dit, mais comme il avait précisé qu'il avait cinquante-cinq ans (rapide calcul mental : vingt-quatre de plus qu'elle), elle s'était attendue à un vieillard étique, peau de tortue et yeux vitreux, cheveux blancs pour le moins, salopette et, qui sait, un chapeau de paille. Or cet homme ne ressemblait à rien de tout ça. Il avait les cheveux longs, blanchis par endroits non par l'âge mais par le soleil et, quand il leva la tête, le regard qu'il posa sur elle n'était pas celui d'un vieillard, oh non. « Monsieur Russell ? » tenta-t-elle à trois mètres de distance, hésitant, peu sûre d'elle-même, car ce ne pouvait être lui… n'est-ce pas ?

Mais c'était bien lui. Son sourire fut comme une gomme : pas un souci, pas une crainte. « Rita ? » Il poussa le journal de côté et leva vers elle, au-dessus de ses lunettes de vue, ses yeux bleus virant au gris avec leurs reflets dorés qui pailletaient la rétine. « C'est bien vous ? »

Ne sachant absolument pas à quoi s'attendre, elle avait mis des jeans, des tongs, un chemisier turquoise à manches courtes et décolleté plongeant. Elle s'était maquillée. Elle avait remonté ses cheveux en se disant que c'était comme ça qu'une cuisinière se serait coiffée. Elle avait mis un point d'honneur à arriver sur le coup de midi, répétant mentalement des recettes qu'elle connaissait, trois ou quatre curries que le batteur de leur groupe leur avait appris, poulet cordon bleu, coquilles Saint-Jacques (arrosée d'une réduction de vin) ; cela dit, elle ignorait s'il ressortirait quoi que ce soit de cette entrevue. Si Russell lui demandait ses états de service, il lui faudrait jouer franc jeu, répondre qu'elle n'avait jamais travaillé dans la restauration, qu'elle n'avait jamais que mitoné des petits plats pour sa fille et son ex-mari, et de loin en loin un bon dîner mais, à dire vrai, elle mangeait dehors la plupart du temps : burgers, pizzas et ailes de poulet. « Ouais, répondit-elle, c'est bien moi.

— Asseyez-vous donc, alors », dit-il, repliant le journal et lui tendant le menu. Il passa du temps à réaligner les couverts sur le set en papier, sur lequel figuraient, sur le recto, le nom du restaurant et le portrait du propriétaire (gras et chauve), et, au verso, des jeux pour les gamins. « Deux choses », finit-il par lâcher, d'une voix qui était comme un grondement, yeux bleus aux reflets fissurés fixés sur elle comme s'il avait craint qu'elle se lève et s'envole comme un oiseau. « Appelez-moi Bax. Et c'est moi qui régale. » Un autre silence. « Et permettez-moi d'ajouter que je ne m'attendais pas à quelqu'un d'aussi, d'aussi… Voyons, comment dire ? »

C'est alors que la gêne s'installa : est-ce qu'il lui faisait du gringue ? Ce rendez-vous allait-il se réduire à une proposition scabreuse ? Une île… des cowboys… : qu'est-ce qu'elle avait cru ? « Je ne sais pas, moi », répliqua-t-elle, manipulant à son tour les couverts, fourchette, couteau, cuiller, changeant de place le mug et la serviette en papier comme les pièces d'un jeu d'échecs. Croisant enfin son regard et tentant de mettre un peu de chaleur dans sa voix, elle demanda : « Qu'est-ce que vous recommandez ? »

Il sembla avoir perdu le fil de ses pensées mais continua de l'examiner, de la sonder, la couvant d'un regard sur lequel il était difficile de se méprendre. Là encore, il prit son temps avant de demander enfin : « J'aime leur sandwich Reuben, parce que le seigle, la viande et la saucisse sont bons. Mais, dites-moi, vous n'êtes pas de ces gens qui font la fine bouche, qui ne mangent pas ci, qui ne mangent pas ça, et tout le reste, non ? Je veux dire, ceux qui ne mangent pas de viande… »

Elle fit non de la tête.

« Et vous savez faire la cuisine, hein ? »

Elle se mit à décliner ses recettes, toutes celles dont elle fut capable de se souvenir, des pâtes au fromage aux langoustes thermidor, avant qu'il ne l'interrompe.

« Vous ne comprenez pas, il s'agit seulement d'agneau, ragoût, fricassée, grillé, au barbecue… et puis des haricots, des oignons crus et des tas de tortillas. Crêpes le matin, œufs, et encore de l'agneau. Nous sommes sept. A l'époque de la tonte, il faut compter le double.

— Ah, c'est le style cafétéria, c'est ça ? »

Il rit.

La serveuse s'approcha d'eux et tous deux commandèrent un Reuben ; Russell demanda un thé glacé et elle un Diet Coke. Ils regardèrent le dos de la serveuse lorsqu'elle s'éloigna et levèrent tous deux la tête lorsqu'un couple âgé passa la porte en traînant les pieds comme si y on avait attaché des blocs de béton, avant de s'installer dans le box d'en face, essoufflés. Au comptoir, qui courait sur toute la longueur de la salle, étaient accoudés une demi-douzaine d'hommes esseulés, regard perdu au loin, des camionneurs sans doute, des rebuts de la base navale, des chômeurs, des hommes avec du temps à revendre. L'ardoise au-dessus de la machine à glaces à l'italienne vantait les spaghetti du jour accompagnés de salade verte et de pain à l'ail. Elle éprouva comme un tiraillement de désespoir.

« Trois repas par jour, annonça son interlocuteur, dont le ton se fit professionnel, presque menacant. Levée avant le point du jour, couchée à la nuit tombée. J'espère pouvoir me procurer bientôt un générateur. » Il marqua une pause, baissa les yeux. « Si ce n'est avec le prochain bateau, alors le suivant. »

Elle ne trahit rien. Elle voulait de l'aventure, partir, or ce qu'elle entendait là était l'énoncé d'un long et inexorable désastre à venir. Que connaissait-elle aux moutons, aux cowboys, aux exploitations agricoles, aux îles et même à la cuisine ? « Et l'eau ? Vous avez l'eau courante, au moins ? »

Il baissa encore la tête avant de lever le menton et de se passer les mains dans les cheveux, qui lui tombaient sur le front, épais et abondamment brillantinés. « On y travaille. Ça fait partie du projet. Les choses seront un peu dures au début, je vous le dis, mais ça vaudra le coup. Comprenez-moi… si vous aimez vivre au grand air… Ça vous plaît, le grand air, n'est-ce pas ? » Il chercha à croiser son regard mais n'attendit pas de réponse. « Et une cuisinière… une cuisinière sera d'une aide précieuse, parce qu'elle nous libérera du temps et nous pourrons consacrer toute l'énergie nécessaire à mettre l'endroit en état, à le gérer et à l'améliorer. A le rendre vivable, vous comprenez ? Ou mieux que vivable : douillet. Nous voulons que l'endroit devienne "douillet".

— Oui, je vois, d'accord, répondit-elle très lentement, en allongeant les voyelles. Mais nous n'avons pas encore parlé du salaire. »

Il fit un geste de la main pour signifier que ce n'était rien, rien de plus simple, aucun problème. Levant son verre de thé glacé, il avala une longue gorgée tranquille. Soudain, il rit, regard se retirant dans le couloir d'une blague intime. « Bigre, c'est Francesco qui fait la tambouille pour l'instant… C'est un berger et il en a l'odeur… Peu importe le nombre de savons que je lui rapporte, sans parler des litres d'Old Spice… Je lui ai donné la plus grosse bouteille que j'ai trouvée mais on ne remarque même pas la différence. Je ne suis pas persuadé qu'il ne la boive pas. Cet homme brûle tout, café, haricots, viande. Et moi je vous le dis : avec lui, tout a le même goût. Je vous le jure… Je me suis promis de faire le test un jour, juste pour m'amuser… manger yeux fermés… Je suis certain qu'on ne verrait pas la différence entre de l'agneau, un quignon de pain ou un morceau de la planche à découper.

— Ça a l'air d'être un vrai cauchemar, répondit Rita, souriant. Mais… combien payez-vous ?

— Est-ce que c'est vraiment important ?

— Oui, c'est important. »

Autre envol de la main. « Salaire minimum. Pour huit heures sans heures supplémentaires. Logée, blanchie… L'occasion de vivre dans le plus bel endroit du monde et de voir les étoiles comme personne ne les voit plus, jusqu'au cœur blanc et crémeux de la Voie lactée. » Le sourire de Russell s'épanouit. « Et nourrie d'agneau à volonté.

— J'ai une fille.

— Je le sais.

— Valerie vous l'a dit ?

— Valerie me l'a dit, oui. Mais vous pouvez l'élever à domicile dans une atmosphère qui, soyons honnêtes, sera bien plus saine que là où vous êtes maintenant, avec toutes ces bandes, la drogue, le sexe entre adolescents et tout le reste. Les Mexicains. La criminalité. Vous ne voulez pas qu'elle reste exposée à ce genre de choses s'il existe d'autres solutions, n'est-ce pas ?

— Vous avez des enfants ?

— Deux filles. Marty et Fredda. Elles sont grandes maintenant. » Il reposa son verre. Ses mains étaient abîmées, leur peau rugueuse, les ongles comme de la corne. « Je suis divorcé. J'ai eu un problème d'alcool autrefois. C'est fini. » L'instant d'après, il sortait quelque chose de sa poche, un portefeuille, et elle crut qu'il allait lui montrer des photos de ses filles mais non, pas du tout. D'un geste démonstratif, il sortit trois billets et les étala sur la table. Des billets de cent. Trois cents dollars aussi immaculés que s'ils sortaient tout juste de la Monnaie de Philadelphie. « Tenez, dit-il, sa voix atteignant ses notes les plus graves. Prenez… Attendez, et ça aussi. » Il fouilla de nouveau dans sa poche, avant d'en extraire un trousseau de clefs de voiture qu'il posa sur la table d'un geste retentissant. « Vous savez conduire, non ? »

Elle fit oui de la tête, les billets étalés entre eux comme un pourboire follement généreux pour la serveuse qui ne leur avait même pas encore apporté leurs sandwiches.

« Vous connaissez le supermarché en haut de la rue ? » Le sourcil levé d'un air interrogateur, il désigna l'autre extrémité du restaurant, au-delà du comptoir, les vitrines mouchetées de poussière et le goudron de la chaussée luisant d'humidité. « Hein ? Alors, prenez la voiture et allez nous acheter des provisions.

— Des provisions ? Que voulez-vous dire ?

— Je veux dire que je vous demande de me déposer au port. J'ai six mille choses à faire avant le départ du bateau… Je veux dire : pour une semaine ou peut-être même une douzaine de jours. Après, on redescendra à quai et on parlera de nos affaires à long terme. Des sacs de riz de vingt-cinq kilos, des haricots, ce genre de chose. Vous connaissez la marina ?

— J'y suis déjà allée mais... »

C'est alors que la serveuse arriva avec leurs Reubens. Tous deux furent momentanément divertis lorsqu'elle posa leurs assiettes, sortit une bouteille de ketchup de la poche de son tablier et demanda si elle pouvait leur apporter autre chose. « Un autre, fit Russell, remuant les glaçons dans son verre. Et vous, Rita ? Prête pour un autre *diet* quelque chose ? »

S'ensuivit un intermède silencieux lorsque tous deux se penchèrent sur leurs sandwiches et elle se crut déjà sur le bateau, en mer, elle tangua sur les flots et eut brusquement si faim qu'elle eut du mal à penser. Que lui arrivait-il ? Avait-elle accepté une espèce de pacte ? Et si c'était le cas, quand l'avait-elle fait ? Elle entendit alors pour la première fois la musique qui filtrait du jukebox, un air qu'elle avait toujours aimé, *Helpless* de Neil Young, qu'elle avait interprété avec Toby dans une version radicalement ralentie, leurs voix lovées autour du refrain et Toby qui tapait sur le piano comme s'il avait été en béton : quel bonheur ça avait été... un bonheur parfait : elle prit donc cette coïncidence pour un bon augure.

« Mangez donc, ordonna Russell, et puis vous pourrez me déposer à la marina : c'est le bateau d'un ami, le *Side Pocket.* Tout le monde le connaît. Vous n'aurez qu'à demander. » S'essuyant les lèvres, mâchant, il ajouta : « Il est sacrément bon, ce Reuben. »

Pendant un instant, elle ferma les yeux, tenta de se représenter certaines choses, la façon dont tout ça évoluerait, car sa mère devrait prendre Anise avec elle, c'était inévitable, du moins pour un temps, jusqu'aux vacances, et elle-même devrait se mettre en maladie, de façon permanente, qui sait...

« Ah », fit-il, agitant le sandwich dont le jus goutta sur sa main droite : de fins ruisseaux de sauce hawaïenne et de graisse liquéfiée de pâte de gruyère. « Je voulais juste vous rappeler que...

— Je ne sais même pas ce que je dois acheter et je ne peux pas, voyons, je dois...

— Des légumes, répondit-il, tapotant sa barbe avec les restes mouillés et maculés de sa serviette en papier. Du vin en pichet. Des packs de bière… disons : cinq, peu importe la marque, celle qui sera en promo. Et des condiments. Vous savez… » Imperturbable, il marqua une pause. « N'importe quoi qui aille avec l'agneau. » L'autre main de Russell intervint alors, paume vers Rita, de sorte qu'elle vit ses cals briller de gras et que les profondes entailles de sa ligne de vie lui sautèrent à la figure comme une carte de son avenir. « Ce que je voulais vous rappeler, c'est que le bateau part à cinq heures. » Se penchant sur la table, s'approchant tout près d'elle, il lui adressa un clin d'œil : « Ne soyez pas en retard, hein ? »

C'est ainsi que, près de cinq ans plus tard, elle se retrouvait penchée sur les planches sèches et tachées de la longue table campagnarde dans la cuisine au sol maculé de glaise d'une ferme en adobe tellement éloignée de la côte, de la vie, des articles dans le journal et de tout le reste qu'elle se serait crue naufragée, appuyée sur les coudes pour souffler sur la fumée d'une tasse de café, aux premières lueurs du jour. Où étaient donc passées ces années, impossible à dire, pas plus qu'elle n'aurait su dire où le vent allait une fois qu'il en avait assez de pilonner le vallon à l'arrière de la maison. Ses mains avaient acquis la rudesse de celles des coupe-câbles ; privés de shampooing, ses cheveux étaient raides ; elle n'avait plus vu l'intérieur d'un restaurant depuis des lustres. Mais elle ne se plaignait pas. Elle ne manquait pas de compagnie : Bax et Anise, la demi-douzaine d'employés de l'exploitation et plus de quatre mille moutons ; d'ailleurs, elle était tellement occupée par les tâches de la ferme (les détails, tout était dans les détails) que le reste du monde semblait se réduire à rien, comme si elle n'avait fait que le rêver, comme si la ville d'Oxnard avait été un décor de cinéma ou figée sur place par une pluie de poussière des fées. Quant aux informations… qu'est-ce que c'était, les infos, de toute manière, sinon un hurlement continu et falsifié de désastres courants et de catastrophes à venir qui ne faisait qu'aigrir les gens, les rendre méfiants et les pousser à se haïr les uns les autres ? Elle n'en avait pas besoin. Elles ne lui manquaient pas. Pour elle, les nouvelles qui comptaient s'écrivaient sur le vent et gouttaient de la brume, bêlaient des gorges des seize cents brebis près de mettre bas leurs agneaux dans l'herbe détrempée du pré en contrebas et qu'elle entendait, sentait, goûtait lorsqu'elle se levait et mettait du bois dans le fourneau.

Il faisait froid dans la pièce, moins qu'à l'époque où elle devait se lever deux heures plus tôt pour préparer le petit déjeuner, mais encore en dessous des températures qu'elle trouvait agréables, et la chaleur du fourneau lui fit du bien au visage. Elle tisonna le charbon et déposa dessus quelques brindilles de bois flotté avant d'ajouter des écorces d'eucalyptus du bosquet que le père ou peut-être le grand-père du propriétaire avait plantés Dieu sait quand, et qui désormais perdait branches et écorces, surtout l'hiver à la saison des pluies, quand le bois tendre et poreux absorbait le poids de l'eau jusqu'à céder avec un craquement sourd et retentissant, et on sentait les vibrations de la chute à deux cents mètres de distance par le biais des semelles des bottes. On était en hiver, en janvier, et une pluie légère tapotait contre les vitres, avance sur les cent vingt centimètres annuels de moyenne si les courants, les vents et le baromètre conjuguaient leurs efforts. Les deux dernières années, des années El Niño, ils avaient battu des records : la cour s'était transformée en lit de rivière, or, cette rivière en crue devenue une marée remuante et fangeuse s'était évacuée dans le mauvais sens, vers l'océan et non le contraire, elle avait emporté leurs toilettes, le poulailler, l'enclos à bétail et tout leur matériel en prime, y compris dix ou douze cordées de bois qu'avec une infinie patience, elle avait ramassé, scié, fendu et rangé tout au long de l'implacable saison sèche qui allait d'avril jusqu'à fin novembre. Et puis la boue, griffonnée jusqu'à une hauteur d'une soixantaine de centimètres à l'intérieur des murs, où la marque restait comme une auréole sur une tasse sale. Cette année, Rita n'avait pas envie de gadoue, non merci. Que les pluies soient clémentes et que les laisses absorbent le surplus d'eaux.

La lumière était tout juste suffisante pour distinguer les couleurs des objets de l'autre côté de la fenêtre : une paire de bottes en caoutchouc kaki pendant à un crochet sous les avant-toits, une brouette jadis rouge renversée sur le tertre du tas de compost de la cuisine, le capot blanc tout rayé de la Jeep à roues à suspension, une véritable épave. Francesco arriva à la porte de derrière pour l'aider à faire la vaisselle du petit déjeuner et s'attaquer aux détritus sur le sol en béton grêlé. Basque, Francesco avait aussi du sang mexicain, à moins que ça ait été l'inverse : qu'il ait été mexicain et eu du sang basque, selon la compagnie et son humeur ; il avait participé à la précédente opération ovine avortée puis fait office de gardien pendant les années solitaires à l'époque où la maison s'était détériorée par manque d'entretien et d'argent, à l'époque où les moutons, oubliant tondeurs, chiens et clôtures, s'étaient éparpillés sur les rochers escarpés et les ravins de El Montanon, la crête qui séparait de la portion occidentale de Santa Cruz l'exploitation elle-même, qui couvrait les dix pour cent de l'île les plus à l'est. Désormais, Francesco travaillait avec Bax. Il pouvait avoir n'importe quel âge entre cinquante et quatre-vingts ans (personne ne savait et il n'était pas disert sur le sujet, préférant parler en termes de saisons plus que d'années, *el otoño de los vientos*, la saison des universitaires collectionneurs d'ossements, la saison du tremblement de terre ou de la sécheresse lorsque, encore enfant, il gardait le bétail dans la vallée de San Joaquin et que le patron avait loué les services d'une *chisera* pour faire venir la pluie : elle avait demandé un demi-mouton pour ses efforts ; ensuite, comme il était tombé des pluies diluviennes pendant deux semaines, elle avait exigé deux veaux pour les faire cesser). Il était affublé d'une chemise de travail d'un bleu passé, d'un bandana déchiré, de bottes graissées de frais et de jeans tellement saturés de sang, de lanoline et de crasse qu'on aurait pu en cas d'urgence s'en servir pour étayer les solives de la maison ; et il portait le couteau traditionnel des bergers dans un fourreau attaché à sa cuisse. La façon dont il avait transmis son savoir à Bax demeurait auréolée de mystère car il était aussi communicatif qu'une porte de prison (sauf quand il était soûl et qu'il fallait quasiment le bâillonner pour lui imposer silence), mais il était aussi polyvalent et efficace que les robots dont on peuplait l'avenir. Il dit alors : « J'apporte au Mister *su café*, Missus ? »

Le Mister, Bax, l'homme qui en fin de vie avait décidé de relever le défi de gérer ces plus de vingt-sept kilomètres carrés sur une base inéquitable de partage des profits avec les propriétaires, et dans le lit duquel elle s'était retrouvée deux semaines après son installation comme cuisinière, d'où son statut de Missus, était alité. Il partait nettoyer une piste pleine de nids de poule qui prenait vaillamment d'assaut les flancs du vallon tout au bout de la laisse, il tentait de préserver l'accès à leur aérodrome de fortune, lorsque la Jeep, qui n'était guère plus qu'un tas de ferraille animé sur roues, se renversa. Il fut éjecté. Le véhicule exécuta plusieurs tonneaux, le pare-brise explosa, le volant fut arraché et les roues avant, les pare-chocs et le capot furent tordus au-delà de tout espoir de réparation, jusqu'à ce qu'un gros rocher interrompe sa course à mi-hauteur de la falaise. Personne ne se douta qu'il avait eu un accident jusqu'à ce qu'Anise, levant le nez de son manuel d'histoire, demande de but en blanc : « Où est Bax ? »

Il avait eu de la chance ou, du moins, est-ce ce qu'il raconta. Le choc avait été assez minime pour que les corbeaux ne viennent pas le dépecer, bien qu'il dût agiter un bras quand ils s'approchaient trop ; il s'était cassé une jambe (la gauche) ; et il ne s'était fêlé que trois des douze côtes qu'un être humain reçoit en partage. « Oublie les âneries sur les côtes d'Adam, avait-il dit à Anise le premier soir à l'hôpital de Ventura lorsque, triste, elle s'était assise sur son lit : Les hommes et les femmes en ont exactement le même nombre. C'est un préjugé que de penser que les hommes en ont une en moins. Sais-tu ce qu'est un “préjugé” ? C'est comme une idée reçue. Une histoire de bonne femme. »

Pour l'heure, il était cloué au lit, souffrait, frustré, colère, il avait fêté ses soixante ans la semaine d'avant et ça se voyait.

D'ailleurs, le matin, c'était un vrai ours. Elle retira donc la cafetière du fourneau, versa le café dans une tasse chargée en sucre et en crème, et la tendit à Francesco. « Ouais, dit-elle, ce serait bien. Porte-la-lui. Et ne lui dis rien. Ou plutôt non : dis-lui que je serai là-bas dehors avec les brebis jusqu'à ce que la dernière mette bas. Toute la journée, toute la semaine et la prochaine encore, s'il le faut. »

Francesco, visage étonnamment lisse pour un homme qui avait passé au grand air la majeure partie de sa vie, l'une des raisons pour lesquelles on avait du mal à lui donner un âge, en plus du fait qu'il avait le maintien d'un homme beaucoup plus jeune, dos droit, longues enjambées et pas vigoureux, lui adressa un hochement de tête approbateur. Il ne prononça qu'un mot, *Suerte*, avant de prendre la tasse, de se diriger vers la porte et de monter à l'étage, où Baxter, allongé sur le dos, lisait en diagonale la pile de vieux exemplaires de *Life* que Rita avait achetés dans un vide-grenier lors de leur dernière visite sur le continent. Il faudrait vider son pot de chambre. Et, dans moins d'une heure, après ses deux premières tasses de café, il voudrait prendre son petit déjeuner. Avant cela, elle avait un ragoût à préparer, qui mijoterait ensuite sur le fourneau toute la journée – il servirait à la fois de déjeuner et de dîner. En même temps, le pain levait dans six moules qui, disposés sur le comptoir derrière elle, iraient dans le four en briques quand le tas de bois qu'elle y avait amoncelé serait réduit à des charbons.

Ouvrant le tiroir, elle sortit une pierre à aiguiser et affûta le couteau à viande, tout en écoutant les bruits de la maison, les bêlements lointains des brebis et les rudes jurons aviaires des corbeaux rassemblés en cohortes pour le festin dont elle avait bien l'intention de les priver. D'où venaient-ils ? C'était un mystère. Une population résidente gravitait constamment autour du petit abattoir ou du tas de fumier à l'arrière mais, dès le début de la saison des naissances, leur nombre devait être quintuplé, sans doute venaient-ils des autres îles voire du continent. Francesco prétendait que c'étaient les âmes des Indiens, *las almas de los Indios*, revenus des morts pour hanter les hommes blancs qui les avaient délogés : et s'il avait raison ? En tout cas, ils étaient aussi malins que des Indiens. Quand on sortait avec un fusil, ils ne s'égaillaient que pour aller se poser juste hors de portée des balles. Si on essayait avec un bâton, même peint en noir pour faire illusion, ils vous ignoraient royalement. Rita les avait vus travailler en binôme, l'un distrayant la brebis tandis que l'autre fonçait sur l'agneau. Alors que les scientifiques prétendent que les singes sont, à l'exception d'homo sapiens, les seuls animaux qui sachent utiliser des outils, elle avait observé des corbeaux faire tomber des moules sur les rochers pour les ouvrir ou ramasser une pierre et, la tenant entre leurs griffes, s'en servir de ballast lorsque le vent soufflait fort. Ames des Indiens défunts, diables, quoi qu'ils fussent : elle ne les laisserait pas s'attaquer à ses agneaux, non, pas cette année.

Il y avait encore de l'agneau au programme ce soir, un castré de l'année passée tué à peine la veille au soir, et si quelqu'un lui avait tapé sur l'épaule pour lui demander si elle voyait la moindre ironie là-dedans, elle aurait répondu que non : simple question pratique : ils envoyaient sur le continent de la laine et de l'agneau sur pied et ils se nourrissaient avec ce qu'ils pouvaient, c'est-à-dire de l'agneau et encore de l'agneau, ainsi que Bax l'en avait prévenue le jour grisâtre et brumeux où ils avaient fait connaissance au snack à Oxnard. Les bergers mangeaient de l'agneau et du mouton parce qu'il y en avait en quantité et qu'ils ne pouvaient sortir et aller chez Carl Jr avaler un hamburger quand l'envie leur en prenait, ou remonter l'avenue prendre une bière et un hot-dog. Leur régime était répétitif mais elle avait appris à l'agrémenter de temps à autre avec de la viande de cochon sauvage qu'un employé tuait ou des homards et des ormeaux qu'elle ramassait avec Anise dans l'océan avec masque, tuba et des palmes bleues en caoutchouc craquelé, simplement pour le plaisir de varier le menu. Les homards étaient une vraie gâterie, une bonne vingtaine chaque fois sinon plus mis à bouillir dans l'eau salée additionnée de poivre, de vinaigre de cidre et de feuilles de laurier, mais les employés, mexicains, la plupart entre la quarantaine et la cinquantaine, se méfiaient de toute inovation. Ignorant le beurre blanc et les morceaux de citron qu'elle se procurait quand elle allait sur le continent et utilisait avec parcimonie, préférant plier dans des tortillas les queues souples et blanchies, avec une cuillerée de haricots, de riz et de sauce piquante sortie de la bouteille.

Elle utilisait son couperet et le couteau à viande pour trancher des côtelettes dans le filet et séparer le râble qu'elle mettait de côté pour le faire rôtir, avant de désosser la viande et de découper le reste en morceaux, s'étonnant d'avoir acquis une telle maîtrise des détails. A Oxnard, après que Toby s'était lâchement défilé, c'est tout juste si elle était capable d'émincer un oignon tellement les lames de ses couteaux étaient émoussées et, avant cela, quand ils partaient en tournée, les serveuses leur apportaient des couteaux, des couteaux-scies, pour qu'ils coupent leurs steaks, leurs côtelettes ou leurs entrecôtes, et elle se moquait de savoir d'où les couteaux venaient et qui s'occupaient de les affûter. Plus maintenant. Désormais, elle était spécialiste *ès* couteaux, *ses* couteaux, et elle avait un couteau pour chaque tâche, dépecer, désosser, dénerver, trancher et chacun était aussi affûté que s'il avait quitté la quincaillerie la veille – cela, bien sûr, à une époque où l'on fabriquait encore dans ce pays un acier au carbone de bonne qualité.

Rita saupoudra la viande de farine, la fit revenir dans la graisse d'agneau tout en faisant griller dans le four des poivrons verts et des *serranos*, elle coupa en dés tomates, rutabagas, céleris et oignons avec des gestes rapides et efficaces, remarquant à peine Francesco lorsqu'il entra discrètement dans la pièce pour débarrasser la table du petit déjeuner et glisser la vaisselle dans l'évier. Ensuite, elle versa les légumes sur la viande, mettant de côté à refroidir les poivrons et les *serranos* grillés. Puis trois litres de rouge Carlo Rossi et assez d'eau du robinet pour remplir la marmite. (Oui, à présent ils avaient l'eau courante dont ils avaient dû se passer pendant plus d'un an : une pompe à gaz l'aspirait du puits jusque dans le réservoir sur la butte à l'arrière de la maison, où la gravité l'envoyait à travers une tuyauterie que Bax avait installée parce que Rita avait insisté, ainsi qu'une chaudière pour qu'ils puissent bénéficier de l'influence civilisatrice d'une douche à l'eau chaude.) Elle remua le contenu de la marmite, quelques rapides mouvements de poignet avec la cuiller, qu'elle tapa fort contre le couvercle avant de la reposer sur le fourneau, sur quoi le silence qu'elle avait appris à aimer et rechercher reprit possession de la pièce.

Elle s'était sciemment réfrénée d'allumer la radio car elle voulait se mettre au diapason avec ce qui allait se passer dans le pré là-bas dehors, où, depuis l'aube, Anise était assise sous une bâche tendue aux extrémités fourchues de quatre tiges d'eucalyptus plantées dans la terre, avec à ses pieds Bumper, le petit chien de berger blanc et noir, et son livre de lecture ouvert sur ses genoux. Quand le ragoût bouerait, Rita humecterait le fourneau, passerait un autre chandail, son caban et sortirait la rejoindre. Il n'y avait donc pas de bruit dans la cuisine à l'exception des sifflements du fourneau et du grondement bien alimenté du four mêlés au murmure de la lavette de Francesco, au tapotement intermittent de la pluie et aux lointains et mélancoliques bêlements des agneaux.

Comme les employés aimaient que les plats soient très relevés, elle avait fini par aimer ça aussi, surtout s'ils étaient accompagnés de vin rouge en quantité pour lubrifier la nourriture, et du pain et des tortillas pour l'éponger : elle tourna donc le poivrier audessus de la marmite en comptant lentement jusqu'à cinquante avant de s'occuper de la pile de poivrons grillés sur la planche à découper. Elle coupa en deux chaque *serrano*, les fit glisser de la planche couturée dans la marmite, puis ôta la peau des poivrons qu'elle coupa ensuite en lanières pour les joindre à l'ensemble. Suivirent la sauge du jardin, le paprika, le persil, une poignée de feuilles de laurier et, finalement, cinq têtes de fenouil (il en poussait comme du chiendent partout où les moutons ne pouvaient accéder), tranchés et mélangés au liquide qui mijotait, pour ajouter une pointe de réglisse au sommet du palais. Lorsqu'elle eut terminé, prenant le récipient en aluminium bosselé plein d'épluchures et tout ce qui était resté sur les assiettes du petit déjeuner, elle le sortit dans la matinée délavée par la pluie et jeta son contenu dans le tas de compost.

Bizarrement, on aurait dit qu'il faisait plus chaud dehors que dedans, les nuages bouillonnaient en montant de la crête au sud, meurtris et fermés comme des poings, chargés d'humidité tropicale. A ses pieds se dressaient de jeunes pousses mouillées et brillantes sur le sol resté longtemps sec mais d'où émanaient à présent des vapeurs incolores, basses et denses, comme s'il avait retenu son souffle jusque-là. Rita sentit la pluie ou, plus précisément, des sensations de piqûres froides sur son visage, son cuir chevelu, le plan rigide de sa main droite tendue là où elle émergeait de la manche retournée de son chandail pour agripper le bord du récipient et, si sa main lui parut étrange comme si elle avait appartenu à une autre, cabossée par l'usage, éloignée depuis trop longtemps des cordes d'une guitare, c'est qu'elle était ainsi désormais et continuerait à l'être dorénavant, puisqu'elle était devenue une bergère et en était fière.

A une époque, elle dormait jusqu'à deux, trois heures de l'après-midi, veillant, jouant toute la nuit ; à cette époque, elle faisait attention à ses mains comme à la prunelle de ses yeux. A la sortie de leur premier album, Toby et elle avaient cru que le monde allait s'ouvrir à eux comme un cadeau enveloppé de papier argenté sous le sapin de Noël, et puis Anise était arrivée et ils avaient sorti un second album avant que tout se casse la figure, explose et que Toby, Anise et elle ne viennent sur la côte Ouest, où il fallait être, car c'était là que tout se passait ou, du moins, Toby le prétendait-il ; or il ne s'était rien passé du tout et elle avait dû se mettre à se lever aussi tôt que tous les autres gagne-petit esclaves du marché du travail, simplement pour trouver des petits boulots qu'elle enchaîna les uns après les autres.

Depuis, l'eau avait coulé sous les ponts et ce qui lui restait d'ambition et de volonté de se forcer à aller vers l'extérieur s'était replié au tréfonds d'elle-même, tout à l'intérieur, luisant telles les ultimes braises inextinguibles du fourneau. En fin de compte, qu'aimait-elle ? Les siens : Anise, Bax, Francesco. Son cadre de vie où la nature se donnait sans détour, nue, inhabitée, où l'on vivait dans et pour l'instant. Le troupeau. Bumper. Et la musique. Encore la musique. Toujours la musique. Mais, désormais, quand elle jouait, c'était uniquement pour sa fille, son amant et les employés de la ferme burinés, abîmés par les intempéries, avec leur mauvaise dentition et leur haleine qui empestait l'alcool.

Derrière elle, les murs de la maison étaient striés de traces de pluie, veines sombres palpitant sur la peau claire du stuc ; la lumière de la cuisine ouvrait dans la façade un rectangle bien délimité sous celui, plus petit, de la lumière de Bax qui brillait à l'étage. Bax était là-haut, sous ses couvertures et le gros édredon en duvet, alors qu'elle était dehors. Sous la pluie. Songeant à la journée à venir, faite d'attente et d'inquiétude. Ça n'avait pas d'importance, bien sûr, tant qu'il se remettait. Et, d'une certaine façon, même si cela paraissait horrible, le malheur de Bax était le bonheur de Rita livré sur un plateau, une occasion de faire ses preuves, de prendre en charge l'agnelage alors que les gars étaient partis dans les collines réparer les clôtures et dégager les chemins en vue du moment où, fin février, les agneaux seraient ramenés au bercail et castrés en même temps que les bêtes égarées qu'ils avaient manquées l'année d'avant. Pas besoin qu'ils restent ici alors qu'il y avait tant à faire ailleurs. Et puis, l'agnelage, ce n'était pas le bout du monde, les brebis faisaient tout le boulot. Il suffisait de monter la garde aux heures critiques pour éviter les gênes occasionnées par le troupeau, un mouvement de panique qui les ferait abandonner les nouveau-nés ne fût-ce qu'un court instant, car il n'en fallait pas plus aux corbeaux pour faire des ravages.

Cette année, Anise et elle avaient installé des panneaux *Propriété privée* sur la plage à Scorpion et à Smuggler's Cove, de l'autre côté de la colline au sud-est, interdisant l'exploitation à tous les visiteurs pendant la saison de l'agnelage afin d'empêcher tout risque d'interférence, intentionnelle ou pas : l'année précédente, quand deux imbéciles en hors-bord avaient débarqué dans l'anse et tiré sur tout ce qui bougeait, les détonations avaient envoyé des échos dans la gorge en un crescendo tonitruant qui avait fait s'égailler le troupeau tous azimuts. Quel désastre. En l'espace d'une heure, on devait avoir perdu cinquante nouveau-nés, cinquante agneaux qui ne grandiraient jamais, ne se développeraient jamais, ne seraient jamais envoyés au marché, ce qui avait vraiment diminué leur marge. Pendant des semaines, Rita n'avait pensé qu'à se venger, elle s'était imaginée plaquant ces deux crétins hilares contre la façade de la maison et leur tirant dessus avec leurs propres fusils, pour voir si ça leur plaisait. Elle avait imaginé cela, oui, comme dans un film de John Wayne, alors qu'elle avait beau être furibonde et plus déterminée que jamais, elle savait que l'affaire s'arrêterait là. Elle n'avait jamais eu entre les mains que le .22 long rifle que Bax gardait derrière la porte d'entrée pour décourager les corbeaux et les aigles royaux qui emportaient les agneaux jusqu'à leurs nids et rejetaient les peaux vides lorsqu'ils en avaient terminé ; elle n'avait jamais tiré, elle n'était même pas certaine de savoir comment s'y prendre.

Elle marqua une pause et tourna le visage vers le ciel. Les nuages étaient sombres et pressés les uns contre les autres, la pluie rebondissait sur elle : aucun excursionniste ne viendrait de la côte, jamais par un temps pareil. Elle vida le seau d'épluchures sur le tas de paillis, qu'elle remua un long moment à l'aide de la fourche parce qu'il avait besoin d'être retourné et qu'elle n'avait pas l'intention de laisser les rebuts aux corbeaux. Sous la pluie crépitante, alors que, à cause de la chaleur de la fermentation, du centre du tas se dégageaient un panache de condensation et des relents de décomposition humide et caillée, Rita détecta du coin de l'œil un mouvement. Elle se retourna et, du côté sous le vent de la Jeep, vit un renard une patte en suspens.

Voilà une bête à laquelle elle pouvait venir en aide : de taille trop modeste pour nuire aux moutons et toujours à chasser les souris, ces mêmes souris qui envahissaient la maison, crottes dans tous les coins, répandues en petits paquets-cadeaux sombres, pleins de saleté et de maladie. Rita imita le bruit d'un baiser et observa les oreilles du renard quand il les dressa. D'un geste très lent, elle se pencha sur le tas, fouilla dans les épluchures fraîches et, dénichant un os sur lequel restait un peu de viande et de cartilage rouge encore humide, le lui lança. Il atterrit avec un petit bruit mat dans la terre mouillée aux pieds du renard, qui s'en saisit délicatement, comme un chien l'aurait fait mais sans crainte ou inquiétude : les humains ne représentaient pas une menace pour lui. Il les avait précédés sur l'île et continuait de se nourrir de souris, d'insectes, de temps à autre d'un oiseau et, quand les humains laissaient traîner de la nourriture (ou, à l'occasion : la pipe en bruyère de Francesco qui disparut un soir de la véranda ; une bougie à moitié consumée ; des chaussettes puant la transpiration laissées à sécher sur la rambarde pour qu'elles y concentrent les sels du corps), il leur faisait l'amabilité d'étendre la gamme de son régime alimentaire. Rita l'observa triturer l'os pendant un moment, le serrer à l'aide de ses pattes, le mâchonner avec les dents, fourrure lissée par la pluie, regard l'envoyant à la dérive comme si elle ne lui était d'aucune importance. Elle rentra donc dans la maison pour vérifier le ragoût et glisser les miches dans le four.

Francesco avait mis les assiettes à égoutter et passait la serpillière sur le sol en béton, charriant la glaise d'un coin à l'autre de la pièce en laissant de longues traînées jaunâtres. Le sol était sale, toujours sale, mais c'était une question de degré : jusqu'à ce que, à force de le tarabuster, Bax finisse par faire livrer par le bateau ravitailleur cent sacs de trente kilos de béton, que celui-ci soit chargé dix sacs à la fois à l'arrière du pick-up et apporté là pour être mélangé dans la brouette, versé, égalisé et lissé sur place. A l'origine, le sol était en terre battue : oui, de la terre compactée par des générations de bottes de journaliers dont elle aurait eu du mal à calculer le nombre. L'autre bâtisse d'une certaine importance, le dortoir de huit chambres, construit en bois, avait toujours eu, à sa connaissance, un plancher en pin, plus sale, si cela était possible, que le vieux sol en terre battue de la maison principale, mais il n'y avait pas de quoi fouetter un chat. Les employés le nettoyaient à tour de rôle et, de temps à autre au bout d'une longue succession de semaines, passaient même la serpillière. Ils avaient droit à leur salle commune, quelques sièges rudimentaires, une table pour jouer aux cartes et un fourneau ventru, mais ils préféraient prendre les repas à la maison principale où (du moins lorsqu'elle était là) ils se sentaient chez eux, comme à l'époque des discussions avec leur mère depuis longtemps décédée, comme dans une hacienda détruite depuis des lustres dans une vallée de l'Arizona, du Nouveau et même du Vieux-Mexique, perdue dans les brumes de leur souvenir.

Dès qu'elle rentra dans la pièce aux fenêtres embuées, elle fut enveloppée par la senteur douceâtre et chaleureuse du ragoût ; le grand espace ouvert qui faisait tout à la fois office de cuisine, de salle à manger et de pièce de réunion en était soudain empli : les molécules relâchées de l'agneau qu'elle avait coupé en morceaux et des épices qu'elle avait écrasées entre ses paumes se combinaient, s'élevaient et se répandaient partout de sorte que, même dans la chambre à coucher aux murs blanchis à la chaux, à l'étage, Bax, fronçant les sourcils au-dessus de ses lunettes de vue, devait les sentir. Rita déplaça la marmite vers la partie moins chaude du fourneau puis sortit la poêle, l'enduisit de graisse et cassa une demi-douzaine d'œufs dans un bol. Elle y ajouta une goutte de lait condensé et une poignée de fromage rapé, battit le mélange, le fit mousser et versa le tout pour préparer deux omelettes agrémentées seulement de sel et de poivre. Ensuite, elle déposa sur le comptoir quatre tranches de pain, étala sur deux d'entre elles un peu de *pico de gallo* maison très épicé, glissa la première omelette entre les deux tranches et se versa encore une tasse de café. « Francesco, quand tu auras un instant, dit-elle sans ironie aucune (car, à la ferme, tout allait de soi), ça te dérangerait de monter ça à Bax ? »

Francesco fit non de la tête et lui adressa un sourire : « Bien sûr que non, fit-il, sûr, *no hay problema.* » Tous deux connaissaient parfaitement le sous-texte : elle utilisait Francesco comme un intermédiaire pour la bonne raison que, si elle avait monté l'assiette elle-même, elle aurait dû écouter le torrent de conseils, de doléances et d'animadversions que Bax lui aurait prodigués, sans parler de la liste des tâches à effectuer, des inquiétudes qui le rongeaient et des urgences qu'il inventait séance tenante, comme il en inventait tant depuis qu'il était contraint de garder la chambre.

Dans le second sandwich, elle mit du ketchup. (Anise raffolait du ketchup depuis qu'elle était gamine, elle en mettait sur tout, crackers, bretzels, bananes, concombres et même, en une occasion au moins, sur une barre de chocolat.) Elle l'enveloppa dans du papier aluminium et emplit le thermos de chocolat chaud. Ensuite, elle prit son K-way et le sombrero que le cousin de Francesco, Manuel, lui avait rapporté de Tijuana l'année précédente au terme d'une semaine de débauche après la fin de la tonte, et elle ressortit sous la pluie. Elle contourna le marécage dont les eaux ne stagnaient plus depuis que la Scorpion River s'était remise à couler abondamment, et traversa le bosquet d'eucalytus en direction du pré, où se trouvaient les moutons, gris et trempés, comme autant tas de loques sales, debout sur l'herbe nouvelle jusqu'à l'horizon. Devant cette scène qui paraissait sourdre d'un passé immémorial, elle ne put s'empêcher de penser aux primitifs qui couraient nus après les premiers béliers sauvages, les tuaient, les faisaient rôtir et les mangeaient, assis en cercle, le ventre gonflé et la tête pleine de visions de la bête attachée à l'arbre le plus proche pour avoir à portée de main de la viande, des abats et une bonne pelisse bien chaude quand nécessaire. C'était l'industrie première, aussi ancienne que les tribus. Caïn tua Abel parce qu'Abel gardait le troupeau alors que Caïn ne faisait que fourrer des graines dans le sol : quel sacrifice au Dieu goulu là-haut dans les Cieux était donc un tas de pois et de courges comparé à un gigot d'agneau abattu de frais ?

La bâche d'Anise, rouge pompier ou rouge orangé, une couleur inconnue dans la nature, du moins sur la côte Ouest, brillait, mouillée, à l'extrémité du pré. Rita vit sa fille, jambes étendues, dos rond, la tête du chien noir et blanc sur ses genoux, livre posé à la verticale sur le dos du chien ; Anise faisait ce qu'elle avait à faire seule sans créer le moindre problème, sans qu'on doive le lui rappeler, elle étudiait, elle apprenait, elle se perfectionnait. Elle avait déjà dépassé le stade de tout ce en quoi Bax ou elle-même aurait pu l'aider, hormis des leçons de guitare ; le système de cours par correspondance, avec ses tests hebdomadaires et son agenda mensuel, étaient loin de lui suffire. A moins de quinze ans, sans avoir jamais été conseillée, Anise avait déjà des méthodes de travail qu'on aurait pu attendre d'une étudiante. Rita était toujours autant éberluée quand elle la voyait penchée sur ses livres : la discipline, la détermination dont elle faisait preuve, elle ne la tenait pas de sa mère, pas dans le domaine scolaire, en tout cas. Elle-même avait toujours été trop tendue, trop prompte à tout jeter par-dessus bord et aller en catimini au *village* où elle hantait clubs et cafés. A quoi tout cela l'avait-il menée ? A rien. A une vie fausse et à de faux espoirs. Anise était différente. Anise avait un avenir. Et plus elle serait protégée des tracas du monde, mieux ce serait.

« Hé, poupette ! » s'entendit-elle l'appeler, pluie tambourinant sur son chapeau comme les coups d'un handicapé, brebis alentour léchant leurs nouveau-nés. Bumper bondit, se précipita sur elle. Sa fille leva la tête et lui adressa un regard indifférent.

L'instant suivant, elle s'asseyait près d'elle sous la bâche et lui tendait le sandwich à l'œuf, qu'Anise, mettant son livre de côté, ignora, préférant boire tout de suite le chocolat chaud. Rita reçut de grands coups de pattes et de queue mouillées lorsque le chien vint contre elles, reniflant les chaudes ondulations du papier aluminium. « Tu ferais mieux de le manger avant qu'il ne refroidisse, dit-elle.

— Il est à quoi ? Pas à l'agneau, j'espère ?

— A l'œuf. Avec une tonne de ketchup. »

Elle observa sa fille dévisser le gobelet de la thermos et se verser le chocolat chaud, goutte à goutte, comme si ç'avait été un vin millésimé. Elle lui tendit à nouveau le sandwich et Anise, cette fois, le prit et le posa sur ses genoux, sur lesquels il resta en équilibre précaire entre la truffe humide et fureteuse du chien, et le sac de couchage mouillé sur lequel elle était installée. Anise était grande, comme Toby (elle mesurait un mètre soixante-douze) : lorsqu'elle changea de position, elle replia ses jambes sous elle, ses longues jambes, des jambes qu'elle finirait par habiter pleinement, et récupéra le sandwich *in extremis*, comme après coup. Sirotant le chocolat chaud, yeux abaissés sur la couverture lustrée de son livre (*Etudes sur le récit américain, de*

Hawthorne à Hemingway, $29,95, une somme qu'il n'avait pas été facile de réunir), elle dit tout bas : « J'aime vraiment cette histoire dans mon livre : *Bartleby*. Tu l'as déjà lue ? »

Le titre ne lui était pas inconnu mais, si elle l'avait lue, ça devait remonter au lycée. « Possible, répondit-elle, mais il y a longtemps, dans une galaxie à des années-lumière. Ce n'est pas une histoire de moutons, n'est-ce pas ?

— Je t'en prie… » Anise, soudain irritée, se raidit et lui adressa un regard furibond. Rita comprit que sa fille, de mauvaise humeur, avait envie de vider son sac et de dire combien elle s'ennuyait, combien elle détestait les moutons, les exploitations ovines et les îles, et, s'il fallait aller au fond des choses, la vie, la vie dans son ensemble. Elle observa l'écheveau de problèmes passer dans ses yeux en un flash accusateur et froid, avant qu'Anise, haussant les épaules, se relâche. « Je veux dire… je ne sais pas si ça te plairait. C'est l'histoire d'une étude, d'un notaire : il copie des écrits… à la main, j'imagine, parce que, à l'époque, ils n'avaient pas de photocopieuses ou quoi que ce soit d'approchant. Quand son patron lui demande s'il voudrait faire quelque chose pour lui, il répond systématiquement : "Non, je ne préférerais pas."

— Ouh là là, est-ce que je suis visée ? »

Malgré le sourire amer qu'Anise lui adressa, son regard fut illuminé par quelque chose qui ressemblait à du plaisir, le plaisir que lui procurait cet échange. Elle avait besoin de s'exprimer face à un être de chair sur ses sentiments, ses pensées, ses lectures, d'avoir un autre interlocuteur que le professeur sans visage qui notait ses devoirs d'une écriture rigide et serrée, tellement minuscule qu'on aurait dit qu'il recopiait les indications d'un tube de comprimés.

Gardons un ton léger, se dit Rita. Allons-y mollo. « Ah, d'accord, s'exclama-t-elle. Alors, si je te demande si tu veux rester un peu plus longtemps dehors toute seule sous la pluie quelques minutes encore tandis que je retourne sortir le pain du four, tu vas me dire… comment dis-tu ça, déjà ?

— Non, je ne préférerais pas. »

Elle souhaitait alléger son fardeau, elle faisait de son mieux, elle essayait d'anticiper, de cajoler, de faire que les choses avancent mais, à chaque instant de la journée, elle dépassait ses limites ; d'ailleurs, à l'instant même, les agneaux avaient encore besoin d'elle plus que sa fille. Le pain cuisait dans le four, le ragoût était sur le feu, Bax était alité, avec sa grande gueule, son tempérament de nid de frelons dans lequel on vient de donner un coup de pied. Elle n'avait pas envie de se quereller. Elle n'avait pas envie de titiller Anise. Mais elle ne pouvait s'en empêcher. « Et si tu le mangeais, ce sandwich, avant qu'il refroidisse ?

— Non, je ne préférerais… oh, merde ! Je préférerais aller au centre commercial, rencontrer des gens, n'importe qui, pourvu que ça ne soit pas toi, Bax et une meute de moutons débiles. Comme pendant toute ma vie jusqu'ici. Tous les jours. Autant être en prison. »

D'où son sentiment de culpabilité. Dont le fardeau était comme une entité physique, car elle était coupable, coupable de tout ce qu'Anise pouvait lui lancer à la figure et de plus encore. Elle ferma les yeux pour éloigner cette culpabilité – en vain. Elle revit Anise petite fille, son expression quand elle lui avait annoncé qu'elle lui faisait quitter l'école trois semaines avant la fin de l'année scolaire pour l'emmener sur une île dont personne n'avait jamais entendu parler. Sa dernière année d'école primaire. Trois semaines avant la fin de l'année. *Et toutes mes amies ? Et les grandes vacances ?* Elle avait répondu que les vacances, ce serait l'île, justement. Tu adoreras, tu verras. Les plages, il y a une plage, ta plage privée juste au pied de la ferme de Scorpion. *Je ne partirai pas.* Elle avait répété « Tu verras, tu adoreras », elle avait psalmodié ça si souvent que c'était devenu une litanie mais Anise, pas convaincue du tout, butée et intransigeante, répliquait : « Non, je ne vais pas adorer ça, je détesterai au contraire. Je n'ai pas envie d'aller dans un nid à scorpions. Je déteste les scorpions. Pas toi ? » Il est vrai qu'elle s'était posé la question mais, en fait, il n'y avait pas de scorpions ou alors d'infimes petites bestioles marron qu'on apercevait parfois cramponnées à des bûches dans le tas de bois et elle lui avait promis (elle l'avait promis et elle y croyait elle-même) qu'elles n'y resteraient que l'été. Ouais, sûr. Maintenant, Anise ne reconnaîtrait même plus son ancienne école (ou toute école, d'ailleurs) si on la lui montrait là, dans le pré.

« Tu vois des problèmes ce matin ? » demanda Rita d'une voix neutre. Elle contempla le pré, des agneaux de toute part, lumineux comme de la ouate de coton, et les brebis qui les léchaient, les léchaient.

« Ah… ah » Et puis, à contrecœur, parce qu'elles étaient de nouveau sur la même longueur d'onde. « Les jumeaux là, tu les vois ? Tous près de ce rocher rouge. Là-bas… tu les vois ?

— Est-ce qu'elle a… ?

— Oui, elle les a léchés tous les deux.

— Et est-ce que tu les as… ? » Dans le cas où il y avait des jumeaux, il était recommandé de les attacher ensemble pour que le plus fort entraîne l'autre jusqu'au téton.

« Je lis, d'accord ? Je dois rendre un devoir. Je sais que tu t'en moques mais…

— Parfait, chérie, parfait. Il y a le temps. Il ne faut pas qu'ils se séparent, voilà tout. »

Comme à un signal au moment voulu, un corbeau se mit à coasser derrière la rangée d'arbres dans leur dos, bientôt imité par un congénère. Il passa dans le ciel un sombre gribouillage de nuages et sur le sol une tache à une centaine de mètres de l'endroit où ils tentaient d'éloigner une brebis de son agneau, qui obstinément refusait d'obtempérer. « Surveille-les, ma chérie, dit Rita en s'efforçant de se lever. Et garde Bumper avec toi. Il ne faut pas qu'il se mette à en rassembler, pas ce matin. Je reviens… (elle fit pivoter son poignet pour lire l'heure à sa montre) dans une vingtaine de minutes. Après quoi, je ferai le tour toute la journée, jusqu'à la tombée de la nuit. Toi tu peux retourner dans ta chambre, tu peux retourner à tes livres, tout ce que tu veux. D'accord ? »

Le regard de sa fille, rendu scintillant par l'écran de pluie, fut aussi fluctuant que l'eau d'un puits, gris clair translucide, des plus purs, virant au bleu, pas les yeux de Toby, pas les siens non plus. Rita tenta de revoir sa mère, les yeux de sa mère mais elle eut beau essayer de surimposer son visage sur celui d'Anise, elle n'y réussit pas. Croisant les bras autour de ses genoux et se penchant en avant, elle regarda sa fille enlever le papier d'une extrémité de son sandwich, qu'elle porta à ses lèvres pour le renifler. « D'accord ?

— Oui, je te l'ai déjà dit, oui ! Comment faut-il que je te le dises ? Tu me prends pour quoi, pour un bébé de trois ans ? Je suis ici, non ? Et si l'un de ces damnés volatiles ne fait même que songer à... je lui tombe dessus à bras raccourcis. »

« Damnés »... « je lui tombe dessus à bras raccourcis. » Rita crut entendre Bax ou à la rigueur Arturo, le plus jeune des employés, trente et un ans, retraité du rodéo après s'être abîmé une jambe qui désormais avait l'air de sortir d'un sèche-linge. Rien qu'à entendre ce vocabulaire, elle ressentit encore une pincée de remords comme si on avait installé un circuit électrique en elle : Anise aurait dû fréquenter des ados de son âge, des filles de sa génération, des gamines avec qui elle pourrait aller au cinéma ou faire les magasins et tout le reste. Des copines. Peut-être un petit ami. Un garçon qui occuperait toutes ses pensées. Elle se leva et fonça tête baissée sous la pluie, qui semblait faiblir légèrement. A moins que ça ait été l'effet de son imagination.

« Oui, fais ça, ma chérie », dit-elle, songeant, au même moment, à la douleur béante qui s'ouvrirait en elle si Anise retournait vivre sur le continent, retournait avec Toby, avec la mère de Toby à New York, où elle passait deux semaines l'été, du moins quand Toby se souvenait d'envoyer des billets d'avion. Elle avait déjà fait quelques pas vers la maison lorsqu'elle pivota sur elle-même : le chien lui lança un regard plein d'espoir tandis qu'Anise, mâchant son sandwich à l'œuf, la scrutait d'un air méfiant. « Et quand tu leur seras tombée dessus à bras raccourcis, reprit-elle, la pluie bavant du gros bol de son sombrero, plume-les pour moi, veux-tu ? »

Francesco sortait tout juste de la maison, avec son poncho en gros cuir passé sur sa chemise et une casquette de baseball jadis rouge dont le fond était légendé « *Trojans* » en lettres qui, jadis aussi, avaient été jaunes, légende qui rappelait toujours à Rita les capotes que Toby et elle prenaient bien soin d'utiliser même quand ils avaient tous deux l'impression qu'ils allaient exploser tellement ils avaient envie l'un de l'autre, et qui pourtant ne l'avaient pas empêchée de tomber enceinte au pire moment imaginable. A deux reprises. La première fois, lorsque leur groupe (Les Tobrita, son invention : leurs noms imbriqués l'un dans l'autre pour l'éternité – comme si le mot « éternité » avait le moindre sens !) lorsque leur groupe, donc, avait été sur le point de se faire une place au soleil, et ensuite lorsque la compagnie de disques leur avait organisé une tournée. La première fois, il lui avait demandé d'avorter. La seconde, elle avait refusé. Anise était née. Pouvait-elle imaginer la vie sans elle ? « Je vais surveiller, dit Francesco. *Todo bien ?* »

Debout contre le chambranle de la porte, elle essaya de retirer ses bottes pleines de boue, l'odeur de la pluie dans le dos, les fumets complexes de la cuisine filtrant par la porte ouverte. « Je ne sais pas, répondit-elle, d'un ton qui lui parut trop dur. Bon Dieu, il m'arrive d'avoir envie de tout plaquer, tout jeter pardessus bord et d'aller m'installer dans un motel n'importe où, toucher mon chômage comme tout le monde, tu vois ce que je veux dire ? » Non, il ne savait pas. Lui, il s'y connaissait en moutons et en rien d'autre. Elle parvint à se débarrasser d'une botte puis de l'autre, après quoi, elle dut poser la main contre le mur pour recouvrer son équilibre. « Et si tu faisais un tour pour vérifier, surtout du côté opposé d'où est Anise ? » Elle adressa à Francesco un sourire conciliateur. « Tu me connais : je m'inquiète toujours… »

Il lui aurait volontiers souri en retour mais il ne souriait que quand il était soûl. Il aurait aussi pu répondre « oui » ou hocher la tête mais il se contenta de la dévisager, l'air absent, casquette déjà trempée par la pluie.

Du bout des pieds, elle poussa ses bottes de côté, ôta son sombrero d'un geste brusque et le frappa à deux reprises sur sa cuisse pour le débarrasser de son eau. « Allez, vas-y, ne reste pas ici à bayer aux corneilles ! » s'exclama-t-elle. Puis elle sentit l'odeur du pain, qu'elle retira vite du four et mit à refroidir, tout en remuant la cuiller dans les profondeurs du ragoût, avant de se figer lorsque Bax appela d'en haut : « Rita ? Rita ? C'est toi ? »

Dix minutes plus tard, elle ressortait, partait en direction d'Anise et scrutait le pré à la recherche de Francesco. Dans l'intervalle, une brise s'était levée qui soulevait la pluie et, d'abord, elle ne le vit pas. Elle était presque arrivée à la hauteur d'Anise lorsqu'elle le distingua, tout à fait à l'autre extrémité du pré : il avançait vite, sa propre version du bâton de berger, un tuyau en P.V.C. renforcé à un bout, se balançant devant lui telle une antenne blanche, décolorée. Il aurait été plus à l'aise à cheval (ils montaient à cheval pour rassembler les moutons, pour des opérations ponctuelles ou pour aller parcourir les collines loin de la ferme) mais, ce matin-là, Diablo, Moreno et Jonesy, revenus au corral, frottaient leur croupes sur les barrières ou levaient leur museau pour renifler la pluie, car, en période d'agnelage, elle préférait ne pas risquer de perturber les moutons, d'aucune façon, même infime. Francesco allait donc à pied. Elle aussi.

Rien n'avait changé. Les moutons étaient dans le pré, les corbeaux dans les arbres, Anise et le chien où elle les avait laissés, la pluie continuait sur sa lancée. Elle était sur le point d'appeler sa fille, une apostrophe bébête et légère, du genre « Second quart prêt à prendre son service » ou « Je préférerais ne pas te voir assise dehors une minute de plus par un temps pareil », lorsque le calme fut brisé par un coup de fusil. Une seule détonation pétante comme si on avait brisé en deux un bout de bois, mais fort, formidablement fort, une détonation qui, fusant des collines, se pourchassa elle-même à travers champs pour retourner vers les collines. Tout resta suspendu pendant un instant puis une seconde détonation retentit et le troupeau s'ébranla comme un seul homme. Rita courait déjà lorsqu'elle remarqua l'ombre foncée en mouvement qui traversait le pré et les moutons qui s'en éloignaient, tous agglutinés les uns aux autres, en proie à la panique, carapatant vers un abri, vers les collines. Qu'était-il arrivé, que se passait-il ? C'est alors qu'elle le vit : un cochon sauvage, tête enfoncée dans les muscles imposants de son cou, image de fuite, oreilles rabattues, pattes battant si vite qu'on les percevait floues. Avant que Rita ait eu le temps de réfléchir, elle vit surgir trois hommes armés de fusils. Montés sur des engins ?

« Hé ! » hurla-t-elle, souffle court, sombrero d'abord rabattu en arrière puis arraché par le vent. Elle courut à toute allure, bras barattant avec violence, genoux montant haut. Mais comme c'était étrange, Rita n'aurait pas été plus étonnée de voir atterrir une sonde martienne : ces hommes étaient montés sur des véhicules tout terrain à trois roues qui arrachaient la terre humide et la recrachaient en sombres cordages de glaise. Ces hommes-là n'avaient manifestement pas l'intention de s'arrêter. Le cochon sauvage avait déjà disparu, disparu dans les buissons le long de l'eau. Avant qu'elle ait pu réagir (avant qu'elle puisse les confronter, exiger une explication, les chasser à jamais), les trois hommes aussi avaient disparu, les explosions et les bruits de ferraille de leurs engins s'évanouirent au loin. Elle vit Anise arriver en courant, expression dénuée de tout, elle vit Francesco gesticulant, brandissant son bâton au-dessus de sa tête, et Bumper fonçant sur une brebis paniquée. C'est alors seulement qu'elle vit les corbeaux.

A sa droite, à une centaine de mètres ou plus (elle s'en approchait, battant des bras et criant), le premier rua dans un agneau, visant la tête, toujours la tête. Ebahi, abandonné, instable sur ses pattes de néophyte, l'agneau tomba comme si on lui avait donné un coup de massue. Le volatile, griffes implantées dans la chair, se releva pour se stabiliser sur les hunes de ses ailes et piquer les yeux, tandis que le prochain arrivait pour époitrailler la bête, là où le tégument de peau tout neuf et tout fin était aussi mou et doux qu'un fromage à tartiner. Sans arrêter de courir, elle se pencha pour ramasser des pierres, essoufflée et retentissant de haine, de rage et de panique, car un autre agneau venait de tomber, puis un troisième et d'autres encore ; les corbeaux s'entassaient sur eux et voletaient de l'un à l'autre comme des joueurs de dames sautant des cases sur toute l'étendue du pré. Elle leur lança les pierres. Se pencha à nouveau pour en ramasser d'autres. Courut comme un cas désespéré, comme une tumeur cérébrale se propage, courut parce qu'elle ne pouvait rien faire d'autre.

Chaque fois qu'elle approchait d'un groupe de corbeaux, ils se redressaient et voletaient jusqu'à leur prochaine victime et il ne lui restait qu'à pleurer la précédente, étendue comme un tas d'ordures à ses pieds, membres à peine formés encore secoués par des soubresauts, orbites sanglantes et vides, tortillons d'entrailles bleutées à l'air libre. Les corbeaux étaient pressés. Ils voulaient le cœur, le cœur encore chaud, le foie et les reins : pour le reste, ils pourraient revenir. Elle atteignit le prochain agneau en quelques secondes : il était tout proche, pas plus de quinze mètres, il se débattait contre l'éclat noir des ailes et le coup rapide, reptilien des becs habiles et ensanglantés, mais Rita arriva encore trop tard, les volatiles s'éloignaient déjà avec des sauts brefs et dédaigneux jusqu'à ce que, ramassant leurs ailes sous eux, il s'envolent tandis que l'agneau se débattait dans l'herbe. Elle l'observa frissonner sur toute sa longueur, cherchant à relever la tête, projetant ses pattes pour tenter de recouvrer son équilibre, mais il n'avait plus d'yeux et la peau claire de son ventre était tendue de rouge. Le bruit qu'il émettait, pas un bêlement, plutôt un chuchotement, un gargouillis étouffé au fond de la gorge, la paralysa pendant un bref instant. Sur quoi, elle courut vers la prochaine victime tandis qu'autour d'elle, les corbeaux plongeaient et hurlaient.

Un agneau, juste devant elle, un peu vers la gauche, était encore indemme. Il se tenait là, titubant comme s'il avait été secoué par la bourrasque, bêlant faiblement dans sa perplexité. Elle l'agrippa dans la foulée et le fourra sous son bras, puis un second, dont le cordon ombilical pendait encore, dont les oreilles et le sommet du crâne étaient encore mouillés de placenta… Mais où était Anise ? Où était Francesco ? Et Bumper ? Elle pivota sur elle-même deux fois, appelant sa fille à tue-tête. Si seulement elle pouvait la rejoindre, à deux elles pourraient sauver autant d'agneaux que possible, tenir tête aux corbeaux… Elle entendit les aboiements du chien mais il ne servait à rien, il ne faisait qu'éloigner les brebis du pré dans ses efforts vains pour les faire revenir. « Anise ! hurla Rita, cordes vocales tendues. Anise, merde, où es-tu ? »

Aucune réponse autre que la cacophonie des volatiles jusqu'à ce que soudain la voix de sa fille revienne dans sa direction : « Par ici, Maman, dépêche-toi ! » Pivotant, Rita vit Anise arriver d'un pas hésitant à travers l'herbe trempée de pluie, un agneau dans les bras. Elle sanglotait, lèvres retroussées sur ses dents blanches, bouche muée en un trou creusé dans le visage, cheveux mouillés lui tombant, raides, sur les yeux emplis de larmes. « Je ne peux pas, cria-t-elle, la voix cassée, je ne peux pas. » Et c'est alors que Rita vit que l'agneau était plein de sang.

Elle aurait pu la réconforter, elle aurait dû le faire, mais elle était trop prise par sa fureur. « Pose ça, veux-tu ? Tu ne vois pas qu'il est mort ?

— Non, Maman. Il n'est pas mort. Il respire encore. » Anise était tout près d'elle, ses jambes se dérobaient sous elle, filiforme, encore enfant ; la maison, Bax et sa fenêtre éclairée si loin derrière elles qu'ils auraient pu se trouver dans un autre pays.

La vue d'une flaque de sang à ses pieds, le fait de la voir encouragea Rita à aller de l'avant. Elle aurait voulu poser les agneaux par terre doucement mais la rage secouait ses épaules et elle les déposa sans ménagement dans la boue, écrasa l'herbe et courut vers sa fille. « Qu'est-ce qui te prend, merde ? » Et de lui arracher la bête des mains pour la jeter de côté comme le déchet que c'était. A cet instant-là, elle aurait pu gifler Anise. Elle aurait pu lui hurler après. Ne voyait-elle donc pas ce qui était en train d'arriver ? Ne comprenait-elle donc pas ?

« Reste ici, ne bouge pas, tu m'entends ? Je vais en ramener autant que je peux, ici, à cet endroit précis. » Sa voix monta de plus en plus dans les aigus. Elle était comme traversée par une brûlante poussée hormonale.

Anise la dévisagea.

« Eloigne ces putains de corbeaux. D'accord ? C'est tout ce que je te demande. »

Sa fille était livide, visage ratatiné, regard lointain comme si elle s'était encore trouvée à l'autre extrémité du pré. Elle avait quinze ans, elle adorait les animaux, son chien, les agneaux. Mais tout ça n'avait rien à voir avec l'amour des bêtes.

« Secoue-toi ! » hurla Rita, lui crachant les mots à la figure dans un fulmineux accès sanguin, se détournant déjà d'elle pour scruter le pré en quête d'agneaux épargnés, de pattes grêles inadéquates et de toisons pelucheuses mouillées de sang, mais elle ne vit que des corbeaux, des douzaines de corbeaux entassés sur des cadavres, telles des couvertures noires et voletantes.

« *Ovis aries* »

PERSONNE NE SAIT QUAND LES MOUTONS FURENT INTRODUITS sur l'île de Santa Cruz mais les premiers troupeaux d'une certaine importance apparurent au milieu du XIXe siècle sous l'impulsion du premier propriétaire, Andrès Castillero ou, plutôt, de son agent, James Baron Shaw, citoyen de Santa Barbara dont il avait loué les services pour s'occuper de son domaine. Castillero avait joué un rôle dans la négociation visant à y implanter une communauté après que, en 1836, pour un bref laps de temps, l'Alta California avait fait cessession du Mexique : pour le récompenser de ses efforts, le ministre de l'Intérieur, par ordre du président, lui avait accordé la propriété unique et exclusive de l'île de Santa Cruz. Le gouvernement mexicain dut trouver la récompense négligeable, dans la mesure où l'île était trop éloignée du Mexique, trop aride et inhospitalière pour être d'un grand intérêt. Shaw bâtit une maison et des dépendances dans le vallon le plus grand, à environ cinq kilomètres dans les terres, de Prisoner's Harbor sur la face Nord de l'île, et il introduisit bétail, chevaux et moutons. Entre-temps, le traité de Guadalupe Hidalgo avait cédé toute la Californie aux Etats-Unis, comme les territoires devenus depuis le Texas, le Nouveau-Mexique, le Nevada, l'Utah et l'Arizona ; Castillero, qui, et on le comprend, avait des doutes quant à la légitimité de son titre de propriété, fit passer l'annonce suivante dans le *Daily Alta California* du 25 mai 1858 :

> À VENDRE : *Une île comprenant environ 25 000 hectares de terres, avec de l'eau en abondance et regorgeant de vallons propices au pâturage des moutons. Aucun animal sauvage n'interfère avec le bétail. Il existe un port bien abrité.*

L'année suivante, un consortium dirigé par Eustace Barron, consul britannique à Tepic, au Mexique, acheta l'île et maintint Shaw dans ses fonctions. Les nouveaux propriétaires se lancèrent dans l'élevage du mouton à grande échelle, allant jusqu'à traverser l'Atlantique pour se procurer des spécimens des meilleures races, des mérinos d'Espagne et des longwool de Leicester, en Angleterre, connus pour la qualité supérieure de leur laine autant que pour leur robustesse et leurs facultés d'adaptation. Le terrain étant vierge et, en l'absence de prédateurs (pas même d'aigles royaux, qui à l'époque ne nichaient pas encore dans les Channel Islands), les troupeaux fructifièrent. Au bout de dix ans, on comptait cinquante mille têtes sur l'île. Santa Cruz, où il n'y avait jamais eu de moutons auparavant, devint une riche terre ovine. Si riche que Barron vendit ses parts avec profit à une société de San Francisco, mais les nouveaux propriétaires, réunis sous le nom de Santa Cruz Island Company et sous la direction de Justinien Caire, un Français, perspicace négociant en articles de quincaillerie venu dans l'ouest des Etats-Unis à la faveur de la fièvre de l'or qui balayait la région à l'époque, les nouveaux propriétaires, donc, trouvèrent l'exploitation non viable. Les sources étaient taries. Il n'y avait pas assez de nourriture sur place. Il fallait faire des sacrifices.

Si les rats sont l'espèce invasive la plus dévastatrice pour un écosytème fermé, alors les chèvres et les moutons, avec leur goût des recoins les plus inaccessibles et leur capacité à consommer et digérer presque tout à l'exception de la terre, les talonnent de près. Le problème avec eux, c'est, bien sûr, le surpâturage. Les moutons de Barron épuisèrent la végétation de l'île autant qu'un incendie : après avoir jeté un sort à leurs mets préférés, herbes et herbacées, ils adaptèrent leur régime afin d'y inclure successivement les succulentes du cru, les buissons et les jeunes arbres. Les saisons sèches s'éternisaient. Les vents soufflaient fort. Et lorsque, chevauchant les orages de mousson, les pluies s'abattaient sur l'île, le sol, qui n'était plus retenu par les racines de la flore dévastée, était emporté comme une peau mal greffée. L'océan chargé de limon s'assombrissait. Privée de ressources et d'abris, la faune originaire de l'île s'éteignit et les pinèdes des hautes crêtes s'éclaircirent sous la pression de l'incessant broutage : le nombre de branches susceptibles de collecter et de disperser l'humidité du brouillard diminua effroyablement, si bien que l'île devint encore plus aride. Monsieur Caire envoya donc ses agneaux au marché, fit tondre le reste du troupeau dans la *transquila* de la ferme principale et vendit les toisons au poids, avant de monter dans les collines pour abattre tout ce qui ne lui était d'aucune utilité. Vingt-quatre mille têtes, à quelques unités près, furent ainsi éliminées. Malgré tout, le coréopsis, l'éternelle, la lavatère, le groseiller, le busserole, la mimule, le houx de Californie, l'acajou de montagne et le genêt de Californie continuèrent d'être broutés jusqu'au trognon, avant de pouvoir parvenir à maturité et répandre leurs graines à tout vent. Le papillon *Ochlodes sylvanoides*, la tipule, la sauterelle d'Amérique et la svelte salamandre poursuivirent leur déclin.

Caire considéra que la parade au problème du surpâturage, c'était la diversification. Il racheta les parts de ses partenaires et s'installa sur l'île. Sous son égide, on laboura des champs destinés à produire des cultures pour les hommes et des aliments pour le bétail, planta un vignoble et fonda une entreprise vinicole, importa des bovins, construisit des fermes satellites à Christy Beach vers la pointe Ouest de l'île, à Smuggler's Cove et à Scorpion Anchorage à l'est. Les vaches paissèrent comme les moutons mais leur nombre fut plus ou moins régulé par le biais d'un abattage rigoureux. Inévitablement, une partie du troupeau retourna à l'état sauvage et fut chassé pour l'amour de la chasse, ainsi que les cochons sauvages qui infestaient l'endroit comme de la vermine, détruisant clôtures et récoltes, faisant des razzias dans le vignoble sous couvert de la nuit et ne laissant derrière eux que bouillie et crottes. N'empêche, malgré la fragilité de l'écosystème, la Santa Cruz Island Company gagna son pari, envoya sur le continent viande d'agneau, viande de bœuf, laine, peaux, suif et vin mais c'est ce dernier, surtout, qui remplit les coffres.

Caire avait fait fortune en répondant aux besoins des prospecteurs d'or, dispensant pelles, pioches et autres instruments dès qu'ils débarquaient en Californie, courant avec des airs de déments, tenant serrées dans leur poing transpirant des cartes tracées à la main du bassin de la Feather River, de Coloma et de Dutch Flat. A ceux qui revenaient de l'or plein les poches il avait vendu de la porcelaine française, des services en Sheffield et de beaux couverts : voilà qui était fort bien mais il nourrissait d'autres ambitions. Son ambition était de devenir gentleman farmer, de veiller à la destinée de son domaine, d'avoir ses propres caves, comme dans le Bordelais ou le Languedoc. Il avait acquis un terroir, maintenant il lui fallait des vignes – et, pas le moindre, une épouse, une châtelaine qui l'aiderait à fonder la dynastie dont il peuplait tous les soirs son château en Espagne à l'heure du coucher. Il retourna en Europe d'abord pour se trouver une femme, donc, Maria Christina Sara Candida Molfino, de Rapallo, une région où les vignes s'étaient insinuées sur les coteaux dans des temps immémoriaux, où les gens savaient ce qu'était la vigne, le vin, où leur sang en était infus et où nul repas, pas même le petit déjeuner, n'était exempt de sa petite touche médicinale. Ensemble, ils revinrent, apportant avec eux les meilleurs plants qu'il avait pu trouver.

Il fit le bon choix, à la fois en ménage, puisqu'ils eurent neuf enfants dont six parvinrent à l'âge adulte, et en vignes susceptibles de s'adapter au terroir. Le grand vallon, à la terre riche en minéraux, aux journées chaudes suivies de nuits fraîches et de brumes maritimes, présentait les conditions idéales pour la culture de plusieurs cépages et, au début des années 1890, on envoyait le long de la côte jusqu'à San Francisco, portant l'étiquette Santa

Cruz Island, du zinfandel, du pinot noir, du bourgogne, un muscat de Frontignan, un chablis et du riesling de qualité. Lorsque le phylloxéra ravagea les vignobles du Vieux Continent et réduisit à néant plus de trente mille hectares en Californie, les deux cent quarante-deux hectares de M. Caire furent épargnés : ni le puceron ni le phylloxéra adulte n'avait de moyen pour traverser le détroit. Le vin manqua partout. Les prix montèrent. Même après la mort du propriétaire en 1897, l'entreprise vinicole continua de prospérer entre les mains de ses deux fils, Arthur et Frédéric, jusqu'à ce qu'un désastre non naturel, la Prohibition, ait raison d'elle vingt-deux ans plus tard. Indifférents à ces caprices de l'histoire, de leur côté les cochons sauvages poursuivirent leurs ravages et les moutons continuèrent de brouter à loisir jusqu'à ce que les fils Caire finissent par arracher les pieds de vigne et les jeter sur le tas de fumier, où ils furent brûlés ; seuls les sillons, telles d'anciennes cicatrices, continuèrent un temps de zébrer les flancs des collines.

Dans son testament, M. Caire avait divisé l'île en sept parcelles, une pour chacun de ses enfants et une, la n° 5, de loin la plus importante, sur laquelle se trouvaient la maison principale et l'entreprise vinicole, pour leur mère, Maria Christina Sara Candida Molfino Caire, ou Albina, comme on l'appelait, Dieu merci, par souci de concision. Le partage donna lieu à une controverse. Chacun des enfants se sentit floué. Ainsi, Arthur, l'aîné, reçut en héritage Christy Ranch à l'ouest, dépourvu de port utilisable qui aurait permis d'exploiter le domaine, alors qu'Edmond Rossi, fils de sa sœur décédée Amélie, reçut la bien plus désirable parcelle n° 7, du côté Est de l'île, et une sœur, Aglaé, la parcelle n° 6, sur laquelle se situait la ferme de Scorpion et son excellent mouillage bien protégé. S'ensuivirent des litiges. Les héritiers se mirent ensuite à mourir et leurs propres héritiers continuèrent la bataille. Les conditions se détériorèrent, la Dépression s'en mêla et les moutons broutaient toujours.

Finalement, en 1937, la grande ferme et les quatre parcelles voisines du côté Ouest furent vendues en bloc à un pétrolier de Los Angeles, Edwin Stanton, qui tenta de redémarrer l'expoitation ovine, important des bêtes américaines pour les croiser avec le restant du cheptel d'origine et espérant récupérer les brebis égarées. Il abandonna vite, lorsque la totalité du troupeau, américain et sauvage, s'éparpilla jusqu'aux extrémités de l'île, rendant trop ardue la tâche de les rassembler tous les ans pour les tondre, leur couper la queue et les marquer. C'est ainsi qu'il décida d'envoyer trente mille moutons à l'abattoir et se concentra sur les bovins, avec un succès mitigé. A sa mort en 1963, son fils Carey prit la majorité des parts et dirigea l'exploitation jusqu'à sa propre mort en 1987 ; il céda le domaine au Conservatoire de la Nature, qui loua les services d'une entreprise de chasseurs professionnels pour exterminer les derniers moutons, mettant un terme à l'occupation ovine de la plus grande partie de l'île de Santa Cruz.

Mais sur les deux parcelles à l'est, qui demeurèrent la propriété des descendants de M. Caire, les moutons continuèrent de ruminer, d'arracher les écorces des chênes, des cerisiers et des *palo fierro* endémiques, écrasant les jeunes pousses de *pinus muricata* entre leurs molaires réductrices, engloutissant la moindre étamine, la moindre feuille, la moindre pelure dans les chambres de leurs quatre estomacs contigus, au point que les collines finirent par ressentir une pression comme celle d'une ceinture qu'on serre, qu'on serre et qu'on serre encore.

Quand Bax avait pris la tête de l'exploitation en 1979, elle était exsangue et les moutons n'étaient quasiment plus qu'un souvenir. Les propriétaires de l'époque, Pier et Francis Gherini, arrière-petits-fils de Caire, avaient conçu un projet d'aménagement de leur portion de l'île, désirant construire une station balnéaire avec marina, golf, bungalows et restaurants, mais lorsque le Comté de Santa Barbara, suivant en cela les recommandations du Parc national, refusa de leur accorder un permis de construire, ils perdirent tout intérêt pour l'île : quoi que la ferme de Scorpion eût été par le passé, elle ne l'était plus. Bax lui insuffla une vie nouvelle. Les Gherini avaient fait appel à lui dans l'espoir de retirer quelque profit de l'exploitation et il s'était jeté corps et âme dans l'aventure, avait engagé de nouveaux employés, réparé les clôtures, rassemblé le maximum de bêtes sauvages et fait venir soixante-dix mérinos de Rambouillet pour reconstituer le cheptel. Rita se lança aussi à corps perdu dans l'aventure. De même que Francesco. Et Anise. Tous, en fait. Mais comment espérer réussir alors que le monde était aussi fragile que les côtes de Bax et le long os blanc de sa jambe gauche, qui ressemblait à un os de spectre sur l'écran des rayons X noirs et brillants ? Bax était alité, voilà tout, les contrevenants, là-bas, tiraient à qui mieux mieux et, de peur, les brebis abandonnaient leurs petits.

Anise fut inconsolable. Une fois que tout fut terminé, or la fin ne vint que lorsque les corbeaux le décidèrent, quand, telles d'énormes limaces ailées, ils s'envolèrent des cadavres éparpillés et gonflés, Rita alla trouver sa fille. Elle la découvrit accroupie sur l'herbe piétinée, les agneaux autour d'elle, cheveux raides suintant sur son visage, épaules agitées de secousses, vêtements trempés de pluie et de sang. Plusieurs agneaux étaient trop faibles pour tenir debout, oreilles démesurées déployées sur l'herbe, bêlements comme quelque lointain tocsin diachronique. Ils avaient besoin de leur mère, de protection, de chaleur, de lait et, si on ne les leur procurait pas, les pertes s'élèveraient bientôt à bien davantage que les soixante-treize cadavres que Rita avait déjà dénombrés.

« Viens, ma chérie, dit-elle, s'efforçant de maîtriser sa voix. Rentrons à la maison et changeons-nous. Je vais te préparer du thé. Ou un chocolat chaud. Ça te dit, un chocolat chaud ? »

Anise s'abstint de répondre. Elle resta recourbée sur ses genoux, elle se balançait d'avant en arrière, contour de sa mâchoire serrée blanc et aussi nerveux que le bâton d'un sourcier. Elle ne daigna même pas lever un œil vers sa mère.

Celle-ci resta plantée là sous la pluie, essayant, pour le bien de sa fille, d'être douce, raisonnable, apaisante, maternelle, alors qu'elle ne se sentait rien de tout cela. Le fait est qu'à cet instant précis, Anise était l'image crachée de son père, de Toby lorsqu'il était déprimé, quand ils jouaient devant une salle vide, ou le jour où le directeur artistique de leur maison de disques déclara qu'il émettait des réserves quant à tel ou tel titre de leur second album, qu'ils étaient nuls, pire que nuls, merdiques, pire que merdiques. Mais Rita n'avait pas la moindre envie de penser à Toby à ce moment-là. Toby et ses colères monstres, ses mensonges, sa coke (lui-même préférait le mot *Cocaína*, comme dans : *Et si on se prenait une petite "cocaína" ?* Sympa. Vraiment sympa. Alors qu'ils n'avaient même pas de quoi payer le loyer).

Elle fit donc un effort. « Nous ne pouvons plus rien y faire », dit-elle. L'odeur de la pluie soulignait celle de la mort qui flottait dans le pré, au point qu'elle aurait eu envie de s'enfoncer dans la glaise, sur place, sous les yeux de sa fille, et de pleurer toute l'eau de son corps. A quoi ça rimait, tout ça ? Les inquiétudes, les privations, chaque sou réinvesti dans le troupeau pour l'unique satisfaction de voir le troupeau s'accroître. « Le mal est fait. Il ne nous reste plus qu'à attendre, maintenant, attendre que les mères rejoignent leurs petits. Regarde… » Elle désigna le pré, où Francesco et Bumper s'évertuaient à les attirer. « Elles reviennent déjà. Elles sont aussi inquiètes que nous. »

Anise répondit d'une voix basse et amère : « Et celles qui n'ont plus d'inquiétude à avoir ? Qu'est-ce qu'elles vont faire ?

— Je ne sais pas. Je ne sais pas. Ça fait mal. »

Rita se remémora une brebis qui, l'année précédente, avait perdu un agneau à la patte atrophiée et n'avait cessé de renifler les restes de sa carcasse, les sabots, la tête, la pelisse, bien après que la chair avait disparu. Un crève-cœur commun à toutes les espèces, d'*Ovis aries* à *Homo sapiens* : il était de retour, soixante-treize brebis bêlant, en quête d'agneaux qui ne pouvaient leur répondre. Les corbeaux ricanaient dans les arbres.

« Nous devons contacter la police », dit Anise, d'une voix basse et sûre. Alors, elle leva les yeux : son regard dur et froid. « Qu'ils paient, ces salauds, ces chasseurs. Pour chaque agneau tué.

— Nous nous y emploierons, ma chérie, crois-moi. » Alors, elle sentit à nouveau la colère, la haine et le désespoir monter en elle. « Je vais aller tout droit à la radio et appeler le shérif, parce que c'est une violation de propriété privée et, comment dire.. du vandalisme…

— C'est du meurtre. »

Une brise compensatrice montait de l'océan. Rita en huma l'acidité, l'iode, la piqûre saline du mélange d'écailles, de plumes, de nageoires. Une brise qui affaiblit la poigne de la pluie, laquelle finit par se réduire à une bruine intermittente. « Exactement. C'est du meurtre. » Elle avança la main, impatiente désormais. « Viens. Lève-toi, bouge-toi. Allons à la radio tant qu'il est encore temps de les attraper. »

Anise se leva et lissa son jeans mouillé. Les agneaux qu'elle avait réunis restèrent allongés là à contempler le vent mais déjà les brebis approchaient, chacune instantanément identifiable par l'autre grâce à son odeur et à ses inflexions particulières. « Que pourra-t-il faire, le shérif ? Même s'il venait, ce qu'il ne fera pas, il lui faudrait des jours et ces hommes seront partis depuis longtemps.

— Je ne sais pas. » Rita prenait déjà la direction de la maison. « Nous pourrons peut-être obtenir des garde-côtes qu'ils les prennent en chasse. » L'un d'eux, celui qui était devant, était un grand blond à la mâchoire carrée, il ressemblait à l'un de ces catcheurs bidons de la télé dont son père avait tant aimé regarder les matches quand elle était petite, du temps qu'ils habitaient New York. Il ne lui avait même pas adressé un regard. Il n'avait pas de fusil, à la différence des deux autres, qui étaient passés en vrombissant, aussi indifférents que lui, fusil à l'épaule, tandis qu'ils maniaient le guidon de leur engin, regard fixé droit devant à l'affût d'ornières et d'obstacles, des flancs d'un cochon sauvage filant au loin. Il devait vraiment s'y croire car il avait un arc et un carquois attachés dans le dos. Monsieur le héros. Le coq du village. « Ils ont forcément un bateau quelque part, tu le sais bien… »

Grande, longiligne, dos voûté sous le poids de tout ce qui n'allait pas, livre, sous sa couverture en plastique, pressé contre la poitrine, Anise emboîta le pas à sa mère : la maison loin devant elles, fumée s'échappant de la cheminée, lumière de Bax encore allumée. On aurait dit qu'il ne s'était rien passé, comme si toutes les horloges s'étaient arrêtées, soleil figé sur place. « Où crois-tu qu'ils sont ? A Smuggler's ? Parce que, là-bas, il y a des panneaux d'interdiction et ils ne peuvent pas prétendre qu'ils ne les ont pas vus…

— Ne te fais pas de bile, chérie », répondit Rita marchant aussi vite que ses jambes pouvaient la porter. Venait-elle de citer les paroles d'une chanson ? Des paroles enfouies dans sa mémoire… toutes les chansons qu'elle avait entendues dans sa vie et chanterait dans les années à venir, lorsque toute cette histoire serait terminée… Elle envisagea même une nouvelle chanson, progression blues sur thème d'ultime et entière revanche. « Ne te fais pas de bile, chérie, répéta-t-elle, et les mots lui semblèrent être des petits galets froids dans sa bouche. Ces fils de pute vont regretter ce qu'ils ont fait, tu as ma parole. »

Mais non. Ils ne regretteraient rien et ne regretteraient jamais rien. Parce que des rouages étaient enclenchés dont elle ignorait tout. Lorsqu'elle grimpa l'escalier de la chambre, elle fut étonnée de voir Bax debout : il avait passé ses chemises en flanelle défraîchie (suivant la température, il en portait jusqu'à trois ou quatre à la fois les unes par-dessus les autres) et son jeans avec une jambe coupée pour laisser passer le plâtre. En équilibre sur le bord de la chaise, il tentait d'enfiler ses chaussettes mais, lorsqu'il essaya de se pencher vers son bon pied, les côtes lui tirèrent comme si son bras avait été attaché à un tendeur. Il fit une grimace. Lâcha un juron. « Bon sang, gronda-t-il lorsqu'elle entra. Tu m'aides à les mettre ? Et mes bottes ? Où sont mes bottes, bordel de merde ! »

Rita dut donc enfiler les chaussettes de Bax sur les pieds blancs et froids de ce dernier, ongles jaunis, cornés, orteils écartés, avant de pouvoir dire un mot et, lorsqu'elle parla, elle était déjà retournée à la porte. « Tu veux dire *ta* botte, non ? Parce qu'il est absolument impossible de passer une botte sur ce plâtre, même si je l'ouvre avec un couteau. Et je ne suis pas certaine que tu doives marcher sur ce pied-là.

— J'ai entendu deux coups de feu, dit-il, pivotant vers elle, jambe gauche balançant comme un pendule dans sa chrysalide de plâtre blanchâtre déjà maculée. Qui était-ce ? Des excursionnistes ? Des chasseurs ? »

Les excursionnistes criblaient de trous leurs illusions de sérénité chaque fois qu'ils se manifestaient, jour ou nuit, du plongeur qui s'était noyé à quelques brassées de la plage en ramassant des ormeaux hors saison (Anise l'avait découvert à marée basse, visage dévoré, bras rigide levé en diagonale comme une invitation à danser) aux amateurs de feux de joie en passant par les pêcheurs égarés et les six adolescents venus de Santa Barbara avec le yacht de leur papa tirer sur un troupeau de baleines grises dans les bas-fonds de Scorpion Rock. Impossible de savoir, surtout l'été, si quelqu'un qu'on ne connaissait ni d'Eve ni d'Adam n'allait pas débouler tout à coup dans la cuisine, comme si la ferme n'avait été qu'une curiosité dans un musée en plein air. Mais, cette fois, il ne s'agissait pas d'excursionnistes. C'était pire, bien pire. « Des chasseurs », répondit-elle.

Bax s'était immobilisé tout près d'elle, en équilibre sur ses béquilles qui faisaient à ce moment-là penser à des ailes, énorme, avec sa grosse tête, ses cheveux qui avaient blanchi l'année d'avant, barbe de même poivre et sel, évasée sur les cols de ses chemises et remontant vers ses rouflaquettes comme si le vent lui avait craché à la figure. « Où ? Pas sur la propriété ? »

Elle tenta de maîtriser sa voix. « Au beau milieu du pré. Au beau milieu…

— Merde. Les connards. Il y a des pertes ? »

Elle fit oui de la tête. « Anise est en bas, elle essaie d'avoir les garde-côtes sur la radio. Cette fois, nous allons les faire payer.

— A quoi ressemblaient-ils ? »

Rita dut se remémorer la scène. La façon dont ils avaient déboulé, c'était absurde, complètement décalé, les moutons qui avaient détalé… « Je ne sais pas. La tête des connards moyens. L'un d'eux avait un arc et des flèches, en tenue de camouflage comme au Viêt-nam ou je ne sais quoi… »

Bax passa la porte tant bien que mal et elle le suivit jusqu'au palier, en surplomb de la cuisine : la longue table, la tête de cochon sauvage qu'il avait fait empailler trônant au mur, défenses maillées et sourire bancal, comme si la mort avait été une bonne blague. « A tout hasard, il n'était pas blond ? » Il lui tendit ses béquilles pour pouvoir saisir la rambarde et descendre l'escalier, une marche à la fois.

« Si, en effet. » Elle descendit jusqu'à lui, glissant son épaule sous le bras de son homme pour le soutenir.

« Un malabar ? La quarantaine ?

— Ouais. Pourquoi, tu le connais ?

— Merde, ouais. C'est Thatch. » Une autre marche, puis une autre encore, la cuisine plus bas béant comme un gouffre, le fourneau, le four, l'éclat mat des casseroles et des récipients cabossés, fosse de domesticité, de labeur quotidien. Rita entendit la voix d'Anise à la radio, « Mayday ! Mayday ! Mayday ! », et le crissement de l'électricité statique. L'instant d'après, Rita aurait demandé à Bax *Qui est Thatch ?* s'il lui en avait laissé le temps. « Il ne connaît pas les règles ? Ils m'avaient dit qu'ils ne pénétreraient pas dans la propriété, qu'ils resteraient dans les collines.

— Qui t'avait dit *quoi* ? »

Bax soufflait, en sueur alors qu'il ne pouvait pas faire plus de sept, huit degrés dans la maison. Une fois au pied de l'escalier, il fit la grimace lorsque Rita retira son bras d'en dessous son épaule et lui tendit les béquilles. Il détourna le regard en répondant : « Les propriétaires.

— Qu'est-ce que ça signifie ? Ils n'ont pas… ?

— Si. » Sa voix avait chuté tout au fond du registre pour s'affaisser en un grommellement, un grognement éloigné de tout son humain. « Je voulais te le dire depuis deux bonnes semaines mais, avec l'accident et tout ça, j'ai simplement… »

Elle était furieuse, elle bouillait. « Tu as simplement *quoi* ? Raconté un bobard ? Evité de me dire la vérité ? Tu m'as traitée comme un ouvrier, comme une cuisinière et pas comme ce que je suis ou croyais être. Fils de pute. Tu es pire qu'eux. »

Il traversa avec difficulté la pièce jusqu'à la porte avant de répondre et, quand il le fit, il avançait déjà la main vers le .22 long rifle comme si ce dernier avait été de la moindre utilité contre une bande de chasseurs armés de fusils surpuissants et d'un arc de cinquante-cinq livres. « Ils leur ont donné la concession de chasse, d'accord ? Je n'avais pas envie de te voir en rogne et tempêter contre la décision du propriétaire alors que nous n'y pouvons rien, sauf que le marché, c'était qu'ils ne mettent pas les pieds sur la propriété et qu'ils restent sur les hauteurs… Maintenant, le marché ne tient plus. » Furieux lui aussi, il tourna brusquement la tête et hurla dans la direction d'Anise, qui, assise au grand bureau Steelcase où ils s'occupaient de la paperasse, n'arrêtait pas de crier elle-même dans le micro de la radio : « Mayday ! ». Bax hurla : « Arrête cette merde, Anise, éteind cette putain de radio ! »

Rita posa la main sur le bras de Bax. Grimaçant, il manqua tomber en essayant, avec ses bras, ses aisselles et ses béquilles cirées et luisantes, de tenir le fusil et d'ouvrir la porte en même temps. « Que vas-tu faire ? Leur tirer dessus ? Tu ne tiens même pas debout tout seul ! »

Mais il était déjà dehors, sur la véranda. Puis, il avança sous la pluie, les bouts en caoutchouc de ses béquilles s'enfoncèrent dans la glaise avec un bruit de succion, instantanément noircis. En l'absence de la Jeep, ils avaient pour tout véhicule le pick-up Ford antédiluvien que l'un de ses prédécesseurs anonymes avait laissé sur place. Francesco et lui l'avaient ressuscité mais c'était un puits sans fond et ils passaient autant de temps à le trafiquer qu'une équipe de mécanos sur une auto de stock-car. Epaules tassées jusqu'à la hauteur des béquilles, tête basse se relevant à chaque pas pesant, plâtre branlant dangereusement, Bax fonça sur le véhicule, talonné par Rita, encore furibonde, doublement furibonde, autant à cause du secret de Bax, de son sentiment d'avoir été exclue, que du massacre des agneaux. Bax tenta en vain de manier la poignée de la portière du pick-up, avant de taper la paume sur le métal rouillé et de se retourner soudain vers Rita, carrément hors de lui : « Ouvre cette putain de portière, veux-tu ? Et prend le volant. »

Elle s'exécuta. A tâtons et avec fracas, il se glissa sur le siège du passager, jurant dans sa barbe, jambe dans le plâtre comme un billot de bois qu'il aurait essayé de mettre en place, fusil incliné sur le plancher, béquilles croisées cognant l'une contre l'autre, bois sur métal. Elle voulut l'aider, il la repoussa d'un coup d'épaule, secouant les béquilles comme s'il avait voulu les briser en deux. Elle abandonna donc, fit le tour de la camionnette par le devant et se glissa sur le siège du conducteur. Elle l'observa se surmener, soupirer, secouer les inflexibles bâtons de bois et de métal ; elle aurait voulu parler mais se retint car, de toute manière, il n'en ferait qu'à sa guise, et aucun conseil, aucune compassion, aucune raison ne le ferait changer d'avis ; alors, elle appuya d'un pied sur l'embrayage, de l'autre sur l'accélérateur, mit le contact, le moteur cliqueta, puis, avec une pétarade en l'absence de silencieux au pot d'échappement, démarra. Bax, entretemps, avait réussi à s'installer, il avait lancé les béquilles sur le plancher de la camionnette et fait claquer la portière. Rita appuya à nouveau sur l'accélérateur, passa en première, le pick-up eut un sursaut et avança, tremblant, sur les ornières. « On va où ? » demanda-t-elle, d'une voix basse et méchante, car elle était près de se prendre de bec avec Bax mais il mit tout de suite le holà.

« A Smuggler's. »

Elle se représenta la ferme là-bas, dérélicte, inhabitable, une sorte de maison hantée dans laquelle il lui arrivait de s'asseoir pendant un moment pour s'abriter de la pluie ou simplement écouter aller et venir les fantômes des bergers qui jadis avaient arpenté ses planchers. C'est là que seraient les chasseurs : elle le savait, même Anise le savait. Mais ce qu'elle ignorait, ce que Bax ne lui avait pas avoué, c'est qu'ils avaient la bénédiction des propriétaires. Que les propriétaires avaient diversifié les activités sur l'île car l'élevage ne rapportait quasiment rien alors que, comme tout le monde, ils voulaient leurs retours sur investissement. Ils habitaient sur la côte des demeures bien douillettes, mangeaient au restaurant, allaient au cinéma, au yacht club, au concert et quoi d'autre, et ils n'avaient aucune idée du genre de travail et de dévouement que Bax et elle avaient mis dans l'exploitation. Pas la moindre idée. Pas la moindre.

Brusquement, elle eut peur. Trois petites heures avant, elle se sentait en sécurité, sereine, elle ne pensait qu'à l'agnelage, à la vie, au don de soi, à l'accroissement du cheptel, or voilà qu'elle se retrouvait prisonnière d'une maison en flammes quand toutes les fenêtres sont hermétiquement closes. Elle donna un coup de volant, appuya à fond sur le frein, tapa sur l'accélérateur. A un instant d'apesanteur succéda un gros choc inexorable, meulage, broyage et puis une cascade d'eau couleur pisse car ils plongèrent dans la Scorpion River, avant de ricocher sur l'autre rive. Le levier de vitesse vibra dans sa main, le moteur crachota et cliqueta. Rétrogradant en première, elle aborda la piste de la crête à la vitesse maximale et ils entamèrent la grimpée. Ils montèrent, dépassèrent l'endroit où Bax avait eu son accident avec la Jeep ; la piste tout en lacets grimpait de plus en plus haut, jusqu'à ce qu'on découvre Scorpion Bay en contrebas et la ferme, à la tête d'un réseau de pistes qui y aboutissaient toutes comme si elle avait été le centre du monde, et les arbres qui tissaient leurs frondaisons autour d'elle et, au loin, les brebis qui léchaient leurs agneaux, taches lointaines de non-couleur. Le fusil, sur les planches à leurs pieds, glissait un coup vers elle, un coup vers Bax tandis qu'elle négociait les virages, plongeait dans les nids de poule et en ressortait. « Que vas-tu faire ? » demanda-t-elle, dents serrées, épaules secouées, le siège ruant sous ses fesses, et Bax accroché à la poignée de la portière comme s'il avait craint pour sa vie.

Il lui adressa un regard froid et las. Ses côtes lui faisaient souffrir le martyre, elle s'en rendait compte mais, à cet instant-là, elle fut incapable d'éprouver la moindre sympathie pour lui, non, pas la moindre, la plus infime particule de sympathie. « Je n'en sais rien. » Le fusil glissa sur toute la longueur de la cabine, canon en premier, de sorte qu'elle dut l'éloigner de l'accélérateur avec le pied. « Je vais avoir une petite conversation avec eux, voilà tout. »

Quand ils parvinrent au sommet de la crête, le ciel venait de s'éclaircir, les nuages noirs avaient roulé au loin pour aller obscurcir la côte Nord, un fil argenté continu dans leur sillage. La conduite était plus facile ici, le sol lissé au fer à repasser sur la *mesa* qui séparait les deux fermes mais la piste était embourbée et, à chaque tournant, on découvrait des rochers déplacés et des glissements de terrain d'ampleurs diverses. Une demi-douzaine de fois, Rita dut descendre du véhicule et pousser des pierres sur le côté ou manier la pelle qu'on laissait en permanence à l'arrière pour ce genre d'heureuse occasion ; pendant tout ce temps, Bax resta assis à fulminer. Même dans les meilleures conditions, la piste était quasi inexistante : au printemps, après les pluies, Bax et Francesco se relayaient pour, amadouant le vieux bulldozer John Deere, l'aplanir et la débarrasser de ses ornières, de rochers et de buissons mais elle leur parut particulièrement mauvaise maintenant que la Jeep 4 × 4 était hors service. Rita dut la négocier au prix de grands coups de volant. Pendant tout le trajet sur la *mesa*, elle redouta la perspective de descendre les tournants en épingles à cheveux de l'autre versant, comme empilés les uns sur les autres. Ce serait une épreuve, la terre détrempée se déroberait sous les roues, les roues obliqueraient sans cesse vers le bas-côté qui n'était plus un bas-côté mais un bord, un précipice, un ravin.

Lorsqu'ils parvinrent au sommet, d'où la piste redescend vertigineusement, Bax et elle purent contempler Smuggler's Ranch et les oliviers redevenus sauvages ; ils avaient été plantés à l'époque où, la ferme étant une entreprise florissante, on plantait des champs de luzerne pour le bétail, on vendangeait et on pressait l'huile. Tout paraissait normal, du moins de loin, et Rita préféra garder les yeux rivés sur la piste, hormis un coup d'œil de temps à autre tout en franchissant les nids de poule dans une succession de cahots ; elle roula toujours le plus loin possible du bord et égratigna ainsi toute la peinture qui avait survécu sur les parechocs latéraux et la portière qui séparait Bax de la paroi rocheuse. « Bordel ! » lança ce dernier – à deux reprises –, mais rien d'autre.

Le volant bondissait comme une poignée de serpents, les pneus dérapaient, adhéraient et glissaient derechef. Rita jeta un coup d'œil par la fenêtre : autant qu'elle pût voir, aucun bateau ne mouillait dans la baie ou n'avait été tiré sur le rivage. Mais, lorsque la piste s'arrêta de tanguer et que Rita fut en mesure de lever les yeux pour mieux regarder, elle aperçut les traces des quads dans la cour de la maison abandonnée. Elles décrivaient des arcs gracieux et tendus qui revenaient en boucles sur eux-mêmes, des tresses et des entrelacs : leur message n'était que trop évident.

Elle immobilisa le pick-up dans la cour, stoppa le moteur et mit le frein à main avec un geste brusque du bras. La maison avait deux étages, comme la ferme de Scorpion, mais les fenêtres n'avaient plus de vitres, depuis longtemps brisées par des excursionnistes qui s'étaient exercés à tirer dessus avec des pierres et des balles, et les trois portes symétriques (une à chaque extrémité et une autre au centre comme si la maison avait été conçue par des gamins de maternelle sur une feuille de papier cartonné) étaient désormais perpétuellement ouvertes, pendant sur leurs gonds de guingois. L'endroit ressemblait à ce qu'il avait toujours été : il était vide, désert, désolé. Cœur battant, Rita descendit du pick-up, claqua la portière et se dirigea instantanément vers la porte du milieu, celle de la pièce principale. Si elle vit Bax tirer sur le poids mort de son plâtre et tendre la main à tâtons en direction de ses béquilles, l'image ne s'imprima pas dans son esprit car il ne s'agissait pas de politesse ici, ni de compassion ni même d'amour mais de fureur froide. Bax cria dans son dos mais elle avait déjà pénétré à l'intérieur de la maison.

La lumière vira au gris. Les ombres s'éloignèrent des murs. Rita avisa une forme irrégulière sur le sol de l'entrée, intrusion qui n'avait rien à faire là et qui prit un bon moment pour se recomposer dans la pénombre : un sac à dos bleu, rabat repoussé en arrière, révélant une boîte de repas lyophilisés dans des sachets de papier aluminium. Plus loin, un tas de vêtements et d'équipement, des objets, papiers d'emballage éventrés, cannettes en accordéon, trois packs de douze Tecate empilés au petit bonheur la chance les uns au-dessus des autres dans leurs enveloppes rouge flamme. Elle se souvenait d'une odeur douceâtre, botanique, l'odeur de la moisissure, du pourri, des graines déhiscentes des plantes qui s'infiltraient par les fenêtres cassées et s'installaient dans les interstices du plancher. Eh bien, cette l'odeur-là avait changé, laissé la place à une autre, cuivrée, dure, superposition d'effluves de mécanique, de cambouis, de graisse à fusil, et voici d'ailleurs les fusils, deux, trois, quatre… posés contre le mur du fond, comme des œuvres dans un musée.

Elle découvrit les sacs de couchage déroulés sur le plancher de la pièce principale, deux lanternes Coleman posées à côté, et un éparpillement de revues de chasse, *Oregon's Mule Deer Paradise*, *Ozarks Bear and More !* Elle distingua aussi une glacière d'un mètre de long, en plastique blanc et orange, installée comme un banc sous le linteau de la fenêtre brisée. Elle entendit Bax l'appeler mais ne répondit pas. Dans la glacière, au milieu d'une gadoue de glace fondue, se trouvaient deux barquettes de viande sous cellophane, du foie sans doute dans l'une et quatre ou cinq steaks mal coupés dans l'autre. Derrière elle, à la porte, elle entendit un bruit de pas lourds, puis les coups et râpements de béquilles. La voix de Bax retentit en échos dans le vide. « Rita, merde, où es-tu ? »

Elle ne répondit toujours pas. Elle était trop en colère, chaque paquet de cigarettes froissé, chaque tas de sous-vêtements mis en boule, chaque chiffon maculé de graisse l'irrita en égale mesure. Où ces hommes croyaient-ils être ? Dans un hôtel ? Un asile de nuit ? Elle gravit les marches deux à deux, jurant, les dents serrées. Au sommet de l'escalier se trouvait une porte, ce qui était bizarre car elle ne se rappelait pas l'avoir vue auparavant. Elle n'en était pas certaine mais on aurait vraiment dit que les gonds étaient neufs ou du moins qu'on les avait graissés récemment et qu'on avait gratté la rouille. Après avoir soulevé le loquet, elle la poussa et, de nouveau, elle fut ébahie ou, plutôt, non, choquée, outrée.

La pièce avait été transformée. Le plancher reluisait comme s'il avait été vernis ou, sinon vernis, du moins scrupuleusement balayé et passé à la serpillière. Les fenêtres (il y en avait deux, l'une sur le côté, l'autre au fond) étaient tendues de bâches plastique, soigneusement fixées au cadre de la fenêtre à l'aide de ruban adhésif entoilé. Sur un lit de camp poussé contre le mur du fond se trouvaient des couvertures, des draps, un oreiller recouvert d'une taie. Des vestes et des chemises pendaient à des clous plantés dans le mur au-dessus du lit ; un autre sac à dos (celui-ci en simple toile kaki comme un sac militaire) reposait sur une tablette en bois flotté près du lit ; un bureau et une chaise rudimentaires fabriqués avec des caisses rabotées étaient poussés contre le mur du fond. Et le pire : une toison, une toison tannée, étalée par terre au pied du lit pour que le tueur de moutons n'ait pas froid aux pieds quand il retirait ses bottes, préparait son arc et affûtait ses flèches à pointes métalliques.

« Rita ? »

Elle était paralysée par la haine. « Je suis ici, en haut. » Elle entendit alors Bax râcler ses béquilles au rez-de-chaussée, marmonnant dans sa barbe. Comme si elle avait eu besoin d'une nouvelle provocation, qu'on lui verse du vinaigre sur sa plaie, elle vit quelque chose sur la table. Là, à côté de la lanterne Coleman et d'une demi-douzaine de livres de poche : une revue de chasse ouverte sur une publicité en pleine page. De loin, elle crut que d'énormes jumelles étaient braquées sur elle mais, quand elle saisit la revue, elle s'aperçut qu'il s'agissait de deux photos circulaires, l'un d'un cochon sauvage arborant ses défenses, l'autre d'un bélier, un mérinos de Rambouillet perché sur un rocher. Le tout légendé ainsi : *Club de Chasse Eldon Thatch – Ile de Santa Cruz*. A côté d'un numéro de téléphone et d'une adresse à Ventura, des tarifs : sept cent cinquante dollars pour un cochon sauvage, mille pour un bélier de concours et deux moutons à viande. Moutons à viande ! Ce qui passa par la tête de Rita à cet instant-là, ce fut moins un processus de pensée qu'un flot grossissant d'images, toutes plus amères et ironiques les unes que les autres. *Leurs* moutons, *leurs* béliers, les animaux qu'ils avaient achetés *de leurs propres deniers*, pour lesquels ils s'étaient échinés, étaient chassés à des prix vingt fois supérieurs à leur prix de vente. Par des inconnus. Des intrus. Des débiles.

Instantanément, elle commença à tout fourrer dans une caisse : les draps, les livres de poche, la lanterne, même les bâches en plastique qu'elle arracha aux fenêtres comme pour leur arracher la peau du dos. Et l'instant d'après, le souffle si bref qu'elle devait faire de l'hyperventilation comme quand elle sniffait les lignes de coke que Toby lui préparait à n'importe quelle heure du jour ou de la nuit, qu'elle en ait voulu ou pas… mais elle en voulait, elle en voulait toujours… l'instant d'après, donc, elle descendit la caisse et cria à Bax qui, planté au pied de l'escalier, la regardait bouche bée, de s'écarter. « Pour l'amour de Dieu, Rita ! s'exclama-t-il. Tu ne peux pas toucher à leurs affaires, ça leur appartient, c'est… »

Elle ne dit rien. Pas le temps de débattre : elle était en proie à une force incommensurable et cette force incommensurable allait s'exprimer que ça lui plaise ou pas, que ça plaise ou non à Eldon Thatch, à Pier ou à Francis Gherini ou même au commandant des garde-côtes. Une fois en bas, elle traversa la pièce, sortit dans la cour ; Bax s'efforça de la suivre tant bien que mal. Elle renversa la caisse, versa tout dans la boue. Sur quoi, contournant Bax, qui grommelait dans une langue qui était certes de l'anglais, pressant et dur, mais qui aurait tout aussi bien pu être du mandarin car elle n'eut aucun effet sur elle, elle rentra comme une fusée dans la maison, dans la pièce principale, avec la caisse, dans laquelle elle fourra les sacs de couchage, le sac à dos plein de repas en poudre, les revues, la bière, même les rouleaux de papier toilette. Elle tira le tout dehors et le déposa là, et si elle entendit les crissements des quads dans la colline ou le fracas façon mitraillette des pales de l'hélicoptère qui ne pouvaient que signifier une chose, à savoir que les propriétaires venaient leur apprendre en personne la nouvelle pernicieuse, elle s'en moqua éperdument. Carrant les épaules, elle se dirigea droit sur le pick-up et le bidon d'essence que Bax gardait derrière le siège du passager : bientôt, l'odeur douceâtre du benzène parvint à ses narines tandis qu'elle le versait sur tout le fatras avant de plonger la main dans sa poche, dont elle sortit une boîte d'allumettes.

Tout flamba donc avant que quiconque puisse intervenir. Or Bax essaya, parce que c'était un pacificateur, ce lâche, ce chien qui se serait roulé sur le dos pour que les propriétaires puissent lui gratter le ventre et vendre la concession – mais en vain. Elle observa les flammes s'élever, lumineuses et caracolantes ; les lanternes explosèrent lors de la violente libération du kérosène ; les sachets de nourriture éclatèrent comme des pétards, le coton, le cuir et le Gore-Tex se ratatinèrent, furent réduits à néant tandis que les matelas en mousse sous les sacs de couchage dégagaient une fumée nauséabonde, grasse et noire, qui se divisa dans le ciel et y flotta, tel un parapluie déchiré. Lorsque Bax réussit à approcher de sa compagne (râcle, boum, râcle), elle pivota sur elle-même, furibonde. « Sais-tu ce qu'ils sont en train de faire ? En as-tu la moindre idée ?

— Je me moque de ce qu'ils font, on n'entre pas comme ça chez les gens…

— Chez les gens ? C'est la maison de personne, ici. C'est *notre* maison. Elle fait partie de notre ferme, partie de ce que nous réussissons à louer parce que nous nous saignons à blanc.

— Détruire le bien d'autrui, ce n'est pas correct. C'est dingue. Tu es complètement *dingue*, est-ce que tu le sais ?

— Ouais ? Et toi, alors ? Ils vendent nos moutons, les béliers que nous… à n'importe quel crétin armé d'un fusil pour… simplement… » Elle se sentit céder, toutes les secousses et frustrations de la journée explosèrent en elle – et brusquement ses yeux s'emplirent de larmes. « Mille dollars, Bax, ils paient mille dollars pour tuer notre bétail, un bélier et deux "moutons à viande". Mouton à viande ! Pour l'amour de Dieu… »

Elle vit, dans l'expression de Bax, qu'il encaissait l'information. Il écarquilla les yeux et serra les mâchoires. Il souffrait le martyre (c'était un supplice de rester debout) mais ça, c'était comme si on lui était monté sur le dos et lui avait retiré les béquilles. Du coup, Rita eut mauvaise conscience : il n'était pas au courant ou ne connaissait pas toute l'histoire. « Qu'est-ce que tu racontes ? » Les flammes conféraient un aspect étrange à ses traits, des flammes malsaines, chimiques, au milieu des explosions des cannettes de bière, accompagnées d'un long sifflement liquide : le son de la capitulation, de la défaite.

« En haut. Dans la chambre, *sa* chambre. Il y a une pub dans *Field and Stream*, bordel. *Club de Chasse Eldon Thatch – Ile de Santa Cruz.* Avec la liste des prix et tous les détails… »

C'est alors que le bruit périphérique qu'elle avait entendu gagna en intensité, se rapprocha, et ce n'était pas le fracas de l'hélicoptère qui était apparu au-dessus de leurs têtes comme une grosse punaise cliquetante et avait disparu sur la montée dans la direction de Scorpion mais le bourdonnement mécanique et furibond des quads revenant au bercail. Elle vit les trois, en file indienne, descendant de la *mesa*. Bax aussi les vit. Il bougea plus vite qu'elle ne l'en aurait cru capable et, lorsqu'ils déboulèrent en vrombissant dans la cour, il était déjà au pick-up, adossé à la carrosserie, son .22 long rifle à la main.

Elle ne s'y connaissait pas en armes à feu et ne voulait rien en savoir. Elle était dans un état second : la haine et la crainte se consumaient en elle en proportions égales. Où étaient passés la paix et l'amour qu'elle avait chantés pendant tant d'années, lorsque la musique était le moyen et la fraternité la fin ? C'est elle qui avait mis le feu aux poudres. Qui avait provoqué cela. Elle en eut la gorge serrée. Quelqu'un allait être blessé. Quelqu'un allait mourir.

Elle observa les trois hommes arrêter les moteurs de leurs engins, en descendre avec des gestes maniaques et exagérés, comme pour montrer combien ils étaient absolument insouciants et imperturbables, rien à signaler, juste un feu de joie dans la cour et un .22 long rifle pointé sur eux. Thatch retira sa casquette kaki et secoua ses cheveux (il avait une de ces coupes en dégradé que les chevelus affectionnaient pour vous faire oublier qu'ils ne savaient pas jouer de leurs instruments et Rita n'eut pas besoin d'en savoir plus). Il traversa la cour tranquillement, suivi par ses acolytes. « Salut », fit-il, tentant le genre de sourire qu'arbore un gars qui entrerait chez un revendeur de voitures d'occasion pour la première fois, plein d'espoir mais s'attendant au pire. Il voulait savoir ce qui se passait, ce qu'ils faisaient là, ce que signifiait le feu de joie. « Pendant un instant… », reprit-il d'un ton accorte, désireux d'arrondir les angles, comme si pénétrer sur la propriété d'autrui, tuer ses moutons et lui enlever le pain de la bouche n'était qu'une bévue insignifiante, rien, vraiment. « J'ai cru que c'était la maison qui brûlait. » Sur quoi, il examina le tas d'affaires calcinées, comprit de quoi il retournait et son expression se durcit.

Fusil posé sur le capot du pick-up, pick-up comme une barrière entre lui et les trois hommes, Bax déclara : « Vous tuez nos animaux. Notre bétail. Vous et vos deux clowns, vous tirez sur nos bêtes. » D'un mouvement du menton il indiqua les deux autres hommes, la trentaine ou la quarantaine, le genre gros lards. « Des bêtes pour lesquelles nous avons payé de notre poche. Ça doit cesser. »

Rita s'était approchée de lui lorsque les hommes avaient mis pied à terre, clignant les yeux dans la lumière descendue du ciel qui n'arrêtait pas de se propager. La glaise aspira ses semelles. Elle fut parcourue par une sueur froide. « Et les agneaux, déclara-t-elle. Et nos agneaux morts ? Soixante-treize en tout. »

L'armoire à glace, Thatch, qui devait être bodybuildeur ou quelque chose de cet acabit, se contenta de hausser les épaules. « Parlez aux Gherini, répondit-il. Je vous dois rien. C'est vous qui me devez. Vous avez pas le droit de détruire le bien des gens et je peux vous dire que vous allez payer jusqu'au dernier cent que ça va coûter pour remplacer tout ça ou alors…

— Ou alors quoi ? » Bax leva son fusil, même s'il était insignifiant, ridicule, un jouet d'enfant face à ceux que les deux gros lards portaient sur l'épaule.

Thatch ne bougea pas d'un pouce. Il se trouvait encore à cinq ou six mètres. L'arc passait, menaçant, au-dessus de sa nuque comme s'il y avait été attaché, membre superfétatoire surgi de l'articulation de ses omoplates. « Je vous ferai un procès. Je vous ferai expulser, comptez sur moi. Mettez-moi au défi. Je suis à deux doigts de venir vers vous et de vous bousiller, béquilles ou pas. » Il tourna le regard vers Rita. « Et toi aussi, salope. »

La violence du juron, la haine, l'urgence explosive du moment, genre train de marchandises qui passe à toute vitesse (la vie, la mort : voilà ce qu'elle songea à cet instant-là : la vie, la mort) l'abasourdit. L'effraya. Qu'avait-elle fait !

Personne ne bougea. Personne ne dit mot. Des images de film clignotèrent dans sa tête, dégainages rapides, coups de feu, irréalité en Technicolor, gestes théâtraux : qui étaient ces hommes étendus dans la poussière, giclures d'hémoglobine ? Des figurants, des cascadeurs, des méchants. Pas Bax, pas elle. Où était donc passées la réalité, la modération ? La loi et, même, la normalité ?

En fin de compte (cela arriva en un clin d'œil), il n'y eut qu'un coup de feu de tiré, et Bax en fut l'auteur. Un craquement creva l'air comme le claquement d'un fouet et souleva un petit nuage de terre près de la maison : Bax n'avait pas visé, peut-être n'avait-il même pas eu l'intention d'appuyer sur la gâchette mais le coup de feu fit son effet. Les deux gros lards reculèrent d'un pas chancelant comme si leurs genoux avaient cédé sous leur masse et Rita vit Thatch pâlir.

Bax demeura insondable, elle n'aurait su dire si son regard glacé était dû à la douleur qu'il ressentait dans les côtes, à une bouffée de colère ou même à sa surprise face à son geste, face à ce à quoi on en était arrivé ; il abaissa la voix, prit son ton le plus féroce : « Petit morveux, pour qui te prends-tu ? »

Thatch, encore blême, blanc comme linge, exsangue comme si on lui avait retiré une bonde, s'évertua à maîtriser sa voix. « Tu crois pouvoir m'intimider ? »

Bax, échec et mat : « Exactement. »

Rita comprit que Bax aurait du mal à remonter dans le pick-up, il tâtonnerait, exposé pendant un long moment fatal tandis qu'elle mettrait le contact et que Thatch et ses tueurs de moutons feraient ce qu'il faudrait pour se venger. Elle se dirigea donc vers la portière du conducteur et dit tout fort, pour que tous l'entendent : « J'en ai ma claque. Partons. Foutons le camp d'ici. »

Thatch ne tenta pas de les en empêcher, même s'il la fusillait du regard. Elle démarra, fit pétarader le pot d'échappement. Le raffut, ses gestes outranciers, la vivacité avec laquelle elle s'était mise au volant, s'était carrée dans le siège et agrippa le levier de vitesse fournirent à Bax une couverture suffisante pour lui permettre de jongler avec fusil et béquilles, et se hisser sur le siège du passager. Rita n'adressa pas un regard à Thatch lorsqu'elle poussa l'accélérateur au plancher et se tailla un chemin sur la piste, laissant loin derrière le feu de joie et les trois silhouettes piteuses à côté, qui rétrécirent bientôt jusqu'à n'être plus qu'un point dans le rétroviseur.

Jamais, de toute sa vie, elle n'avait été aussi partagée. Ses mains tremblaient, ses pieds lui semblaient inertes, et elle avait l'impression que son ventre, le bas de son ventre était épinglé à son corps avec une punaise. Bax hurla sa rage tout du long de la piste embourbée et sinueuse jusqu'à la *mesa* et Rita de même. Ils prirent quantité de résolutions : ils allaient faire ceci, Bax dirait cela aux propriétaires, à la police, aux garde-côtes, à quiconque voudrait les entendre. Peine perdue. Quand ils eurent franchi la *mesa* et que la ferme de Scorpion se profila en contrebas, grossit puis emplit le panorama à travers le pare-brise, ils avisèrent l'hélicoptère posé dans la cour, le pilote et l'homme en costume cravate, agent ou avocat des Gherini, peu importait, debout à côté, et Anise et Francesco avec eux, l'air sombre.

Oui. C'est ça. Tirer sur la bonde et laisser tout filer : les ampoules, le dos brisé, le cheptel, les améliorations apportées à la ferme, la pompe à gaz, les chevaux de selle et tout le reste, le goût de la terre entre les dents quand le crépuscule s'accroche aux collines et le profond amour pour un lieu qui vous le rend bien, sembable à l'amour qu'on peut ressentir pour Dieu, oui, lâcher tout ça. Car, marchant délicatement dans la boue avec ses souliers de ville, l'agent de M. Gherini avait déclaré : « Je suis navré d'avoir à vous l'annoncer, Monsieur Russell, mais j'ai ordre de le faire : vous avez deux semaines pour libérer les lieux. »

Bax avait répliqué : « Qu'est-ce que vous racontez ? »

Droit, aux commandes même s'il ne devait pas dépasser le mètre soixante-cinq et si ses yeux étaient mortaisés de dégoût, l'agent fit alors un petit discours, parsemé de chiffres arrachés à un registre, à peine quarante mille dollars de profit pour les Gherini au cours de l'année commerciale juste achevée contre la promesse de cent cinquante mille de revenus annuels grâce à la chasse seule, au moment où le Parc national leur mettait la pression, menaçait de les exproprier d'un domaine qui appartenait à la famille depuis l'époque du grand-père du propriétaire actuel – et ne parlons même pas du montant de la compensation tellement il est infime. « Voyons les choses en face, Monsieur Russell, dit-il, levant un pied de la gadoue puis, après réflexion, le reposant : le monde bouge. L'élevage, c'est un mythe du Far West, or le Far West est mort et enterré. »

Malgré la tension qu'il subissait, Bax essaya simultanément de gesticuler, de s'accrocher à ses béquilles et de raisonner avec l'agent, mais ce dernier, sans arrêter de hocher la tête et de l'interrompre, répéta à qui mieux mieux : « Deux semaines. Je suis désolé. Mes clients sont désolés. Tout le monde est désolé. » Il fit ensuite un pas en avant avec moult précautions, tel un homme se débattant dans de la pâte à beignets ; il retira une enveloppe de sa poche de veston et la tendit à son interlocuteur. « Deux semaines. Vous voilà dûment averti. »

Rita eut l'impression de recevoir un coup dans la poitrine. D'être une survivante accrochée à un rocher au milieu des brisants qui enflent et se fracassent alentour. Elle se noyait sur la terre ferme. « Et les agneaux ? s'enquit-elle, gesticulant dans la direction de l'agent, paumes tournées vers le ciel en signe d'atténuation. Nous ne pouvons pas tout simplement… »

L'agent croisa son regard pour la première fois. Il avait les yeux noirs, le cheveu ras. C'était un homme de très petite taille en costume très onéreux, chaussé de souliers désormais foutus, venu d'un autre monde pour une course urgente, et sa mission était accomplie. « Laissez-les…

— Pour quoi ? Pour que ces… ces… (elle ne put trouver le mot juste) types leur tirent dessus ?

— Il ne me revient pas de discuter. »

Francesco contempla l'extrémité atrophiée et craquelée de ses souliers qui rebiquaient. Anise porta la main à son visage. De loin leur parvint le long bêlement dépérissant des agneaux.

« Mais ils représentent tout notre bénéfice, protesta-t-elle, ce que nous avons réussi à faire fructifier… »

C'est alors que, comme si l'avenir n'était pas assez noir, Bax se tourna vers elle pour lui lancer : « Ne te mêle pas de ça ! »

Le regard rivé sur Bax, l'agent sembla ne même pas être conscient de la présence de cette femme.

« Et le bail ? demanda Bax. Vous ne pouvez pas le résilier d'un claquement de doigts. Nous pourrions vous intenter un procès. N'importe qui pourrait vous intenter un procès.

— Pas de visiteurs.

— Quoi ? Que dites-vous ?

— Votre bail. Il précise, très clairement, que vous n'avez pas le droit de recevoir des visiteurs sans l'autorisation expresse des propriétaires. »

Bax exécuta une petite danse à l'intérieur de la cage de ses béquilles, tous ses espoirs défaits là, dans la gadoue devant lui. « Des visiteurs ? Nous n'avons jamais eu de visiteurs ici… »

L'agent avait tourné les talons pour rejoindre l'hélicoptère. Le pilote restait planté là (deux bras, deux jambes, deux yeux, un visage aussi insipide que les Pages Blanches de l'annuaire téléphonique de Los Angeles) : il contemplait la scène comme s'il n'était déjà plus là, qu'il tourbillonnait déjà en l'air dans son engin tonitruant, salut, au revoir, tout ça ne me concerne pas.

« Monsieur Hazeltine ! » Bax pataugea après lui. Une plainte s'était insinuée dans sa voix, une onctuosité dont Rita ne l'aurait pas cru capable, une propension à mendier, à vendre son âme. Mais que faisait-il donc ? Pourquoi suppliait-il ? Il aurait dû hurler, il aurait dû jeter ses béquilles et tordre le cou de cette petite merde comme on essorre une serpillière. « Monsieur Hazeltine, nous n'avons jamais… »

Montant alors sur ses grands chevaux, la poche pleine d'une batterie d'avocats, de contrats, de contrevenants au bail, l'agent pivota sur lui-même et, levant lentement la main, désigna Anise.

Il fallut à Rita un long moment (elle était lessivée, sonnée, à court de mots, tout comme Bax) pour répondre ou, plutôt, non, pour, dans un bêlement, se récrier : « Mais, voyons, c'est ma fille ! »

L'agent se trouvait à la portière de l'hélicoptère, le pilote déjà aux commandes. « Exactement, dit-il, se retournant vers eux. *Quod erat demonstrandum*. Affaire classée. » Il se hissa dans la bulle en verre, prit soin de faire pendre ses pieds assez longtemps à l'extérieur pour pouvoir ôter les lacets de ses souliers, des cordouans, rouge foncé, avec des talonnettes en caoutchouc noir ; ensuite, il les retira et les posa délicatement contre la structure métallique de l'engin. Bax et Rita restèrent là à l'observer en silence comme s'il avait exécuté un rituel sacré : un petit homme par une journée grise sur une île loin de la côte, ôtant la boue de ses souliers. Ensuite, quand les grandes pales se mirent à vriller, ils reculèrent de la laisse et du brusque assaut crissant de leur fracas. « Deux semaines », articula distinctement l'agent au-dessus du raffut, puis il referma la portière et tout ce qu'ils savaient, voulaient et espéraient s'envola dans les airs.

« *Sus scrofa* »

SON MOI NOCTURNE EST SI ÉPUISÉ qu'elle est incapable de penser, ses jambes sont lourdes comme des pierres, ses bras de plomb, ses mains tellement dénuées de force que c'est tout juste si elle parvient à replier les couvertures pour se glisser dans le lit : Alma s'extrait de cauchemars d'épuisement aux premiers balbutiements de la lumière du jour : ils frémissent au plafond, pas tout à fait prêts à s'agréger, les arbres de l'autre côté de la fenêtre ouverte sont encore sombres, décharnés, articulations raides. De l'océan parvient un bruit de remous continu, doux, indiscernable du murmure de l'autoroute qui chuchote au mur dans son dos, interrompu seulement par le cri solitaire et lointain d'un oiseau suspendu au-dessus des flots. Alma reste allongée, s'ajustant au monde, agacée par la sensation que quelque chose ne va pas, jusqu'à ce que, très progressivement, elle perçoive un arôme riche et pénétrant qui, traversant le vestibule, monte l'escalier, s'immisce sous la porte et la ramène de force à son enfance : le bacon crépitant dans la poêle, répandant son sel, ses nitrates et sa lourde charge de graisse animale.

Elle ne comprend pas tout de suite : *c'est* son enfance. Aussi improbable que cela puisse paraître, surtout dans ce repaire de végétariens à (elle jette un regard trouble sur son réveil) six heures trente-deux du matin, une figure parentale s'affaire dans la cuisine, trie les casseroles, fait fonctionner la machine à café, le grille-pain et dépose, une dans un sens une dans l'autre, de fines tranches de porc fumé dans les profondeurs d'une poêle – sans mettre de couvercle : il y aura des éclaboussures de gras partout sur la cuisinière, le carrelage, la théière, et l'odeur de viande grillée, comme celle de la fumée de cigarette dans une pièce non fumeur, s'attardera dans les angles, imprégnera le tapis et les plis des tentures pendant des semaines, des mois peut-être. Avant même d'avoir repoussé les couvertures et posé le pied par terre, Alma est contrariée ou, plutôt, non, pas contrariée, car c'est sa mère, après tout, arrivée sans prévenir avec son second mari à l'heure du dîner. Donc, pas vraiment contrariée mais elle n'apprécie pas ce chamboulement de sa routine : elle est chagrine. Tout à coup, elle se sent nerveuse. Ou… Mais à quoi ça sert ? Les faits sont là : Tim est sur l'île, sa mère dans la cuisine, et elle-même a un rendez-vous/petit déjeuner à Ventura à sept heures quarante-cinq.

Katherine « Kat » Boyd a abandonné le nom de Takesue après la mort de son premier mari et choisi de garder son nom de jeune fille lorsqu'elle s'est remariée, parce qu'elle est comme ça et c'est comme ça qu'elle se sentait bien. Elle a cinquante-neuf ans, elle est petite, râblée, elle a du diabète (c'est de sa faute : diabète de l'âge mûr) et une dépendance grandissante à la vodka et au *diet tonic*. Elle coupe ses cheveux pêche au carré, ce qui la rajeunit (les gens lui donnent cinquante ou, disons, cinquante-cinq ans…), et elle s'habille volontiers en jeans et T-shirt, l'uniforme de sa génération. Pendant vingt-deux ans, elle a enseigné en C.E.2 à l'école élémentaire de Cœur d'Alene, à Venice, avant de se retirer à Scottsdale. Elle a l'océan en horreur, peur et détestation qui frise la haine, et elle a vu suffisamment de brouillard dans sa vie pour ne pas souhaiter en voir davantage. Pour l'heure, elle a en elle tant d'énergie réprimée qu'elle ignore que faire, raison pour laquelle elle s'est mise à cuisiner. Alma se gardera bien de toucher au bacon (elle ne mange plus jamais de viande depuis sa conversion au végétarisme en cinquième sous l'influence de sa meilleure amie de l'époque, une Indienne dont les parents étaient tous deux médecins et qui, de toute sa scolarité, n'avait jamais renoncé à porter la marque de sa caste sur le front). Ed, lui, en mangera, du bacon. Et elle en prendra peut-être elle-même.

Bien qu'elle n'en soit pas tout à fait consciente, en réalité, elle marque son territoire : pourquoi devrait-elle se sentir étrangère dans la cuisine de sa propre fille ? Elle a réarrangé les tasses pendues à des crochets sous le buffet, de manière qu'on voie l'intérieur et non le cul, elle a allumé le lave-vaisselle, passé la serpillière une première fois et puis une deuxième, pour éliminer les taches et, quant à la radio, elle a trouvé une station qui lui permet de fredonner les airs. Cat Stevens (l'apôtre de l'islam) chante *Peace Train* après les Carpenters et, avant, on avait entendu *Up Up and Away in My Beautiful Balloon* par elle ne sait plus qui. Le bacon fait pan et grésille. Elle lui donne des petits coups de fourchette puis retire chaque tranche, qu'elle égoutte sur un morceau de Sopalin. Baissant le feu sous la poêle, elle met les tomates, les poivrons et les oignons d'un *huevos rancheros*, auquel elle ajoutera une bonne rasade de Tabasco une fois que les œufs se seront affermis. Ensuite, lorsqu'Alma sera partie au travail et qu'Ed se sera installé, pantoufles sur le repose-pieds devant la télé, avec ses œufs au bacon et son bloody mary du matin, elle préchauffera le four et séparera les œufs pour préparer sa pâte à gâteau.

A l'étage, dans la salle de bains, Alma ôte son peignoir et monte dans le bac de douche. Pendant un moment, la vapeur l'enveloppe mais l'eau n'est jamais assez chaude, il y a un problème avec le chauffe-eau et voilà que, tout à coup, elle devient carrément froide. S'écartant d'un coup du jet glacé, choc électrique, chair de poule instantanée, elle cogne méchamment son épaule sur la poignée en aluminium de la portière de la cabine de douche et lâche un juron aussi vibrant que bref. Sa mère est sans doute en train de faire couler l'eau chaude, de remplir la bouilloire ou, Dieu nous en garde, de mettre en marche la machine à laver la vaisselle, auquel cas la douche de ce matin serait un exercice de masochisme, pieds froids sur le carrelage, jet glacé éclaboussant ses chevilles... Alma est sur le point de taper sur le mur et de l'appeler quand l'eau chaude revient brusquement : elle plonge la tête sous le pommeau et fait une rapide pirouette afin de répartir la chaleur. Elle a beau trouver que la douche est le moment où elle réfléchit le mieux (l'effet calmant des gouttes d'eau et de l'ouverture des pores ?), elle la limite strictement à cinq minutes, se réglant sur la montre de plongée que Tim lui a offerte pour son anniversaire l'an passé. Le temps, tout juste, de se laver les cheveux, les rincer, les démêler, les rincer encore et se coiffer avec le démêlant en bombe (surtout lorsque l'eau devient glacée pendant quinze secondes) : elle ne veut pas gaspiller l'eau alors que la sécheresse sévit partout à cause de la déforestation, du réchauffement climatique et de la demande qui ne cesse de croître exponentiellement car les promoteurs doivent faire du profit et que les lotissements surgissent de terre comme des champignons. La culpabilité : voilà ce qui définit sa consommation. Culpabilité parce qu'elle est en vie, parce qu'elle a des besoins, qu'elle consomme, qu'elle ouvre le robinet ou allume le feu de la cuisinière.

L'aiguille des minutes se déplace, les secondes trottinent, et Alma se rince à nouveau les cheveux avant de fermer les deux robinets : neuf secondes avant le délai imparti. Frissonnant, elle s'essuie vite avant de se raser les jambes avec le rasoir électrique de Tim et de prendre une serviette de toilette sèche dont elle s'enveloppe les cheveux. De tout ce temps, malgré la vapeur et l'odeur douceâtre des parfums divers que les fabricants ont réussi à mettre dans leurs produits supposément non parfumés, elle hume la chair grillée. Avec quoi fume-t-on le bacon ? Sel, carcinogènes… quoi d'autre ? A travers la paroi embuée de la porte de la salle de bains, elle entend vaguement sa mère chantonner un air qui passe sur la station de musique légère.

La veille au soir, juste au moment où elle s'installait avec son dîner devant une vidéo qu'elle avait louée au magasin de location en rentrant du boulot (elle était allée au plus simple : sauté et riz complet, et le *Madame Bovary* de Jean Renoir), la sonnette d'entrée avait retenti. Elle avait appuyé sur Stop quand Emma, poitrine imposante, épaules carrées, bouche en cul de poule et regard acéré comme une lame de rasoir, le tout typique des années 30, arrivait à la hauteur du médecin de campagne dans une ferme avec son bétail meuglant et un bataillon de pourceaux têtant à la mamelle : elle avait cru que c'était un démarcheur mais, en ouvrant la porte, elle s'était retrouvée nez à nez avec sa mère et son beau-père alcoolo et décharné, tous deux ployant sous le poids de sacs de provisions. Sa mère avait insisté pour faire la cuisine. (« Nous mourons de faim tous les deux, tu sais à quel point je déteste la nourriture des aires d'autoroute ! ») Dix minutes plus tard, tous trois se retrouvaient debout dans la kitchenette, elle avec son sake *on the rocks*, sa mère et Ed avec de grands verres de vodka dénaturée avec une touche de *diet tonic* et un jet de citron tandis que sa mère concoctait une sauce pour les spaghetti, « végétarienne pour toi, ma chérie, aubergine, poivrons et champignons, et de la saucisse de dinde pour ton père… pardon, pour Ed ».

Il fallut attendre qu'ils soient assis dans la cuisine salle à manger et qu'on en soit au troisième verre d'apéritif, sauté de légumes et riz enveloppés dans un tupperware et isolés au fond du réfrigérateur pour mémoire, pâtes fumant dans leurs assiettes, pour que sa mère se demande à voix haute où se trouvait Tim. « Travaille-t-il tard ou quoi ? » Elle pencha la tête sur son assiette et, faisant avec son verre un geste qui fit tinter les glaçons, demanda : « Tout va bien entre vous ?

— Oui », répondit Alma, avec la sensation d'éluder la vérité ou du moins son essence, alors que ce n'était pas du tout le cas, puisque Tim et elle n'avait jamais été plus proches l'un de l'autre. « Très bien. Cette semaine, il est sur l'île. »

Son beau-père (cheveux blancs, mauvaise hanche, de six ans l'aîné de sa mère mais faisant deux fois son âge) enroula un écheveau de pâtes maculées de rouge autour des dents de sa fourchette, avant de reposer le tout dans son assiette et de demander : « Et de ce côté-là, ça marche comment ? Bien ? »

Alma le gratifia d'une réponse automatique, consciente du regard que sa mère posait sur elle. « Oui, bien sûr. Mieux que jamais.

— As-tu reçu l'article que je t'ai envoyé ? Du *Sun* ? » Sa mère se pencha en avant avec un air de conspiratrice. Elle n'avait pas encore avalé une bouchée : c'était son habitude, conversation, apéritif, conversation, et la nourriture pouvait bien refroidir pendant ce temps. La saucisse qu'elle avait disposée de façon qu'elle se conforme au rebord intérieur de l'assiette avait été découpée précautionneusement en six ou sept morceaux, dont aucun, donc, n'avait encore fait le saut de l'assiette à la bouche.

Brusquement, Alma eut un trou. L'article ? Quel article ?

« Sur les manifestations... Celui avec la photo du bâtiment où se trouve ton bureau : on voyait même ta fenêtre au deuxième étage. Et, je ne sais... en bas, des opposants au projet qui brandissaient leurs pancartes. » Sa mère décocha un regard entendu à Ed, avant de revenir vers sa fille. « On parle de toi trois ou quatre fois... quatre fois, hein, Ed ? »

Celui-ci hocha la tête d'un air distrait. Il était ailleurs, sa question (*Et de ce côté-là, ça marche comment ?*), il ne l'avait posée que pour faire la conversation. Il avait été prof d'éducation physique dans le lycée de sa mère, qu'il n'avait épousée qu'une fois Alma partie à la fac. Il connaissait mal sa belle-fille et Tim encore moins : il ne l'avait rencontré qu'en une seule occasion, lors d'un de ses rares voyages sur la Côte en compagnie de sa mère... Ou deux, au maximum. Il aimait le sport. Il aimait parler de telle ou telle équipe, de la moyenne au bâton d'untel, du manque de bons lanceurs chez les Diamonbacks. Il ne connaissait quasiment rien aux oiseaux, à l'écologie, à la dégradation des îles, aux îles elles-mêmes et ce qu'il en savait était nébuleux et le laissait aussi indifférent que ce qui se passait dans l'ex-Yougoslavie ou chez les Dayak de Bornéo. Alma ne l'accusait de rien. Il était comme tout le monde : un membre lambda de la société actuelle, mélange de commerce, de télé et d'œillères.

Sa mère était sur la défensive. « J'ai entouré ton nom. En bleu. Avec le stylo bleu que j'utilise pour mes mots croisés, je me le rappelle parfaitement. Et ne me dis pas que je ne l'ai pas envoyé. Je ne perds pas encore la tête.

— En effet, tu me l'as envoyé, Maman, merci. Je suis sûre qu'il est quelque part, au bureau, sans doute. J'essaie de constituer un dossier sur chaque projet… réaction du public et je ne sais quoi encore, pour mémoire. Ça n'intéresse personne, bien sûr. »

Elle fut alors la proie d'une appréhension sournoise : la sensation que les choses lui échappaient, qu'elle devait achever une tâche dont l'accomplissement rétablirait l'équilibre mais elle fut incapable de mettre le doigt dessus, de se rappeler ce que c'était. Le fait est qu'*Associated Press* avait repris l'affaire des manifestations devant le siège du Parc national et que toutes les associations pour la défense des animaux aux Etats-Unis avaient sauté sur l'occasion. Bien que sa relaxe remontât à deux ans déjà, Dave LaJoy l'exibait encore comme un poitrail plein de médailles, et c'est lui qui avait pris la tête de la manifestation, un cercle d'une trentaine ou une quarantaine de manifestants qui scandaient des slogans, la plupart des étudiants de City College ou de U.C.S.B. Cela durait depuis un mois déjà, de sorte qu'Alma garait désormais sa voiture à l'autre extrémité de la marina, du côté des restaurants et des boutiques pour touristes, afin d'éviter qu'ils se ruent sur elle comme c'était le cas lorsqu'elle arrivait sur le parking au volant de la Prius de Tim.

Ce matin, elle devait rencontrer au Docksider, l'un de ces restaurants, justement, Frazier Carter, d'Island Healers, Annabelle Yuell, son homologue du Conservatoire naturel, et Freeman, au Docksider précisément pour éviter les manifestants et discuter en paix de la continuation de l'exécution de la Phase III du projet d'éradication des cochons sauvages. Pour le petit déjeuner. En mangeant une omelette. En buvant un *latte*. Du thé thaï aux épices effroyablement sucré. Devant un panorama qui s'étendait au-delà des mâts des voiliers jusqu'à l'endroit où le détroit s'évasait pour se prolonger jusqu'au pied de l'île de Santa Cruz, où Tim ne baguait pas des guillemots, ne dénombrait pas telle ou telle population, ne vérifiait pas des nids mais capturait des aigles, des aigles royaux destinés à être rapatriés sur la côte.

La mère d'Alma parla et sa fille eut l'impression de se réveiller enfin. « Je suis désolée, Maman. Merci, je suis sincère. Merci de penser à moi. C'est simplement que toute cette histoire, ce projet, est compliqué, rien de plus. Et si je ne… je sais que je devrais t'appeler plus souvent mais… »

La mère d'Alma approcha enfin sa fourchette des spaghetti, sur lesquels elle abaissa les yeux en enroulant les longs fils à l'aide d'une cuiller à soupe, avant de reposer celle-ci sur le côté de son assiette. « Ce n'est pas ce que je dis, reprit-elle. Je veux seulement que tu saches que je pense à toi, c'est tout. » Elle regarda Ed. « Nous avons pas mal à faire nous-mêmes, d'ailleurs. De plus d'un point de vue, la retraite, c'est plus mouvementé que l'enseignement. Avec tous nos comités, les parties de bridge, des soirées en veux-tu en voilà. Et le golf. T'ai-je dit qu'Ed m'apprenait à jouer au golf ?

— Ah, ouais, fit l'intéressé, s'éveillant pleinement pour la première fois depuis qu'ils étaient passés à table. Elle participera au P.G.A. féminin avant longtemps. Ta mère a le golf dans le sang, tu le savais ? »

La mère d'Alma sourit, de la chaleur dans le regard, toutes fossettes dehors. Vodka argentée dans son verre comme un métal précieux liquéfié. Elle adressa à son époux un regard appuyé et langoureux, témoin de leur complicité.

« Non », répondit Alma, soulignant sa réponse en faisant non de la tête, un mouvement exagéré. Elle se souriait à elle-même, fardeau ôté ou du moins allégé, du moins pour l'heure. « Je n'en avais aucune idée. »

Dans la salle de bains, maintenant, avant de se maquiller, elle ôte la condensation sur la glace ; elle entend la voix de sa mère, un doux contralto chevrotant, abîmé par toutes les années pendant lesquelles elle a chanté avec ses C.E.2 *Lean on me*, *The Man in the Mirror* et *Le lion est mort*. Bizarrement, cette voix la réconforte. Elle se met d'ailleurs à fredonner tout en s'habillant. Son rendez-vous, comme tous ceux qu'elle organise, n'a rien de formel, elle s'habille donc comme elle le fait n'importe quel jour de travail : T-shirt Micah Stroud, veste sans manches en laine fauve de Patagonie, short en velours côtelé beige foncé, bottes en daim. On est fin octobre, le soleil brille, pas de brouillard, mais il fait toujours frais sur la côte et elle porte donc souvent sa veste ou, plutôt, ses vestes (la fauve, une rouille et une teinte canneberge) toute l'année, avec un T-shirt en été, une chemise à manches longues ou un chandail en hiver. Elles sont à la fois utiles et pratiques. Même si elle n'est pas censée se rendre sur l'île ce matin ou, d'ailleurs, aucun autre jour de la semaine, elle est ainsi prête à partir en cas de besoin, les différents rabats et poches de sa veste sont idéaux pour cacher crème solaire, baume pour les lèvres, pince multifonctions, boussole, cartes, gourde, etc. Finalement, elle pend la serviette, se coiffe et descend l'escalier gaîment vers les fumets de bacon et le spectacle de sa mère et Ed installés dans une cuisine sens dessus dessous.

Sa mère, formidablement résistante compte tenu de la dose de vodka qu'elle a ingurgitée entre le dîner et l'heure de se coucher la veille, lâche un « bonjour » musical. « Du café, ma chérie ? propose-t-elle de but en blanc, agitant la cafetière en Pyrex en guise d'invite.

— Oh, ouais, ouais. Mais je vais devoir le boire en route, je suis déjà en retard. Alors si tu peux me le verser dans… » Elle cherche son mug spécial, celui avec les dents de cochon sauvage que Freeman lui a offert par plaisanterie, mais elle ne le trouve pas à sa place. Sa mère, pour une raison insondable, semble tout avoir réarrangé à sa manière, les tasses mais aussi le grille-pain, la cafetière, le four à micro-ondes et même la radio. La poubelle a disparu. Les photos sur le réfrigérateur sont disposées n'importe comment. Et où est passé le calendrier ?

Mais voici le café, sa mère qui le verse et lui demande si elle a le temps d'avaler quelque chose. Ce à quoi elle répond : « Non, Maman, je dois y aller. » De son côté, Ed traverse lentement la pièce, bloody mary du matin à la main, avant de se mettre à table – la table sur laquelle est posée son assiette de bacon odorante et agrémentée d'un monticule d'œufs brouillés à la mexicaine. « Bonjour, dit-il.

— Bonjour, Ed. » Alma se force à esquisser un sourire. Ed de même.

N'a-t-elle rien oublié ? Elle pose le mug et tapote ses poches, va chercher au salon son ordinateur portable, ses lunettes de soleil et son classeur trois anneaux ; l'instant d'après, elle exécute sa sortie dans un tourbillon de regrets. « J'aimerais tant pouvoir rester et passer la matinée avec vous, déclare-t-elle en franchissant la porte. On se voit ce soir. Au fait, Maman, ne fais pas la cuisine, je vous emmène à mon restaurant de poissons préféré, tu te rappelles ? »

Elle enclenche sa ceinture, pose son portable et son carnet sur le siège du passager, met le mug dans le porte-gobelet. La voiture fume en silence. Puis c'est d'abord la voie qui permet de se fondre dans la circulation qui sort de la bretelle d'accès de l'autoroute, circulation bloquée à la hauteur du stop au bout de la rue. Pour prendre la direction du sud, Alma doit tourner à gauche à l'intersection, remonter deux cents mètres vers le nord et dépasser des rangées d'immeubles de part et d'autre, puis emprunter le pont au-dessus de l'autoroute avant d'obliquer à droite vers la bretelle d'accès Sud. Au moment où elle oblique vers la route plusieurs mètres devant une petite décapotable jaune qui roule trop vite, quelque chose traverse la chaussée à toute vitesse, une image floue, une ombre : Alma freine au moment où hurle le klaxon de la décapotable et où elle ressent le choc et entend le bruit sourd de la mortalité sous sa roue arrière gauche. L'instant d'après, cœur affolé, elle se gare sur le côté tandis que la décapotable passe son chemin, elle observe, inquiète, dans le rétroviseur la chose qu'elle a heurtée, la créature, l'animal (*un écureuil, est-ce un écureuil ?*) qui se tord de douleur près du trottoir derrière elle.

D'autres voitures, trois, quatre, passent alors qu'elle cherche à tâtons le clignotant et sort de la voiture. De l'autre côté de la chaussée, incongrue dans ce quartier d'immeubles d'habitation, se trouve une maison coloniale blanche, précédée par une pelouse généreuse et protégée de l'autoroute à l'arrière et en contrebas par une rangée de vernis de Chine. Des chênes, songe Alma, il doit y avoir des chênes là-bas, sinon comment cet écureuil serait-il arrivé ici ? Les écureuils sont rares dans les parages, la végétation du coin ayant été supplantée par les plantes ornementales et les citronniers : leur place a été prise par les rats noirs qui se nourrissent des avocats, orangers et néfliers du Japon plantés par les promoteurs pour leur plus grande délectation. Alma avance vers la pauvre bête, observe ses yeux, marron foncé, illuminés par le choc. C'est bien un écureuil, aucun doute là-dessus, un écureuil gris, *Sciurus grisens*, qui s'est trouvé au mauvais endroit au mauvais moment.

Le poids de l'automobile lui a écrasé les pattes arrière et la queue, les a aplatis sur le sol dans un mélange glutineux de fourrure, de cartilage, d'os et de sang. Tête et nuque rigides. Les pattes de devant, avec leurs doigts miniatures noirs et brillants comme des mines de crayon à bois grattent spasmodiquement l'asphalte inflexible comme pour le creuser et se tirer d'affaire. Alma tente de rester détachée : elle risque d'arriver en retard à un rendez-vous qui va contribuer à déterminer le sort d'un nombre considérable d'espèces interdépendantes dans un écosystème unique, alors que l'animal qu'elle a devant elle, ce malheureux individu, est surabondant dans sa catégorie. Mais lorsqu'elle le contemple et que les yeux de l'animal tremblants, liquides, insondables, se fixent sur elle, lorsqu'elle examine le bel arrangement de poils aux pointes noires et le parfait arc blanc du poitrail, elle sent l'émotion monter en elle. Quelle perfection… cette perfection qu'elle a tuée… Ou estropiée. Estropiée au-delà de toute rédemption. Que doit-elle faire ? Le pousser dans le caniveau avec la pointe de sa chaussure ? L'envelopper dans quelque chose, du papier journal, le vieux short que Tim garde dans le coffre, qu'il met sous sa combinaison de plongée – et l'emmener chez le véto ? Ou à la S.P.A. ? A moins… de mettre un terme à ses souffrances ?

En fait, la décision lui est retirée car, à cet instant-là, un gamin qu'il lui semble reconnaître, un gamin de douze ou treize ans, qui habite dans l'un des immeubles chic du front de mer de l'autre côté de l'hôtel, avance vers elle avec un bruit métallique sur son skateboard et lâche un sifflement guttural. « Oh, *waouh*, fait-il, déplaçant son regard d'elle à l'écureuil. Dégueu. C'est vous qui l'avez cogné ?

— Oui. » Pourquoi murmure-t-elle ? Pourquoi a-t-elle les larmes aux yeux ?

Avant qu'elle ait le temps de poursuivre et ne fût-ce que de réfléchir, le garçon avance et, de sa propre initiative, enfonce le talon dans la tête de l'écureuil, libérant des filaments gris et rosâtres de matière neurale qui ressemblent à des spaghetti.

Elle a choisi le Docksider pour le petit déjeuner d'affaires car il est près du bureau, jouit d'une vue imprenable et le menu est haut de gamme. Frazier est néo-zélandais : il a fondé Island Healers là-bas, aux antipodes, où les espèces invasives surpassent quasiment en nombre les espèces autochtones ; c'est un mec un vrai qui se vante d'être capable de tout affronter, tout terrain, tout animal : il aurait sans doute préféré le genre de cafétéria de base dépourvue de tout arôme de prétention mais quel mal peut-il y avoir à élever un peu le niveau ? Sans compter que, s'il se drape dans des attitudes bourrues d'homme du grand air comme un gars de la brousse s'emmitoufle dans une peau de bête la nuit, elle s'est aperçue qu'il s'y connaissait aussi bien en vins, en nouvelle cuisine et en armagnac que tous les gens qu'elle rencontre dans les salles de réunion de Sacramento ou du District of Columbia. Quant à Freeman et à Annabelle, ils sont tout simplement heureux de s'échapper du bureau et d'avoir vue sur une nappe immaculée plutôt que sur une table de jeu ornée d'une cafetière et d'un panier en osier plein de bagels rassis.

Forcément, au début, le contact est un peu bancal car, le temps qu'elle trouve une place pour se garer, traverse le parking au pas de course et grimpe l'escalier extérieur du restaurant, elle a une demi-heure de retard et les autres sont installés là à l'attendre, front baissé sur leur deuxième (ou leur troisième) café, bavardant sans relâche. Pendant un instant, observant leurs expressions intéressées lorsqu'elle traverse enfin la salle, carnet et ordinateur portable sous le bras, cheveux flottant au vent comme un parachute dégonflé, elle se demande si elle doit leur présenter ses excuses, leur raconter son contretemps, l'écureuil, le bouchon sur l'autoroute, la façon dont tous les feux rouges, sans exception, semblaient avoir été réglés par un méchant bureaucrate du *Department of Motor Vehicles* spécifiquement pour retarder l'avancée de sa Prius qu'il devait suivre sur un écran… mais, non, les excuses, c'est pour les enfants comme le jeune skateboardeur au talon sanglant qui a peut-être dû depuis expliquer à sa mère la raison de la tache de sang sur la moquette à la maison ; Alma opte donc pour la solution qui consiste à s'asseoir le plus naturellement du monde sur la chaise vide à côté d'Annabelle en lâchant un discret : « Désolée. »

En fin de compte, l'atmosphère est détendue, tout le monde est sur la même longueur d'onde, œuvre dans le même sens sans animosité ni chamailleries ni compétition interne. Qu'importe que la circonscription d'Annabelle couvre une étendue neuf fois supérieure à celle du Parc national ? Qu'importe que la grande ferme qui trône au beau milieu du terrain du Conservatoire de la Nature soit le joyau de l'île et qu'Alma, qui donnerait la prunelle de ses yeux pour pouvoir s'installer là-bas dans la vieille demeure Stanton, doive se satisfaire de la ferme de Scorpion ? Qu'importe que Carey Stanton, irrité par un quelconque fonctionnaire du Parc national vingt ans plus tôt, ait cédé la propriété au Conservatoire de la Nature plutôt qu'à elle, à Freeman et au peuple américain ? Qu'importe qu'Annabelle ait tellement insisté pour louer les services d'une entreprise de Wet Bone, dans l'Idaho, au détriment d'Island Healers que Freeman était sorti de la pièce, furibond, à deux reprises ? Qu'importe, en effet ? Maintenant, ils sont tous dans le même bateau et ils sont tous amis, de vieux amis désormais, réunis autour d'un petit déjeuner dans un lieu conçu pour tous les satisfaire, afin qu'ils soient tous capables d'entendre ce que chacun à son tour a à dire sur le passage des Phases I et II à la suite, à l'apogée de la campagne : la Phase III, le lâcher des chasseurs, sans parler des chiens, des 4 × 4, des hélicos et des balles sans plomb, l'opération en étant déjà à son quatrième mois.

Freeman fait attention à sa ligne. Il commande du pamplemousse, du fromage frais et du café, « noir, sans crème ». Il n'est pas en surpoids, du moins pas quand on le voit comme ça, mais c'est le genre d'homme massif de part en part, épaules, bras, poignets, doigts, jusqu'à ses ongles qui sont massifs, et sa tête est imposante, son cou épais comme les poteaux de la jetée. Seule incongruité au tableau : ses pieds, bien trop petits par rapport au reste, de sorte qu'il semble flotter en permanence au-dessus d'eux comme si on l'avait gonflé à l'hélium.

Frazier, quarante-six ans, massif à sa manière, en short kaki et chemisette assortie à poches multiples, coupe à la G.I., cheveux aux reflets argentés, jambes allongées débordant, décontractées, dans l'allée, Frazier, donc, commande le « petit déjeuner du Capitaine », crêpes fourrées au crabe, assiette de fruits frais, œufs Bénédicte, pain au levain grillé et saturé de beurre, avec des frites et une salade de chou cru maison. Renversant le sucrier au-dessus de sa tasse, il ajoute autant de sucre qu'il y a de café. En adressant un grand sourire à la tablée. « C'est du boulot, de poursuivre ces cochons sauvages dans les gorges, dit-il. On brûle des calories. Et puis une bière ou deux, et pourquoi pas un tout petit godet de je-ne-sais-quoi en fin de journée ?

— Tout petit ? » répète Alma en écho. Elle sourit, tandis que la serveuse patiente à leur table, le tout dans la bonne humeur. « Tout petit » chez Frazier signifie un quart de litre, au bas mot, ce que contient sa flasque en argent filigrané. Elle l'a vu s'y reporter maintes fois lorsqu'ils longeaient la clôture de la propriété en quête de signes du passage de cochons sauvages, ou quand ils dînaient ensemble autour de la table de pique-nique à la ferme de Christy Beach, à l'autre extrémité de l'île : il était capable de boire un pack de six bières à lui tout seul et jamais, pas un instant, elle n'avait remarqué la moindre altération dans son attitude. Un quart d'eau-de-vie mexicaine et un pack de six bières, dans un système à bout de souffle, et aucun mouvement maladroit, pas de ralentissement de l'élocution, juste un flot régulier d'anglais avec l'accent néo-zélandais sur tous les sujets imaginables. Alma regarde la serveuse, adresse un hochement de tête à Annabelle, pour vérifier ce qu'elle prend avant d'oser commander elle-même des crêpes aux framboises et à la crème fraîche.

Annabelle (exactement l'âge d'Alma, trente-six ans) est une blonde d'un blond quasiment blanc, sourcils transparents et cils invisibles, vêtue aujourd'hui comme pour aller au bureau, tailleur en soie bleu et chaussures à talons assorties d'une teinte si proche de celle de ses yeux que c'en est troublant. Alma se demande combien de boutiques elle a visitées avant de dénicher cet ensemble : elle se représente des armées de vendeuses appelées en consultation, paradant à tour de rôle, les différentes phases de la lumière décomposées par rapport au lustre du tissu et à la teinte subtilement concentrée de ses yeux. Où trouve-t-elle le temps ? Sans parler de la dépense que cela représente. Pas plus qu'Alma elle n'est mariée mais, à la différence d'Alma, elle n'a personne en ce moment, or travailler pour une organisation à but non lucratif, au service de l'environnement, n'est pas vraiment le plus court chemin d'accès aux richesses de ce monde. Elle doit avoir le flair pour dénicher les bonnes affaires. A moins que sa famille ait de la fortune. Alma l'observe quand elle repousse le menu d'un petit coup alangui du poignet et lève les yeux vers la serveuse. « Je vais prendre l'omelette aux épinards et au fromage de chèvre, avec une salade d'endives. La vinaigrette est faite avec du vinaigre balsamique, n'est-ce pas ? Pas de crème ? »

La serveuse, dix-neuf, vingt ans tout au plus, une queue de cheval longue jusqu'à la taille, une jupe si courte qu'on la croirait venue directement de sa répétition de majorettes, confirme avant de se tourner vers Alma. « Avez-vous décidé, Madame ?

— Oui. » Alma lui rend le menu et jette un coup d'œil à la tablée avant de répondre : « Je vais prendre le porridge bio. Et un verre de lait écrémé. »

Pour réaliser la Phase I du projet, Administration, Infrastructure et Acquisition, ils ont dû requérir des fonds auprès de leurs suzerains de Washington et, dans le cas d'Annabelle, auprès du Conservatoire de la Nature, employer du personnel supplémentaire pour superviser l'opération, acquérir du matériel, des fournitures et lancer des appels d'offre auprès d'entrepreneurs dans le domaine de la chasse et des clôtures. Sans parler des relations avec une presse enflammée (exemple de gros titre dans le *Press Citizen* : *7 millions de dollars alloués à des chasseurs étrangers pour massacrer les cochons sauvages de l'île de Santa Cruz*) et l'incessante campagne de harcèlement de la part du contingent Dave LaJoy/Anise Reed au tribunal et sur le parking du bureau à Ventura. La Phase II, la division de l'île en six secteurs dans la perspective de l'édification d'une clôture anti-cochons sauvages de soixante-sept kilomètres de long, de façon à pouvoir chasser dans chaque secteur jusqu'à ce que chacun soit débarrassé des cochons, a été achevée au printemps, ce qui signifie que la Phase III est en cours. Ensuite, et les meilleures estimations prévoient qu'il faudra six ans pour extirper toute la population porcine, on pourra mettre en œuvre la Phase IV, au cours de laquelle on vérifiera les clôtures pendant deux années supplémentaires, afin de s'assurer que l'éradication est complète, après quoi elles seront retirées et l'île redeviendra comme elle l'était avant que les humains n'interviennent. Du moins est-ce le projet. L'espoir. Le fervent espoir de tous les présents.

« Oui, déclare Freeman, tasse de café tenue bien haut et battant la mesure, nous avons mis des panneaux et envoyé le communiqué de presse expliquant que l'ensemble de l'île et pas seulement la propriété du Conservatoire de la Nature sera fermée au public pendant la chasse. Nous en faisons une question de sécurité publique. Mais nous promettons que, une fois la Zone Zéro nettoyée, nous accueillerons à nouveau le public et ouvrirons les aires de camping de Scorpion.

— Dès que possible, dit Alma en regardant bien ses collègues dans les yeux. Inutile de donner aux gens plus de raisons de se plaindre qu'ils en ont déjà.

— Ah bon ? Ils se plaignent ? ironise Frazer. Je ne m'en étais pas aperçu.

— On ne peut guère le leur reprocher, rétorque Annabelle.

— Moi, je ne m'en prive pas, répond Alma.

— Ils n'aiment pas voir la violence, pas plus que moi, pas plus que nous tous. La vie est sacrée, je le crois profondément. Pourtant…

— Pourtant, on peut leur expliquer cent fois (la voix d'Alma grimpe d'un registre), ils ne comprennent pas parce qu'ils ne veulent pas comprendre. Ces gens ignorent complètement la logique. Le long terme. Les opinions des experts. » Elle sent la caféine agir, elle en ressent l'excitation qui la pousse à monopoliser la parole, à interrompre ses interlocuteurs : elle a besoin de se remplir l'estomac de porridge et de lait écrémé. « Mais nous avons déjà parlé de ça quantité de fois, et nous allons devoir sourire en les supportant, comme d'habitude. Pour la bonne cause. Pour les renards.

— Ou plus exactement les supporter en souriant », rectifie Freeman. Sans conviction.

« Du moins les tribunaux sont-ils de notre côté. » Alma sent son sourire s'épanouir puis s'effacer instantanément. Elle prend sa tasse avant de se raviser et de poser les mains sur les genoux.

« Pour l'instant, précise Annabelle. Mais on ne peut pas compter sur eux. Chaque fois que l'un de ces dingues réclame une injonction, je tremble en pensant à ce qui arriverait si nous nous retrouvions avec un juge incapable de comprendre ce qui est en jeu.

— Amen, dit Alma. Moi aussi. Certaines nuits, j'ai des insomnies car j'imagine ce qui se passerait si on nous arrêtait maintenant alors que nous avons déjà engagé les fonds, quand des semaines et même des jours pourraient faire la différence entre la vie et la mort pour les renards. Je veux dire… (elle regarde autour de la table, emportée par la force de ses émotions, tellement connectée qu'elle ne trouve pas le bouton *Off*), ils ont des soutiens financiers. Vous avez vu leur site web ? Le téléscripteur qui montre combien ils reçoivent de dons ? Et le journal. Les éditoriaux ? Ils manipulent l'opinion. Avec un tel cynisme ! Et quelle bêtise… Mais ça marche. Je veux dire… le cochon sauvage : dans le mille ! »

S'ensuit un silence, comme si tout cela était trop dur, surtout à huit heures et demie par une matinée paradisiaque que vient chauffer le soleil tout juste surgi de l'océan tandis que des pélicans bruns, sauvés d'une disparition certaine parce qu'on s'est aperçu *in extremis* que le D.D.T. n'était pas à proprement parler une vitamine, glissent sur l'eau pour attester de la santé de la population locale d'anchois. Cette matinée n'est pas faite pour la crainte et le doute mais pour les célébrations, les œufs Bénédicte, les gâteaux, les résolutions et les actions concertées.

« Ce LaJoy, reprend Frazier, levant ses yeux jusque-là plongés dans la contemplation du nid de ses mains jointes, est-ce qu'il lui arrive de travailler ? Il semble avoir du temps à perdre. Bon Dieu, j'ai l'impression que chaque fois que je viens ici, il se trouve là à manifester sur le parking, à brandir sa satanée pancarte. Et leurs slogans, "Nazis", "Bourreaux d'animaux", me mettent très mal à l'aise. » Il marque une nouvelle pause, tapote sa poche de chemise dans laquelle se trouvent ses cigarettes, un paquet de Camel, qu'il sort avant de se reprendre. « Ah pardon, j'allais oublier : on ne fume pas dans les espaces publics dans vos merveilleux Etats. Mais… je voulais dire… la Phase I, ça aurait dû être : "Extermination de Dave LaJoy". » Il tend le bras gauche, ferme un œil comme pour viser et recourbe l'index de sa main droite autour d'une gâchette imaginaire : « Bang !

— Tu permets que je le charge moi-même ? propose Freeman.

— Je n'aime pas la violence mais certaines espèces, dois-je dire… du moins certains individus de certaines espèces… doivent être éliminés pour sauver tous les autres, hein, Alma ? Euthanasiés. J'aime ce mot. Assorti d'une balle calibre .223. »

Bien sûr. Rires. Sentiment de complicité, de camaraderie, puis la nourriture arrive, les assiettes pleines, le soleil qui s'accroche aux mâts du port de plaisance, embrase les gréements et l'île qui flotte quelque part là-bas, à l'horizon. Un instant de paradis. Mais c'est Alma qui doit supporter le poids des frasques de LaJoy : elle qui doit l'affronter lors des débats publics et expliquer avec la plus grande patience du monde, la logique du massacre, elle qui, lorsqu'elle lit son nom dans le journal du matin, a l'impression chaque fois de recevoir une baffe – et tout ça l'abat.

Restaurer un écosystème n'est jamais facile, peut-être est-ce carrément impossible. Elle pense à Guam, la situation est désespérée. A Hawaï. A la Floride. Des endroits où l'on a introduit tant d'espèces qu'il est difficile de dire ce qui est indigène et ce qui ne l'est pas. Elle avait tenté de résumer cela pour sa mère la veille au soir car sa mère essayait de comprendre, vraiment, et Alma voulait qu'elle apprécie son travail ou du moins ce qu'elle devait endurer. Elle avait attendu un creux dans la conversation, Ed s'était levé pour remplir les verres, la machine à glaçons avait tinté philosophiquement, le tonic avait sifflé avec un bruit de gaz, et elle s'était lancée : « Prenez Tim, par exemple.

— Oui, avait répondu sa mère, prenons Tim. Tu veux dire qu'il ne sera même pas là pour ton anniversaire ? Je ne sais pas toi mais moi j'ai bien l'intention de te faire un gâteau dès le matin, un diablotin avec un glaçage au moka. Et qu'est-ce que tu aimes comme glace ? Vanille aux amandes suisses ? Ed va aller en acheter un bac d'un litre. Ou peut-être même de deux litres. Qu'est-ce que tu dis d'un bac de deux litres, Ed ?

— Je te l'ai dit, Maman, il capture des aigles royaux. Il faut le faire vite car nous avons découvert que ce sont eux qui tuent les renards. Vois-tu, ce que la plupart des gens ne comprennent pas… »

Et de prendre son ton professoral pour développer une parabole sur l'engrenage de causes et effets qui aurait pu apparaître comme une blague de mauvais goût si ce n'avait été aussi catastrophique. Toute l'affaire venait de ce que Montrose Chemical avait lâché du D.D.T. pendant la guerre ; le D.D.T. avait remonté la chaîne alimentaire et empêché les œufs des pygargues à tête blanche indigènes de se former correctement. Les pygargues, principalement piscivores, aggressifs, avec un fort sens du territoire, furent décimés et les aigles royaux, qui chassent les animaux terrestres, arrivèrent du continent et colonisèrent les îles, attirés par les abondantes ressources alimentaires procurées par les sangliers, qui n'auraient pas dû se trouver là. Mais… (Alma ménagea une pause pour bien faire pénétrer sa leçon dans les esprits) on ne peut jamais prévoir comment un écosystème clos va réagir, pas seulement aux éléments introduits mais aussi à leur élimination. Les moutons, qui avaient surpâturé, avaient maintenu la propagation du fenouil invasif mais, avec la disparition des moutons, le fenouil s'était mis à pousser partout hormis dans les broussailles impénétrables de trois mètres de haut qui offraient des abris parfaits aux cochons sauvages. « Donc, continua Alma (le regard vif de sa mère perdait de sa vigueur), les pygargues ne sont plus là pour repousser les aigles royaux or les aigles royaux se reproduisent, ils ont faim et il y a de moins en moins de sangliers. Dans ce cas, de quoi crois-tu qu'ils vont se nourrir ? »

Ed, qui s'était installé sur le canapé, où il semblait surveiller l'évolution de deux matches de baseball à la fois, sans le son, leva les yeux et répondit : « Ils vont bouffer les renards. Les jolis petits renards nains. »

Il fallut attendre qu'un biologiste remarque une baisse de la population de renards pour qu'on en capture et leur mette des colliers. Au milieu des années 1980, la population était abondante sur toute l'île, dans les trois mille individus. Vers la fin des années 1990, elle était réduite au dixième de cela et personne ne comprenait la raison de ce déclin.

« Nous courions le danger de voir le renard disparaître entièrement de notre vivant, dit-elle. Regardez. » Elle approcha son portable et l'installa sur la table de la cuisine, inclinant l'écran afin qu'Ed aussi puisse voir : elle leur montra la photo d'un bébé aigle royal perché fièrement sur son nid avec, éparpillés sous lui, les restes de vingt renards dont certains portaient encore les colliers radio. « Voici la preuve. Nous avons suivi les signaux radio et c'est ce que nous avons découvert. »

Il fallait donc capturer et retirer les aigles, ce qui n'était pas une mince affaire. D'abord, on avait voulu les prendre dans des filets par la portière de l'hélicoptère : autant essayer d'attraper un papillon sur un grand huit ! D'ailleurs, même si on avait réussi, il aurait fallu que les aigles survivent à la manœuvre. Tim avait ensuite eu l'idée d'appâter les volatiles à l'aide d'une carcasse agrémentée d'un piège à ressort qui, une fois activé, projetterait un filet pour les attraper : cela fonctionna dans une certaine mesure. Entre-temps, les biologistes avaient capturé autant de renards que possible pour les mettre en cage dans le cadre d'un programme d'élevage en captivité qui, à ce jour, avait produit quatre-vingt-huit petits censés être relâchés après le départ des aigles royaux et avant l'arrivée des pygargues qu'on importerait de l'Alaska pour établir une nouvelle colonie reproductrice viable. L'idée étant que les pygargues repousseraient les aigles royaux le cas échéant, afin que ces derniers perdent l'habitude de venir nicher sur l'île une fois que les cochons sauvages auraient été éliminés.

La question que tout le monde se posait, la question que Dave LaJoy n'arrêtait pas de poser, avec véhémence, dans la presse et dans la rue, la question que la mère d'Alma lui posa alors, c'était : « Pourquoi ne pouvez-vous pas attraper les cochons vivants ? Et les ramener sur le continent pour, que sais-je, pour les fermiers… Pour la viande ? Il y a tant de gens qui meurent de faim dans le monde…

— Crois-moi, nous le ferions si c'était possible. Mais aucune agence fédérale ne nous y autorise. Le risque est trop grand. »

Ces cochons sauvages, les cochons sauvages de l'île de Santa Cruz, constituaient une population discrète qui, comme elle n'était plus entrée en contact avec d'autres populations depuis cent cinquante ans, pouvait être porteuse de la leptospirose, de la fièvre aphteuse, de mutations de bactéries et de virus communs qui pourraient se propager dans toute l'industrie porcine des Etats-Unis et la décimer. Il n'y avait d'autre solution que d'euthanasier les cochons sauvages. Deux balles chacun, la première dans le cœur, la seconde dans la tête, en conformité avec les directives de l'Association des vétérinaires américains. Propre. Rapide et fatal comme le destin en personne. Quant aux carcasses ? Toutes ces bêtes de plein air ? On devrait laisser les carcasses sur place : elles feraient le bonheur des corbeaux et de la terre.

« Le fait est, dit Frazier, tapotant la commissure de ses lèvres pour ôter une tache jaune vif d'œuf et de sauce hollandaise, le fait est qu'on réussit à éliminer quatre-vingt-dix pour cent des cochons sauvages sans problème mais ce sont les dix pour cent restant qui donnent du fil à retordre. Or on ne peut pas courir le risque de laisser un seul individu car ce pourrait être une truie pleine et il faudrait alors tout recommencer. »

Le porridge descend comme une brique dans l'estomac d'Alma : c'était un mauvais choix, le pire qu'elle aurait pu faire. Soudain elle a le ventre en feu : trop de café, trop de tensions, l'arrivée de sa mère, l'incident de l'écureuil, la circulation infernale pour venir au rendez-vous... Elle doit se carrer sur son siège, rester de marbre jusqu'à ce que la sensation de brûlure passe. Ferait-elle un ulcère ?

« Quand démarre l'opération aérienne... la semaine prochaine ? C'est ce que vous prévoyez ? » demande Freeman, penché sur la table, écorce de son pamplemousse près d'un coude, tasse de café près de l'autre. Le stylo dans sa poche de chemise a laissé sur l'étoffe bleu clair une marque bleu nuit genre test de Rorschach et les pointes argentées de sa cravate américaine sont ternies – à moins qu'elles aient été vieillies artificiellement avec de l'encre. Mais il a l'œil brillant. Il conçoit son rôle de surintendant du Parc national comme celui d'un homme d'action, à l'instar du légendaire Bill Ehorn, qui s'est rendu sur San Miguel afin d'appuyer personnellement sur la gâchette pour tuer la dernière mûle grosse, mettant un terme définitif à l'occupation de l'île par les mulets qui y avaient été introduits. Alma sait qu'il cherche à se faire inviter.

Frazier hoche la tête d'un air cordial. « Dans la mesure du possible. Nous avons déjà de bons résultats sur le terrain mais nous devons grimper sur les crêtes et redescendre progressivement. Et, comme je vous le dis, on ne commence à tuer que si on est certain d'avoir tout le groupe. S'il reste le moindre risque qu'un seul échappe, il faut renoncer. Car, comprenez-moi, ces bestioles sont très futées : on dit qu'elles sont plus intelligentes que les chiens et autant qu'un gamin de trois ans, bien que, à mon avis, même le plus nouille des chiens fasse mieux... Quoi qu'il en soit, ils passeront le message aux autres, qui iront se mettre à couvert. Et c'est là que le cauchemar commence. »

Alma croise le regard de la serveuse à l'autre extrémité de la salle : elle veut demander l'addition et expédier l'affaire mais la serveuse se trompe sur son signe et rapporte la cafetière. Frazier, qui s'est mis à gesticuler, tend sa tasse à la fille pour qu'elle la remplisse, lui adresse un discret clin d'œil puis se lance dans un laïus visant à expliquer que, si le lâchage aérien est nécessaire, la vraie chasse a lieu sur le terrain, maintenant que les chiens, *ses* chiens, de Nouvelle-Zélande, sont sortis de quarantaine. Ensuite, tandis que Freeman et Annabelle tendent tranquillement leur tasse et qu'Alma, posant la main sur la sienne, articule silencieusement « L'addition, s'il vous plaît », Frazier amène dans la conversation ses cochons Judas, un concept tellement tortueux qu'Alma a des frissons dans le dos chaque fois qu'il en parle.

Annabelle, qui jusque-là a moins été impliquée dans la chasse qu'elle, lui adresse un sourire perplexe et baisse la voix pour s'exclamer : « Des cochons Judas ? » Son expression signifie : *Etonne-moi.*

Frazier prend le temps de bien intégrer cette expression et de jeter un coup d'œil d'ensemble à la salle de restaurant, la serveuse qui s'éloigne d'eux et le panorama, avant de revenir sur son interlocutrice. « Ah, ouais, dit-il. Très efficace pour ce genre d'opération. Voyez-vous (penché sur son assiette pour accrocher du regard son interlocutrice), nous retournons contre eux leurs instincts sexuels. Cela peut paraître injuste… et je crois que ça l'est vraiment mais, ma douce, je crains que ce ne soit pas un jeu. C'est la guerre. Pas de quartier. Adieu les petits cochonnets.

— Soit, dit Annabelle, décochant un sourire. Nous sommes tous d'accord mais de quoi s'agit-il ?

— Nous en piégeons autant que possible dans le but de tomber sur deux femelles en chaleur… dans ce genre de climat, elles sont fécondes tout au long de l'année, donc ce n'est pas aussi difficile que ce qu'on pourrait croire, surtout si on enferme un sanglier avec elles pendant un ou deux jours. Ensuite, nous passons un collier radar autour du cou des femelles et nous les relâchons. » Frazier est tellement penché sur la table qu'il se retrouve quasiment sur les genoux d'Annabelle, au point qu'Alma doit se rappeler, rigide et combattant ses intestins, que ça n'est pas grave s'il trouve à se distraire de-ci de-là. « Vous seriez surpris, poursuit-il, ou peut-être pas… au fond c'est peut-être ce que vous imaginez… mais chaque femelle attire tout un attroupement de mâles, planté là, bataillant et la reniflant, même le plus vieux, le plus futé, le plus balafré, le plus parano des cochons sauvages bondit de son repaire, pour avoir sa chance, sans parler de tout un contingent de truies et de jeunes qui, en chaleur ou pas, veulent être près de l'action. C'est une sorte de boum porcine.

— Que se passe-t-il alors ?

— Alors, nous les pistons et nous intervenons. »

Il marque une pause pour avaler une gorgée de café et tous trois rejouent le scénario mentalement, les peaux rugueuses, les truffes mobiles, le sexe porcin. « Vous pouvez me croire, conclut-il. Personne n'en ressort vivant. »

Une fois qu'elle a réglé avec sa carte et distribué ses au revoir, Alma se retrouve seule dans les toilettes des dames ; la lumière de dix heures inonde les hautes fenêtres opaques. Elle devrait être au bureau. Et elle va y aller, elle se le promet, dans un instant : elle laissera la voiture là et marchera pour profiter du soleil et couper l'herbe sous le pied des manifestants, mêlée aux touristes, se faufilant par l'entrée de service avant même qu'ils sachent qu'elle est arrivée. Mais, pour l'heure, elle a besoin d'y voir clair. Et de prendre l'air, de respirer profondément. La douleur au ventre est toujours là, en fait, elle semble avoir empiré comme si elle avait avalé de la soude toxique, du Destop, la strychnine d'Emma Bovary, du brodifacoum. L'image fugitive d'un rat traverse son esprit, pattes barattant, regard fixe. C'est le café, ça ne peut être que le café. Et les flocons d'avoine. Qu'est-ce qui lui a pris de commander des flocons d'avoine ! Elle aurait dû s'en tenir au pain grillé, du pain grillé c'est tout, mais rien qu'à y penser (fragile, râpeux, écrasé, coincé, bloqué dans sa gorge), elle se cogne contre le cabinet, et brusquement tout sort : le café, les flocons d'avoine, des morceaux des pâtes de sa mère, sans parler d'un vague soupçon désincarné de sake Onikoroshi, trop de sake, naguère *on the rocks*.

Instantanément, ça va mieux. Elle tire la chasse deux fois, observe l'eau vriller dans la lunette mais la mauvaise odeur persiste alors même que la porte s'ouvre avec un sifflement et qu'approchent des bruits de pas, une avancée *staccato* de hauts talons. Immédiatement, elle pense à Annabelle, mais ce ne peut être elle car elle l'a vue, il y a dix minutes, au bas mot, descendre l'escalier, en conversation animée avec Frazier. Les talons tambourinent plus près et Alma se fige tandis que la poignée du cabinet vibre brièvement et qu'une cliente ouvre la porte d'à côté et s'installe en soupirant, soupir suivi d'un jet sifflant et virulent d'urine. Alma sort du cabinet et va au lavabo, met les mains en coupe pour récolter un peu d'eau afin de se rincer la bouche, regrette de ne pas avoir de brosse à dents sur elle ou des pastilles à la menthe ; elle prend note mentalement de s'arrêter dans une boutique du rez-de-chaussée où elle pourra en acheter ; alors qu'elle aurait envie de prendre un instant pour se maquiller et se recoiffer, elle n'ose pas car la femme dans l'autre cabinet fait beaucoup de bruit en déroulant le papier toilette et elle n'a pas envie qu'on la voie. Pas maintenant. Pas après avoir vomi. Elle sort donc, descend l'escalier, se dit qu'elle se rafraîchira dans les toilettes du bureau, qu'elle se prendra un Coca et peut-être un paquet de crackers pour se caler. Et des pastilles à la menthe, oui, absolument, des pastilles à la menthe.

Sous le restaurant, sur la promenade qui s'enroule autour de la marina, une boutique pour touristes vend l'habituelle profusion d'objets : Dramamine, crème solaire, chapeaux de paille bon marché pour les excursionnistes qui vont voir les baleines, cartes postales, T-shirts, poupées avec la tête qui dodeline pour marins d'eau douce, boissons gazeuses, café, sandwiches sous cellophane, crackers et fromage en portion individuelle sous pellicule plastique, pastilles à la menthe, bonbons et tabloïdes dont tout le monde semble avoir besoin tout le temps. Elle est sur le point d'entrer (amoncellement de ballons métalliques sur un présentoir, explosion rouge parcheminée de coquelicots artificiels plantés dans une boule en styrène, T-shirts pendus à un fil de fer comme une lessive) mais elle se ressaisit. Car elle aperçoit le dos d'une jeune femme, une fille, assise à la terrasse, à l'une des tables en plastique blanc, cheveux (uniformément teints en rouge cuivré) tombant en une cascade de mèches bien apprêtées. N'est-ce pas Alicia ? Alicia qui ferait quoi ? Alicia qui prend sa pause ? Alma vérifie l'heure à sa montre. A dix heures trente ?

Est-ce bien Alicia ? Est-elle vraiment prête à l'interroger, à l'admonester, à lui demander pourquoi elle ne se trouve pas au bureau quand sa chef est absente, à ouvrir le courrier, répondre au téléphone, pour l'amour de Dieu : Alma n'a pas le temps de réfléchir à la réaction à avoir que la lumière change comme si quelqu'un avait mis une main sur l'objectif car un homme passe la porte à reculons, tenant avec précaution un plateau en carton sur lequel sont posés deux tasses de café et un sachet de beignets. Alma connaît ce type, n'est-ce pas ? La boucle d'oreille, la barbichette, le choc incongru des yeux bleus dans le faciès latino, ou en partie latino, *chicano*, *mestizo*, Dieu sait quoi. Qui… ?

Brusquement, tout s'éclaire. Car lui la reconnaît instantanément et, au même instant, elle le reconnaît aussi, elle le reconnaît au moment où Alicia se retourne pour voir ce qui le retient si longtemps. Alicia, décomposée, regard battant en retraite. Alicia dans ses petits souliers. Alicia trahie. Mais lui, Wilson, voilà son nom, Wilson, ne cille pas. Il avance jusqu'à leur table au pas de promenade, pose son plateau et se retourne vers Alma, figée à la porte de la boutique où l'attend son habituel trio Coca, crackers fromage, pastilles à la menthe. Alors, avec une telle désinvolture qu'il aurait pu être en train de poser pour une photo, il lui sourit, un sourire magnifique, lippu, effervescent comme s'ils avaient été les meilleurs amis du monde. Puis, lentement, il tire la chaise à côté d'Alicia, lui passe le bras autour des épaules et l'attire à lui.

Prisoners' Harbor

CHEZ LUI DANS CE QU'IL AIME APPELER « LE SOLARIUM », il lève le nez du journal pour regarder par la baie vitrée l'équipe dont il a loué les services pour poser des tapis d'herbe sur les vestiges desséchés de sa pelouse. L'opération lui coûte des conflits intérieurs : certes, une pelouse, ce n'est pas écologique mais, d'un autre côté, il doit songer à la valeur immobilière de ses biens et puis, tout de même, il a décliné les propositions de deux entrepreneurs qui voulaient employer du désherbant, leur préférant cette équipe, *amigos* de Wilson, qui retourne entièrement la terre avant de poser des longueurs de plastique pour étouffer les mauvaises herbes. Ce qui s'est passé, c'est que l'ancienne pelouse, celle dont il a hérité quand il a acheté la maison en 1993, avait piètre mine. Avec les carrés, dont ils ont déjà déroulé comme ils l'auraient fait de tapis de couloir deux longueurs d'une incroyable densité, il aura une pelouse parfaite tout droit sortie d'un magazine de déco, de cette sorte de vert-bleu soutenu qu'on associe au Kentucky ; et il n'aura même pas besoin d'attendre que l'herbe pousse. Ce n'est pas une question de vanité ou de faire comme les voisins ou quoi que ce soit de ce genre, non, il s'agit de protéger son investissement car cette baraque, il n'a jamais rien fait mieux dans sa vie, cette splendeur style mission espagnole perchée sur la colline, deux niveaux, poutres en bois sculpté dans les pièces principales et grillages délicats en fer forgé de tous les côtés, près de quatre cent soixante-cinq mètres carrés d'espace habitable sur un terrain de six mille mètres carrés, dont la valeur, douze ans après qu'il l'a acheté, a quadruplé. Mieux que s'il avait investi dans une mine d'or.

Du solarium, donc, à l'étage, plein sud, il voit au-delà des dos courbés des trois manœuvres mexicains, deux nu-tête, l'un coiffé d'une casquette de baseball blanc cassé, *El Jefe* inscrit sur le fond, semble-t-il au marqueur noir, le mur en stuc à l'avant et, par-dessus le toit de la maison d'en face, à cinq cents mètres, l'océan. Aujourd'hui, fin octobre, avec cet air pur et sec, on voit l'île de Santa Cruz ; le détroit s'étale en contrebas telle une mare placide et les plates-formes pétrolières ressemblent à des pierres de gué alignées le long de la côte. Bien sûr, à cette période de l'année, souvent le vent se lève d'un coup sans crier gare, tout le monde sait ça et si Anise n'arrive pas bientôt, il va devoir l'appeler. Mais les prévisions météo annoncent des vents légers à modérés et il souhaite s'amender, changer de comportement, arrêter de vouloir tout contrôler, d'être aussi soupe au lait. Elle arrivera en son temps et heure, songe-t-il en portant à ses lèvres une cuillerée de muesli et en notant qu'une infime rumeur de brise effleure les feuilles des arbres le long de l'avenue.

La mère d'Anise est en ville : Rita a fait le long voyage depuis Port Townsend, dans l'Etat de Washington. Lui-même s'en moque, mais pas Anise, Anise ne s'en moque pas du tout. Quand elles arriveront, si elles arrivent jamais, si elles arrivent à se mettre d'accord et à se bouger, à comprendre que les vents soufflent fort dans le détroit et qu'en cette saison, le soleil se couche tôt, ils les conduira à la marina dans sa Beemer, sautera sur le *Paladin* et les emmènera sur l'île pour la journée. Pour le fun. Une fois n'est pas coutume, il n'ira pas manifester sous les fenêtres des bureaux du Parc national, dans le but non accessoire d'aller à la place tester les limites de l'autorité des employés dudit Parc national : l'île est officiellement fermée à tous les visiteurs parce qu'ils veulent perpétrer leur massacre en toute tranquillité.

Cette pensée seule, toutefois, suffit à le mettre hors de lui et *vlan !*, de poser lourdement la cuiller sur la table en osier qui en frémit, bol, journal, lait se mettant à ballotter. Il se lève et arpente les dalles de Saltillo, fait les cent pas, il ne peut plus rester assis, c'est aussi simple que ça, il ne peut plus avaler quoi que ce soit, il ne peut plus lire le journal. Les chiens, conscients de son état, se lèvent aussi de leurs litières dans l'angle et s'approchent de lui, queue flagellant leurs hanches osseuses, mais leur affection ne lui est d'aucun réconfort. On dirait qu'on a frappé un grand coup de marteau au tréfonds de lui et une montée de haine, de rage et de frustration fuse de son ventre jusqu'au sommet de son crâne pour aller enflammer les racines de ses cheveux, au point qu'elles se mettent à lui faire mal, oui, une vraie douleur physique. Dans tous les procès qu'il a intentés il a été débouté par le tribunal car les juges œuvrent pour le système et le système, c'est le Parc national. Lequel interdit maintenant l'accès à l'île de sa manière habituelle, c'est-à-dire arbitraire. Qu'importent les souhaits du peuple, qu'importe le nombre de pétitions qui échouent sur leurs bureaux, de manifestants qui viennent scander des slogans sous leurs fenêtres : ces gars sont persuadés que personne ne va franchir le détroit si la mer est agitée. Au temps des mouvements pour les droits civiques, on pouvait prendre l'autocar pour se rendre dans le Mississippi ; pendant la guerre du Viêtnam, on pouvait emmener les gens à Washington en autocar, en train, en avion. Mais pas sur l'île. Et ils le savent. Les fils de pute.

C'est alors, au moment où les manœuvres déroulent les plaques de gazon, où le vent remue les branchages, où lui-même s'enflamme, qu'il aperçoit la voiture d'Anise à la grille et le joli bras nu d'Anise sortant pour taper le code qui fera reculer le portail sur ses roulettes afin que la visiteuse puisse entrer, avec sa mère – et la journée peut commencer.

Il ne peut pas faire plus de dix degrés sur l'eau et le vent fait encore baisser la température mais la mère d'Anise tient à faire la traversée assise sur le pont. Avant même qu'ils descendent de voiture, il a tenté de lui faire comprendre qu'il ferait très frais mais elle n'a rien voulu entendre. « Vous croyez que je ne connais pas ces îles ? » s'est-elle exclamée, haussant ses sourcils qui sont allés flotter sur les sillons qui grimpent jusqu'à la naissance de ses cheveux. Son visage est le modèle de celui d'Anise, c'en est troublant, exact jusque dans le moindre détail, comme si sa fille avait été clonée plutôt que conçue : même visage rond, front large, menton marqué, des yeux qui vous sautent dessus à trois mètres de distance, les parfaits coquillages de ses oreilles, le léger enflement, très sexy, de la lèvre supérieure, le tout ceint par un ouragan fouettant de cheveux blond cendré, grisonnant, de longues mèches électriques. Grande, les épaules carrées, plus mince qu'Anise, elle est bien faite, encore bien faite, à la cinquantaine bien sonnée. Au bas mot. Elle porte un jeans, un chemisier à manches courtes, des bottes de cowboy et un bandana autour du cou. Elle a noué à la taille sa veste en cuir cloqué, doublée de laine, son unique concession à la fraîcheur. Elle n'est pas maquillée et ne porte pas de bijoux.

Après avoir posé sa question rhétorique, elle avait pris Anise par la taille pour déclarer : « Maintenant que Bax est mort et sans doute Francesco aussi, je crois que personne ne les connaît mieux que moi. Du moins, celle vers laquelle nous nous dirigeons. » Elle avait souri alors et, se tournant vers Anise comme avec l'intention de l'embrasser (ce qu'elle fit, d'ailleurs, sur le bout du nez, rapide compression et relâchement des lèvres qui gêna LaJoy d'une manière qu'il n'aurait su définir). « Hein, chérie ? »

Pas de problème. Tout va bien. L'océan est un nuage sur lequel il flotte, il vit dans l'instant, il se libère et son humeur s'améliore à chaque instant. La mer est assez calme. Le soleil n'est gêné par aucun nuage ou lambeau de brouillard. Les dauphins qui gambadent alentour s'approchent très près du bateau. Le moteur n'a pas un seul raté. Et si LaJoy conserve la vitesse maximale tout du long, c'est qu'il veut arriver jusqu'à son but, au moins en reconnaissance mais il espère, ils espèrent tous trois, pouvoir accoster à Scorpion ou, sinon, à Smuggler's, afin que Rita puisse voir, pour la première fois depuis tant d'années, ce qu'il reste de l'endroit. Afin qu'elle se souvienne, raconte des histoires, parle des moutons, des corbeaux, des soirées d'été autour du feu de camp, à jouer doucement de la guitare, à mêler sa voix à celle de sa grande fille, adolescente longiligne, sous la lune qui se levait déjà toute ronde du détroit, au milieu des renards nains et des moufettes qui, oreilles rabattues, hurlaient (à moins qu'on dise « aboyer » ?). Pendant la plus grosse partie de la traversée, Anise tient compagnie à sa mère sur le pont, elles bavardent, Rita est d'humeur si légère qu'il se demande si elle ne lui a pas sifflé sa boîte de Xanax, mais ça lui est égal : l'escorter est un plaisir, un privilège et si ça signifie entendre une fois de plus ses vieilles histoires, *no problemo*. Rita est heureuse. Il se retourne pour les voir mère et fille dans les transats, têtes proches l'une de l'autre pour pouvoir s'entendre. Anise est heureuse. Or tout ce qui fait plaisir à Anise le comble. Du moins, est-ce ce dont il se persuade en poussant l'accélérateur à l'approche de l'anse de Scorpion.

Il est trop finaud pour jeter l'ancre avant de scruter avec les jumelles le débarcadère, la plage et la piste piétinée qui, s'enroulant derrière la falaise à droite, monte vers la maison, où se trouveront certainement les rangers, s'ils sont là. Rita, visage fouetté par le vent, joues rouges, se penche par-dessus la rambarde tandis que le bateau effectue son revirement sur les vagues. Elle a apporté ses propres jumelles, de petites jumelles 8 × 22 d'ornithologie qu'elle a tirées de son sac. « Là, crie-t-elle, d'une voix que l'excitation fait monter dans les aigus. La Jeep ! Ce n'est pas la Jeep de Bax ? »

Anise s'y met à son tour, la main en visière pour se protéger de la réverbération jusqu'à ce que sa mère lui passe les jumelles. Elle prend le temps de les ajuster à sa vue, tentant de conserver son équilibre, jouant de ses jambes si flexibles. « Je ne sais pas trop, on dirait une tache jaune mais c'est peut-être simplement mon imagination. »

D'où elle se trouve sur le pont, elle ne voit rien qu'un tas de ferraille rouillée que les employés du Parc national ont déménagée loin de la maison pour l'abandonner là dans les mauvaises herbes au-dessus de la ligne de marée. Ils avaient sans doute l'intention de l'emporter, de nettoyer les lieux mais il leur aurait fallu une grue pour charger l'épave sur un chaland et tout transporter jusqu'au continent ; un petit génie avait donc dû décider qu'il était plus économique de tout laisser sur place, comme témoignage, rappel de l'époque où des gens comme la mère d'Anise élevaient des moutons sur l'île. Peut-être distingue-t-il dans le tas de ferraille quelque chose qui pourrait ressembler à une Jeep mais il lui faudrait beaucoup d'imagination pour se convaincre d'en reconnaître une, et il est trop occupé à balayer la côte avec les jumelles, à sauter d'un point à l'autre, à l'affût de figures représentant l'autorité, de chasseurs, de fusils, de chiens, d'hélicoptères, pour y prêter plus qu'une attention passagère.

Il décide enfin de jeter l'ancre et de mettre le canot à la mer. Que vont-ils faire ? Lui tirer dessus ? Il ne voit personne, rien, pas l'ombre d'un mouvement hormis les oiseaux marins qui vaquent à leurs occupations, véloces traînées de couleur. Le hors-bord démarre au quart de tour, longue houle lisse balançant sous sa coque ; l'instant d'après, ils volent vers le débarcadère, Anise et sa mère le regard rivé sur l'île, traits tendus par l'anticipation : l'espace d'un éclair, on dirait deux petites filles, des girl scouts, qui sait, et voilà leur sortie éducative, leurs saucisses au feu de bois et le retour à la vie sauvage tout en un. Bien sûr, ils ne peuvent manquer de voir le panneau d'interdiction, juste à l'entrée du débarcadère, là où le bateau de tourisme vient cogner contre les traverses pour débarquer ses passagers, le panneau qui leur annonce ce qu'il sait déjà : ÎLE FERMÉE À TOUTE ACTIVITÉ/ AUCUN DÉBARQUEMENT AUTORISÉ JUSQU'À NOUVEL ORDRE. AVIS DU GOUVERNEMENT DES ETATS-UNIS.

Ils n'en sont pas moins à une petite dizaine de mètres du débarcadère ; Anise rechigne (« Tu ne crois pas qu'on ferait mieux de… ? ») mais sa mère, Rita, répond d'une voix douce et cajolante : « Quel mal y a-t-il ? Entends-tu des coups de fusil ? Vois-tu qui que ce soit ? Si nous pouvions seulement… j'ai simplement envie de sentir la terre de l'île sous mes semelles, c'est tout. Pendant cinq minutes. C'est tout ce que je demande. »

De son côté, LaJoy enrage : *Les fils de pute*. Il donne une tape au gouvernail, change brusquement de cap et file le long de la plage. Il crie pour se faire entendre au-dessus du vacarme du moteur : « Si on accoste sur la plage, on pourra prétendre qu'on n'a pas vu le panneau… » Les embruns giclent. Il relâche la pression sur l'accélérateur, ils glissent sur le sommet d'une vague jusqu'à la plage et il renverse le moteur ; s'ensuivent un long frémissement du hors-bord puis le gémissement du sable sous la coque. Tout reluit : coquillages, galets, les minuscules organismes grouillants qui s'activent dans l'eau.

Agile, Rita est la première à sauter du canot, tirant sur la corde en nylon jaune torsadé pour sortir l'engin de l'eau. Anise la suit et lui-même se retrouve aussi sur la plage, tous trois remorquent le canot sur le sable.

« Ah, s'exclame Rita, les mains sur les hanches, pas même essoufflée. Regardez ça ! » Ce qu'elle voit remonte à vingt ans et plus mais ce qu'il voit, lui, c'est un panneau de deux mètres de haut, enfoncé dans le sable, le jumeau de celui du débarcadère, dans le même métal que les panneaux routiers ; il n'a même pas encore aperçu le suivant un peu plus loin et un autre encore qu'il se demande si ce sont les détenus de Soledad ou d'un autre pénitencier qui ont dû les confectionner dans les ateliers des prisons. Quelle ironie si c'est le cas : ils auront formé derrière les barreaux des lettres préventives pour empêcher le citoyen de pénétrer dans un endroit sans barreaux.

C'est alors… Rita crie et Anise la suit sur la piste qui mène à la maison, tout juste visible de la plage, à cinq cents mètres, en pisé, murs blancs, tuiles vertes maintenant la toiture en place, le soleil darde ses javelots partout… que deux crétins en grand uniforme du Parc national poussent la porte. Il sursaute, malgré lui, alors que c'est ce à quoi il s'attendait, n'est-ce pas ? Il aboie un ordre à Anise, voix dure, ton cassant : « Anise ! Magne-toi le cul, remonte dans le canot ! »

Elle se trouve à quinze mètres de lui et sa mère encore quinze mètres devant.

« Rita ! » crie-t-il et, quand elle se retourne, de l'index il indique les deux hommes au loin puis fait tournoyer son bras au-dessus de la tête comme un coach de troisième base faisant signe aux coureurs de rentrer au marbre. L'instant est suspendu dans le temps, l'étonnement sur le gros visage d'Anise, celui de sa mère ajouté comme un double derrière, puis elles courent toutes deux vers la corde, le hors-bord pour le remettre à l'eau et être en mesure de repartir avant de se faire sermonner une fois de plus ou, pire, subir l'effroyable comédie d'une nouvelle arrestation.

Combien de temps se passe-t-il donc : quelques secondes ? Les rangers, l'un moustachu, l'autre pas, ne daignent pas courir parce que ce serait contraire à leur dignité, du moins est-ce ce que LaJoy suppose, mais ils n'avancent pas moins vite. Anise vole carrément. Elle fait sa gym à la salle de sport : se maintenir en forme et être belle fait partie de sa personnalité et de ses activités. Elle se retrouve donc vite à son côté, écume des vagues lui montant jusqu'aux chevilles, hors-bord flottant déjà, rangers gagnant du terrain et le soleil darde toujours ses javelots. L'élément surprenant, dans cette histoire (comment peut-il tout examiner avec un tel calme ?), c'est Rita. L'espace d'un éclair, il avait cru qu'elle allait rester plantée là et tenir tête aux gars, leur rentrer dedans, leur apprendre dans le moindre et strict détail qui elle est et quels sont ses droits, cette île est son île, pas la leur et, s'ils se permettent de poser ne fût-ce qu'un doigt sur elle, le ciel va s'ouvrir et les mers entrer en éruption, mais il a réussi à susciter en elle une réaction de fuite : elle a instantanément fait volte-face et est revenue en courant.

Le moteur démarre avec un grondement d'accélération et une bouffée de gaz d'échappement rapide et colère. Anise agite les bras comme une naufragée. Les gars du Parc national arrivent, raides sur leurs genoux : oh, ils ne vont pas courir, non, ce n'est pas leur genre, parce qu'ils représentent l'autorité ici, tout le bazar, les mecs. Rita, pourtant, ne les laisse pas approcher. Elle carapate. Pour une vieille, ou une femme d'âge mûr, quoi qu'il faille dire dans son cas, elle avance comme une machine bien huilée, frappant le sable avec le talon de ses bottes de cowboy, motif de deux serpents entremêlés sur le dessus de chaque pied, rouge et bleu, puis elle patauge dans le muret des vagues, de l'eau jusqu'aux genoux, et elle remonte dans le canot, qui bientôt se trouve à cent mètres du bord. Mets les gaz, que ça caracole. LaJoy respire fort, l'excitation tambourine en lui comme de l'euphorie, comme la forme et la définition de l'euphorie, mais une joie qui viendrait avec une surcharge de rage, et il donne un grand coup au gouvernail pour faire décrire au canot un arc serré au moment où les rangers arrivent sur la grève : il distingue clairement leurs visages, bouche ouverte, ils crient, menace administrative ou malédiction.

Qu'ils crient. Qu'ils crient tout leur soûl. Très lentement, très délibérément, LaJoy lève la main droite, majeur dressé, pour le plaisir de leur faire voir le fond de sa pensée.

Dave LaJoy n'est pas le genre à lâcher prise aisément. Ou avec le sourire. Ou du tout. La mère d'Anise veut mettre un pied sur l'île, elle a envie de faire le tour de son ancienne propriété, voilà. Il ne cesse de se répéter combien il est regrettable qu'elle ne soit pas venue avec le bateau de tourisme il y a deux mois, quand tout citoyen de la Terre verte du Seigneur avait loisir de se promener là et même de passer la nuit au campement, tant qu'on était muni d'une tente et d'un permis, dommage aussi qu'elle ne soit pas venue en avril, en mai, n'importe quand mais pas maintenant, parce que maintenant, précisément, balloté qu'il est sur le *Paladin* au large de l'île, maintenant, on lui fait des noises pour accoster. Il décide donc, après s'être éloigné de l'anse de Scorpion, après avoir remonté le canot à bord et l'avoir bien arrimé, de filer vers l'est dans la direction de la pointe de San Pedro et la ferme de Smuggler's Cove.

Anise et sa mère se trouvent avec lui dans la cabine, mains voletant, moulins à paroles. « Quelle course ! » ne cesse de répéter

Rita et toutes les deux éclatent de rire. Elles sont tout à la joie d'avoir berné les crétins du Parc national : ils ont été plus rusés qu'eux, pas mal, hein ? Evitant soigneusement de se retourner, LaJoy se représente les deux silhouettes diminuant sur la plage, se tordant les mains peut-être, se lamentant de l'injustice du monde. Que vont-ils faire avec leur registre d'infractions et leurs menottes payées par le contribuable, lustrées comme un sou neuf ? LaJoy les prend en pitié, vraiment. Ce qui ne l'empêche pas de regarder droit devant, à l'affût d'autres bateaux, notamment du canot des garde-côtes, car, après tout, ces types-là ont tout de même des radios maritimes. Le moteur vrombit. Le ciel reste dégagé. Il est onze heures trente et tout va bien, les falaises montent la garde sur la droite, l'océan s'ouvre devant eux dans tout son néant bleu, déployé à l'infini. « Nous allons tenter Smuggler's », dit-il et Anise lui décoche un regard significatif.

Otant le papier d'un sandwich, qu'elle tend à sa mère, houmous et poivre grillé, sur pain aux céréales, pas de viande alors que Rita est une carnivore non repentante, elle pense tout fort, se demandant si c'est une bonne idée : « Tant qu'on a de l'avance, est-ce qu'il ne serait pas plus judicieux de laisser tomber ?

— Merde, non. » LaJoy n'est ni déçu ni en colère ni sur la défensive. Il va simplement faire ce qu'il a à faire et personne ne l'en empêchera. « Ne veux-tu pas au moins voir ce qu'ils mijotent ? Je veux dire… évaluer la situation ? Si nous avions réfléchi, nous aurions invité Toni Walsh à se joindre à nous. » Douce succion et crachotement du moteur, chuintement de l'eau fendue par la proue. « Qu'en dites-vous, Rita ?

— Moi ? » Elle lève le regard vers lui : la même étincelle d'amusement que précédemment. « Je suis à fond pour le programme, parce que ce n'est que justice, je ne peux pas vous dire à quel point… Formidable, vraiment formidable. » Son regard change ensuite de direction, elle se penche en avant et sort une bière de la glacière sous la banquette. Elle se redresse, arque le dos comme pour combattre le stress de la course et ouvre la cannette qui émet un pschitt jubilatoire. « J'aimerais voir la ferme là-bas, précise-t-elle, d'une voix dans laquelle s'est glissée une note de séduction. Elle était abandonnée, de mon temps... jusqu'à ce que les chasseurs s'y installent, en tout cas. Est-ce qu'Anise t'a raconté ? »

Oui, Anise lui avait raconté. Elle lui avait décrit le traumatisme, Baxter (le copain de sa mère à l'époque) à moitié estropié, leur impuissance face au massacre : le propriétaire avait exercé une pression sur les capitaines des péniches pour qu'ils fassent la sourde oreille aux supplications de Rita et refusent d'embarquer les moutons, qu'elle aurait ensuite menés au marché – tout ça parce qu'il voulait que les chasseurs viennent leur faire des trous dedans très cher payés, et le massacre avait donc continué mais d'une autre manière. Et puis tous trois s'étaient retrouvés coincés dans un studio d'Oxnard, exactement là où ils avaient commencé ; au lieu d'un terrain de jeu de deux mille cinq cents hectares, ils eurent pour paysage une cour de la taille d'une auge et, au lieu de ne jamais voir quiconque de son âge, de ne rien connaître de la mode, du top cinquante et d'apprendre avec un an de retard ce que les gens sur le continent voyaient à la télé, Anise se retrouva dans une classe. Plusieurs classes. Avec une ribambelle de professeurs, au milieu d'une marée ruisselante de visages adolescents condescendants ; sans son incroyable beauté naturelle, sans le fait qu'elle était l'incarnation de tous les rêves érotiques des adolescents (là, LaJoy extrapole), elle n'aurait pas survécu. Rita prit un boulot de serveuse. Le petit ami (devenu un vieillard) se rétablit. Plus ou moins. Il ne trouva pas de travail non seulement parce qu'il n'y avait aucune ferme à diriger à Oxnard mais aussi parce que sa jambe le faisait tant souffrir qu'il avait du mal à rester debout plus de dix minutes d'affilée et, à son âge, il n'allait pas prendre un boulot de vendeur dans une quincaillerie payé au lance-pierre... ! Il se remit donc à boire. Rita aussi. Cela dura six mois puis il disparut, et Anise, très lentement, grâce à ses dons d'observation, à son intelligence instinctive, à sa capacité à imiter autrui, surmontant les cicatrices laissées par son isolement antérieur, devint Anise surtout par le biais de sa voix et de sa guitare.

« Non, répond-il, elle ne m'a rien raconté. »

Espiègle, pinçant le mollet de son compagnon, Anise intervient : « Tu parles ! Mille fois !

— Ouais, c'est vrai. Mais je veux l'entendre sortir de la bouche de la vérité. »

Un sandwich à la main et (il vérifie à sa montre s'il est bien midi passé) une bière aussi. Pourquoi pas ? Pourquoi ne pas s'amuser, fêter ça s'il en a envie ? La voie est libre côté océan même si l'île est cadenassée comme une cellule de prison, alors que tous les prisonniers sont dehors.

D'une voix enrouée, Rita raconte donc son histoire avec une gaîté forcée, comme si rien de tout cela n'avait plus d'importance, comme si elle avait surmonté la douleur de l'expulsion, de la séparation d'avec son compagnon et, en fin de compte, de sa fille, comme si son existence d'inaction et de conversations de comptoir dans les quartiers délaissés de Port Townsend était ce qu'elle avait toujours souhaité. LaJoy l'écoute comme le ferait un historien, une main sur le gouvernail, l'autre portant alternativement à ses lèvres le sandwich et la cannette de bière, et puis Smuggler's Cove s'ouvre devant eux au moment même où le bateau des garde-côtes, toutes lumières clignotantes, un connard sur le pont, apparaît au loin, traversant la baie. Dave n'en croit pas ses yeux ! Il engouffre le reste de son sandwich, vide sa cannette et tourne le gouvernail fermement à bâbord comme si ça avait été programmé depuis toujours dans ses gènes, ils rentrent là d'où ils viennent, blancs comme neige, comme n'importe quel excursionniste faisant le tour de l'île, des mordus de voile profitant d'une des dernières belles journées d'automne.

Son cœur bat-il plus vite ? « Vous avez dit tension artérielle ? » lâche-t-il, tentant un rire. Les femmes se sont retournées, toute gaîté perdue. « Ils viennent vers nous ? » demande-t-il d'une voix qui se veut étale.

Il refuse de se retourner lui-même, tout comme il dédaigne de jeter un coup d'œil dans le rétroviseur lorsqu'il a les flics au cul sur l'autoroute, adepte qu'il est de la théorie selon laquelle c'est quand on est surexcité qu'ils vous tombent dessus. Leur montrer du respect, leur faire comprendre qu'on est conscient de leur présence, continuer à la même vitesse de quatre-vingt-dix kilomètres heure, pas pressé, peinard.

« Non, répond Anise. Non, je ne crois pas. »

Droit devant, mollo sur l'accélérateur, la pente boursouflée, comme en retrait, de la pointe de San Pedro parfaitement définie là-bas loin devant la proue. LaJoy ne pipe mot. Se contente de contempler la pointe venir à eux lorsqu'il modifie légèrement son cours, nord nord-est comme s'il avait l'intention de reprendre le cap du continent, et c'est exactement ce qu'Anise et sa mère pensent, que l'excursion est terminée, qu'ils sont vaincus, qu'ils en ont fini, qu'ils rentrent. Puis l'anse disparaît dans leur sillage, et le canot des garde-côtes avec (finalement, les balances de Scorpion n'ont pas dû envoyer de message radio) ; lorsque la pointe s'amenuise derrière eux, il change à nouveau de cap, vire à l'ouest, revient sur le parcours qui les a amenés ici depuis Scorpion.

Plongées dans leur conversation, chaque cahot, épi, tas de rochers couvert de guano suscitant un flot de souvenirs, Anise et sa mère n'ont pas remarqué que LaJoy a encore changé de cap ou, du moins, elles font comme si. Toutefois, maintenant que son intention devient évidente, Rita lève les yeux et demande : « Où allons-nous ? On y retourne ? »

Il fait oui de la tête, conscient du regard d'Anise posé sur lui. « J'ai pensé que nous pourrions aller voir comme c'est à Prisoners', sur le domaine du Conservatoire. Ils ne peuvent pas être partout, non ? »

Prisoners' Harbor, le principal port de Santa Cruz, est situé sur la face Nord de l'île ; juste au-delà de l'étroite passe orientale qui, à vol d'oiseau, confère à l'île une étrange silhouette : on croirait un énorme plésiosaure fauve qui lèverait sa tête massive en quête de quelque créature des profondeurs aux nageoires véloces. Une plage d'une belle longueur s'ouvre depuis un éboulement de collines et le vallon qui remonte vers la grande ferme à cinq kilomètres de là, où se dresse encore la défunte entreprise vinicole, là où la maison avec sa piscine, ses jardins et ses dépendances fournit au

Conservatoire une base d'opérations qui n'est pas loin d'être un petit coin de paradis. LaJoy y est déjà allé, par deux fois, en des temps plus heureux, avant que le massacre ne commence, en tout cas : la situation de la demeure, avec sa vue sur son vallon privé, dans un lieu effacé de la mémoire du monde, l'avait profondément marqué. Il avait ressenti un accès désespéré de jalousie comme si, après avoir parcouru la planète, il n'avait découvert son vrai chez soi que pour s'apercevoir en même temps qu'il était inaccessible. Or, il le voulait, ce chez soi. Il vendrait sa maison, hypothèquerait sa vie et achèterait ce lieu pour pouvoir fermer toutes les portes derrière lui et dire merde au monde. Sûr. Tout fermer. Vivre comme Adam. Ou le sauvage qui, au tournant du siècle, avait quitté la côte en barque avec pour tout chargement un cageot de pommes, un lance-pierre et deux hameçons, pour aller s'installer sur le rocher aux Mouettes, une bosse aride couverte de merde : là, il avait gobé des œufs de mouette et tout ce qu'il pouvait abattre avec son lance-pierre. Eté comme hiver, il ne portait rien qu'un pagne en lambeaux. Se laissait pousser la barbe et les cheveux. Scrutait le ciel.

Inutile de le préciser, ce n'était qu'un rêve, un fantasme d'adolescent. Tout, chaque mètre carré où que l'on aille appartient à quelqu'un et, aujourd'hui, tout homme sauvage (ou tout ponte des multimédias qui éprouverait fût-ce de très loin l'envie de retourner à l'état sauvage) serait pourchassé et enfermé dans une cellule d'isolement. LaJoy réfléchit à tout ça, à l'état sauvage, à la paix, à l'éternité et à l'état naturel de l'homme tout en contournant Coche Point. Parallèle à l'arc scintillant de China Beach, il s'approche de la rive, le promontoire dans leur dos servant d'écran au cas où le canot des garde-côtes ait été averti de leur présence et viendrait les débusquer. Entre deux bouchées de sandwich, il se tourne vers Rita pour vérifier ce qu'elle en pense. « Avez-vous déjà entendu parler du sauvage qui vivait ici ? » LaJoy mâche, avale, se représente en pagne, agitant une lance au-dessus de sa tête. « Il y a très longtemps, au tournant du XIXe siècle ? »

Rita réfléchit un instant, son regard se déplace vers un autre point avant de s'acérer quand elle se remémore... « Francesco parlait toujours de lui, répond-elle, penchée sur les genoux, cannette de bière dans une main, sandwich entamé dans l'autre, tête balançant mollement avec le mouvement du bateau. C'était une sorte de légende mais vraie à la fois. C'était il y a très longtemps, avant la Prohibition, au temps de l'entreprise vinicole. Son père... le père de Francesco, lui avait raconté que ce gars était un braconnier, qui volait des moutons, mangeait ce qu'il pouvait et laissait le reste aux corbeaux.

— Il avait l'esprit dérangé, c'est ça ? Je veux dire... gober des œufs de mouette, dormir à la belle étoile et tout le reste, le pagne...

— Il était danois, le plus petit Danois jamais recensé, il ne mesurait qu'un mètre cinquante. En tout cas, c'est ce qu'on racontait. Il volait des moutons en plus de tuer des renards, des moufettes, des geais de Santa Cruz, tout ce qui lui tombait sous la main et j'imagine qu'il les faisait rôtir sur un feu de camp et mangeait ensuite avec les mains.

— Du porc rôti », répond LaJoy automatiquement, essayant de plaisanter ou, du moins, d'être ironique, mais il ne réussit pas à sourire, pas même à esquisser un sourire parce que rien que d'y penser, il sort une fois de plus de ses gonds. *Ils sont là-bas*, songe-t-il, *ils massacrent des animaux. Et nous en rions.* Il distingue au loin le débarcadère de Prisoners', une bande de rien là-bas dans la réverbération mais, au moins, pas un bateau en vue. Et pas d'hélicoptère.

« C'était donc un carnivore, dit Anise, arborant un sourire amer, asticotant sa mère. Comme toi, Maman. »

Rita lui renvoie son sourire avant de plonger la main dans sa poche de chemisier pour en sortir des lunettes de soleil bleu opalescent, iridescentes, qu'elle fixe sur l'arête de son nez comme si elle partait se promener. « Ouais, répond-elle, parce que c'est comme ça qu'on nous a élevés. » Elle marque une pause et avale une gorgée de bière. « Et j'adore le goût de l'agneau.

— N'empêche, dit Anise, dont le sourire s'est évanoui. La viande, c'est du meurtre.

— Il me semble avoir déjà entendu ça quelque part.

— C'est la pure vérité.

— Je ne me rappelle pas que tu aies eu ces idées-là quand on vivait à la ferme.

— J'étais enfant à l'époque. Je n'y entendais rien. » Anise a le regard rivé sur sa mère, deux rides d'irritation plient la peau entre ses yeux. « Mais toi, tu devrais. Après ce que nous avons vu là-bas, tu te souviens bien, le fameux jour des corbeaux et des chasseurs ? Tu l'ignorais peut-être mais ça a été le pire traumatisme de ma vie…

— Ça et Oxnard Junior High.

— Je ne plaisante pas. Je te le dis : les animaux ont une conscience. Ils ressentent la douleur. Ils ont autant le droit de vivre que nous.

— Je me souviens d'un jour, dit Rita, ignorant le discours de sa fille et levant sa botte mouillée pour poser une cheville sur l'autre genou avant de reprendre position sur son siège avec un soupir. Pendant la tonte, un jour où, une fois la laine rentrée et le chevreau rôti, les vaqueros ont fait la bringue… La tête : te le rappelles-tu ? Ils ont posé la tête sur les braises et l'ont ouverte pour récupérer la cervelle…

— Arrête.

— … toute cette bonne graisse bien onctueuse dont on tartinait comme du beurre le pain tout juste sorti du four. Vous saviez ça, Dave ? Anise adorait le mouton à l'époque.

— Hum, moi aussi, reconnaît-il, jouant les diplomates. Jusqu'à ce que je voie la lumière. Quoi qu'il en soit, vous savez que nous devons arrêter cette chasse aux sangliers. C'est dingue. Personne, pas même le propriétaire de l'abattoir, n'aimerait voir des animaux chassés pour rien. Et pas vous non plus, n'est-ce pas ? »

Il essaie de savoir si elle est de leur côté ou pas mais Anise s'interpose : « Non, pas le moins du monde. Elle est contre autant que nous. N'importe qui serait contre. »

LaJoy et Anise la regardent tous deux, le port approche, vagues crémeuses roulant parallèles au rivage, chaparral en hauteur, sec, râpé, attendant la pluie, lorsque, posant sa bière dans le porte-gobelet devant elle, Rita lève la tête et lance un regard féroce, sans concession, d'abord à lui puis à sa fille. « Bien sûr que je suis contre à cent pour cent. » On dirait qu'elle crache les mots. « Quel gâchis de bonne viande ! »

Ce soir-là, LaJoy les invita toutes les deux dans un restaurant français très cher et guindé dont, apparemment, Anise avait entendu parler, dîner pendant lequel il se lança avec le serveur dans un débat hors de propos sur la cuisson de sa sole meunière, qu'il avait dû renvoyer deux fois (Anise fit claquer la langue, songeant au sort du pauvre poisson : « Si tu deviens végétarien, tu ne peux pas t'arrêter en chemin, Dave, ce serait lâche ! »). De son côté, Rita lui lançait des sourires amers en portant à sa bouche des tranches fines de filet mignon quasiment cru. Il les a déposées à l'appartement d'Anise sans desserrer les dents et est rentré chez lui inspecter la nouvelle pelouse. S'il conduit trop vite et si un flic qu'il lui semble reconnaître lui fait signe de se garer sur le bas-côté, lui demande combien de verres il a bu et s'il sait que la vitesse dans les artères de la ville est limitée à cinquante kilomètres heure, mais le laisse filer avec un simple avertissement, c'est que la journée a été… compliquée. Il retrace la succession d'événements qui a fait exploser son humeur en mille fragments : à Prisoners' Harbour, sa frustration quand il a vu l'hélicoptère surgir de nulle part, l'obligeant à virer de cap, le poussant littéralement avec son museau pour qu'il reparte vers la pleine mer, beuglant l'avertissement : L'ÎLE EST FERMÉE À TOUS LES VISITEURS, NOUS RÉPÉTONS, L'ÎLE EST FERMÉE. Et puis Anise avait pris si longtemps pour s'habiller qu'arrivant quarante-cinq minutes après l'heure de la réservation ils en avaient perdu le bénéfice et avaient dû se prosterner devant ce petit merdeux de chef de rang français avant d'obtenir une table, sur quoi il y avait eu le serveur, la sole, et la façon dont Rita avait sucé ses tranches de filet mignon comme si elle en avait sucé le sang jusqu'à la moëlle. À ce moment-là, la grille glisse sur son rail et il avance dans l'allée sous un flot de lumière mû par un capteur de mouvement monté au-dessus de la porte du garage.

Il est minuit passé. Il est las. Il est exaspéré. Il n'arrive plus à penser. La portière de la voiture s'ouvre en souplesse, la radio meurt sur le bœuf d'un groupe anonyme qu'il a déjà dû entendre mille fois : pourquoi, bordel, les programmateurs ne proposent-ils pas quelque chose de différent, d'inédit, d'obscur, d'inconnu, les faces B des albums, rien que des faces B, pour reposer un peu les auditeurs avant qu'ils ne se fassent sauter la cervelle ? Pénétrant dans le décor stable de l'allée pavée de briques, il éprouve la sensation qu'ont souvent les gens qui font du bateau : le sol se dérobe sous ses semelles. Pendant un instant, il reste là, absorbe la fraîcheur de la soirée, les étoiles, écoute le silence et le bourdonnement étouffé de l'autoroute. Et puis, au moment où il va prendre une torche dans le coffre avec l'intention d'aller se promener sur la nouvelle pelouse moelleuse comme un tapis, pour l'admirer et se féliciter de sa décision de faire installer des bandes de gazon au lieu de lancer à la volée des graines, de s'inquiéter du sort que leur réserveraient les oiseaux et de se représenter les mauvaises herbes et les zones râpées, en avançant, il remarque des mouvements sur le pourtour du jardin.

Sa première pensée (il se raidit, prêt à hurler un avertissement ou, mieux, une menace), c'est qu'il a affaire à des intrus, des cambrioleurs, des voleurs mais, quand il distingue les ombres, deux ombres pelotonnées au ras du sol, il pense aux chiens, mais les chiens sont dans la maison, où il les a enfermés. Il ne comprend pas tout de suite que ce sont là des animaux directement issus de la nature, tout exprès de la vie sauvage pour venir savourer ce qu'il a installé pour eux. Très lentement, avec une prudence exagérée, il se faufile le long de la voiture et, des deux mains, l'une tournant la clef, l'autre empêchant le hayon de se lever d'un coup, il ouvre doucement le coffre. Un tresaillement de lumière s'échappe par l'interstice, puis il se retrouve une torche à la main, songeant : *des coyotes* ? Ou simplement *le chien du voisin* ? Il referme le coffre et étouffe le déclic de la fermeture en appuyant fort dessus.

Il se contraint à rester parfaitement immobile, tend l'oreille, jusqu'à ce que les bruits les plus infimes se mettent à filtrer vers lui depuis les ombres. Qu'entend-il ? Un froufrou mouillé, un infime bruit de respiration ou de mastication, puis comme un froissement, un bruissement, puis plus rien. C'est tout juste s'il ose soulever ses semelles, il avance en traînant les pieds, pas à pas, tenant devant lui le cylindre noir de la torche comme une tête chercheuse : il veut se rapprocher avant d'allumer, il veut être aussi près que possible avant que la lumière explose et que les animaux prennent la poudre d'escampette. Il sent l'excitation monter en lui, l'attrait de l'étrange, de l'ésotérique, du monde mystérieux qui rôde aux heures mortes de la nuit. Un pas, un autre. Et enfin, à la lisière de la pelouse, au milieu des ombres qui enveloppent les ombres comme si la nuit était dotée de multiples profondeurs, comme si la nuit était un océan, comme s'il faisait de la plongée, dans une grotte sous-marine, en quête de signes du poisson aveugle, il allume.

Deux ratons laveurs, yeux ardents comme s'ils étaient la source de la lumière et non pas lui, lèvent le regard dans sa direction, gants noirs de leurs pattes figés et révélés pendant une fraction de seconde, avant de se détourner comme s'il n'était pas là, et de reprendre leur besogne. Qui consiste, il le voit à présent, à creuser. Ils se penchent en avant, pattes sur le gazon, puis se renversent sur les fesses, fourrant quelque chose dans la sombre absence de leurs bouches. Il fait glisser la lumière sur le ventre de la pelouse, chaque brin individuel d'herbe étreignant son ombre, et il s'aperçoit que la nouvelle pelouse est déjà ponctuée de trous, paysage lunaire, practice. Il se donne le temps de la réflexion. C'est la nature à l'œuvre, n'est-ce pas, ce sont des créatures sauvages, c'est lui l'intrus sur ce terrain, elles sont les héritières des collines qui courent continûment le long de la côte jusqu'en Alaska, depuis l'époque où les glaciers ont reculé. Mais, toute réflexion faite, il se met à beugler « Sortez de là ! Sortez ! », cherchant à les épingler avec le faisceau de la torche et tapant dans les mains en même temps ; il court, observe les deux formes dorées et mobiles reculer à contrecœur et traverser cette connerie de gazon, jusqu'au mur d'enceinte, qui n'est pas un obstacle pour eux.

Le matin venu, après une inspection détaillée des dégâts, il compose le numéro de Bruce Diaz, l'ami de Wilson dont l'équipe a installé la pelouse. Il laisse le téléphone sonner huit fois avant de raccrocher (la patience n'est pas son fort) et il remet ça. A la cinquième sonnerie, une femme répond en espagnol *Bueno ?* et son esprit se vide pendant un instant, avant qu'il songe à répliquer : « *Quiero hablar con Bruce ? Por favor ?* »

Bruits de pas, respirations sifflantes, des voix se fondent les unes dans les autres et se séparent, puis l'aboiement étouffé d'un chien. La voix de Bruce, trop forte, vient l'agresser : « Ouais ?

— Bruce ?

— Ouais ?

— C'est Dave LaJoy. »

Silence au bout du fil.

« Vous avez installé une nouvelle pelouse hier chez moi.

— Ah ouais, Dave, ouais, sûr.

— Elle est pleine de trous. Je veux dire… je rentre chez moi hier soir, je n'avais pas encore vu le boulot achevé… je pointe la torche dessus et tout ce que je vois, ce sont des trous et des tas de terre et d'herbe arrachée. »

Nouveau silence.

« Bruce, vous êtes là ?

— Des ratons laveurs, finit par lâcher Bruce, répugnant, dirait-on, à prononcer le nom des coupables. Ils cherchent des vers, des vers de terre, vous pigez ? Les vers font partie du processus, ils sont nécessaires, vous comprenez ? Pour l'aération, comme engrais. Débarrassez-vous des ratons laveurs, les trous disparaîtront en une semaine, vous aurez oublié qu'ils ont jamais été là. »

Ça arrive, ça monte en lui, il ne peut l'empêcher. « Vous voulez dire que vous n'allez même pas vous bouger le cul pour venir vérifier ? C'est une nouvelle pelouse, toute neuve. Je n'ai pas payé pour me retrouver avec ce truc bas de gamme tout irrégulier, tout éventré, cette *merde.* » Il met une emphase malencontreuse sur le dernier mot parce que la pression monte en lui maintenant, l'écorche au plus profond de ses entrailles comme mille petites griffes gantées de gris. « Je vais faire opposition à mon chèque avant que vous ayez pu vous retourner. »

La voix qui lui revient est si faible qu'il l'entend à peine. « Dix heures et demie, murmure Diaz. Mais je vous le dis, ce sont les ratons laveurs. Je pourrais bien mettre une autre pelouse demain que ça ne ferait pas la moindre différence. »

Diaz, grand, carrure de poids-lourd décati, arrive une demi-heure plus tard et contemple en compagnie de LaJoy, tristement, la pelouse, les morceaux épars de gazon ; le tout ressemble à une grande couverture verte attaquée par les mites ; il promet qu'il remplacera gratis les deux bandes les plus endommagées, avant de lever la tête et de le regarder droit dans les yeux : « A condition que vous vous débarrassiez d'abord des ratons laveurs.

— Et comment je fais ça ?

— Appelez Allô Nuisibles », répond-il. Sur quoi, il retourne à son pick-up en traînant les pieds, la grille s'ouvre comme par magie et il disparaît.

Allô Nuisibles (c'est étonnant mais on lui répond à la première sonnerie) l'informe, par l'intermédiaire d'un clown pompeux à la voix de crécelle, à deux doigts de la parodie d'agent de sécurité, qu'ils n'attrapent pas les ratons laveurs. LaJoy n'est pas d'humeur à entendre ce genre de conneries. Entre le moment où Bruce est parti et ce coup de fil, Anise a appelé parce qu'elle se demandait ce qu'il faisait car à moins qu'elle se soit trompée, ne s'étaient-ils pas mis d'accord pour qu'il vienne les chercher, sa mère et elle, à onze heures pour aller faire une dégustation de vin de l'autre côté de la colline, dans la vallée de Santa Ynez ? Il avait été un tantinet abrupt avec elle. Mais maintenant, avant qu'il ait le temps de répliquer (*Et pourquoi on vous paye, alors ?*), le gars au bout du fil, l'employé d'Allô Nuisibles, répond : « Mais nous avons les pièges. Vous pouvez venir les chercher pour un prêt de vingt-quatre heures. Ou pour une durée plus longue, si vous préférez. »

Il est surpris. « De quel genre de pièges s'agit-il ? Ils ne… comment dire… ils ne blessent pas les animaux, au moins ?

— Non, non, non… ce sont des pièges Havahart, les mêmes que pour les rats et les souris, mais le format supérieur.

— Plusieurs tailles de plus, j'espère. »

Il entend au bout du fil un drôle de son aspiré, comme si son interlocuteur étouffait un bâillement. Ou un rire. Est-ce qu'il trouve ça amusant ? Peut-être est-il à Allô Nuisibles pour le fun, pour se fendre la poire. « Vous aurez besoin d'une camionnette ou d'un 4 × 4 », finit-il par lâcher.

LaJoy tente de se représenter la chose. Ensuite, portable encore à l'oreille, alors qu'il se dirige déjà vers la porte pour sortir le Yukon du garage, il songe à demander : « Et les appâts ?

— Du beurre de cacahuètes. Avec du beurre de cacahuètes, on attrape tout. Ils adorent ça, je vous le dis. Mais si vous voulez donner dans le raffiné, ouvrez une boîte de sardines, vous attirerez tous les ratons laveurs du coin, sans compter les chats et les opossums. »

Il marque une nouvelle pause et la liaison est brouillée d'électricité statique. Reste un détail, laissé en suspens comme une souche submergée emportée par une traînée de feux follets. « D'accord, d'accord mais, une fois que je les ai attrapés, qu'est-ce que j'en fais ? »

Les dégustations de vin. Pour lui, ce n'est qu'une excuse pour se pinter au milieu de l'après-midi, le genre d'activité dont les touristes et des cars entiers de retraités raffolent, mais il faut dire que, cette fois, c'est tombé à point nommé. Pendant plusieurs heures, ça lui a changé les idées et, après leur deuxième halte, dans un endroit qu'il adore, caves froides et humides, rangées d'énormes tonneaux en chêne tels des monuments dressés à la mémoire des foies corrompus du passé, il a eu l'impression de se détendre enfin, ce qui ne lui était pas arrivé depuis des semaines. Non qu'il n'ait pas senti la tension se relâcher dès qu'ils sont sortis de la marina la veille au matin mais le temps qu'ils abordent l'île et il avait déjà l'estomac noué de nouveau. La dégustation de vin a donc été une agréable parenthèse. La compagnie de Rita était agréable : elle avait eu l'air de l'apprécier, et même de le respecter, à la différence de la mère de son ex-femme, qui le scrutait du fond de son regard sombre de Sicilienne comme s'il avait été l'Antéchrist en personne et sautait de son siège dès qu'il pénétrait dans une pièce, se lamentant : « Bon Dieu, il va s'asseoir ici, celui-là ? »

Ils ont déjeuné tard, si tard qu'on ne pouvait plus vraiment parler de « déjeuner ». A la terrasse d'un café, dans la petite ville studieusement surannée de Santa Ynez. Puis ils avaient pris la 154 pour rentrer, par le col de Marcos, dans le soleil déclinant de la fin d'après-midi ; ils avaient descendu la route en lacets jusqu'à Santa Barbara, face aux îles de Santa Cruz, de Santa Rosa et de San Miguel posées là comme sur un plateau, perpective changeant sans cesse à la faveur des tournants ; ils avaient observé la nuit commencer à s'épaissir dans une culbute grisâtre de ténèbres de plus en plus denses tandis que les îles chevauchaient l'océan à l'ouest, serpentins rouges d'illumination. Rita fit remarquer combien c'était joli et Anise confirma d'une voix chantante : « Je devrais peut-être écrire une chanson là-dessus, dit-elle tout bas, voix dispersée dans un murmure en connivence. — Appelle-les "Iles flottantes" », dit sa mère ; il avait beau être calme, flotter lui-même sur un petit nuage, il n'avait pu s'empêcher de lâcher une petite pointe acerbe : « Qu'est-ce que vous diriez d'"Aire d'abattage" ? Mais c'est déjà pris, non ? »

Chez lui, encore à moitié soûl, il avait garé la Breemer dans le garage à côté du Yukon. « Allons chez toi et on pourra descendre à pied à l'un des restaurants du *village* », avait proposé Anise ; il avait répondu que ça lui allait, et il était vrai qu'il se sentait bien à ce moment-là. Mais il s'était rappelé les cages et, dans la lumière déclinante, avait emmené les femmes voir la pelouse pour examiner les déprédations des ratons laveurs ; il avait transformé en jeu le positionnement des cages, l'installation du mécanisme et le tartinage des appâts de beurre de cacahuètes. A un moment donné, comme Anise allait chercher dans la maison une bouteille de vin, il lui avait crié de vérifier s'il restait des sardines dans le garde-manger. Il y en avait. Quand elle était revenue, dans chaque cage ils avaient posé trois sardines sur les tranches de pain au beurre de cacahuètes, avant de reculer, satisfaits de leur travail, et de siroter le vin au crépuscule.

Et maintenant, à l'aube, il se réveille en sursaut car quelque chose cloche, quelque chose cloche terriblement, mais quoi ? Il a fait un cauchemar ? Mais qu'a-t-il rêvé ? Poursuite, terreur, visages ressurgis du passé, diachroniquement convoqués pour se lamenter sur ses échecs et ses carences. Ascension. Chute. Un rire acéré comme la haine. Il se redresse. Repousse les craintes loin de son visage. Son cuir chevelu le gratte. Le contenu de son estomac caille. Il a un léger mal de tête, dont il vient à peine de s'apercevoir d'une façon aussi furtive que crépitante. Devant le lavabo de la salle de bains, il contemple hébété son reflet dans la glace, emplit et vide mécaniquement deux verres d'eau du robinet. C'est alors qu'il se souvient des pièges.

Plein de bonnes résolutions, il retourne dans la salle de bains, enfile un short, un sweatshirt et ses sandales : tous en matières synthétiques, pas en cuir, car le cuir ajoute au profit des tueurs, ensuite il sort dans la fraîcheur du matin, il enferme les chiens derrière lui pour qu'ils ne s'élancent pas sur la pelouse et ne touchent pas aux pièges. Il ne s'attend pas vraiment à avoir attrapé de bestioles, pas encore, pas le premier soir, mais il n'en presse pas moins le pas. Hier, quand il a pris possession des pièges, l'employé d'Allô Nuisibles (celui qui avait la voix rauque, trop forte, du vantard imbu de lui-même) a répondu à la question qu'il avait posée au téléphone en la lui renvoyant tout simplement : « Qu'est-ce qu'on en fait après ? » L'employé n'avait que la peau sur les os et les cheveux collés sur le cuir chevelu comme la fourrure d'une loutre marine. « A vous de voir. Mais nous ne pouvons pas les récupérer ici. Et il est illégal d'avoir des animaux sauvages chez soi.

— Qu'est-ce que je fais, alors ? Je les relâche dans la nature ? Dans les collines ? » Il avait désigné un endroit quelque part dans son dos, là où les monts de Santa Ynez s'élevaient abruptement derrière la fenêtre et bouchaient le ciel.

« C'est ce que les gens pensent toujours. Mais quand on déplace les bêtes de cette manière, c'est toujours dur pour elles. Elles ne connaissent pas ce nouvel environnement et elles sont désorientées. Sans compter que dans quatre-vingt-dix-neuf pour cent des cas, la niche disponible est déjà occupée.

— Ce qui signifie ? »

L'employé dodelina lentement de la tête. « Moi, je ne dis rien. Mais ce sont des bêtes à problèmes, non ? » Un sourire sarcastique prit possession de la partie inférieure de son visage. Ses iris refluèrent vers l'intérieur, comme si la pression d'avoir à se concentrer perpétuellement avait été frop forte. « Vous avez signalé leur activité néfaste chez vous. Ils endommagent votre terrain, votre pelouse, vous l'avez dit… n'est-ce pas ? » Il se tut un instant, montra les paumes comme pour se dédouaner et haussa les épaules d'un mouvement baroque. « Notre sentiment, c'est que c'est à vous de décider. »

LaJoy traverse donc la pelouse encore humide de rosée. Ce matin, il y a de la brume, dont des lambeaux insaisissables, à la dérive dans les branches basses, s'élèvent tout là-haut pour tirer le ciel vers le bas. Il a préféré prendre deux pièges plutôt qu'un, réfléchissant que, puisqu'il y avait deux ratons laveurs, chacun préférerait sans doute avoir sa cage mais, cela dit, il n'est ni spécialiste du comportement des bêtes ni trappeur et le maximum qu'il puisse faire, c'est espérer que tout se passe pour le mieux.

Le piège le plus proche, celui qu'il a installé au beau milieu de la pelouse, est aussi gris et vide que la brume ou, du moins, lui semble-t-il, jusqu'à ce qu'il en soit assez près pour distinguer un morceau de fourrure plaqué au grillage. Hélas, la fourrure n'est pas de la couleur adéquate : elle est blanche, pas marron, dorée ou même fauve. Soudain, il pense au danger, aux piqûres, aux coupures purulentes, à la rage, et il est donc sur ses gardes quand il se penche pour vérifier : c'est alors qu'il reconnaît l'angora ballonné suralimenté de deux maisons plus loin, celui qu'il n'arrête pas de chasser de chez lui parce qu'il commet le péché capital de s'en prendre aux oiseaux. Ses yeux sont des mares suppliantes. Il se met à ronronner.

Pendant un moment, LaJoy songe à prendre le piège en poids et à ramener ainsi le chat à ses propriétaires, un couple âgé qui semble perpétuellement en train de décharger des provisions du coffre de leur voiture comme s'ils se préparaient pour un siège ; néanmoins, il se ressaisit, tâte le côté de la cage et parvient à relever la trappe. Le chat s'échappe sans demander son reste comme s'il avait été éjecté sur un souffle d'air mais il s'interrompt presque aussitôt, fait le beau, lui lance un long regard appuyé avant de poursuivre sa progression en se trémoussant queue dressée sur la pelouse. Le chat n'a pas touché au beurre de cacahuètes mais les sardines ont disparu. LaJoy devra placer de nouveaux appâts. Il est en train de se demander comment il va pouvoir éviter de prendre au piège le même chat tous les soirs lorsque, relevant la tête, il aperçoit l'autre piège, qu'il a calé contre le mur du fond à l'endroit exact où il avait vu les ratons laveurs se lever sur leurs pattes puis le franchir. A cette distance, il ne pourrait le jurer mais il semble qu'il y ait quelque chose au fond du piège, une sombre concentration d'ombres, et déjà il voit que ce n'est pas un chat.

Approchant avec précaution (quoi que ce soit, il n'a pas envie de l'effrayer), il avance caché du prisonnier par la trappe en métal. C'est alors qu'il entend le pépiement des oiseaux, comme si une main invisible venait de mettre la bande son du matin. Une odeur agréable et fraîche s'élève de l'océan. La paix règne. Quand, parvenu à la cage, il se penche légèrement sur la droite afin de voir la longueur de la cage, les ombres se scindent (il y en a deux), avant de se ressouder. Deux ratons laveurs, les deux coupables, précisément, regard rivé sur lui, pattes accrochées au grillage comme les mains de prisonniers dans un pénitentier. Il comprend bientôt que le plus gros, qui s'est dressé sur ses pattes, de sorte qu'il voit son bas-ventre, est en fait une femelle, la mère, et le plus petit, le bébé, le poupe ou quel que soit le nom qu'on leur donne. Quand il s'agenouille pour mieux voir, les animaux se soudent à nouveau et le plus gros, la mère, montre les dents.

Que ressent-il ? De l'émerveillement, soit : voici les formes mystérieuses de la nuit devenues concrètes, capturées, sous son contrôle, leur existence aussi tangible et traçable que la sienne. Satisfaction. Justification. Et une étrange sensation de pouvoir, de supériorité de race (ils l'ont agressé, même si c'était à leur insu, même si ce n'était que naturel), or, maintenant ils sont en son pouvoir, et il lui revient d'en disposer selon son bon vouloir. Pendant un long moment, genou à terre, il se contente de les observer et ils l'observent en retour, tout aussi conscients que lui que leur sort est désormais entre ses mains, qu'ils ont été attrapés par un prédateur plus grand, plus doué : tout espoir qu'ils pourraient avoir eu d'échapper ou même de survivre est anéanti. Au bout d'un moment, son genou s'ankylose, il se détend sur le bord de la pelouse, replie les jambes sous lui dans la position du lotus, posture qu'il adopte partout, dans ses magasins, sur le tapis devant son écran plasma, dehors sur le patio ou sur la pelouse, dès qu'il a besoin de se fermer au monde, de descendre au tréfonds de lui-même, de se concentrer, de voir, vraiment *voir*.

Et ce qu'il voit, c'est du sang : les griffes gantées de gris des pattes antérieures des deux bêtes en sont tachetées, mouchetures brillantes là où la chair a été râpée, et il remarque des entailles rouges aux commissures de la bouche de la mère. L'énormité de la chose le frappe avec la force d'un coup de poing : ils donnent des coups de griffes au grillage depuis que la porte s'est refermée derrière eux ; toute la nuit et jusqu'à l'aube, ils se sont arraché leur propre substance, ils souffrent, ils saignent depuis tout ce temps.

Mû par l'urgence, LaJoy se lève brusquement. Tout ce qu'il veut désormais, c'est les relâcher, mais où ? Il observe à nouveau la montagne dont les crêtes trouent le brouillard. Il se représente montant la cage jusque là-haut ou bien la tirant derrière lui ; elle sera lourde – il l'installera à l'arrière du 4 × 4, pétrifiées, les bêtes s'affoleront et siffleront, puis il gravira la route qui entaille le flanc de la montagne, aussi haut que possible, et il les libérera à l'un des départs de piste. D'abord, ils hésiteront comme dans les reportages animaliers mais bientôt ils émergeront, incapables pendant ces quelques premières secondes de saisir le changement radical de leur sort mais, ensuite, tête baissée, presque comiques, ils courront jusqu'aux buissons. Certes. Mais pour mourir de faim ou se battre avec les populations locales, avec les coyotes, les pumas et tout ce qui se trouve là-haut, fanas de V.T.T., pyromanes, chasseurs – ou alors ils reviendront presto creuser sa pelouse.

C'est une énigme. Il a l'impression de dormir encore, de rêver : les animaux entrent et sortent de la cage à leur guise, museaux luisant de l'huile des sardines, pelouse restaurée, vers de terre enfouis très profond. Depuis quand est-il là, il ne saurait le dire. Mais, cela fait un bon moment que son portable vibre dans sa poche régulièrement et il doit absolument s'extraire de sa rêverie s'il veut aller à Ventura et se rendre utile à la manifestation, surtout après avoir laissé tomber ses petits camarades hier pour aller déguster des vins : que cela lui semble frivole aujourd'hui ! Idiot, irresponsable. Bientôt, il sent le soleil percer et chasser le brouillard, il sent sa chaleur sur ses épaules et sa nuque, et quelque chose lui fait lever les yeux de la cage et regarder pardessus le mur, le portail et la toiture en tuiles rouges des voisins, le long profil crénelé de l'île de Santa Cruz qui emplit soudain l'horizon, toutes ses facettes ciselées, embrasées dans l'éclat compact de la lumière du matin.

Il sait alors qu'il va être en retard, très en retard, et qu'il devra appeler Anise et Wilson pour les prévenir, la tête pleine d'une douzaine d'urgences à la fois. Il s'imagine couvrir la cage avec une couverture ou une bâche de peintre, pour épargner les animaux ; s'arrêter en chemin, peut-être, pour prendre un bagel et un café, simplement pour se caler l'estomac. Mais non, il n'a plus le temps, plus le temps de rien. S'il téléphone, or il le faut, il se le promet, ce devra être du bateau.

L'or noir

Ce soir-là, elle reste tard au boulot, appuyée contre son bureau, longtemps après le départ des autres. Non que quiconque l'interroge sur ses horaires ou qu'elle-même ressente le besoin de pointer comme un ouvrier à l'usine : elle est sa propre patronne et son emploi du temps est flexible mais elle est consciencieuse, voilà tout et, quand arrive quatre heures et demie, elle ne lève même pas le nez de ses papiers. Le petit déjeuner de travail, c'était certes du travail mais il n'en a pas moins rogné une partie de sa journée ouvrable et il y a des choses qu'elle veut terminer. Des choses vitales. Des commandes. Des courriels. Les derniers chiffres fournis par les Island Healers, qu'il faut en outre payer tous les mois. Et, pas le moindre : l'ordinateur d'Alicia.

Elle n'a pipé mot lorsqu'Alicia a fini par rentrer, un quart d'heure après elle, et Alicia, hésitant, pivoine, regard éludant le problème (une apostasie, rien de moins), s'est contentée de dire tout bas qu'elle était désolée d'avoir pris une pause café si tôt, mais elle mourait de faim parce qu'elle avait trop dormi et elle était partie de chez elle sans rien dans le ventre, et comme de toute façon il ne se passait rien au bureau, elle avait pensé que personne n'y trouverait à redire. Mortifiée, Alma s'était contentée de lui lancer le regard le plus froid qu'elle avait pu maîtriser. Sur quoi arriva la pause déjeuner et Alicia resta ancrée à son bureau.

Ostensiblement. Elle se leva uniquement pour aller prendre un Diet Coke au distributeur et, une demi-heure après, pour se rendre aux toilettes ; elle répondit au téléphone de sa voix haletante et modulée, entra des données, tapa à l'ordinateur avec son habituelle dextérité, cliquant doucement tandis que les autres employés allaient et venaient, que les téléphones sonnaient et que les néons sifflaient.

Les ombres s'allongèrent, l'après-midi versa et finit par sombrer dans l'océan. A cinq heures trente, à la fermeture, Alicia se leva, virevolta brièvement autour de son sac à main et son sac à dos avant de dire tout bas : « A demain matin. » Elle tira la porte derrière elle en partant. Une heure entière s'écoula pendant laquelle Alma fut encore absorbée par son travail, avant d'aller vérifier l'ordinateur d'Alicia. Il s'écoula une demi-heure avant qu'elle l'éteigne. Elle s'était attendue à des irrégularités, avait pisté des contacts extérieurs, des courriels susceptibles de trahir sa secrétaire or elle ne trouva rien que la correspondance habituelle. Il n'en restait pas moins qu'elle avait surpris Alicia en compagnie de Wilson Gutierrez, dans une situation d'une intimité sans équivoque, le bras de ce dernier passé autour de son épaule, le plateau de café et de pâtisseries de Gutierrez posé devant elle comme s'il avait l'habitude de la courtiser, de la servir : tout cela dépassait les bornes, à tous les niveaux auxquels elle pouvait penser. Mais était-ce suffisant pour la renvoyer ? Y avait-il un paragraphe dans l'accord contractuel passé entre le Parc national et ses employés qui proscrivait de frayer avec l'ennemi ? Pendant le service ? Ou était-il question ici de liberté d'expression et d'association ?

Quoi qu'il en soit, elle ne quitte le bureau qu'à six heures et demie. Toute trace de lumière du jour a déserté le ciel. Les yachts reposent mollement à leur mouillage, on voit des lumières ambre tamisées dans des cabines de-ci de-là, l'eau est aussi immobile que la passerelle qui la borde. On entend l'écho d'un bruit sourd et lointain, si faible qu'il est déjà scellé et enveloppé par deux fois quand il l'atteint : levant les yeux, elle voit un bateau – *UniPlongée* – glisser devant la rangée de mâts fantomatiques, rejoignant son mouillage, éclairages palpitant lentement. Instant volé à la journée, instant de tranquillité, de cessation, mais Alma ne traîne pas. Elle a toujours marché vite, a toujours été pressée, elle avance d'un pas alerte, louvoie entre les gamins, les fumeurs exilés, les couples de promeneurs. En passant devant Docksider, elle prend conscience de la musique qui filtre de l'étage, un groupe rétro interprète laborieusement un air de l'époque de sa mère : elle s'arrête alors si brusquement que le joggeur juste derrière elle doit faire une belle embardée pour l'éviter et manque de heurter deux femmes qui viennent en sens inverse. Elle voit les expressions de ces dernières trahir inquiétude et agacement sous leurs chapeaux d'observatrices de baleines à bords plats : des excuses sont murmurées, des membres s'affolent, les jambes du joggeur luisent comme si elles étaient fluorescentes et puis le voilà reparti ; l'une des femmes crie quelque chose, mais elle n'écoute pas. Elle est clouée sur place.

Sa mère ! Dans la confusion de la journée, elle l'a complètement oubliée. Sa mère prépare un gâteau d'anniversaire, sa mère s'attend à être emmenée au restaurant, ainsi que sa fille le lui a promis. A l'instant même, elle et Ed doivent être installés dans les fauteuils du salon, abusant de vodka devant l'avalanche d'images apocalyptiques distillées par C.N.N., qui défilent tels des nuages sur un ciel plat. Se sentant coupable, Alma pioche son portable dans son sac et compose le numéro de son appartement.

Sa mère répond à la première sonnerie.

« C'est moi, Maman. Je voulais simplement dire que j'avais dû rester au bureau plus tard que d'ordinaire et que…

— Le jour de ton anniversaire ?

— Eh oui. Il y a eu un problème. » Elle décèle la fausseté de son excuse, le côté amateur de son emphase dramatique : comment se fait-il qu'elle semble toujours cacher quelque chose à sa mère quand elle lui parle ? Alors que ce n'est pas le cas. Il est un fait qu'il y a eu quantité de problèmes, dont l'un (la duplicité d'Alicia) la désoriente, la trouble davantage que tout ce à quoi elle a été confrontée récemment. En dehors des manifestants, cela dit. Qui ont tendance à abandonner la partie au coucher du soleil. « Je quitte le bureau à l'instant… j'arrive dans une demi-heure, une demi-heure et pas une minute de plus.

— Je suis en train de préparer le repas.

— Mais je voulais t'emmener au restaurant, c'est moi qui offre…

— J'ai dit à Ed : "Ed, elle a trop de travail et j'ai envie de lui faciliter les choses, surtout aujourd'hui. Pas de stress, tu comprends ce que je veux dire ? Comme quand tu étais petite." Ed m'a donné raison. » Un silence. « Si tu y tiens, nous pouvons aller au restaurant demain mais c'est *nous* qui régalons. Absolument. » Alma comprend que sa mère met la main sur le récepteur pour demander confirmation auprès d'Ed : « D'accord, Ed ? »

« Maman, nous avons le concert, demain, tu ne te souviens pas ? Tim m'avait pris des billets. »

Pas de réponse.

« Tu avais dit que tu viendrais parce que Tim était sur l'île…

— Qui joue, déjà ?

— Micah Stroud. Je te l'ai dit, je crois que tu l'aimes bien. Il est (elle voudrait préciser qu'il joue le genre de musique qu'elle écoutait le matin même, mais pas aussi niaise et simplette, car il chante avec passion, une véritable passion, c'est un chanteur "engagé" – mais elle se reprend). Je ne sais pas… Mais tu l'aimeras, tu verras. Fais-moi confiance.

— D'accord, d'accord. Mais oublie le restaurant pour ce soir. Les lasagnes sont déjà au four… des lasagnes végétariennes. Ed et moi, nous serons tout à fait heureux de passer une soirée tranquille à la maison. Marché conclu ? »

Elle est sur le point de gazouiller un « D'accord » à son portable car la journée a été longue et la perspective de laisser sa mère la materner commence à lui agréer (à quoi sert d'installer sa mère dans la chambre d'amis si c'est pour ne pas un peu se reposer sur elle ?) lorsque, arrivant à sa voiture, elle perd brusquement la faculté de former une phrase cohérente, et même de prononcer un mot. Parce que sa voiture, garée à l'ombre face au lagon artificiel plein de bateaux amarrés et de touristes en goguette, a été une fois de plus recouverte d'inscriptions. Après l'épisode avec Alicia et Wilson Guterriez, après les slogans des manifestants qui n'ont cessé de s'immiscer toute la journée à travers les vitres dans les passages *pianissimo* des quatuors à cordes dispensés par la chaîne de musique classique qu'ils écoutent au bureau, au point de faire office de parasites, ce spectacle, cette découverte la choque autant qu'un petit accrochage inopiné ou les grondements convulsifs et virulents du chien à la fenêtre de la voiture garée à côté. De son portable qui, serré dans sa main, pend à son côté, parvient, hors de propos, la voix ténue et plaintive de sa mère : « Alma, es-tu là ? Alma ? »

Cette fois, le bombage est rouge ou, du moins, c'est ce qu'il lui semble à la lueur jaunâtre qui ruisselle des projecteurs de la promenade et le message, si la signification est la même que d'ordinaire, entend être plus général. Le voici, en lettres arrondies, en pleins et déliés d'une fluidité taguée qui passe au-dessus du capot pour obscurcir la vision du pare-brise : TUEUSE. Rien d'autre. Une épithète, une accusation concentrée en un seul mot qui, doit-elle admettre, est, dans son cas du moins, incontestable.

Pendant un long moment, elle reste immobile, percevant la piqûre de l'aiguilllon. Elle est, de fait, une tueuse : de sangliers, de rats, de fenouils, de centaurées du solstice sans oublier les dindes introduites par l'homme sur l'île et qu'il faudra retirer en temps voulu, tueuse au service d'une plus grande cause, de la restauration de l'île, de sa rédemption, de son salut mais tueuse néanmoins. Elle cède à la tristesse avec ses tranchants exécrables et à la lassitude, oui, à la lassitude aussi, qui la sape comme le premier assaut cinglant des froidures hivervales. Elle se penche en avant et, relevant le couvercle de son portable, s'en sert pour gratter la peinture rouge sang sur le pare-brise.

Le concert a lieu au Lobero, un théâtre restauré du centre-ville, qui souffle et geint au rythme décéléré de la vie il y a trois quarts de siècle, quand la planète était plus grande et moins peuplée. A côté de sa mère sur le sol en mosaïques hispaniques devant les grandes portes en bois, Alma ne peut s'empêcher d'y penser, à ce monde dont la population était trois fois moindre qu'aujourd'hui, à l'absence de ces humains en surplus de notre temps, charriés comme des pollens jusqu'aux franges de la terre afin que puissent se régénérer les rivières, les forêts, les animaux. 1924, voilà ce qu'indique la plaque sur la façade. Alma essaie de se représenter l'époque. Pas les girls et les gangsters mais les gens qui vivaient la réalité sordide de l'immédiat après-guerre, au moment où la grippe espagnole se développa puis sévit, où les populations étaient confinées par la géographie et les limites de la production d'aliments, où les forêts tropicales étaient encore immenses, les sommets encore invaincus, les mers encore poissonneuses et parcourues par des mammifères et des invertébrés : ainsi en allait-il au temps où ce théâtre fut construit sur le site d'un autre plus ancien encore, qui datait de 1873, quand le monde était encore plus grand.

« Tu veux un autre verre de vin ? » lui demande sa mère. Pour l'occasion, elle s'est maquillée et s'est mise sur son trente-et-un : ensemble veste-pantalon bleu pastel, pendeloques sorties de son coffret à bijoux dans la chambre. Elle porte des talons, a crêpé ses cheveux et les a laqués. Elle a fière allure. Et rayonne de bonheur parce qu'elle est de sortie. C'est bien.

« Non, il ne vaut mieux pas », répond Alma, faisant non de la tête pour souligner son refus. Elles ont pris un verre à la maison pour se mettre dans l'ambiance, puis un autre à leur arrivée, au stand devant le théâtre (dans un gobelet en plastique car c'est comme ça que le vin est servi). Alma tient à être à l'heure et même en avance, d'une façon qu'elle reconnaît être à la limite du névrotique : elle ne se sent jamais à l'aise à l'aéroport à moins d'avoir tout le temps de lire un journal devant la porte d'embarquement, avant même que l'avion ne soit annoncé sur le panneau au-dessus du comptoir d'enregistrement. Ce soir, elles sont donc les premières dans la file d'attente. Ce qui ne signifie pas qu'elle n'est pas prête à se détendre, à profiter de la vague sensation de flottement que le second verre lui confère tandis que la fraîcheur imbibe peu à peu la soirée autour d'elle, plus qu'heureuse de bavarder avec les filles derrière elles, deux lycéennes venues en train de Los Angeles car ce sont des fans de Micah Stroud mais en même temps elle songe au concert à venir et à la pression sur sa vessie au bout de la cinquième ou de la sixième chanson. Alors non, deux verres, ça suffira. « Peut-être plus tard », précise-t-elle, alors que sa mère, avec un sourire retenu, s'esquive pour faire remplir le sien, articulant de loin : « Garde-moi une place. » (Précaution vaine puisque les sièges sont numérotés.)

A huit heures moins le quart, les ouvreurs ouvrent les portes et Alma prend le bras de sa mère pour la guider dans le foyer, sur l'étendue de moquette. Léger contretemps à cause du verre de vin, un serveur venant les informer qu'il est interdit d'emporter les boissons à l'intérieur : sa mère fait cul sec et tend le verre au garçon. Ensuite, elles se retrouvent dans la salle, sa mère lâche un petit piaillement de surprise, appréciant l'élégance du théâtre, comme si elle s'était attendue à un entrepôt spécial *rave* ou un tripot au sol jonché de cannettes de bière. Elles s'attardent un instant au fond de l'auditorium, contemplent sans rien dire les rangées en amphithéâtre de sièges en velours bordeaux et la scène plongée dans l'obscurité, avant que la mère d'Alma demande à sa fille de l'excuser et prenne la direction des toilettes. Alma se dirige donc seule vers leurs sièges, de bonnes places, quinzième rang au centre. Elle s'installe et étudie le programme dans le silence de l'avant-spectacle.

Alma apprécie l'instant et sent qu'elle se détend. Les appliques diffusent une lumière délicate, les voix des spectateurs résonnent d'anticipation. Elle a déjà assisté à six concerts de Micah Stroud, deux à San Francisco, trois à Los Angeles, un à Phoenix. Ce sera le premier pour les filles de la file d'attente, nouveauté qu'elle leur envie, l'excitation de la découverte, la façon dont les lumières faiblissent quand les silhouettes des musiciens du groupe se matérialisent et passent dans les ombres. Bientôt, la poursuite se fixe sur le micro, le batteur effleure le *hi-hat* à l'aide de ses balais puis soudain Micah apparaît sur scène, la voix flottant au-dessus de l'ancre de sa guitare jusqu'à s'insinuer dans le moindre recoin de la salle, et dans l'intimité de tous les spectateurs. Il en a été ainsi à chaque concert. Dans l'expectative, Alma se penche en avant, étudie la scène. Tape oisivement d'un pied. S'empêche de s'inquiéter pour sa mère.

Les sièges vides autour d'Alma se sont vite emplis, les lumières tremblottent et, se retournant pour vérifier si sa mère arrive, elle la voit, en effet, sac à main agrippé dans une main, un programme froissé dans l'autre. « Il y avait la queue chez les dames », dit-elle tout bas, en guise d'excuse, avant de s'installer. Le public fait silence. Quelques retardataires descendent et remontent les allées, se glissent entre des sacs à main, des genoux ramenés en arrière. Le spectateur devant elles a une quinte de toux nerveuse. S'ensuit un fracas d'applaudissements qui va *crescendo* : des singes frappant la peau tendue de leurs paumes, avec leurs phalanges aux articulations dures, songe Alma, tout comme il y a trois millions d'années dans la savane africaine, et elle fait partie du nombre, *clap clap clap* en signe d'adhésion tandis que le présentateur traverse la scène d'un pas leste et en se pavanant pour aller s'emparer du micro et adresser au public un long regard perplexe jusqu'à ce que les applaudissements meurent d'eux-mêmes.

Ce quarantenaire de petit gabarit, adipeux, dont les cheveux raides tombent sur les yeux et masquent les oreilles, saisit l'occasion pour se lancer dans un discours vantant le cycle de spectacles proposé par son théâtre, qui reçoit toutes les deux semaines des artistes de renommée nationale et *internationale* comme Micah Stroud (nouveaux applaudissements) dans cette salle historique de la modeste commune de Santa Barbara ; chacun doit se sentir libre de prendre une brochure et une souscription car non seulement il soutiendra ainsi la musique qu'il aime mais il fera également une bonne affaire car savez-vous que l'abonnement peut vous faire économiser jusqu'à cent vingt dollars par saison ? Il a beau faire court, on entend tout de même des sifflets au premier rang et quelqu'un derrière Alma se met à psalmodier *Micah, Micah, Micah*, la foule lui emboîte le pas, et le présentateur se tait. Pendant un long moment il se tient là, puis il lance à l'auditoire un regard espiègle avant de lever les bras, paumes vers le haut, et les gens se taisent.

« Voici maintenant, crie-t-il d'une voix comme métamorphosée (voix de stentor, timbrée, l'organe complice du vendeur, du racoleur, de l'éclaireur), l'instant que vous attendez tous... Mesdames et Messieurs, gnomes et petits poissons, voici le prince cajun, le lion du bayou, l'homme avec la plus grande voix et le plus grand cœur de toute la profession... *MICAH... STROUD !* »

Bien qu'elle soit toujours hypervigilante, toujours consciente du contexte, les cinq sens ouverts à ce que le monde lui apporte, Alma ne bouge pas, ne regarde pas autour d'elle, elle ne fait rien de plus que taper du pied et dodeliner de la tête en suivant le rythme, et ce pendant trois chansons du set, solo, acoustique, alors que le groupe attend dans les coulisses car, pour l'instant, à l'inverse du schéma habituel, c'est simplement voix et guitare. Sa mère a beau être à son côté, Alma n'est pas consciente de sa présence, elle intériorise tellement les chansons qu'elles auraient pu être composées pour elle seule, elles l'arrachent à elle-même et l'emmènent dans un tout autre univers. Ainsi qu'il devrait être. C'est pour cela qu'elle est venue. C'est pour cela qu'elle se concentre entièrement sur Micah, penché sur sa guitare, jusqu'à ce que l'édifice ténu et brillantiné de sa banane se décompose et que sa barbe soul brille de sueur.

Il commence avec *Loggerhead Blues*, un blues lent et cadencé qu'il fait dériver au bout d'un moment dans le swing syncopé et entraînant de *Dip and Rise*, avant de revenir au relâchement tragique de *Minamata* avec ses images de nouveau-nés déformés rappelés à la mer amniotique d'où ils viennent jusqu'à ce que le mercure méthylique s'évaporant de l'environnement, des œufs de leur mère et du sperme de leur père, ils puissent émerger à nouveau, sains, nets, agitant leurs doigts et orteils minuscules, lovés dans une salutation de joie pure. Alma se balance sur son siège. Elle n'analyse rien, elle ressent. Voici un homme qui comprend, qui se bat pour l'environnement, qui, s'il savait, se lèverait dans toute sa puissance et son infuence pour les soutenir, Tim et elle, et tout ce qu'ils tentent de faire.

Mais voici qu'elle se met à penser, tandis que le groupe sort des coulisses pour rejoindre le chanteur, qui plonge sous la bandoulière de sa guitare électrique et que le batteur marque les temps avec ses baguettes rutilantes, elle se demande s'il a déjà visité les îles, s'il est conscient de la gravité de la situation et de ce qui est en jeu. Elle jette un coup d'œil à sa mère, qui s'amuse ou, du moins, paraît prendre du bon temps. Ensuite, Alma reporte son attention sur la scène, les premiers accords de *Swamp Savior* surviennent comme un phénomène atmosphérique, mais elle a quitté la salle, elle est sur l'île, Micah Stroud à son côté, évaluant les dégâts causés par les cochons sauvages, se penchant tout bas pour contempler les renards captifs dans la tranquillité et la sécurité de leurs cages ; elle lui demande s'il ne voudrait pas composer un air pour eux, un hymne au sauvetage de la planète, il s'approche d'elle, plane au-dessus d'elle, le soleil accroche son iris et, avec son accent du Sud, il dit : *Bien sûr, je vais même faire mieux, je donnerai tous les bénéfices de la chanson pour la bonne cause. Qu'est-ce que vous en dites ? Ça vous va ? Non ? Eh bien, alors, je vais aussi faire un chèque… mais seulement si nous passons un accord, vous et moi, est-ce qu'on vous a jamais dit que vous étiez irrésistible ? Hé, quand est-ce que vous prenez un peu de temps libre ? Est-ce que ça vous dirait de m'accompagner pour ma tournée européenne ? Stockholm ? Etes-vous déjà allée à Stockholm… ?*

Quatre chansons avec le groupe, puis la scène est plongée dans l'obscurité à l'exception de la poursuite. Micah Stroud tourne le dos au public, plonge dans les ombres pour changer de guitare (retour à l'acoustique), puis il s'avance furtivement vers le micro droit à l'ancienne mode qui est devenu sa marque de fabrique quand il se demande tout fort si le public prend du bon temps. Et oui, invariablement, les spectateurs prennent du bon temps. Tous. Même la mère d'Alma, qui, tandis que la foule hurle son acquiescement, lance un cri de guerre tout droit sorti des années 1960. « Il est le chaud, le public, ici, dit Micah Stroud tout bas, essuyant la sueur de son front à l'aide d'une serviette trempée. J'apprécie ça, parce qu'il fait frais dehors, c'est l'automne, ici en

Californie, et c'est gentil à vous de me permettre, à moi, pauvre gars du bayou, de m'envelopper dans la chaleur que vous générez (sifflets de joie, applaudissements). Merci du fond du cœur. »

Il baisse la tête en remerciement, ses cheveux lui tombent sur les yeux, entremêlés, transpirants ; quand il se redresse et que ses traits accrochent à nouveau la lumière, Alma voit qu'il sourit. « Nous avons une surprise pour vous, ce soir, les gars, issue de vos rangs (il lève la main en visière pour se protéger des projecteurs et scruter le public) : une chanteuse-compositrice suprêmement talentueuse va chanter avec moi le prochain morceau. Anise ? Tu es par là, mon cœur ? »

C'est alors que tout se met à vriller et à chavirer autour d'Alma comme si elle était prise dans un tourbillon, un égout à ciel ouvert qui l'aspire et emporte sa rangée de sièges, sa mère n'est qu'une illusion, l'homme qui renifle tout le temps s'est évaporé, les hippies avec leurs manteaux, leurs foulards qui flottent derrière eux et leurs lunettes à verres photochromatiques, tous tourbillonnent autour d'elle quand Anise Reed se lève au premier rang (comment a-t-elle pu ne pas la voir ?) avec sa crinière en champignon atomique. Mais ce n'est pas tout. Dave LaJoy est là aussi, à côté, il applaudit, admiratif, et toute la salle embraye le pas, Wilson Gutierrez à côté de Dave LaJoy tape du talon et siffle, tandis qu'Alicia lève son visage pâlot et inexpressif vers les lumières de la scène qui les inondent, et la femme à côté d'elle avec la crinière poivre et sel… rayonne de… comment dire… de fierté. Comme seule peut en éprouver une mère. La mère d'Anise. D'Anise Reed. Avant qu'Alma ait le temps d'ingérer l'information, la voici, la « chanteuse-compositrice suprêmement talentueuse » en personne, elle gravit les marches, pieds nus palpitant, ongles des orteils brillant, tandis qu'un laquais fuse des coulisses pour lui présenter bien haut sa guitare comme en offrande.

Près de soixante ans plus tôt, en septembre 1946, quand le Lobero recommençait tout juste à se remplir après les vaches maigres de la guerre, la grand-mère d'Alma amena son bébé à terme à l'hôpital Saint-John de Santa Monica, une fille de trois kilos trois, dont la santé ne témoignait en rien des épreuves de sa mère sur Anacapa. Beverly vivait alors avec sa propre mère puisqu'elle n'avait aucun moyen de payer le loyer de l'appartement qu'elle avait partagé avec Till, hormis le premier mois catastrophique au cours duquel il lui avait manqué à chaque instant comme s'il était reparti à la guerre. Deux veuves se retrouvèrent donc dans la maison où Beverly avait grandi et où son père était mort dix ans plus tôt ; sa mère travaillait sans relâche, caissière dans une boutique de Lincoln Boulevard alors qu'elle souffrait de varices et que la peau de ses chevilles était tellement plissée qu'on aurait dit un gâteau fourré effondré dont la pâte passe par-dessus le bord du moule.

Quand Beverly se réveilla à l'hôpital et que l'infirmière lui amena sa petite fille, elle crut à une erreur car elle s'était mise en tête que l'enfant serait un garçon, le fils de Till, son image réifiée venue du néant pour le remplacer : Till Junior, qui grandirait avec les bras mobiles et intacts. Elle n'avait même pas pensé à des prénoms de fille. Mais lorsque sa mère, encore en tenue de caissière, vint la voir en sortant du travail, et prit le bébé dans ses bras avec un air ravi, un nouveau prénom lui vint à l'esprit, Matilda, elle l'appellerait Matilda – diminutif Tillie. Elle le prononça d'ailleurs tout fort à l'intention de sa mère dans la chambre emplie d'échos, à côté de l'autre jeune femme dans le lit voisin, avec ses jumeaux et son sourire placide. « Tillie, qu'est-ce que tu dis de Tillie ? »

Scrutant le visage du bébé comme s'il avait été un message incarné venu d'un lieu inconnaissable, sa mère fit claquer sa langue. « Veux-tu vraiment vivre avec ça pour le restant de tes jours ? fit-elle sans lever la tête.

— Vivre avec quoi ?

— Si tu ne le comprends pas toute seule, je ne peux pas te l'expliquer. Mais réfléchis. Réfléchis. »

Elle y songea donc pendant toute la première journée, couches, biberons, puis dans le taxi qui la ramena chez elle le lendemain matin, têtue, se représentant Till tel qu'il était avant la guerre,

Till en uniforme, Till sans uniforme, au lit, pressant son corps ardent contre le sien. Au cours des deux premières semaines, jusqu'à la veille du baptême, la bébé resta *le bébé* mais, en fin de compte, assise dans le rocking-chair à la fenêtre de la seule maison qu'elle avait jamais connue jusqu'à l'arrivée de son mari, tandis que sa fille suçait placidement la tétine en caoutchouc de son biberon tout juste mis à chauffer, et que sa mère, fatiguée, debout, remuait dans la pièce et lui servait une tasse de thé, elle revint à elle : elle avait une fille, pas un fils, et Till n'était plus qu'un esprit. A cet instant-là, le bébé reçut son nom : elle l'appellerait Katherine, en homage à la femme généreuse, au visage empreint de douleur et au doux sourire pincé qui tenait en équilibre la tasse sur la soucoupe comme si ça avait été un exploit de prestidigitation, sans la quitter des yeux de tout ce temps.

Des hommes venaient la voir, des hommes du genre de Warren, mais Beverly ne donna jamais à aucun le moindre signe d'encouragement et, en fin de compte, ils arrêtèrent de venir. Il n'était pas question pour elle de se remarier, même pour le bien de sa fille, car elle était la femme d'un seul homme, alors et à jamais, et elle était prête à mourir seule et à se réserver pour Till quand ils se retrouveraient au Ciel. Si Katherine ou Kat, Cat, comme elles se mirent à l'appeler parce qu'elle ne se séparait qu'à contrecœur de son chat en peluche pour aller prendre son bain dans la baignoire, si Katherine, donc, grandissait sans père, elle n'était pas la seule dans ce cas, compte tenu du taux de divorce et du nombre de victimes de guerre, et elle ne semblait jamais en pâtir, du moins tant qu'elle était à l'école. Bien sûr, Beverly n'eut d'autre choix que de retrouver un travail moins d'un mois après avoir accouché, renversant les rôles avec sa mère, qui quitta l'épicerie et resta chez elle à plein temps.

Sa mère gâta-t-elle l'enfant ? Oui, absolument. Par d'interminables après-midi à la plage, avec pelle, rateau et seau en plastique rouge, collections de coquillages et d'étoiles de mer séchées, des excursions pour aller nourrir les canards le long des canaux, des glaces et des sundaes chez le glacier, une ribambelle de jouets, de robes et de souliers. Les enfants étaient faits pour être gâtés :

telle était l'opinion de la mère de Beverly. Et si Kat voulait une histoire au beau milieu du repas, eh bien, elle la lui racontait. Et une autre avant de s'endormir, et puis au petit déjeuner aussi. Au début, il y eut les comptines enfantines que Beverly avait apprises des lèvres de sa mère quand elle-même était petite fille, *Mère l'Oie, Mère l'Oie, Père Jars*, *Petit Jeannot Coin-coin* et *Mary avait un petit agneau*, tirées des mêmes recueils aux couvertures râpées qu'elle avait gardés sur une étagère spéciale jusqu'à ce qu'elle finisse par être trop grande pour ne pas en être gênée, après quoi elle les avait bannis au garage ; ensuite, les histoires s'étaient allongées, les trois petits cochons étaient venus à la table avec les trois ours ; et tous les soirs après le repas, avant d'allumer la radio (et, plus tard, la télé), sa mère et elle avaient butiné quantité de livres mais Kat en voulait toujours plus. Après les comptines enfantines, ça avait été *Dick et Jane* et *Winnie l'Ourson*, et ainsi de suite jusqu'à ce que Kat apprenne à lire toute seule au moment où elle entra à la maternelle.

L'école l'avait révélée. C'était une élève enthousiaste, complètement absorbée par sa besogne, même quand ses camarades la trouvaient répétitive et frustrante. Ses comptes rendus trimestriels étaient exceptionnels. Au moment des tests d'aptitude à la fin des études primaires, elle avait été dans le peloton de tête. C'était une enfant heureuse. Elle s'épanouit. Elle grandit. Puis l'adolescence fut là, qui l'atteignit avec la soudaineté d'un météorite : un jour, Kat était une petite fille avec une barrette Minnie Mouse dans les cheveux et, le lendemain, elle avait des rondeurs partout où il le fallait et les garçons s'attroupaient autour d'elle à la sortie du lycée, versions junior des hommes qui venaient naguère à la maison avant eux voir sa mère – mais Kat ne semblait jamais tomber sous le charme d'aucun et jamais, pas même pour une journée, elle ne lâchait ses devoirs de classe. Beverly se mit à espérer que sa fille pourrait aller à la fac, voire qu'elle pourrait obtenir une bourse, car elle ne voyait aucune limite à ce que sa fille était capable de faire.

Dans ce but, elle mettait de l'argent de côté sur sa paie. Elle-même n'avait pas eu la possibilité de poursuivre ses études après le secondaire puisqu'on était alors en pleine Dépression ; elle avait dû commencer à travailler dans une usine d'armement pendant la guerre, mais elle avait tout de même pris des cours de secrétariat et cela lui avait servi. Lorsque Kat était entrée en C.P., elle avait obtenu un poste de secrétaire, un poste régulier et sûr, dans les bureaux du Santa Monica-Malibu Unified School District ; comme elle vivait avec sa mère et que celle-ci était propriétaire de son logement, l'argent qui aurait autrement servi à payer un loyer allait à la caisse d'épargne. Et ce n'était pas le genre de cagnotte pour Noël à un dollar par semaine, c'était une véritable épargne. Une réserve pour l'université. Pour Kat. Kat était son grand espoir. Kat, dont la mère était secrétaire, dont le père était mort noyé dans les eaux remuantes du détroit d'Anacapa, serait la première de la famille à aller à la fac et aurait donc accès à tous les métiers auxquels donnait accès un diplôme universitaire : droit, médecine, éducation, sciences.

Lorsque le dossier de Kat fut acceptée à U.C.L.A., acceptation accompagnée d'une bourse qui couvrirait les frais de scolarité et de modestes allocations, elles célébrèrent l'occasion, toutes les trois, même si la mère de Beverly commençait à avoir du mal à se déplacer et n'avait pas quitté la maison depuis des mois ; elles allèrent au restaurant dans un hôtel sur Ocean Boulevard avec vue sur la mer. Elles commandèrent des langoustes. La première année, Kat vécut à la maison ; en deuxième année, elle prit une chambre d'étudiant et elles ne la virent plus que les week-ends. Après un certain temps, elle sauta des week-ends de temps à autre, puis ne vint plus qu'un week-end sur trois, prétextant qu'elle avait trop de travail. Parfois, elles ne la voyaient pas pendant un mois entier et, quand elle venait, elle apportait un énorme baluchon de linge sale, que Beverly n'était que trop heureuse de laver, repasser et plier, tout en essayant de se retenir d'exprimer ses inquiétudes et de la tarabuster : Kat était trop maigre, Kat portait les cheveux longs et se faisait la raie au milieu comme les hippies sur lesquels elle lisait des articles dans le journal et qu'elles voyaient à la télé ; comme les hippies, elle portait des pantalons à taille serrée et à pattes d'éléphant, avec des fleurs cousues dessus et des chemisiers qui remontaient au-dessus du nombril, ce que n'importe qui, pas seulement sa mère, aurait trouvé provocateur. Et les drogues ? La marijuana ? Fumait-elle de la marijuana ?

Kat n'en parlait jamais. Elle ne parlait pas non plus de ses notes mais, lorsque arrivaient les rapports trimestriels, Beverly, qui n'aurait jamais songé à ouvrir le courrier de sa fille, ne pouvait s'empêcher de la questionner. Tout allait-il bien ? Oui, lui assurait Kat, *tout va bien*. Et d'ajouter, d'un ton qui ne plut guère à Beverly : *Lâche-moi un peu, veux-tu ?* Au cours de sa dernière année, elle se mit à sortir avec un garçon et ça paraissait sérieux. Elle était amoureuse, voilà ce qu'elle dit à sa mère au téléphone et au cours des rares week-ends où elle rentrait à la maison, mais qui était le garçon ? Comment s'appelait-il ? De quel genre de famille était-il issu ? Quelle spécialité étudiait-il ? Il était bien étudiant, n'est-ce pas ? Il ne fume pas de la marijuana, au moins ? Que fait son père ? D'où viennent-ils ? Et ainsi de suite tout le week-end, du dîner du vendredi soir au petit déjeuner du dimanche matin ; le lave-vaisselle barattait dans la véranda vitrée et un pauvre petit soleil pâlot s'étalait comme du gras sur toutes les surfaces de la cuisine. « Tu ne peux même pas me dire son nom ? s'exclama Beverly, mettant sous le nez de sa fille une assiettée de gaufres et deux œufs pochés. A ta propre mère ? Pourquoi ? Tu caches un secret ? C'est un nain ou quoi ? » Elle émit un petit rire. « Ou bien un communiste ? Ou alors, c'est nous. Ta mémé et moi. Tu as honte de nous, c'est ça ?

— Greg, finit par lâcher Kat, traits soudain déformés par la fureur. Il s'appelle Greg. Tu es satisfaite ? »

Sa mère, qui la traquait depuis qu'elle avait passé le pas de la porte le vendredi soir, donna l'impression d'avoir reçu une gifle, et Kat, malgré elle, regretta instantanément son mouvement de colère. « Ecoute, dit-elle, je suis navrée, Maman. Je suis sous pression depuis un certain temps. A la fac. J'ai besoin d'espace, c'est tout. »

A la table, doigts noueux, tête penchée très près de sa besogne, sa grand-mère épluchait des crevettes pour faire des beignets comme si elle avait fait ça toute sa vie. Les crevettes, grises et dénudées, s'amoncelaient dans une jarre en verre et leurs écorces transparentes s'accumulaient sur une page du *Times*. Pas une fois elle ne leva les yeux, alors qu'il y avait de la révolution dans l'air.

Beverly adressa un regard meurtri à sa fille, plissant les lèvres sur une lanière de poivron vert qu'elle faisait pivoter dans sa bouche comme un cure-dents. « Je ne veux pas être indiscrète, dit-elle, mais…

— Alors ne le sois pas. »

Lorsqu'elle revint à la maison pour Noël, Beverly émergea de la cuisine dès l'instant où Kat tourna la clef dans la serrure de la porte d'entrée. Elle s'essuya les mains sur un torchon, arbora un grand sourire de bienvenue qui mourut aussitôt, lorsqu'elle traversa la pièce pour déposer un baiser sur la joue de sa fille avant de se tourner vers la table du vestibule, d'où elle retira une enveloppe qu'elle lui tendit sans plus de manières. « C'est arrivé pour toi hier », déclara-t-elle, la regardant droit dans les yeux.

Kat s'aperçut tout de suite que la lettre était de Greg. Elle avait dû passer très tard un examen de psychologie enfantine alors qu'il avait terminé les cours plus tôt et avait pu partir chez ses parents à Santa Barbara pour les fêtes. Il viendrait la chercher en voiture le lendemain de Noël et ils partiraient faire du camping à Ensenada, ainsi qu'ils l'avaient prévu depuis un mois : une semaine seuls sur la plage et sous la tente la nuit, dans le même sac de couchage, comme (ça c'était une plaisanterie de Greg) Robert Jordan et son Petit Lapin. Peut-être rougit-elle lorsqu'elle prit l'enveloppe, la plia une fois et la fourra dans la poche arrière de son jeans. Elle ne fit rien mais sa mère l'observait de si près qu'on aurait dit qu'un laser la transperçait de part en part comme dans *Goldfinger*.

« Take-Sue, dit-elle, écorchant le patronyme. C'est hongrois ? Bohémien ? Ou quoi ? Ta grand-mère et moi, on n'a pas été capables de deviner. »

Elle aurait voulu rétorquer : *Pas besoin de deviner*. Mais, pour le plaisir de voir la prise de conscience modifier peu à peu les traits de sa mère, elle répondit : « Ta-ke-sue. En trois syllabes. La dernière se prononce *su-ey*, comme dans chopsuey.

— Chop suey ? » répéta sa mère, intriguée. A travers la fenêtre, des bruits de voix parvenaient de la rue : des ivrognes rentraient des bars le long de la jetée. Elle lâcha un rire nerveux. « Tu ne veux pas dire… Il n'est pas chinois, n'est-ce pas ? »

Tel était le gouffre autour duquel elle dansait depuis le jour où Greg s'était approché d'elle sur la pelouse de la fac, cheveux longs, épais et luisants, plus longs que ceux de George Harrison, plus longs que ceux de n'importe quel musicien dans les groupes qu'elle connaissait : il s'était penché sur la table où elle était installée avec sa copine Pattie, et lui avait demandé : *Tu ne suivais pas le cours de Bieler au premier semestre ?*

« Non, maman, il n'est pas chinois », répondit-elle, encore dans le vestibule, la lettre en sécurité, bandoulière de son sac passée sur l'épaule, caban pendant droit sur ses genoux. Elle prit son temps, exécuta un mouvement pour se débarrasser de son sac et regarda sa mère droit dans les yeux. « Takesue n'est pas un patronyme chinois, c'est un patronyme japonais. »

Sur quoi, avant que sa mère ait le temps d'avoir le souffle coupé, de grogner, de crier ou que sa tête ait pu pivoter à un angle de cent quatre-vingts degrés pendant qu'elle aurait hurlé *Japonais ? Tu sors avec un Jap ? Après ce qu'ils ont fait à ton père ?*, elle quitta le vestibule, fonça dans le couloir et s'enferma dans sa chambre.

Quand Greg gravit les marches le 26 décembre, les bras chargés de paquets enveloppés dans du papier cadeau, la Dodge Charger de son père garée derrière lui comme une fusée à l'arrêt, Beverly ouvrit la porte sur une vision de beauté, sauf qu'elle n'en vit rien. « Greg ! » cria Kat, s'élançant vers lui tandis que sa mère reculait, sous le choc, car non seulement Greg était un hippie, portait un poncho *tie and dye*, un pantalon à rayures argent, des bottes éraflées et un chapeau à large bord avec une plume plantée fièrement dans le bandeau, mais, en plus, il était asiatique. Pire qu'asiatique : japonais. Sa moustache à la Fu Manchu encadrait sa mâchoire de deux mèches pendantes et clairsemées. Kat lui prit la main, l'entraîna dans le vestibule en disant « Maman, je voudrais te... » mais sa mère avait disparu, s'était retirée dans sa chambre à l'arrière de la maison.

Kat l'avait averti (*Ma mère est un peu bizarre, vois-tu, après la guerre et tout, comprends-moi, la Seconde Guerre mondiale*) mais elle le connaissait assez bien pour comprendre qu'il était aussi choqué que sa mère, choqué et blessé. Les gens d'un certain âge, les ignorants, les bornés, avec leurs visages blancs et gras, leurs coupes de cheveux à cinq dollars, pouvaient le ridiculiser à cause de la façon dont il s'habillait, parce qu'il était hippie, soit, mais ça, c'était plus qu'il ne pouvait supporter : le racisme, c'était autre chose. Il était américain de la cinquième génération, aussi américain que n'importe qui, sa famille avait de l'argent, à la tête d'une entreprise de produits de la mer à Santa Barbara, et il allait prendre sa position dans la société américaine que les gens le veuillent ou non ; et s'il allait manifester contre la guerre du Viêt-nam, c'était son droit et son privilège le plus strict. Tout comme sa façon de s'habiller, tout comme les disques qu'il choisissait d'écouter, tout comme les drogues qu'il ingurgitait : il était libre comme l'air. Tel était Greg. C'était sa façon d'être et de ressentir. Et si le monde était un combat perpétuel, qu'à Dieu ne plaise. Kat, aussi, accusa le coup. Son esprit sauta d'un abattement à un autre comme un criquet sur un trottoir brûlant. « Viens », dit-elle en l'attirant à elle.

Voûté, yeux baissés, il la suivit, rigide, jusqu'au salon, où, installée dans son fauteuil, sa grand-mère regardait l'un de ses feuilletons préférés.

Kat lui prit ses cadeaux des bras et les posa sur le canapé. Puis, parlant fort à l'intention de sa grand-mère, elle déclama : « Je te présente ma grand-mère. Et, mémé, voici Greg. »

Depuis un an, la veille dame perdait la tête, traits figés, regard éteint, mains nerveuses plaquées sur ses genoux. Elle leva péniblement les yeux et son menton tremblant. Greg se pencha en avant et lui tendit la main. « Très heureux de faire votre connaissance », dit-il tout bas. Se contentant de fixer du regard la main du jeune homme, elle s'abtint de répondre.

« Greg est mon petit ami, mémé, celui dont je t'ai parlé », dit Kat ; brusquement, elle eut froid, fut frigorifiée, comme si la maison avait été un glacier qui se serait subitement fendu en deux, irréparablement, à jamais. Se tournant vers son compagnon, elle dit : « Mémé est un peu dure de la feuille (elle sourit), n'est-ce pas, mémé ? Mais ma mère… je suppose qu'elle a dû vouloir se changer… Attends ici. Je vais la chercher.

— Pas la peine », dit Greg. Le ton était tendu. Lui aussi se trouvait dans le glacier.

Elle aimait croire à l'idée que c'était pendant leurs vacances au Mexique qu'elle était tombée enceinte d'Alma mais c'était impossible car Alma ne vint pas au monde avant octobre, de sorte que la chose dut se passer après leur retour à la fac. Quoi qu'il en fût, elle avait beau toujours prendre la pilule et, à un niveau conscient, ne pas entretenir le moindre soupçon du plus infime et fugace désir d'avoir un enfant, ou pas si tôt en tout cas, elle tomba bel et bien enceinte, et cette grossesse la replongea à l'intérieur du glacier jusqu'à ce que la glace se brise à nouveau. Elle ne pouvait rentrer chez elle. Elle n'y rentra donc pas. Elle réussit ses examens de fin d'études. (Pendant la cérémonie de remise des diplômes, sa mère eut les larmes aux yeux sans savoir pourquoi elle avait envie de pleurer ou du moins de tant pleurer.) Kat emménagea à Santa Barbara avec Greg, qui travailla sur un bateau de son père, plongeant à la recherche de homards et d'ormeaux au large de la côte Ouest de Santa Cruz.

Dans un premier temps, ils vécurent chez les parents de Greg sur la *mesa*, juste au-dessus de la marina. La maison était une bâtisse rustique pleine de coins et de recoins, avec des vérandas en haut et en bas et une vue sur l'océan depuis les fenêtres situées au sud et à l'est ; bien que grande, elle était encombrée : Greg avait cinq frères et sœurs, tous plus jeunes que lui et perpétuellement mêlés à des disputes intestines ; la mère de son père ; deux oncles célibataires et tout un assortiment de chats, de chiens et d'oiseaux en cage qui caquetaient hardiment. Même s'ils avaient une chambre à eux, Kat ne se sentait pas chez elle. Sa belle-mère repoussait toute velléité de sa part à participer aux tâches ménagères : elle ne la laissait pas couper les légumes, faire la vaisselle, même sortir la poubelle ; chaque fois qu'elle s'installait sur le canapé ou entrait dans la cuisine, elle avait l'impression d'outrepasser ses droits, d'être une intruse, ce qui n'était d'ailleurs pas faux. Elle avait beau n'avoir aucun préjugé, il n'en demeurait pas moins étrange de vivre dans une maisonnée japonaise ou du moins américano-japonaise, comme elle se corrigeait sans cesse mentalement.

Non pas que les Takesue aient été très différents des autres Américains : ils mangeaient des steaks, des hamburgers et des hot-dogs, quoique un peu plus de poisson que la moyenne (mais surtout parce que c'était l'occupation principale de la famille) ; il faut dire que n'importe quelle maisonnée, même près de chez sa mère à Venice, aurait désorientée Kat, particulièrement dans son état. Elle était habituée à l'ordre et au silence, à une maison dans laquelle vivaient et travaillaient en harmonie trois générations de femmes, sans la présence dérangeante d'hommes, d'enfants et d'animaux domestiques. Chez les Takesue régnait le chaos, sévissaient l'altérité, de nouvelles associations, un nouveau régime. Les odeurs étaient autres, les petits rituels à l'heure des repas, les endroits où les gens s'assoyaient, le bruit et l'indiscipline des gamins et de leurs cliques de copains – même les chiens, deux Akitas, ne ressemblaient à rien de ce qu'elle connaissait, avec leurs têtes larges et plates comme des ours, leurs cachotteries et où faisaient-ils leurs crottes, d'ailleurs ? Maintes fois elle les surprit dans son lit, et en deux occasions les draps étaient mouillés, bizarre, bizarre.

Au bout d'un mois de ce régime, elle se mit à harceler Greg pour qu'il leur trouve un appartement (elle voulait simplement un peu d'intimité, elle n'avait rien contre sa famille, non…). Et quand Alma arriva, qu'elle dut pouponner et s'enfermer dans sa chambre pour ne pas entendre une fois de plus les opinions de sa belle-mère sur la façon dont il fallait élever les enfants : déménager devint une nécessité. L'année suivante, 1969, au printemps, elle eut gain de cause. Un soir moite et brumeux, Greg rentra du boulot, écarta ses cheveux de devant son visage et annonça, d'une voix dont il ne put masquer l'excitation, qu'ils allaient emménager dans le port, sur un bateau qu'il avait acquis pour trois mille six cents dollars à régler maintenant, plus mille huit cents dans un an. Elle lui aurait sauté dans les bras si elle n'avait eu le bébé dans les siens. Elle le prit donc dans un bras, Alma dans l'autre, et tous trois dansèrent dans la pièce jusqu'à ce que l'oncle Billy, qui travaillait la nuit et dormait dans la chambre du dessous, grimpe l'escalier pour se plaindre du raffut.

Le *Black Goat* était un bateau de pêche, converti d'un yacht de neuf mètres soixante-quinze, doté d'un pont arrière ouvert en fibre de verre à la place du bois d'origine et d'un compartiment pour le poisson dans la cale ; la cabine principale et le dortoir se trouvaient à l'arrière. La cuisine avait la taille d'une glacière, une glacière de la taille d'un cageot d'oranges, une table intégrée qui se repliait quand on ne s'en servait pas (on ne s'en servait jamais), un petit cercueil vertical tenait lieu de W.C. alors que le lit sous la proue était une plaque de contreplaqué complétée d'un matelas en mousse en état avancé de décomposition et d'un sac de couchage d'où émanait un mélange d'odeurs de pourriture. Douche, toilettes et buanderie se trouvaient dans la marina. Kat aimait à plaisanter sur le fait que le bateau procurait une définition inédite de l'humidité. Le moindre vêtement, la moindre couche, la moindre serviette était comme une éponge – le seul soulagement provenant du soleil lorsqu'il sortait et que le vent se renforçait : alors, elle pouvait étendre le linge. Les jours où le bateau était au port, cela va sans dire. Or ces jours étaient rares, du moins le furent-ils au début.

Réveillée dans la nuit noire par les cris d'Alma, Kat l'amenait dans leur lit pour lui donner le sein, après quoi elle se levait et préparait le petit déjeuner de Greg, du riz cantonnais, quatre œufs, du maquereau, de l'ormeau ou du bacon canadien saisi à la poêle, du fromage grillé, et du café par cafetières entières. Ensuite, lorsque son partenaire Mickey Mans arrivait, avec l'air d'avoir la gueule de bois, affamé et camé en égales mesures, elle prenait le bébé et gravissait la montée jusque chez sa belle-mère pour y passer la journée, ou bien elle remontait Anacapa Street jusqu'à la bibliothèque, où elle passait son temps assise sur une chaise, à flâner et à jouer avec Alma jusqu'à mourir d'ennui. Du moins dépensaient-ils peu, avaient-ils une certaine intimité et, tous les soirs, quand le bateau de son époux arrivait teuf-teuf dans la darse, Kat l'attendait sur la rampe avec un sac de provisions. Elle devint experte en repas rapides mais nutritifs, principalement sautés, choux-fleurs, choux chinois, champignons, pois gourmands, germes de soja : tout ce qui paraissait bon au marché. Aux légumes s'ajoutaient les flétans, les homards, les crabes et les poissons de roche qu'elle achetait pour trois fois rien aux pêcheurs quand ils rentraient au port.

Sans oublier l'*uni*, même si elle ne parvint jamais à l'aimer. *Uni*, l'oursin de mer : c'est lui que Greg et Mickey recherchaient, exclusivement, parce que la pêcherie d'ormeaux périclitait à cause de la surexploitation, le nombre de poissons de hauts-fonds baissait et le homard était saisonnier. Le père de Greg avait donc trouvé un débouché pour les oursins, qu'il vendait à un distributeur de Los Angeles, qui les envoyait lui-même par bateau au Japon. Ils furent parmi les premiers à exploiter cette ressource mais ce n'est pas avant la fin des années 70, quand Alma finit l'école primaire, entama le second cycle et pensait que vivre sur un bateau était la chose la plus naturelle du monde, que se produisit vraiment le boom. Les oursins, jusque-là jugés nuisibles, devinrent soudain l'article le plus prisé du marché. Les Japonais en redemandaient mais ils prisaient surtout les œufs ou, plus exactement, les gonades, les organes teinte mandarine disposés en forme d'étoile à l'intérieur de la coquille hérissée de piques, que le grossiste extrayait, conditionnait dans de la glace et envoyait à Tokyo par vol de nuit. L'or noir : voilà comment les gens commencèrent à appeler les oursins (même s'ils viraient du rouge au violet au soleil) et ils rapportaient gros, l'argent régnait en maître, au-delà de toute raison, c'était trop beau pour être vrai.

Avant qu'Alma entre à l'école secondaire, ils avaient déjà acheté une maison dans une ruelle proche du port et l'humidité, la mousse, l'exiguïté, l'odeur du poisson si forte qu'ils auraient cru vivre dans la fange au fond des océans, tout cela fut terminé. Ce n'était pas parfait : au cours des premiers mois, Alma dormit très mal, se réveillait en larmes parce que son lit ne bougeait pas, parce que le plancher ne se balançait jamais, ne se dérobait jamais sous soi et, quand elle dormait, c'était sur un tapis sous le lit, pour faire semblant d'être encore glissée dans sa couchette sous le pont avant. Mais pour Kat, ce fut le jour et la nuit. Une maison loin de l'eau dans laquelle il y avait de l'espace pour se mouvoir, sans avoir à craindre que votre fille tombe par-dessus bord, arpenter une cuisine sans patauger dans l'eau, voilà qui était libérateur, salvateur, révolutionnaire, sans parler de leur vie sexuelle : elle ne comptait plus les nuits où Greg et elle avaient dû sortir de la cabine pour faire l'amour avec la chair de poule sur le pont avant ou sur un siège en cuir amputé d'un côté dans la cabine de navigation pour qu'Alma ne les entende pas. Et puis, il survint un petit miracle : ils découvrirent Mme Meehan, qui accepta de garder Alma après l'école, libérant ainsi Kat, qui put dès lors travailler sur le bateau avec Greg et Mickey.

Elle devint leur matelot, de sorte qu'ils purent passer davantage de temps à pêcher les oursins tout en se souciant moins du matériel ; cette évolution la ramena à la vie après des années passées à alterner entre la bibliothèque, la maison des Takesue et les petits boulots qu'elle avait pris dans le seul but de combattre son ennui quand Alma avait commencé l'école. Les premiers jours furent durs mais elle apprit vite : Greg fut patient avec elle, même si son partenaire, surtout le matin avant la première plongée, était plutôt un ours. Cela dit, au bout d'un mois, son assurance crût en même temps que les muscles de ses bras et de ses épaules, et s'il n'était pas exactement féminin d'avoir un torse d'acier, elle ne s'en portait pas plus mal. De même elle appréciait de sortir en mer et de travailler au grand air.

Sur un bateau de pêche à l'oursin, le matelot est responsable de toutes les tâches que les plongeurs préfèrent faire exécuter par d'autres, jeter et arrimer l'ancre dans un spot prometteur, sortir les combinaisons et les tuyaux, manier le treuil pour remonter la prise, surveiller le compresseur d'air une fois que les plongeurs ont plongé dans dix mètres d'eau glacée et tourbillonnante, leur préparer un bon repas chaud pour les fortifier lors des plongées de l'après-midi. Sans parler des bières fraîches qu'il faut sortir pendant le trajet du retour. Quand ils plongeaient, d'ordinaire une demi-heure à tour de rôle (une demi-heure était la moyenne nécessaire pour emplir d'oursins le sac cerclé de fer), elle s'occupait du mieux qu'elle le pouvait, dessinait les falaises, lisait des livres de poche et les piles de vieux numéros de magazines qu'elle récupérait par le biais d'un ami de Greg qui travaillait chez un dentiste ou bien elle se contentait de regarder dans le vide et de rêvasser, un œil rivé sur les serpentins des tuyaux jaunes qui transperçaient la surface de l'eau et plongeaient dans le néant. Sa vie, finalement, semblait répondre à ses espérances. Elle n'avait jamais été aussi heureuse.

Puis vint une matinée d'août, claire et calme ; le peu de brouillard qui traînait sur l'eau ne s'amoncelait devant le bateau que pour se réduire à rien quand celui-ci le fendait ; pendant que Greg et Mickey dormaient dans la cabine, Kat était aussi détendue à la barre qu'un routier lancé sur l'autoroute Inter-Etats. Elle travaillait sur le bateau depuis six mois jour pour jour ; Greg et elle célébreraient ça avec une soirée restau-ciné ; elle avait atteint un niveau de confiance qui lui permettait d'assurer le plus gros du pilotage à l'aller comme au retour : pourquoi ses plongeurs auraient-ils gaspillé leur énergie alors qu'ils pouvaient s'effondrer sur leurs couchettes à l'aller et se pencher sur une bière au retour ? Economisez votre énergie, avait-elle dit à Greg après un mois d'apprentissage, exerçant une pression sur son biceps tandis qu'ils étaient ballottés dans la cabine ; elle l'avait gratifié de sa meilleure imitation d'un regard libidineux et frustré, et il l'avait reluquée en retour, l'avait embrassée goulûment, avait passé une main sur ses seins et levé l'autre pour la laisser là aussi. « Sûr, avait-il répondu, pourquoi pas ? Tu connais la routine aussi bien que nous. Vérifie régulièrement les jauges et écoute bien le moteur – il n'y a rien de plus à faire. » C'était la stricte vérité. Aucun problème. S'il arrivait quelque chose, elle avait deux mécaniciens à bord, ils s'occuperaient de l'avarie. Une rasade de café le matin pour rester éveillée, une seule bière le soir jusqu'à ce qu'ils aient franchi les couloirs de navigation. Observer la jauge. Fixer un point et ne jamais en dévier car, si on naviguait en zigzags, on gaspillait du carburant.

Ce matin-là, ils avaient mis le cap sur l'extrémité Ouest de l'île, vers les étendues de varech de l'anse de Forney où, la veille, ils avaient découvert une veine d'oursins. Alma était avec sa grand-mère Boyd à Venice pour deux semaines, toute l'acrimonie à l'encontre de Greg était oubliée ou du moins enterrée : lorsque Kat avait fini par emmener sa fille chez elle lorsqu'elle avait quatre mois, sans Greg, pour une seule journée, sa mère avait fondu et jamais plus elle n'avait parlé des Japs, des jaunes ou des Orientaux, du moins pas devant Alma. Le butin avait été exceptionnellement bon les derniers temps ; les oursins étaient de première qualité et presque aussi abondants (ils en remontaient en moyenne mille par jour) que les pierres volcaniques grêlées qui jonchaient les fonds. De plus en plus de propriétaires de bateaux les imitaient mais ils n'imaginaient même pas que la pêche miraculeuse puisse faiblir, pas de sitôt. Tellement la marchandise était abondante. Profites-en pendant que ça dure, voilà ce qu'elle pensait. Remboursons le crédit. Epargnons pour l'avenir.

Greg remontait vers la cabine de pilotage en se frottant les yeux lorsqu'il entendit le moteur ralentir et revenir au point mort avec un bruit métallique. « Déjà arrivés, hein ? » fit-il, s'étirant, bâillant et regardant par le hublot : le varech à la surface de l'eau comme autant de mains qui auraient voulu l'agripper.

« Oui. La vie, c'est génial, quand on dort tout le temps…

— Et les *pepperoncini*, de quoi ont-ils l'air ? » C'est ainsi qu'il surnommait le varech, parce qu'il avait la même couleur et la même texture exactement que les petits poivrons à la saumure présentés en litres d'*antipasto* chez le traiteur italien.

« Je ne sais pas trop, il y en a beaucoup. »

Greg sortit sur le pont pour vérifier, à l'affût des feuilles mâchonnées qui indiquaient que, dans les profondeurs, les oursins faisaient une fiesta. Un instant plus tard, il agita le bras pour lui signifier de jeter l'ancre. C'est alors que Mickey monta de la cuisine, casquette de baseball jadis blanche enfoncée sur les yeux, mug de café serré dans sa main comme une bouée de sauvetage. A l'instar de Greg, il portait un short et un sweatshirt maculé de peinture, d'huile de moteur et des différents liquides internes d'une créature marine ou d'une autre. Mickey était petit, râblé, déjà atteint de calvitie à trente ans ; son large sourire auquel manquait toutefois quelques dents lui donnait l'air du petit malin de la classe, ce que, en effet, il avait été. Du moins, si on l'en croyait. Hélas, il n'arborait jamais son sourire avant midi, midi au plus tôt, et, ce jour-là quand il émergea de la cabine, il faisait la tête comme à son habitude. « J'ai pas envie de me foutre à la baille ce matin, déclara-t-il, se penchant par-dessus la rambarde pour, l'œil vide, regarder les molles ondulations des bancs de varech. Pourquoi t'enfiles pas la combinaison à ma place, Kat ? Moi, je resterai à bord et je prendrai le soleil. Et je lirai… quoi, déjà ? *Cosmopolitan* ? Ou *Better Homes and Gardens*. C'est ça qu'il nous faut, hein, des belles maisons, des chouettes jardins ?

— Ah ah. Alors nous devons augmenter le rendement. » Elle lui adressa un sourire avant de vérifier ostensiblement l'heure à sa montre. « Ce qui signifie qu'il est temps d'enclencher le compresseur et de faire plonger mes plongeurs là où grouillent les petites bêtes bien piquantes. »

Le compresseur (Greg l'avait installé lui-même) était monté sur le pont à l'arrière de la cabine à tribord, sous le plat-bord, où il était protégé du vent et des embruns. Kat détestait tirer la corde et démarrer l'engin à cause du raffut (une séquence répétée à l'infini d'explosions tonitruantes qui faisait penser à un escadron d'aspirateurs à feuilles pulsant en mer) : le vacarme réduisait à néant la paix de la matinée et de l'après-midi aussi. Une fois que les gars avaient plongé, elle mettait des bouchons d'oreilles mais ils ne faisaient guère plus que vaguement atténuer le fracas, de sorte que chaque mot qu'elle lisait de ses livres de poche cornés et magazines décolorés par le soleil semblait être répété, une fois sur ses lèvres, une autre dans les interstices dissociés et flottants de son cerveau. Il n'eût pas été superflu de remplacer le silencieux, c'est certain, elle avait même taquiné Greg à ce sujet et il avait promis, comme toujours, mais tant que les prises étaient bonnes, ils prenaient et, en fin de compte, tout le monde avait l'impression d'avoir couru un marathon et aucun d'eux n'avait envie de songer à l'entretien du matériel : lequel était un concept plus adapté aux orageuses semaines de janvier et février au moment du frai des oursins, ces semaines qu'il fallait emplir de spirales de rien.

Le moteur démarra du premier coup (*Vrrrr rap rap rap*) et ils durent crier pour se faire entendre ; Kat déroula les tuyaux, Greg et Mickey mirent leurs combinaisons, leurs palmes, leurs masques et leurs poids. Puis ils sautèrent à la renverse par-dessus bord dans les flots tourbillonnnants et noirs, suspendus un infime instant au-dessus des profondeurs opaques avant de disparaître. Pendant un moment, par habitude, ou par ennui (qu'y avait-il d'autre à faire ?), Kat observa les bulles remonter à la surface puis s'éloigner les unes des autres tandis que chacun allait de son côté, regard rivé sur les amas d'échinodermes noirs et épineux qu'il suffisait de décrocher et de glisser dans le sac en filet qui traînait derrière eux, vingt-huit cents la livre.

Une brise se leva lorsqu'elle se pencha au-dessus de la rambarde, rêvassant, laissant son regard errer à la surface du croissant blanc de la plage à cinq cents mètres de là et sur les collines blanchies par le soleil qui se dressaient derrière. Le bateau se balança autour de son ancre. La houle (ponctuée de blanc, mousseuse) qui courait à l'avant de la brise gommait les bulles d'air. Le moteur au gaz qui alimentait le compresseur manqua un temps et pétarada avant de prendre un rythme régulier, un long geignement aigu, le pot d'échappement flatula à travers les trous d'épingle que l'air marin avait percés dans le silencieux. La brise fraîche aspirait la froideur des vagues tel un appareil à air conditionné géant et elle alla chercher un chandail dans la cabine. Lorsqu'elle traversa la cuisine en remontant, elle se versa une troisième tasse de café et se prépara un sandwich au jambon avec du pain de seigle, une tranche d'oignon et plein de moutarde : elle le fit cuire dans la poêle, à sa façon, bien mou. Ensuite, elle regagna le pont. Les hommes étaient en plongée depuis vingt minutes (parfait) : elle aurait donc tout le temps de savourer son sandwich et de boire son café sans se presser avant qu'ils remontent et qu'elle doive hisser les sacs sur le pont à l'aide du treuil. L'opération la ravissait toujours, c'était une coupure dans la routine : les bestioles timides et secrètes reversées sur le pont, leurs épines ondulaient et se mélangeaient comme pour évaluer la menace d'une atmosphère inconnue, d'un air empoisonné plutôt que d'une eau nourricière, avant que Kat ne les range dans les ténèbres de la cale. Ce qui exigeait de la délicatesse : la moindre piqûre, même infime, s'infectait toujours et si une épine s'enfonçait profondément et se cassait dans la chair, on était certain de devoir dépenser vingt-cinq dollars au cabinet du médecin qu'il faudrait consulter pour qu'il la retire et nettoie la plaie. *Erizos del mar*, hérissons marins : voilà comment les Mexicains appelaient les oursins. Et parfois simplement *heriditas*, petites plaies.

Le bateau commençait à tanguer légèrement, rien de grave, rien d'inhabituel, le temps en mer était tellement changeant et, assise au soleil avec son chandail, elle se sentait très à l'aise : le sandwich était bon et le café encore chaud. Après trente minutes, ni Greg ni Mickey n'était remonté à la surface, ce qui signifiait que la récolte était un peu plus mince que prévu ou que les courants de fond les malmenaient de sorte qu'ils n'allaient pas aussi vite que d'habitude. Elle mangea le pourtour de son sandwich, gardant le cœur pour la bonne bouche, avant de lécher le gras de ses doigts, regrettant de n'avoir pas pensé à prendre un carré de papier en guise de serviette ; elle finit donc pas s'essuyer les mains sur son short, qu'elle devait laver de toute manière. Quand ils ne remontèrent pas après trente-cinq minutes, elle essaya de distinguer les bulles, suivant les lignes des tuyaux jusqu'à cinq, six mètres du bateau, mais elle ne vit rien que les flocons d'écume sur l'eau emportée par le vent. S'ils n'étaient pas là dans cinq minutes, elle donnerait deux coups secs aux tuyaux, le signal pour qu'ils remontent.

Ce qu'elle ignorait, c'est que le compresseur de fortune, cliquetant contre la plaque d'acier à laquelle Greg l'avait vissé, avait commencé à se détacher insensiblement. La vibration excessive qui en résultait avait décalé le silencieux d'une fraction de centimetre à la jonction, si bien que les émanations du pot d'échappement s'étaient mises à refluer vers l'arrivée d'air. Comme le bateau s'était tourné contre le vent et parce que le compresseur était situé dans l'espace entre la cloison de la cabine et le plat-bord, le monoxyde de carbone avait d'abord été emprisonné, puis s'était répandu dans l'arrivée d'air. Greg ne respirait plus de l'oxygène. Mickey non plus.

Enfin, après quarante minutes, Kat tira à deux reprises, très fort, sur le tuyau de Greg et, l'instant d'après, elle le sentit remonter lorsqu'elle tira le tuyau à elle. Tout allait bien, aucune raison de s'inquiéter : le panier devait être plein à ras bord et dur à manœuvrer, c'est pourquoi elle le guida en prenant soin qu'il ne s'emmêle pas avec le tuyau. Elle observa attentivement la surface de l'eau, s'attendant à voir des bulles, à voir Greg apparaître et s'ébattre, émergeant des profondeurs avec le panier qu'elle devrait hisser à l'aide du treuil, lorsque, soudain, il surgit à la surface comme du bois mort, Greg, son mari, son amant, longs cheveux soyeux dégagés de sa cagoule et flottant autour de sa tête comme des algues, et, que c'était étrange, pas un sac en vue. Plus étrange encore, il n'agitait pas ses palmes, ne levait pas la tête hors de l'eau pour lui adresser un sourire embué et le signe du pouce levé. Il ne bougeait pas du tout.

La suite fut brouillée, un cauchemar dans lequel elle était engluée, face auquel elle ne sut comment réagir, pieds pris dans des sables mouvants, mains collées sur le côté, mais elle tira sur le tuyau jusqu'à ce que celui-ci se tende et se relâche à nouveau, et, au moment même où elle se précipitait dans la cabine pour envoyer le message radio *Mayday*, elle vit Mickey, à l'autre extrémité du bateau, émerger à son tour, bras et jambes écartés, visage dans l'eau. L'instant d'après, elle enjamba la rambarde, la claque grise et froide de l'océan ne signifia rien pour elle parce qu'elle souleva le visage de Greg hors de l'eau, lui arracha son masque, pressa ses lèvres contre les siennes, lui fit du bouche à bouche mais non, elle devrait le hisser à bord, voilà ce qu'elle devrait faire, le hisser à bord et extraire l'eau de ses poumons, parce qu'il était en train de se noyer, exactement, et Mickey se noyait aussi. Combattant de toutes ses forces la houle et la coque qui se balançait et s'éloignait d'elle comme un organisme vivant, comme si tout ça n'avait été qu'un jeu, elle agrippa la rambarde et, de l'autre, Greg : son visage, sa tête, le col de sa combinaison de plongée, n'importe quoi sur lequel elle pût avoir prise. Cédant à la panique, tout juste capable de respirer elle-même, elle tenta maintes fois de le tirer hors de l'eau mais non, rien, aucune prise, rien que les vagues gonflées et la coque lisse, de sorte que, en fin de compte, profitant d'une vague, elle accrocha gauchement le bras de Greg à la rambarde, enjamba celle-ci et tira sur la manche de sa combinaison mais il lui échappa encore, coulant pour remonter sur la prochaine vague qui arriva pour combler le vide et ainsi de suite.

Hors d'haleine et grelottant, elle renouvela l'opération quantité de fois et malgré tout jamais elle ne parvint à hisser à bord son poids phénoménal. Elle n'avait pas la force requise. Le bateau refusa de coopérer. Les vagues la retenaient, la giflaient, lui brûlaient les lèvres, lui piquaient les yeux. Elle haletait et s'activait de toutes ses forces. Elle hurla sa frustration. En vain, bien sûr. Parce que Greg n'était pas en train de se noyer, pas plus que Mickey, aucun bouche à bouche ne les aurait ressuscités : tous deux étaient déjà morts. Empoisonnés par le monoxyde de carbone bien avant qu'elle s'aperçoive de quoi que ce soit, bien avant qu'elle tire sur le tuyau de Greg, avant qu'elle descende dans la cabine chercher un chandail et se préparer un sandwich. Le vent avait tourné, le bateau tournait autour de son ancre, le silencieux était mal ajusté à la jointure. Ils avaient succombé dix minutes après avoir sauté dans l'eau.

Deux bateaux (un autre bateau de pêche à l'oursin et un bateau d'excursion) la rejoignirent en quelques minutes, les hommes crièrent et sautèrent à l'eau, empoignèrent Greg, Mickey, et elle aussi, et ils les remontèrent tous trois à bord. Le vent meuglait, le soleil immobile comme un rivet dans le ciel indiquait l'heure :

dix heures trente du matin, 3 août 1984, le moment où elle devint veuve, comme sa mère avant elle, et Alma qui, à quinze ans, bronzait à la plage de Venice à ce moment-là, tandis que les bodybuildeurs sortaient par dizaines de Gold's Gym, tandis que les marginaux, les drogués et les musiciens de rue vaquaient à leur besogne sur les planches, Alma perdit son père à jamais.

Après trois *bis*, une ovation finale qui a dû durer dix minutes et le lancer rituel de roses à longue tige aux pieds de Micah Stroud par une équipe féminine de fans hurlant qui la fait se sentir vieille, Alma se retrouve à la dérive dans l'allée, puis à passer les lourdes portes en bois, sa mère virevoltant à son côté.

« Tu avais raison », déclare celle-ci quand elles émergent dans la douceur de la nuit et le premier crachin diaphane de l'automne ; tout est humide et sucré après l'atmosphère aride du théâtre et aussi de l'été, des collines sèches, de la végétation flétrie qui pesait sur tout l'écosystème. « C'est un homme exceptionnel, vraiment exceptionnel. Je me suis régalée. Et la chanteuse… comment s'appelait-elle déjà ? Celle qu'il a fait monter de la salle ? Excellente aussi. Pas vraiment le genre Joni Mitchell mais peut-être Buffy Sainte-Marie…

— Qui ?

— Tu sais bien… la chanteuse folk ? Dans les années 60. Je suis certaine que je mettais ses disques quand tu étais petite. Ton père l'aimait beaucoup, je m'en souviens. Au début, en tout cas, avant qu'il découvre Janis. (Un rire, riche du plaisir du souvenir.) Mais comment peut-on écouter qui que ce soit après avoir entendu Janis ? »

Les lampadaires taquent la brume, gouttelettes s'étirant en traînées argentées qui fusent vers le trottoir luisant. Alma aurait dû se sentir renaître, éprouver une certaine exaltation : Micah Stroud et la première pluie de la saison, son anniversaire, sa mère, les îles flottant dans la brume, tout ce pour quoi elle avait œuvré, qu'elle avait espéré, touchant à son achèvement. Or elle se sent faible, vidée, elle a la nausée ; et cela n'a rien à voir avec Anise Reed ou, du moins, est-ce ce dont elle se convainc. Bien sûr, au moment où elle l'a vue se lever, elle a été emplie de haine et de ressentiment (et de jalousie, oui, de jalousie) : de ce fait, elle s'est instantanément retirée du concert et projetée derechef dans l'animus de sa vie ou, du moins, de la vie qu'elle mène depuis quelque temps. Et Alicia, Alicia est venue aussi, complice, membre fondateur du gang. Pire, Alma doit admettre qu'Anise était excellente, sa voix plus pure qu'elle n'a le droit de l'être et, lorsqu'elle s'est mêlée à celle de Micah, ils ont ensemble créé un moment magique. Il l'a accompagnée dans deux de ses airs à elle, sur quoi, et ça a été incroyable, il l'a gardée sur scène dans toute sa gloire pieds nus et crinière au vent, pour taper un tambourin contre la paume de sa main et se pencher vers le micro pour chanter les chœurs avec lui.

Micah Stroud, Anise Reed, Dave LaJoy, Alicia Penner, Wilson Gutierrez.

Mère et fille ont rejoint la voiture maintenant ; les traces aux endroits où Ed s'est penché sur le capot afin d'effacer les graffiti avec un produit récurant et beaucoup d'huile de coude témoignent encore de ce à quoi Alma est confrontée, et elle est si triste soudain, si bouleversée, que les bras lui en tombent et qu'elle reste immobile, bouleversée, tandis que, autour d'elle, les voitures font marche arrière. Sa mère, en pleine réminiscence d'un concert auquel elle a assisté un jour au Hollywood Bowl, avec le père d'Alma, avec Greg, revient sur terre et lui demande ce qu'elle a.

Le problème, c'est qu'Alma ne peut pas répondre parce qu'elle ne sait pas.

« Alma ? » La voix de sa mère est comme le doux battement d'une aile dans le noir. « Tu vas bien ? »

Et la voici qui revient la torturer, cette faille, son impression de vulnérabilité et d'épuisement, la nausée qui monte en elle comme si on avait débouché une bonde ; c'est à peine si elle est consciente d'écarter les bras pour recevoir l'embrassade de sa mère et la tenir contre elle sous la pluie, dans les clignements flamboyants des feux de recul de cent voitures tandis que la nuit passe au-dessus de leurs têtes et que Micah Stroud reste seul, en sueur, dans sa loge.

Le matin venu, Alma a encore la nausée, la nausée sans aucune raison : elle se penche au-dessus des toilettes jusqu'à ce qu'elle a dans le ventre lui remonte aux lèvres en une brûlure liquide et rapide qui flotte là un instant avant de disparaître dans un tourbillon d'eau une fois qu'elle a tiré la chasse.

La gorge des Saules

Il paie cash pour les coupe-câbles, cinq, dans la file d'attente composée d'un assortiment de ménagères en dehors de leurs heures de travail, d'ivrognes et de retraités débonnaires, tout ça à Home Depot, l'endroit le plus anonyme du monde, et personne ne lui accorde un regard. A moins qu'on le fasse, à cause de ses dreadlocks, mais : et alors ? C'est un citoyen comme eux, il a du liquide en main et il a besoin d'un outil particulier en vue d'une besogne particulière, et il attend son tour sans se plaindre, même si les clients avant lui, au nombre de sept pour être précis, se penchent sur des chariots surchargés comme des maisons sur roues, d'un amoncellement de merdes inimaginables, distributeurs de papier cul en alu, organisateurs de placards, tue-mouches, nains en faïence. Quand la caissière obèse et indolente lève le scanner, on dirait qu'il pèse autant que des haltères. L'intercom crépite impitoyablement : des avions (l'aéroport est au coin de la rue) rugissent dans le ciel à des intervalles de plus en plus rapprochés. Tout le monde a envie de passer un moment à tailler la bavette avec la caissière.

Dix-huit minutes. Dix-huit minutes pour un simple petit achat parce que ces ploucs ne savent pas plus ce qu'est un service clientèle que le fait de payer un prix honnête pour un produit honnête. Il déteste ce genre d'endroit (c'est normal, en sa qualité de propriétaire de petite entreprise, face à Costco, Best Buy et tous les autres qui cassent les prix 24 h/24, 7 j/7) ; il se serait servi au village, à la quincaillerie du coin, au lieu de venir se fourvoyer aussi loin, dans ce no man's land pavé, sauf qu'on le connaît chez lui, là-haut, on le connaît très bien, or, pour cet achat-là, il veut garder l'anonymat. C'est ça, *Bienvenue, consommateur, chez Home Depot.*

Dans la voiture, en retournant à la marina, il fait une liste mentale, passe tout en détail pour s'assurer qu'il n'a rien oublié. Casquette noire à côté de lui sur le siège du passager, verres de soleil pincés sur ses lunettes, crème solaire dans son sac à dos, sweatshirt au cas où la température chuterait, poncho en plastique pour se protéger de la pluie car la pluie est au programme de la météo, comme toujours en février, le seul mois de l'année où on peut compter dessus. Quant à la nourriture, il s'est préparé trois sandwiches, deux au beurre de cacahuètes, un à l'emmenthal et à la tomate, et il a un sachet d'assortiment de fruits secs et deux barres énergétiques, plus une petite bouteille d'eau : on ne peut guère se fier à l'eau sur l'île, surtout avec des carcasses de cochons qui pourrissent dans tous les coins. Une boussole même s'il n'est pas sûr de savoir s'en servir et, de toute façon, il n'en aura pas besoin : il remontera la gorge puis longera la clôture, voilà son plan, et c'est ce qu'il va dire aux autres. Parce que, quoi qu'on fasse, il ne faut surtout pas se perdre. Tu te perds, tu rentres à la nage.

Il se gare à sa place habituelle, de l'autre côté des places où les gens bugnent vos portières et vos pare-chocs sans y réfléchir à deux fois, et à bonne distance des eucalyptus le long des bordures car ils tendent à perdre leurs branches à cette saison (il ne manquerait plus que ça, un pare-brise pété au retour de l'expédition !). Wilson a sa carte magnétique (il ne voulait pas que quiconque dans le groupe attire l'attention en l'attendant à la grille : Wilson les aura donc déjà fait entrer) ; il ouvre son portable pour l'appeler tout en fouillant dans son sac à dos, sans oublier d'enfoncer la visière de sa casquette sur les yeux. Il est un tout petit peu plus de dix heures, le temps se maintient. Une brise vient du large. C'est comme sur une mauvaise ligne téléphonique, le soleil n'est obstrué un instant par les nuages qui passent que pour reparaître bientôt. Il tapote le numéro de Wilson en songeant que la pluie ne peut que leur être favorable car les chasseurs de sangliers resteront sagement sous leur K-way et la pluie dissimulera tout bateau qui fera cap vers l'île. Alors oui, qu'il pleuve ! Qu'il pleuve des cordes.

Wilson répond dès la première sonnerie : « Ouais ?

— Je serai à la grille dans deux minutes. Tout le monde est arrivé ?

— Ouais, à peu près.

— A peu près ? Qu'est-ce que ça signifie, merde, “à peu près” ? Ils sont tous là ou pas ? » Il avance, pressant le pas maintenant ; l'océan noir, huileux remonte la rampe à l'extrémité du port en une écume pisseuse, ce qui signifie que la mer sera démontée après la digue. « La journaliste, hein ? Ne me dis pas…

— Elle a appelé. Pour prévenir qu'elle est sera retard.

— Merde. Je lui avais dit. Je l'ai avertie… » Il est en train de s'énerver tout seul lorsque, obliquant à l'angle des lavabos, il l'avise, Toni Walsh, en ciré rose œuf de Pâques et sandales assorties, cheveux quasi rouges battant son visage comme du bois de grève charrié par des brisants : elle attend à la grille, l'air perplexe. « Hé ! » lance-t-il, jetant un rapide coup d'œil circulaire afin de vérifier si personne ne les a vus (non, il n'y a personne pour les voir : l'endroit est désert car le temps se gâte et tout le monde en est conscient). « Toni, bonjour ! » Puis, arborant un sourire tout en réduisant la distance qui les sépare, il trouve une tournure inoffensive : « Fin prête ? »

Le regard qu'elle lui adresse l'intrigue : comme si elle ne l'avait jamais vu, comme s'il n'avait pas planifié cette expédition par téléphone, comme s'ils ne s'étaient pas rencontrés à deux reprises sur la terrasse à l'arrière de Longboards dans le but d'échanger des informations sur la progression du massacre et l'injonction temporaire que Phil Schwartz a intenté en son nom (et à laquelle le juge n'a réagi, semble-t-il, qu'avec un haussement de sourcils). Le vent fait claquer ses cheveux et il s'aperçoit qu'elle s'est collé au cou un patch contre le mal de mer, juste sous le lobe de l'oreille, comme un petit bijou couleur chair. Tout se passera-t-il bien avec elle ? Ses iris ont la couleur de la vase, la sclère veinée, comme lézardée, le rimmel de la veille agglutiné dans ses cils. D'une main, elle agrippe son portable ; dans l'autre, elle a un sac rose de designer gros comme une valise.

Pendant un long moment, elle se contente de le dévisager, une mèche de cheveux saumon prise dans la commissure des lèvres.

« Avez-vous apporté votre appareil-photo, hein ? demande-t-il, se dispensant des formalités. Parce que vous allez vouloir prendre des photos, pour documenter cette affaire…

— Vous aviez dit que nous serions rentrés à sept heures, est-ce que je me trompe ?

— Oui, environ. Sept heures, sept heures et demie. J'imagine que nous serons là-bas aux alentours de midi trente, vous montez dans la gorge avec nous, vous voyez ce qu'il faut voir, vous prenez quelques photos, et puis nous faisons ce que nous avons à faire et on est de retour au bateau à la tombée de la nuit. Ensuite, il faut compter deux heures et demie de traversée. A peu près.

— Bon. Bon. » Ni bonjour ni sourire ni merci pour lui avoir refilé ce tuyau sur cette excursion hors norme : et *pas de chaussures de marche non plus, pour l'amour du Ciel.* « Parce que j'ai un rendez-vous plus tard. » Enfin, elle sourit, compression des lèvres et clignement des yeux pour suggérer qu'un cerveau fonctionne bien dans cette tête-là. « Vers… huit heures. Et j'aurai besoin de passer chez moi pour me changer, vous comprenez ? »

Il se demande ce qu'il pourrait bien répondre ; amadouer ses semblables, les brosser dans le sens du poil, ce n'est pas son fort, pas plus qu'être charmant ou faire la conversation quand il est sous pression mais voici que Wilson, de l'autre côté de la grille, monte la rampe à grandes enjambées : l'instant d'après, la grille s'ouvre pour les recevoir et ils se retrouvent à l'intérieur, clic, *Accès réservé aux propriétaires de bateaux.* Wilson lui fait le signe du pouce levé, comme si des journalistes en ciré rose, à sandales et aux doigts maculés de nicotine étaient ses habituels camarades d'armes, et puis voilà qu'ils descendent la passerelle du bateau, où les autres membres de l'équipage, déjà installés dans la cabine, dégustent un café, profil bas. Dans l'attente.

« Vous connaissez Wilson, dit-il, faisant les présentations dans la cabine exiguë du bateau qui tangue et zigzague sur place. Et voici Joth, Kelly, Cameron… Cammy pour les intimes, et Suzanne. »

Toni Walsh reste là, gênée, épaules basses, hochant la tête devant chaque membre de l'équipage à tour de rôle, les volontaires, comme il aime les appeler, tous de très jeunes gens, au plus la vingtaine : Josh est apprenti tatoueur et à fond pour la nourriture bio, les filles suivent le même cours d'études environnementales au City College. Les présentations faites, Toni Walsh déboutonne son ciré et révèle un chandail en cachemire noir décolleté, qui révèle lui-même un soutien-gorge noir en dessous. « Ne vous inquiétez pas, annonce-t-elle. Je n'utiliserai que des faux noms. »

Assis sur un seau renversé, Josh porte un marcel destiné à mettre en valeur ses biceps sur lesquels est tatouée une espèce de motif de dragon évoquant un enchevêtrement de vers de terre qui seraient remontés le long de ses bras : soudain, il se redresse et lance à la nouvelle arrivée un regard anéantissant. Il ne peut pas mesurer plus d'un mètre soixante-dix et a le look muscu filiforme des corps trop secs pour vraiment faire du muscle : on voit tout de suite qu'il se considère comme un dur, ce qui le rend d'autant plus facile à manipuler. « Merde, dit-il, je me moque que vous étaliez mon nom en première page. Je m'appelle Joshua Holyrood Miller, Holyrood avec deux "o". Et je suis prêt à le crier sur les toits pour arrêter le massacre. Nous sommes tous prêts. Je n'ai pas raison, Cammy ? »

Aucune des filles n'est une beauté, non que ça intéresse LaJoy : ce ne sont que des gamines et il a Anise, or Anise lui suffit amplement, et même trop, en fait, mais Cameron… Cammy… une blonde émaciée aux yeux marron, les cheveux frisés qui lui descendent jusqu'aux épaules et l'air d'une fille qui en sait bien plus qu'elle ne le prétend, ma foi… « D'accord, dit-elle, dardant des regards de-ci de-là dans la cabine. Mais n'utilisez pas mon nom. »

Et voilà : la cabine fait silence. En descendant la passerelle, il avait entendu une discussion animée, des éclats de voix, des rires, le vertige de ceux qui s'apprêtent à monter au front mais Toni Walsh a réussi à plomber l'ambiance. Peu importe, d'ailleurs. Ils pourront faire la paix pendant le trajet aller et, qu'ils réussissent ou pas à trouver un terrain d'entente, cela ne lui importe guère : il ne dirige pas un service social et ils ne participent pas à une croisière. Il observe d'un œil froid Toni Walsh, qui, posant son sac sur la table, s'installe l'air méfiant sur la banquette à côté de Cammy.

« O.K., commence-t-il, tout va bien ? Tout le monde est fin prêt pour le départ ? » Et il gravit déjà les marches du poste de pilotage lorsqu'il se ravise : « Ah, au fait, j'allais oublier. » Il extrait les coupe-câbles du sac en plastique de Home Depot et les étale sur la table, un pour chaque participant, à l'exception de Toni Walsh, qui n'est là qu'à titre d'observatrice. « Mettez-le quelque part d'où vous pourrez le sortir facilement. Et vous savez quoi ? Reposez-vous. Nous en avons pour deux heures et demie de traversée. Et si la mer est agitée, dégueulez dehors, pas dans la cabine… »

Naturellement, compte tenu de la couleur du ciel et de la façon dont les bateaux remuent à leur mouillage, les chances sont d'environ cent pour cent pour que la traversée soit rude – à quel point, ils s'en aperçoivent dès qu'ils dépassent la digue. Le vent, qui vient du détroit par l'ouest, soulève des moutons jusqu'à la ligne d'horizon ; le bateau balance assez méchamment, penche un coup entièrement vers la droite, un coup entièrement vers la gauche, puis fend les plis de la houle avec une montée en apesanteur, dirait-on, et une retombée pataude. Pour Wilson, ce n'est rien, car il est sur un petit nuage avant même qu'ils ne quittent le port mais les autres sont plutôt verts autour des branchies, comme on dit. D'où vient cette expression ? Les gens ne sont pas des poissons, tout de même, et, s'ils l'étaient, ils n'auraient pas le mal de mer, ils se tortilleraient et battraient des ailes et seraient heureux comme des praires, quoique, les praires sont-elles si heureuses, vautrées dans la vase à attendre toute la journée qu'on vienne les ouvrir et révéler leur essence, laquelle se résume au fond à de la vase inanimée ? Bref, il lui faut repousser lui-même l'impression qu'un élément étranger lui remonte jusqu'à la gorge, alors que son estomac sombre, sombre toujours plus bas, mais la bonne nouvelle, c'est que, lorsque l'île se dessine sur la ligne d'horizon, il se met à pleuvoir, pas un simple petit pipi de chien mais une véritable averse grise en bonne et due forme zébrant l'océan en nappes ondoyantes qui s'élèvent tels des être mythiques, tels des dieux, des anges et des démons, pour tout gommer. Sûr. Génial. Qui voudrait aller à la chasse aux sangliers aujourd'hui ? Personne, à mon avis.

La cabine revient à la vie lorsqu'il coupe les moteurs et met l'ancre. Ils ont amarré aux Saules, à l'autre extrémité de l'île, mouillage qu'il a sélectionné parce qu'il est isolé et parce qu'il le connaît comme sa poche. C'est là qu'il a libéré les ratons laveurs en plein jour trois mois plus tôt, après avoir amarré le *Paladin* exactement au même endroit et les avoir transportés en canot pneumatique. Ils s'étaient réveillés quand il avait soulevé la trappe de la cage, ils avaient donné des grands coups d'un côté et de l'autre sous la bâche. Dieu merci, ce jour-là, la mer était calme sinon il aurait pu se retrouver avec deux ratons laveurs morts dans les mains. Ils ne comprenaient pas ce qui leur arrivait, ils ne pouvaient savoir qu'ils étaient en mer et même ce qu'était la mer, ne pouvaient savoir que LaJoy leur voulait tout le bien du monde et qu'ils allaient devoir s'aventurer en terrain inconnu, mère et fils : qui sait s'ils n'allaient pas s'accoupler et fonder une nouvelle lignée, consanguine ou pas, qui sait (LaJoy n'y avait pensé qu'une fois qu'il avait eu transporté la cage sur l'île et avait caché le bateau au milieu des saules qui donnaient son nom au lieu). Qui sait, peut-être en capturerait-il encore ? Un gros mâle, une autre femelle, pourquoi pas ? Voilà qui déconcerterait le Dr Alma, pas vrai ? Une nouvelle espèce sur l'île, hein ? Ses précieux petits renards, moufettes, lézards et les trois types de serpents n'étaient-ils pas arrivés là par hasard, emportés dans les gorges du continent lors d'un gros orage tel que celui-ci, embarqués sur des débris : au fond, seul le hasard a voulu que les ratons laveurs n'aient pas fait partie du lot.

LaJoy avait retiré la bâche pour les observer pelotonnés l'un contre l'autre, yeux rivés sur lui, prêts au pire ; ensuite, il avait ouvert la trappe et avait reculé, il s'était même caché derrière un buisson pour les observer sortir le museau à l'air, se raidir, puis fuser hors de la cage. Deux taches de fourrure, parties si vite et si définitivement que les ratons laveurs auraient pu n'avoir été après tout qu'une vue de son esprit. Là encore, on était dans le domaine de l'aléatoire. Mais lui, Dave LaJoy, citoyen américain, propriétaire, militant, débouté au tribunal et manifestant ignoré, lui, Dave LaJoy était l'agent volontaire de leur remise en liberté, et il n'y avait rien d'aléatoire là-dedans. Il donnait la vie, exactement, en sauveur de ces créatures qu'Allô Nuisibles lui avait plus ou moins conseillé d'éliminer tandis qu'ils tournaient la tête.

« Alors, deux fournées ? » suggère Wilson.

Tout le monde est sur le pont ; le canot, qu'on a descendu, tire sur sa corde ; la pluie tombe sans relâche. Tous le regardent, lui, parce qu'il est le chef, le capitaine, il a en sa possession (grâce à Alicia) la carte des clôtures et il sait comment on pénètre dans la gorge. Il prend un moment, regarde au-delà de ses ouailles l'endroit où la plage trace un trait sombre sur l'écume. Tous tournent la tête pour suivre son regard. Scène sauvage : la plage échancrée, coupée aux deux extrémités par des piliers massifs de roche humide et luisante s'élevant vers les hauteurs plus loin ; la pluie cloue l'eau de mer sur place, le ciel s'est écroulé, rien ne bouge, pas même les mouettes.

« Ouais, sûr, s'entend-il dire, alors que dans sa tête il a déjà sauté à terre et remonte déjà le canyon. Bonne idée. Il ne s'agit pas de surcharger le canot, surtout par ce temps. »

Tout ça, c'est pour la galerie, car Wilson et lui ont tout prévu lorsqu'ils contournaient le promontoire en direction de l'anse des Saules. A cause du temps, quelqu'un doit rester sur le bateau, et ce sera Wilson, le seul sur qui il puisse compter dans ce ramassis d'amateurs. Ce qui signifie que c'est Wilson qui devra transporter tout le monde, deux fournées de trois ; après quoi, il devra hisser le canot à bord au cas où un importun viendrait ramener sa fraise.

« Je leur dirai que je fais une excursion, plaisante Wilson alors que les autres trifouillent dans leurs affaires. Ou plutôt non : je cherche un petit coin tranquille pour me suicider. Qu'en penses-tu ? Tu crois qu'ils goberont mon histoire ? »

LaJoy est trop énervé pour plaisanter. « Garde le cap, d'accord ? Et surveille… au moment où tu nous vois revenir sur la plage, tu mets le canot à l'eau et tu fonces comme un fou, comme si chaque seconde comptait.

— Qu'est-ce que je suis censé dire ? "Ah ouais, à vos ordres, chef, à vos ordres" ?

— Ne fais pas le con avec moi. Pas ici. Pas maintenant.

— Tu sais bien que je ne ferais pas le con avec toi, répond Wilson, faisant exactement ce qu'il prétend ne pas faire. Ne te fais pas de bile, mec, tout baigne. Je tiens autant que toi à ce qu'on réussisse… tu l'as oublié ?

— Alors, ça va. » D'un œil il surveille la plage, où la houle n'est pas trop méchante : la tempête pousse les vagues parallèlement à la côte. « Toni, vous venez avec moi et Cammy dans la première fournée ; ensuite, Josh, Kelly et Suzanne. Quand le canot atteindra la grève, sautez et courez jusqu'aux saules, vous voyez là-bas, suivez mon doigt. N'ayez pas peur de vous mouiller les pieds, foncez, c'est tout, pour que Wilson puisse revenir immédiatement au bateau. Je ne devrais pas avoir à répéter que, si on nous voit dans le canot, nous sommes cuits. »

Une fois installés sur le canot gonflable, ils affrontent la houle, le rivage vient à eux comme si on le tirait avec une ficelle, le moteur gronde, les embruns leur crachent à la figure. Wilson les achemine sans un accroc, renverse le moteur et chevauche les déferlantes, mais Toni Walsh est un tantinet hésitante quant il faut sauter comme un cabri du canot sur la plage : elle est déjà trempée jusqu'aux genoux et court le danger d'être vaincue par la prochaine vague lorsque LaJoy la saisit par le bras pour lui faire gravir l'inclinaison de la grève. De son côté, Cammy bondit sur le sable comme un vrai Marine et fonce sur les buissons sans manquer un temps, cheveux mouillés et dégouttant sous sa casquette noire, tenue de pluie transparente moulant ses cuisses. Elle a disparu avant que LaJoy ait pu dire « ouf ».

L'instant d'après… deux minutes, cent vingt secondes, Toni Walsh et lui la retrouvent au milieu des saules, pas même essoufflés. Du moins lui ne l'est-il pas : Toni, elle, semble être en hyperventilation. Il l'écoute inspirer avec un sifflement rauque et irrégulier de fumeuse. L'eau fait du raffut en courant sur les galets, on entend aussi les cris stridents des rainettes, la pluie chuinte dans les feuillages. L'odeur de verdure, de vase et de pourriture est intense. Tout semble s'affaisser. Le ciel, fléchissant tout là-haut, est plus noir que gris. Les chaussettes de LaJoy sont trempées et il sent les gouttes glaciales s'infiltrer dans l'étoffe de sa casquette, imbiber ses cheveux et couler une à une dans son cou.

Il observe le bateau à travers un canevas de pluie ; Wilson manœuvre le canot contre la poupe du *Paladin* tandis que Josh se penche en avant pour prendre la corde. Sans réfléchir, LaJoy se hisse sur un monticule de rochers battus par les flots afin de mieux voir alors que, trempée de pied en cap, Toni Walsh, haletant et cherchant une cigarette dans son gros sac rose, lui décoche un regard exaspéré. Les rochers sont glissants et ovoïdes, on dirait des œufs de dinosaures ; Cammy, longues jambes, hâve, l'air content de soi, apparaît brusquement sur un rocher près de lui, mais pas Toni Walsh. Toni Walsh en est encore à gravir l'inclinaison, elle se trouve en dessous d'eux et a de l'eau jusqu'aux mollets, de l'eau en mouvement, brune, tressée, rapide. LaJoy revient à lui suffisamment longtemps pour lui tendre une main et la tirer comme il aurait remonté une malle – ce qu'elle est, de fait : un fardeau. Raison pour laquelle Anise a refusé de les accompagner, alors qu'il a fulminé, menacé, tenté de la culpabiliser de toutes les manières imaginables.

C'est alors que LaJoy se rend compte qu'il pourrait être confronté à un problème, une situation qu'il n'a pas envisagée, à savoir : le ruisseau des Saules, qu'on peut d'ordinaire traverser d'un simple saut, n'est plus un ru mais un véritable torrent.

Remuant et sifflant, hérissé de décombres, bruyant du fracas tout en succion des pierres délogées, il se répand dans le débouché de la gorge en une nappe boueuse, creusant son lit dans le sable pour lancer ses tentacules brunes dans l'océan. Le plan consiste à emprunter la piste aisément négociable, à la suivre le long des bancs de sable qui serpentent à travers les roseaux et les saules jusqu'au mamelon où ils intercepteront la clôture et couperont autant de fils de fer barbelé que possible, tandis que Toni Walsh, avec son aide, rassemblera des preuves photographiques du massacre, des carcasses empilées comme des feuilles mortes, un charnier : il suffira de suivre les corbeaux, c'est là qu'elles seront. Tel est, du moins, donc, le plan. Or les saules sont plongés jusqu'au cou dans un flot d'eaux sombres et tourbillonnantes.

Peu importe. Au moment même où Wilson accoste à nouveau sur la plage et où les autres se lancent tant bien que mal dans les remous, il improvise : trop tard pour faire machine arrière car, à en juger par le comportement de Toni Walsh, jamais ils ne réussiront à la ramener ici et, s'ils n'agissent pas bientôt, les cochons sauvages auront connu le sort des rats d'Anacapa. Il se retourne d'un coup pour examiner les flancs de la gorge, se disant qu'ils devront ensuite monter en diagonale, au-dessus du niveau du torrent, terrain difficile mais abordable, pas de problème, aucun problème du tout, parce qu'il est prêt, et les gamins sauteraient dans le vide s'il le leur demandait, et Toni Walsh… Toni Walsh va simplement devoir tenir bon. Si elle veut son article. Et elle le veut, elle doit le vouloir, sinon elle ne serait pas venue. Lorsqu'il se retourne, le canot pneumatique est là, deux silhouettes en ciré, les filles, sautent à terre et traversent la plage en courant, pendant que Josh, battant des bras pour garder l'équilibre, tombe dans le ressac, pas une fois mais deux, avant de recouvrer son équilibre et d'emboîter le pas aux autres.

« Les voilà, dit Cammy, incapable de cacher son excitation. Et Josh (elle lâche un petit souffle étranglé par le rire), regardez-le ! Ah, mon Dieu ! » Elle sourit, excitée comme une gamine. Que croit-elle donc ? Qu'on fait une émission de télé-réalité ? Dans un camp d'été ? Elle saute sur le rocher devant LaJoy, agile comme une puce, regard éclairé par la joie qu'elle éprouve. « Apparemment, il a eu envie de prendre un bain, pas vrai ? Hé, Josh ! Elle est bonne ? »

LaJoy n'a pas l'intention d'expliquer la situation ou d'avouer qu'il a mal évalué les volumes d'eau dévalant de la gorge à cette époque de l'année car les explications, c'est pour les perdants et tout ce qui compte, c'est de faire ce qu'on doit faire. De sorte que, lorsque Kelly et Suzanne arrivent en pataugeant dans l'eau, petites, douces, toutes deux en forme de poire et quasiment interchangeables, avec leurs cirés vert olive assortis, il tend une main pour tirer l'une des deux à lui, puis l'autre, sur le rocher avec le reste de son équipe. Puis voici Josh, qui grelotte déjà, et la seule solution, à part faire un feu pour qu'il se sèche, une solution qui n'en serait pas vraiment une, ça va être de bouger, de se manier, de le faire monter au sommet de la gorge jusqu'à un endroit où il pourra manipuler le coupe-câbles au point d'en avoir des suées.

« Parfait, déclare-t-il sur le ton de la conspiration, baissant la voix alors que personne ne pourrait l'entendre à des kilomètres à la ronde. A cause de cet orage, l'eau dévale à plein régime dans la gorge et l'escalade va être un peu plus ardue que prévu, mais tout ira bien… Simplement, il nous faudra sans doute un tout petit peu plus de temps pour atteindre le sommet. Voilà tout. » Il jette un coup d'œil à ses bottes mouillées, aux rochers sur lesquels ils sont juchés, à l'eau qui tourbillonne autour d'eux : d'ailleurs, le niveau paraît avoir encore monté depuis cinq minutes, depuis qu'ils sont arrivés… Impossible, non ?

Josh est encore dans l'eau jusqu'aux cuisses, son ciré trop grand pour lui s'évase dans son dos et flotte dans le courant. Il tente de prendre un air décontracté comme s'il plongeait tous les jours tête la première dans une eau à dix degrés, il tente de tenir bon alors que son expression le trahit : il se mord la lèvre pour s'empêcher de grelotter.

Se sentant vaguement ridicule, comme le général au visage ridé dans un vieux film de la Deuxième Guerre mondiale, LaJoy s'entend crier : « Maintenant, suivez-moi. » Et de se glisser dans l'eau pour rejoindre la berge à gauche. C'est comme pêcher à la truite, se convainc-t-il, se battre contre le courant, en cuissardes, mais sans être gêné par la canne et le panier de pêche. Ils s'enfoncent davantage encore avant de s'arrêter au premier obstacle, la berge qui, à y regarder de plus près, est en fait un mur de rochers, de dix mètres de haut, demeuré intact alors que le torrent a grignoté les strates inférieures plus molles. Il tente de contourner la paroi en y mettant les deux mains mais, comme l'eau lui monte jusqu'au torse, il abandonne et entame l'ascension.

La falaise (bosse, tertre) est composée d'une sorte de roche volcanique, du basalte, imagine-t-il, creusé et fissuré jusqu'au sommet. Le problème, c'est que cette pierre peu compacte se fragmente constamment sous les mains et des morceaux entiers se dérobent sous lui ; il colle son bassin contre la roche et avance ainsi d'une prise à l'autre. « Désolé, déclare-t-il, observant les visages en contrebas, semblables à de pâles melons, nous allons devoir passer ça et ensuite je suis sûr que ce sera plus facile… »

Ce n'est pas un problème pour Cammy, qui se lance à l'assaut de la paroi avec l'aisance d'une chèvre mais les deux autres filles sont un peu plus longues à la détente. Et Toni Walsh, gênée par son sac volumineux, réussit à se hisser jusqu'au premier appui mais perd son élan tout de suite après. « Josh, hurle LaJoy, peux-tu l'aider ? » Il sait qu'il devrait redescendre et l'aider lui-même mais il est presque au sommet et il veut absolument voir ce qui se passe de l'autre côté, voir ce qui les attend.

Bien qu'il ne soit pas un homme des bois, bien qu'il soit maladroit, bien qu'il grelotte dans l'emballage mouillé de ses vêtements et mesure dix centimètres de moins que Toni Walsh, Josh le surprend. Il a déjà aidé les deux autres filles (Kelly et Suzanne, qu'il est difficile de distinguer l'une de l'autre si ce n'est que Suzanne – à moins que ce soit Kelly ? – arbore un écusson A.P.T.E.A. rouge sang sur sa manche droite). Il se baisse à nouveau, prend un bon appui des talons et s'étire de tout son long pour tendre la main à Toni Walsh qui, se faisant violence, la saisit et se hisse jusqu'à la prochaine prise et la prochaine encore, et bientôt ils se retrouvent tous au sommet, regard abaissé sur le tourbillon fangeux de la gorge.

Depuis ce point d'observation, LaJoy voit que la laisse est métamorphosée en un vaste lac boueux alimenté par une cascade au loin ou plutôt une série de cascades qui grimpent jusqu'au ventre bas des nuages, dans lesquels elles pénètrent, chacune montant sur les épaules de la suivante. Quand il est venu relâcher les ratons laveurs, il n'y avait pas de cascades. Le soleil illuminait de minces filets d'eau tout du long jusqu'aux flancs des collines, des libellules dansaient et flottaient par là, le ruisseau coulait paresseusement dans des mares peu profondes et suintait à travers les entreprenantes racines jaunes des saules semblables à des doigts, à des griffes. Brusquement, la colère monte en lui. Contre lui-même. Comment a-t-il pu être assez stupide pour ne pas évaluer correctement la nature des gorges, leur formation, ce que la pluie signifie dans l'état de nature ? Cela dit, s'il avait attendu qu'il fasse soleil, un jour où le moindre péquin aurait pris son bateau et serait allé encombrer le détroit, ils auraient tout aussi bien pu envoyer un message radio aux voyous du Parc national pour leur demander de venir les cueillir. Il leur fallait agir par temps de pluie, ils n'avaient pas le choix. Et pas d'autre choix non plus maintenant que de descendre l'autre versant et se mettre au boulot.

« Bien, écoutez-moi, le plan, c'est de contourner la pente, là, juste au-dessus du ruisseau, parce que son niveau est élevé en ce moment et il a emporté la sente que nous devions prendre… »

Tous regardent alors le vallon au fond duquel l'eau jaillit par une fissure dans la roche en traînées et cascades blanchâtres. Personne ne dit mot. La pluie qui tombe dru en hallebardes parfaitement verticales, martèle leurs casquettes, leurs épaules et baratte la glaise à leurs pieds.

« C'est escarpé, la descente ne sera sans doute pas tendre pour vos chevilles mais c'est jouable. » Il se tourne vers Toni Walsh. « Ça vous va ? Quand ça deviendra trop dur pour vous, n'hésitez pas, vous me le dites, d'accord ? »

Voûtée, pâle, un trait de boue jaunâtre peint sur sa joue comme une scarification, son interlocutrice se contente de hausser les épaules. « Je ne sais pas…, répond-elle après un moment, arborant son fameux sourire aimable comme un coup de couteau (bon signe, très bon signe). Je suis une citadine. Mais je ferais n'importe quoi pour un bon papier, non ? »

C'est au tour de Kelly de prendre la parole, Kelly, oui, c'est sûr, c'est Kelly, avec son écusson A.P.T.E.A., sa face de lune et ses lèvres pincées en un rictus de désapprobation. Tout à coup, LaJoy s'aperçoit qu'elle ne ressemble pas du tout à Suzanne, du moins de visage. « Et les coulées de boue… s'enquit-elle. Il ne risque pas d'y avoir des coulées de boue ? Vous voyez cette dépression là-bas, cette cuvette ? » Elle montre du doigt la longue montée creusée dans la paroi qu'ils devront emprunter pour escalader la gorge : vestiges d'un grandiose glissement de terrain.

— Ouais, sûr, il va falloir courir ce risque. Je suis déjà sorti mille fois par ce genre de temps… Pas vous ? Ce n'est pas notre cas à tous ? Ça repoussera sans doute les tueurs de cochons sauvages d'un ou deux jours mais vous savez qu'ils sont en train d'huiler leurs flingues, prêts à tirer… »

La pluie choisit ce moment-là pour redoubler de violence, un tambourinage brutal juste pour augmenter la pression. Les cheveux de LaJoy pendent raides sous sa casquette trempée, floc, floc, floc. Il veut être raisonnable, il veut gérer ces gens en se gérant lui-même mais il n'a plus le choix, non, plus maintenant. « Merde. Je n'ai pas l'intention de rester ici à discutailler. Si vous voulez rester ici, restez, faites comme vous voulez. Mais moi, j'y vais. » Et de se remettre en route, à descendre à grands pas exagérés l'autre versant, un éboulis embourbé, tellement en rogne qu'il ne prend pas la peine de regarder derrière lui pour vérifier qu'on le suit bien – cela dit, oui, ils le suivent, il sait qu'ils suivent. Forcément.

Une demi-heure plus tard, sous la pluie toujours battante, le niveau de l'eau sombre qui tourbillonne au fond du ravin continue de s'élever à toute vitesse et LaJoy commence à douter. Il ressent la douleur dans les longs muscles de ses cuisses, les manches de son sweatshirt sont couvertes de boue jusqu'aux coudes car il est impossible de progresser sans y mettre les mains, et ses chevilles palpitent à cause de l'effort qu'il fournit pour maintenir son équilibre sur une déclivité de quarante-cinq degrés. Alors qu'il est en bonne forme physique ! Ce qui n'est guère le cas de Toni Walsh ou des deux filles en forme de poire ou même de Josh. Tous s'étirent derrière lui en file indienne quinze mètres au-dessus du niveau de l'eau, agrippant tout objet bien arrimé près duquel ils passent, piquant ou pas, pour se maintenir en station debout, et personne ne dit mot. Cammy le talonne, le pousse de l'avant, même, suivie par les deux filles puis Toni Walsh (le teint gris, trempée jusqu'aux os, l'allure d'une morte-vivante) et enfin Josh, qui ferme la marche afin de garder un œil sur la journaliste. Ils ont dû parcourir dans les sept cents mètres, ils ont presque atteint les premières cascades, où ils pourront du moins s'extraire de la boue : ils n'ont pas vu le moindre signe de cochons sauvages, de chasseurs, de renards, de corbeaux ou de quoi que ce soit. Ce pourrait être la face cachée de la lune. Si ce n'est qu'il ne pleut pas sur la lune. Et qu'il n'y a pas de boue.

La surprise vient de Toni Walsh. Il s'attendait à ce qu'elle craque dès qu'ils ont entamé la première descente, or, chaque fois qu'il jette un coup d'œil en arrière, il la voit penchée en avant, avançant tant bien que mal. Mais jusqu'à quand tiendra-t-elle ? Ils doivent escalader la pente, sortir de la gorge… et vite ! Ou bien trouver un endroit où elle puisse se reposer un moment tandis que Josh, Cammy ou lui-même partiront en reconnaissance, question de trouver quelque chose qui vaille la peine qu'elle continue. Il scrute le terrain là où la gorge se rétrécit, trois ou quatre cents mètres en amont : des rochers, toujours des rochers, des tranchées, des trous, l'eau qui déborde partout, lorsqu'il avise une saillie sur le flanc de la colline, une sorte de grand auvent. Encouragé (enfin !), il se retourne vers Cammy et, désignant l'endroit d'un index énergique, lance aux autres : « Là-bas ! Observant leurs regards qui se lèvent du néant de leurs visages, il ajoute : On va se reposer là-haut. »

L'endroit n'offre guère de protection, c'est un rebord d'une longueur d'environ trois mètres coincé sous un affleurement suintant, ouvert aux intempéries sur trois côtés, tout le monde serré épaule contre épaule, godillot contre godillot ; la première chose qu'ils font, comme un seul homme, c'est de plonger la main dans leurs sacs pour piocher des vivres. Il n'y a pas grand-chose à dire d'autre que : «Tu veux bien te pousser un peu, s'il te plaît ?» ou « Tu veux du beurre de cacahuètes, du fromage ou des pousses de soja ? » Pendant un bon moment, pas un son, seuls le sifflement de la pluie, le froissement du cellophane et les discrets claquements de la mastication. Sur quoi, Josh sort de son sac un petit cubi (vinyle et plastique, aucune panse de brebis ne pèse sur sa conscience) et il demande si quelqu'un en veut une gorgée.

« Qu'est-ce que tu as là-dedans ? » s'enquiert Toni Walsh, levant un regard intéressé. Affaissée en un tas tout rose au milieu d'un enchevêtrement de jambes et de godillots maculés de boue, visage d'une pâleur de ventre de poisson, cheveux comme le crin dont on tapisse les cageots de primeurs, elle ne fait aucune concession à ses compagnons, elle mastique ce qui ressemble à un sandwich acheté chez un traiteur, fromage et épaisse tranche de jambon. « C'est du cognac, j'espère ?

— Du vin rouge. Un bon zinfandel bien fort. Il n'est pas mauvais, ne vous gênez pas. »

Et tous les visages de s'épanouir, l'un après l'autre, car chacun en veut une goutte. Quand Suzanne fait passer les cookies faits maison, tout le monde paraît se sentir un peu mieux. Et quand le vin arrive à la hauteur de LaJoy, il en prend aussi une rasade, pourquoi pas ? Un bon petit coup de fouet, ce n'est pas de refus.

« Alors, qu'en pensez-vous ? demande Cammy en se tournant vers lui. Si on reste réaliste. Est-ce que nous avons une chance d'arriver là-haut et d'en revenir avant la nuit ? » Elle s'est appuyée contre la paroi dans un déballage de membres, l'air d'avoir dans les douze ans. « Je sais que vous ne vous attendiez pas à ça, ajoute-t-elle. A ces conditions… »

Il hausse les épaules afin de bien montrer que c'est sans importance, et passe le cubi à Kelly, qui est pratiquement assise sur ses genoux. S'il y a eu la moindre trace d'esprit d'aventure dans son expression, elle a disparu depuis longtemps, mais elle soulève le cubi poliment, renverse la tête et fait gicler un filet de vin dans sa bouche. Elle sent la sueur et l'orange qu'elle vient d'éplucher, ses cheveux frisent sous la visière de sa casquette. L'air absent, il l'observe lécher la goutte qui est restée sur sa lèvre, cette fille boulotte, dépourvue de charme, banale, qui aurait besoin d'un bon relooking si elle compte attirer un homme et se construire une vie propre ou toute vie autre que le couvent, d'ailleurs. Puis il se tourne de nouveau vers Cammy. « Ouais, je me disais que j'allais peut-être monter en éclaireur avec, qui sait, deux ou trois d'entre vous, pendant que les autres redescendent. Toni, si vous voulez, je peux prendre votre appareil photo. Avec un peu de chance, je tomberai sur quelque chose d'intéressant. » Tous les regards sont braqués sur lui mais leurs expressions ne lui disent pas s'ils sont soulagés ou non. « Cammy a raison. C'était un mauvais jour pour passer à l'action, c'est tout. Nous ne pourrons pas faire grand-chose, pas tout ce que nous envisagions, en tout cas.

— Quelle merde », lâche Josh d'une voix caverneuse. Le regard dans le vide, genoux plaqués contre le torse, cubi dégonflé pendant, flasque, de sa main. Les godillots couverts de boue jusqu'aux lacets. Il grelotte. Tous grelottent. En contrebas, encore plus fort qu'avant, fort comme l'électricité statique, le rugissement constant et moqueur de l'eau catapultée dans la gorge. Personne d'autre ne semble avoir quoi que ce soit à dire. Ils veulent rentrer, tout abandonner, tous : il le voit à leur mine.

C'est un moment débilitant, déprimant, désespéré. Mais en aucun cas lui-même n'abandonnera : il va grimper jusqu'au sommet, s'extraire de la gorge et prendre toute une série de photos incendiaires que le *Press Citizen* pourra publier en première page ; tous les lecteurs pourront voir par eux-mêmes ce que les tueurs ont en tête et il coupera des fils de fer barbelé, même si ça lui prend toute la nuit, s'il doit revenir à la nage, s'il…

Sur quoi le vent change de cap et tout change.

« Ne sentez-vous pas une odeur ? » Tout à coup, Kelly bouge. Elle se redresse, se cambre, plisse les paupières. Elle renifle fort, ostensiblement : une odeur fétide, de moisi, parvient à ses narines, douceâtre, corporelle. « Une odeur de *cadavre.* »

L'instant d'après, ils se retrouvent sous la pluie, tous, même Toni Walsh, ils grimpent, jusqu'à la prochaine corniche, au-dessus de la saillie. Là se trouve un tournant, un évidement de rocher creusé dans la paroi de la gorge – sauge, faux cotonnier, coréopsis et autre chose aussi : une forme sombre coincée comme un paillasson entre deux rochers, débordant en un pâle gâchis boueux. Les prises sont mauvaises, exécrables. La puanteur s'amplifie, s'approfondit jusqu'à devenir agression. « Est-ce… ? » commence quelqu'un.

Ils observent les restes, les carcasses, de deux cochons sauvages, un adulte de la taille d'un gros chien trop bien nourri et un jeune. Les deux ont perdu leurs yeux, puits rougis arrachés aux têtes, mâchoires béantes, intestins exposés, virant du bleu au gris. La peau est une soie noire hirsute animée par des vers qui se goinfrent dans une frénésie de mouvements.

« C'est dégoûtant », dit Kelly.

Josh lâche un juron. « Bordel, qu'est-ce qu'ils ont fait pour mériter *ça* ? »

Toute recroquevillée, parcourue de frissons, gros carnet rose comme un membre atrophié, concentrée sur son viseur, Toni Walsh se déplace, tourne autour de la scène, congelant dans son appareil un cliché après l'autre. Elle ne dit rien, pas un mot, car elle s'est mise au travail, elle fait son boulot, elle enregistre la scène, elle écrit l'histoire. Les autres ont l'air pétrifié. Ou effrayé. Voici ce à quoi ressemble la mort, l'entité, très exactement, qu'ils combattent, la voici, oui, là sous leurs yeux, puant à leurs pieds.

LaJoy tente d'analyser ses sentiments, horreur, pitié, chagrin, colère, auxquels s'ajoute : une bouffée d'excitation – de bonheur ? « Bien, dit-il. Excellent. C'est exactement ce qu'il nous faut. » Un bâton à la main, il pousse la carcasse de la bête la plus grosse, recherche la plaie, le point d'impact de la balle, en quête d'une preuve irréfutable : ces cochons sauvages n'ont pas perdu l'équilibre, ils ne sont pas tombés du haut de la falaise pour venir se laver ici. Non, ils ont été assassinés, *exterminés*, c'est le terme. « Voyez, Toni, là, je crois que c'est le point d'impact de la balle, vous voyez ? Est-ce que vous pouvez faire un gros plan ? »

Ils occupent un espace infime, grand comme une baignoire, pierre glissante, le torrent bouillonne en contrebas, la pluie fouette leur visage et bave de la visière de leur couvre-chef ; tous se pressent pour voir, Toni et lui au centre, homologué, disculpé. *Les fils de pute !* Lorsque Kelly recule d'un pas, un seul, pour leur laisser plus de place, il a du mal à comprendre ce qui se passe. Elle ne pousse pas un cri. Elle ne se retient pas à son épaule ou à la pâle ombre insaisissable d'un buisson. Elle lâche tout bas « Oh, merde ! » comme un aparté sur un sujet que personne ne saurait décrypter, et puis elle disparaît.

Elle plonge tête la première, sur le dos, bras en croix, mains agrippant le néant, et la moitié de la pente débaroule avec elle dans une commotion bruyante de roches et de terre, chute s'ouvrant devant elle jusqu'au fond du ravin, vers le torrent trente mètres plus bas. On entend un plouf étourdissant, ciré kaki battant et bouillonnant dans le courant tandis que la sombre pointe d'aiguille de sa tête nue, chapeau envolé et cheveux évasés comme du bois flotté, sort de l'eau une fois, deux fois, trois fois, avant qu'elle ne soit emportée par le torrent et ne disparaisse à leur vue.

LaJoy n'a pas le temps d'absorber le choc, pas le temps de jurer, de s'exclamer, pas de temps à accorder au cri étranglé de Suzanne qui résonne, impuissant, dans sa gorge, car il s'élance déjà, dévale la paroi rocheuse, fuse sous le surplomb et arrive sur le plateau boueux en dessous, regard rivé sur l'endroit où la fille est tombée, s'attendant à tout moment – non, plutôt, exigeant – qu'elle remonte à la surface pour s'accrocher à un rocher ou à une souche. Entendant les autres crier et s'agiter au-dessus, il ne peut qu'espérer qu'ils ne perdront pas l'équilibre à leur tour, ne tomberont pas aussi dans le ravin. Aucune prise autour de lui. Il n'est plus que boue. Il a le goût de quelque chose d'exécrable au fond de la bouche.

Lorsque, enfin, il atteint le torrent, chevauchant une cascade de rochers et de glaise (combien lui a-t-il fallu : cinq minutes ?), il parvient tout juste à ne pas se faire emporter lui-même. Il plonge dans l'eau jusqu'à la taille avant de pouvoir s'agripper d'une main à la berge et de l'autre à la crête d'un saule ruisselant et glissant, et il sent le courant tirer sur lui autant qu'une bête. Il entend encore des cris au-dessus de lui. Dégringolade de pierraille, de branches, de broussailles. Outré, il lève la tête et s'aperçoit qu'ils sont deux, Cammy et Josh, à l'avoir suivi. Ne comprennent-ils donc rien ? Ne voient-ils pas le danger ? « Remontez ! » hurle-t-il, furieux comme jamais il ne l'a été de sa vie.

C'est alors, sortant d'un coup les jambes de l'eau, sautant, quand il se remet debout dans la fange instable et gluante qui sans cesse se dérobe sous ses pas comme s'il marchait sur un tapis roulant, comme s'il courait sur place dans un cauchemar, qu'il commence à saisir l'ampleur de l'événement. Si cette fille, Kelly, est blessée (il n'arrête de penser au moment où elle a basculé comme si on l'avait saisie par la nuque, démunie, complètement démunie), il lui faudra fournir des explications. Aux garde-côtes. Aux flics. A la presse, aux membres de l'A.P.P.A. et à tous ceux qui, là-bas, vont faire le calcul qui évalue le sort des bêtes au regard de la souffrance des humains, de la vie humaine : que vont-ils faire ? Interroger la fille sur son lit d'hôpital ? Signer son plâtre ?

Quel désastre. Putain de désastre. Il s'est remis à marcher, courbé le long du torrent, il s'agrippe à tout ce qu'il peut saisir, il essaie désespérément de retrouver la fille pour la sauver, la sortir de là, la ramener sur le bateau, l'envelopper dans des couvertures, lui donner de la soupe chaude, n'importe quoi, du cognac, allumer le chauffage. La seule chose à laquelle il interdit l'accès de son esprit, la seule chose qu'il ne veut même pas envisager, c'est une sombre appréhension selon laquelle Kelly,

Kelly l'enthousiaste, avec son corps en forme de poire et l'écusson qu'elle porte à la manche (*Aimez les animaux : ne les mangez pas*) serait au-delà de toute assistance que lui ou quiconque pourrait lui fournir.

Quand ils la retrouvent, la pluie s'est depuis longtemps mue en bruine, la lumière déserte le ciel et LaJoy, glacé jusqu'aux os, en souffrance, l'âme mal en point, n'a jamais rien connu dans sa vie que le flot sévère, griffu de ce torrent. Pâle comme un champignon, elle luit sur fond de broussailles sombres chavirées, arrachées, d'arbres brutalisés : qu'a fait le torrent, la violence du torrent ? Il l'a déshabillée ; il ne reste aucune trace de son sweatshirt, de son short ou de son ciré kaki. LaJoy se bat contre le courant pour l'atteindre alors que les autres forment une chaîne humaine et déroulent la corde trouvée au fond d'un sac à dos ; c'est lui qui la touche, sa peau nue et froide, c'est lui qui voit ce que les rochers lui ont infligé, la façon dont sa tête est enfoncée dans l'eau tandis qu'une branche de saule prise dans la fente d'une aisselle lui fait des signes dans une parodie d'animation.

Elle a été emportée jusqu'à leur point de départ, là où le torrent ressuscité fend la roche d'un côté et vire pour lancer ses rebuts sur l'autre rive. S'ils l'avaient su, ils auraient pu la trouver plus tôt. Mais ils ne le savaient pas et ils ont dû redescendre la gorge pas à pas, scrutant les berges et l'appelant jusqu'à s'étrangler. Doit-on voir une quelconque ironie dans cette affaire ? Comment savoir. Tout ce qu'il sait, c'est que cet instant est le moment de vérité et qu'il est plus sinistre et douloureux que tout ce qu'il a vécu jusque-là. Quand il soulève le cadavre, songeant à Cammy qui n'arrêtait pas de répéter qu'elle savait faire la R.C.P. (au lycée, elle avait suivi des cours de secourisme pour sauveteurs junior et fait son apprentissage sur des mannequins, elle n'arrêtait pas de le répéter, le souffle court, le regard dément), il doit s'appuyer sur le fond, poids de l'eau dans le dos, poussé par le courant, qui lui coupe les jambes par en dessous, alors qu'il ne peut y avoir plus d'un mètre cinquante de profondeur – autre ironie. Il passe un bras autour de l'épaule de la fille mais n'a guère de prise : elle est accrochée, emmêlée dans les branches. Son premier élan est de s'y prendre avec douceur mais avec la douceur il n'arrive à rien et il doit donc se mettre à tirer de toutes ses forces, comme si c'était un jeu, une confrontation de volontés, comme si, de son côté, elle résistait. De la berge, la voix de Suzanne, encombrée de glaires : « Est-ce qu'elle va bien ? »

Il est perclus de froid, en hypothermie, il perd le contrôle mais il refuse d'abandonner, il bouscule, torture la douce obstination de Kelly jusqu'à ce que, d'un coup, elle se détache, une branche cassée du saule se détache avec elle dans un cortège de feuilles mollement agitées, mais il ne peut retenir la fille, dont le visage se tourne et rive sur lui un regard sévère quand le courant l'emporte. Du rivage lui parvient un cri, une activité frénétique, mais il a lâché la corde et ce qui reste de l'arbre cède sous sa poigne désespérée. Il va à vau-l'eau. Il bat des pieds, agite les bras, se démène mais le torrent l'emporte et n'en fait qu'à sa guise. Quelque chose sous la surface de l'eau le saisit à l'aine puis un poing de bois s'abat sur lui, le frappe sur le côté du visage, puis un autre et un autre encore et voilà que le torrent le prend au cou, l'enfonce sous l'eau dans la glaise et, au cours d'un instant anéantissant, il ne voit plus rien, ne respire plus, ne réussit pas à remonter à la surface.

Mais voilà que soudain il ne ressent plus aucune pression, sous lui le courant aspire tout et il se sent projeté sur un énorme tamis de débris hérissés. Il ouvre les yeux d'un coup, secoue la tête d'avant en arrière pour reprendre ses esprits. Kelly est là tout près, si près qu'il pourrait la toucher. Sur le dos, bras et jambes écartés, visage tourné vers le ciel. Sa poitrine s'affaisse, s'écarte de son torse, ses poils pubiens tachent son entrecuisse. Et sa peau, sa peau est écorchée, à vif, viande visible dans une longue entaille du genou à la hanche. Un godillot a réussi à continuer d'envelopper un pied, celui qui est le plus près de lui. Quelque chose, un bout de tissu, bleu, à pois, sanglé autour d'une cuisse. Les doigts sont crispés. LaJoy n'a qu'une envie : remonter, partir d'ici, courir loin du cadavre mais il en est incapable : comme si ses muscles étaient cadenassés, comme s'il avait fait un A.V.C., comme si le ciel lui était tombé sur la tête et qu'il ne parvenait pas à se dégager. Il reste donc étendu là pendant un moment qui lui paraît être le plus long de toute son existence, il scrute l'entortillement des lacets, la socquette déchiquetée à la cheville, le damier gaufré de la semelle du godillot tellement récuré par l'eau qu'on dirait celui-ci tout juste sorti de sa boîte.

Il finit tout de même par se lever, cela va de soi, et à ce moment-là Josh et Cammy arrivent, ils progressent à travers le noir enchevêtrement de branches tandis que les deux autres, Suzanne et Toni, les observent impuissantes depuis la berge au loin. Le bruit de l'eau, l'odeur de l'eau. Josh inexpressif, la peau de la teinte du lard. Cammy, ciré disparu, vêtements collés sur sa peau comme les films étirables alimentaires, pieds nus de pénitente : elle pleure, elle pleure encore, elle a laissé ses chaussures plus haut pour pouvoir nager, pour que Josh et elle puissent traverser à la nage à leurs risques et périls, pour pouvoir aider, mettre à l'épreuve son brevet de réanimation cardio-pulmonaire et ses yeux rougis.

« Elle est morte, non ? fait Josh, du ton le plus froid qu'il puisse maîtriser car il est sur le point de craquer.

— D'après toi ? Regarde-la, bordel de merde ! »

Puis voici Cammy, qui se penche pour retourner le corps et appuyer sur les omoplates, comme si c'était d'une quelconque utilité ; sans doute LaJoy emploie-t-il un ton plus dur qu'il ne devrait, sans doute devrait-il la laisser faire son cirque et se concentrer sur la suite, mais il en est incapable. « Lâche-la ! » hurle-t-il, lui tirant le bras, on dirait qu'il va lui arracher la main et, quand elle se lève enfin sous la pression, il la pousse d'un geste violent, cœur bondissant dans sa cage thoracique, tout son répertoire de jurons sortant d'un coup, en vain, de sa bouche.

Cammy. La fille qu'on dirait dessinée en bâtonnets. La jolie fille. L'enfant. Maigre, élancée comme les lévriers de LaJoy, elle fonce si vite sur lui qu'il n'a même pas le temps de se protéger le visage avec les mains. Le poignet de Cammy est le prolongement de sa volonté. Elle lui tape dessus trois fois successivement de sorte qu'il finit tout de même par lui saisir les poignets ; ses traits se contractent comme pour lui cracher dessus. « Vous, dit-elle en pleurnichant. C'est vous… Vous l'avez tuée. Vous ! »

La voix de Josh semble se prendre dans sa gorge : « Hé », fait-il. Rien d'autre, seulement : «Hé ! » Aussi doucement qu'une feuille qui tombe.

Pourquoi se disputent-ils ? C'est inutile. Tout est inutile.

Cammy se calme. LaJoy lui lâche les poignets. La nuit tombe brusquement. Le cadavre à ses pieds paraît enfler, croître, ingérer à lui seul toute la lumière. Les visages des deux personnes présentes devant lui se brouillent : Josh pourrait être Cammy et vice versa. Une escouade de chauves-souris surgissant de nulle part ricoche dans le néant au-dessus de leurs têtes.

« Ce que nous devons faire, finit-il par dire, car il est rationnel maintenant, tous le sont, ils ne peuvent pas se permettre de ne pas l'être. Voyons… nous devons trouver de quoi l'envelopper. » Il a beau être trempé jusqu'aux os et avoir les doigts et les orteils engourdis, il tire le ciré sur sa tête. « Nous devons la porter jusqu'au bateau. Alors, nous verrons ce que nous pouvons faire pour… vous me comprenez… quoi qu'il faille faire… » Il ne finit pas sa phrase.

Plus facile à dire qu'à faire. Alors que Toni et Suzanne remontent seules la pente sur l'autre rive (c'est un petit miracle qu'elles ne se rompent pas les os), Josh et lui enveloppent le corps dans leurs vêtements de pluie et tentent de maintenir les extrémités du mieux possible, avec la lanière qu'ils ont coupée dans leur sac à dos et une paire de lacets de rechange. Les appuis sont incertains, leur fardeau extrêmement difficile à porter, Josh tient une extrémité, LaJoy l'autre, Cammy entre les deux. Le contenu, chair dévastée, sang coagulé, ne cesse de glisser, de se relâcher, se réajuster, et le – *la* – hisser jusqu'au sommet du rocher requiert tout ce qui lui reste de force. Il y a un moment en suspens, chaque inspiration comme un étouffement avant l'exhalaison, puis il la fait glisser à l'extrémité, là où Josh se trouve, tout juste visible en contrebas. « Attention… voyons, attention. Tu la tiens bien ? »

Voix dans l'obscurité. La course de l'eau, les assauts des brisants. Lorsque Cammy et lui atteignent enfin la base du rocher, tous trois forment un monstre à six pattes qui tangue sur le sable, chaque pas aussi impossible que le précédent, mais ils réussissent néanmoins à la hisser au sommet de la grève, juste au-dessus des vagues, et à la poser aussi doucement que si elle était en vie et qu'ils devaient l'aider à moins souffrir de ses plaies. Toni Walsh et Suzanne émergent brusquement à côté d'eux, visages flottant dans l'obscurité de leur vision latérale. *Oh, mon Dieu*, répète Suzanne, à l'infini. LaJoy les abandonne là, voix crissantes comme le frottement de feuilles séchées. Nuit absolue. Il ne distingue pas le bateau. Il patauge dans les vagues et se risque à crier : « Wilson ! Wilson, tu es là ? »

Rien. Il devrait au moins y avoir une lumière. Il plisse les yeux, en quête de l'infime lueur verdâtre des veilleuses, songeant qu'il lui faudrait une lampe torche pour faire des signaux : quelqu'un aurait-il pensé à apporter une lampe torche ? Suzanne, peut-être ? Elle a bien pensé à apporter des biscuits. Et elle avait au fond de son sac une corde joliment tressée, les lacets de rechange, le chewing-gum… LaJoy est sur le point de faire volte-face, les brisants giflent ses jambes, des frissons le transpercent comme un courant électrique, lorsque il lui semble distinguer quelque chose un peu plus loin, pas trop loin, un trou plus profond, plus noir ménagé dans la nuit. Mais il ne comprend pas qu'il s'illusionne, car il n'y a rien, rien du tout.

El Tigre

LE LENDEMAIN DU CONCERT, UN DIMANCHE, heureusement c'est un dimanche, elle ne saisit pas exactement ce qui lui arrive. Repousser les couvertures, sortir les jambes pour poser le pied par terre dans la paix de l'aube, sentir la moquette vibrer sous ses orteils qui y adhèrent, saisir l'arôme riche et grillé du café que sa mère prépare déjà au rez-de-chaussée, dans la cuisine, et puis éprouver une sensation de vide, une sonde au tréfonds d'elle-même, un vide qui l'emmène directement à la salle de bains, la fait s'agenouiller, vomir pour la deuxième, non, la *troisième* fois trois jours de suite : vraiment, ça ne va pas, pas du tout. Ça ne peut être la gueule de bois car elle n'a bu que deux verres de vin et ça n'expliquerait pas le vomissement de la veille et de l'avant-veille, puisqu'elle n'avait bu que deux ou trois sake avec sa mère et Ed, simplement pour leur tenir compagnie. Est-elle en train de devenir hypersensible à l'alcool ? Ou a-t-elle la grippe ? Sur quoi, les paroles d'une chansons de Micah Stroud lui viennent brusquement à la tête (*J'ai la pneumonie du rock, la grippe du boogie-woogie*) et voilà qu'elle enfile son short et un T-shirt puis se précipite dans l'escalier comme s'il ne s'était rien passé.

« Tu as l'air vanné », lui lance sa mère à la figure dès qu'elle entre dans la pièce en traînant les pieds. Apparemment, Ed n'est pas encore levé mais son couvert est mis : tasse et sous-tasse, jus d'orange, la moitié d'un pamplemousse luisant, rosé, sous l'éclairage éblouissant de la cuisine, poussé au maximum, journal posé à côté de l'assiette en offrande. « As-tu mal dormi ? Parce que je ne crois pas avoir dormi plus de cinq minutes. A cause du bruit de l'autoroute. Je me demande comment tu fais pour le supporter. »

Postée devant le réfrigérateur, Alma scrute le lait et le jus de fruit dans leur emballage aux couleurs vives, un morceau de fromage ficelé dans les rides d'un film plastique ; dans une assiette, quelque chose dont les bords foncent. Soudain, elle se sent trop lasse pour répondre.

« Si tu veux savoir la vérité, tu as l'air de ne pas avoir assez dormi : c'est ton travail, n'est-ce pas ? Il te fatigue. Tu as toujours été d'un tempérament anxieux, même toute enfant, tu as toujours voulu t'occuper de choses… comme si tu avais pu soigner toute seule tous les animaux du quartier. Je ne sais pas, moi. Sauver toutes les souris et tous les lézards que le chat rapportait. »

Sa mère (deux œufs aux coquilles foncées ont apparu dans ses mains : elle les casse et sépare les jaunes et blancs dans un bol) n'attend pas vraiment de réponse. Elle ne parle que pour entendre le son de sa voix, debout, s'agitant dans la cuisine de sa fille à une heure solitaire, tôt par un matin de dimanche couvert.

« C'est pour Ed ? demande Alma, s'installant à la table. Le jus ?

— Je peux te préparer des œufs… veux-tu des œufs ? Tu manges des œufs tout de même, non ?

— Non, répond-elle, colère. Je ne veux pas d'œufs.

— Pas la peine de me parler sur ce ton.

— Je ne te parle pas sur un ton…

— Si.

— Non, insiste-t-elle, et elle avance la main vers le verre de jus de fruit, qu'elle fait glisser jusqu'à elle, avec un doux murmure de friction. Je n'ai pas faim, voilà tout. »

Coquilles d'œufs sur le comptoir. L'horloge de la cuisinière indique 6:17. Sa mère repose le fouet d'un geste délibéré et se retourne pour l'examiner. Trois pas dans ses sabots et la voici qui la surplombe, pose une main sur son front et la regarde droit dans les yeux. « Tu te sens bien ? »

C'est alors, elle est sur le point d'avouer qu'elle ne se sent pas bien, qu'elle vient de vomir dans les toilettes, qu'elle a l'impression que sa tête va se détacher de son corps et se mettre à flotter dans la pièce, que la vérité lui saute à la figure : la conclusion évidente à laquelle parviendrait instantanément tout biologiste qui depuis quinze ans étudie les processus vitaux.

« Maman ? » Elle parle tout haut mais sa voix paraît élastique, tendue, étirée comme du caramel. La vérité, le fait, monte en elle en un flot irrépressible mais les mots pour l'exprimer semblent rester bloqués dans sa gorge.

Sa mère la dévisage. « Oui, quoi ? demande-t-elle.

— Comment t'en es-tu aperçue… quand tu as été enceinte ? »

Dans sa précipitation, car elle souhaitait être chez Longs, le *drug store* du coin, juste à l'heure d'ouverture (à huit heures le dimanche), elle ne pense à rien d'autre qu'à l'étonnement du moment, qu'à ce qui lui arrive – ou qu'il est possible qu'il lui arrive. Il lui faut marcher sur une longueur d'environ trois cents mètres, dépasser l'endroit où elle a percuté l'écureuil (où il ne reste plus rien qu'une tache sur le trottoir), traverser le pont de l'autoroute et emprunter la longue bande sinueuse du bas du village. Alma fait tout particulièrement attention au passage piétons, elle se tient comme si elle portait déjà un nourrisson dans les bras, concentrée sur une seule pensée : savoir pour de sûr même si, aux yeux de sa mère, cela ne fait plus aucun doute. Sa mère l'a serrée dans ses bras, s'est penchée maladroitement pour appliquer sa joue contre celle de sa fille, dans une agitation chaleureuse chargée d'une grande émotion. Sur quoi, elle s'est relevée et est partie d'un grand rire : « J'avais mes doutes, dit-elle, mains sur les hanches, tête inclinée sur le côté, rayonnante, vraiment rayonnante. Mais je ne voulais rien dire. Je ne sais d'ailleurs vraiment pas pourquoi on parle de nausée matinale, j'ai dû vomir nuit et jour pendant six mois, de telle sorte qu'à la fin j'étais persuadée qu'il était plus facile d'escalader l'Everest en bikini que de te porter un seul jour de plus, mais ton père me soutenait. De ce point de vue, il était très bien. Il me soutenait entièrement. Et ce qu'il t'a aimée ! Dès ta naissance. Il était fou de toi. » Et ainsi de suite, toute une rhapsodie sur les beautés de l'accouchement à domicile avec le concours d'une sage-femme car les chambres d'hôpital stériles, à la lumière aveuglante, n'étaient pas un lieu adéquat pour faire son entrée dans la vie. Ils avaient organisé une fête ce jour-là, le savait-elle ? Ils avaient même filmé l'événement. « On voyait ta petite tête se pointer, une petite boule toute rouge et délicate, si petite que j'ai eu l'impression de donner naissance à une mangue. Malheureusement, le film a été perdu Dieu sait quand. »

Il lui faut avoir le test de grossesse en main, lire le mode d'emploi dans l'allée trop éclairée au milieu des chuchotements des ménagères en baskets et tenues de tennis, pour, évitant leurs regards, enfin penser au futur papa, à Tim. Tim, qui est sur l'île en ce moment, injoignable sur son portable, en train de capturer des aigles royaux. Elle voit son visage flotter devant elle tandis qu'elle scrute le paquet (*Résultats digitaux fiables 5 jours plus tôt ; 99 % de fiabilité*), elle voit la façon dont ses lèvres s'arquent vers le bas lorsqu'il est surpris ou intrigué, or, pour ce qui est d'être surpris, il le sera, aucun doute là-dessus, car ils n'ont jamais évoqué la possibilité d'avoir un enfant, pas sérieusement, en tout cas. Ils prennent les précautions d'usage, rigoureusement, et s'ils ont abandonné les préservatifs pour faire plaisir à Tim, elle ne manque jamais – jamais, même dans leurs moments d'abandon – de mettre son diaphragme. Tous deux sont de fervents militants environnementalistes. Entièrement voués au sauvetage de l'écosystème, à préserver ce qui peut encore l'être, à le restaurer. Donner naissance à un enfant dans un monde surpeuplé est une attitude irresponsable, c'est mal, ce n'est rien de moins que du sabotage…

Mais pourquoi alors se sent-elle transportée de joie ? Pourquoi se sent-elle soudain énorme, dominatrice, infiniment supérieure à toutes les autres femmes qui n'ont pas en main un test de grossesse ? Parce qu'elle est un organisme vivant, voilà pourquoi, or les organismes vivants se reproduisent. Le seul but discernable de la vie est de créer la vie : tous les biologistes savent ça. Elle a trente-huit ans. L'horloge tourne. Elle est unique, elle est à la tête d'un modèle génétique unique, en réalité, elle représente même une lignée supérieure (c'est un fait brut, sans préjugé aucun), et Tim de même, avec son Q.I. élevé, sa douceur de caractère, ses longs membres si joliment articulés : ils ont le devoir de transmettre leurs gènes s'il reste le moindre espoir d'améliorer l'espèce.

La femme au comptoir, ménopausée, cheveux cassants, rides tirant sur la commissure des lèvres, a l'air d'une mère, même si ses accouchements ne doivent plus être pour elle qu'un lointain souvenir : elle lance à Alma un timide regard de connivence lorsqu'elle scanne puis place ses achats dans un sac. Alma, énorme, impressionnante, lui renvoie son regard et lui sourit en retour. « *Bonne* journée à vous », dit la caissière. L'expression éculée charrie une charge de sens tout à fait inédite. Alma ne peut s'empêcher de sourire bêtement lorsqu'elle prend la poche en plastique, fourrant son reçu à l'intérieur. « Oh, j'en suis sûre, j'en suis sûre. »

De retour à l'appartement, sa mère traîne devant la porte de la salle de bains, Alma tente de se concentrer pour réussir à pisser mais, Dieu sait pourquoi, ça ne vient pas. Elle reste longtemps assise sur le siège, elle pense à Tim et à la façon dont elle va lui annoncer la nouvelle, parce qu'elle ne pourra pas s'en empêcher, elle est absolument sûre que sur le test qu'elle tient entre les mains vont figurer deux bandes d'un rose brillant, preuves absolues. Naturellement, elle pourrait lui parler par l'intermédiaire de la radio du campement mais que pourrait-elle lui dire ? *Quel temps fait-il sur l'île et, ah oui, au fait, je suis enceinte*. Il rentre dans quatre jours. Elle pourra aller l'attendre au bateau, lui prendre la main, l'entraîner dans l'escalier du Docksider, où elle l'installera dans un box devant une pinte de Firestone et une friture de calamars, le regardera alors droit dans les yeux et lui adressera un sourire énigmatique. *Quoi ?* dirait-il, souriant, s'attendant à ce qu'elle lui raconte une blague. Elle jouerait avec lui pendant un moment, lui caresserait la cuisse sous la table, se pencherait vers lui pour qu'il l'embrasse. Elle prendrait son temps. Savourerait l'instant... Mais elle met la charrue avant les bœufs, n'est-ce pas ? Parce qu'elle n'a pas encore pissé dans la coupelle, n'a pas utilisé le test bandelette et n'est sûre de rien.

« Alma ? » Elle devine que sa mère change de pied d'appui, le plancher lui transmet son mouvement par le carrelage de la salle de bains et la plante de ses pieds nus. Brusquement, elle se sent ridicule, comme une enfant, un bambin : sa mère est à l'affût du tintement de son urine contre la porcelaine comme sans doute autrefois chez les Takesue ou dans les toilettes exiguës du *Black Gold*. Quand elle apprenait à faire sur le pot. Comme on dit.

Elle retient son souffle, prête à répondre « Pas encore » ou « Accorde-moi un instant », lorsqu'il vient, brutal et brûlant. C'est tout juste si elle a le temps de glisser le récipient sous elle pour en attraper une rasade (pendant un moment, rêvassant, elle avait complètement perdu de vue l'objet de l'exercice) ; mais la voici, son urine, bien trois ou quatre centimètres capturés dans le récipient jetable en plastique que le fabricant a la prévenance de fournir. Tout de suite, sans même prendre le temps de se laver les mains, elle plonge dedans le test bandelette et pose le tout devant ses pieds fins écartés sur le carrelage. « Alma ? trépigne sa mère à travers la porte, agitant la poignée. Ne fais pas durer le suspense. »

Les secondes passent. Rien n'arrive. Cœur battant, fébrile, faible, Alma se penche en avant pour ramasser le récipient et l'agiter : peut-être faut-il le secouer, se dit-elle, peut-être le contact est-il insuffisant entre la bandelette et la solution, à moins qu'elle ait fait ce qu'il ne fallait pas... Or soudain la seconde ligne apparaît sous la première, rose comme de la barbe à papa.

Sa mère tient absolument à ce qu'elles fêtent ça seules toutes les deux (« Ed n'a pas besoin de savoir jusqu'à ce que nous ayons vraiment intégré la nouvelle : qu'il reste devant le poste à regarder ses matches ! ») ; elle lui offre un brunch dominical à l'hôtel plus bas dans la rue car, désormais, elle va devoir manger pour deux, et oui, elle peut prendre un mimosa, mais un seul, et ce sera la dernière fois qu'elle boira de l'alcool pendant neuf mois. « Ça ne te manquera pas, ma chérie, tu verras. Je prie pour que tu n'aies pas hérité ma… comment dit-on… ma propension à souffrir des nausées matinales… du matin, de l'après-midi ou du soir, d'ailleurs, ajoute-t-elle en riant. Mais toutes les femmes sont différentes, toutes les *grossesses* sont différentes, et je suis sûre que ça se passera très bien pour toi. »

Assise sur le patio de l'hôtel, le regard porté au-delà de la pelouse taillée au cordeau et de la bande d'asphalte qui mène à l'endroit où la mer bat la grève depuis le début des temps, la forte odeur de sel à ses narines, le bagage symbolique de l'effervescente vie océane aussi apparent que si elle se balançait sous les vagues, masque parfaitement clair et tuba sortant de l'eau, une fois de plus, Alma se met à douter d'elle-même. Veut-elle vraiment aller jusqu'au bout ? Y a-t-il vraiment la place pour une bouche supplémentaire sur cette planète endolorie, meurtrie ? Et Tim. Et Tim ?

« A quoi penses-tu ? » demande sa mère, coudes sur la table, main remuant mollement le breuvage orange dans son verre. Son assiette est jonchée des carapaces transparentes de crevettes, des carapaces noires et luisantes de moules, d'écorces de fruits et de noyaux d'olives, et la salade qu'elle a picorée baigne dans une sauce oléagineuse. « C'est toi qui décides. Et Tim aussi, bien sûr. Mais tu me rendras très heureuse, ma chérie, parce que je suis prête, permets-moi de te le dire, haut et fort, à être grand-mère. Janis n'a pas réussi à tenir jusque-là et cette fille des Mamas and Papas non plus… mais moi si. Et je suis prête à le crier par-dessus les toits. » Souriante, se balançant sur son siège, elle croise le regard de deux clientes assises à une table voisine. Elle leur adresse un clin d'œil. Et articule : « Je vais être grand-mère ! »

En toute autre occasion, Alma aurait pu être mortifiée, d'autant plus que les deux clientes restent totalement indifférentes et reprennent instantanément leur conversation mais, aujourd'hui, par cette fin de matinée splendide, baignée de soleil automnal, scintillant de l'odeur lavée rincée de l'océan, Alma s'en laisse pénétrer. Elle traverse une phase d'ajustement, elle le sait, les hormones s'agitent en elle, submergent sa résistance alors que son cerveau tente de prendre les rênes, de raisonner, de soupeser les options, jusqu'à ce que, enfin, elle se sente céder. Elle hausse les épaules. Sourit à sa mère. Lève son verre. « Ouais, dit-elle, tandis que Kat se penche en avant pour trinquer. Je veux bien te croire. »

Naturellement. C'est sûr. Et puis voici Tim.

Elle l'attend à la rampe de mise à l'eau lorsque le bateau du Parc national franchit la digue et vire au sud pour entrer dans le port de Ventura ; l'après-midi trône très haut dans le ciel, le ciel d'un bleu azur toutes options comprises, le soleil douce présence bénéfique pendue au-dessus des cimes des palmiers, si doré, si suave, si cossu qu'on le dirait peint. Tout, y compris les manifestants qui poursuivent leur ronde interminable autour du bâtiment dans son dos, semble habité par une lumière intérieure, couleurs réhaussées, ombres adoucies alors que les bannières et pancartes maison (*Arrêtez le massacre !*) se diluent dans l'abstraction. Alma s'est testée trois fois depuis son premier essai, a investi dans un second test pour s'assurer que le premier n'était pas défectueux et, juste avant que sa mère n'empaquette Ed et retourne dans l'Arizona, hier matin, elle a pris rendez-vous chez un obstréticien pour le lundi de la semaine prochaine. Pour une prise de sang. Pour être certaine, de façon incontestable, sûre à cent pour cent.

Seuls cinq passagers débarquent : deux étudiantes qui se sont occupées des renards captifs ; un archéologue qui étudie les vestiges chumash ; le botaniste qui a installé une pépinière dans le but de propager des plantes indigènes, dans l'idée de les réintroduire une fois que la centaurée du solstice et le fenouil auront disparu ou du moins que leurs nombres auront chuté ; et Tim. Il lui fait signe en montant la passerelle, amaigri, fatigué, décharné, cheveux emmêlés et obscurcissant son visage long et fin, épaules courbées sous le poids de son sac à dos surchargé. Il porte une paire de lunettes qu'elle ne l'a jamais vu porter (gros verres comme des yeux de mouche style années 1970, montures dorées). Ça fait combien de temps ? Dix jours, c'est tout. On dirait des années. Elle observe le sourire qui anime sa mâchoire et illumine son visage et puis le voici près d'elle, il se débarrasse de son sac à dos et écarte les bras pour l'enlacer. Lorsqu'elle le plaque contre elle, sent sa chaleur, les contours familiers de son corps, ses lèvres sur les siennes, elle ne réussit pas à se laisser aller à tout avouer, pas encore. Pas jusqu'à ce qu'elle lui ait fait part de sa joie dans la langue qui antécède la langue, de la chair à la chair.

« Ça alors ! lâche-t-il, s'écartant d'elle pour reprendre son sac, j'ai l'impression que je t'ai manqué. »

Lui adressant un sourire, yeux vagabonds remontant de la boue séchée des revers et genoux de son blue jeans jusqu'à la douceur soyeuse d'une barbe naissante qu'il ne portait pas la dernière fois qu'elle l'a vu, elle répond tout simplement : « Tu n'as pas idée. »

Il passe une lanière de son sac par-dessus son épaule et, main dans la main, ils se dirigent vers la promenade. « Si j'en crois les signes extérieurs, j'ai l'impression que tu veux rentrer à l'appartement dare dare et passer aux choses sérieuses. Ou préfères-tu prendre une bière d'abord ?

— D'abord une bière. »

C'est exactement comme elle se l'est représenté : le box près de la fenêtre, yeux dans les yeux, musique de fond le cédant au brouhaha des conversations. « Bonnes nouvelles, dit-il, trempant une lamelle de calamars dans une coupelle argentée d'aïoli comme s'il essayait de passer un fil dans le chas d'une aiguille. Je crois que nous sommes descendus à trois ou quatre aigles, pas plus. »

Depuis quatre jours elle répète mentalement ce qu'elle va lui dire, elle repasse une conversation imaginaire l'une après l'autre. Mais, pour l'heure, le grand moment étant arrivé, elle ne peut guère faire plus que hocher la tête et répondre « Formidable » d'une voix ténue, en retrait.

« Au début de l'année prochaine, pour l'été au plus tard… parce que pour l'instant on laisse faire jusqu'au printemps en tout cas… quand nous pourrons vérifier qui a niché ou pas, les aigles royaux auront disparu, et tu pourras lâcher les renards. » Il boit une gorgée de bière et se goinfre de calamars comme s'il revenait d'un échouage sur une île déserte et ne s'était pas rempli la panse à la marmite communautaire du campement. « Mais je te le dis, poursuit-il, agitant un morceau de calamar, bouquet de tentacules à l'extrémité de sa fourchette, ce n'est pas de la tarte là-bas. Ils deviennent de plus en plus malins. Hé, mais il y a une autre bonne nouvelle : trois joyeux aigles royaux en pleine santé sont en ce moment même en route pour les Sierras, où ils seront relâchés et un autre, un jeune dont une aile a été malheureusement endommagée dans le filet, va trouver un nouveau chez soi au zoo de Santa Barbara. »

Que répond-elle à tout ça ? « Formidable.

— Et toi ? Ta mère est encore là ?

— Elle est partie hier. Ed devait rentrer pour une espèce de tournoi de golf ou je ne sais quoi.

— Mais ça s'est bien passé, non ? Et le concert, comment était le concert ?

— Formidable. »

Il s'interrompt un moment, tend le cou pour indiquer à la serveuse de lui servir une autre bière, deux mouettes l'air plein d'espoir l'observent attentivement depuis la balustrade de l'autre côté de la grande baie vitrée, puis il se retourne vers Alma comme s'il découvrait tout à coup qu'elle était là. « Mais, au fait, tu ne bois pas ? » Et, baissant la voix pour traduire le sous-entendu sexuel, séparés depuis dix jours et leur grand lit moelleux qui les attend à la maison : « Je croyais que tu prendrais au moins un verre de vin pour fêter mon retour. Tu n'es pas contente de me revoir ? »

La réponse fuse, elle ne peut la retenir : « Je ne dois pas boire. »

Avant qu'il ait le temps de commencer à se demander pourquoi (elle observe l'étonnement brouiller ses traits), la serveuse les rejoint et leur demande s'ils sont prêts à prendre une nouvelle commande. « Firestone, c'est ça, non ? » dit-elle à Tim. Lequel fait oui de la tête. Puis, à Alma : « Un autre Diet Coke ?

— Non, répond-elle tout bas. Ça ira pour moi.

— Vous êtes prêts à passer votre commande ?

— Oui, répond Tim, adressant un sourire à la serveuse. Du moment qu'il vous reste de quoi aux cuisines. Vous n'êtes pas à court, n'est-ce pas ? »

La serveuse lui retourne son sourire. Alma doit laisser passer le temps de la commande : « Vous voulez des frites avec ou du coleslaw ? La salade maison est accompagnée de sauce ranch et la soupe du jour, c'est de la soupe aux palourdes. » Enfin, la serveuse disparaît et Tim dévisage Alma : « Sérieusement, tu arrêtes l'alcool ?

— Je suis enceinte. »

Le sourire s'estompe. Puis revient. Un grand sourire, comme s'il ne pouvait plus maîtriser ses muscles faciaux. « Quoi ? Qu'est-ce que tu dis ?

— Je suis enceinte.

— Tu blagues, c'est ça ?

— Je l'ai découvert il y a quatre jours. Quand ma mère était ici. Je n'ai pas eu mes règles mais je ne… Je n'ai pas songé à ça avant de me mettre à vomir tous les matins…

— Tu vomis ? Qu'est-ce que tu veux dire ? »

Son expression a changé, durci, au point que les pores ressortent, la peau apparaît terne et abîmée sous son hâle. Alma n'apprécie pas le regard qu'il lui lance alors, la façon qu'ont de retomber les commissures de ses lèvres pincées. Lorsqu'ils se sont rencontrés, pendant les premières semaines avant qu'il ne se décontracte en sa compagnie, il avait souvent ce regard : il avait beau être amusant, gentil, attentionné et sérieux, il restait tout de même constamment sur la réserve. A cause de son ex-femme. Crystal. Crystal, qui menait une carrière de son côté, gérait un magasin de vêtements dans lequel elle avait des parts, ne pouvait comprendre les sacrifices qu'il devait faire afin de poursuivre son travail sur le terrain, le seul qu'il comptait faire car rester assis à un bureau toute la journée ne lui convenait pas, absolument pas. *La vie de bureau, très peu pour moi*, avait-il répliqué lorsqu'ils avaient abordé le sujet lors de leur troisième ou quatrième rendez-vous. Il s'était repris, pivoine tout à coup, gêné, après s'être aperçu soudain de ce qu'il avait dit ; il avait bafouillé une excuse, espérant qu'Alma ne l'avait pas mal pris. *Je sais que certains doivent se dévouer, ce n'est pas ce que je voulais dire, mais je suis navré, et c'est ce que j'avais expliqué à Crystal, ça ne peut pas être moi. Pas pour l'instant, en tout cas. Pas jusqu'à ce que je sois vieux et infirme.*

« Ça s'appelle la nausée matinale.

— Tu es certaine ? Je veux dire… il n'y aucune chance que tu te sois trompée ? »

Ce qui reste des calamars paraît mou et gras, et il a mal au ventre. Elle avale une gorgée de Diet Coke, tend la main pour saisir celle de son compagnon, qu'il retire brusquement. Alma a une bouffée d'irritation. Il se comporte comme un gamin. Quel idiot. « J'ai fait trois fois le test, répond-elle d'une voix calme. Et j'ai rendez-vous avec une obstétricienne que Paula Mayers m'a recommandée…

— Une obstétricienne ? » Le mot tombe de sa bouche comme un juron.

« … Elle doit me faire une prise de sang pour que nous soyons sûrs. Mais je suis certaine à quatre-vingt-dix-neuf pour cent. » Et la voici qui prend encore une fois son essor, glandes grandes ouvertes, sang fusant dans ses veines sur un million d'ailes infimes : « Ou, plutôt, non : à cent pour cent. »

Il reste absolument rigide, mains serrées sur les genoux, deuxième bière intacte délaissée sur le bois ciré de la table. Versée de frais et posée là par la serveuse qui s'éloigne, la bière exhale sa carbonisation dans une délirante ruée de bulles et perd son pétillant. Tout autour d'eux, des gens mangent, bavardent, rient. Leurs voix se combinent et s'élèvent dans un rugissement étouffé qui annihile la fine vibration de la musique dispensée par des baffles invisibles. Ils se trouvent dans un restaurant. Un lieu bruyant. Il a été absent pendant dix jours, elle vient de lui annoncer la plus grande nouvelle de sa vie adulte et il ne la regarde pas. Il regarde la table. Il regarde par la fenêtre. Il regarde sa bière. « Alors ? fait-elle.

— Alors *quoi* ?

— N'as-tu rien à dire ? N'es-tu pas… (elle sombre, comme si les pieds de sa chaise fondaient et que le plancher se dérobait sous elle)… au moins *intéressé* ? Concerné ? Ou, Dieu nous en garde, *heureux* ? »

Il lui décoche un regard noir. « Heureux ? Non, je ne suis pas heureux. Seulement abasourdi. »

Elle voit son visage comme à distance, à l'autre extrémité de la salle ou même encore sur le bateau, comme si elle essayait de faire le point dessus à l'aide de jumelles. Bouche hermétiquement close. Regard terne, éteint, il plisse les yeux comme un prisonnier subissant un interrogatoire. Peut-être n'était-ce pas le bon moment, elle aurait sans doute dû attendre qu'ils soient rentrés à l'appartement… mais non, c'est de leur vie qu'elle parle, de l'avenir de leur vie commune, Tim doit le comprendre, il doit se réveiller et lâcher du lest, lui répondre, se connecter, l'intégrer, lui prendre la main et lui dire qu'il l'aime. « Nous allons devoir nous marier, dit-elle, poussant le bouchon, incapable de s'en empêcher.

— Est-ce une demande en mariage ? Parce que si c'est le cas, ne suis-je pas celui qui est censé la faire ? N'est-ce pas dans l'autre sens que ça fonctionne ? » Il tend la main vers sa bière mais s'arrête en chemin. « Qu'est-ce qui ne va pas dans la façon dont on fonctionne à l'heure actuelle ?

— Tout, rétorque-t-elle, furibonde tout à coup. Je ne veux pas que notre fils… ou notre fille, j'espère que ce sera une fille, vraiment, je l'espère de tout mon cœur, je ne veux pas qu'elle grandisse avec ce genre de stigmate. Laisse-moi te dire que ça été dur de grandir sans père.

— N'ai-je pas mon mot à dire dans cette histoire ? Je n'ai pas plus tôt mis pied à terre que tu m'annonces ça, de but en blanc, toute cette merde, du genre “c'est à prendre ou à laisser”. Moi, je ne veux pas d'enfants, je n'en ai jamais voulu. Je croyais que tu l'avais compris. Je croyais que tu n'arrêtais pas de pester contre le fait que nous étions sept milliards d'humains sur cette planète. » Il lui lance un regard revêche, monte dans les aigus, moqueur : « En 2011, cette terre portera sept milliards d'habitants, or les ressources sont épuisées et nous sommes tous voués à la perdition. Ce n'est pas ce que tu nous serines à longueur de journée ? Ou bien je me trompe ? Hein ? »

Elle l'ignore. « Sauf que c'est arrivé. C'est un fait. C'est la vie. Je suis enceinte.

— Débarrasse-t'en ! » Et de se lever en prenant appui sur la table. Il gesticule pour attirer l'attention de la serveuse. La salle de restaurant s'élève puis retombe, la serveuse fond sur lui, le visage si luisant et lumineux qu'on dirait le gros fanal ballonné d'une locomotive fusant vers un déraillement certain. Il dit : « Annulez ma commande, apportez-moi l'addition, s'il vous plaît. » Il ne reste plus trace en lui de l'homme qu'Alma connaît, aucun mot de réconfort, aucune considération, aucun amour. A cet instant-là, avant même qu'il ne jette sur la table deux billets de vingt dollars et ne sorte de la salle sans ajouter un mot, sans se retourner pour vérifier si elle le suit ou même si elle est encore en vie, elle n'éprouve aucun sentiment à son égard, pas le moindre.

Quatre mois plus tard, dans la morosité descendante de février, quand chaque jour qui passe enveloppé de brume devient la déprimante réplique de la veille, que les fenêtres du bureau sont tellement grises et opaques qu'on dirait des découpages en carton, rien n'est encore résolu. On ne remarque encore rien, du moins les autres ne remarquent rien, elle empile les couches de vêtements les unes sur les autres (chemisiers amples, chandails épais), les gens croient que c'est à cause du froid, parce que c'est l'hiver. Ses seins sont tendres ; une bande de peau gonflée et tendue qui avance juste sous son nombril lui rappelle le renflement du ventre de *Boiga irregularis* juste après son repas, et la moitié du temps elle a l'impression de faire l'expérience d'un dédoublement, comme si elle flottait au-dessus de son corps, tel un cerf-volant dans la brise, mais personne n'est au courant hormis sa mère, le Dr Chandrasoma et Tim. Or Tim n'est pas là. Tim est parti en décembre, il a accepté une mission de six mois plus au nord, dans les îles Farallon, pour recenser, entre autres, les guillemots, les cormorans, les macareux de Cassin qui arpentent déjà le terrain où ils nicheront au printemps. Il n'a pas eu le choix s'il voulait voir la couleur d'une fiche de paie, a-t-il prétexté, partagé entre la honte, la culpabilité, la colère et le soulagement. Et puis c'était l'occasion de faire quelque chose en hiver.

Et elle ? Et le bébé ?

Je t'appellerai, avait-il prétendu sans conviction. *Je viendrai une fois par mois. Ou toutes les cinq semaines. Quand ce sera mon tour de revenir sur le continent.*

Quant à leur éventuel mariage ? A un engagement quelconque ? Et son amour, son soutien, son empathie, son amitié même ? Tout ça était en standby. Indéfiniment.

Le fameux soir, ils s'étaient disputés en rentrant de Ventura (pendant trente minutes qui parurent trente heures). En remontant l'allée de leur immeuble, ils ne se parlaient plus. Tim franchit le seuil, jeta son sac à dos dans l'entrée et s'enferma dans la salle de bains. Alma entendit le bruit sourd de son blue jeans plein de boue séchée quand il le jeta sur le carrelage ; le soupir de la porte en verre fumé sur ses gonds abrasés puis le sifflement rauque et le crépitement de la douche. Tim se débarrassa de la poussière de l'île, fit couler l'eau jusqu'à ce qu'elle refroidisse, il se purifia – de quoi ? S'il croyait qu'elle allait simplement se parfumer derrière les oreilles, enfiler un déshabillé transparent et lui donner ce qu'il attendait comme si rien ne s'était passé, il se trompait. Elle était tellement énervée qu'elle en tremblait, elle tremblait littéralement quand elle se prépara une infusion pour se calmer, et puis pourquoi pas une ou deux biscottes tartinées de la pâte au chocolat dont elle avait toujours envie mais qu'elle se refusait pour garder la ligne : cela n'avait plus d'importance désormais, n'est-ce pas ? Elle posa la théière sur le feu avec un geste brusque, coude cinétique, poignet craquant méchamment. Pourquoi la vie était-elle un tel combat ? *Pourquoi ?*

La tisane était trop chaude mais elle la but tout de même, tout en continuant d'écouter le sifflement exaspérant de la douche et en se rappelant qu'elle n'avait pas mangé parce qu'il l'avait privée de repas, il avait fait une scène, joué au crétin. Quel con. Un petit connard qui refusait de grandir, qui n'était pas un homme et ne le serait jamais. Au bout d'un quart d'heure (il ne se douchait pas, il faisait couler tout le Réservoir de Cachuma dans l'océan via les égouts !), elle se leva de table, passa son sac à main sur l'épaule et descendit la rue : elle alla à la Pizza Giancarlo se payer une margharita et une salade. Giancarlo papillonna autour d'elle, trop délicat pour s'enquérir de Tim ou lui demander pourquoi elle mangeait seule ; elle prit un verre de chianti, un seul, c'est tout. Sur le chemin du retour, elle se sentit mieux, un tantinet mieux. Tim avait réagi de façon mesquine et blessante, il était inexcusable, mais tout s'était passé si vite qu'il n'avait pas eu le temps de s'en remettre, de réfléchir à la question, de penser à elle, à ce qu'elle ressentait. Il finirait par entendre raison, elle en était persuadée. Elle devait simplement lui donner sa chance. C'était son homme. Le père de l'enfant qui grandissait en elle. Elle l'aimait. Il l'aimait. Elle en était sûre.

Elle accéléra le pas, imagina Tim dans la salle de bains embuée, sortant de la douche, ses muscles aguerris par le travail en plein air et pas un gramme de gras, le reflet brillant de gouttes d'eau prises dans les poils autour de ses tétons, dégouttant de son menton, de ses cils humides. Les lumières des boutiques et des restaurants étaient suspendues dans un doux nimbe de brume. Les membres blancs des eucalyptus surgissaient des ombres à l'improviste. Des voitures passaient par là. Un joggeur remonta la rue sur le trottoir d'en face, son avancée était soyeuse, silencieuse. Alma palpita à nouveau, bras accompagnant énergiquement sa marche, talons résonnant sur le trottoir. Quand elle arriva à la porte de l'appartement, clefs en main, elle songeait à une réconciliation et, après la réconciliation, à la séduction (dix jours sans sexe !), au déshabillé fourré au fond de son tiroir à sous-vêtements.

Elle fit tourner la clef dans la serrure, la porte s'ouvrit en grand. Elle ne remarqua pas que Tim avait rangé son sac à dos ou, plutôt, que son sac à dos n'était plus là, jusqu'à ce qu'elle l'ait appelé et qu'il ne lui ait pas répondu. Il y avait deux serviettes mouillées en boule dans la salle de bains. La porte du placard était ouverte et les bottes de Tim couvertes de boue trônaient, mises de côté, sur un tas de linge sale. Alma ne vit pas sa chemise préférée, celle qu'elle lui avait offerte (noire, brodée de fleurs tropicales en grands traits jaunes lumineux), pas plus que la veste avec laquelle il aimait l'assortir. Pas plus que ses Converse rouges.

Elle ne se coucha pas avant minuit, après avoir regardé un film sans le voir. Il ne rentra pas. Ni ce soir-là ni le lendemain, et elle s'interdit de l'appeler sur son portable, de lui procurer cette satisfaction. Qu'il aille se faire voir ! Il pouvait bien dépérir et crever, elle s'en fichait. Elle vaqua à ses occupations comme s'il n'existait pas, garda son sang-froid avec Alicia, resta indifférente aux manifestants, alla au travail et en revint comme en transe, fit la cuisine pour une seule personne, se perdit dans la musique de Micah Stroud et s'abasourdit avec des téléfilms abêtissants. En rentrant chez elle le troisième soir, elle s'aperçut que Tim était passé (ses bottes avaient disparu et été remplacées par ses Converse, et il avait emporté son linge sale) mais il ne rentra pas davantage ce soir-là. Alma appela sa mère car elle devait absolument parler à quelqu'un, et sa mère, dont la voix était accompagnée par le tintement arythmique de glaçons contre le rebord d'un verre, passa une heure et demie arrosée à la vodka à dénigrer Tim, son caractère, son physique, son éducation et son intelligence, ne réussissant ainsi qu'à ouvrir chez sa fille un gouffre tel qu'elle aurait pu y verser toute l'île de Santa Cruz. Enfin, le cinquième jour, elle découvrit sur la porte du réfrigérateur une note glissée sous un magnet en forme de renard : *Je suis désolé*, avait-il écrit, *je sais que j'ai tort mais je ne peux pas m'empêcher de ressentir ce que je ressens. Je ne suis pas prêt pour ce que tu proposes*. Et il avait signé (il aurait pu s'en passer) : *Désolé, Tim.*

Le lendemain, il était là quand elle rentra à l'appartement, il y avait des fleurs sur la table, il lui avait préparé un repas mais ils allèrent droit au lit, ils ne tenaient plus en place, il dit qu'il l'aimait mais il continua de garder ses distances et, le lendemain il repartit. Ils parlèrent quantité de fois de la situation, de vive voix ou au téléphone. Elle déclara qu'elle aurait l'enfant quoi qu'il décide ; quant à lui, il n'avait pas l'intention de se laisser enfermer et certainement pas de céder à un ultimatum. En fin de compte, il la contraignit à prendre un rendez-vous au planning familial : *sept milliards d'humains*, répétait-il sans cesse, *sept milliards !* Il l'y accompagna, s'entretint avec la conseillère et tenta de contraindre Alma à fixer un jour pour l'intervention. Elle comprenait son point de vue, elle était même d'accord avec lui mais son corps s'y opposait. Novembre passa. Tim s'était installé chez un ami en centre-ville. Tous les quelques jours elle le trouvait chez elle quand elle rentrait du bureau, et ils faisaient l'amour en désespoir de cause mais l'acte était triste, solitaire, mécanique et tous deux restaient en retrait, pleins de ressentiment, de colère, en guerre l'un contre l'autre, jusqu'à ce qu'il finisse par annoncer qu'il partait pour les îles Farallon et qu'elle reste seule à faire ce qu'elle devait faire.

Maintenant, c'est février, elle est malade tous les matins, son corps se métamorphose un peu plus chaque jour pour accueillir le fœtus qui croît en elle ; au bureau, personne ne sait rien. Elle est allée sur l'île trois fois depuis le Nouvel An, deux fois avec Annabelle et une fois avec Fred Sampson, le biologiste de U.C.S.B. qui supervise le programme d'élevage des renards en captivité. Elle doit se tenir à l'arrière du bateau et rendre son petit déjeuner à la mer ? Qu'à cela ne tienne : il est bien connu que le détroit est agité l'hiver, c'est de notoriété publique. La bonne nouvelle, c'est que les renards se portent comme des charmes. Les six premiers couples, capturés et mis en cage en 2002, ont produit cinq renardeaux, dont trois n'ont été relâchés que pour succomber aux aigles royaux. Quelques mois après, trois autres ont été relâchés qui, s'ajoutant aux deux qui avaient été maintenus en captivité et aux six couples d'origine, leur ont procuré dix couples producteurs. En tout, jusqu'à maintenant, quatre ans plus tard, ils ont produit quatre-vingt-huit petits, très contents d'augmenter leur nombre tant qu'ils ont suffisamment de bonnes nourritures pour renards : baies cueillies à la main, souris prises au piège du jour ou œufs de cailles, sans aucune serre ou aile qui leur fonde dessus. Avec le départ de tous les aigles royaux ou presque, et le rétablissement des pygargues à tête blanche, il semble qu'on pourra relâcher les renards au printemps. Quant aux cochons sauvages, Frazier et ses chasseurs (douze, flanqués d'un contingent svelte et fureteur de deux douzaines de chiens enthousiastes) râtissent systématiquement les six zones, bien en avance sur le planning.

La Saint-Valentin tombe un mardi : Alma la célèbre seule en compagnie d'un plat du chinois d'à côté et de son ordinateur portable surchargé de travail qu'elle a apporté du bureau ; elle ne pense pas à Tim, non, absolument pas, même quand le téléphone sonne à neuf heures dix et qu'elle se lève d'un bond du canapé pour répondre dès la deuxième sonnerie : mais ce n'est que sa mère, qui se demande si elle a encore des nausées. Le vendredi, elle doit partir du travail plus tôt pour se rendre à son rendez-vous mensuel avec le Dr Chandrasoma. (« Tout est normal, aucune inquiétude à avoir. ») Le lendemain matin, au lever du soleil, elle prend la voiture pour se rendre à Ventura sous un squelette de couverture nuageuse et un soleil bas et incertain : elle va prendre le bateau qui l'emmènera sur l'île, où elle va passer trois jours à arpenter les clôtures et à suivre Frazier dans ses rondes. En tant qu'observatrice, rien qu'observatrice. Afin de se rendre compte en personne, de vérifier l'avancement des choses, de voir ce qu'on ressent quand on paie quelqu'un d'autre pour appuyer sur la gâchette.

C'est le genre de journée où le temps pourrait pencher d'un côté comme de l'autre. Elle s'est levée et est partie avant la livraison du journal, de sorte qu'elle n'a pas entendu la météo – non que ça ait la moindre importance, puisqu'elle prendra le bateau de toute façon, qu'il pleuve comme vache qui pisse ou qu'il fasse un grand soleil importé tout droit de Guam. Elle n'a pas encore vomi, voilà quelque chose de positif, mais il faut dire qu'elle n'a encore rien avalé non plus. Au volant, elle scrute l'océan, les îles qui apparaissent et disparaissent alternativement à travers le pare-brise maculé de poussière, des moutons jusqu'à l'horizon. La traversée sera rude, quel que soit le temps. Et elle vomira. Quoi de neuf sous le soleil ?

Annabelle l'attend au parking : pieds sur le tableau de bord de sa Mini bicolore, elle sirote un thé à l'indienne de chez Starbucks tout en feuilletant un journal. Elle lève les yeux quand Alma se gare à côté, expression neutre (elle n'a sans doute pas mis ses lentilles) jusqu'à ce qu'elle la reconnaisse, lui adresse un petit signe avec deux doigts, et sorte de sa voiture. « Parée ? » s'enquit-elle, souriant déjà à la fenêtre tandis qu'Alma ôte sa ceinture de sécurité et se retourne pour extraire son sac à dos du siège arrière.

Se remémorant mentalement la liste des choses qu'elle a emportées, elle ressent les premières bouffées de l'excitation dont elle est toujours la proie quand elle a l'occasion d'abandonner son bureau et de retourner sur le terrain, sa vraie passion. Tim a le droit de ne pas partager cette opinion. Mais Tim n'a pas passé trois ans à Guam. « Ouais, répond-elle, émergeant de sa voiture, soupesant le sac à dos dans une main tandis que, de l'autre, elle claque la portière. Il me semble tout avoir. Crois-tu qu'on aura de la pluie ? »

Baissant une épaule pour régler la sangle, Annabelle fait une grimace avant de se redresser et de se cambrer pour réajuster le poids. Elle porte une tenue de campagne : veste marron et pantalon assorti qui a l'air d'avoir été pris sur un mannequin de Banana Republic, des chaussures de marche à trois cents dollars, un bandana rouge et un bonnet en paille, marron comme la veste. « Je ne parierais pas sur le contraire », répond-elle, alors que toutes deux se retournent en même temps pour fermer à distance leurs voitures respectives avant de se diriger vers le bateau, heureuses de ne voir aucun manifestant à l'horizon.

« Tiens, où sont tous nos petits camarades ? se demande Alma à haute voix. A la messe ? »

Longues jambes fines, grandes enjambées, cheveux rassemblés en une queue de cheval sautillante qui s'étale sur le haut de son sac à dos High Sierra rouge sucette, Annabelle adresse un sourire à sa compagne parce qu'elles sont bien sur la même longueur d'ondes, égalité des chances. « C'est samedi.

— D'accord. Je suppose qu'ils dorment pour récupérer de leur cuite du vendredi soir. A quelle heure te levais-tu le samedi quand tu étais à la fac ?

— Oh, je ne sais pas trop… dix heures ?

— Plutôt midi, non ?

— Midi ? Ou peut-être… une heure ? Voire deux ? Est-ce qu'on propose "deux" à ma droite ? »

C'est amusant, très amusant, à sept heures et quart par une matinée de février quand il fait dix degrés : le parfum réfrigéré de l'océan remonte de l'eau et la perspective de trois journées sur l'île devant elle, trois jours sans appart, sans supermarché, sans bureau, sans voiture. En descendant la passerelle, elles rient. Ou, plus exactement, elle gloussent : des lycéennes en sortie scolaire.

Le bateau du Parc national est imposant, pas de doute là-dessus mais il est beaucoup plus petit que l'*Islander* et loin d'être aussi stable. Au début, Alma s'assoit à la table de la cabine centrale avec Annabelle et les trois étudiantes qui vont relayer les trois autres qui depuis quinze jours s'occupent des renards en cage pour un salaire mininum et une équivalence à la fac mais la cabine lui paraît trop exiguë, trop chauffée et elle doit regagner la poupe, en plein vent, jusqu'à ce que la nausée disparaisse. Il fait froid. Le ciel, qui, plus tôt, semblait si prometteur, est en train de se couvrir. Des dauphins nagent dans leur sillage, chevauchent les vagues, sautent en l'air puis se remettent à filer dans l'eau. Au loin, un couple de baleines à bosse (à moins que ce soient des baleines bleues ?) émettent leurs jets d'eau verticaux, bêtes sauvages dans un lieu sauvage, le continent s'estompe rapidement et les vagues frappent lugubrement la coque comme si le bateau avait été tiré au milieu du détroit dans le seul but de les intercepter. Au bout d'un moment, Alma doit choisir entre la nausée et mourir de froid, de sorte qu'elle doit rentrer se rasseoir à la table, raide comme un piquet, regard rivé sur l'horizon, se forçant à ne penser qu'à des ponts, des bateaux et à la mer jusqu'à ce qu'elle entende les moteurs décélérer et voie peu à peu se matérialiser le long quai sombre de Prisoners.

Frazier les attend dans la Toyota Land Cuiser dont une bonne âme a fait don au Conservatoire et ils s'enfournent tous dedans pour la course de cinq kilomètres jusqu'à la ferme principale, où ils déposent Annabelle. Les autres restent assises dans la voiture, au milieu de la piste, moteur à l'arrêt, quand elle met son sac à l'épaule, avant de se pencher à la fenêtre du chauffeur, amenant son joli et pâle minois dans l'orbite du visage de Frazier cloqué par le soleil. Comme si elle voulait comparer la taille de leurs chapeaux. Mais non : ils s'embrassent. Et ce n'est pas un simple rituel de bienvenue entre deux collègues bien intentionnés, pas un bécot sur la joue comme ça, en passant, ou une salutation nonchalamment affectueuse, cela ressemble beaucoup plus au baiser ardent de deux amants qui se séparent. Et comme si cela n'était pas assez gênant, les passagères doivent toutes rester assises pendant soixante secondes supplémentaires que s'accorde Frazier pour observer la démarche chaloupée d'Annabelle lorsqu'elle traverse toute la longueur de la cour avant de pénétrer dans la pénombre des chênes jusqu'à l'endroit où elle séjournera dans l'une des pièces bien aérées, proprettes et bien aménagées dans ce qui fut le dortoir d'une exploitation agricole avant sa conversion en une sorte de bed and breakfast style ranch californien des premiers temps, destiné aux principaux donateurs du Conservatoire. Ensuite, Frazier passe la vitesse et ils parcourent les cinq cents mètres de piste défoncée qui restent jusqu'au campement, où les pièces ne sont pas aussi aérées, pas aussi proprettes et pas aussi bien aménagées, où elles dérouleront toutes leurs sacs de couchage et tenteront de se délimiter un espace privé au milieu d'un laborieux foutoir.

Tourbillon d'étreintes, bribes de commérages, bonjours tronqués et adieux haletants lorsque les filles aux renards se passent la main et qu'Alma pénètre dans une petite pièce à l'arrière dotée d'un matelas usé mais bienvenu, posé sur un chassis de fortune, pour marquer son territoire avant que quiconque le fasse avant elle. Elle est penchée au-dessus du lit, elle lisse son sac de couchage et remplace l'oreiller suspect (qui sait depuis combien de temps il est là et à quoi il a servi ?) lorsqu'elle s'aperçoit qu'elle n'est pas seule. Se retournant, elle avise Frazier debout dans l'encadrement de la porte. Il a passé sa tenue tout-terrain : short long kaki, chemise assortie, chapeau à pointe en feutre avec une paire de défenses de cochon sauvage jaunies glissée sous le bandeau en cuir, des godillots et des guêtres en Gore-Tex pour préserver ses chaussettes des vulpins. Les guêtres, notamment, sont nécessaires sur l'île : Alma en a d'ailleurs apporté une paire, ayant appris sur le terrain qu'on ne peut guère avancer avec une demi-douzaine de cosses acérées comme des aiguilles transperçant les chaussettes et pénétrant dans la peau, et si le vulpin n'est pas le parfait exemple d'adaptation par dissémination, alors elle se demande ce qui peut l'être. Les tiques des chevreuils, peut-être ? Mais il n'y a pas de tiques des chevreuils sur l'île, car il n'y a pas de chevreuils pour les héberger. « Eh bien ? » demande Frazier, sourire prenant comme du foin dans lequel on lance une allumette et virant à une mimique qui n'est plus un sourire mais une sorte de rictus à la néo-zélandaise, un rictus de dingue, fendant le bas du visage d'une oreille à l'autre. « Vous allez y passer toute la journée ou vous voulez assister à la chasse aux cochons sauvages ? »

Le sommet d'El Tigre se trouve à environ cinq kilomètres au sud du campement, à quatre cent cinquante-deux mètres au-dessus du niveau de la mer, sous une paroi fuselée de pics érodés dont des portions se détachent et plongent dans le sillon de la gorge des Saules à l'ouest. On se trouve donc là trois cents mètres plus bas que le point culminant de l'île, Diablo Peak, de l'autre côté de la vallée centrale au nord-ouest, et un peu moins de cent mètres plus bas que le sommet d'El Montanon, quinze kilomètres à l'est, qui représente le plus haut point de la crête de partage entre le Parc national et les domaines du Conservatoire. La pente n'en est pas moins raide et, bien qu'un semblant de piste défoncée tout en lacets s'éloigne en zigzaguant de la ferme, le véhicule des Island Healers, une camionnette dont la cabine ne peut abriter que deux personnes et dont le volant est du mauvais côté, ne les emmènera pas au-delà d'un certain point. Surtout en cette saison, en hiver, puisqu'une succession de tempêtes qui ont déferlé du large a tout emporté à l'exception des rochers, de sorte qu'on dirait que la piste a été bombardée. A maintes reprises. Après un plongeon particulièrement vertigineux dans un cratère dégobillant puis une montée en épingles à cheveux jusqu'à déboucher sur l'autre versant, Frazier donne un grand coup de volant à gauche, immobilise le véhicule sur le bas-côté et coupe le moteur. « On continue à pied », déclare-t-il, ouvrant sa portière et sautant du véhicule pour aller planter ses godillots dans la boue. Son sourire semble encore plus épanoui, comme si tout ça n'était qu'une vaste plaisanterie dont la victime serait Alma, qui, mettant pied à terre de l'autre côté, ne peut s'empêcher de songer qu'il a déjà bu. Jetant un coup d'œil à sa montre, elle s'aperçoit qu'il n'est pas encore midi.

L'air est chargé d'humidité, la brise froide. Le soleil de tout à l'heure a disparu et, même si elle n'est pas du genre à prendre des paris, si elle en avait l'occasion, Alma miserait tout son avoir sur la probabilité (non : la *certitude*) qu'il va pleuvoir. « Je suis là pour ça, dit-elle, passant sur l'épaule la bandoulière de son sac à dos et lui retournant son sourire. Ça me fait de l'exercice. » A la différence d'Annabelle, qui a décliné avec un sourire hypocrite, prétextant qu'elle avait trop à faire à la ferme pour aller salir ses bottes dans les collines : travail administratif, comptes, problèmes d'entretien – *Vous voyez, les choses barbantes. Les pires.* Et puis, à cause de Tim, parce qu'elle ne fait que penser à lui, qu'elle ne peut se le sortir de la tête, elle ajoute : « Le bureau, ce n'est pas pour moi, voyez-vous. »

Frazier s'abstient de répondre. Il parle dans l'émetteur-récepteur qu'il a à la ceinture, il bavarde en néo-zélandais avec l'un de ses deux chasseurs partis en éclaireurs et qui, apparemment, ont repéré une cible. « D'ac, dit-il, d'ac », et il s'engage sur la montée, étonnamment leste pour un homme qui semble prendre ses aises en toute circonstance sans un souci au monde ; comment Alma a-t-elle pu ne pas voir le fusil qu'il a réussi à son insu à passer sur son épaule ? Elle observe l'arme, la crosse luisante, le cercle sombre et lustré de la gâchette, le tube mortel du canon. Soudain, elle prend conscience que c'est son outil de travail, qu'il le pratique autant que son portable, la boîte à vitesses de sa Toyota, le tire-bouchon qu'il a toujours sur lui, pendu à son trousseau de clefs. Pourquoi devrait-elle s'en étonner ?

Pourquoi devrait-il capter son attention ? L'électriser ? Parce que, de sa vie, elle n'a jamais tiré un seul coup de feu, n'a même jamais touché une arme, or voici ce fusil que Frazier utilise avec une aisance parfaite, simple question de routine, passé sur son dos comme si c'était la chose la plus naturelle du monde, comme s'il ne s'agissait pas de planter à une vitesse grand V dans des créatures vivantes des ronds cerclés de cuivre, comme s'il ne s'agissait pas de chasser, de tuer.

« Non, crie-t-il dans l'émetteur, suivez-les si vous pensez que vous pouvez leur tirer dessus. Nous sommes tout près. » Il jette un coup d'œil dans son dos et voit qu'Alma court pour le suivre. « Je ne pense pas qu'Alma voudra tirer elle-même ! » Pieds barattant, glaise jaillissant de ses talons, il appuie sur le bouton pour obtenir la réponse craquetante, affirmation néo-zélandaise ténue et quasi incompréhensible arrachée à l'éther. Alma l'entend respirer, air avalé en brefs halètements bronchitiques. Ils se hâtent, sautent des mares, contournent des rochers, ce qui reste de la piste empilant les tournants et ça monte, toujours plus haut. « Ça va, Alma ? »

Elle ne dispose ni du temps ni du souffle pour répondre. Elle sourit pour bien montrer qu'elle est toujours partante, qu'elle se concentre sur la marche, s'efforce de le suivre même si le combat est inégal car il a les jambes tellement plus longues. Elle observe le fusil, elle observe son chapeau, ses épaules et la façon dont les muscles de ses mollets gonflent et relâchent les liens de ses guêtres, elle le suit à vive allure sur la piste, jusqu'à un endroit où une sente que lui seul voit descend à droite abruptement en coupant à travers le chaparral. Alma lui emboîte encore le pas, fonce droit dans les broussailles, agrippe des branches pour garder l'équilibre, sans quitter des yeux ses pieds pour éviter les trous et ne pas se tordre une cheville. Ils dévalent la pente de biais, sur cent, deux cents mètres, puis Frazier oblique encore à droite, suivant toujours la pente et tout à coup Alma se sent plus légère, elle se sent bien, vivante, éprouve un sentiment de plénitude pour la première fois depuis des semaines, profite du panorama, des odeurs, du glorieux verdoiement rampant et humide de la flore, qui se dresse sous leurs pas et alentour en un tissage continu de vert grisâtre et de jaune vif en pleine floraison qui lui monte jusqu'à la taille et plus haut encore.

Elle marche le plus vite possible, hors piste, lorsqu'il se met à pleuvoir. D'abord sous la forme d'un doux bruissement sur le chaparral, comme si les feuilles venaient à la vie l'une après l'autre, partout sur la colline, puis la pluie commence à tomber dru et Alma entend alors son clapotement insistant sur la visière de sa casquette, sent la froideur de son toucher sur ses mains, ses genoux nus, sur sa nuque. Soudain, tout embaume la sauge, une rapide et saine libération de son parfum extrait du flanc incliné et mouillé par la violence de l'averse. En contrebas, ce qu'ils voient du fond de la gorge semble s'épaissir, s'estompe, se brouille. Alma se demande pourquoi on appelle cette colline El Tigre alors qu'il n'y a manifestement pas de tigre dans les parages, pas même des tigres à dents de sabre de l'ère du mammouth pygmée, du moins n'en a-t-on jamais découverts sous forme de fossiles. Il n'y avait même pas de lynx ou de félins de quelque sorte que ce fût. Mais c'est peut-être une question de perception : et si la formation rocheuse, vue d'en dessous, suggérait un gros félin couché sur le côté ? A moins que, autrefois, du temps de la ferme, un *vacero* venu du sud du Mexique où les jaguars sortaient la nuit pour se repaître des chiens des villages ait acquis ce surnom parce qu'il avait assouvi sa vengeance sur eux avant de venir à Santa Cruz garder les moutons sur ces collines. Peut-être est-il mort sur l'île ? Dans un accident, un glissement de terrain, englué dans une glaise semblable à celle d'aujourd'hui ?

Nul autre bruit que le murmure de la pluie, des feuilles et des branches qui cèdent tandis qu'ils se fraient un chemin à travers le chaparral, en quête du passage de moindre résistance. Les cuisses d'Alma sont zébrées d'écorchures et ses avant-bras saigneraient aussi s'ils n'étaient protégés par les manches de son sweatshirt qui à chaque pas s'alourdit, devient plus dense. Car elle transpire. Cherche son souffle. Elle n'est pas en forme parce qu'elle est enceinte, parce qu'elle a grossi, parce que, le soir, elle est fatiguée, et qu'elle passe ses journées assise à son bureau au lieu de sortir faire des balades comme avant avec Tim. Elle sursaute quand une caille fuse quasiment sous ses pieds, déploie ses ailes et s'éloigne dans le sens du vent : du coup, elle cède encore un mètre ou deux à Frazier, qui en avait déjà dix d'avance. Elle voudrait lui crier de ralentir mais son orgueil la retient.

C'est alors, au moment où elle près d'abandonner et de céder encore davantage de terrain, que la gorge apparaît dans un concert de glapissements frénétiques. Le chahut, croissant en une série d'aboiements furibonds qui finit par s'aplanir en un hurlement extatique à gorges déployées, semble venir d'en bas, là où la crête s'affaisse en un enchevêtrement de courbes et de déclivités. Frazier jette un coup d'œil en arrière et puis le voilà parti, il plonge dans la direction du raffut. Sans prendre le temps de réfléchir, Alma se lance à sa poursuite. Brusquement, la végétation l'assaille en bouffées aveugles, des buissons surgissent pour lui flageller les côtes, agrippent ses pieds, la poussent de côté, mais rien ne l'arrête. La frénésie des chiens l'enflamme et il n'est plus question de seulement suivre son guide, son équilibre est parfait, sans cesse ses semelles font mouche tandis qu'elle repousse les branches comme montées sur des ressorts, et saute de rocher en rocher comme une gymnaste, finissant par rattraper Frazier lorsque celui-ci fait une pause, mains sur les hanches, pour contempler une chute de plus de cent mètres. Les chiens, très près maintenant, aboient toujours. Prenant la position accroupie des chasseurs, Frazier avance sur la crête jusqu'à ce qu'il trouve ce qu'il cherchait : une cascade débridée de rochers entre lesquels coule une eau décolorée. Sans hésiter, avec l'appui des deux mains, il tend les jambes en avant et dévale la pente sur les fesses. Immédiatement, Alma le suit dans l'eau, une descente de plus de cent mètres et un saut pour finir, paumes meurtries, mollets douloureux, attendant le signal de son guide. « Où sont-ils ? » demande-t-elle, à bout de souffle, lui tirant le bras en se remettant debout tant bien que mal.

Il n'a pas le temps de lui répondre que trois détonations retentissent coup sur coup, bruits ténus, grognons et pressés comme quand on fait claquer une serviette mouillée. Les coups de fusil font taire les chiens pendant un instant où tout reste en suspens et puis les aboiements repartent de plus belle, les chiens aboient, grondent jusqu'à ce que le coup de feu final, le quatrième, brise brutalement le tintamarre, leur impose le silence. Alma lance un coup d'œil à Frazier. Il penche la tête d'un côté, à l'affût, son fusil, son arme à la main, et avant qu'elle reconnaisse le furtif trottinement de sabots approchant, la serviette résonne encore à ses oreilles et la chose sombre qui, surgissant de sa cache dans les buissons, fonce sur eux, a chu, morte comme si elle était là depuis toujours, échangée par la savante ruse d'un magicien contre le cochon sauvage qu'elle était l'instant d'avant.

Alma sent l'odeur du fusil, de la pluie, du sang, et puis les chiens déboulent, deux des fameux bull arabs australiens de Frazier, épaules en action, tête large, grosse truffe, lueur meurtrière dans le regard. Ils surgissent des buissons et tombent sur la bête, sur le cochon sauvage, un imposant cochon sauvage aux défenses blanches toutes striées, jusqu'à ce que Frazier leur crient d'arrêter et s'avance pour donner le coup de grâce avec le pistolet qu'il porte dans un étui à la hanche. Une autre détonation et les chiens s'assoient sur leur croupe. Alma entend alors des voix, des accents néo-zélandais, qui montent d'en bas. « Tu l'as eu, Fraze ?

— Je ne manque jamais mon coup, crie-t-il. Mais vous, les gars, vous vous relâchez. S'il avait échappé, il aurait été drôlement dur à traquer ensuite. »

La rebuffade reste suspendue entre eux pendant un instant, et puis l'une des voix remonte le vallon, une voix qu'Alma reconnaît : celle de Clive Hyndman, un blond de vingt-six ans au nez qui pèle en permanence et de si belles jambes qu'il aurait pu être mannequin et faire la pub pour son short kaki. « On a eu la truie et trois pourceaux. On savait même pas que le vieux était là jusqu'à ce qu'il se mette à remonter le versant. »

Les mains en coupe devant la bouche, Frazier réplique de loin : « Pas de lézard, mon gars. Tant qu'il n'a pas échappé. Bon, maintenant, c'est vous qui montez ou moi qui descends ? »

Alma les entend gravir la pente, frottements, bruissements accompagnés par le fracas de pierres qui roulent sous leurs semelles. Poils plaqués par la sueur et la pluie, les chiens s'accroupissent, se désintéressant totalement du cochon sauvage : c'est le cochon sauvage vivant qui les stimule, le cochon sauvage aux abois, la bête mystérieuse qui décampe au son de leurs voix unies, qui ne s'arrête pas jusqu'à ce qu'ils l'aient encoigné et que le tireur apparaisse pour donner le coup de grâce. Alma voudrait bien s'asseoir sur le rocher le plus proche, jambes vidées de vie, engourdies, trop faibles pour la soutenir, mais au lieu de cela elle se retrouve debout devant la carcasse comme d'avoir tant voulu qu'elle se matérialise. Elle est plus volumineuse qu'elle l'aurait cru, énorme en fait, cent cinquante ou deux cents kilos, fourrure, tachetée et hirsute, d'un chien de berger plus qu'à l'image du pelage lisse et brossé des cochons domestiques qu'elle voyait dans les villages de Guam. Le premier coup tiré par Frazier, avec son fusil, avait sectionné la carotide : un jet de sang brillant, dessinant un arc de cercle gonflé d'oxygène, avait jailli de la blessure jusqu'à ce que le cœur ait cessé de battre et que le flot se soit tari comme le jet interrompu d'un tuyau d'arrosage. Maintenant, le sang ombre la carcasse, noir comme du pétrole, comme si l'animal avait trébuché et était tombé dans une mare.

La pluie remue le dense enchevêtrement de la toison, tombe en silence dans les yeux au regard vide et aveugle : la délicatesse des cils, les plis au coin des yeux, le marron chocolat profond et riche des iris. Indifférente au rivetage de la pluie, Alma se plie en deux pour mieux voir. Les sabots la fascinent. Elle n'en a jamais vu d'aussi près : tellement adaptés à leur fonction, souliers intégrés lustrés et assombris par l'humidité, aussi imperméables que du plastique. Et les oreilles, la façon dont les oreilles demeurent dressées, comme les oreilles d'un berger allemand, afin de collecter et concentrer les bruits qui ne nous arrivent, à nous, humains, que de manière périphérique. Les épaules massives, l'arrondi net des hanches, la queue comme une cravache. Cette bête sauvage, cette créature parfaite. Alma sent un immense chagrin se coaguler dans sa glotte, le chagrin de l'existence, et si elle avait pu ramener l'animal à la vie, l'intégrer à un autre écosystème auquel il aurait été adapté et dans lequel il aurait pu se développer et vivre son temps, elle l'aurait fait.

Frazier arrive par derrière. « Cinq de moins, déclare-t-il, mais encore des centaines à zigouiller. »

Elle se contente de dodeliner de la tête. « Il est, hum (elle se sent idiote avant même que les mots sortent de sa bouche), propre. Sain, je veux dire… Un beau spécimen.

— Ça oui, répond Frazier en avançant pour tapoter la carcasse avec la pointe de son godillot. Dans la fleur de l'âge, aucun doute là-dessus. Il a dû passer son temps à faire des tas de petits pourceaux. Mais vous voyez ça ? (Il titille les mâchoires avec le bout de son godillot.) Ces crocs ? Avec ces choses-là, il pouvait déchirer les tripes d'un chien en un clin d'œil, pas d'erreur. Féroce, la bête. Et on voyait que, quand il a foncé sur nous, ses intentions n'étaient pas charitables. »

Frazier a raison. Bien sûr qu'il a raison. Ces animaux doivent être éliminés et si on prend le temps de les considérer comme des individus, on est cuit. Combien de glands auront à présent la chance de germer et de devenir des arbres pour fournir de l'ombre à ces lieux, attraper les lambeaux de brume dans leurs branches évasées parce que ce cochon sauvage ne sera plus là à leurs pieds pour les dévorer ? *Cinq de moins. Encore des centaines à zigouiller.*

C'est à ce moment-là que Clive émerge des profondeurs du chaparral, son compagnon plus petit mais tout aussi costaud et bronzé le talonnant de près, tiré par deux autres chiens en laisse. Les deux jeunes hommes portent une tenue identique : short, poncho, guêtres, chapeau à large bord. Tous deux ont un fusil de la même marque et du même calibre que celui de Frazier. « Jésus, quelle journée ! braille Clive de sa voix à la fois rauque et haut perchée qui lui donne l'air d'être perpétuellement enroué. Je dis qu'on a eu de la chance d'avoir ceux qu'on a eus parce que ces bêtes sont pas connes… Quand il pleut comme ça, elles se terrent toutes bien au chaud quelque part. » Sur quoi, comme s'il venait tout juste d'apercevoir Alma, il touche le bord trempé de son chapeau et lance : « Hé, Alma. Belle journée, non ? »

L'autre chasseur (qui ne croise pas son regard, pas encore) relâche les chiens en laisse pour qu'ils puissent rejoindre leurs congénères en une brève démonstration de coups d'épaules et de queues tout excitées. « C'est un beau trophée, ça, Fraze, déclare-t-il, faisant un signe du menton en direction du cochon sauvage. J'aurais bien aimé que tu me le laisses.

— Alma voudra peut-être garder les défenses en souvenir ? dit Clive, adressant à la jeune femme un regard de biais.

— Sûr », répond l'autre chasseur et, cette fois, il lève les yeux et l'on ne peut se tromper sur le sens de son regard, à ce jeune homme vigoureux lâché dans la brousse loin de la compagnie des femmes, il l'a déjà dépossédée de tous ses vêtements, il a déjà pansé ses écorchures et l'a déjà lavée de toute boue, d'un simple clin d'œil. « Mais, comme elle doit le savoir, ça veut dire couper la tête, l'enterrer et la laisser sous terre pendant deux semaines, pour que les scarabées et les vers puissent faire leur besogne. Essayez de les retirer sans ça et vous verrez qu'elles se casseront à chaque coup. » Il regarde l'animal mort avant de revenir à elle. « Moi, c'est A.P., au fait, Arthur Peter. Je ne crois pas que nous ayons eu le plaisir… »

Saisissant la main qu'il tend alors, aussi fraîche et mouillée que la sienne, elle répond tout bas : « Moi, c'est Alma. Enchantée. Mais peut-être, compte tenu des efforts déployés, devrions-nous laisser celui-là aux corbeaux ? » Et elle se tourne vers Frazier, non pas par besoin d'une quelconque protection, non pas parce que la situation est gênante et qu'elle sent le désir irradier telle une aura d'A.P. à Clive et vice versa, mais parce qu'elle se sent bien ou mieux, en tout cas, et ne tient pas à s'effondrer devant eux, refuse de montrer le moindre signe de faiblesse face au meurtre, à l'agonie et à la mort qu'ils prennent tellement à la légère. La mort nécessaire. La mort qu'elle a ordonnée. En qualité de patronne et de responsable de l'opération. « D'accord, Frazier ? fait-elle, hissant sa voix dans des tonalités enjouées et décontractées.

— D'ac. Mais, et c'est toujours un problème quand on commence ce genre de chose, il va falloir moduler de façon artificielle la population de corbeaux, vous le savez, n'est-ce pas ? Et personne ne saurait dire l'effet que cela aura, disons, sur le geai de Santa Cruz, le lézard à flancs maculés ou toute autre espèce que vous tentez de préserver.

— D'accord, dit A.P., pépiant comme d'habitude et s'agenouillant devant la carcasse. Laissez-moi lui faire du bouche-à-bouche pour vérifier si je peux le ranimer... »

Ils restent debout dans la pluie, sans protection, dans un vallon sauvage d'une île au large de la côte Pacifique des Etats-Unis, sur laquelle il ne peut y avoir plus de vingt personnes en ce moment, glosant sur les effets en cascade du retrait artificiel d'une espèce en faveur d'une autre. Au cours des nombreuses années qu'elle a passées à la bibliothèque, à son bureau, au dortoir à rédiger des dissertations et à rêver à la vie en plein air, elle n'aurait pas pu imaginer ceci. Mais c'est bien. Elle devine que c'est ce qu'il est juste de faire. Ignorant A.P., elle dit : « Bien sûr, j'en suis consciente. Procurer ces ressources aux corbeaux générera une augmentation exponentielle de leur nombre et, une fois que les carcasses auront disparu, ils souffriront de la faim et mourront, mais pas avant d'avoir chapardé dans tous les nids de l'île et attaqué tout ce qui bouge... C'est un risque que nous devons prendre. C'est la raison pour laquelle nous sommes ici, non ? »

Frazier hôche la tête. « Je voulais juste le signaler », dit-il. Avant d'ajouter, pour que les choses soient claires : « Aucune inquiétude à se faire. »

Un chien geint. La pluie, qui avait faibli, reprend de plus belle. A.P., qui ne s'est pas relevé, continue de faire le clown : « Non, personne ne le ramènera à la vie. » Et Clive, mains le long du corps, une fontaine sautant d'un pli dans le bord de son chapeau, conclut : « Ce que je ne comprends pas, d'un point de vue écologique, c'est pourquoi nous ne cherchons pas à nous mettre à l'abri de cette pluie. »

Sous le dais d'une bâche en plastique bleu vif que Frazier a lestée à l'aide de pierres sur la saillie au-dessus d'eux et attachée à la cime d'un arbre à bois dur qui, les racines dans le ravin, monte vers eux, leur auberge espagnole penche du côté viande séchée, barres énergétiques et fruits secs, même si chacun des hommes sort un sandwich enveloppé dans du papier aluminium et si Alma a apporté une demi-douzaine de sandwiches fromage-légumes qu'elle a préparés dans sa cuisine avant l'aube précisément pour ce genre d'occasion. Ils ont allumé un feu, pour lequel elle leur est reconnaissante car elle grelotte, elle a mis son sweat-shirt trempé sur un bâton pour qu'il sèche ou du moins relâche un peu d'humidité – non, elle ne va se soucier de l'interdiction formelle de faire des feux en plein air dans l'île, pas aujourd'hui, pas avec ce foutoir. Quand Frazier fait passer sa fiole, Alma applique ses lèvres sur le goulot en métal froid et, comme les autres, avale une gorgée qui lui réchauffe la gorge puis enflamme la mare acide de son estomac, feu contre feu. A partir de là, il sera absorbé par son sang, d'où il remontera pour aller masser les centres du plaisir de son cerveau et plonger tout en bas pour fouetter l'embryon qui croît en elle, sa fille, sa fille qui ferait bien d'apprendre à le supporter, à s'aguerrir, voilà ce qu'elle pense à ce moment-là. Une gorgée. Un demi-shot. Quel mal à ça ?

« A quoi penses-tu, Alma ? demande Frazier en se penchant pour remuer les braises.

— Je ne sais pas. A rien, je suppose.

— Une autre gorgée ?

— Non », répond-elle en repoussant d'un geste la fiole offerte. Mais elle sent un sourire éclairer ses lèvres. « Oh et puis si, au diable l'avarice… pourquoi pas ? » Une autre gorgée, une autre brûlure. Elle se sent intrépide, épanouie, d'humeur à fêter ça – de tempérament sanguin : n'est-ce pas ce qu'on dit ? Frazier ne devrait-il pas imbiber un mouchoir du sang du cochon sauvage et lui en tamponner le front ?

« Ça, c'est la bonne attitude, Miss », dit A.P., à qui elle tend la fiole, consciente désormais non plus seulement du type de regard qu'il pose sur elle mais de quelque chose d'autre aussi, une note de déférence sous la plaisanterie, comme s'il se forçait, comme si, malgré l'éphémère illusion de solidarité, lui-même,

Clive et jusqu'à Frazier ne pouvaient oublier que c'est elle qui signe les chèques.

La pluie tombe plus dru encore, si c'est possible. Les quatre chiens, trempés et puants, se sont pelotonnés contre eux en toute promiscuité. Le cochon sauvage mort, tas hirsute et enflé sombrant dans ses propres fluides, quoique tout près, est le seul à ne pas être invité aux réjouissances alors que, d'un certain point de vue, c'est l'invité d'honneur. Il fait froid. Alma se rapproche du feu.

Pendant un long moment, personne ne dit mot, chacun, plongé dans ses pensées, écoute la pluie, le feu, ressent l'élan de vie animale qui palpite autour d'eux : la vie sauvage progresse à chaque instant, jour après jour. En ce lieu même, qu'ils soient présents pour en prendre note ou pas. Le cognac lui est monté à la tête. Elle frissonne encore et se penche en avant pour récupérer son sweatshirt.

« Alors, qu'est-ce que vous en dites ? » demande Clive, iodlant presque. Il les prend tous au dépourvu. « On arrête tout pour aujourd'hui ? Ça ne vaut pas vraiment la peine d'insister avec ce temps pourri. On ne verra pas un autre sanglier de toute la journée, je vous le garantis. »

A.P. la regarde, elle, d'abord, puis Frazier, pour voir comment est accueillie la proposition de son collègue, avant de se frotter les mains, de baisser la tête et d'en convenir. « Non, dit-il, on n'en verra plus. »

Jambes allongées devant lui, Frazier, sourire en place, la laisse décider. « Qu'en dites-vous, Alma… vous en avez assez vu ? »

Elle n'a pas le temps de répondre (elle imagine déjà un bon feu dans la grande pièce lambrissée du campement, elle ressent déjà la chaleur sèche et nourrissante de son corps douché et talqué, enveloppé, serré, dans un sac de couchage) qu'il se passe deux choses. La première, c'est l'apparition fugace, à l'extrémité du promontoire fait de terre et de roche sur lequel ils sont installés, d'une paire de truffes labiles et de quatre yeux ébahis ; la seconde, c'est l'éruption des chiens dans une turbulence de membres cinglants et d'aboiements déchaînés. En un clin d'œil, ils disparaissent tous, toute la smala, les cochons sauvages de passage (deux, c'est ça ? De taille moyenne : des marcassins ?) et les quatre chiens. Frazier se lève, jurant.

« Ah, merde », crache A.P. sans bouger pour autant. Pas plus que Clive. « Je te l'avais dit… (à Clive), on aurait dû attacher les chiens.

— Mais qui aurait cru… ces foutus cochons sauvages qui viennent jusqu'à nous comme s'ils venaient chercher leur pâtée à l'heure du repas !

— Ah, merde », répète A.P.

Les aboiements, les hurlements s'estompent déjà dans la descente lorsque Frazier, qui n'a pas fait un geste pour endosser son sac ou prendre le fusil appuyé contre, éteint le feu, sépare les tisons enflammés et répand de la terre sur les charbons. « Alors, fait-il, jetant un regard furieux à Clive d'abord puis à A.P., quand est-ce que vous vous levez, bande de nuls, pour suivre ces clebs ? »

A contrecœur, avec une raideur exagérée, ils se lèvent. Ils prennent l'air de pauvres employés exploités, furieux, piqués par le reproche : ils ne veulent pas carapater sous la pluie, personne n'en a envie, ils attendaient qu'Alma intervienne et dise : *Ouais, c'est assez pour aujourd'hui, rentrons*. Or, maintenant, ça n'arrivera plus. Ils doivent suivre les chiens car les chiens sont déjà sur les traces des bêtes et on ne peut pas les laisser courir seuls dans les collines.

« Alma ? » Frazier l'observe en remuant encore les restes du feu enveloppé par un voile de fumée vagabond qui ne s'agrippe un instant à ses jambes que pour se dissiper le suivant et se reformer derechef : « Vous êtes partante ? Ou je peux vous ramener, si vous préférez ? »

Que lui répondre ? *Remmenez-moi*, comme une secrétaire cachant qu'elle est enceinte, comme une bonne femme, ou bien va-t-elle enfiler son sweatshirt humide, son poncho en plastique et endosser son sac comme les mecs ? « Ça ira », répond-elle. Ils replient donc la bâche, la rangent, écrasent les braises et descendent dans la gorge à la suite de Clive et d'A.P., pluie sur la tête, boue sous les pieds.

Elle ne vérifie pas l'heure, elle est trop fatiguée pour ça, trop éreintée pour ne fût-ce que lever le poignet, retrousser la manche mouillée de son sweatshirt et jeter un coup d'œil à sa montre, mais elle a l'impression qu'ils marchent depuis des lustres. Descendant péniblement une déclivité pour remonter la suivante, le monde trempé comme il dut l'être lorsque les continents ont émergé des eaux bouillonnantes et rien en vue que des mamelons, des collines, des chaparrals, des cours d'eau, des ruisseaux, des rus et des cascades, Alma comprend qu'ils ne retrouveront pas les cochons sauvages, pas aujourd'hui. Il est même possible qu'ils ne retrouvent pas les chiens. Ou la piste. Ou la camionnette, à plus forte raison. Les chasseurs sont là-bas quelque part, Clive et A.P., ils avancent comme des machines, comme des pistons ils montent et descendent, montent et descendent. Alors qu'elle est coincée à l'arrière avec Frazier, qui (elle n'en est que trop consciente) traîne à cause d'elle, se fraie un chemin avec précaution, muet, sourire évanoui, perdu dans ses propres pensées. Ils longent l'arête, plus bas, beaucoup plus bas, si bas qu'elle aperçoit les sources et les eaux brunes, serpentines de la rivière des Saules et entend son rugissement dévié tandis qu'elle caracole jusqu'à la mer, eau s'empilant sur l'eau, lorsqu'elle distingue quelque chose en contrebas. Un mouvement. Un éclat de couleur. Ce ne peut être Clive ou A.P. Ce ne peut être les chiens. Ou les cochons sauvages. Quelque cochon sauvage que ce soit. Parce que la couleur (ça bouge, oui, manifestement, ça bouge) n'est pas la bonne couleur. La couleur… Elle appelle Frazier pour lui demander de s'arrêter, pose son sac par terre et sort ses jumelles de la poche de côté… Couleur chair.

« *Crotalus viridis* »

LE BATEAU N'EST PAS LÀ CAR WILSON A PRIS PEUR à l'approche des garde-côtes, qui, venant s'accoler au *Paladin*, lui ont intimé à l'aide d'un porte-voix de lever l'ancre et de quitter les lieux, l'île et ses parages étant fermés aux visiteurs pour une période indéterminée, de sorte que Wilson n'ayant pas le choix, contrit, avait décidé de repartir vers Ventura et de faire demi-tour à la tombée de la nuit, mais LaJoy ignore tout ça. Tout ce qu'il sait, c'est que les choses ont merdé et qu'il a sur les bras une morte, trois apprentis saboteurs en hypothermie et une reporter grelottante, muette et très remontée contre lui. Hormis quoi, trempés jusqu'aux os, par une température d'environ quatre degrés, sous une pluie intermittente, ils crèveront ici, tous, s'ils ne trouvent pas un abri et n'allument pas un feu même si c'est risqué : ce dont ils ont besoin, c'est de Wilson et du bateau, du chauffage dans la cabine et d'une tasse de café bouillant ou de soupe en sachet, n'importe quoi pour combattre le froid.

« Dave, *Dave.* » Quelqu'un l'appelle dans l'obscurité, un visage suspendu aux contours tracés par la plus succincte des lumières qui filtre sous les nuages de la côte encore lointaine : il sort donc de l'eau, écume sifflant à ses chevilles. Il reconnaît Josh. « Ecoute, Dave (Josh peine à articuler tant il grelotte), nous devons faire un feu, nous sommes tous frigorifiés.

— Non, rétorque LaJoy tout aussi frigorifié. C'est trop risqué.

— Ouais, bon, risqué ou pas, les filles ramassent du bois et Suzanne a des allumettes, le genre qui s'allument en toute circonstance, dans une sorte de boîte à pilules en plastique si bien qu'elles sont restées au sec. Nous allons faire un feu, un feu de joie… Ça pourra être un signal. Pour Wilson. » Josh éternue alors, lève à son visage une main vaporeuse. « Et il est où, au fait ?

— Non, attendez. Donnez-moi encore quelques minutes. Il va venir.

— Et après ?

— Après, nous montons à bord et nous nous séchons, nous nous réchauffons.

— Et Kelly ?

— Nous l'emmenons avec nous. »

La voix de Josh lui revient, dure, furieuse, au bord de la rupture. « Elle ne se réchauffera pas. Plus jamais. »

LaJoy a du mal à se retenir, il essaie de contrôler ses émotions, de garder son sang-froid : c'est lui, après tout, qui est dans le pétrin, c'est lui qui portera toute la responsabilité de l'affaire et, d'ailleurs, depuis une heure, il se demande comment il va pouvoir s'en sortir. Ils pourraient prétendre qu'elle est tombée du bateau mais il a vu *Les Experts* : elle a de l'eau douce dans les poumons, pas de l'eau salée. Ou alors ils étaient partis en excursion à West Anacapa, et elle a glissé et fait la culbute sur le flanc de la colline, jusque dans une mare d'eau de pluie, une grosse mare, profonde, un étang, en fait, et quand ils étaient arrivés… Mais *quid* de Toni Walsh ? Toni Walsh ne va pas prendre de risques. Toni Walsh tient son histoire et son histoire va le confondre, aucun doute là-dessus. *Attitude irresponsable. Hors-la-loi. Imprudent. Décès d'une jeune fille, pour quoi ?* En fin de compte, il répond : « Nous n'y pouvons rien. C'était… (il sait qu'il emploie un ton totalement artificiel) la malchance.

— La malchance ? Nous parlons de Kelly. Elle est morte, vous ne comprenez pas ? » Dans l'obscurité, plus loin, il entend les autres qui ramassent du bois et parlent doucement, pieds bruissant dans le sable. Les vagues frappent un coup et se retirent.

L'odeur de pourriture dans l'air. « Nous devons contacter la police, déclare Josh, gorge serrée, voix chevrotante comme si on était en train de l'étrangler. Nous devons appeler la police. Les policiers viendront… ils s'occuperont d'elle, du corps… Il faut les contacter avec la radio du bateau. »

LaJoy ne répond pas. Il ne proteste pas lorsque Suzanne, avec des morceaux de journaux qu'elle a conservés dans un sac en plastique pour les maintenir au sec et ses allumettes de secours qu'elle évente et sur lesquels elle souffle de toutes ses forces, réussit à transformer une infime flammèche en une flambée puis en un feu de joie qui consume tout ce qu'ils trouvent à jeter dessus, sec ou mouillé. Il se tient avec eux aussi près du feu que possible, frottant sa poitrine avec les bras, tournant sur lui-même pour se sécher partout, réchauffer la seule chose qui compte. Lorsque le bateau se pointe enfin, lorsque le léger bourdonnement soutenu du moteur se fait entendre par-dessus le retentissant bruit de succion et le rugissement des brisants, lorsque les phares du bateau percent le néant, LaJoy n'est même pas le premier à l'apercevoir. C'est Cammy qui le voit la première. Et Cammy s'exclame : « Il est là ! Wilson ! Il est là ! »

Comme un seul homme ils s'éloignent du feu et se précipitent à la frange de l'eau pour observer les lumières qui viennent se mettre en place, écouter le crissement métallique de la chaîne de l'ancre qui se déroule, le bruit mat de l'ancre qui touche le sol puis, l'instant d'après, le claquement étouffé du canot pneumatique qui heurte l'eau. Ils imaginent Wilson (Wilson qui ignore tout, heureux Wilson) qui descend dans le canot, tire sur la corde du moteur, vient les sortir de cette pétaudière, les enveloppe dans des couvertures, les ramène chez eux, lorsqu'un cri retentit sur la grève. Une voix d'homme, brute, vociférant, la voix de l'autorité et du châtiment : « Qui va là ? Qui est-ce ? » Ensuite, quatre silhouettes se détachent de la nuit, des chiens, des shorts, des cirés, des chapeaux de chasse, des fusils. « Personne ne bouge ! »

S'ensuit un moment chaotique, les chiens viennent les renifler, les hommes armés se déploient en éventail comme dans une parodie de manœuvre militaire, Cammy et Suzanne se contorsionnent et tapent dans leurs mains, s'exclament « A l'aide ! Nous avons besoin d'aide ! », victimes adolescentes d'un film d'épouvante, le feu rugit, l'océan cogne, la plainte toujours plus proche du moteur du canot pneumatique perce tout ça comme une lame fine et affûtée et, c'est stupéfiant (*Comment est-elle au courant ?*), Alma Boyd Takesue passe des ombres à la lumière, le pire des sourires, triomphal, dédaigneux, haineux et impitoyable scotché sur sa face de fend-la-bise bridée. LaJoy ne saisit pas tout d'un seul coup. Voici donc les chasseurs, les tueurs de cochons sauvages importés de Nouvelle-Zélande, comme s'il n'y avait pas assez de tueurs en Amérique ! Et leurs chiens. Et là, cette femme, cette naine aux cheveux bruns, avec son sourire méprisant, ses guêtres maculées de boue et son sweatshirt en accordéon, c'est leur patronne, le bourreau en chef venu s'assurer en personne que le sang coulait vite et bien. Alma. Alma Boyd Takesue.

« Que croyez-vous donc faire ici ? » veut savoir, *exige* de savoir l'homme au milieu, le gros bras au chapeau à pointe, fusil à l'épaule, main rôdant près du pistolet à sa ceinture, celui qui leur a beuglé dessus à quinze mètres de distance comme un gars du G.I.A. (pourquoi ne pas filer la métaphore si elle est adaptée ?).

Josh prend un air penaud, Cammy refoule ses larmes, Suzanne tend les paumes et se précipite vers ce salaud, comme s'il représentait l'autorité, répétant d'une voix geignarde, infantile et chantante ce qu'elle vient de communiquer, « Nous avons besoin d'aide », alors que Toni Walsh se plante dans le sable, laisse retomber ses épaules et tente d'allumer une cigarette. De sorte que LaJoy se doit de répondre. Que répond-il ? Il rétorque : « Qui êtes-vous pour nous donner des ordres ? »

L'homme avance d'un pas, si bien qu'il ne reste bientôt plus qu'une dizaine de mètres entre eux. A la lueur du feu, ses yeux brillent d'une lueur sauvage et froide. « Je suis l'homme armé ici », réplique-t-il. Il marque ensuite un silence pour bien laisser pénétrer dans les esprits cette vérité, son agressivité, la menace implicite, l'arrogance glacée, tandis que son regard passe de visage en visage, prenant son temps, avant de revenir se poser sur LaJoy. « Et vous êtes les intrus. Pire, des vandales. Vous interférez avec...

— Conneries. Vous n'avez aucune autorité ici. » Il fait une volte-face furieuse afin de pointer un doigt tremblant sur Alma. « Pas plus que vous, *Docteur* Takesue. On n'est même pas sur une propriété du Parc national. »

Le canot pneumatique a accosté maintenant et Wilson, yeux écarquillés, passant une main interloquée dans ses cheveux, pénètre dans le halo de lumière dispensé par le feu. « Bordel, gémit-il comme à part soi, qu'est-ce qui se passe ici, merde ? » Puis, s'adressant au malabar, au tueur, la grande gueule qui a passé des défenses de cochon sauvage dans le bandeau de son chapeau comme un crétin d'aborigène (pourquoi pas se les passer dans les narines pendant qu'il y est ! pense LaJoy. Ce serait plus approprié !) : « Qui vous êtes, vous ? »

Alma les ignore et se tourne vers le malabar. « Appelez les garde-côtes et les rangers.

— Quoi ! rétorque LaJoy. Le ranger Rick à la rescousse ? Encore ? » Il n'en croit pas ses oreilles. « Je vous l'ai déjà dit, vous n'avez aucune autorité ici. Aucune. Zéro. Que dalle. Et vous (fouillant du regard le fort en gueule), si vous voulez donner des ordres, faites donc voir votre insigne. Où il est, hein ? Vous n'êtes même pas citoyen américain. Vous êtes simplement un mercenaire, un nul qui a autant de respect pour la vie que...

— La ferme, fait l'homme et, maintenant, il a l'arme, le pistolet, à la main.

— Je vous arrête selon le principe de l'arrestation citoyenne en vigueur aux Etats-Unis d'Amérique, lance Alma, lèvres pincées, regard dur balayant la compagnie. Jusqu'à ce que les représentants de l'ordre public arrivent et que nous puissions... »

C'est Suzanne qui l'interrompt. Renversant la tête en arrière, elle se met à hurler, déversant tout l'abattement, toute la frustration, toute l'horreur de la journée écoulée en une fusillade bouleversante d'impuissance et de rage. « Vous ne comprenez donc rien ? Il y a eu un accident ! » crie-t-elle, épaules écrasées par le fardeau, muscles faciaux tendus au point qu'on pourrait croire qu'elle porte un moulage en latex de son visage. « Quelqu'un, une fille, elle, elle…

— Elle est morte. » Cigarette aux lèvres, Toni Walsh finit par joindre sa voix à la cacophonie. Elle s'est avancée discrètement pour venir à côté de LaJoy, voûtée, mèches de cheveux saumon comme stratifiées sur le côté du cou juste au-dessus de son patch anti-mal de mer. Elle adresse à son guide un regard plein d'impatience, pire : de haine, de condamnation. Puis elle s'adresse à Alma. « Vous allez devoir appeler le *coroner.* »

La nuit est comme la première nuit que l'île a jamais connue, calme, enveloppante, baignée de silence à l'exception des assauts réguliers des vagues, le ciel bas, relâchant son humidité, féconde et nourricière. Nuit sauvage. Nuit à part. Nuit sur l'île. Ils ont tous contemplé la forme immobile enveloppée dans le tube du poncho, telle une nymphe dans sa chrysalide, une nymphe qui n'émergera jamais, la mort étant descendue parmi eux pour les calmer. Wilson fait passer une thermos de café chaud trop chargé en sucre, la radio du malabar craquette à ses lèvres, les gens ne refluent dans les ténèbres que pour émerger à nouveau avec des longueurs torturées de bois flotté qu'ils jettent dans le feu. Dix minutes se sont écoulées. Les chasseurs, presque humains, ont partagé leurs barres énergétiques et leur viande séchée avec Cammy et Suzanne, dont les muscles de la mastiquation fonctionnent goulûment à la lueur du feu malgré le choc qu'elles ont reçu et le chagrin qu'elles éprouvent, et, alors que le Dr Alma et le malabar se tiennent à l'écart avec leur radio, LaJoy réunit Wilson et Josh de l'autre côté du feu, là où on ne pourra les entendre car depuis le début son esprit fuse, comme sa fureur, sa rage, retenues pour le moment, le moment de décider, de s'extraire, ils doivent se casser de là, merde, avant que les garde-côtes rappliquent et au diable les conséquences !

« Je m'en moque, dit-il, crache-t-il, ils peuvent bien me fusiller si ça leur chante. Qu'ils osent. Je vous le dis, ils n'ont aucun droit de nous retenir ici. » Il donne un méchant coup de pied dans le sable. « C'est du kidnapping, vous me comprenez ? Détenir quelqu'un de force. Vous savez ce qu'un tribunal ferait à ces guignols ? »

Wilson, avec une très légère intonation latino : « Mais ça paraît mal barré. Qui aurait pu dire ? Cette fille, Kelly, Kelly, c'est ça, hein ? Celle avec le badge A.P.T.E.A. ?

— Ouais, ça craint. » LaJoy fixe l'obscurité au loin. « Non, pire que ça. C'est un désastre. Une tragédie. On le ressent tous, non ? Et c'est notre problème, hein, Josh, tu me suis ? C'est à nous tous de régler l'affaire. Un accident, rien de plus. Nous faisions une randonnée et il y a eu un accident. »

Josh s'abstient de répondre. Mais il est bien là, compact, luisant, visage doux, huilé à la lueur du feu, le dur amenuisé. Le truc, c'est : peut-on compter sur lui ?

« Vous savez ce qu'on va faire ? On va emmener Kelly à Cottage Hospital, voilà ce qu'on va faire. Elle est morte des suites d'un accident, c'est la faute à personne. Et ce qu'on faisait ici aujourd'hui ne regarde personne, je me trompe ? »

Le feu craque et siffle. La fumée, un drap mortuaire puant et mort, prend d'assaut leurs visages puis fait volte-face pour s'enfuir sur la brise. Au bout d'un moment, à voix basse, Wilson dit : « Je suis avec toi, mec. Nous n'avons pas à écouter ces *pendejos*… qui ils sont de toute façon, hein ?

— Exactement. »

Sur quoi, ils passent à l'action, Wilson, Josh et LaJoy, à l'abri du vent jusqu'au feu, ils traversent la mince bande de sable jusqu'à l'endroit où le corps repose enveloppé dans son sombre suaire plissé. Ils le – la – prennent en poids, LaJoy à l'avant, Josh au milieu, Wilson aux pieds, le poids est hallucinant, tellement concentré, énorme, mais ils réussissent à parcourir ainsi toute la longueur de la plage, à atteindre le canot avant qu'un chasseur ne crie « Hé, qu'est-ce que vous faites ? » et que tout le monde ne s'en mêle, y compris les chiens.

Soudain, ses bottes mouillées le sont encore plus, il patauge dans ses chaussettes, les vagues écument autour de ses mollets. Il est difficile de garder prise, difficile de voir ce qu'on fait, le fond en caoutchouc noir du canot pneumatique est comme un trou dans la terre – comme une tombe, voilà ce qu'il se dit – mais pas un instant il n'hésite. « Qu'est-ce que vous croyez faire ? » renchérit le chasseur mais tous trois, à nouveau trempés de la tête aux pieds, l'ignorent, déposent leur fardeau au fond du canot et, en même temps, Wilson saisit la corde et tire l'embarcation jusqu'à l'eau.

Ce n'est pas une affaire de raison, de réflexion ou de débat. Il est foutu, il est dans la mouise jusqu'au cou et, quand l'un d'eux lui pose la main sur l'épaule, il le repousse avec une violence telle qu'il titube pour pouvoir garder l'équilibre. « Me touche pas, connard ! » lâche-t-il d'une voix basse et étale car il est prêt à tout désormais, au-delà des menaces, des calculs – en réalité, il s'en fiche. « Qu'est-ce que vous allez faire ? Me tirer dessus ? Vas-y, fils de pute. Parce que c'est notre problème, c'est notre… (il hésite, il voudrait dire "camarade" mais se ravise)… amie. Kelly. Et nous allons faire ce que nous avions l'intention de faire avant que… (il tend vivement le bras, désignant Alma)… que vos voyous, vos mercenaires arrivent.

— Vous n'avez pas le droit de… ! » crache Alma qui va jusqu'à faire un pas dans sa direction, vers les vagues mais, quelle que soit l'interdiction, elle ne semble pas trouver le terme adéquat.

« Qu'est-ce qu'on n'a pas le droit de faire ? rétorque-t-il, hurlant, hors de lui. Vivre, respirer, sauver la vie d'animaux innocents, monter dans notre bateau avec le cadavre d'une fille que vous n'avez jamais rencontrée ? Quoi, quitter votre putain d'île ? »

Ils l'entourent, silhouettes dans le noir, le feu danse derrière eux. Les vagues sont comme de la glace. Le canot encore retenu par la corde tendue érafle le sable, mais bientôt Josh le lance à l'eau. LaJoy ne prend pas la peine de préciser *Osez* ou de répéter qu'ils n'ont aucune autorité car, à ce point, il ne ferait que gaspiller sa salive. « Monte dans le canot, Josh, ordonne-t-il. Qui m'aime me suive. »

Les vagues aspirent tout. Il a maintenant de l'eau jusqu'aux cuisses. « Cammy ? crie-t-il aux ténèbres. Suzanne ? Vous venez ? » Il laisse passer un instant, deux. « Alors, d'accord, annonce-t-il, c'est votre choix. Nous, on se casse. »

Et lorsqu'un chasseur, il n'arrive pas à distinguer lequel dans l'obscurité, vient à lui, ce fils de pute plus que prêt à en découdre, cette parodie d'être humain aveugle, crétin, pathétique qui se mêle de ce qui ne le regarde pas, qui le fait tomber à terre dans les vagues au point que tous deux sont bientôt trempés jusqu'aux os, au moment crucial où l'un des deux va devoir lâcher prise ou se noyer, il se libère, se hisse sur le rebord du canot pneumatique et donne un coup de pied dans la boule blanche restée dans l'eau, la tête de l'homme, avec toute la force qu'il va piocher jusque dans la moindre particule de haine qu'il peut réquisitionner. Les autres le maudissent. Il les maudit en retour. « Allez-y, tirez ! hurle-t-il. Allez-y ! » Puis le moteur démarre, le canot vire sur lui-même et l'océan arrive pour lui ôter son fardeau.

La libération est de courte durée. Ils n'ont pas plus tôt démarré qu'une fois de plus ils ont des ennuis. Après l'orage, l'océan est démonté, le canot soulevé, assailli par les brisants et un vent furieux souffle de nulle part pour les ramener vers la grève, les éloigner des lumières du bateau. La côte est noire, l'eau plus noire encore. Les parages sont parsemés de rochers, d'écueils, de chenaux où les courants peuvent vous aspirer et vous renverser en un clin d'œil. LaJoy le sait et Wilson le sait. Wilson se bat avec la barre, le moteur force et produit un geignement aigu et continu : ils sont comme morts dans l'eau. L'une après l'autre, les minutes s'étirent puis cassent net jusqu'à ce que, enfin, ils avancent contre le vent et que les lumières du *Paladin* se stabilisent à l'horizon, avant de se mettre à foncer sur eux. Aucun des trois hommes ne dit mot, bien que LaJoy bouille de colère, à deux doigts de pousser Wilson de côté pour prendre la barre et, quand ils parviennent au bateau, quand enfin ils l'accostent, le canot refuse de se frotter à la poupe et le *Paladin* se lève et retombe toujours au mauvais moment, de sorte que LaJoy finit par avoir les nerfs complètement à vif et c'est tout juste s'ils réussissent à hisser Kelly sur le pont et à arrimer le canot sans se tuer.

Tout tourne mal. LaJoy veut absolument filer avant l'arrivée des garde-côtes mais comment va-t-il les éviter dans le détroit ou, *a fortiori*, dans la marina, où il ne fait aucun doute qu'ils seront attendus de pied ferme ? Comment ? Il l'ignore… mais, n'arrête-t-il pas de se dire, il n'a rien fait de mal. Une fille meurt, c'est tragique, certes, au milieu de nulle part, mais il rapporte son cadavre, n'est-ce pas exactement ce qu'on est censé faire ? On ne reste pas planté là, les mains dans les poches, à écouter Alma Boyd Takesue, on sort le cadavre de l'eau et on l'emmène le plus vite possible à l'hôpital pour que les médecins puissent confirmer le décès et prendre le relais. Peut-être, après tout, serait-il bon qu'ils croisent les garde-côtes. Absolument. Dès qu'ils seront en mer, il devra lancer un S.O.S. Tout doit être officiel. Il faut agir selon les règles. Montrer qu'ils n'essaient pas de dissimuler quoi que ce soit, qu'ils aient pénétré illégalement ou pas sur l'île, car tout ce qui compte, c'est procurer à cette fille l'accès à des soins médicaux… non ? Mais pourquoi parle-t-il tout seul ? Pourquoi n'ont-ils pas encore levé l'ancre ? Pourquoi n'est-il pas à la barre ? Pourquoi, bordel de merde, n'ont-ils pas démarré ?

Tous trois sont trempés, voilà la raison, ils grelottent, se tapent les uns contre les autres comme des zombies en se précipitant dans la cabine, ils ôtent leurs habits mouillés et fouillent dans le casier à la recherche de vêtements chauds, une couverture, un sweatshirt, un short, des chaussettes, un K-way tellement taché d'huile qu'il en est transparent. Ils ont les traits tirés. Chacun évite de croiser le regard des autres. La cabine n'a jamais parue si exiguë et inadéquate. « Nous devons partir, répète-t-il sans cesse mais il semble incapable de s'empêcher de frissonner. Ils ont poussé le chauffage électrique à fond. Wilson est déjà au fourneau, il fait bouillir de l'eau pour un thé. « Ou du chocolat chaud, mec, qu'est-ce que tu préfères ? Josh ? Dave ? »

Mais voilà que, enfin, il ne peut s'être écoulé plus de dix minutes, quinze au plus, LaJoy se retrouve à la barre, ils ont levé l'ancre et il pointe la proue du bateau vers le large. Tout vacille, les vagues les heurtent sur le flanc, puis ils se retrouvent poupe au vent et se dirigent vers l'est, longent la côte atramentaire de l'île, rien devant eux et rien derrière, pas même la lueur du feu. Une modeste chaleur commence à suinter d'en dessous. Il a enfilé des vêtements secs, un chandail sur une chemise en flannelle boutonnée jusqu'au cou mais ses cheveux encore humides refroidissent sa nuque comme la main d'une morte, la main de Kelly. Au bout d'un moment, l'arôme du chocolat chaud grimpe l'escalier et il déglutit à son insu, conscient soudain d'être affamé. L'instant d'après, Wilson et Josh viennent le rejoindre au poste de pilotage ; il se retrouve avec un mug de chocolat entre les cuisses et une poignée de crackers tartinés de beurre de cacahuètes qui vibrent sur le siège voisin.

« Merde, lâche Wilson. Quelle journée, hein ?

— Pire journée de ma vie, dit Josh d'une voix monocorde et caverneuse. J'arrive pas encore à y croire.

— Moi non plus. » Wilson se penche en avant sur ses genoux, dénature son chocolat en y ajoutant une giclée d'un flacon de cinquante centilitres d'un scotch générique. « Josh ? » Il lève le flacon de scotch, l'agite.

« Sûr », répond Josh tout bas, tendant sa tasse. Le bateau s'ébroue : la moitié du liquide sort du goulot et se répand sur le pont. Et la moquette.

« Dave ?

— Non, pas pour moi. Je dois garder la tête claire, parce qu'on est dans la merde… de tellement de manières que je peux pas commencer à vous le dire. Dès qu'on arrivera dans la zone couverte par le réseau, j'appellerai Sterling.

— Quoi, l'avocat ? »

Il se représente Sterling à table, dînant avec son épouse qui a toujours l'air d'avoir un parapluie quelque part, Sterling ronronnant de sa voix officielle morte et enterrée, la barbant avec le cas sur lequel il bosse en ce moment, à moins qu'il soit en train de raconter des blagues, de confectionner un martini, un shaker à la main, ou de sortir en boîte avec une femme au décolleté plongeant, une femme qui n'est absolument pas son épouse, qui sait ? Après tout, LaJoy ne connaît rien de cet homme, sauf que c'est un escroc.

« Ouais, je dois savoir ce qui nous attend. Je ne pense pas que les garde-côtes viennent nous accoster, vous me suivez ? Nous devons lancer un appel de détresse à un moment donné, mais je crois que ça devra être quand on verra les lumières du port dans… (il regarde sa montre) environ deux heures trois quarts. Alors, ils pourront faire tout ce qu'ils voudront, prendre nos dépositions, débarquer le corps, faire venir les enquêteurs, le *coroner*, tous ceux qu'ils voudront. En fait, je veux que Sterling soit présent. Sur ce putain de quai.

— Mais nous n'avons pas de problème, non ? » La voix de Josh se réduit à un filet à peine audible au-dessus du fouettement des vagues et des vibrations régulières du moteur.

Wilson fait non de la tête. « Absolument pas. Ils vont vouloir des dépositions, nous sommes des témoins, non ? En tout cas, vous, vous l'êtes. Vous l'avez vue mourir, non ? C'est comme un accident de la route, quand on est témoin et que les flics veulent savoir qui, quand, où, pourquoi et tous les renseignements de ce genre. »

Soudain, la proue reçoit un coup violent, une vague mutine à contresens du flot ; s'ensuit un moment suspendu avant que le bateau retombe en claquant dans la tranchée suivante puis remonte, frissonnant de tout son long. Et puis, une fois encore, la gifle, la remontée, le plongeon mais, cette fois, dans la descente quelque chose heurte la porte de la cabine et ils ne comprennent pas tout de suite ce que c'est.

« Nous devons la rentrer ici, dit Josh, se levant tant bien que mal.

— Laisse-la où elle est », répond LaJoy, songeant aux saletés, au sable, à l'humidité, aux fluides, quels qu'ils soient, qui doivent suinter du corps. N'est-on pas censé perdre ses entrailles quand on meurt ? N'a-t-il pas lu ça quelque part ?

« La laisser là-bas dehors ? Ce n'est pas un être humain ?

— Un ex-être humain.

— Fils de pute. Va te faire foutre. Cammy a raison. Sans toi… »

Il est à deux doigts de se lever et de fondre sur ce gamin geignard au visage poupon qui pourrait encore être dans ses langes tellement il est lamentable (pour qui se prend-il ? Pour qui, merde, se prend-il à lui parler de cette manière), lorsque Wilson, la voix de la raison, intervient : « Et si elle passe par-dessus bord ?

— Elle ne va pas bouger.

— Mais si elle passe par-dessus bord… »

Ils ont raison. Bien sûr qu'ils ont raison. Tu perds le corps et on dirait que tu veux cacher quelque chose, comme si tu avais mal agi, même commis un meurtre. Soudain, il a honte de son comportement et même d'avoir pensé ce qu'il a pensé. Jusqu'aujourd'hui, il n'avait jamais vu un mort, or le voilà à manigancer comme un meutrier, comme l'un des meurtriers eux-mêmes. « Ouais, d'accord, finit-il par lâcher. Amenez-la ici. Mais ne la mettez pas sur une couchette ou sur la banquette. Par terre, c'est tout, vous m'avez compris ? »

La porte s'ouvre d'un coup sur l'odeur du large et, l'instant d'après, Josh entre à reculons, tirant Kelly, mais il n'y arrive pas tout seul et Wilson se lève pour l'aider. « C'est un poids mort. » LaJoy perçoit cette expression-là d'une façon inédite, comme jamais il n'aurait pu le faire avant. Le cadavre est moitié à l'extérieur, moitié à l'intérieur. Le bateau plonge, remonte. Une autre odeur maintenant, de matières fécales, d'urine. Puis le poncho, de mauvaise qualité, caoutchouté, qui ne vaut pas son prix, qui déjà s'effiloche par endroits, se fend sur le côté et Josh, penché dans l'effort, essaie de trouver une prise mais la voici, Kelly, étendue sur la moquette antitaches, qui le regarde à nouveau fixement.

Sur l'affichage numérique de la voiture, il lit 2:15 au moment où il oblique dans son allée et appuie sur la télécommande pour ouvrir la grille. Il est si crevé qu'il parvient tout juste à tourner le volant, phares ratissant la pelouse, sur laquelle il ne voit rien, aucun voleur se faufilant dans la nuit ou chat domestique trop bien nourri en vadrouille, simplement l'herbe, luxuriante, épaisse, bien tondue et, quand il va vers le garage et arrête le moteur, il ne peut que rester assis dans la voiture, sans la force d'ouvrir la portière. Il se représente le vestibule, l'escalier de la chambre, son lit et ses draps frais, ses oreillers trop bien remplis et la courtepointe que sa mère a confectionnée pour lui au crochet mais il reste là, figé, à écouter la chaleur qui s'échappe du moteur avec des cliquetis, jusqu'à ce que la minuterie du garage s'éteigne abruptement. Songeant à Anise (il doit lui téléphoner, même s'il est très tard) puis aux chiens, enfermés dans la maison pendant tout ce temps, il pousse la portière et la lumière se rallume. Ensuite, il ressort, se tient debout dans son allée, chez lui, à l'abri derrière la grille fermée. Il inhale l'air nocturne, renverse la tête et la fait pivoter sur le pivot de sa nuque, si bien que le ciel s'anime au-dessus de lui, les étoiles tout exposées et la pluie chassée vers l'océan. S'il a jamais plu ici. Tout fait silence, à l'exception du gémissement étouffé des chiens à la porte d'entrée.

Naturellement, il y a des crottes dans le vestibule mais à qui peut-il s'en prendre sinon à lui-même ? Il aurait dû être de retour six ou sept heures plus tôt. Les chiens viennent l'accueillir, s'agitent autour de ses jambes avant de se glisser dûment dans la nuit ; laissant la porte entrouverte, il se rend dans la cuisine et vérifie s'ils ont besoin de nourriture. Leur bol de croquettes est vide. De même leur bol pour l'eau. Il verse des croquettes, remplit le bol d'eau au robinet et se cale contre le comptoir, lessivé. Il a la bouche sèche, les lèvres gercées. Il se verse un verre d'eau et l'idée importune qu'il pourrait se restaurer lui passe par la tête (il a de l'asiago dans le frigo, des tomates, des avocats, une demi-miche de pain aux céréales) et, immédiatement après, il songe à l'alcool. Un shot pour s'émousser les sens. Le bar reluit de tout le verre brun, blanc et vert qu'il abrite ; il envisage d'abord à une tequila, avant de se rappeler qu'il a du rhum blanc dans le freezer. Le premier shot lui dégage les neurones, le second relance son cœur. Son sandwich est dans le micro-ondes, les chiens font claquer leurs ongles sur le carrelage et lappent bruyamment leur eau quand il prend le récepteur et compose le numéro d'Anise.

La sonnerie retentit trois fois et bascule sur son répondeur. Une pause exaspérante est suivie par un morceau de guitare répété inlassablement et sa belle voix de soprano chante en fond avant que son message enregistré fournisse les salutations coutumières : « Bonjour, c'est Anise. Je ne suis pas joignable pour l'instant. Veuillez laisser un message après le signal sonore. Ou le bip. Ou ce que vous voulez. »

Il compose le numéro de son fixe et laisse sonner, sept, huit, neuf fois avant de raccrocher et d'essayer à nouveau le portable. Finalement, juste avant que le message enregistré s'enclenche, Anise répond : « Tu sais l'heure qu'il est ? » Sa voix est abrutie, endormie.

« Je viens juste de rentrer. »

Un silence. « A peine maintenant ?

— Ça a été un véritable cauchemar. Le pire qui soit. Tu ne peux pas imaginer… tu as la chance de ne pas avoir été là. Tu as été maligne.

— Vous n'avez pas été pris, ce n'est pas ça tout de même ?

— Pire. Bien pire.

— Quoi ? » Il ne reste plus une trace de léthargie dans la voix d'Anice. LaJoy se la représente assise dans son lit, yeux plissés et lèvres retroussées parce qu'elle se concentre. « Le bateau a coulé ? Quelqu'un est tombé par-dessus bord ? Quoi ?

— Quelqu'un est mort.

— Mort ? Qu'est-ce que tu veux dire ? Mort ?

— Kelly. » Brusquement, il sent à nouveau la colère monter en lui. Tout ça à cause d'une étudiante obèse, handicapée, mal coordonnée, incapable de garder son équilibre même pour se sauver la vie, littéralement. Brandir une pancarte sur un parking, c'est une chose, aller sur le terrain une autre. Il ne se comprend pas. Ils auraient dû y aller seuls, Wilson et lui. Juste Wilson et lui. Et pas de reporter. « Elle est morte, répète-t-il. Elle est tombée (il revoit tout, la peau exsangue et les membres disloqués, blanche alors que tout le reste était marron, gris et vert). Sur l'île. Du côté des Saules. Nous n'avons rien pu faire... »

Il entend au bout du fil une exclamation étouffée, un juron méditatif, marmonné tout bas. « Est-ce que la police... ou les garde-côtes... ? »

Il n'a pas envie d'aborder le sujet, se demande même pourquoi il a appelé. Ou plutôt non : il a appelé car il a besoin d'entendre la voix d'Anice, il a besoin de réconfort – par-dessus tout, il a besoin de chasser cette affaire de son esprit, car il a beau être épuisé, il sera incapable de trouver le sommeil, il le sait. « Je veux que tu viennes.

— Que je vienne ? Je ne peux pas ! Je dormais, je travaille demain. Je chante à Cold Spring, tu te rappelles pas ? Mon concert de fin d'après-midi ? Cinq heures ? »

Quand il a garé le bateau à son mouillage, deux voitures de flics les attendaient à la marina, girophares en action comme s'ils venaient d'arrêter la circulation, et les garde-côtes les escortaient pour la bonne mesure. Une ambulance attendait aussi, lumière intermittente tranchant la scène de même, en tranches alternatives d'ambre et de rouge, et une distribution tournante de badauds, d'ahuris et de clodos à moitié morts, qui quittaient les buissons à la perspective d'un bon spectacle. Sterling, l'air vigilant et portant sa tenue officielle, costume trois pièces cravate, garda la police en respect et évita à LaJoy de passer la nuit en prison suite à la notification d'arrestation citoyenne qu'Alma Boyd Takesue avait fait transmettre par radio par le ranger Richard Melman, arguant de la violation de propriété au nom de sa collègue Annabelle Yuell du Conservatoire de la Nature. Les trois hommes, même Wilson, furent cités à comparaître et relâchés contre la promesse de se présenter au tribunal mais Sterling, portant sur le visage un bel éclat de fulmination et d'indignation, insista pour que, de leur côté, ils déposent une requête à l'encontre d'Alma et des chasseurs étrangers pour agression, coups et blessures, arrestation arbitraire et infligation intentionnelle de torture psychologique, suite à l'interdiction d'emmener la jeune fille blessée ou, plus exactement, décédée, à l'hôpital. Alma était restée sur l'île. Sterling était là, bien présent au guichet du poste de police, immuable, les traits figés comme dans la pierre. La requête fut déposée. Josh rentra chez lui. Wilson rentra chez lui. LaJoy rentra chez lui.

« J'ai besoin de te parler, plaide-t-il.

— Demain.

— Tu ne comprends pas, on s'est fait baiser, c'est fini. Toni Walsh… tu aurais dû voir son expression. Elle va me crucifier. »

S'ensuit un silence à l'autre bout du fil.

« Viens.

— Ne compte pas sur moi, Dave. »

Le caractère définitif de l'intonation d'Anise le met hors de lui. « Non ! » Cette fois, il hurle et les chiens, à leur gamelle, effrayés, reculent en une bousculade de pattes claquant frénétiquement. « Non, ne compte pas ne pas venir ! J'ai besoin de toi. Tu es sourde ? »

Une pause. Puis, imperturbable, calme comme un sédatif, la voix d'Anice lui revient en un lent ruissellement de syllabes impitoyables : « Bonne nuit, Dave. A demain matin. »

Il se réveille, amer, un peu après midi. A quelle heure a-t-il fini par s'endormir après être resté éveillé à scruter le plafond, à écouter le moindre craquement de la maison comme s'il avait été amplifié dix fois, il l'ignore, mais dès l'instant où il cligne des yeux au réveil, tout l'abattement et le bouleversement de la veille lui reviennent d'un coup. Il a perdu la matinée. Si Anise a appelé, ou bien Wilson, Sterling ou qui que ce soit, Associated Press requérant une déposition, la *Revue des Tueurs de cochons sauvages*, Harley Meachum pour l'avertir que des incendies s'étaient déclarés en même temps dans ses quatre magasins et que tous avaient été détruits de fond en comble, il n'a pas entendu la sonnerie. Et il est trop endolori, au mental comme au physique, pour ne serait-ce que songer à vérifier s'il a des messages. Qu'ils aillent se faire foutre, voilà ce qu'il se dit. Qu'ils aillent tous se faire foutre. Que le monde aille se faire foutre.

Pieds nus, en short et chemise de flanelle, il ouvre la porte pour laisser sortir les chiens et continue sur l'allée, à petits pas, va chercher dans sa boîte aux lettres le journal dans lequel, il le sait bien, ne figurera encore rien, Toni Walsh étant restée coincée sur l'île jusqu'à une heure trop tardive pour écrire son article, mais il ne peut tout de même pas s'empêcher de le feuilleter : non, rien du tout. Demain, ce sera une autre affaire. Demain, le cirque reprendra, un ouragan, vent force dix, et il est en train de se demander s'il ne devrait pas écrire sa propre version des événements à publier sur le site de F.P.A., une contre-attaque car Toni Walsh ne manquera pas de l'accuser, lorsqu'il entend le téléphone sonner dans les profondeurs de la maison.

Il remonte l'escalier extérieur et rentre dans le salon, décroche le téléphone à la quatrième sonnerie et grimace, il grimace, oui, car, hier sur l'île, il a dû forcer sur tous les muscles de son corps, et une douleur fuse, brûle de son genou gauche à l'aine de sorte qu'il doit se laisser choir sur le siège le plus proche et appuyer sur l'intérieur de sa cuisse jusqu'à ce que la douleur cesse. « Allô ? répond-il d'un ton sec, s'attendant à ce que ce soit Anise.

— Est-ce bien Dave ? »

Il ne reconnaît pas la voix, celle d'un homme qui parle doucement, un simple murmure, un charabia dans un accent de péquenaud irrécupérable. « Lui-même. Qui est à l'appareil ? »

Le nom qu'on lui donne ne lui dit rien. Il l'oublie instantanément. Il a besoin de café, d'œufs, de pain grillé, de quelque chose qui lui tiendra à l'estomac. Au bout d'un moment, il comprend ce que l'homme au bout du fil, ami d'un associé de Wilson, essaie de lui faire dire. « J'peux vous avoir c'que vous voulez. Autant qu'vous voulez. Le seul problème, c'est le prix. Trente pièce ? Ça vous semble O.K. ? »

Ce dont ce mec parle, il le comprend d'un coup, c'est : des crotales, *Crotalus viridis* pour être précis. LaJoy est trop surpris, plus exactement confondu par le timing, pour réagir.

« Vous êtes encore là ? Vous m'entendez ? Je vous disais que j'suis Everson Stiles, de Wellspring. Au Texas.

— Ouais, répond LaJoy, se ressaisissant. Ouais, O.K. Ouais, je vous entends. Je suis intéressé. Très intéressé. »

Cela se passait plusieurs mois avant, vers l'époque où il était allé sur l'île avec les ratons laveurs : il avait demandé à Wilson de faire les premiers pas, et ce gars était le contact que Wilson lui avait fourni. Everson Stiles, ex-pasteur d'une église évangélique où l'on était persuadé qu'il fallait accueillir le serpent dans la maison de Dieu. Une fois par an, il organisait donc un rassemblement de crotales au cours duquel les paroissiens venaient au temple munis de sacs en toile pleins de reptiles et se roulaient au milieu d'eux, baragouinant et demandant au Seigneur de les épargner de tout mal. Or, apparemment, le Seigneur les avait abandonnés car certains d'entre eux avaient été piqués, dont une petite fille de dix ans mortellement. Il s'était ensuivi un procès dont l'issue avait été défavorable à l'église, ce qui marqua la fin de cette pratique et de l'église en même temps.

« Plus les faux frais. Le transport, je veux dire. Le prix de l'essence.

— Quoi, depuis le Texas ? »

Un ricanement retentit à l'autre bout du fil. « Non, Tout ça est fait. Maintenant, je suis à Ojai. A deux pas de chez vous. Et je vous le dis, c'est le moment de les prendre, quand ils hibernent. Des grosses boules de serpents. Attendez qu'ils sortent au printemps, quand qu'c'est à la pièce, et vous verrez : à ce moment-là, les prix fusent. »

LaJoy tente d'imaginer ça, des serpents dans un sac qui se plie et bouge tout seul, deux, trois, quatre sacs, posés sur le sol en béton du garage ; il lui faudra d'autres choses en plus : plus de ratons laveurs, de lapins, peut-être, de rats à poche, oui, des rats à poche, ce serait bien, non ? « Ça m'a l'air correct », répond-il, exalté par la précision de sa vision : des lapins dans des cages plissant les nasaux, donnant des coups de pattes, le regardant avec leurs grands yeux dorés et inquiets. Pas les blancs qu'on offre aux gamins à Pâques, non, des lièvres, de gros lièvres longilignes, sauvages, rompus à la survie. « Non, le prix me va, et je les veux, vraiment. Absolument. Mais, écoutez, ce n'est pas le bon moment. Est-ce que je pourrais vous rappeler ? »

Il n'a pas reposé le récepteur que la sonnerie retentit à nouveau, l'extirpant de sa rêverie. C'est Anise, pour lui demander s'il a bien dormi. Sa mauvaise humeur lui revient d'un coup.

« Tu sais très bien que non et grâce à toi.

— Ecoute, pourquoi ne passes-tu pas me prendre et on sortira déjeuner. Tu me raconteras ce qui s'est passé. Après, nous pourrons aller à mon concert ensemble, d'accord ? »

Il ne dit mot, il la déteste.

« Je peux faire une annonce, propose-t-elle, et il l'imagine mâchonnant l'extrémité d'un crayon ou un gressin dans sa cuisine, où tout est à sa place, lustré et rassurant. Sur la fille et ce qui est arrivé, ce contre quoi nous allons devoir nous battre. Ou des flyers. Nous pouvons faire imprimer des flyers, si tu veux.

— Tu ne peux pas savoir ce que j'ai enduré, finit-il par répondre et, entendant son ton suave et confit d'autocommisération, il devine qu'il est en train de céder. Tu n'as aucune idée. »

Le naufrage de l'« Anubis »

LORSQU'ELLE REPOSE LE COMBINÉ après sa conversation avec Maria Campos, l'avocate que Freeman Lorber a recommandée, elle est tellement énervée qu'elle doit se rendre directement dans la cuisine et se verser un verre de sake juste pour s'empêcher de s'effondrer comme un tas de vêtements sans corps pour les porter. Elle boit lentement une longue rasade, contemplant le jardin détrempé, les fougères ployées par le récent orage, la pelouse muée en mare, les eucalyptus qui perdent de longues bandes déchiquetées d'écorce. Le soleil brille, c'est toujours ça, mais l'appartement lui semble inconnu, stérile et tout, à l'intérieur, des gravures sur bois que sa grand-mère Takesue lui a laissées jusqu'au canapé en cuir vert émeraude au cadre en bois de cerisier qui lui a coûté un mois et demi de salaire, en passant par la stéréo, le dracaena en pot et même les C.D. de Micah Stroud empilés sur l'étagère, tout lui paraît appartenir à quelqu'un d'autre. Tim l'a quittée. Et, sans Tim, l'endroit est vide, abandonné, vain. Pendant un instant, elle croit qu'elle va pleurer, or elle ne veut pas pleurer, pas à cause de Tim, de Dave LaJoy ou de qui que ce soit ; elle doit presser le verre froid contre son front et le laisser appuyé là entre ses sourcils comme une compresse, jusqu'à ce que ça passe.

Ce que Maria Campos vient de lui apprendre est si scandaleux qu'elle n'arrive même pas à l'intégrer : c'est une blague, une blague malsaine, cinglée, perverse, encore aggravée par le fait que ce n'est pas du tout une blague mais la dure réalité de ce monde et ce à quoi elle est confrontée. En personne. Pas en qualité de coordinatrice de projets ou de directrice des Services d'information du Parc national des Channel Islands qui ne fait que son boulot, qui se bat jour et nuit pour améliorer la situation et permettre à l'écosystème de se régénérer, de prospérer, de s'épanouir, mais en tant qu'individu devant la loi. Demain matin (lundi matin, et son séjour sur l'île a été tronqué à cause de l'incident aux Saules à telle enseigne qu'elle n'a eu droit qu'à une journée sur le terrain, comme si ce n'était pas une punition suffisante), elle doit se présenter devant le tribunal du comté de Santa Barbara suite au mandat d'arrêt lancé contre elle en raison de ce qui s'est passé sur l'île, ou alors la police viendra la chercher dans son appartement. C'est incroyable ! Comme si la criminelle, c'était elle et les véritables criminels des citoyens respectueux de la loi. Pire, des mandats d'arrêt ont également été lancés à l'encontre de Frazier, Clive et A.P., ce qui signifie qu'ils ne pourront pas chasser pendant vingt-quatre heures au moins, peut-être davantage, et tout ça au moment crucial.

Elle se rappelle avoir lâché : « Vous plaisantez ! » Le téléphone était comme une grenade dégoupillée dans sa main.

« Je sais que c'est contrariant, a répondu Maria d'un ton ferme, officiel, comme si tout cela n'était rien, rien que de très banal. Mais vous devez répondre à ce mandat, que les charges soient légitimes ou pas. Croyez-moi (l'avocate durcit le ton), nous obtiendrons le non-lieu et veillerons à ce que ces salauds récoltent ce qu'ils méritent. D'accord ? N'y pensez plus. Oubliez ça.

— Mais je n'ai jamais… je n'ai même jamais eu une contravention de ma vie.

— Je le sais, je le sais. Détendez-vous. Je m'occupe de tout, d'accord ? » L'avocate a marqué une pause, laissant la voie libre à Alma pour protester, puis, d'une voix plus douce : « Ecoutez-moi, pourquoi n'allez-vous pas vous balader sur la plage ou faites-vous un cinéma, n'importe quoi. Et Tim ? Demandez à Tim qu'il vous emmène dîner. »

Tout était tellement cul par-dessus tête qu'elle ne parvenait même pas à tout remettre en ordre mentalement. Elle ne put qu'acquiescer, tout bas.

« Ce n'est rien, je vous le dis. Simplement une manœuvre désespérée de leur part. Vous verrez. Faites-moi confiance. »

Maintenant, le récepteur a repris sa place sur son support, la rumeur froide et sèche du sake s'attarde sur son palais, et son esprit divague, elle porte son verre aux lèvres, avant de le reposer d'un coup. Où a-t-elle la tête ? Elle ne peut pas boire ! Pas du tout, pas une seule goutte. Elle a déjà absorbé de l'alcool hier, hier à peine, elle se comporte vraiment comme une adolescente des quartiers, en cloque, incontrôlable. Elle vide donc le verre dans l'évier, songeant : syndrôme d'alcoolisation fœtale, handicap cognitif, retard mental, et sa main tremble lorsqu'elle le repose. Elle doit se ressaisir. Etre forte. Reprendre les rênes. Le problème, c'est qu'elle se sent effroyablement faible, embrouillée et blessée.

Il est tout juste dix heures passées. Certes, elle a dormi dans le bateau au retour mais d'un sommeil intermittent, embrumé et, chaque fois qu'elle ouvrait les yeux, Toni Walsh et les deux filles la fixaient du regard comme si elle avait été leur geôlière et qu'elles n'attendaient que l'occasion de s'évader. Comme si elles avaient pu voler ou marcher sur l'eau : à présent, elle sent la fatigue s'insinuer en elle, un épuisement si total qu'il lui coupe les jambes, ses jambes qui, en fin de compte, paraissent ne plus lui appartenir : tirant une chaise de dessous la table de la cuisine, elle se laisse choir dessus. Pendant un bon moment, elle reste là à regarder par la fenêtre et puis, inévitablement, et c'est humiliant, vain, elle avance la main vers le téléphone et compose le numéro de Tim.

Elle n'attend rien. Il est sur les îles Farallon, sur le terrain, les portables ne passent pas là-bas, elle le sait parfaitement. Mais il y a une petite chance qu'il soit allé à San Francisco, pour chercher du ravitaillement, pour prendre un peu de repos : il vient tout juste d'arriver, de débarquer, et c'est pour ça qu'il n'a pas encore appelé, donc il va répondre, il doit répondre, parce qu'elle veut entendre sa voix, elle doit l'entendre… Haut-le-cœur. Son genou se met à gigoter sous la table. Pourtant, elle n'attend rien et en effet, elle n'obtient rien. La sonnerie retentit deux fois puis elle entend un léger déclic et il n'y a plus de tonalité.

Le matin venu, elle met son ensemble bleu marine avec un chemisier blanc en soie tout juste revenu de la blanchisserie, passe des socquettes, des chaussures à talons, et se présente au tribunal, Maria Campos à son côté, et il ne se passe pas grand-chose, sauf qu'elle perd toute une matinée à écouter l'énoncé d'un procès puis d'un autre et ainsi de suite, jusqu'à ce qu'arrivent ses deux minutes face au juge, qui lui jette à peine un coup d'œil avant de la placer en liberté conditionnelle pour une comparution le mois suivant. Lorsqu'elle parvient enfin au bureau, elle n'y trouve pas Alicia : il est survenu une urgence et elle a pris un jour de congé, du moins est-ce ce que Suzie Jessup, du bureau voisin, lui apprend. Elle a des piles de paperasses à éplucher et une série de courriels aussi. Le boulot. Voilà ce dont elle a besoin, ce qui peut absorber son énergie, et il est déjà deux heures et demie quand, ressentant l'envie d'un grand verre de thé froid au citron, et peut-être de quelque chose à grignoter, elle quitte son bureau, descend l'escalier vers la promenade de la marina, avec l'intention d'aller au Docksider. Elle marche sans penser à rien, elle essaie de faire le vide dans sa tête, lorsque, brusquement, elle sursaute. Quelque chose a changé, il y a quelque chose d'inhabituel, mais qu'est-ce donc ? Elle balaye la marina d'un regard panoramique (des touristes qui se promènent), le bâtiment du Parc national (des touristes entrant, sortant pour aller étudier la carte en relief des îles et les autres documents exposés au rez-de-chaussée) puis la vaste étendue du parking (reflet du soleil sur les vitres et les chromes des voitures garées là, en rangées bien proprettes)… c'est alors qu'elle comprend : les manifestants ont déserté les lieux.

C'est incroyable. Comme : s'éveiller dans sa case en béton sur Guam, mettre le pied dehors et s'apercevoir que la jungle s'est évaporée pendant la nuit. *Les manifestants sont partis*. Plus de slogans, plus de pancartes diffamatoires, plus de grafitti. Ont-ils abandonné ? Enfin ? Enfin ? La pensée lui vient, la joyeuse pensée, fusant à travers elle dans un élan d'euphorie : ils sont partis parce qu'ils ont perdu leur force motrice. Parce que Dave LaJoy est derrière les barreaux, libéré sous caution ou rôdant dans une ruelle on ne sait où, relevant la capuche de son sweat-shirt comme un mafioso ou un sénateur tombé en disgrâce. Il a commis l'erreur fatale. Il est cuit. Fini. Et la chasse aux cochons sauvages progresse avec une telle avance sur le planning qu'au moment où il refera surface, le projet aura déjà été mené à son terme, et il n'aura plus rien contre quoi militer. Quel bonheur !

La perspective l'illumine. Tout alentour semble resplendir, comme recréé à partir de rebuts, tout neuf, luisant, lumineux. Cette humeur l'entraîne jusqu'au Docksider et elle se surprend à saluer des gens qu'elle connaît seulement de vue, à s'arrêter et à sourire devant une jeune mère qui partage avec son gamin le nuage rose pelucheux d'une barbe à papa, sauf que, en montant l'escalier de l'établissement, la pesanteur de son humeur précédente lui retombe sur les épaules, un poids inamovible comme un tas de briques : ah, combien elle aimerait pouvoir annoncer la nouvelle à Tim, lui faire partager sa joie, partager avec lui le doux nectar de la victoire et de la vengeance. Mais Tim n'est pas là et les convives de midi ont réintégré leurs bureaux, le restaurant paraît vide, ce qui est légèrement déprimant. Elle vient déjeuner seule, oui, une table pour une personne seule, et quand l'hôtesse tente de la guider vers une table minuscule au beau milieu de la salle, elle insiste pour qu'elle lui trouve un box, d'ordinaire réservé aux groupes de quatre ou plus. Pourquoi pas ? Elle est lasse d'être malmenée. Lasse de tout. Lasse tout court.

Comme elle étudie la carte, incapable de décider si elle veut une tasse ou un bol de soupe aux palourdes avec sa salade « crabe Louie », elle ne se rend pas tout de suite compte que la femme coréenne du supermarché du rez-de-chaussée se tient debout près de sa table. Mme Kim. Elle a à la main un journal, le *Press Citizen*, qu'elle lui tend comme une offrande. « Est-ce que vous avez lu ça ? »

Non, Alma n'a rien lu. Elle était dans un tel état ce matin-là, à cause de la tension qu'elle éprouvait à devoir aller au tribunal et aussi parce qu'elle s'inquiétait de savoir si elle pouvait se dispenser de rentrer son chemisier sous sa ceinture de façon à cacher le fait qu'elle ne peut plus fermer sa veste à la taille... bref, elle avait oublié le journal. La plupart du temps, de toute façon, elle roule sur le journal en partant en voiture le matin, et le plus souvent ne se rappelle son existence qu'au retour du travail le soir, quand elle le voit par terre, tout éraflé et déchiré. Quelle importance, d'ailleurs ? Ce n'est qu'un torchon fanfaron, présomptueux, guère compétent et opposé à à peu près tout ce en quoi elle croit. Tim l'appelait le *Press Critiquen*.

« Non. Non. Pourquoi ? »

Mme Kim, une femme de grande taille qui se tient encore bien droite malgré ses soixante-quinze printemps et qui, un jour, l'avait étonnée après un échange anodin de civilités, en demandant *Vous Nihon-jin, eh ?*, Mme Kim, donc, pose le journal sur la table et, avec un sourire complice, le pousse vers elle. « Vous aimez ce qu'ils disent aujourd'hui. Exemplaire gratuit. Garde. »

Avant qu'elle ait pu la remercier, elle fixe son attention sur la manchette : *Mort à Santa Cruz*. Et dessous : *La tactique douteuse de l'A.P.P.A. se solde par la mort d'une étudiante de deuxième année de City College*, par Toni Walsh.

Mme Kim se retire lentement, avec une courbette abrégée, qu'Alma, assise, retourne de son mieux. « Plus de manifestants, alors ? dit encore la vieille femme avec un clin d'œil. Mauvais pour affaires. Vous affaires, moi affaires aussi. »

Cœur battant la chamade, Alma lui adresse un sourire : « Comme vous le dites ! »

L'article n'est pas exactement ce qu'elle aurait pu espérer mais il est manifeste que, pour la première fois depuis le début de cette affaire, le quotidien de référence de Santa Barbara tente de prendre ses distances avec LaJoy et son gang d'illuminés. Il apparaît encore comme un croisé alors que le Conservatoire et le Parc national demeurent les ennemis à abattre mais Toni Walsh, pleine de boue, de sang et de rancœur, assassine LaJoy avec des mots d'éditorialiste plutôt que de simple reporter :

> Le militant et chef d'entreprise David Francis LaJoy, 47 ans, de Montecito, fondateur et président de l'Association pour la protection des animaux, a été arrêté samedi soir après un incident aussi étrange que tragique sur l'île de Santa Cruz. M. LaJoy, après l'échec de son injonction de dernière minute pour arrêter la battue, avait entraîné un groupe de ses adeptes dans une tentative de sabotage de la campagne du Parc national visant à exterminer les cochons sauvages de l'île. Des membres du groupe avancent que leur guide s'était montré très imprudent pendant la marche malgré les très mauvaises conditions météorologiques ce week-end. Tentant une escalade dangereuse sous la direction de M. LaJoy dans une zone inondée, Kelly Ann Johansson, 19 ans, originaire de Goleta, a trouvé la mort en tombant dans un ravin.
>
> M. LaJoy a été accusé de violation de propriété privée, de vandalisme et de complot contre l'Etat. Les parents de la jeune fille décédée, Ronald et Eva Johansson, également de Goleta, nous ont déclaré au téléphone refuser de faire le moindre commentaire mais une proche de la famille, qui a demandé à garder l'anonymat, confie qu'ils envisagent d'intenter à M. LaJoy un procès pour mise en danger de la vie d'autrui.

Alma lit l'article deux fois et se sent mieux, beaucoup mieux. Lorsqu'arrive son repas, elle garde le journal étalé devant elle afin de pouvoir relire la manchette et regarder la mauvaise photo d'archive du ponton de Prisoner's Harbor que le journal a ressortie pour accompagner l'article. La soupe est délicieuse, pleine de palourdes, de pommes de terre, de beurre et le crabe Louie le meilleur qu'elle a jamais goûté. Elle nettoie son assiette à l'aide de morceaux du pain sans levain chaud dont la maison s'enorgueillit, et elle finit par trop manger ou du moins est-ce l'impression qu'elle a. Lorsqu'elle lève enfin les yeux, il est plus de trois heures et, malgré le coup de fouet procuré par le thé froid, elle a du mal à se lever de table. Elle somnole, elle est éreintée mais l'idée de quitter le bureau plus tôt ce soir n'a pas le temps de pénétrer dans son esprit qu'elle la chasse énergiquement.

Une fois dehors, elle se force à accélérer, fait craquer ses genoux, allonge le pas, si bien qu'il devient martial, et elle engrange de grosses bouffées d'air marin ; la marina est paisible, le parking est redevenu un simple parking. Une brise douce et embaumée souffle du sud comme un avant-goût de la saison à venir et Alma s'accorde un instant sur le carré de pelouse, lorsque le gardien émerge du bâtiment pour secouer sa serpillière et qu'une demi-douzaine d'étourneaux viennent se disputer des frites répandues dans l'allée. Ensuite, elle monte à son bureau, son humeur s'assombrit derechef lorsqu'elle voit la chaise vide d'Alicia, et elle s'installe à sa table en songeant que lorsque viendra le temps d'évaluer la jeune femme, elle devra agir en son âme et conscience. Rien de plus. Et tant pis si elle doit heurter ses sentiments.

Finalement, elle travaille jusqu'à six heures, pour essayer de récupérer le temps perdu au tribunal pendant la matinée, même si, naturellement, elle serait encore sur l'île sans l'incident des Saules, de sorte qu'elle pourrait se permettre de ne pas être trop dure avec elle-même. En fermant la porte à clef, avant de descendre l'escalier et de traverser le parking pour rejoindre sa voiture, c'est à cela qu'elle pense, à la scène sur l'île, à la fille morte. En arrivant là-bas avec les hommes et les chiens, elle s'était sentie puissante, aux commandes. Au début, voyant la forme affaissée et inutile, allongée sur le sable sous un poncho mouillé, elle avait cru que c'était la dépouille d'un cochon sauvage que ces gens avaient ramassée dans un ravin avec l'intention de l'emporter en catimini sur le continent pour l'y exposer. Son sang avait chanté à ses oreilles. Retirer quoi que ce soit de l'île, animal, végétal ou minéral était un crime or ces gens étaient pris la main dans le sac et, si la violation de la propriété d'autrui ne leur suffisait pas plus que la tentative de contrecarrer un projet qui avait déjà coûté au contribuable des millions de dollars, ils essayaient en outre de s'emparer d'un élément de vie sauvage, de le dérober, de l'utiliser, alors qu'il était de notoriété publique que, sur tout le territoire des Etats-Unis, sur les terres privées autant que publiques, l'ensemble de la vie sauvage était la propriété du gouvernement fédéral. A ce moment-là, ravie de les pincer, de les pincer enfin, elle avait été féroce, elle s'échauffait lorsqu'un morceau de bois s'était embrasé dans le feu : c'est alors que la forme sous le poncho était devenue tout à fait autre chose.

Il y a beaucoup de circulation sur l'autoroute plongée dans la pénombre, rivière lumineuse, ondulation de doux feux arrière rubiconds qui entraîne Alma sur son courant. Elle allume la radio, écoute d'abord les nouvelles puis passe à de la musique, pour tenter de ne pas penser à la fille morte, à Tim, à l'enfant qui croît en elle, et à ce qu'elle dira aux gens quand elle ne pourra plus le cacher. La radio passe alors une de ses chansons préférées de Leonard Cohen qu'on entend rarement, *I Came So Far for Beauty*, dans la version de Jennifer Warnes ; elle essaie de la chanter en même temps mais les mots font la culbute et, après le deuxième refrain, elle se tait.

Un premier arrêt à l'épicerie du bas du village ; après son copieux déjeuner, elle n'a pas besoin de grand-chose : une tranche de saumon (d'élevage, avec colorants) et un sachet d'épinards surgelés à réchauffer au micro-ondes ; ensuite, elle passe au magasin de location de vidéos. Elle met longtemps à choisir un film, décortique les sorties récentes, dont elle a vu la plupart avec Tim au cinéma, puis les comédies, qui, uniformément puériles, n'ont d'amusant que le nom ; elle finit par dériver vers la section Grands Films Classiques et se décide pour un Lubitsch qu'elle a vu au moins deux fois si ce n'est trois, mais pas récemment. L'idée, le thème de la soirée, c'est « légèreté, légèreté », se divertir, c'est tout, puis aller au lit et laisser l'oubli la noyer comme une marée noire de néant.

Bien. Formidable. Mais lorsqu'elle parvient à sa porte d'entrée et s'apprête à mettre la clef dans la serrure, elle s'aperçoit qu'elle est déjà ouverte. Ce qui est bizarre parce qu'elle n'est pas du genre à oublier de fermer sa porte à clef. Elle n'oublie *jamais*. L'espace d'un éclair, revenant mentalement au moment où son réveil a sonné ce matin-là et où elle a sauté du lit, paniquée, jusqu'à celui où elle a quitté la maison munie d'un bagel rassis tartiné à la va-vite avec du fromage frais, elle essaie de se revoir refermant la porte mais n'y arrive pas. Elle prend peur. Il y a eu une série de cambriolages dans le voisinage et, au cours de l'un d'eux sur Olive Mill Road, à quelques centaines de mètres, une femme a été agressée lorsqu'elle a surpris les voleurs qui poussaient son mobilier pour récupérer les tapis d'Orient. Très lentement, en silence, telle une voleuse, elle tourne la poignée et avance la main pour allumer la lumière de l'entrée.

Debout dans le chambranle, prête à fuser au besoin, mais lorsqu'elle pousse la porte, doucement, entièrement, jusqu'au mur pour s'assurer que personne ne se cache derrière, elle ne voit rien que le couloir vide et la console où s'entassent des vêtements d'extérieur, des parapluies, des revues qu'elle n'a pas encore lues et les trois sacs dont elle n'a plus envie. « Il y a quelqu'un ? » Cœur battant, elle pense à Tim. Il oublie toujours de fermer à clef : d'ailleurs, la moitié du temps, il ne sait même pas où sont les clefs. « Tim ? » Elle imagine déjà leur réconciliation, Tim est revenu, il a voulu lui faire la surprise : que ça lui ressemblerait, de surgir d'un coin sombre et de lui flanquer la frousse de sa vie ! « Tim, c'est toi ? »

C'est seulement une fois dans l'appartement, après s'être rendue à la cuisine et dans la chambre à coucher, qu'elle comprend. Tim est venu, en effet, mais il est reparti. Ses affaires, tout, son vélo, ses livres, ses jeux vidéo, même sa collection de sous-vêtements et de T-shirts, tout a disparu. Des tiroirs vides : voilà ce qu'il a laissé. Des moutons. De vieilles baskets aux lacets cassés, aux semelles usées.

Elle a envie de prendre ses baskets, de les toucher, de les porter à son visage, mais elle en est incapable. Ses jambes flageolent et elle doit s'asseoir là où elle est, sur le bord du lit. Elle replie les bras sur sa poitrine et se serre les épaules. Elle semble incapable de lever la tête. Au bout d'un moment, ses cheveux se défont, la force de gravité les éloigne de ses oreilles, mèche par mèche, au point que son visage se retrouve dans l'ombre. Combien de temps reste-t-elle assise dans cette posture, elle l'ignore, désespérée, avachie, contemplant ses genoux collés l'un contre l'autre sous le sergé bleu marine de l'ensemble dans lequel elle s'est présentée au tribunal, ces genoux que Tim a caressés et caressés, ces cuisses… Où est-il donc ? Ne pouvait-il l'appeler ? Laisser un mot ? Un signe ? N'importe quoi pour reconnaître tout ce qu'ils ont été l'un pour l'autre, le fait que, pendant cinq ans, ils ont dormi dans le même lit ? C'est obscène. Quelle blague ! Il agit mal, très mal.

Plus tard, beaucoup plus tard, quand elle finit par se lever, elle erre à travers les pièces comme un patient à l'hôpital traînant les pieds dans le couloir du service, passant paresseusement l'index sur les tables et les sièges, cherchant un signe de Tim. Il a laissé un mot, qui est là depuis le début : elle le découvre dans la cuisine, glissé sous la pierre à aiguiser de la planche à découper. Une feuille de papier, pliée en deux. A l'intérieur, deux clefs, celle de la maison et le double de la Prius. Trois phrases :

Alma
Je t'aime, je t'aimerai toujours mais, si tu veux faire ça, tu devras le faire seule. Tu peux garder la voiture parce que je n'en aurai pas besoin, après les îles Farallon, je pense aller vers le nord, travailler pendant l'été avec le spécialiste des oiseaux de l'U. de Fairbanks. Après quoi, nous verrons,

Tim

L'odeur du saumon lui donne la nausée mais elle se force à le manger dans la cuisine trop éclairée, morne, absolument silencieuse. Ensuite, elle met la vidéo pour se distraire mais elle n'arrive pas à accrocher au film. C'est simplement des bruits et des mouvements. Elle déteste Tim, voilà ce dont il retourne. Elle est heureuse d'avoir découvert qui il était vraiment avant qu'il soit trop tard. Elle déteste aussi le bébé en elle, l'embryon, la chose qu'il a implantée là, la vie, toujours plus de vie. Elle se couche quand l'horloge lui indique que c'est l'heure mais elle ne s'endort pas. Elle ne peut pas appeler sa mère. Elle ne veut pas appeler Tim.

Le lendemain matin, c'est pire. Elle a dû somnoler, elle a dû rêver, mais tout ce dont elle se souvient, c'est de s'être allongée sur le dos et d'avoir contemplé le plafond quand la lumière du jour commençait à filtrer à pas de velours dans la chambre, comme si elle avait eu honte. C'est un jour ouvrable, mardi, mais elle n'a pas l'intention de se rendre au bureau. Ce qu'elle va faire, ce qu'elle *doit* faire, c'est se lever et aller vider sa vessie, subir le rituel matinal du vomissement, se débarbouiller et se débarrasser de sa mauvaise haleine, puis s'habiller et aller en ville. A la clinique. Elle en est à sa vingtième semaine, a entamé son deuxième trimestre, or elle ne s'est pas encore rendue à la clinique, n'est même pas passée devant en voiture, depuis que Tim lui a imposé de s'y rendre en novembre. Elle ne sait même pas quelles sont les heures d'ouverture ou s'il y aura quelqu'un pour la recevoir. Ou, plus approprié : s'ils acceptent de pratiquer des avortements si tard dans la grossesse. Ce qu'elle sait, c'est que pour avorter dans ces circonstances (ils emploient le terme « intervention »), il faudra retirer le fœtus à l'aide d'instruments, de forceps, et puis utiliser l'aspirateur et, enfin, une curette afin de racler la paroi de l'utérus pour s'assurer que tout tissu cellulaire restant aura bien été retiré. Son utérus est encombré, là est le problème, il est pressé contre son abdomen, l'enfle, le pousse, le boursouffle et rétrécit ses vêtements, et un membre du corps médical, quel qu'il soit, quelqu'un, un spécialiste du curetage, le videra, fera tout partir. Car tel est le but de l'intervention. Tel est le plan.

Tout ce à quoi elle pense en s'engageant sur l'autoroute, c'est ça : aller jusqu'au bout. Elle ne s'est pas empli l'estomac, pas même de café ou de pain grillé. La nausée persiste, lui râcle le fond de la gorge comme pour essayer de sortir à coups de griffes. Les autres voitures se hérissent autour de la sienne. C'est une matinée lumineuse, très ensoleillée et la pluie a fait verdir la végétation le long de la chaussée mais Alma s'en aperçoit à peine. Elle voit le béton, le métal et le chrome des voitures, les gaz d'échappement qui s'élèvent, mortels, tandis que, immanquablement, la circulation stagne et que les feux d'arrêt clignotent sur toute la longueur de la file. Des camions. Des minivans. Des ordures jonchant le terre-plein central. Et puis, juste au moment où elle s'engage sur la bretelle de sortie, la nature réaffirme ses droits sous la forme d'une mouette qui passe au-dessus d'elle vers la luminosité diaprée de l'océan, ailes aussi inévitables que l'océan lui-même et que la première créature qui en surgit en rampant.

Mais le fait est qu'elle n'arrive pas à dénicher la clinique. Où se trouve-t-elle ? Sur quel boulevard ? Haley ? Ortega ? Ou, plutôt, non : Garden. Elle est sur Garden, n'est-ce pas ? Colère, frustrée, pas les larmes aux yeux, non, pas encore, elle tire sur le volant, coincée par les sens uniques et les feux qui semblent virer du vert au rouge au petit bonheur la chance, comme si la ville entière se dressait contre elle, les cyclistes traversant son champ de vision de tous côtés, les piétons dressant un mur de chair humaine à chaque carrefour. Elle conduit trop vite puis trop lentement. Un automobiliste klaxonne derrière elle. Elle feuillette ses plans de Santa Barbara (dans aucun ne figure le centre-ville) tout en essayant de prendre son portable dans la poche intérieure de son sac : elle va appeler la clinique, voilà ce qu'elle va faire, elle va demander la direction, sans se trahir, sans demander de rendez-vous, sans parler à la conseillère que Tim et elle ont vue, simplement la direction, c'est tout. A ce moment-là, une femme au volant d'une minuscule voiture métallisée en forme de sèche-cheveux sort d'une allée juste devant Alma, qui lui rentre dedans, doucement, gentiment, pare-chocs se rencontrant aussi délicatement que deux boules de billard s'embrassant au milieu d'une étendue de feutre vert.

Un autre coup de klaxon dans son dos, un crissement de pneus. Alma lance un regard au visage de la femme, une femme qui n'est pas très différente d'elle, la trentaine, en route vers son travail, bien coiffée et maquillée de frais. Pendant un instant elles se toisent, l'expression de l'inconnue passant par diverses permutations, du choc à la gêne d'abord, puis à l'agacement, à la colère et à la résignation, avant que toutes deux en même temps ouvrent leur portière et sortent à la lumière. C'est alors seulement qu'Alma voit les deux enfants à l'arrière : deux petites filles en uniforme d'écolières, ceinture attachée, tendant le cou pour voir ce dont il retourne.

L'*Anubis*, un yacht de croisière de onze mètres en fibre de verre sorti des chantiers de Santa Barbara, deux moteurs diesel Volvo montant à cinquante-deux milles à l'heure par mer calme, a été acquis en 2005 par un jeune couple du cru et en vue. Todd et Laurie Gilfoy, même pas la trentaine, étaient des marins expérimentés, Todd ayant passé tous ses étés à bord du bateau de son père, le *Dreamweaver*, aussi loin qu'il pouvait se le rappeler. Ils s'étaient mariés le jour de leur remise de diplômes à U.C.S.B., lui en section études commerciales, elle en éducation élémentaire ; depuis lors, Todd cogérait la succursale General Motors de son père, catégorie Véhicules Utilitaires Sport, et Laurie enseignait dans une école privée de Hope Ranch. Ils n'avaient pas d'enfants et aimaient passer le week-end sur l'eau, souvent en compagnie d'autres jeunes couples. L'île de Santa Cruz était l'une de leurs destinations préférées et plus particulièrement la côte méridionale, où il y a moins de fanas de bateau pour gâcher le plaisir. Tous deux aimaient bien boire. Et, quand ils buvaient, chacun cherchait à accaparer l'attention, rendant parfois les choses difficiles pour leurs hôtes, notamment lorsque ceux-ci étaient piégés sur leur bateau au beau milieu du détroit.

Par un samedi ensoleillé de septembre, tout juste un mois après avoir acheté le bateau et l'avoir rebaptisé *Anubis* (une idée de Laurie, passionnée de mythologie égyptienne, elle espérait pouvoir un jour visiter les Pyramides en naviguant sur le Nil), ils invitèrent deux autres couples à passer le week-end avec eux à Coches Prietos. Jonas et Sylvie Ryserson étaient des amis proches qu'ils connaissaient depuis la fac ; Ed et Lucinda Cherwin, de dix ans leurs aînés, voisins de Jonas et Sylvie, étaient de nouvelles relations. Ils s'étaient donné rendez-vous à dix heures du matin à la marina, le temps était parfait, la température dans les vingt-quatre degrés, la brise légère à modérée et les vagues n'excédaient pas un mètre. Laurie se trouvait au portail en bikini à imprimé léopard et Crocs roses pour les guider jusqu'au bateau, où Todd, vêtu d'un short cargo et de rien d'autre, attendait avec un pichet de margarita. « Hé, les marins d'eau douce, cria-t-il. Je pensais que vous n'arriveriez jamais ! Alors, qu'est-ce que vous attendez ? »

Ils n'étaient pas sortis du port que Todd servait une deuxième tournée et, lorsque Lucinda Cherwin déclina avec un sourire poli, soulignant qu'il n'était que dix heures et quart et qu'ils avaient toute la journée devant eux, et toute la nuit, aussi, d'ailleurs, Todd se renfrogna. « Chochotte », répliqua-t-il d'un ton sec puis, s'adressant au groupe : « Hé, tous les marins d'eau douce et les chochottes, en bas ! D'accord ? » Il se pencha vers Jonas, souriant jaune : « J'ai pas raison ? »

Que peut-on pardonner et, à l'inverse, qu'est-ce qui est impardonnable ? Lorsqu'ils furent à cinq milles au large, les quatre invités se trouvaient dans la cabine alors que Todd et Laurie, sur le pont dans le cockpit ouvert au soleil car ils avaient ôté les bâches en toile, se disputaient. A voix haute. Une dispute violente. On entendit un coup cuisant au-dessus, puis Laurie descendit dans la cabine, commissures des lèvres ensanglantées. Elle pleurait, du moins c'est ce qu'affirmerait Sylvie Ryserson, beaucoup plus tard. Elle s'enferma dans les toilettes et ne laissa entrer personne. Entretemps, Todd, à la barre, vira sec à bâbord puis zigzagua à tribord pour aucune raison sinon qu'il en avait envie, et tout se mit à cliqueter dans les casiers et à glisser sur le plancher de la cabine. Lucinda Cherwin eut le mal de mer et son mari, Jonas, monta sur le pont pour essayer de faire entendre raison à Todd, mais Todd, les traits figés, continua sans décrocher un mot.

« Est-ce que tu vas m'écouter à la fin ? » Les veines saillirent sur le cou d'Ed. Entrepreneur, il avait l'habitude de commander. « Je te répète que tout ça, c'est des conneries et je me moque de ce qui se passe entre toi et ta femme mais je t'ordonne de faire demi-tour et de nous ramener au port. Lucinda est malade. Tu m'entends ? »

Todd ne leva même pas la tête. Il se contenta de secouer le gouvernail comme s'il traînait un skieur nautique et, ce faisant, s'envoya lui-même et son interlocuteur valdinguer contre la rambarde.

« Todd, voyons, mec, ça n'est pas correct », plaida Jonas, tentant de garder l'équilibre. Ils se connaissaient depuis longtemps. Il essayait d'être raisonnable. « Tu le sais bien. Tu vas vraiment devoir te ressaisir ou nous ramener au port… Lucinda est terrifiée… »

Le résultat de tout cela fut que Todd fit bientôt demi-tour, à toute vitesse, exécutant un revirement en épingle à cheveux qui manqua inonder le bateau ; et il ne dit pas un mot pendant tout le trajet du retour jusqu'à la marina. Quand ils eurent déchargé leurs bagages, moteurs encore en marche, air boursouflé par les émanations de diesel, bateau encore agité par son sillage qui s'estompait, Jonas, furibond, sauta du bateau et cria à son ami : « Tu peux vraiment être un sacré connard, tu le sais, ça ? » Todd, depuis la console, le regarda, un verre, un *autre* verre à la main, et leur adressa un signe obscène. « Bande de loufiotes ! hurla-t-il si fort que les propriétaires des bateaux voisins regardèrent dans sa direction et le dévisagèrent. Des loufiotes. Tous tant que vous êtes ! »

Aucun de ses invités ne se retourna en remontant le ponton. S'ils l'avaient fait, ils auraient vu Laurie sur le pont, jurant, cheveux en bataille, poignets tambourinant sur l'épaule nue de son mari enveloppée par le tatouage d'une moufette de bande dessinée : elle lui tapait dessus et lui la repoussait. Quel était l'objet de leur dispute ? Nul ne le sut jamais. Car, une heure et demie plus tard, l'*Anubis*, mis sur pilote automatique, s'échoua sur China Beach avec personne à son bord. On pensa qu'à un moment donné pendant la traversée, la violence de la dispute devait avoir atteint des sommets tels que, enlacés dans une étreinte rageuse, ils avaient dû passer par-dessus bord, tandis que le bateau, lancé à pleins gaz, s'éloignait d'eux. Le corps du mari, sans aucune marque hormis des écorchures sur les avant-bras, fut retrouvé le soir même près de l'endroit où le couple était censé être tombé à la mer. On ne retrouva pas la femme avant l'hiver, lorsque son cadavre, flottant sur le dos, encore vêtu de son bikini, s'échoua à Prisoner's Harbor.

Alma n'aurait rien su de cette histoire si sa mère ne la lui avait racontée. Sa mère, l'ayant découverte sur la toile, l'avait imprimée et envoyée sans commentaire mais en ayant pris soin de souligner le titre en rouge : *Découverte d'un cadavre sur l'île de Santa Cruz.*

L'hiver se prolongea jusqu'à mars mais les pluies cessèrent brusquement et les chutes de neige représentèrent seulement quatre-vingts pour cent de la moyenne annuelle, ce qui signifie que l'eau manqua en bout de course. Les météorologues évoquèrent l'effet de serre, comme si toute explication pouvait refléter autre chose qu'elle-même et le *Press Citizen* publia une série d'articles alarmistes sur le rétrécissement de la calotte glaciaire, l'élévation du niveau de l'eau aux Seychelles et la menace de tsunami sur la côte californienne : et tant mieux si ça faisait réfléchir les gens. Avril venu, le soleil chauffa de plus en plus, monta tous les jours plus haut dans le ciel et bien qu'Alma sût qu'elle aurait dû prier pour que survienne un ultime gros orage, elle ne put s'empêcher de se sentir exaltée par l'occasion qu'elle avait ainsi de se promener sur la plage et de s'exposer le visage et les jambes au soleil. Cela lui fut particulièrement agréable après la morosité de l'hiver et ce qu'elle avait dû subir ; le procès, terminé maintenant, s'était dissous comme un comprimé dans un verre d'eau, comme s'il n'avait jamais eu lieu. Maria Campos avait tenu parole, la juge avait rejeté toutes les accusations, pas seulement contre elle mais aussi contre Frazier, Clive et A.P. Pourquoi ? Parce qu'elles étaient insensées, parce qu'elles étaient infondées et le District Attorney l'avait vu, l'avait compris et il avait refusé de condamner qui que ce soit.

Avril fut suivi par un mois de mai gris et, maintenant, c'est la première semaine de juin, le soleil a disparu, remplacé par un temps parfaitement maussade. La fameuse morosité de juin. C'est le temps habituel ici en cette saison, la brume marine qui s'attarde tout au long de la journée se lève parfois en fin d'après-midi, parfois pas du tout. C'est, pour les gens qui habitent la côte, l'époque des bobos sentimentaux saisonniers et Alma connaît ça parfaitement, oh oui. Comme on est dans une année La Niña, l'eau est plus froide que d'ordinaire et une purée de pois plane au-dessus de l'immeuble, de la plage et de la plus grande partie du centre-ville, sans parler du bureau, de Ventura et d'Oxnard Avenue. Alma affronte cela en s'absentant le plus souvent possible du bureau, raison pour laquelle l'île est devenue son refuge, surtout la ferme principale, plus ensoleillée que Scorpion.

Elle s'y trouve maintenant, allongée dans la chambre à l'arrière du campement, elle essaie de fermer les yeux. Ne serait-ce que pour un instant. C'est le soir, six heures et demie, le dîner est quasiment prêt, à en juger par l'inévitable fumet d'ail frit, de gingembre et d'oignons verts qui monte de la cuisine, où les deux filles aux renards qui restent, Marguerite et Allison, préparent un sauté de tofu et de poissons de roche. Alam entend le murmure des voix dans la salle de séjour, des rires, quelqu'un qui gratte les cordes de sa guitare. Ils seront une douzaine à dîner, Frazier, Annabelle, un assortiment de chasseurs (les « Cochons sauvages » et les « Renardes » s'accouplent depuis un an – et qui pourrait trouver à y redire ?), un biologiste perdu en leur sein, un archéologue, un gars qui s'occupe de l'entretien. L'ensemble est très collégial, à la bonne franquette : certains soirs, c'est moi qui cuisine, demain c'est toi.

Ils boiront du vin. Le vin, c'est leur communion, ici : après avoir arpenté l'île toute la journée, ce genre de communion est nécessaire. Alma se les représente, avachis dans la salle, versant le breuvage dans un assortiment de verres de fortune, plaisantant, bavardant, papotant, parlant biologie de terrain, politique, scandales, sexe, tout ce qui leur passe par la tête en l'absence de télé et de portables. Ce sont ses amis. Sa famille. Ces gens qui travaillent avec elle et sous ses ordres, qui observent une stricte ligne scientifique, laquelle les a menés à éliminer pas tout à fait par hasard cinq mille trente-six cochons sauvages en tout juste quinze mois, sans que l'on ait détecté depuis le moindre survivant sur l'île. Dans un instant, elle se forcera à se lever et à sortir les rejoindre. Elle mangera (elle ne se rappelle pas avoir eu autant faim que pendant ces dernières semaines) mais elle ne boira pas de vin, pas une goutte.

C'est un vrai combat, coudes, bras, poignets aussi faibles que si on l'avait désossée, mais elle se force à se tenir droite et ses pieds trouvent vite le chemin de ses sandales, même s'il est impossible de supporter les brides en Velcro de sorte que, pour l'heure du moins, elle ne les fermera pas. Elle reste assise là un instant à regarder les mouches se cogner contre la fenêtre, leur monde devenu étranger, l'air doux et généreux qui les emportait sur ses courants flottants vers des soupières, des poubelles et de tendres morceaux de charognes, devenu aussi dur et imperméable que du roc : comment cela a-t-il pu arriver, quel mystère est intervenu ? Comment pourraient-elles le savoir ? Elles ne peuvent que tâtonner, bourdonner et mourir : la paradis, juste là sous leurs yeux, n'en demeure pas moins inaccessible. Sur Guam, un gecko grimperait sur le mur et se repaîtrait de ces mouches mais ici les reptiles sont plus circonspects. Cela dit, le dîner est prêt, c'est certain, et voilà qu'Alma se lève, avance sur le plancher desséché, passe la porte, pénètre dans la salle, où tout le monde, comme un seul homme, lève les yeux vers elle, et tout le monde semble sourire.

« Oh là là, Alma ! hurle Frazier, rubicond d'ordinaire et de plus en plus rouge ce soir, on a cru que tu étais partie accoucher de triplés dans la pièce à côté – à la dure, en coupant le cordon avec les dents. » Plaisantant en leur nom à tous, il fait passer son verre de la main droite à la gauche tout en traversant la salle jusqu'à elle ; il écarte les doigts sur le renflement du ventre d'Alma et lâche, fanfaron : « Non, ils sont encore dedans, les gars. Et je les comprends… quel bébé sensé voudrait sortir et affronter cette foutue compagnie de poivrots et de dingues du maquis ?

— Parle pour toi ! » lance quelqu'un, et toute la compagnie éclate de rire.

Discrètement, Annabelle intervient et, espiègle, éloigne Frazier d'Alma, présentant une bouteille à celle-ci pour qu'elle l'inspecte. « Du cidre sans alcool. Je me suis dit que tu en prendrais peut-être un verre… tu veux ?

— Oui, ça m'ira. » Ajoutant dans un souffle doux, délicat : « Si quelqu'un me passe un verre propre, cela dit. »

Un ululement de la part d'A.P., qui vide son verre de vin ostensiblement, d'un trait, puis se lève pour aller le laver au robinet et l'essuyer d'un geste théâtral avec le coin à peu près propre d'un torchon, avant de le tendre à Alma d'un geste tout aussi théâtral. Avec un timing parfait, Annabelle avance la bouteille de cidre et propose un toast : « A Alma. Et à ce bébé.

— Ou à *ces bébés*, précise Frazier.

— C'est facile pour toi de dire ça. » Annabelle se penche en avant pour remplir son propre verre avec un fond de pinot grigio. « Mais ce n'est pas toi qui doit charrier tout ce poids. » Elle marque une pause, semble réfléchir, et avance la main pour toucher le bide de Frazier. « Quoique, quand j'y pense…

— Pas moi, je jure que je ne suis pas enceint.

— Des sextuplés ! s'exclame A.P. Moins ce serait… (il titube, sourit bêtement, essaie de boire au goulot et de parler sensément, tout en même temps)… Moins ce ne serait pas renouvelable. Ou pas durable. Ou… ou… je ne sais plus… »

Elle doit accoucher dans deux semaines et demie. Tout le monde en est conscient, même Freeman Lorber, qui s'est évertué à affirmer son autorité sur elle et, pendant les premières semaines où la grossesse a été visible, a affirmé vouloir être garçon d'honneur au mariage, jusqu'à ce qu'elle l'informe qu'il n'y aurait pas de mariage, et que, de toute façon, ce n'était pas ses oignons. *Tout ce dont tu as à t'occuper*, a-t-elle répliqué, d'une voix assez dure pour qu'il ne demeure plus la moindre ambiguïté, *c'est de savoir qui va s'occuper de tout pendant mon congé de maternité ; pas plus d'une semaine, cinq jours ouvrables, alors ne prends pas cet air…* S'il y a des surprises, si le bébé est prématuré ou si Alma se trouve sur l'île au moment d'accoucher, elle aura tout le temps de rentrer sur le continent, sinon par bateau, du moins par hélicoptère. Mais ça n'arrivera pas car elle passera la dernière semaine chez elle. Sa mère sera là. Et Ed. Ed, réservoir plein, pneus bien gonflés, prêt à partir à l'hôpital à tout moment.

Après le dîner, elle sort une chaise à l'extérieur et observe la lumière changer sur le coteau derrière le dortoir. Elle a un livre sur son lit mais elle n'a pas besoin de livre, pas ici, pas ce soir. Tout repose, les hirondelles ont regagné leur nid, les sauterelles que les renards aiment écraser entre leurs dents s'installent dans les hautes herbes jaunies, les teintes des bâtiments, des champs et du chaparral se modifient, se fondent les unes dans les autres exactement comme dans les tableaux de Diebenkorn dont est ornée la maison principale : Diekenkorn a séjourné ici, ici même, il a arpenté ces terres, ami et hôte de Carey Stanton, à l'époque où l'endroit n'était pas encore propriété de l'Etat. Elle songe à cela, à la possibilité de saisir cette scène par la peinture ou peut-être même le dessin, l'ampleur du lieu, le réconfort qu'il apporte, et à la difficulté de ce faire, à ses lointaines tentatives dans le domaine des arts figuratifs, au début de ses études secondaires, qui avaient viré à l'expressionnisme abstrait… Et puis Allison vient la rejoindre.

La lumière s'est mise à faiblir, les chauves-souris volettent dans l'air, un courant frais d'air marin remonte doucement depuis l'océan, après avoir franchi le col. Allison s'installe par terre à côté d'Alma, s'adosse au mur rugueux. « Je peux ? demande-t-elle, agitant dans sa direction une cigarette non allumée.

— Oui, pas de problème », répond Alma, qui ne peut s'empêcher néanmoins d'être un tantinet agacée. Allison ne pourrait-elle aller fumer à l'arrière ? Au sommet de la crête ? Sur une bouée dans le détroit ? N'importe où mais pas *ici* ?

« Je veux dire, le vent va dans l'autre sens. J'en suis presque sûre. » La flamme éphémère, le retroussement des lèvres, l'odeur âcre et violente d'herbe brûlée, et puis plus rien, cela flotte le long de la base de la maison tel un esprit invoqué puis congédié.

Pendant un moment, toutes deux gardent le silence, Alma contemple la cour avec, à l'autre extrémité, le tas de compost haut comme un bâtiment, tandis qu'Allison est absorbée par sa cigarette. Les chauves-souris ricochent sur rien, les ombres s'intensifient d'un cran. Et puis, juste pour faire la conversation, être affable et chaleureuse plutôt que simplement vieille, enceinte et bougonne, Alma dit : « Le dîner était excellent. Vous vous êtes vraiment surpassées.

— Vous avez aimé ?

— Je crois que j'ai trop mangé.

— Ouais, je veux dire… quand Marg et moi on a vu les poissons de roche qu'A.P. avait pêchés, on s'est dit : on va les paner, les faire frire et puis les mettre de côté pour qu'ils ne ramollisent pas… quant au reste, c'était facile, le sauté habituel avec du riz complet. Et du vin. » Elle lâche un rire. « Accompagné de vin, un plat paraît toujours meilleur ! » Allison a le genre de cheveux blonds que la mère d'Alma appellerait « blond cendré » ; elle a un visage étroit, elle est jolie et pas plus âgée que la fille que Dave LaJoy avait emmenée sur l'île pour la faire mourir.

« Ouais, sans doute. Mais, quoi qu'il en soit, vous étiez inspirées ce soir. Vraiment, vous devriez ouvrir un restaurant. »

Allison ne répond pas. Elle regarde dans la direction du tas de compost. « Qu'est-ce que c'est, là-bas ? s'enquit-elle tout bas. Un renard… ? Non, ça ne peut pas être un renard… vous croyez ? »

Les renards, habitués à être nourris quand ils étaient en cage, viennent volontiers rôder aux alentours de la ferme, même en plein jour. Alma a identifié six individus différents qui font le tour du compost tous les soirs, se régalant des restes, qui, aujourd'hui, incluront une succulente, une irrésistible quantité de peaux, de boyaux et d'arêtes de poissons de roche. Mais Allison (renarde un jour, renarde toujours) a raison. Même sans ses lunettes, Alma voit bien la différence. Ce n'est pas un renard. Les mouvements ne correspondent pas, trop ramassés, trop discontinus, pas fluides comme ils devraient l'être. « Une moufette, dit Alma, se levant de son siège au moment où, de son côté,

Allison déroule son corps pour venir se poster à côté d'elle. Quoi d'autre ? »

C'est alors que ça devient intéressant : toutes deux traversent la cour en silence jusqu'à la légère montée où les herbes caduques ont été fauchées, réduites à des moignons jaunâtres accompagnés de temps à autre par une explosion de fenouil coupé comme un poing vert ; elles avancent avec difficulté, le crépuscule leur joue des tours. Toutes deux tentent de bouger le moins possible comme dans un jeu d'enfants, feu vert feu rouge, elle gardent les bras le long du corps et s'arrêtent après chaque pas. Elles arrivent à une quinzaine de mètres du compost. Elles plissent les yeux pour scruter l'écran descendant de la nuit mais, même à la tombée du jour, il devient évident que la créature, qui agite ses pattes comme une paysanne penchée sur son linge au bord d'une rivière au printemps, n'est ni renard ni moufette. D'abord, elle est trop grosse. Et puis les mouvements ne correspondent pas. La fourrure. La façon dont elle se tient sur ses pattes arrière quand elle mange. Pendant un instant, l'étonnement le cédant à l'indignation, Alma croit que c'est un chien, un bâtard dépenaillé, puant, propagateur de maladies que quelque marin d'eau douce aura abandonné là sans songer aux conséquences, au désastre que la maladie de Carré ou le parvovirus canin pourrait causer à la population de renards mais elle s'aperçoit bientôt que ce n'est pas un chien non plus. C'est extraordinaire, c'est déconcertant mais cela semble être un tout autre animal. Un animal avec un masque, des doigts articulés et une longue queue rayée et touffue.

La zone de séparation

ON EST DONC EN JUIN, ENFIN, le détroit est plein de bateaux, tous les cochons sauvages sont morts et personne ne le sait et tout le monde s'en fiche. Il a pris la résolution de ne pas être amer, de ne pas s'énerver puisque ça ne servirait à rien. L'A.P.P.A. n'est plus, c'est devenu une bonne blague, triste ; les dons se sont réduits à rien suite à la descente en flèche de Toni Walsh et à la façon dont les journaux nationaux ont repris l'affaire. Sans parler des blogs. Alors que leur travail paraissait héroïque aux yeux d'une certaine tranche de la population, ils sont à présent devenus un symbole de velléité et d'excès – pire : d'une sorte d'incompétence clownesque, au point qu'il a honte de se montrer en public. Même Marta, ce gros cul minable, Marta qui, aux cuisines en ce moment même, s'assure que ses œufs sont bien cuits des deux côtés et ses tartines de pain grillé au moins malléables, a qualifié la situation, tôt par une matinée morne, lorsque le café allait déborder et où tout le monde écoutait, jusqu'à l'apprenti clodo au froc plein de gras qui passait tous les matins pour se faire payer un café à emporter : « Ça m'a l'air que vous vous êtes mis dans de sales draps, pas vrai, Dave ? » avait-elle dit, veillant à ce que sa voix porte assez loin pour que tous entendent, tout en prenant garde de laisser les plis boudinés de son visage pendre en un simulacre de compassion. Brûlant de rage et d'humiliation, son regard avait évité la bonne femme pour embrasser toute la salle (qu'un seul client ose ne serait-ce que sourire !) et, d'une voix qu'il maîtrisait parfaitement, il avait répondu : « Rien que je ne puisse pas gérer. »

Assis près de la fenêtre, il ressasse cette petite scène, toutes les scènes malencontreuses qui ont émaillé les quatre derniers mois, il observe la circulation couler dans les rues lisses, le brouillard est si épais qu'il semble créer chaque voiture qui passe après avoir surgi de rien. Il veut une deuxième tasse de café, ses œufs, son pain grillé mais Marta paraît se déplacer comme sur une étendue de papier tue-mouches, il y a cinq minutes qu'elle a disparu dans la cuisine, sans doute pour fumer une cigarette, ou se faire faire une transfusion sanguine ou, mieux, un nouveau cerveau. Est-ce qu'il la hait ? Non. Il la tolère, c'est tout, de la même manière qu'il tolère les autres demeurés et incompétents de cette terre. A-t-il l'intention de trouver un autre café où la nourriture et le service seraient de meilleure qualité ? Non. Pour la bonne raison qu'il tient à ses habitudes pour le meilleur et pour le pire, il est le premier à l'admettre, même à Anise, qui refuse d'entrer dans un bouge de ce genre. Surtout à Anise.

Au moins, le procès, c'est de l'histoire ancienne ou à peu près. L'arrestation citoyenne, c'est de la pure fumisterie, Kelly était adulte et sur l'île de son plein gré, au service de ses besoins et croyances, alors cette affaire ne dépassera jamais le stade du référé. Sterling a fait rétrograder les accusations de la partie adverse à un simple délit de violation de propriété, pour lequel Dave plaidera coupable – avec fierté, et il le monte en épingle sur son blog du site de l'A.P.P.A., au cas où il leur resterait encore une audience, il paiera l'amende et continuera sa route. Et voilà exactement de quoi aujourd'hui est fait. Après avoir pris son petit déjeuner, si Marta réussit à passer la porte à doubles battants et à le lui apporter, ce pour quoi, autant qu'il le sache, elle est payée, il ira au supermarché, fera une provision de sandwiches, tofu, tomates cerises, poivrons rouges, champignons et oignons doux pour des kebabs, une ou deux bouteilles d'un bon vin du coin, et puis il emmènera Anise, Wilson et Alicia à Coches ce week-end. Pour se détendre. Faire du masque et du tuba. Se dorer au soleil. A la radio, malgré les apparences, ils ont promis du soleil pour midi.

Il lance un regard féroce aux pans immobiles des battants de la porte de la cuisine, avec sa lucarne en verre plein de gras et les plaques en aluminium maculées, avant de retourner au brouillard et aux voitures revenues à la vie : car… est-ce son imagination ou le brouillard s'est-il levé un tant soit peu ? Il y a un instant, on ne distinguait pas la borne d'eau de l'autre côté de la rue, n'est-ce pas ?

C'est alors qu'une femme surgissant du brouillard passe la borne d'eau, regarde vite d'un côté puis de l'autre et traverse la chaussée comme si elle avait l'intention de venir à lui. Elle a trente-cinq, quarante ans, en jupe, bas noirs, cuissardes en vinyle noir, un visage arrondi, doux et généreux, de grands yeux mélancoliques, maquillage complet à six heures un samedi matin, un béret blanc qui trace une ligne mystérieuse juste au-dessus des sourcils. Un petit saut rapide et elle se retrouve sur le trottoir, la promenade, elle arrive à la hauteur de la vitrine, il ne la connaît ni d'Eve ni d'Adam, non ? Elle a les pupilles immensément dilatées, sombres planétoïdes bordés d'une couronne de brun Coca, ce qui lui confère un air vulnérable, doux, réceptif : n'est-ce pas le regard de l'amour ? Ou alors, elle est myope. Elle est juste là, à quelques centimètres de lui, mais elle ne le voit pas, elle n'avançait pas du tout vers lui. Elle regarde ailleurs sans le voir, elle scrute l'intérieur du snack, le comptoir, les boxes, elle cherche un homme, jusqu'à ce que, tout à coup, elle le voie, lui, LaJoy et lui adresse un grand sourire de soumission quoique de biais.

En temps normal, à cette heure matinale, surpris dans son box, il se serait sans doute réfugié derrière un air renfrogné. Pas aujourd'hui. Aujourd'hui, c'est différent. Aujourd'hui marque le début d'autre chose, un assouplissement dans son rapport au monde, une acceptation, dans un climat de joie et de pardon, et il sourit donc à la nana, et ce sourire, même s'il a Anise et que cette nana a un mec de son côté, un mec qui va se matérialiser d'un instant à l'autre, entrer dans le snack d'un air dégagé, proclame qu'il est d'accord, à la hauteur et prêt à tout ce qui pourrait se présenter.

Il y a des files d'attente au supermarché, alors que tout le monde devrait être encore couché, non ? Il ne peut refouler un accès de sa bonne vieille impatience face à la caissière qui appelle inutilement un vérificateur à la caisse numéro 3 (*Randy ? Randy ? Randy est demandé à la caisse numéro 3*), or Randy se fait attendre et LaJoy doit patienter derrière un vieillard aux mouvements de plongeur en pleine mer qui a oublié sa carte et ne se rappelle pas son numéro de téléphone non plus, puis les trois femmes dont chacune achète des provisions pour une année entière comme si elles allaient rentrer s'enfermer dans leur bunker, avant qu'on s'occupe enfin de lui, et, malgré la verve du vérificateur caféiné et d'humeur très bavarde, lui-même, à chaque connerie prononcée par la caissière, répond par des monosyllabes avant de pouvoir sortir, tandis qu'un « Passez une bonne journée » résonne dans son dos.

De retour chez lui, il laisse les courses dans la voiture, consacre un instant à mettre les denrées périssables dans la glacière à l'arrière, puis entre dans la maison afin de laisser sortir les chiens. Il s'est arrangé avec la bonne, Guadalupe, pour qu'elle vienne le soir et s'occupe d'eux, puis encore demain matin, si bien qu'il n'a pas à s'inquiéter de ce point de vue. Les chiens (ils sont déjà sortis une fois, à l'aube, quand il s'est levé pour aller ramasser le journal) traversent la pelouse pour faire leurs besoins de leur habituelle manière accroupie et squelettique. Ils ont été exploités, marqués par la souffrance, ils ont couru tout au long de leur vie aux belles articulations, d'élevage de chiots au terrain de course et au chenil puis retour au terrain de course jusqu'à ce qu'ils soient trop vieux pour courir, sur quoi arrive l'homme à la seringue : des griffes duquel il les a sauvés, ces deux-là du moins. N'empêche, ce sont des bêtes timides, qui se déplacent furtivement, arpentant la maison comme des fantômes qui auraient honte d'être vus. Il les observe pendant un moment, puis vérifie l'heure et les siffle pour qu'ils rentrent. Il est huit heures et demie et Stiles doit arriver à neuf heures.

A neuf heures tapantes : un coup de sonnette à la grille et les intonations de la voix de Stiles gravées à l'acide comme un message venu d'une planète lointaine. « C'est moi, Stiles, j'ai votre camelote. »

Si LaJoy s'attendait à une caricature du Sudiste en salopette et chapeau de cowboy, au volant d'une camionnette cabossée, chargée à ras bord de bottes de foin et de chèvres au cou tendu à l'arrière, il doit être surpris. Stiles conduit une Yukon de General Motors. Astiquée de frais, le même modèle que le sien mais plus neuve, et quand il l'immobilise devant la maison et sort sur l'allée pavée pour serrer la main de LaJoy, il n'y aucune différence entre lui et un banlieusard en goguette au centre commercial. Il est jeune, beaucoup plus jeune que LaJoy l'aurait cru au son de sa voix au téléphone : il ne peut guère être beaucoup plus âgé que lui.

« Ouais, merci de vous être déplacé », dit LaJoy, lâchant la main de son visiteur.

S'ensuit un silence gêné, Stiles le dévisage comme s'il attendait un discours de louanges et de délivrance. Au bout d'un moment, il finit par demander : « C'est chez vous, ici ?

— Oui.

— Ça doit être chérot. »

LaJoy hausse les épaules. « C'est la Californie.

— A qui vous l'dites. » Un autre silence, plus long encore. « Mais je suis un homme de parole, y a pas de lézard, et le prix qu'on a fixé, si je me trompe pas, c'est trente dollars pièce. Je me trompe ?

— Non, c'est ça. Combien en avez-vous apporté ?

— Dix. Chacun dans son sac en toile », répond-il en s'approchant du coffre de son 4 × 4 pour relever le hayon.

LaJoy jette un coup d'œil à l'intérieur. Même éclairage que dans le sien, mêmes moquette grise et compartiments de rangement en vinyle. Sur la moquette, une bâche en plastique, et, sur le plastique, répartis comme des sacs d'oignons ou de pommes de terre, les fameux sacs. A y regarder de près, on distingue des mouvements, flexion extension de muscles comme une vague ondoyante qui se brise sur la surface morne et ocre de la toile de jute.

« Il faut les séparer pour qu'ils se mordent pas les uns les autres. Ils sont pas immunisés contre leur propre venin… on l'apprend, à force. Je l'ai vu, quand ils s'affolent, ils se mordent eux-mêmes, comme pour se suicider. Vous auriez pas envie que ça arrive, pas vrai ? À trente dollars pièce. »

Jusque-là, LaJoy n'avait pas vraiment réfléchi à la dangerosité de ces bestioles : c'étaient des serpents, voilà tout, des crotales, et si Santa Catalina en a, pourquoi pas Santa Cruz, et quelle importance si le Dr Alma pose malencontreusement le pied sur l'un d'eux ? C'est la nature, non ? Maintenant, toutefois, à regarder les sacs marron, muets et la présence vivante à l'affût dans chacun, LaJoy ressent un plaisir peu différent de celui, fait de crainte et d'excitation, qu'il a ressenti la première fois qu'il a vu une arme, un pistolet, objet noir et inerte posé négligemment sur le comptoir d'une cuisine, dans la maison d'un gamin du quartier. Il était là, simplement, luisant sombrement à côté du sucrier et de la boîte à biscuits, sauf qu'il avait la potentialité de s'animer fichtrement. « Comment dois-je m'y prendre avec eux ? Voyons… est-ce qu'ils mordent à travers la toile de jute ? »

Stiles saisit un sac, le soulève par le nœud au sommet. La tension dans son bras est tangible. La forme se modifie à l'intérieur du sac, s'alourdit au fond. « Possible. Mais ils aiment être dans le sac, ils aiment l'obscurité. Généralement, ils ne mordent pas ce qu'ils ne voient pas… ou plutôt : ce qu'ils n'arrivent pas à détecter sur leur radar.

— Leur radar ?

— C'est comme ça que je l'appelle. Leur détecteur de châleur. Pour détecter les proies à sang chaud quand ils se baladent en douce la nuit. Les souris et les autres. Les lapins. » Il tend le sac. « Vous voulez le tenir ? Non ? » Un sourire, tiède, pincé aux commissures. « Vous devriez peser, au moins, pour vérifier que vous en avez pour votre fric…

— Non, réplique LaJoy avec un mouvement de la main, paume tournée vers le sol. Ça ira comme ça. »

Une pause. Stiles l'observe, encore avec son air pas très charitable. « D'accord, comme vous voulez. Ça fait trois cents dollars. Cash. Je vous fais cadeau de l'essence. Vous voulez que je vous les transporte à l'arrière de votre véhicule ?

— Ouais, sûr. » LaJoy tente de sortir son portefeuille de sa poche et soulève le hayon du Yukon au même moment. « Est-ce que j'aurai besoin du même genre de bâche en plastique ? »

Un haussement d'épaules. « Je suppose qu'ils pourraient chier. Et ça pue si ça pénètre dans la moquette. Mais vous pouvez prendre la mienne. J'en ai pas besoin. »

Et voilà. Stiles prend la bâche en plastique avec le geste du serveur qui changerait une nappe dans un restaurant et l'étale ensuite à l'arrière du 4 × 4 de LaJoy, lisse les plis d'un coup sec, d'une seule main. Puis il soulève les sacs en toile, deux à la fois, et les dépose délicatement dessus. Lorsqu'il a terminé, LaJoy lui tend l'argent, trois billets de cent dollars. Stikes les observe pendant un moment, les écarte en éventail dans sa main avant de les replier et de les fourrer dans sa poche de devant. Puis il ôte un chapeau imaginaire et remonte dans son 4 × 4. Il fait claquer la portière. Le moteur ronfle, tourne parfaitement rond comme un aspirateur. Une dernière chose : sa tête penchée à la fenêtre, un sourire si tendu qu'on dirait une grimace. « Belle bagnole. » Un léger bruit mécanique quand il appuie sur le bouton Marche. « C'est la classe. »

LaJoy est à bord quasiment une heure avant le rendez-vous qu'il a donné aux autres, il prépare la traversée et emporte des provisions (les serpents, ce sera une surprise, pour ainsi dire le clou de l'excursion, il les installe donc délicatement dans la cale, un à un, prenant bien soin d'éviter tout contact direct entre les sacs et lui). Arrêt au poste essence puis retour au mouillage pour préparer les sandwiches, faire mariner le tofu et les légumes pour les kebabs. Le vin est dans la glacière, la bière aussi (Wilson est un buveur de bière invétéré) et les lapins sont dans leur cage sous la table, avec plein de journaux étalés dessous pour récupérer les crottes. Jusque-là, il ne s'était pas rendu compte de la quantité de nourriture que les lapins engloutissent, comme si leur raison d'être sur terre était de produire des boulettes de merde, merde à gogo : les garder dans le garage pendant deux semaines, ça a été une épreuve. C'est le mari de Guadalupe qui les lui a procurés, des lapins, pas les gros lièvres qu'il aurait préférés, mais c'était la seule solution. Salvador avait capturé un couple de lapins sauvages qui avaient saccagé son jardin trois ans plus tôt, il les avait enfermés dans un clapier et engraissés pour les vendre à des amateurs, ce qui était de bon rapport, prétendait Guadalupe. Ceux-là du moins seraient épargnés et, à cinq dollars pièce, c'était une affaire. La première semaine, les filles (Anise et Alicia) s'étaient extasiées devant eux et leur avait donné à manger des morceaux de carotte, des feuilles de laitue et d'autres spécialités encore mais elles s'en étaient vite lassées et lui avaient abandonné leur garde. Cela dit, elles sont ravies de les relâcher, ça c'est sûr. « Nous organiserons une petite cérémonie sur la plage, avait dit Anise, pinçant les biceps de LaJoy. Un véritable bal des débutants, *Deux lapins au pays des lapinos* ! Ça sera génial, non ? »

Quant aux ratons laveurs, il a fait chou blanc après les deux premiers. Les pièges n'avaient emprisonné que le même matou trois soirs de suite et puis plus rien du tout. Idem pour les oppossums, alors qu'il en avait vu deux dans la rue devant la maison tard un soir quinze jours avant : il laisse donc les pièges installés avec les appâts, au cas où. Du côté des rats à poche, il a abandonné. Quand ils sont arrivés quelques semaines après le départ des ratons laveurs et ont érigé sur toute la surface de la pelouse de grands tas coniques de terre comme des cratères miniatures, il a consulté son jardinier. « Est-ce qu'on peut les attraper vivants... sans leur faire de mal, je veux dire ? » Le jardinier l'avait regardé pendant un long moment. Puis, très lentement, pesant ses mots, il a répondu : « Du poison ou un piège Macabee. Dans un cas comme dans l'autre, ils sont morts. Si c'est des animaux domestiques que vous cherchez, allez chez Petco. »

Anise arrive la première. Elle porte des sabots et une espèce de chandail qui lui descend jusque sous les fesses, jaune, comme les survêtements que les petites filles portaient quand il était petit, sauf qu'elle n'est plus une petite fille et que son haut a une grande échancrure devant pour bien montrer ses atouts. Elle porte son sac passé sur l'épaule et une bouteille de vin dans chaque main, l'une du rouge, l'autre du blanc. « Du cambria, mon chou. Martha's Vineyard. Mon préféré. » Elle repousse en arrière son chapeau de paille pour donner un baiser à LaJoy puis elle plisse le nez. « C'est quoi, cette odeur ?

— Les lapins. Tu as oublié ? C'est leur grand jour. »

Elle se met à genoux et adresse des petits bécots à la cage sous la table, s'adresse dans un babil enfantin aux petites choses sans cervelle qui retroussent leur nez collé au grillage comme s'il n'existait rien d'autre au monde. « Oh, les pauvres petits lapinous coincés dans cette horrible, horrible cage. Petits lapinous. Qu'ils sont mignons ! Personne ne va vous manger, ne vous inquiétez pas. Oh non, pas tant que Maman sera là. »

LaJoy l'observe avec intérêt, de la frange de sa jupe relevée à l'arrière jusqu'à ses seins alourdis par la gravité. (*En levrette*, songe-t-il.) Depuis combien de temps n'ont-ils pas fait l'amour ? Depuis le week-end précédent ? Une semaine entière ? Trois pas et il la surplombe, se penche en avant pour regarder la cage, une main allant chercher la chaleur d'Anise, là où le revers de sa jupe remonte et où l'étoffe soyeuse tendue à l'entrejambe prend la relève. « Mmm, dit-elle tout bas, reculant contre sa main en remuant les hanches, c'est bon. »

Ils s'abandonnent à un corps-à-corps intense, bouche contre bouche, hanches contre hanches, Anise pressée contre la cloison, LaJoy tendu de part en part, lorsque le visage de Wilson apparaît par le chambranle de la porte. « Hé, hé, vous deux, on veut pas de ça ici, gazouille-t-il avec sa voix de pitre de la classe, ce qu'il était à l'époque et est encore. Ou nous allons dériver. » Surgit ensuite Alicia, dont le visage vient se glisser à côté du sien comme s'ils regardaient au fond d'un puits. « Tu vois ce qui se passe en bas ? Ils tournent un film porno sauf qu'ils ont oublié la caméra. »

Alice a aussi du vin, un panier en osier plein de goulots et l'on ne voit que ses jambes quand elle descend les marches, vêtue d'un short blanc moulant. Wilson a sur l'épaule une caisse de Dos Equis, un sac à provisions plein d'avocats et de chips de tortillas dans sa main libre. « Il faut absolument des chips et du guacamole, annonce-t-il, posant son fardeau sur la table. Sinon ce n'est pas la fiesta, j'ai pas raison, Alicia ? »

Avant qu'elle puisse répondre, avant qu'elle ait le temps de donner le panier à Anise ou même de dire bonjour, Wilson l'enlace dans un corps-à-corps équivalent, remuant les hanches de façon parodique. « Personne peut nous en remontrer, hein, bébé ? »

LaJoy se sent léger, du moins aussi léger qu'il en est capable, car se détendre, ce n'est pas son fort : alors, au lieu de rabrouer Wilson, il laisse couler, répondant, souriant, le bras passé autour de la taille d'Anise : « Nous verrons… te connaissant, tu ronfleras moins de dix minutes après qu'on aura passé la digue. »

Tout à coup, Wilson est une boule de mouvements, il se dégage d'Alicia, s'empare du panier, le pose sur la table, après quoi, il écarte les bras en un complexe haussement d'épaules, paumes en avant. « Possible, mon capitaine, mais au moment voulu (adressant un clin d'œil à Alicia), je serai à vos ordres. »

Tout va donc bien, tout étincelle, tout est même *beau*. Tous ont le sourire, tous les quatre, et LaJoy songe que c'est formidable de pouvoir faire ça, de lever le pied, de ralentir le rythme, de laisser la vie venir à soi plutôt que de perpétuellement la poursuivre. Depuis tout gamin, il fait des virées de ce genre et, malgré tout le fric qu'il a, il n'y a rien de tel que l'excitation de monter à bord les bras chargés et de prendre son temps pour ranger son matériel et ses provisions dans les ingénieux casiers antitangage conçus spécifiquement dans ce but (« ici, tout prend la forme du bateau », disait sa mère) et puis démarrer le moteur, larguer les amarres sous un soleil de plomb ou même enveloppé d'une brume froide et dégoulinante ou une pluie qui tape sur le plafond de la cabine comme mille doigts, et sortir du port avec rien d'autre que son excitation. A l'école, quand l'ennui de la routine, des devoirs de fin de semestre et des interros surprise l'amenait à avoir l'impression d'être enterré sous plusieurs couches de boue comme la grenouille en hibernation sur l'illustration tricolore de la mare en hiver dans le manuel de biologie, ses parents l'emmenaient aux îles pour le week-end, avec un camarade de son choix, Barry Butler, Joe Castle ou Jimmy Mastafiak.

Appareiller, c'était comme s'asseoir dans un avion en partance pour Hawaï ou attacher sa planche sur le toit de la voiture et descendre à Baja, mais mieux, beaucoup mieux, car le trajet lui-même faisait partie de l'aventure et, quand on arrivait à destination, c'était comme si on avait sa maison avec soi, et pas seulement une valise ou un sac de gym. Et oui, il a vu les mobilhomes d'un kilomètre de long sur l'autoroute avec des cadavres réanimés au volant, lâchant leurs gaz d'échappement en tirant leurs biens terrestres de Toledo à Butte et retour, mais s'installer dans un pliant sur une bande de béton, enveloppé par un suaire de fumées nocives en compagnie de dix mille autres demeurés, ça n'est pas pareil qu'être en mer, où, tous les jours, à chaque heure, chaque minute, quelque chose t'occupe l'esprit, quand d'un simple coup de l'index sur le gouvernail, tu peux aller où tu veux.

Wilson, qui est rapide et a le pied marin au point qu'il pourrait en faire sa profession s'il le souhaitait, appareille puis le rejoint à la barre. Les filles sont en bas dans la cabine, leur verre d'un viognier clair et frais posé en équilibre sur la paume de leur main, tandis que la bouteille sue dans le seau à glace rétro qu'Anise a déniché dans une brocante. Ils longent la longue double rangée de mouillages, dépassent les poupes du *Chez When*, du *Mikado*, de l'*Isosceles II*, dans un brouillard si dense qu'on distingue à peine les lettres qui composent les noms des bateaux. « C'est censé se lever aux environs de midi, dit LaJoy, fort pour se faire entendre par-dessus le bruit du moteur, et je ne sais pas mais on devrait avoir beau temps pendant tout le week-end. C'est ce qu'ils annoncent à la radio, en tout cas.

— Tu plaisantes ou quoi ? » Wilson a coincé une bière entre ses cuisses. Il porte un T-shirt deux tailles trop grand, un short ample et des sandales. Sur la tête, renversée en arrière, une casquette de baseball, pas noire, cette fois, mais rouge tomate : les Anaheim Angels de Los Angeles. « Quand je suis passé prendre Alicia à son appartement de Bath, je ne voyais même pas sa maison. » La bière monte à ses lèvres, sa gorge déglutit, la bière redescend. « Midi, tu dis ? Si ça se lève à six heures, on aura de la chance. Merde, si ça se lève un jour ! »

Le long et imposant bâtiment tout en piliers de Stearns Wharf, avec ses restaurants, ses boutiques de souvenirs et ses flots de touristes piétinant surgit brusquement du brouillard tel un mille-pattes géant qui se traînerait sur l'eau ; quand il disparaît à nouveau, ils passent l'embouchure du port et débouchent sur l'océan aussi plat et récuré qu'une casserole en inox. « Au moins, la mer est calme », dit LaJoy, songeant que le détroit paraît toujours calme quand on décolle en avion ou qu'on descend du col de San Marcos par un jour ensoleillé, comme si ce n'était rien, comme si on pouvait le franchir en vingt minutes en pédalo.

« C'est déjà ça, oui. Mais j'échangerais volontiers ce calme-là pour un peu de soleil. »

C'est le dernier commentaire que Wilson a l'occasion de faire car, à peine quelques minutes plus tard, à la faveur du balancement du bateau et du vrombissement soporiphique du moteur, il dort déjà à poings fermés. La bière, encore coincée entre ses cuisses, ne va pas se renverser : pour l'instant, c'est le calme plat. Sa tête penche en avant, de plus en plus, au point que son menton finit par venir se caler sur son torse. Il commence à ronfler – très doucement. Pendant une heure, LaJoy le laisse tranquille, heureux de se concentrer sur la tâche qui lui incombe, jetant régulièrement un coup d'œil à ses intruments, scrutant la brume qui bientôt envahit toute sa vision, ciel, terre et mer avalés et recrachés et toujours aucun signe du moindre éclaircissement. Il laisse libre cours à ses pensées, qui, toutefois, sont limitées, jusqu'à ce que, en fin de compte, il ne pense plus rien, esprit libéré du corps comme cela se passe toujours quand il sort en mer. Il est vivant, voilà tout. Son cœur bat. Il respire. Le brouillard le cale contre un écran lisse et vide comme s'il flottait ou, non, plutôt, volait.

Ils ont tout juste parcouru la moitié du chemin lorsque Wilson se réveille en sursaut. « Oh, merde, lâche-t-il. C'est quoi, ça ? J'ai fait un somme ?

— Tu étais plutôt en phase de sommeil paradoxal. Ça fait une heure que tu dors. »

D'en bas montent les trémolos des filles, leurs fous rires, sur fond lointain de bribes de musique. S'ajustant au contexte,

Wilson découvre la bouteille coincée entre ses cuisses, la lève à titre d'expérience et la glisse derechef là où elle se trouvait. « Tu veux une bière ? Je crois qu'il m'en faut une autre maintenant

— Pas avant qu'on arrive à destination.

— D'accord. En avant toute, Dave. » S'ensuit un silence, rien que le doux bruit du remous sur la proue, le moteur, les bavardages en bas. « Au moins, les filles prennent du bon temps, apparemment. Mais merde, quelle purée de pois... Bordel, comment tu arrives à t'y reconnaître là-dedans ! Moi, je ne ferais pas la différence entre le milieu du détroit et le littoral de l'île. Et les rochers. Et les hauts-fonds froids et saumâtres, sondes, brasses et tout le reste. Tu vas continuer d'éviter les fonds, Dave ?

— C'est mon intention. Là, regarde la carte sur l'écran : là, tu vois celui-là ? »

Au bout d'un moment, Wilson dit : « Ouais, mais moi j'aime pas ça quand je peux pas voir où je vais.

— Il n'y en a pas besoin.

— Moi, c'est ce genre-là que je préfère, ce genre de carte... » Il se penche en avant et sort une carte plastifiée de l'étagère à sa gauche. « Vieux jeu, tu vois ce que je veux dire ? On peut s'y raccrocher, quoi... Au fait, c'est quoi, cette chose jaune au milieu ?

— Quoi, il te faut des lunettes maintenant ? »

Wilson plisse les yeux, tient la carte à bout de bras. « Seulement quand je suis en service. Mais je devine : “Bouée du détroit de Santa Barbara Est”. Mais tu savais déjà ça.

— On vient juste de la passer. On est à peu près à mi-parcours, après on devra contourner la côte Ouest avant de remonter jusqu'à Coches.

— Alors, on est dans le... ouvrez les guillemets : couloir de circulation côtier Nord ?

— Non, regarde là, sur le G.P.S. : on vient juste de le quitter. Nous sommes dans la zone intermédiaire.

— La zone de séparation.

— Exact. Une fois qu'on aura franchi le couloir Sud, dans environ cinq minutes, on sera à l'abri. Jusqu'à la pointe Ouest de l'île et au détroit de Santa Cruz, où se trouvent les rochers, puisque tu posais la question. Alors, pas de bière, pas de cocktail, rien, pas pour moi. Pas jusqu'à ce qu'on jette l'ancre et qu'on puisse se détendre, parce que tu sais aussi bien que moi qu'il faut pas faire de conneries dans les parages. Surtout par ce temps.

— Je te reçois cinq sur cinq. Mais ton copilote, lui, il peut se bourrer la gueule autant qu'il veut… en fait, ce n'est pas prévu par la loi maritime ? A moins que tu nous fasses un infarctus. Tu ne vas tout de même pas nous faire un infarctus, hein, Dave ? »

Les clapotis, les rires épars qui montent de la cabine. Pas d'oiseaux, pas même des puffins. La pâle lumière froide du soleil qui quelque part là-haut tente de percer. Et le calme. Un calme qu'aucun argent ne peut acheter. A moins que… n'est-ce pas précisément ça ?

« Tu veux que je te dise quelque chose dont je ne t'ai pas encore parlé… et pas à Anise ou à Alicia non plus ? »

Souriant, coudes sur les genoux, repoussant son chapeau sur l'arrière du crâne avec une chiquenaude nerveuse, Wilson attend d'être éclairé. Il aime les surprises, il aime les fêtes. « Quoi ? s'enquit-il, et son sourire s'épanouit.

— Ce n'est pas seulement des lapins qu'on va lâcher aujourd'hui. Tu sais… ce gars du Texas, celui que connaît ton pote ou ton oncle ou je ne sais plus qui… L'homme aux serpents ?

— Disparais de ma vue !

— Ouais, on a dans la cale dix crotales de premier choix dans des sacs à patates. Et ce n'est que le début : ce gars dit qu'il peut nous en fournir autant qu'on en veut.

— Je peux les voir ?

— Pas avant qu'on arrive là-bas.

— Bah, quelle importance, de quoi tu as peur ? *Le Paladin II : reptiles à bord* ! Je vois ça comme si j'y étais. Allez, mec, je maniais des serpents quand j'étais gamin. J'avais au moins six terrariums, un boa caoutchouc, une couleuvre agile, deux ou trois couleuvres à nez mince, des cobras royaux et des serpents à sonnettes, ouais, des serpents à sonnettes, pour sûr. Est-ce que tu savais que ceux des monts San Gabriel, vers Los Angeles, traversent une métamorphose évolutionnelle exceptionnelle : les serpents avec les plus petites sonnettes ont plus d'occasions de s'accoupler parce que les gros, les bons vieux *cascabeles* en pétard font trop de bruit et se font tous tuer ?

— Je ne suis pas au courant. Cela dit, je n'en doute pas. Mais ceux-là n'auront aucun problème. » Sa vision va se concrétiser (elle est aussi nette que s'il l'avait sous les yeux) car les serpents qu'il apporte là où personne ne va jamais les déranger pourront grossir jusqu'à ce que leurs sonnettes en tombent, et si ce n'est pas de la conservation de l'espèce, alors il ne s'y connaît pas.

« Allez. Juste un. Laisse-moi en voir un. » Les yeux de Wilson (LaJoy n'avait jamais remarqué ça jusque-là) palpitent, oh très légèrement, nerfs gigotant sous le blanc comme les serpents qui remuent en silence dans leur prison molle.

« J'ai dit non. Tu es sourd ? Je parle assez fort ? »

Les épaules de Wilson se raidissent et sa bouche retombe aux commissures. Pendant un instant, il lisse sa barbiche comme s'il réfléchissait à la question puis, d'un coup, il se lève du banc, fourre la carte sur l'étagère et du même geste attrape la bouteille entre ses cuisses. « D'accord, va te faire foutre. Mais je vais descendre en bas, prendre une bière et si par hasard je jette un œil, c'est mon affaire, non ? » Sur quoi, il tourne les talons, saisit la rambarde des deux mains et descend.

LaJoy reste calme. Il a été calme toute la journée, toute la semaine, d'ailleurs. Mais cette scène le met en boule parce que Wilson peut vraiment jouer au con parfois : pour qui se prend-il, il n'est que charpentier, ce Monsieur je-sais-tout qui s'imagine pouvoir s'en prendre à n'importe qui et quand bon lui semble. Avant de pouvoir se raisonner, LaJoy perdant le contrôle de lui-même dévale les marches en criant : « Non, tu te trompes ! C'est mon bateau et c'est ma putain d'affaire ! »

Le *Tokachi-maru*, un cargo de douze mille tonnes construit aux chantiers de Nagoya, qui se dirigeait vers Long Beach, avec sa cargaison de pièces détachées et de textiles *made in China*, était l'un des plus vieux navires à battre encore le pavillon japonais. Il avait été commandé dans les années 1960 et, depuis, à l'exception de brèves périodes passées à quai ou en cale sèche, a navigué sans discontinuer. Il était gravé de rouille de la ligne de flottaison jusqu'au pont supérieur au sommet de ses six niveaux et bien que, à différentes époques, on eût appliqué plusieurs couches de peinture au pont inférieur et au-dessus (pour la majeure partie, gris éléphant et blanc séborrhéique), il tendait à faire tache – sinon à passer carrément pour une épave – dans tous les ports où il abordait. Il n'en était pas moins encore rentable pour ses propriétaires, qui avaient bien l'intention de continuer à l'exploiter jusqu'à ce qu'il ne le soit plus ou, mieux encore, jusqu'à ce qu'il coule, victime d'un typhon des mers du Sud, assuré de fond en comble, cela va de soi, et sans pertes humaines. Bizarrement, il avait connu fort peu d'accidents compte tenu du kilométrage qu'il affichait et de ses années de navigation (les habituels os fracturés, attaques, intoxication éthylique, et un seul homme à la mer, au large des côtes de Géorgie à la fin des années 1980, dont le corps, hélas, n'avait jamais été retrouvé). Malgré son aspect et les problèmes que l'équipage rencontrait face à des portes que la rouille empêchait de s'ouvrir, malgré la cuisine qui se limitait encore à une gazinière quatre feux et trois fours micro-ondes vétustes, ses intruments de navigation étaient du dernier cri et son capitaine, Noboru Nishizawa, neveu du commandant du navire, était parmi les plus sûrs et les plus prudents de toute la flotte.

Ce jour-là, un samedi de juin 2007, le navire rencontra un brouillard intense en pénétrant dans le détroit de Santa Barbara depuis le nord et le capitaine Nishizawa apparut en personne sur le pont pour superviser les opérations. Par précaution, il réduisit la vitesse aux trois quarts du plein régime et ordonna qu'on fasse sonner la corne de brume à intervalle régulier. Pour le reste, il se fia à ses instruments, à son expérience et à la masse impressionnante de son navire. Il était en plein milieu du couloir Sud et le radar ne signalait rien devant. En cas d'urgence, il aurait fallu au *Tokachi-maru* deux milles et trois minutes et demie pour s'immobiliser. Le virage le plus serré qu'il était capable d'opérer couvrait une zone de près d'un mille. Sur le pont, à une hauteur de sept étages au-dessus de la surface de l'eau, même dans des conditions optimales, l'équipage aurait eu peu de chance d'apercevoir une embarcation de petite taille.

C'était comme ça. Voilà à quoi servaient les couloirs de circulation et la zone de séparation. Le système était-il parfait ? Bien sûr que non. La zone de séparation fonctionnait comme le terre-plein central sur l'autoroute mais les lignes n'étaient pas matérialisées sur l'eau et nul garde-fou en béton nul palmier nul laurier-rose ne séparait les couloirs de circulation Nord et Sud. Y avait-il des accidents ? Bien sûr. Mais la plupart du temps, l'équipage des pétroliers ou des cargos ne voyait rien, ne sentait rien et n'entendait rien lorsqu'une embarcation modeste avait la malchance de se trouver sur son chemin. Il faut voir les choses comme suit : une femme de forte taille, plus grosse encore que Maria au Cactus Café, un vrai monument de chair, d'os et de vitalité, se rend d'un pas lourd à sa voiture sur ses pieds qui la font souffrir après un double service : elle n'envisage pas une seconde la dévastation qu'elle cause chez les fourmis, les blattes et les vers.

Wilson est rapide, il faut lui reconnaître cette qualité. Quand LaJoy dévale l'escalier à sa suite, Wilson a déjà ouvert l'écoutille derrière la table et réussi à saisir un sac avant que LaJoy ait le temps d'arriver et de la refermer. Les filles en sont à leur deuxième bouteille de vin, le chardonnay d'Anise, qui est à moitié vide, et elles ont commencé à manger (elles ont entamé les sandwiches qu'il a préparés sans avoir même la politesse de lui en proposer un) ; elles lèvent alors la tête, tout ébaubies, pensant, à ce qu'il semble, que Wilson et lui jouent à une sorte de jeu, sauf que ce n'est pas amusant, loin de là. C'est con, voilà ce que c'est : con. Et il n'accepte pas ça, pas sur son bateau. Entre Wilson et lui se trouvent la table et Anise coincée sur le banc, au beau milieu. « Pose ça », ordonne LaJoy.

Wilson, toutes dents dehors, brillantes comme dans une pub de dentifrice, agite le sac. « Non, mec, je vais... » Il abaisse le regard sur le nœud dont il défait la cordelette au moment où LaJoy avance la main d'un coup et recule simultanément, craignant la forme sombre à l'intérieur, les crocs (Stiles n'a-t-il d'ailleurs pas dit qu'ils pourraient piquer à travers le sac ?) « Je vais montrer aux filles cette… Attention, surprise ! »

A cet instant, l'instant où le sac s'ouvre et où Wilson, les réflexes si rapides qu'on pourrait croire que le sac n'a jamais existé, plonge la main à l'intérieur et voilà que sort la chose même, Wilson serrant l'arrière de la tête plate et triangulaire, corps gigotant, se recroquevillant sur lui-même telle une gifle, LaJoy ne se rappelle pas s'être jamais senti aussi démuni. Aussi désespéré. Il reste comme paralysé, les filles poussent des petits cris étranglés où se mêlent l'horreur et l'amusement parce que c'est ce que les filles sont censées faire dans ce genre de situation et Wilson continue de sourire de toutes ses dents et de brandir le serpent comme s'il lui avait donné naissance, et tout ce que LaJoy ressent, c'est que les choses ont une fois de plus horriblement mal tourné.

Le voici, le serpent, son serpent, celui qu'il a acheté avec ses fonds privés pour le libérer parce que tel est son bon plaisir, ce serpent qui n'est plus désormais enfermé dans le sac, pas enveloppé dans la toile à pommes de terre et caché à la vue, mais là, tout près, il s'enroule et se déroule, agite la queue avec un bruit aigu et furibond comme une ruche qu'on a dérangée, épais, puissant, menaçant, révélé dans son essence pure. Un serpent. Un crotale. *Crotalus viridis*. Gueule ouverte d'indignation, crocs d'un blanc jaunâtre, lisses et mouillés, chargés de venin. La cabine se resserre. L'océan se meut. Et LaJoy comprend, pour la première fois, l'erreur de tout cela, son erreur, car, oui, il faut laisser les animaux – *les animaux* – décider par eux-mêmes.

C'est alors que retentit la sirène, forte comme un coup de canon.

C'est alors qu'a lieu la collision.

Et puis rien.

La ferme de Scorpion

ELLE N'A JAMAIS VU LE DÉTROIT AUSSI CALME. Pas même une ondulation à la sortie du port de Ventura et, à dix heures du matin, il fait une chaleur de midi. A ce qu'elle voit, il n'y a pas un brin de vent, rien du tout : calme plat, mer plate, bateaux fixés sur place, plaques de varech flasque sur l'eau. Peu de voiliers sortiront aujourd'hui mais les barreurs du dimanche vont devoir souffrir, voilà tout, ça ne la dérange pas d'être un tantinet égoïste, même si elle avait la possibilité d'arrêter la planète sur son axe, elle n'aurait pu commander meilleures conditions météorologiques pour l'occasion. Etonnant, vraiment. Bien que l'*Islander* soit plein à craquer d'employés du Parc naturel et du Conservatoire de la Nature, de campeurs et d'excursionnistes, tous se comportent comme lors d'un cocktail dans un appartement plein à craquer mais avec vue imprenable. Personne n'a le mal de mer, personne ne fait triste mine, personne n'a sorti ses comprimés de Bonine ou de Dramamine. La mer est si calme que lorsque Wade lui apporte une tasse de thé dans son gobelet en carton recyclé, il peut venir depuis la cuisine et longer toute la longueur de la cabine sans gesticuler ou se balancer comme un funambule, sans compter qu'il ne verse pas une goutte de thé. « Aujourd'hui, la mer, ce n'est pas de l'eau, c'est du verre, on ne navigue pas, on patine, dit-il, se penchant sur la table à laquelle

elle s'est installée avec Annabelle et Frazier. Nous ne naviguons pas, nous glissons. Et regardez-moi ce soleil !

— Tu as raison. Ça ne pourrait être plus parfait. » Elle songe à la dernière cérémonie de fin de projet, celle d'Anacapa trois ans plus tôt, et lui de même.

« Personne n'aura froid aujourd'hui, c'est sûr. Les verres, les assiettes en plastique, tout le reste, merde, même le gâteau, ne vont pas s'envoler, n'est-ce pas, Frazier ? »

Frazier et Annabelle rêvassent devant leur café, contents, languides, dans une pose si détendue qu'on pourrait les croire en transe. Frazier tient son gobelet de la main gauche alors qu'elle tient le sien de la main droite. Ils sont quasiment collés l'un à l'autre, hanche contre hanche, et leurs mains libres, jointes, reposent nonchalamment sur les genoux d'Annabelle. Alma, songeant qu'Annabelle a l'air très serein et est très belle, avec sa veste bleu-vert et son chemisier jaune mis en valeur par les pendeloques en ivoire de cochon sauvage que Frazier lui a offertes, contemple, l'air inspiré, le détroit dans la direction d'Anacapa et de Santa Cruz, qui s'élèvent à l'horizon comme le Paradis, celui d'avant Eve, d'avant Adam, d'avant qu'il existe des noms.

Dérangé dans ses pensées, Frazier lève le regard. « Je ne peux pas savoir, je n'y étais pas cette fois-là (il lance un regard d'abord à Alma puis à Annabelle) parce que, à l'époque, vous n'avez pas pensé à nous appeler pour faire des trous dans ces petits rats détaleurs… à… oh, au tarif préférentiel de, disons, cinquante dollars par tête. Qui dit cinquante à ma gauche ? »

Wade lui lance un regard intrigué : est-ce du lard ou du cochon ? Ensuite, il baisse la tête et annonce qu'il doit aller vérifier si tout se passe bien. « Pas d'entourloupe cette fois, d'accord ? » Il a un sourire nerveux, se frotte les mains comme s'il pétrissait en personne la pâte des pizzas cuites au feu de bois. Alma devine qu'il est stressé. Il doit veiller au bon déroulement des réjouissances de bout en bout, lui et aussi Jen. Jen est la nouvelle secrétaire et factotum d'Alma, depuis un mois : un roc, un génie informatique, deux ans de cours de biologie au Santa Barbara City College, elle peut faire face à toutes les situations.

Wade aussi. Ils ont intérêt, d'ailleurs. Parce qu'elle est en vacances aujourd'hui. Elle n'a même pas apporté son portable.

S'ensuit une pause, Wade s'est éclipsé, les gens se promènent sur le pont, le bateau avance si imperceptiblement qu'ils pourraient tout aussi bien être à l'ancre et puis Frazier prend une gorgée de café, lève les yeux d'un air détaché au-dessus du rebord de son gobelet et demande : « Alors, c'est la première sortie en mer de Beverly ? Ou l'as-tu déjà emmenée en bateau ? »

Signal pour Annabelle qui se met à rouler les yeux, lâcher la main de son compagnon et lui donner un coup de coude. « Elle n'a que neuf semaines, Fraze, qu'est-ce que tu crois ? »

Le poids du bébé contre son épaule, sa poitrine, tout le côté droit de son corps, est comme le poids d'un édredon par une nuit de brouillard, léger, rassurant, indispensable, pas du tout comme la masse inamovible qui croissait en elle et lui donnait l'impression qu'elle allait sombrer dans la terre à chaque pas. Beverly. Elle a les yeux de Tim, deux petites taches de vert lumineuses comme des feuilles d'arbre dans la forêt illuminées par le soleil, bien que Tim ne compte pas, plus, et elle a les jambes fortes et légèrement arquées du clan Takesue. C'est une mangeuse, une gourmande insatiable. Elle glougloute. Elle rit. Son sourire pourrait arrêter la circulation. Alma répond : « Ouh ouh, ouais. Première sortie en mer.

— C'est une bonne petite voyageuse, il faut lui reconnaître ça. On ne l'a pas entendue depuis le départ.

— Attends qu'elle se réveille et s'aperçoive qu'elle a faim. Ma mère dit qu'elle a un coffre de *prima donna*.

— Ne la sous-estime pas : au train où elle va, elle pourrait devenir le premier bébé à faire le tour du monde en solo. Qu'est-ce que tu en dis ? Endormie à la barre ? »

Beverly bouge. Ses yeux verts s'ouvrent d'un coup et n'aiment pas particulièrement ce qu'ils voient. Par deux ou trois fois, elle tente de reprendre son souffle et puis le gémissement contraint brise ses fers, se libère et surprend tout le monde dans la cabine, les passagers se retournent, les uns agacés, d'autres à cause des souvenirs que cela leur rappelle, mais ils détournent le regard dès qu'Alma, manœuvrant chemisier et soutien-gorge d'allaitement, approche de son téton la bouche de sa fille ; le flot de lait est amorcé et les conversations reprennent.

« Je ne sais pas toi, dit Frazier, regardant Annabelle, mais je suis prêt pour une autre bière. Quelqu'un en veut une ? Alma ?

— Elle pouponne, bêta. » Annabelle lui adresse un certain regard, sourcils froncés, lèvres pincées, prétendûment exaspérée.

« Et alors ? Une petite bière et ça repart. Regardez-moi. Ma mère a toujours sifflé quatre ou cinq pintes de bière par jour, pendant toute sa vie, et personne ne pourra me dire qu'elle a arrêté parce qu'elle avait un bébé accroché à sa mamelle. »

Annabelle lui donne un coup dans la chair du bras. « Oh, voyons, Frazier, montre que tu es civilisé, tu veux ? Fais semblant d'être américain.

— Si tu crois que je vais m'abaisser à réagir à ce genre de provocation ! répond-il en se levant. La bière, c'est le langage universel. » Annabelle glisse le long du banc pour le laisser passer. « Et toi, Annabelle ?

— Oui, je suppose… Pourquoi pas ? On a des raisons de faire la fête, non ?

— Alma ? Tu es sûre ? »

Elle fait non de la tête. « Ça va, sans façon. »

Les deux femmes observent Frazier remonter l'allée entre les tables jusqu'au snack-bar où, s'aperçoit Alma, quantité de passagers semblent avoir eu la même idée, la bière universelle, alors qu'il est à peine dix heures du matin. « Ça va être une sacrée fête ! » s'exclame-t-elle.

Annabelle fait oui de la tête. « Et celui-là, indiquant Frazier d'un hochement de tête, va faire en sorte que personne n'arrête, pas jusqu'au retour à Ventura, où on sera débarqués de toute manière. »

La fête (qui n'est pas prématurée car les miracles, ça arrive et il faut marquer le coup) célèbre le fait qu'on n'a plus trouvé signe de cochons sauvages dans l'île depuis que le dernier a été tué sur l'île au printemps. Ils auraient pu attendre un an pour éviter un embarras potentiel si une vieille truie réapparaissait un jour suivie par six porcelets à l'heure des infos de début de soirée, mais les cochons sauvages massacrent leur environnement, déracinent tout, laissent derrière eux de gros tas visibles même d'avion, et tout le monde est à quatre-vingt-dix-neuf pour cent certain qu'ils ont disparu pour de bon, même si, naturellement, on continuera de vérifier les clôtures pendant deux ans encore avant de les retirer définitivement. D'ailleurs Frazier et ses gars ne seront plus là dans un an, à moins que Frazier reste, à en juger par la façon dont il observe Annabelle quand il croit qu'on ne le regarde pas.

Non, à son avis, il n'y a plus de cochons sauvages. Et la journée d'aujourd'hui, mi-septembre, soleil au zénith, vingt-trois degrés sur l'eau et, qui sait, peut-être ving-sept à Scorpion, a été créée aux cieux des relations publiques pour une occasion telle que celle-ci, et parce que Freeman Lorber est retenu ailleurs, elle-même affrontera les participants et la caméra de K.N.B.C. pour faire le discours, Beverly dans ses bras, et déclarer que l'île de Santa Cruz a été débarrassée de sa faune invasive.

A l'exception, cela dit, d'un unique mais gênant spécimen de *Procyon lotor*, qu'on a observé se nourrissant sur le tas de compost de la ferme principale il y a plus de trois mois. A moins qu'il y ait eu deux de ces ratons laveurs (le sol était trop dur pour pouvoir fournir des empreintes fiables) mais il est certain qu'il s'en trouvait au moins un. Elle l'avait vu et Alison aussi, sans l'ombre d'un doute. Et cela (la découverte du raton laveur au crépuscule, un soir de juin) est soit l'une des plus importantes trouvailles coïncidentes de l'histoire de la biogéographie de l'île ou un désastre à venir. Ou les deux.

Au début, personne ne les a crues et bien sûr quand tout le monde fut sorti et complètement embrouillé, l'animal avait disparu. *C'était forcément un renard*, s'exclama-t-on unanimement, *ou une moufette ; peut-être un renard estropié, avec une patte cassée* (censée expliquer les mouvements bizarres) mais Alma campa sur sa position. Le lendemain soir, ils étaient tous sortis et avaient vu les silhouettes fugaces de renards et de moufettes faisant leurs tournées mais aucun raton laveur. On se mit à la regarder comme si elle avait souffert d'une sorte d'illusion hormonale renforcée, et on fit peu de cas d'Allison car elle était très jeune. D'ailleurs, n'avait-elle pas beaucoup bu ce soir-là ?

Le troisième soir, Allison et elle sortirent un piège à renard et y installèrent un appât, une belle noix de beurre de cacahuètes et une demi-boîte de conserve de thon douteuse repêchée au fond du réfrigérateur, alors que les autres (Frazier et Annabelle inclus) buvaient du vin dans un esprit de sarcasme exalté. *Des ratons laveurs, ouais, sûr… dites donc, qu'est-ce que vous avez fumé, toute les deux ?* Elle avait beau se sentir légère comme Konishiki, le champion de sumo, avec son frère sur la balance aussi, elle s'était levée aux premières lueurs et avait traversé la cour crevassée jusqu'à l'endroit où elles avaient installé la cage derrière le tas de compost. Tout était calme, les oiseaux n'étaient pas encore tout à fait réveillés, à l'ouest, le ciel était encore drapé dans une obscurité ponctuée d'étoiles à l'éclat pénétrant. À quatre ou cinq mètres du piège, elle vit du mouvement à l'intérieur, un animal, un mammifère, traits enfouis dans sa fourrure. Et quand elle fut à côté de lui, au-dessus de lui, la tête et les épaules se retournèrent brusquement et l'animal posa sur elle un regard sombre, dur et impassible, depuis les profondeurs de son masque noir de cambrioleur.

Frazier aurait voulu l'exterminer. « Je vous le dis », clama-t-il, paraissant plus énorme encore avec le boxer et le T-shirt qu'il portait pour dormir : toute cette peau, ces pieds charnus et ces orteils qui accrochaient la poussière. « Relâchez ces saloperies et elles envahiront tout. J'ai vu ça avec trop d'espèces sur trop d'îles pour pouvoir tenir le compte. Et ça, c'est un omnivore. Ils auront un impact négatif sur les renards pour la préservation desquels vous venez tout juste de dépenser sept millions de dollars.

— Et s'il était arrivé jusqu'ici sur un radeau de fortune ? » répondit Alma, contemplant la cage tandis que le reste de la compagnie affluait, yeux mi-clos, ébouriffés, perdus dans leurs vêtements hétéroclites. « Pendant les tempêtes hivernales, qui sait ? Sur le continent, beaucoup de décombres ont été emportés dans les gorges : nous assistons peut-être à un petit miracle. Le premier colon.

— Dans ce cas, emporte-le sur le continent. Fais-lui une prise de sang. Analyse-le, conseilla Annabelle.

— Il ne peut pas être là depuis longtemps, dit Frazier, les traits brouillés par l'impatience comme s'il avait eu un bus à prendre. Impossible. Entre la documentation existant sur cette île et la façon dont nous l'avons râtissée ces derniers mois…

— Ce sont des animaux nocturnes, contra Alma. Ils se cachent toute la journée dans des terriers ou des souches tombées à terre : ils ont peut-être échappé à notre attention. Savons-nous depuis combien de temps ils sont ici ? Non. Il est certain que leur implantation ne peut être que récente. Je le répète, nous sommes peut-être confrontés là, probablement… pardon… il n'est pas exclu que nous soyons confrontés à la première transplantation naturelle depuis, voyons donc… soixante mille ans ?

— Et si quelqu'un l'avait amené ici ?

— Qui ?

— Quelqu'un qui voudrait nous faire une bonne blague. »

Elle le fusilla du regard. « Qui capturerait un raton laveur pour l'amener ensuite ici, simplement pour nous faire une blague ? Quelle blague, tu parles ! Ça n'aurait aucune logique. Non, cet animal est arrivé ici de la même manière que les moufettes, les renards, les souris, *sceloporus occidentalis* et tous les autres, et notre devoir est de ne pas nous en mêler. Peut-être faut-il l'étiqueter. Lui mettre un collier. Mais la nature doit suivre son cours. » Elle se retourna vers eux, les regarda tous à tour de rôle, plaidant sa cause. « N'est-ce pas ce que nous faisons ici ? »

En fin de compte, après avoir gardé l'animal en captivité pendant trois jours au campement et avoir consulté par radio Freeman Lorber, le patron d'Annabelle au Conservatoire, et une demi-douzaine de mammalogistes, ils le mirent sous sédatif, le pesèrent, le mesurèrent et prélevèrent deux tubes de sang pour le comparer à la population du continent. Le troisième soir, Dieu sait comment (c'est une espèce très futée, très habile), la porte de la cage tomba et l'animal s'enfuit.

Quand le bateau accoste au ponton de l'anse de Scorpion, Beverly s'est rendormie et, Dieu merci, ne se réveille pas quand Alma glisse ses membres à l'intérieur de son porte-bébé et remonte la fermeture à glissière. Annabelle (Alma ne l'a jamais vue aussi empressée) tient le bébé en l'air afin que sa mère puisse passer les bras à travers les bretelles et se contorsionner pour mettre le sac en position sur ses épaules, après quoi elles sortent sur le pont, suivant la file de passagers qui attendent de gravir la passerelle tandis que le capitaine de l'*Islander*, avec une précision qui est le fruit d'une longue expérience, garde l'avant du bateau contre la jetée avec une poussée minimale des moteurs. Par mauvais temps, il peut être ardu d'arriver à attraper l'échelle, qui, bien sûr, est fixe, alors que le bateau ne l'est pas, mais aujourd'hui, ce n'est pas un problème. Même pour les personnes du troisième âge et les lents. Même pour les gens qui ont des bébés.

Le spectacle de la jetée est si beau qu'il lui coupe toujours le souffle : la paroi rocheuse si haute qu'elle fait tout paraître insignifiant, elle-même, le bateau et toute intervention humaine ; l'air vibrant d'oiseaux marins ; la vue vers l'est, les falaises si déchiquetées, sauvages, antiques qu'on imagine aisément les grands reptiles volants du Crétacé tapis là-haut dans leurs nids encombrés. Là le groupe se divise en deux. Les employés du Parc national et du Conservatoire se dirigent vers la ferme à proximité alors que les campeurs et les excursionnistes sont retenus par l'un des volontaires du Parc censé énumérer les règles de conduite en vigueur sur l'île, des règles conçues pour leur propre sécurité et que la plupart des visiteurs observent, bien qu'il y ait toujours des gens à problèmes comme il y en aura toujours et doit y en avoir quand on a affaire à un public, quel qu'il soit. Certains tombent des falaises, d'autres se noient, se soûlent ou font usage de la violence à l'encontre d'autrui, se cassent quelque chose, ont une attaque et le tout fait partie du boulot du Parc national. Alma a du mal à supporter la présence de ce public, de ces gens qui piétinent tout et abandonnent leurs détritus, volent des objets, chassent les oiseaux de leurs nids, même si elle sait qu'elle ne devrait pas. Que ce serait mieux, pourtant, si personne ne venait jamais sur les îles et si elles pouvaient exister comme elles l'ont toujours fait ! Ou auraient dû le faire. Avant que les Aléoutes ne débarquent et ne tuent toutes les loutres marines, avant les bergers, les gardiens de troupeaux et tous les autres.

Au moment où le capitaine fait marche arrière, emmenant les clients qui continuent jusqu'à Prisoner's, le volontaire, un homme d'âge mûr, énergique, en short, casquette repoussée à l'arrière du crâne et armé d'un bâton de marche délicatement façonné, annonce l'injonction principale : « Soyez de retour à la jetée à quinze heures trente pour le départ qui se fera à seize heures. » Un silence, au cours duquel il scrute chaque visage. « Ou vous passerez la nuit ici, que vous l'ayez prévu ou pas. » Campeurs, pique-niqueurs et marcheurs échangent des petits sourires en coin : ils ne risquent pas de manquer le bateau, voilà ce qu'ils se disent, mais, bien sûr, la moitié du temps, quelqu'un le manque.

C'est alors, au moment où Wade, Jen et les autres débarquent les provisions pour les festivités et où Alma se contente d'engranger mentalement la scène (c'est la première fois qu'elle revient sur l'île depuis la naissance de Beverly !) qu'elle croise le regard d'une femme debout à côté du volontaire. Cette femme (probablement de l'âge de sa mère) la dévisage – la connaît-elle ? Elle est encore assez jolie pour une femme qui a sans doute la soixantaine, avec son imposante tignasse poivre et sel qui s'évase d'en dessous l'un de ces chapeaux que portent les Mexicains et l'impression générale de forme physique et de vigueur qui émane d'elle, ses vêtements « jeunes » (jeans et veste Levis, T-shirt noir au logo d'un groupe de rock, bottes de cowboy). Cette femme continue de la dévisager et Alma la dévisage en retour, tentant de la resituer lorsque Wade apparaît dans son champ de vision.

Wade sourit. Un sac en toile plein de provisions pend à chacune de ses épaules, les muscles de ses jambes jouent, souples et fermes, sous leur fardeau. « Viens, Alma, dit-il. Qu'est-ce que tu attends ? Tu as oublié qu'on fait la fête là-bas ? »

Et voilà. La journée la submerge comme un bon bain chaud. Elle est assise, entourée par des amis à l'ombre de l'ancienne ferme en pisé, le grill envoie ses arômes festifs et les gens viennent la voir, à tour de rôle, comme on s'approche d'un dignitaire, d'un potentat, la Reine de l'Ile installée sur son trône, pour faire la conversation, et ils s'extasient devant son bébé. En temps voulu, elle se lève et fait son discours, Beverly s'empare du micro dans un état d'esprit très « nourrisson » et Alma se sent tellement décontractée et naturelle qu'elle a l'impression de se parler à elle-même devant la glace. Elle fait l'éloge d'Annabelle, elle fait l'éloge de Freeman, de Frazier, de tous les formidables animateurs d'Island Healers, elle fait l'éloge de la Nouvelle-Zélande, elle fait l'éloge des « renardes » et, finalement, après avoir remercié tous ceux à qui elle peut penser et débité toutes les statistiques dont elle se souvient en faveur de la sauvegarde de l'île, elle lève un verre (de cidre, de cidre de pommes pétillant, encore recouvert de givre car on vient tout juste de le sortir de la glacière) en l'honneur des renards présents et à venir. Les applaudissements ? Ils affluent comme la pluie sur les collines sèches tout là-haut au sommet de la falaise, où les pins se dressent dans les tapis de feuilles en décomposition, où les chênes regorgent de glands.

Quant à Rita, elle sait qu'il se passe quelque chose, une espèce de cirque organisé par le Parc national qui l'empêchera de s'approcher de la propriété et de la ferme qu'elle est venue voir et habiter ne fût-ce qu'un jour, mais elle ignore ce à quoi la manifestation a trait ou ce qu'elle est censée célébrer. Elle sent l'odeur du barbecue, qui lui remémore tant de choses bien que ce ne soit pas de l'agneau qu'ils font griller, ça elle le sait ! Mais quoi alors, du porc ? Ou ce qui reste du moins des cochons après qu'on les a fait passer à la chaîne, hâchés, os, anus, globes oculaires et tout, et reconvertis en hot-dogs. Et du bœuf, bien sûr, du bœuf aussi. Avec le bœuf, on sait plus à quoi s'en tenir. Les défenseurs de la nature ne doivent y voir qu'un gros morceau de protéine présenté sur un plateau en polystyrène enveloppé d'une pellicule plastique au supermarché, cela dit, ces gens sont sans doute végétariens de toute manière, pour la moitié d'entre eux en tout cas. Ce sera donc tofu, falafels, aubergines, poivrons rouges, petites courges d'été, le genre de chose qu'Anise aimait et tint absolument à manger dès qu'elle eut grandi et fut partie de la maison.

Le bruit du micro au loin, une voix indistincte qui va et vient au bon vouloir de l'électronique, les abords de la maison, le lieu des souvenirs, face à ça elle garde ses distances, et de tous ces gens, de leurs envies et de leurs besoins : elle grimpe jusqu'au lit du torrent pour prendre un peu de hauteur, pour jouir d'une vue plongeante, tout voir comme c'était autrefois. Pendant le trajet, sur le bateau, elle a pensé à l'endroit où elle devrait disperser les cendres, où Anise aurait voulu qu'elles soient dispersées. Pourquoi pas devant la maison avec la vue sur la baie ou bien à l'arrière où se trouvait le potager ? Mais maintenant, compte tenu de l'intrusion, à cause de ce qui se passe là-bas, elle n'en est plus aussi sûre. Elle marche, le sol est sec et craquelé, la pierraille dérangée roule sous ses bottines. Elle sent la sueur s'accumuler sous ses aisselles, son front mouiller son chapeau. Le temps est clair, dégagé, le ciel bombé comme le couvercle d'une cloche en verre. Les sauterelles craquettent et s'envolent. Le monde lui saute à la figure en cent variations de bruns, de gris, du vert pâle brûlé des plantes qui ne recevront pas une goutte d'eau avant les pluies d'automne.

Deux pêcheurs, partenaires sur un bateau de pêche aux oursins, ont retrouvé le corps d'Anise, non loin de Scorpion, comme si elle avait voulu revenir à la maison. Elle avait disparu depuis près d'une semaine et devait avoir parcouru plus de trente kilomètres entretemps, à en juger par l'endroit où l'on pensait que le naufrage avait eu lieu. Son corps avait été attaqué par des choses. La voir, voir ce qui restait d'elle, lorsque le médecin légiste avait retiré le drap de son visage et de ses épaules, voir les algues tachées et torsadées qu'étaient devenus ses cheveux, et sa chair qui n'était plus de la chair, c'était criminel, une chose si dure, si malfaisante que Rita avait cru qu'elle ne pourrait jamais ressortir de cet endroit, qu'elle mourrait sur place, sur le carrelage de cette salle froide, si froide. Les autres, Dave, Wilson, l'autre fille n'ont pas été retrouvés. Aucune trace d'eux. Et rien du bateau non plus, sauf un ou deux fragments rejetés sur le rivage. Qu'est-ce qu'on lui a dit ? On lui a dit que le fond de l'eau était un véritable cimetière de bateaux.

Ses jambes l'emmènent tout de même vers le sommet, elle ne cesse de monter jusqu'à ce que la berge devienne très étroite, qu'un filet d'eau se faufile sous les rochers et en ressorte comme pour jouer à cache-cache. Il y a un endroit plus loin, un bosquet en face, où l'un des cent ruisseaux qui alimentent le torrent en hiver se fraye un chemin dans la gorge : elle comprend que c'est vers là qu'elle se dirige. C'est paisible, là-bas, elle s'en souvient, et bien que les choses aient certainement changé depuis le temps, même si des arbres auront sans doute disparu et que d'autres auront poussé, que des falaises auront été décapitées et d'énormes caravanes éblouissantes de rochers auront été précipitées dans le vide, elle pense pouvoir retrouver ce coin-là. Elle a ses jambes avec elle, et ses jambes connaissent le chemin.

Quand elle atteint son but, elle est en nage, jusqu'à ses sous-vêtements, et son souffle n'est plus ce qu'il était. Mais l'endroit, un suintement haut perché où les moutons aimaient venir lécher les roches, à la fois pour l'eau et les minéraux, ressemble à ce qu'il était dans son souvenir. Une couvée de chênes, qui ont grossi depuis, des troncs larges comme ses épaules désormais, et un goute-à-goutte lent et paisible, qui se détache de la paroi rocheuse pour aller rejoindre la mare ombragée ouverte à la danse des randonneurs de l'eau et autres bestioles, les plus petites, les flotteurs. Les flotteurs sont là. Et une unique grenouille, qui disparaît dans un *plouf* doux et musical sous un envol de libellules bleu électrique.

Les cendres se trouvent dans un coffret en métal, fermé par un couvercle à vis, pas dans une urne. Ou pas une urne en terre cuite, en tout cas, qui est ce qu'elle imagine toujours quand le terme lui vient à l'esprit, avec son côté antique suggérant la continuité. Mais ceci, donc, n'est pas une urne, c'est un coffret. Elle s'installe près de la mare sombre et ombragée pas plus grande qu'un lavabo, extrait le coffret de son sac et le pose à côté d'elle. Ensuite, elle fait glisser de son épaule sa guitare, qu'elle installe sur ses genoux, commençant à jouer, écoutant, marquant une pause pour l'accorder, pour que ce soit bien comme il faut. Le premier air qu'elle chante, c'est celui qu'elle chantait avec Toby, un blues, une lamentation en mi bémol, si triste qu'elle a du mal à prononcer les paroles, puis ses doigts trouvent les accords de *Carrickfergus*, un air qu'Anise lui demandait de jouer à tout bout de champ quand elle était petite : « M'emmener où, Maman ? demandait-elle. M'emmener où ? » Puis les chansons pour Anise, pour elle seule, celles qu'elle s'était appropiées et celles qu'elle avait composées. Les chansons. Le soleil. L'île. Elle ne répandra pas les cendres avant la nuit tombée, quand tous les autres auront repris le bateau, seront repartis, quand les seuls bruits seront les bruits de la nuit.

Quelque part, il y a un renard, yeux chipant la lumière. Ce n'est pas l'un des renards qui ont été enfermés, auxquels on a mis un collier ou même l'un de ceux qui ont été seulement capturés et relâchés. C'est un survivant, un battant, le bout du museau couturé lors d'une bagarre oubliée, une question de territoire, couturé, cicatrisé puis couturé et cicatrisé encore. Des mouvements dans l'herbe nocturne : les grillons sont de sortie, les scorpions, des choses regorgeant des jus de la vie. Il est sur le qui-vive et tout ouïe. Quelque part, dans les ombres les plus sombres des herbes jaunies et coupées, quelque chose d'autre se meut en une lente et sûre friction d'écailles et de vertèbres musculeuses : un colonisateur, un rescapé, un survivant d'une toute autre espèce. Imaginez le glissement de sa musculature étirée, le petit coup de dard, les yeux froids et immobiles qui n'ont pas besoin de voir. Et : le silence. L'herbe bouge, la lune tombe dans l'eau. C'est la nuit sur l'île de Santa Cruz, la nuit immémoriale.

Remerciements

J'aimerais remercier Lotus Vermeer, Marla Daily, Kate Faulkner, Rachel Wolstenholme, Marie Alex, Jim Perry, Jay Brennan, Stephanie Mutz et Mike DeGruy, qui tous ont participé aux recherches nécessaires à l'écriture de ce roman. J'aimerais également exprimer ma gratitude aux historiens et chroniqueurs des Channel Islands (parfois appelées « îles du Détroit ») dont les écrits se sont révélés inestimables pour l'élaboration de ce roman, notamment : Michel Peterson, Marla Daily, John Gherini, Tom Kendrick, Clifford McElrath, Margaret Eaton et Helen Caire.

TABLE

PREMIÈRE PARTIE

DEUXIÈME PARTIE

Cet ouvrage a été imprimé en France
par CPI Bussière
à Saint-Amand-Montrond (Cher)
en février 2013

Mise en pages PCA
44400 Rezé

N° d'Édition : 17594. — N° d'Impression : 125020.
Dépôt légal : mars 2013.